Né en 1920, **Louis Tamain** *est un médecin à la retraite aux multiples talents artistiques. La trilogie* L'Encre violette, *rééditée à plusieurs reprises, lui a permis de se faire connaître. Il est également auteur de nombreux autres romans (*Le Renard, Énigme au pays des pommes*).*

MÉDECIN DE CAMPAGNE

Du même auteur
Chez De Borée

Le Miroir aux alouettes
L'Encre violette
L'Énigme de Fontary
Le Temps de l'école
Le Renard

Imprimé en U.E. en août 2011
Dépôt légal : septembre 2011
ISBN : 978-2-8129-0413-4

Louis Tamain

Médecin de campagne

De Borée
Terre de poche

À « Elle »
avec ma profonde affection,
ce livre bourré de souvenirs communs.

Dédicace à mes lecteurs

POUR VOUS, CES QUELQUES LIGNES de préface par-dessus lesquelles, probablement avec raison, vous sauterez à pieds joints.

Amis lecteurs, ne vous donnez pas la peine de chercher Saint-Libertin sur vos cartes, vous ne le trouveriez ni en Périgord, ni ailleurs. Ne le cherchez pas non plus sur un de vos calendriers, il n'y figure pas encore. Saint-Libertin n'existant pas, il restait à créer. C'est fait ! Je l'ai fait pour m'amuser.

Amis lecteurs, ce livre est un roman, et je vous le donne comme tel.

Si, à Saint-Libertin, petite ville imaginaire, j'ai donné des racines à l'odeur du terroir périgourdin, soyez certains que son cadre et son clocher ne m'ont servi que de canevas pour du vu, du non-vu, de l'inventé ou du vécu.

Livre de souvenirs ?

Quarante ans d'exercice au service du grand métier ont certes empli ma besace : histoires glanées au fil des jours, situations cocasses ou tristes, moissons à vrai dire presque trop abondantes. Bien qu'en vrac dans ma mémoire ou sur mes carnets, il m'aurait été facile de les reclasser, mais tel n'a pas été mon désir. Bien au contraire, je me suis fait un devoir, en essayant de ne pas trop tricher, au lieu d'ordonner, de brasser, de brouiller toute piste, désireux avant tout d'éviter la moindre indiscrétion.

« Admis à l'intérieur des maisons, mes yeux ne verront pas ce qui s'y passe, ma langue taira les secrets qui me seront confiés », tel est un fragment du serment d'Hippocrate. Convenez qu'après de pareils engagements, parler de souvenirs et d'anecdotes vues ou entrevues ne serait que périlleuse entreprise. Heureusement, le temps passe, et rien mieux que lui ne peut jeter un voile d'imprécision sur toute chose. Les faits s'oublient, les acteurs quittent la scène, quel tort peut-on faire après lui ? Puis tout va passer par mon shaker, et je suis convaincu que le cocktail qui en sortira sera méconnaissable.

À ceux qui croiront reconnaître ou deviner, je leur répondrai : et si ce n'était que simple coïncidence, et si tout cela n'était que pure invention.

À ceux qui hausseront les épaules, je leur dirai : qu'en savez-vous ? Attention ! la réalité dépasse bien souvent la fiction. Et si tous ces récits, après tout, avaient des fondements solides… là… ou ailleurs ? Pourquoi pas !

Allez, chers lecteurs, je vous laisse le soin de décider si ces silhouettes parfois plus qu'originales, ces coutumes souvent désuètes, ces croyances toujours insolites, ont oui ou non existé. De toute façon, je me rangerai à votre avis, car faire rire ou sourire ceux qui voudront bien me lire est ma seule ambition.

Enfin, avant de vous quitter, chers lecteurs, je tiens à me disculper sur un autre terrain. En me relisant, je me rends compte avec inquiétude que, de-ci de-là, je n'ai pas résisté au plaisir de jeter un petit coup de patte en passant sur certains travers, certaines manies d'un métier qui a été si longtemps le mien.

J'ai eu tort, c'est sûr, car c'est un beau métier. Mais que l'on ne m'en veuille pas, ce n'est ni sérieux ni méchant. J'ai simplement voulu de temps à autre souligner quelques changements survenus en moins d'un demi-siècle et qui ont tout transformé.

La profession médicale, plus qu'aucune autre, en très peu de temps, a brûlé les étapes dans tous les domaines. Si les malades sont restés les mêmes, les techniques qu'on leur applique ont, en revanche, radicalement changé.

Qui aurait pu penser, il y a quarante ans, qu'une grossesse qui se diagnostiquait parfois si difficilement, même après un examen consciencieux, serait détectée de nos jours à l'aide d'un simple Gtest en quelques minutes et même sans que la malade ait à poser sa culotte ? Tout petit exemple parmi tant d'autres.

Alors !... Eh bien ! il y a progrès, on ne peut le nier... Quelquefois aussi abus, et ce d'autant plus facilement qu'en médecine comme ailleurs, il y a des engouements, des modes et des facilités auxquels personne ne sait résister. Le grand métier en a connu beaucoup tout au long de son histoire. Sans arrêt il a dû s'adapter, détruisant un jour le construit de la veille, passant sans sourciller d'un cheval à l'autre. Il continue.

Les thérapeutiques se sont profondément modifiées, l'éthique et la morale médicale ne sont pas restées à la traîne.

Scandaleux hier, normal aujourd'hui ! Le Dalloz lui-même, terreur des médecins par certains de ses articles, sans concession autrefois, doit être relégué aujourd'hui au rang de curiosité.

Est-ce un bien ? Est-ce un mal ?... Je me garderai bien de trancher, ce n'est pas mon affaire. C'est déjà bien assez d'en avoir parlé.

I

UN ACCIDENT DE CHASSE dépend souvent de conjonctures multiples où le hasard, la précipitation et le réflexe, sans que l'on puisse forcément parler de maladresse, jouent parfois bien tristement leur rôle.

L'accident survenu à la Marie des Farges n'avait pas fait exception à cette règle.

Cela s'était passé à la fin d'un hiver rude. La neige, qui habituellement ne séjournait que peu dans la région, avait couvert le sol en couches épaisses pendant plusieurs semaines. Elle avait du même coup semé le désarroi chez les gens, chez les animaux, et même sur la nature, entraînant à la longue l'oisiveté et l'ennui. Si cette malheureuse neige avait fondu plus tôt, si le printemps avait pu prendre plus vite son départ, probablement rien ne serait arrivé. Les gens auraient retrouvé leurs occupations, les animaux leurs habitudes, et les sangliers n'auraient pas eu à quitter leurs bauges pour chercher leur nourriture loin de leurs zones coutumières.

L'accident n'aurait pas eu lieu.

Mais voilà, le sort en avait décidé autrement.

« Les sangliers sont de passage. Des sangliers ont été tués en nombre important dans les forêts voisines, et ils sont si nombreux qu'ils dévastent tous les champs de topinambours sur leur chemin. On en trouve partout. »

La nouvelle s'était répandue comme une traînée de poudre. Elle avait fait tache d'huile, faisant dresser l'oreille à tous ceux qui, jeunes ou vieux, détenaient un fusil.

Il n'y a pas de temps mort pour les chasseurs, surtout lorsqu'ils n'ont rien à faire de sérieux à la maison, rien à faire dans les champs, rien à faire dans les bois, et que rien ne peut donc entraver leur passion. Rapidement on devait annoncer un, puis deux, puis plusieurs coups heureux aux alentours.

Le stock de chevrotines de l'unique armurier de la ville fut épuisé en cinq sec. Faute de mieux tous les fusils s'armèrent, coup droit et coup gauche, au plomb de quatre. Chacun rêvait d'un exploit qui lui vaudrait à la troisième page du quotidien régional, sinon une photo – victime associée –, au moins un article élogieux qu'il découperait et garderait.

Firmin, comme tous les autres, rêvait. Comme tous les autres, il avait depuis quelques jours battu tous les sous-bois, traversé les fourrés les plus épais et s'était sans ménagement déchiré aux ronces les plus redoutables… en vain !

Ce soir-là, comme tous les autres soirs, il rentrait une fois de plus bredouille. Il allait arriver à la maison. Il longeait un dernier petit espace vert sur la neige blanche, un petit îlot de genêts fréquenté l'été par les poules et les dindons, à deux pas des habitations, si près même qu'il avait déjà eu l'idée de décharger son arme.

Que pouvait-on trouver là ? Et ce fut justement là que l'aventure se passa.

Les genêts bougèrent, bougèrent nettement, vivement, au plein de leur épaisseur, et Firmin crut même entendre un grognement en même temps qu'il distinguait la forme ramassée brune et imprécise d'un animal.

Le coup était parti en un réflexe précis comme toujours. Firmin était un bon chasseur. Heureusement il ne redoubla pas.

Misère, c'était la Marie ! la Marie qui était là, poussant des cris affreux, gisant au milieu des genêts et de son sang, sans même pouvoir remonter sa culotte, touchée dans ses œuvres vives, les fesses criblées de plomb. Elle avait cru pouvoir s'isoler en toute quiétude dans ce coin favorable et discret pour un besoin légitime et urgent, et voilà ce qui lui arrivait !

On avait dû l'hospitaliser pendant trois mois, trois mois durant lesquels urines et matières s'étaient intimement et désespérément mêlées dans un cloaque affreux. Ce ne fut qu'après une série de plusieurs interventions que les circuits normaux retrouvèrent enfin leurs destinées spécifiques.

L'affaire avait fait grand bruit. Firmin, traduit en justice, lui qui ne visait que la troisième page du journal, avait fait en gros titres la une de la première. Il s'en était tiré avec un sursis, un retrait de permis, et son assurance avait dû payer des sommes énormes au Fernand, l'homme de la Marie.

Firmin avait dû en plus supporter de la part de ses voisins, peu charitables et moqueurs, de nombreux et fréquents quolibets, tous d'un goût douteux, pas méchants peut-être mais qui n'avaient malgré tout rien arrangé.

« Mais mon pauvre Firmin ! Décidément, il faudra t'acheter des lunettes ! Confondre le cul d'un sanglier avec celui de ta voisine, avoue que c'est un comble ! Même si la Marie est particulièrement velue, il doit bien y avoir quelques différences ! »

Firmin avait failli en perdre la tête. Il avait rasé lui-même à la *gibe*[1] tout le champ de genêts. Mais cela n'avait pas suffi pour faire disparaître les ressentiments du Fernand. Ce dernier en était arrivé à lui en vouloir à mort, et cela d'autant plus que, si les circuits de la Marie étaient tant bien que mal rafistolés, tout le monde savait qu'elle n'en demeurait pas moins infirme et hors d'usage.

Firmin et Fernand vivaient porte à porte, ce qui n'arrangeait rien. Des années durant, tous les jours, la vue de la Marie ravivait les remords de Firmin. En quelques mois, ce dernier était devenu l'ombre de lui-même, et cela aurait fini par mal tourner si la Marie ne s'était enfin un jour décidée à mourir d'une mort naturelle n'ayant rien à voir avec les suites de son accident.

Alors le Fernand avait pardonné. Ayant repris femme sans attendre – l'urgence était compréhensible –, ayant retrouvé un chantier sinon neuf du moins valable, pouvant profiter en toute quiétude d'une bonne somme

---

1. Gibe *: nom local donné à une faucille montée sur un long manche.*

d'argent, il tendit de nouveau une main sans rancune au Firmin, l'ami d'enfance et le voisin de toujours.

« Alors Firmin, comment ça va ? Cela s'arrange-t-il depuis la mort de la voisine ?

– Oh, que non, Docteur ! Bien sûr avec le Fernand c'est une affaire terminée, nous avons fait la paix, mais sur le plan de la bagatelle ça va toujours aussi mal ! Je ne retrouve absolument pas mon équilibre… Avec ma femme, plus rien à faire !… J'ai perdu toutes mes possibilités. Chaque fois que l'idée me vient, et elle me vient souvent tonnerre ! c'est plus fort que moi, c'est le cul de la Marie que je revois. Je n'y peux rien. Que faire ? J'ai pourtant pris régulièrement tous vos remèdes. Tenez, j'ai même essayé de voir si un petit changement des fois arrangerait les choses. Eh bien non ! j'en ai été quitte pour la honte… Que voulez-vous, ce satané derrière de la Marie devient pour moi une obsession ; et j'en suis sûr, c'est elle qui ne m'a pas pardonné et qui me noue l'aiguillette !

« Ah ! c'est le Fernand qui a de la chance, lui ! Certes, il a été privé un certain temps, mais maintenant, il en profite, il se rattrape ! Tandis que moi ! N'est-ce pas tout de même malheureux, Docteur, tout ce gâchis pour un mauvais coup de fusil ! Quelle misère ! »

*
* *

L'ouverture de la chasse en Périgord, région à haut niveau cynégétique, du moins à l'époque dont je parle, n'était pas un jour férié, mais un jour sacré pour tout homme jeune ou vieux possédant pétoire et permis. Ce jour-là, chaque personne valide se devait de battre la campagne avec une conviction et un enthousiasme qu'il ne retrouverait plus de toute la saison. Seuls les malades gardaient le lit. Ils évitaient de prendre leur température, et faute de potions et de remèdes, ils ingurgitaient force tisanes sucrées relevées de bonnes rasades d'eau-de-vie. Ils se faisaient oublier, attendant le lendemain pour que l'on s'occupât d'eux et pour aller frapper à la porte du médecin. Il aurait d'ailleurs fallu un cas bien grave pour déranger ce dernier un jour pareil. Seul un accouchement impossible, dont ni les voisines ni la sage-femme n'auraient pu se dépêtrer, aurait pu légitimer cette démarche, et encore aurait-on eu des difficultés à le trouver car lui aussi faisait l'ouverture.

La veille de ce jour béni, toutes les maisons se couchaient tard. Chacun contrôlait une dernière fois ses affaires en vue d'un départ matinal au cours duquel toute improvisation de dernière heure eût été néfaste, sinon désastreuse.

Certes le fusil était graissé depuis longtemps, les cartouches triées et rangées depuis plusieurs semaines dans leur ceinture, mais il restait à vérifier avec soin les vêtements d'abord, les bottes ensuite, et surtout la musette, cette fameuse musette de 10 heures à laquelle rien ne devait manquer. Elle était destinée à réparer les effets d'un effort important, et devait comporter un casse-croûte complet : pain, vin, sans oublier ni le couteau ni le tire-bouchon indispensables pour une restauration qui se ferait debout, le fusil sur l'épaule, sur le pouce, et en compagnie d'amis.

L'on n'allait se coucher qu'avec la conviction que tout était en ordre, fin prêt pour un départ hâtif qui se ferait après un réveil précoce et sans bavures.

Réveil si l'on peut dire car, cette nuit-là, la population, hommes et femmes, dans la quasi-totalité, ne dormirait pas. La crainte de manquer l'heure, ou simplement l'excitation prémonitoire inévitable, empêcherait la plupart de fermer l'œil ; quant à ceux qui y parviendraient, ils sombreraient dans des rêves si épuisants, si agités, que mieux aurait valu pour eux la pire des insomnies.

Nuit blanche pour les chasseurs, mais nuit blanche aussi pour leurs épouses allongées près de maris remuants et nerveux, lesquels se levaient toutes les cinq minutes pour vérifier l'état du ciel, sous le prétexte de pisser. Jeunes et vieilles savaient d'ailleurs qu'elles n'avaient rien à espérer de cette nuit-là, chacun reconnaissant bien qu'il n'est rien pire que la bagatelle pour couper le jarret et nuire au réflexe. Elles ne pouvaient donc qu'attendre les premières lueurs du jour, les yeux grands ouverts, en comptant les heures, les demi-heures et les quarts d'heure qui s'égrenaient au clocher du village.

Vaguement inquiètes, elles savaient aussi que la journée à venir allait être particulièrement éprouvante. Sur elles, allait retomber le gros du travail de la maison : la préparation rituelle d'un repas gargantuesque – c'était là aussi un jour d'invitation – mais, en plus, toutes les exigences pénibles et journalières de la ferme.

Pour l'homme, pas question d'y compter, c'était prévu ! Bien au contraire, elles pressentaient que, le soir encore, elles devraient participer aux bonnes et mauvaises fortunes de la journée. Il n'y aurait, pour elles, ni compréhension, ni indulgence à leur fatigue.

Tout comme les hommes, avant même que le réveil en eût donné le signal, elles étaient donc debout, devant leurs fourneaux rapidement allumés, préparant le café des maris et la pâtée des chiens, prêtes à servir, les uns comme les autres, comme il se devait.

« Léontine, as-tu mis le fromage et le jambon dans la musette ? Je pense qu'il va pleuvoir, les chiens n'auront pas de nez. Quelle catastrophe !

– Mais non, Léon. Tu verras, ce n'est que du brouillard ! Ça va se lever. Ce sera une journée splendide, au contraire.

– Que Dieu t'entende, Léontine ! Que Dieu t'entende ! »

Et chacun se séparait pour aller à ses affaires.

Le soleil commençait à percer le brouillard, découvrant mieux les formes des haies, des arbres et des bordures. Nous étions encore dans la plaine, une large bande de terre accolée au coteau, coupée et recoupée à l'extrême en parcelles multiples. Carrés de tabac vert, de raves rouges, de luzerne épaisse, de pommes de terre aux fanes sèches, de maïs portant encore leurs épis, le tout calculé suivant l'incidence et l'exposition, en vue d'une polyculture seule concevable dans la région. Peu favorables à l'enrichissement, ces morcellements, en revanche, étaient particulièrement propices au gibier. Ce dernier y trouvait abris sûrs et nourriture abondante.

« Nous chasserons à quatre : mon frère Max, vous-même, et le pharmacien qui veut bien se joindre à nous. Nous partirons tôt pour être sur le terrain au moment de l'ouverture. Soyez à l'heure. À demain. »

Deux redoutables fusils qu'Yves et son frère Max, tous deux chasseurs chevronnés qui, en principe, sauf sur une compagnie de perdreaux, n'avaient jamais besoin de redoubler un coup. Sur leur adresse, leur connaissance du terrain et d'un gibier dont, durant de longs mois, ils avaient observé les allées et venues, reposerait à coup sûr tout le tableau de chasse de la journée. Le pharmacien et moi-même restions des figurants ou des portefaix, ce qui n'empêchait pas que les joies allaient être partagées.

Le rendez-vous du matin avait été convenu au moulin, chez Yves, un ravissant petit moulin où l'on faisait encore à l'époque de l'huile de noix toute l'année. C'était à l'orée de la propriété familiale, un vaste territoire dont l'étendue était telle que nous étions assurés de ne pouvoir le parcourir dans la journée. On chassait sur nos terres. C'était au moulin enfin que nous devions nous retrouver vers 14 heures pour un repas traditionnel, pensé et préparé depuis de nombreux jours, et dont la durée rendrait bien problématique toute nouvelle sortie dans la soirée.

Deux pièces gonflaient déjà les poches dorsales des vestes des deux frères.

« Un levraut qui est sorti du maïs. Il ne m'avait pas vu, il m'est passé entre les jambes ! Si je m'étais assis à ce moment, je crois bien que je le tuais sans fusil. J'ai dû le laisser filer pour pouvoir le tirer à bonne distance ! Plus près, je le coupais en deux. Je ne risquais rien, j'étais en zone découverte. Regardez, Docteur, il n'est pas si petit que ça pour être de l'année. Tenez, faites-le donc pisser, oui, c'est ça, en le prenant par les oreilles et en appuyant sur le ventre. Mettez-le dans ma veste. Vous êtes déjà trop embarrassé. »

Le fait est que moi aussi, j'étais chargé comme un baudet, entravé d'une large et lourde musette qui me battait les fesses et d'où sortait un nombre respectable de goulots cachetés. Je m'étais réservé le ravitaillement en vin, et mes bouteilles, bien que soigneusement protégées de papier, tintaient à chacun de mes pas. Francis, le pharmacien, s'était octroyé la partie solide du casse-croûte : pain frais, jambon, fromage, pâtés, oranges et saucisson. Encombrés de la sorte, même si nous n'avions pas été des médiocres, nous n'aurions pu tirer.

Max avait tiré un perdreau. Proprement, au départ.

« Un isolé, voyez les ergots, ce n'est pas un pouillard, celui-là ! Il a au moins deux ans ! C'est un rescapé de l'année dernière. Il faudra le cuire plus longtemps, mais il n'en sera que meilleur. »

Nous longions les tabacs.

« Vingt mille pieds cette année, il nous en faudrait trente pour nous en sortir. J'espère les obtenir l'année prochaine. Il est beau ! Regardez sa taille, et déjà sa couleur ; si rien ne lui arrive, d'ici quinze jours ce sera une belle récolte. Tenez, mettez-vous là avec moi, Francis va se mettre avec mon frère de l'autre côté. Nous allons laisser travailler les chiens. Ils n'abîmeront rien, alors que nous… vous comprenez… »

Si je comprenais !

Le tabac, c'était la culture sacrée entre toutes, celle qui constituait la récolte la plus attendue de l'année, la seule qui apporterait un vrai souffle d'oxygène dans les finances de la ferme. Les pommes de terre, les betteraves, le maïs, étaient consommés dans leur totalité par les hommes ou les bêtes. Le blé suffirait tout juste aux arrangements savants qui présidaient entre le meunier et le boulanger, et ne rapportait rien. Les noix, de leur côté, garantissaient à peine les besoins en huile du foyer. Que restait-il, en vérité, comme argent frais ? Un veau deux ou trois fois l'an ! Ce n'était là que bien petites entrées, bien vite dispersées. L'apport providentiel important, sur lequel on pouvait compter, ne pouvait provenir que du tabac.

Certes, le tabac ne venait pas sans mal.

Deux mille pieds ne se plantaient pas tout seuls. Il n'y avait pas de machines à cette époque. Il fallait les mettre en terre, pied après pied, et si le temps l'exigeait, les arroser et les surveiller jour après jour. On n'était pas pour autant à l'abri ni de la grêle, ni de la tempête, ni de la sécheresse. Enfin, il fallait les rentrer avec précaution, les suspendre à des fils pour qu'ils sèchent, et le travail le plus long restait encore à faire. Le tabac devait être trié feuille par feuille, rangé en quatre ou cinq catégories selon leur longueur, leur finesse, leur couleur. Après quoi, il fallait encore le manoquer, et c'était là un travail qui occupait la totalité des longues soirées d'hiver. Toute la famille y participait. Lorsque l'humidité était suffisante, tout était facile ; dans le cas contraire, chaque pied devait être passé sur la vapeur chaude entretenue d'une lessiveuse placée au milieu de la pièce, seule façon d'éviter les déchirures.

Tout cela représentait un énorme travail.

« Comment allez-vous, Édouard ? Vous manoquez ? Même la petiote ? Quel âge as-tu, toi ?

– Dix ans.

– Eh ! oui, et nous nous pressons car nous sommes en retard. Je dois livrer fin janvier, et plus de la moitié reste à faire. »

Après avoir ausculté l'enfant qui toussait, je me laissais aller à faire une ou deux de ces manoques, au milieu de la joie et de la curiosité générale.

Il fallait prendre les côtes de chaque feuille au creux de la main en les plaçant l'une contre l'autre en rosace, vingt-cinq rigoureusement comptées et les lier toutes ensemble au moyen d'une feuille choisie parmi les moins belles en qualité.

« Voilà, trois de moins à faire pour Édouard !

– Mais c'est que vous vous en tirez bien, Docteur ! On dirait que vous avez fait ça toute votre vie. Vous devriez venir tous les soirs, nous avancerions plus vite !

– Ce serait avec plaisir, mais il y a les malades. Croyez que je le regrette. »

Et je replongeais dans la nuit.

« Trompette et Taillaud ressortent du champ. Ce n'est pas la peine d'insister. Il n'y a rien. Allez, montons vers les vignes, nous y aurons plus de chance. »

Deux perdrix devaient y trouver la mort dans un splendide doublé de Max.

« Dites donc, Docteur, goûtez-moi ce raisin. Ce sera une année bien moyenne en quantité, mais pour la qualité il n'y aura rien à dire ! »

Toutes les maisons dans la mesure du possible, et pour peu qu'elles aient un versant de coteau bien exposé, faisaient leur vin. Une piquette le plus souvent, sans beaucoup de degrés, mais dont tout le monde se contentait pour peu qu'elle fût en abondance, qu'elle tînt une année le fût et qu'elle permît de couvrir les besoins sans trop de restrictions. C'était là une grosse dépense en moins, car tout le monde buvait bien dans cette région où l'on n'hésitait pas à mettre un peu de vin même dans le biberon du nourrisson lorsque ce dernier le refusait.

« Et quel mal voulez-vous que ça lui fasse ? Voyez, depuis qu'on lui en met, il les boit jusqu'à la dernière goutte. J'en ai fait autant lorsque j'étais jeune, et c'est ça qui m'a sauvé, sans compter que cela ne m'a ni dégoûté du vin, ni empêché de vieillir !

– Allons ! Avouez qu'il n'est pas fort, ce vin-là ! »

Toutes ces raisons invoquées, tous mes essais de persuasion étaient inutiles. Le bébé continuait à boire ses biberons rougis en attendant mieux, en attendant de pouvoir, dès cinq ans, faire midi et soir son chabrol comme père, mère et grands-parents.

Les chiens donnaient des signes de fatigue. La rosée leur agaçait les narines. Las d'éternuer, ils commençaient à souffler, à marquer des temps d'arrêt, et à regarder en arrière l'arrivée de leurs maîtres. Trompette, de plus en plus fréquemment, s'accroupissait pour arroser une touffe odorante, et Taillaud, visiblement distrait, au lieu de quêter avec conscience, levait la patte pour signer à sa façon et à son tour.

La fatigue gagnait également les chasseurs. Les fusils quittaient la saignée du bras pour se reposer sur l'épaule, les musettes devenaient de plus en plus pesantes et pénibles à porter. Le soleil crevait les brumes, obligeant à déboutonner les vestes, et la sueur couvrait les fronts. L'attention se relâchait. Deux tourterelles attardées venaient de prendre leur envol, bruyamment à découvert, sous le nez des chasseurs, sans qu'aucun d'eux ne fasse le moindre geste.

L'endroit était propice aux agapes. On s'était arrêté. C'étaient des casse-croûte qui ne pouvaient se dérouler que dans la bonne humeur. Rien n'y manquait, surtout pas l'appétit ! Tout n'y passait pas, car l'on avait vu grand, mais les musettes s'allégeaient malgré tout. Trompette et Taillaud, assis sur leur derrière, profitaient de l'aubaine. Ils happaient au vol pain, jambon et saucisson, sans rien laisser perdre. Les bouteilles, vidées à même le goulot, passaient de main en main à un rythme régulier.

« Quelle chance, une matinée pareille ! Qui aurait pu penser ce matin que nous aurions un pareil temps ?

– Oh ! dites donc, ça tiraille dur vers le Freyrat !

– Ce sont des jeunes. Ils sont dans les ronciers aux lapins. Laissez-les faire, ils s'amusent. Ce n'est pas là une chasse d'ouverture.

– Bon, allez, on y va ? »

Les chiens reposés avaient pris les devants. Les bouteilles vides restaient sur le terrain, abandonnées bien en vue sur une souche marquant notre passage.

« Nous allons faire le coteau, en montant jusqu'à la truffière aux petits chênes que vous voyez là-haut. De là, nous redescendrons sur les champs de carottes sauvages pour y tirer quelques cailles. Elles y sont encore cette année. C'est un signe de belle arrière-saison. Comme, même tirées, elles ne vont jamais très loin, cela nous amusera et nous reposera. »

Le versant de la colline était caillouteux, couvert de bruyères, de genêts et de genévriers. De petits îlots de fougères et de ronciers épineux constituaient de magnifiques retraites propres à la cachette ou au gîte pour les plus nobles des gibiers : les lièvres, les perdreaux, ou même les faisans.

« Et l'on ne tire pas les grives aujourd'hui. Cela affole les chiens et les déroute de leur travail. Nous les retrouverons cet hiver aux premiers froids. Allez Trompette, allez Taillaud. Le vent a soufflé un peu fort cette nuit sur l'autre versant ; s'il y a donc quelque chose, c'est ici, j'en suis sûr. »

Ils auraient pu chasser sans chiens tellement était grande leur connaissance des terrains et des habitudes du gibier.

Deux autres lièvres et deux faisans devaient encore mourir sans que ni le pharmacien ni moi-même n'ayons pu intervenir.

« Vous les mettez dans vos musettes. Je ne peux en prendre plus ; tenez, laissez un peu sentir aux chiens ; ça les excite et ça les encourage. Ils vont lécher le sang, mais ne craignez rien, ils ne mordront pas. Allons, Trompette, c'est fini. Mettez-les là, voilà, en laissant dépasser les pattes. »

C'était une coutume dans le pays de laisser pendre ainsi, ou la tête ou les pattes hors de sa gibecière, pour bien montrer à qui l'on croisait que l'on ne revenait pas bredouille !

À la fraîcheur du matin succédait une chaleur sans vent qui collait les chemises. C'était une belle matinée de pré-automne.

Les fougères rouillaient à peine, et seules les branches hautes des peupliers, perçant les dernières traînées de brouillard, accusaient le coup en jaunissant légèrement. Les chênes, les ormes étaient encore verts, et les taillis que l'on surplombait maintenant formaient des taches noires et denses comme en plein été.

« Ce soir, tout le gibier se sera retiré sous le couvert. Croyez-moi, il comprend vite, et dès demain il ne sera pas si facile à approcher. »

On avait gagné la crête du mamelon, et maintenant la vue plongeait sur l'ouverture de la vallée bordée de ses collines en cascades chevauchantes jusqu'à l'horizon. Un horizon raisonnable toutefois, ni trop loin, ni trop près, mais suffisamment reculé pour permettre tous les dégradés des verts tendres aux bleus profonds, aux bleus légers et vaporeux. De chaque côté, accrochés à leurs versants en autant de repères aux tuiles roses, c'étaient, à droite les toits du Mas des Farges, à gauche ceux de la Grillière, du Chassang et des Garrigues, avec leurs chemins sinueux que l'on devinait plus que l'on ne voyait, grimpant et serpentant au gré du terrain entre champs et bosquets.

Magnifique spectacle, magnifique et lénifiant dans cette région dont je connaissais les moindres replis, les moindres ornières, tellement je l'avais déjà parcourue de jour et de nuit, à la recherche de mes clients.

« Les Garrigues, vous pouvez m'en indiquer le chemin ?

– Ce n'est pas compliqué. Vous dépassez les Farges, vous tournez à droite – en même temps, mon indicateur de fortune tendait résolument son bras bien vers la gauche –, et là, vous devez apercevoir un sapin. Ce sera le deuxième chemin après lui. »

Il faisait une nuit d'encre, le sapin avait été coupé huit jours avant, et ce n'était pas le deuxième mais le troisième chemin qu'il fallait prendre, le deuxième allant se perdre inexorablement en pleine terre.

Inutile de dire qu'après quelques séries d'expériences de cet ordre, on se fiait plus à son instinct qu'à tout renseignement et que l'on n'oubliait pas ses propres repères.

« Attention ! ils ont levé un lièvre en bas ! Il va certainement monter. Je me place ici, Yves est déjà parti à la patte-d'oie. Docteur, allez au bout du chemin qui contourne le pré. Mais attention ! ne passez pas par le pré, vous savez bien, à ce que je me suis laissé dire qu'il n'y a pas de passage. Il paraît que vous avez payé pour le savoir ! »

Comment diable pouvait-il être au courant ? Décidément, tout se savait dans ce pays.

L'incident ne remontait pourtant qu'à quelques mois, à la fin de l'hiver dernier, à une nuit où une succession d'orages dans la journée avait raviné les chemins, laissant des flaques d'eau et des ornières géantes boueuses, propres à mettre en perdition n'importe quelle voiture.

Cela s'était déroulé à une heure tardive. La pluie venait de cesser. Les nuages s'étaient dissipés, faisant place à un ciel étoilé où brillait une lune immense qui laissait présager un changement de temps. La température baissait, annonçant un retour du froid, un dernier baroud d'honneur pour l'hiver.

S'engager dans le chemin avec ma voiture, dans ce raidillon encaissé conduisant à la ferme, m'avait paru dangereux. Un enlisement était à craindre et cette voie, même à pied, même avec des bottes, s'avérait scabreuse. Seuls des vaches ou des chevaux auraient pu s'y risquer. Il me restait le pré. Comme ce dernier voisinait les bâtiments de la ferme, qu'il était certes trempé mais dépourvu de boue, il me parut le chemin idéal. Je m'y lançai. J'avais oublié ma torche électrique, mais la lune me guidait. Je me doutais qu'en son haut, je trouverais un passage qui faciliterait mon accès.

Mais où diable était donc ce passage ? J'avais suivi la haie sans trouver la moindre issue. Ah ! le voilà, j'y étais. L'ouverture se trouvait près d'un gros chêne, presque contre le mur de la grange. C'était habituel. J'avançais.

Mon pied droit ne touchant pas le sol, j'aurais dû me méfier. Au lieu de ça, j'eus un mauvais réflexe, je sautais. Pauvre de moi ! J'en eus jusqu'aux épaules. J'étais au plus profond d'une mare, d'une mare faite d'un mélange de boue et de purin si nauséabond que les bêtes elles-mêmes s'y refusaient à boire. Un mètre cinquante d'eau. Je la sentis monter de mes bottes jusqu'à mes épaules et s'infiltrer dans mes habits. Je m'imprégnais comme un biscuit. Sans lâcher ma trousse, craignant de tomber dans des zones plus profondes, je ressortis avec peine en m'agrippant aux racines du chêne. J'étais trempé jusqu'aux os, parfumé à la vase et au purin. Je regagnai ma voiture, puis ma maison. Je dus remettre à une heure plus tardive ma visite restée en suspens, et j'eus la faiblesse, pour me faire excuser, de raconter mon aventure à mes clients.

Le repas qui suivait nos chasses était digne de ceux du Roi-Soleil. Le lever matinal, la marche, la fatigue aiguisaient nos appétits, et cela se soldait par des records de festivités.

Les plats, les vins, se succédaient à une cadence soutenue jusqu'à la nuit. Les péripéties de la chasse étaient longuement commentées dans tous leurs détails puis, le temps passant, le vin aidant, on en arrivait des histoires drôles aux piquantes, des piquantes à d'autres franchement plus osées. La bonne humeur était générale.

On festoyait, s'esbaudissait, et si l'on ne ribaudait tout de même pas, ce n'était que faute d'éléments.

On se levait de là congestionnés, repus, incapables d'autre performance hors celle de regagner nos logis et nos lits, et ce n'était déjà pas si mal.

II

UN VOL D'ALOUETTES s'abattant sur un champ de blé en herbe où chacune d'elles se détache comme autant d'énormes puces, une compagnie de perdreaux dérangée et gravissant au pas de charge un coteau de chaumes blonds, ne peuvent laisser un chasseur indifférent, même si celui-ci est en voiture, même s'il est un peu pressé, même s'il est médecin.

L'époque n'était pas aux circulations intenses. Les chemins de campagne restaient déserts et discrets. On avait tout loisir d'observer, et ces rencontres n'étaient pas aussi rares qu'on aurait pu l'imaginer.

De l'ouverture à la fermeture, mon fusil m'accompagnait dans tous mes déplacements sur la banquette arrière de mon auto, et des poignées de cartouches traînaient un peu partout dans tous les vide-poches.

« Alors, Docteur, je vois que vous avez votre fusil ? C'est pour être plus sûr de ne pas nous manquer, ou pour nous achever ?

– Je n'ai pas besoin de lui pour ça, Fernand. Mes ordonnances devraient suffire. Mais tenez, regardez.

Cinq palombes en deux coups de fusil il y a un quart d'heure. Elles étaient posées dans la garenne des Combes, en bordure de la route. Je n'ai eu aucun mal à les approcher. Cela peut faire un beau salmis. Tenez, prenez-en une, Fernand, j'en ai trop ! »

Bien sûr, il n'était pas question de perdre trop de temps, mais de telles occasions se présentaient toujours lorsque l'on s'y attendait le moins, et il n'était pas question non plus de les laisser passer.

À la période des grives, je remplaçais mon fusil par une carabine, une 22 long rifle peu bruyante qui demandait application et précision mais qui, au moment où les « tiatia » couraient le long des rigoles de dégel sur les pentes ensoleillées, s'avérait terriblement efficace.

Elle garantissait presque à coup sûr un plat somptueux pour le repas du soir. Bardées de lard, présentées sur des tranches fines de pain grillé, ces grives étaient un régal de roi. Ces exploits pouvaient se renouveler à volonté, sans même sortir de sa voiture, si ce n'était pour récupérer les victimes. Défendues ces pratiques, rigoureusement interdits ces coups tirés d'une portière dont la glace avait été au préalable largement ouverte. Bons pour passer en correctionnelle et se faire confisquer son arme et son véhicule. Mais on se méfiait, et puis tout le monde en faisait autant. Il n'y avait pas de mouchards dans la région.

C'était l'hiver, les nuits de grand vent, lorsqu'il gelait ferme et que tous les gens honnêtes dormaient sauf le médecin, que se déplaçaient les grands lièvres aux longues pattes, aux oreilles noires et au poil roux. Que se passait-il chez eux pour que, brusquement sortis de leurs gîtes et de leurs sous-bois protecteurs, ils se décident ainsi à sillonner prés, champs, routes et chemins ?

Ils surgissaient certaines nuits dans mes phares, presque à chaque tournant. Le plus souvent, après quelques zigzags affolés, ils bondissaient dans l'obscurité à la faveur des talus. Un, deux, trois ! alors que depuis longtemps, je n'en avais pas rencontré. Les bêtes ont ainsi des moments de folie collective que l'homme a du mal à comprendre et qui les pousse aux pires extravagances.

Dans les plats, ils m'échappaient. Mais malheur à ceux qui se laissaient surprendre au milieu d'une côte ! Sûrs de leurs jarrets, confiants en leur vitesse, ils détalaient alors droit sans hésiter, sur la route blanche, sans oser aborder l'ombre des fossés.

« Elle » les découvrait le lendemain matin pendus, immenses dans l'escalier de notre cave : souvent un, parfois deux, rarement trois, à peine abîmés, et comme c'était beaucoup pour nous, les voisins en profitaient.

Avec les lapins, c'était une autre affaire. « Fou comme un lapin », c'est absolument mérité.

La chasse réservée était coupée par la route. C'était par centaines que les lapins la franchissaient toutes les nuits pour se rendre dans les luzernes en contrebas. Avec eux, inutile de finasser. Il suffisait de foncer le plus vite possible durant un petit kilomètre sans s'occuper de leurs chassés-croisés. Ceux que l'on aurait crus déjà morts, en principe, échappaient ; ceux que l'on ne voyait pas, au ras des fossés, immanquablement se précipitaient sur le goudron et faisaient des prouesses pour se faire tuer.

Le parcours achevé, après un rapide demi-tour, il n'y avait plus qu'à revenir lentement sur ses pas pour les ramasser.

En nombre, « Elle » en faisait des terrines ou de merveilleux pâtés. Isolés, cela donnait encore de bien honnêtes civets.

Les marchés de la région, surtout ceux en marge de la Double, qui souvent avaient lieu le lundi, étaient toujours admirablement approvisionnés en gibier. On y trouvait des lièvres, des faisans, des compagnies entières de perdreaux décimés de la veille.

Les « régatiers », nom donné aux volaillers de nos régions, y faisaient leurs affaires et en profitaient.

III

LES HIRONDELLES entouraient la maison de leurs cris perçants du printemps à l'automne. Toujours plus nombreuses, toujours plus confiantes, elles s'établissaient aux coins de nos fenêtres, sous toutes les corniches au ras des toits, disputant à la vigne vierge les places encore libres des crépis. Elles retrouvaient là, d'une année à l'autre, leurs nids intacts, et seules les plus jeunes devaient construire à leur tour. Messagères blanches et noires des beaux jours, porteuses de chance, elles ceinturaient de leurs vols vifs et gracieux la maison du bonheur.

Cette dernière n'était ni au centre, ni à l'extérieur de la ville. Importante, construite en moellons taillés, elle avait pris un peu de recul sur l'agglomération, un recul juste et calculé, convenant parfaitement à sa destinée première de maison médicale qui exigeait, malgré son importance, une certaine réserve et discrétion !

Un ampélopsis géant, dont il était difficile de contenir les poussées printanières, camouflant à droite comme à gauche du corps central des additifs devenus nécessaires au fil des temps, donnait une certaine unité.

La porte centrale était surplombée d'un balcon de pierre à l'étage, et l'ensemble, sans autres fantaisies, s'imposait en un carré austère et rigoureux. Une rangée de grilles hautes, doublée de fusains épais, dissimulait la façade sur une partie de sa hauteur et, le portail franchi, on se sentait déjà protégé et à l'abri de l'indiscret.

C'était là l'aspect officiel impersonnel de la maison, celui qui était concédé en totalité à la profession, excluant toutes libertés familiales ou autres qui auraient pu nuire à un crédit ou à une notoriété.

Côté face, mais aussi côté pile : l'arrière de la maison était tout autre et s'étalait librement, encadré de murs et d'annexes qui préservaient.

On s'était acharné de toute évidence à rendre cet espace intime. Des labyrinthes de verdure faits de blocs homogènes de buis opaques, de charmilles en ligne et de rangées de bambous y parvenaient. Il y avait là une pelouse, quelques massifs de fleurs, deux ou trois grenadiers et quatre palmiers immenses qui, dans ce pays où le noyer pousse plus volontiers que l'arbre exotique, pouvaient légitimement permettre de rêver. À l'ensemble, on décernait le nom pompeux de parc, bien que nul paon n'y fît la roue et qu'il n'y eût pas de pièce d'eau.

C'était là une zone familiale, privée, réservée et aussi préservée que l'était celle de la clientèle. La maison s'ouvrait toute grande sur elle et, alors que du côté rue les fenêtres demeuraient pratiquement toujours closes, sous cet angle, en revanche, les portes elles-mêmes ne se fermaient jamais et libéraient la famille sans contrainte sur le gazon.

On pouvait se promener là sans veste, en bras de chemise, avec ou sans cravate, se permettre de parler fort, de rire aux éclats, de jouer, ou même de profiter comme bon semblait à chacun, sur des chaises longues toujours disponibles, du soleil, de la verdure et des oiseaux.

Des garages occupaient le côté droit du parc. Vastes, étalés en longueur, trois voitures pouvaient sans peine y prendre place. C'étaient, à vrai dire, d'anciennes écuries, d'anciennes remises spacieuses à carrioles. Si elles n'avaient plus leur râtelier d'origine, elles gardaient encore leur dallage de pierre, tout comme les anneaux de fer ancrés aux murs où l'on attachait autrefois les chevaux.

Des greniers bas, sur leurs dessus, bien aménagés avec des trappes, avaient servi autrefois à entreposer le foin et à le faire glisser vers les mangeoires. Ayant perdu leur caractère fonctionnel, on n'y rangeait plus que quelques fagots. Ils étaient en partie vides, et leur relative inaccessibilité en avait fait le repaire privilégié d'un petit jupon de quelques années, qui aimait là-haut, loin de toute surveillance, y jouer à la poupée.

En ligne, bûchers et réserves suivaient encore. On consommait beaucoup de bois à l'époque, un bois local de chênes rabougris et ligneux que l'on faisait rentrer tout coupé par camions. On devait, malgré tout, le refendre bûche après bûche, avant de pouvoir le consumer.

N'ayant pas le temps de m'occuper moi-même de cette tâche, c'était « Elle » qui s'en chargeait sur un billot couvert d'entailles, heureuse dans sa joie de vivre du coup de hache réussi qui projetait de part et d'autre la bûche coupée en deux.

La maison avait son chauffage central, son eau courante même à l'étage, son téléphone, et tous ces avantages encore exceptionnels réunis sous un même toit suffisaient à eux seuls à la faire classer maison bourgeoise cossue et de haut standing.

*

* *

Des événements dramatiques, malgré une succession qui paraissait à tous solidement assurée, l'avaient contraint à reprendre une charge de chef de famille auprès d'une veuve et d'un adolescent encore bien jeune. Il avait dépassé les quatre-vingts ans lorsque je devais le connaître.

D'emblée, j'avais été impressionné par l'allure. Petit, presque anormalement droit en dépit de son âge, ses traits traduisaient un homme d'action habitué à juger, à décider, mais certainement pas à transiger.

Il portait, sans moustache, un bouc soigneusement taillé, et ses cheveux blancs, toujours peignés avec soin, témoignaient d'un souci constant, sinon d'élégance, du moins d'extrême correction. Ses yeux restés vifs reflétaient une intelligence mobile aiguë et qui n'avait certainement pas souffert avec l'âge. Ses mains, très souvent croisées dans son dos, restaient fines et devenaient toujours expressives dès qu'il parlait.

Une voix tranchante, presque dure, empreinte d'une volonté facilement perceptible dans le ton, enlevait à tout interlocuteur l'envie de discuter.

Vieux médecin d'une autre époque, il était marqué jusqu'à la moelle par le métier.

« Bonjour, cher confrère, bonjour. Mon gendre, comme vous le savez, est décédé, et mon petit-fils sur lequel j'avais reporté tous mes espoirs également. C'est donc vous qui allez prendre la suite de ce cabinet. Je suis heureux de votre arrivée. La clientèle, qui attend depuis trois mois, commençait à souffrir. Un pareil manque ne pouvait plus durer. Vous avez déjà quelques appels urgents. Nous discuterons donc plus tard dans le calme de certaines formalités obligatoires ; pour l'heure, occupez-vous de vos malades. »

La passe d'armes avait été rapide, dépourvue de toute sensiblerie inutile. Je n'avais plus qu'à m'exécuter !

Lourde charge pour un jeune de vingt-cinq ans, fraîchement sorti de la faculté, que de prendre semblable succession, dans cette maison où médecins de père en fils auraient dû normalement se succéder.

« Ah ! vous faites votre consultation en blouse blanche ! Les temps ont changé, c'est vrai. »

Certes, je n'avais ni l'intention ni l'envie, pour autant que cela puisse avoir grande allure, de faire comme lui qui restait encore un des derniers à consulter en redingote ou veston et pantalon rayé.

« Une affaire d'habitude, voyez-vous, un reste de la vie parisienne que j'aurais dû continuer à mener si un mariage et des intérêts terriens impératifs ne m'avaient ramené en Périgord. Oh ! bien sûr, ma clientèle n'y attache que peu d'importance. Peut-être sera-t-elle même flattée de vous voir l'accueillir en blanc. Faites donc selon votre idée ; d'ailleurs, moi-même, je prenais toujours ma blouse dans la salle de pansements. »

Désuète cette manie d'être, il le savait, mais il ne l'aurait abandonnée pour rien au monde, fidèle envers et contre tout à une éthique qu'il perpétuait dans la tradition de ses maîtres.

« Ah ! je vois que vous utilisez le stéthoscope ! Vous avez raison. Je m'y étais mis également. Oh ! remarquez bien, sur certaines juvénilités, l'auscultation directe à l'oreille avait son charme, mais je reconnais que dans d'autres cas, les plus fréquents hélas ! ce n'était pas l'idéal. Certes, on entend aussi bien à l'oreille, mais que de courage pour l'appliquer sur certaines poitrines que l'on ne mobilise qu'avec appréhension ! Il faut le reconnaître, l'hygiène n'est pas le propre du Périgord !

« Bien, voilà votre cabinet. »

Nous étions dans une salle vaste, occupée par un bureau central, trois fauteuils confortables et un divan d'angle, pièce qui aurait été banale si les murs couverts d'étagères n'avaient été tapissés jusqu'au plafond d'un nombre impressionnant d'ouvrages tous reliés et rangés dans un ordre parfait.

« Ma bibliothèque, c'est ma passion. Je l'ai créée et enrichie au fil des ans. Voyez vous-même. »

J'étais dans le sanctuaire d'un érudit, d'un érudit comme il ne s'en trouve plus aujourd'hui, même dans le grand métier. Le contenu de cette bibliothèque, à lui seul, suffisait à en persuader : ouvrages latins, ouvrages grecs, tous dans leurs textes d'origine. Il y avait là : Ovide, Virgile, Tacite, Tite-Live, sans l'ombre d'une traduction. Même les ouvrages d'étude, à part les plus récents, étaient écrits dans la langue de Pline. Un livre de l'*Énéide*, livre de détente, avait été négligemment abandonné sur le coin du bureau.

« Si vous le permettez, je vous laisserai pour un certain temps tous ces ouvrages ; je ne peux pour le moment les retirer. Je ne sais où les mettre. Vous pouvez en profiter... Je vous recommande simplement mes elzévirs. J'y tiens beaucoup... Vous les reconnaîtrez facilement, ce sont ceux qui portent cinq toiles d'araignées frappées à l'or fin sur le dos de leurs reliures. Pour les autres, ne vous gênez pas. Vous pouvez les emporter dans votre chambre si vous le désirez. »

Pauvre de moi, qui n'avais jamais été foutu de me tirer correctement d'une version latine, même avec un dictionnaire !

Contemporain de Mallarmé, mon interlocuteur avait connu Verlaine et Rimbaud.

« Tenez, j'ai là quelques poèmes qu'ils m'ont dédicacés eux-mêmes. Certains sont un peu légers, mais si cela peut vous distraire... Il est vrai que vous n'allez guère avoir le temps. Ah ! la profession a bien évolué depuis l'époque où je courais la campagne à cheval. Alors au moins dans mon cabriolet, j'avais le temps et de lire et de méditer. Figurez-vous que j'ai relu tout Ovide en un hiver. Ce que j'ai pu me divertir ! Vous ne pouvez vous imaginer le charme *Des amours* ou de *L'Art d'aimer* dans leur propre langue. On perd beaucoup dans les traductions. Quant à Platon, c'est en sa compagnie que j'ai connu mes plus riches moments. Même au cours des urgences que je faisais à selle et bien sûr à travers bois et champs, je m'arrangeais toujours pour avoir un de ses ouvrages dans mes fontes.

« Aujourd'hui, c'est l'automobile. On a les mains posées sur un volant, les yeux rivés sur la route, et rien ne compte plus que l'urgence ! Ah ! mon cher confrère, je vais vous dire le fond de ma pensée. La clientèle est devenue impatiente et impossible. Une urgence se réglait autrefois dans les deux ou trois jours, au cours des tournées qui en duraient quelquefois quatre à cinq, et pendant lesquelles on balayait tout un canton. Aujourd'hui, elle doit se satisfaire dans la journée. D'ici peu, ce sera dans la matinée ou la soirée, sinon dans l'heure qui suivra ! Pourquoi pas ! Au train où vont les choses !

« Savez-vous que j'ai eu la première automobile du pays ? Une Bolet si mes souvenirs ne me trahissent pas, et toujours pour satisfaire plus vite ces maudites urgences ! Bah ! avec elle, on ne gagnait que bien peu de temps. Les chemins ne s'y prêtaient pas. Prix d'achat élevé, entretien onéreux, rendement douteux, croyez-moi, c'est avec regret que j'ai abandonné la selle de mes chevaux. Un écu par visite, même en comptant large pour le foin et l'avoine, on s'en tirait, et puis surtout on n'était jamais victime des fantaisies imprévisibles de la mécanique... Enfin, il faut bien vivre avec son temps ! »

Sans pouvoir faire autrement, j'approuvais, alors que, piètre cavalier, je n'avais jamais su me tenir sur le dos du plus paisible bourricot. À cheval, même pour quelques heures, je ne m'y voyais pas.

« Ah ! nous devons aussi passer en revue le matériel de votre cabinet. Il est là, dans cette pièce réservée aux examens. Vous avez dans la vitrine à peu près le nécessaire à toute chirurgie courante : bistouris, ciseaux, aiguilles, écarteurs ; c'est suffisant. Je crois d'ailleurs que votre génération ne fait plus beaucoup d'efforts en ce domaine. À mes débuts, j'opérais encore d'urgence l'appendicite ou la hernie étranglée sur les tables solides de nos fermes. C'était commode. Peuh ! avec les facilités de transport, les médecins ont abandonné tout cela au profit des salles d'opération de leurs confrères chirurgiens. Et pourtant, l'on s'en tirait malgré les mouches, et presque aussi bien qu'eux puisque l'on ne perdait pas plus de malades. Tenez, mes couteaux à amputation sont dans cette boîte, dans ce coin de vitrine. Une jambe écrasée, une gangrène avancée, j'ai amputé moi-même dans certains cas. Mettez-les de côté ; ça peut vous servir. »

J'avais des doutes.

« Mais voyons, je te l'avais pourtant bien dit hier, nous n'avons pas de couteau à découper. Tu as eu tort de t'entêter à vouloir me faire servir un gigot. Comment vais-je faire maintenant ? »

« Elle » était furieuse et menaçait de faire passer mon gigot par la fenêtre.

« Allons, attends ! J'ai une idée, je crois que j'ai ce qu'il te faut. »

Et ils s'étaient avérés si remarquables, si efficaces, qu'ils finirent par quitter la vitrine de la salle d'examen pour le tiroir de notre salle à manger.

« Je vous laisse aussi tout le matériel pour amygdalectomie. Vous ferez vos amygdales, bien sûr ? Je les ai toujours faites dans ce cabinet. »

Devant ma réponse farouchement négative, il parut consterné.

« Mais alors, que pensez-vous faire, à part les angines et les bronchites ? Les accouchements et les curetages, j'espère que ce sera au moins de votre ressort ? »

Je me sentais plus à l'aise en ce domaine, ma formation en obstétrique était solide. Je lui en donnai l'assurance.

« Heureusement ! Sans cela, c'eût été une catastrophe. Mettez-vous dans la tête que l'on attend tout de vous dans cette discipline, hors la césarienne. Vous vous déjugeriez aux yeux de toute la clientèle dans le cas contraire. Eutocies et dystocies, l'accouchement est le pain quotidien du médecin. C'est aussi la condition absolue à toute réussite. C'est bien connu. N'oubliez pas que les sages-femmes se chargent des cas faciles et que ce sont les autres qui vous reviendront obligatoirement et de droit. Tenez, je vous laisse là trois sortes de forceps. Je vous recommande celui-là. C'est mon préféré. Sans tracteur, il est d'un maniement facile lorsqu'on a bien acquis la notion d'une courbure pelvienne. Tout avec lui se fait dans le poignet. Bien sûr, il est léger pour un détroit supérieur, mais sur une tête récalcitrante en fin de parcours, il reste une petite merveille. Peu encombrant, il ne traumatise jamais. Que de périnées j'ai pu sauver du désastre avec lui ! Il vaut tous vos Tarniers modernes. Vous verrez. Il m'a toujours accompagné dans mes déplacements, tout comme cette trousse chirurgicale. On ne sait jamais ce qui peut se présenter et, à la campagne, on doit pouvoir faire face dans tous les cas. »

Faire face ! Il n'avait fait que ça pendant près de cinquante ans, travaillant seul le plus souvent, aidé seulement dans les meilleurs cas, par quelques bonnes volontés bénévoles recrutées sur le tas.

« Ces personnes sont utiles à connaître, il y en a pratiquement dans chaque village, je vous les indiquerai. Vous devez leur faire une visite de courtoisie. C'est important. Oh ! bien sûr, il ne faudra pas trop leur demander, mais elles feront de leur mieux, et comme l'on n'a pas quatre mains ! Vous verrez, dans le fond, tout se passe bien. Il suffit de prendre ses responsabilités et de se débrouiller comme si l'on était en pleine brousse. »

Il n'y avait plus rien à dire après ça. Avec ce principe, il avait acquis auprès de ses clients un crédit absolu, aveugle et sans limite, crédit tel qu'il n'autorisait plus aucune question.

« Que veux-tu, Adrien ? Comment ? Tu veux que je t'explique ce que tu as ? Alors mon vieux, il te faut faire ta médecine, et puis, dis-moi, qu'est-ce que ça peut te faire ? Je te soigne. Je t'ai guéri. Ça ne te suffit pas ? »

L'impudent ne s'en tirait qu'en s'excusant. Le problème des diagnostics était ainsi simplifié dans tous les cas, et au fond, qu'est-ce que cela pouvait bien lui faire, à l'Adrien, de savoir ce qu'il avait, ce qu'il aurait pu avoir, ou ce qu'il avait eu ?

« Docteur, que dois-je faire ? J'ai vu que vous tutoyez vos clients ; à mon âge, cela me paraît difficile de continuer.

– Tutoyer, sûrement pas ! Où diable avez-vous vu ça ? Une barrière entre eux et nous est indispensable, malheur à qui chercherait à l'abattre. Mais voyons, je ne tutoie personne. Qu'est-ce qui a bien pu vous faire croire ça ?

– Personne, personne. Seulement il m'avait semblé, tout à l'heure encore…

– Ah ! je vois… mais vous vous méprenez, mon cher confrère. Oui, bien sûr, cette cliente parce que je l'ai fait naître, que je l'ai toujours connue, que de nourrisson je l'ai vue grandir, mais détrompez-vous, je ne tutoie que ceux-là car ils sont un peu mes enfants. Quant aux autres, sûrement pas ! »

Partant de là, après une carrière comme la sienne dans la même région, et grâce à son petit forceps, il tutoyait tout le monde ou presque, sans s'en rendre compte.

« Et notez bien que cela reste à sens unique ! Je voudrais bien voir qu'il en soit autrement ! »

Je devais continuer à appliquer sa méthode et à m'en trouver fort bien.

« Voyez-vous, l'important c'est d'obtenir la confiance totale de vos clients. Tenez, je vais vous raconter une aventure qui aurait pu tourner au plus mal et dont je suis des plus fiers avec le recul du temps.

« C'était au cours d'un hiver, 90 ou 92, je ne sais plus exactement. Tout ce dont je suis sûr, c'est que c'était un hiver particulièrement rigoureux avec une neige abondante qui avait séjourné assez longtemps pour que l'on ait signalé quelques hordes de loups dans la Double. J'avais été appelé en pleine nuit par une sage-femme, une brave femme morte depuis, il y a déjà longtemps, pour un accouchement qui se présentait mal du côté de la Rouêne, un coin sauvage dans les bois, lugubre et sans maison. Le coin n'a d'ailleurs guère changé encore aujourd'hui. N'ayant pas eu le courage de réveiller mon monde pour atteler une carriole, j'étais parti à selle, ma trousse d'un côté, mon revolver de l'autre, à cause de ces fameux loups dont on venait de tuer un couple sur le Nontronais. Sait-on jamais !

« Mon forceps terminé, j'avais entamé mon retour vers la maison. L'air était vif, la nuit des plus sombres. Je coupais malgré tout par des sentiers que je connaissais bien pour les avoir parcourus maintes et maintes fois ! Je me repérais comme je pouvais à un groupe d'arbres, à un champ, à un pré, voire à certaines racines sur lesquelles mon cheval avait coutume de trébucher. Et puis, la nuit, les yeux se font à l'obscurité. J'avançais rapidement, une petite heure devait me suffire pour regagner mon lit.

« C'est alors que tout se passa en quelques secondes. Saisie à la bride, ma jument avait fait un écart qui, si je n'avais été bon cavalier, m'aurait désarçonné.

« “La bourse ou la vie ?”

« La forme avait bondi d'un buisson et je distinguai nettement, dans la main droite, le croissant d'une serpe qui luisait au niveau de ma cuisse.

« "La bourse ou la vie ?"

« La voix était mal assurée, mais le geste se précisait.

« Mon réflexe fut immédiat, sans calcul. Je plongeai ma main dans ma sacoche, et le coup partit vers l'homme masqué.

« Le cheval était libre. Je piquais des deux et je partis au galop, et voilà ! Je savais les chemins peu sûrs à cette époque, mais jamais rien de semblable ne m'était arrivé.

« Bien que fatigué, j'eus du mal à trouver le sommeil. Le lendemain, à la première heure, j'étais à la gendarmerie. Celle-ci fit, en ma compagnie, son enquête sur les lieux. Nous ne trouvâmes rien. De toute évidence, j'avais manqué mon homme, et tout était bien ainsi. J'étais soulagé. On ne tire pas sur quelqu'un, même en cas de légitime défense, sans avoir des remords, croyez-moi.

« Le soir même, je n'y songeai plus. Lorsque je vis rentrer Pierre à ma consultation, j'étais loin d'y penser encore.

« "Tiens, Pierre ! Que se passe-t-il ? Alors, c'est l'enfant ? Mais explique-toi ! C'est la sage-femme qui t'envoie ?"

« Visiblement, l'homme était gêné. Je cherchais encore à le mettre à l'aise.

« "Eh non ! Docteur, ce n'est ni pour la mère ni pour l'enfant que je viens. C'est pour moi.

« – Que t'arrive-t-il donc ? C'est ton bras ? Fais voir.

« – Oh ! Docteur, ce n'est pas la peine de mentir. C'est à cause de votre balle. J'ai pensé que celui qui me l'a logée là accepterait bien de me l'enlever. Ai-je eu raison, Docteur ?"

« Eh bien ! vous me croirez si vous voulez, mon cher confrère, devant pareille confiance, j'ai été désarmé. Je n'ai pas eu la réaction, ni de me mettre en colère, ni celle de protester. J'ai extrait ma balle, et gratuitement encore, sous anesthésie locale pour ne pas lui faire mal. Quant à la suite de notre conversation, elle acheva de me perturber.

« "Pourquoi as-tu fait ça, Pierre ? Tu ne m'avais pas reconnu ?

« – Bien sûr que si, Docteur. Je vous attendais ! Je savais que vous passeriez là. Mais je ne voulais vous faire aucun mal, seulement vous faire peur afin que vous me donniez cet argent dont j'avais besoin pour vous payer l'accouchement."

« C'était le comble ! Avouez que c'est une aventure peu banale. Et dans le fond qui m'a fait du bien. Que pouvait-il m'offrir de mieux, cet homme, que cette confiance aveugle qui allait jusqu'à l'inconscience… ?

« Au fait, il me doit toujours son accouchement ! Sacré Pierre, va !

« Ah ! pour changer de sujet, n'oubliez pas qu'il est urgent de faire, dans les jours à venir, votre visite à tous vos confrères du voisinage. C'est une politesse déontologiquement prévue que l'on se doit et qui est indispensable à de bonnes relations, bien qu'au demeurant cela n'engage que fort peu l'avenir. Les ignorer les autoriserait à vous ignorer à leur tour. Ajoutez que ce n'est pas sans intérêt de voir chacun d'eux dans leur milieu. Il y a toujours quelque chose à glaner.

« Vous devez en second lieu voir les sages-femmes… Toutes. Du moins toutes celles de la région. Les rapports que vous aurez avec elles ne peuvent être que chaleureux s'ils sont exempts de toute suspicion d'intérêt. L'assurance que vous leur donnerez d'être un recours, et non un concurrent, y aidera. Vous me comprenez ! Faites-leur bien comprendre : l'eutocie pour elles, la dystocie pour vous. Mais il faudra vous montrer à la hauteur de leur confiance. Croyez-moi, elles ne tarderont pas à vous mettre à l'épreuve, et elles vous jugeront mieux qu'un jury d'examen. N'oubliez pas les pharmaciens. Faites-leur à eux aussi une courte visite. Susceptibles, ceux-là ! Et dangereux s'ils vous prennent en grippe. N'oubliez pas qu'ils voient le malade après vous, avec votre ordonnance en main, et quelquefois même avant vous pour un conseil gratuit. Un de leurs sourires peut être plus dangereux qu'une de leurs potions. Alors, bien sûr, indiquez-leur grosso modo la liste de vos préférences. Assurez-leur que vous les préviendrez en cas de changement. Ils y seront sensibles. Avouez enfin que vous écrivez mal, qu'un coup de téléphone ne vous vexera jamais. C'est utile, car sans parler des difficultés qu'ils pourront avoir à vous déchiffrer, une erreur est toujours possible lorsqu'on est pressé ou distrait… Ah ! j'ai vu que vous formuliez, vous avez raison. On s'éloigne trop de cette pratique qui était à la base de toutes nos ordonnances autrefois. La spécialité ravale le pharmacien au rang d'épicier en blouse blanche. Il faut éviter ça. Tôt ou tard, nous en serions victimes.

« Pensez enfin aux vétérinaires. Politesse de pure forme, mais dont ils seront flattés. Vous n'avez pas affaire à eux, mais ils entrent dans toutes les fermes ; par la porte de l'étable, j'en conviens, mais avec crédit, et ils sont écoutés. Il faut en tenir compte.

« Et puis, j'allais oublier ! Pensez surtout aux P.T.T. Les postiers ! Les plus importants peut-être à une époque où le téléphone a tendance à monopoliser de plus en plus l'urgence. Ceux-là donnent des conseils à tous les coups. Si vous êtes leur médecin, et à plus forte raison leur ami, leur village vous est acquis. Ils vous rendront les plus grands services en vous prévenant lors de vos passages des appels récents ; ils vous éviteront bien des kilomètres et du temps perdu. Certes, vous les soignerez gracieusement, mais il faut bien savoir faire quelques sacrifices, et en ce domaine vous ne serez pas perdant.

« Bien, mon cher confrère, je ne vois pas grand-chose de plus à vous dire. Le reste, vous le découvrirez vous-même avec le temps, quelquefois aussi à vos dépens. Mais allez, ayez confiance d'abord en vous, si vous voulez obtenir celle des autres.

« Tout ira bien. Bon courage, cher ami, bon courage ! »

*

* *

« Docteur, j'ai un problème. »

Jeune médecin, encore sans grande expérience, j'allais de temps à autre, et sans fausse honte, prendre l'avis de la sagesse.

« J'ai dans le cabinet une cliente qui fait une fausse couche sur ma table d'examen. Elle élimine une partie de son placenta. Que dois-je faire ?

– Mais voyons ! vous avez bien des curettes, que je sache ? Eh bien que diable ! elle est dilatée ? Oui ! Alors un curetage, bien sûr, c'est évident.

– Là ? Dans le cabinet ?

– Mais où voulez-vous donc le faire pour être mieux ? Sur la place publique ? C'est un acte banal, pas tellement douloureux. Vous pouvez y aller, bien sûr sans anesthésie… »

Je m'exécutai, et la cliente était repartie sur-le-champ pour un parcours de six kilomètres à vélo sur un chemin criblé de nids de poules !

« Docteur, ne pensez-vous pas que ce soit imprudent ?

– Voyons, mon cher confrère, vous êtes médecin ! Cette femme risquait certainement autant en venant vous voir qu'en repartant. Votre curetage est correct et complet ?

– Je le crois.

– Alors vous irez lui rendre visite ce soir. Soyez sans inquiétude, cette petite promenade sera excellente pour ses jambes et ne peut que lui éviter des complications. Allez, soyez rassuré. »

Je n'en étais pas convaincu. Le soir, dès que possible, je faisais à mon tour le trajet chaotique et je trouvais ma patiente debout, donnant de l'herbe à ses lapins.

« Tiens, bonsoir, Docteur ! Et où allez-vous ?

– Mais vous voir, Adrienne ! Voir comment vous allez.

– Je vais bien, Docteur, je vais bien, tellement bien même que l'Albert, malgré ce que j'ai pu lui en dire, en a déjà profité. À ce train-là, je ne tarderai pas à revenir vous voir. Vous verrez.

– Mais Adrienne, vous n'y pensez pas !

– Oh ! moi non, Docteur, bien sûr que non. Mais l'Albert, lui, il y a pensé par contre, et pour tout de bon, croyez-moi ! Que voulez-vous, vous m'avez dit de me coucher en arrivant ! Vous savez, avec Albert, ce n'était pas une chose à faire ! Surtout au moment de sa sieste !

– Mais Adrienne, c'est dangereux, ça. Votre curetage ne remonte qu'à quelques heures. Vous allez vous faire saigner. Une hémorragie, une infection peut…

– Oh ! Docteur ! je ne perds presque plus, et puis, vous savez, ce ne serait pas ça qui pourrait arrêter l'Albert ! Ah non ! Tenez, il a même coutume de dire que c'est à ces moments que l'on risque le moins. Voyez ! c'est comme après mes accouchements, il n'a jamais pu attendre plus de huit jours. Que voulez-vous, c'est sa nature. Puis c'est avant qu'il aurait fallu me dire ça ! Ah ! ne faites pas cette tête, Docteur, je ne crois pas que cela ait pu me faire du mal. Je vais vous dire, il est prudent, mon Albert, il a fait attention, il s'est retiré pour une fois. Quant à l'infection, il est propre malgré les apparences, et sain. Tenez, depuis que je le connais, et nous allions déjà à la communale ensemble, il n'a jamais vu de médecin. »

*

* *

Les hirondelles construisent des nids maçonnés faits de terre pétrie et humide qui, en séchant, s'agglomère et durcit. Fixés sous un rebord de corniche à l'angle d'une pierre, ces nids, petits prodiges d'architecture, ne peuvent être atteints d'aucun prédateur. Ils restent solides, car soigneusement placés à l'abri du vent et de la pluie. Un orifice étroit en commande l'entrée. Par ce trou, l'hirondelle, tant que ses jeunes ne sont pas encore nés, peut pénétrer. En revanche, l'habitacle est tellement étroit et étudié qu'elle doit garder la tête à la fenêtre durant toute la couvaison. Lorsque les œufs ont fait place à quatre ou cinq petits affamés, l'hirondelle elle-même ne pourra plus jamais s'insinuer en la place. Elle doit alors s'agripper à la paroi pour distribuer les produits d'une chasse acharnée, exclusivement constituée de moucherons capturés en plein vol. Les petits becs attendent à l'ouverture, inlassables, l'arrivée du couple qui, devoirs équitablement répartis, repart aussitôt. Appétit insatiable ! Le nid, bien que profond et douillet, ne tarderait pas à être inhabitable si les oisillons, par instinct et plusieurs fois par jour, ne faisaient, avec un bel ensemble, un demi-tour sur eux-mêmes pour propulser, de leurs croupions déplumés, dans le vide, les résultats de leur perpétuelle digestion.

Le sol, et tout ce qui se trouve au-dessous, est maculé avec conscience et régularité, sans qu'aucune parade ne puisse être envisagée.

Tous les ans, certaines de nos locataires accrochaient trois ou quatre nids sous notre balcon, à l'entrée de notre porte.

Le recoin situé à l'aplomb de la sonnette était particulièrement apprécié, et les premières arrivées s'y installaient d'autorité. Tous les matins, un seau d'eau suivi d'un coup de balai énergique venait mettre les lieux en état ; mais malheur à celui qui venait sans méfiance sonner à notre porte. Probablement conditionnés par ce bruit insolite – je ne m'explique pas autrement la chose –, c'était juste ce moment que les cinq croupions attendaient pour entrer en action.

Le client était régulièrement décoré, tantôt sur l'épaule, tantôt au revers du veston, souvent même sur la tête et, s'il s'avisait de lever des yeux inquisiteurs vers les nids, il n'était pas rare qu'un pleur immédiat, mieux ajusté, droit dans l'œil, ne se chargeât de le dissuader en lui faisant systématiquement faire plusieurs pas en arrière.

IV

« ON VOUS APPELLE CHEZ LES GITANS. C'est pressé. Peut-être feriez-vous bien d'y aller avant de manger, avant que la nuit tombe. Cela ne peut, paraît-il, attendre. »

La petite bonne, fort accorte, qui tenait la maison en l'absence du médecin que je remplaçais, m'attendait à la porte, un plan à la main.

« Voilà, je vous indique la direction. Vous suivez la rue principale ; vous tournez à droite à la sortie de la ville en direction de Perpignan. C'est à un quart d'heure d'ici.

– C'est tout ? Quel nom vous a-t-on donné ?

– Aucun, cela ne servirait à rien, car ce ne sont jamais les mêmes qui sont là. Mais vous n'en avez pas besoin. En général, ils viennent à votre rencontre et vous dirigent eux-mêmes. C'est toujours ainsi. »

Ce fut dans l'Aude, à Quillan, ravissante petite cité enserrée entre des collines aux pieds des Pyrénées, brûlée par le soleil d'été, enterrée sous la neige l'hiver, que je rencontrai pour la première fois les gitans. C'est là où je devais apprendre à les connaître, puis rapidement à les aimer, sinon à les apprécier, dans leurs défauts et leurs qualités d'hommes libres et fiers s'il en est.

Jeune remplaçant, j'étais vaguement inquiet de ce premier contact avec leur campement.

« Dois-je laisser l'argent ici, Yvette ? J'ai sur moi la recette de la journée. Ce n'est peut-être pas prudent. Qu'en pensez-vous ?

– Oh ! vous ne risquez rien, vous pouvez le garder, mais dépêchez-vous. »

J'étais en effet attendu. Ma voiture était à peine arrêtée qu'un gitan m'accostait.

« Vous êtes le médecin ? Vous me suivez. »

Et, comme il venait de voir mon mouvement instinctif pour retirer ma clef de contact :

« Vous pouvez laisser votre trousseau sur le tableau de bord ; votre voiture ne risque rien ici, vous êtes chez nous. »

La parole était rude, sans animosité, sans complaisance non plus, hautaine jusque dans le ton.

J'avais renoncé à toute précaution, un peu consterné de la maladresse de ma réaction première. J'avais été humiliant sans le vouloir, on me l'avait fait sentir aussitôt.

L'homme à la figure anguleuse et basanée me précédait déjà. Je lui emboîtai le pas.

Le campement longeait sur quelques centaines de mètres la rivière qui coulait en contrebas. Ancien dépôt recouvert de monticules de terre mal aplanis, ses alentours restaient encore parsemés de vieilles ferrailles, de vieux tuyaux, de vieux bidons et d'anciennes poutrelles qui émergeaient de-ci de-là, crevant les hautes herbes.

Au fur et à mesure que nous avancions, le sentier disparaissait ainsi que les folles herbes, pour faire place à un sol battu, dénudé, dû à un va-et-vient évident. Sur ce terre-plein, une centaine de *verdines*[1] étaient réunies, pressées les unes contre les autres, certaines plus que modestes, d'autres presque luxueuses, voisinant même quelques caravanes cossues.

Des chevaux et de vulgaires bourricots en liberté allaient au hasard, de touffe d'herbe en touffe d'herbe. Des fils de fer tendus obligeaient à des détours.

Peu bavard, mon guide en bras de chemise, au large feutre usé, qui, foulard autour du cou, me conduisait d'ornière en ornière, entre les carrioles, les groupes de femmes aux longues jupes et les enfants à demi nus, crasseux et en haillons.

Mon passage semblait inaperçu. Chacun s'occupait de ses propres affaires, comme s'il avait été seul ici. Ni les hommes, ni les femmes, ni même les enfants ne détournaient la tête. Des gitans bruns, aux visages hâlés, accroupis près de feux mourants, grattaient sans conviction leurs guitares. D'autres tressaient des corbeilles, des paniers ou préparaient des joncs. D'autres, enfin, frappaient en cadence sur des chaudrons et, malgré ce vacarme, personne n'avait l'air d'être gêné.

Des femmes cuisinaient en plein vent ; certaines lavaient, d'autres étalaient sur des fils ou des buissons

---

1. Verdines *: roulottes ainsi appelées en raison de leur couleur verte.*

des linges bariolés encore douteux. Tous parlaient entre eux. Leur langage m'était inconnu.

Je suivais mon guide, curieux, donc malappris – je l'ai réalisé depuis –, puisque rien n'est plus insupportable aux gitans que la curiosité.

« C'est là, entrez. »

J'étais devant une guimbarde qui, ses deux brancards dressés vers le ciel, attendait. Un cheval étique était attaché à l'une de ses roues. On avait, à mon intention, placé latéralement devant sa porte une caisse renversée qui devait me permettre d'y accéder.

À l'intérieur, l'espace étroit sentait la sueur, la fumée et la moisissure. Sur un bat-flanc faiblement éclairé d'une bougie, un vieillard suffoquait. Une femme sans âge, les cheveux dissimulés sous un foulard noir, la nuque et les épaules couvertes d'un châle, figée, debout, indifférente, veillait. L'éclairage, tremblotant et falot, donnait au visage du malade, décharné, raviné par les rides et déjà inconscient, un effet saisissant.

Je m'approchai. Sans plus d'examen, au premier coup d'œil, on comprenait. Ce n'était plus qu'une question d'heure, la mort était déjà là et commençait son œuvre.

J'auscultai néanmoins, prolongeant même un examen de toute évidence inutile.

Un silence pesant s'était installé dans la roulotte. La femme près du chevet avait disparu, remplacée bientôt par un, par deux, puis dix gitans, arrivés les uns après les autres, rangés debout tout au fond de la verdine.

J'avais terminé. Personne jusque-là n'avait dit mot. Mon guide s'était enfin rapproché de moi.

« Où en est-il, Docteur ?

– Perdu, sans nul doute. Il ne peut passer la nuit. Il n'y a plus rien à faire. »

J'avais été payé rubis sur l'ongle, et l'on m'avait reconduit entre les feux jusqu'à ma voiture. La nuit était tombée.

« Yvette, les gitans sont-ils venus chercher un permis d'inhumer ?

– Non, pas que je sache, Docteur. »

Personne n'était venu ni le lendemain, ni le surlendemain. Je commençai à me poser des questions… Me serais-je trompé ? Ce n'était pas possible, l'homme était moribond !

Deux jours, trois jours. Cette histoire m'obsédait. Je voulus en avoir le cœur net… J'allai rôder près de la rivière. J'en avisai un que, j'en étais sûr, j'avais vu dans la roulotte.

« Où en est votre malade ? Celui que j'ai examiné lundi ?

– Mort ! Deux heures après votre départ, comme vous l'aviez prévu, sans même ouvrir les yeux. Vous ne vous étiez pas trompé.

– Mais alors, le permis d'inhumer ?

– Oh ! ça, c'est notre affaire ! Permis ou pas permis, il est enterré à cette heure, et n'ayez aucune crainte, dans un lieu où jamais personne n'ira le déranger. C'était un gitan de la route, un vrai, de partout et de nulle part, pour qui un coin de bois vaudra tout autant qu'un cimetière. Vous comprenez, c'était un homme jeune qui pouvait encore vivre longtemps. Ses papiers pourront donc facilement servir à un autre. Une simple photo à changer, et celui qui en aura besoin se trouvera avec une autre identité. »

Quillan, à une courte distance de la frontière, était un lieu apprécié des gitans qui connaissaient les moindres méandres de la montagne, et pour lesquels passer en deux jours de la France à l'Espagne, et vice versa, n'était qu'un jeu.

Peu contrôlée, cette zone frontalière, vers la fin de la guerre, leur convenait. Ils s'y livraient à une contrebande par toutes les nuits, transitant à l'aller et au retour ce qui manquait dans chaque camp. Ce trafic, bien que peu rémunérateur et comportant pas mal de risques, seyait à leur caractère aventureux. Il légitimait leur présence sédentaire dans ce secteur.

Les Quillanais s'y étaient faits, sachant très bien que renard ne chasse jamais près de son terrier, qu'ils ne risquaient rien de cette promiscuité, sinon, de-ci de-là, quelques profits. De fait, aucun larcin notable ne venait jamais gâter des relations d'ailleurs toujours réduites.

La communauté gitane gardait ses distances, limitant au strict minimum ses rapports avec la ville. Elle ne cherchait surtout pas à s'intégrer. Pour les uns, il y avait « des gitans », pour les autres, « des gadjos », et le même mépris s'attachait de part et d'autre à ces deux appellations.

Dans la petite cité, les gitans tranchaient et se reconnaissaient de loin : les hommes par leurs figures anguleuses et basanées, leur maigreur musclée, leur allure souple et équivoque bien qu'empreinte d'une certaine noblesse naturelle et de race, les femmes par leurs jupes traînantes, leurs châles et leurs foulards bariolés. Gens de la route et des vastes horizons, ils se voulaient d'abord libres, puis vanniers, diseurs de bonne aventure ou jeteurs de sorts. Ils proposaient sans conviction, de temps à autre, leur artisanat de couverture, ou la lecture immédiate du destin dans le creux d'une main.

Les villageois, attachés à leurs biens, se devaient d'être méfiants, et bien qu'habitués, rejetaient leurs offres sans y mettre la moindre forme. Si les gitans insistaient, ils n'hésitaient pas à lâcher leurs chiens. Les autres crachaient alors par terre faute de mieux, lançaient leur sort à l'aveuglette et se dépêchaient de déguerpir avant l'arrivée des gendarmes dont on ne manquait pas de les menacer.

L'ambiance était, comme on le voit, des meilleures, et la coexistence ne posait guère de difficultés.

Ma consultation touchait à sa fin, consultation morose, peu fournie, comme en connaissent tous les remplaçants lorsque les malades se retiennent en attendant le retour imminent de « leur médecin ».

J'allais fermer la porte lorsque le gitan se présenta. Il avait gagné ma salle de pansements sans dire un mot et, sans attendre, avait laissé tomber son pantalon.

Ses fesses étaient en sang.

« Que vous est-il arrivé ?

– Cela ne vous regarde pas ! Soignez-moi. Puis vous me direz ce que je vous dois. C'est tout ce que je vous demande. »

Je m'étais mis à l'ouvrage. J'avais extrait, non sans difficulté, quatre chevrotines repérées au stylet.

Il m'avait payé… Tout était en règle, et mon patient prenait congé avec la même aménité qu'à son arrivée. Il franchissait le seuil de mon cabinet ; deux gendarmes arrivaient.

« Docteur, nous ne voulons pas vous faire perdre de temps, mais nous cherchons quelqu'un. Quelqu'un qui a été blessé, et qui n'a pas dû aller très loin. L'avez-vous vu ?

– Ma foi, non, Brigadier. Certainement pas. Personne ne s'est présenté ici. »

Le gitan s'était esquivé sans demander son reste. Les gendarmes étaient repartis. L'affaire était pour moi classée, du moins je le croyais.

Ce fut huit jours après que l'on frappa à ma porte. Un enfant était là, brun, frisé, racé jusqu'au bout des ongles qu'il avait en deuil et bien cernés. Il me tendait un paquet.

« Prenez, Docteur, il y a une lettre, c'est pour vous. »

Une apparition, un mot, il était déjà parti.

C'était une longue boîte de cigares. Une boîte somptueuse, de contrebande s'entend, effectivement accompagnée d'une page d'écolier sur laquelle on avait griffonné ces quelques lignes : « Docteur, si un jour tu as besoin de Bébert, fais-le-moi savoir, je suis ton homme. »

Premier cadeau, et quel cadeau ! Les cigares, nulle importance, je ne fumais déjà plus. Mais ce mot d'accompagnement ! Ce mot de reconnaissance, simple, direct, droit comme celui qui l'avait écrit, Dieu seul sait ce qu'il pouvait représenter pour moi.

Le temps a passé. Je n'ai ni revu Bébert, ni eu besoin de ses services, mais je suis convaincu que pour lui, s'il vit encore, la promesse tient toujours. Parmi toutes les marques de gratitude que j'ai pu recevoir depuis, c'est la sienne qui reste pour moi la plus émouvante jusqu'à ce jour.

J'ai gardé le papier et, de temps en temps, lorsqu'il me tombe sous la main, je le relis : « Docteur, si un jour… »

J'étais définitivement admis chez les gitans. Ils n'avaient plus aucune méfiance à mon égard. J'étais pour eux celui qui ne voyait que ce qui devait être vu, qui savait se taire et garder un secret. J'étais devenu leur médecin. Je pouvais circuler seul dans leur camp comme bon me semblait, sans provoquer la moindre suspicion. Je n'étais certes pas des leurs. Je restais un gadjo, mais un gadjo différent des autres, à qui on pouvait faire confiance, et il ne se passait guère de journée sans que j'eusse la visite de l'un d'eux.

« Docteur, soignez-moi ça. »

« Ça », c'était un avant-bras traversé par une lame comme en ont dans leurs poches tous les gitans du monde. Une de ces lames brillantes, longues et courbes qui servent, s'ils n'ont pas de bâtons à leur portée, à régler les comptes entre eux à la loyale.

La plaie en séton ne posait aucun problème. Quelques points, un pansement compressif, c'était tout.

« Merci, Docteur, vous alliez fermer votre porte à ce que j'ai compris ? Alors un conseil, attendez un peu, je vous envoie du travail. »

Un quart d'heure plus tard, je commençais pour un autre gitan un plâtre sur un bras cassé.

C'est aussi dans l'Aude que j'ai eu l'extraordinaire privilège de soigner le roi des gitans. Roi sans couronne et sans biens, à peine différent dans ses haillons de ses sujets, roi tout de même et auquel toute la tribu portait respect et soumission. Aucun luxe tapageur, aucune apparence de richesse, aucun signe particulier ne le caractérisait, mais ses avis étaient péremptoires pour tous, car il possédait le pouvoir, ce pouvoir qu'il détenait de je ne sais qui, pour je ne sais quoi, et dont seuls les gitans connaissaient l'origine.

« Est-ce grave, Docteur ?

– Je le crains, je pense que le mieux serait une hospitalisation. De la pénicilline serait à mon avis nécessaire. Ce serait certainement plus efficace que tous les sulfamides que je peux lui prescrire ici. »

La pénicilline demeurait encore l'exclusivité des hôpitaux. À ses débuts, elle réalisait de vrais miracles. Cinquante mille unités toutes les trois heures suffisaient, en deux jours, à régler le sort d'une pneumonie – où en sommes-nous aujourd'hui ? Hélas ! le secteur privé en était encore dépourvu.

« Que dites-vous, Docteur ? Que vous manque-t-il pour le soigner ?

– De la pénicilline, mais ça…

– Ah ! et où peut-on se procurer cette pénicilline ? Le prix ne compte pas. Où y en a-t-il ?

– Dans les hôpitaux de faculté : Toulouse, Montpellier, Marseille, mais il n'est pas question ni d'en soustraire, ni d'en obtenir. Elle leur est strictement réservée.

– Si vous en aviez, Docteur, pourriez-vous le tirer d'affaire ?

– Je le crois, mais encore une fois, c'est impossible. Vous devriez m'écouter et accepter l'hôpital.

– Bon, revenez demain, Docteur. Revenez demain, on reparlera de tout cela. »

La pénicilline était là. Non pas deux cent mille unités comme je n'aurais osé l'espérer, mais six cent mille, en trois flacons.

Comment avaient-ils fait en une seule nuit ? Je ne l'ai jamais su, mais voilà, c'était pour le roi de leur tribu !

V

J'avais été prévenu : « Avec tous ces confrères vous aurez vite fait. Vous les trouverez au début ou pendant leurs consultations, entre 14 heures et 17 heures. Ce sont des gens pressés, qui vous recevront certes fort bien, mais auxquels vous rendrez le plus grand service en ne vous attardant pas et en ne les détournant pas de leur travail. Remarquez qu'aucun d'eux ne recevant sur rendez-vous, ils seront contraints de vous prendre entre deux clients. Évitez de leur rendre visite un jour de leur marché. Par contre, avec Sommier, Tendron et Rivière, c'est une autre affaire ! Vous pouvez prévoir une matinée ou une soirée entière pour chacun. Avec eux, il n'y a plus d'horaires, mais seulement de la fantaisie. Il faudra d'ailleurs et d'abord que vous les trouviez. Ce ne sera déjà pas facile. Après ça, ce sera selon leur humeur et les sentiments que vous leur inspirez. Avec eux, tout peut arriver. Si vous leur êtes sympathique, ils vous inviteront à leur table, et il vous sera difficile de refuser. De toute façon, l'originalité de chacun et le folklore dont ils s'entourent valent largement le temps que vous passerez en leur compagnie. »

Marginaux, je les avais laissés en attente, en prévision d'une période creuse où j'aurais tout mon temps.

J'avais décidé de commencer par Sommier, et j'avais cru bon de lui téléphoner. Sommier était célibataire, je le savais, et je ne fus pas étonné d'entendre la voix de sa gouvernante au bout du fil. Une voix revêche qui se radoucit dès qu'elle eut la certitude qu'elle n'avait pas à faire à une urgence.

« Oui, Docteur, venez vers 2 heures. Je ne sais à quelle heure il rentrera ; avec lui c'est imprévisible, mais il sera là pour sa consultation, et comme il y a peu de travail en ce moment, vous pourrez lui parler tranquillement. »

J'étais arrivé un peu avant l'heure, par correction. J'avais fait ma plume en conséquence.

La maison était à la limite du village, longue, étalée, faisant penser plus à une ferme qu'à une maison médicale. Je savais qu'enfant du pays, Sommier s'était installé sur ses terres et n'avait pas abandonné ses occupations paysannes. Néanmoins, cela surprenait de se voir là, au milieu d'une basse-cour, parmi les poules, les oies et les dindons. Des bâtiments voisins arrivait une odeur forte de paille et de fumier.

« Ah ! je l'attends. Il a encore dû manger chez un client. Sans me prévenir, bien sûr, comme d'habitude. Mais il ne peut tarder. Il y a quelques clients qui l'attendent… Cela ne vous dérange pas que je vous mette avec eux ? En rentrant, il passe tantôt par-devant, tantôt par-derrière – sans jeux de mots. Je dois sortir, et je vais fermer la maison. Dans la salle d'attente, il ne pourra faire moins que de vous repérer, car il connaît tous ses clients. »

La « belle femme » en Périgord répond à des critères précis qui, en aucun cas, ne peuvent laisser une impression évanescente comme en laisserait une belle fille de Paris.

La belle femme en Périgord a de la prestance

a du jabot

a de la matière,

elle a gardé des formes de la vénus préhistorique qui hanta autrefois les grottes de Lascaux.

La « belle femme » de cette région s'épanouit en général à l'approche de la cinquantaine, lorsque les maternités, suivies de leurs allaitements, ont fait leur œuvre, et lorsqu'elle n'aura plus, jusqu'à l'approche de la vieillesse, de raisons de changer.

Pour être cataloguée telle, cette femme doit être pourvue d'attraits évidents : mollets puissants, poitrine avantageuse et croupe portant au rêve. Peu importe si elle a du poil aux pattes, si elle est plus ou moins moustachue ; ces détails sont tolérés puisqu'ils peuvent même amener à soupçonner par ailleurs des abondances qui ne peuvent pas forcément déplaire.

Ce qui compte avant tout, c'est qu'elle possède un bel aplomb et qu'elle ait du caractère.

La courtaude, même bien en chair, est en principe exclue ; la longiligne, sèche, aux seins flasques, de constitution fragile et de caractère souvent revêche, l'est également. La moyenne seule qui, malgré l'âge, a gardé de la mamelle, peut prétendre à cette appellation, si la nature l'a comblée par ailleurs de courbes et de rondeurs.

La gouvernante de Sommier était une « belle femme ».

D'âge canonique, elle chaussait des bottes mi-jambe à pleins mollets, affichait une poitrine opulente et oscillante et mobilisait à la marche des hanches impressionnantes. On sentait en elle un élément rustique et robuste bien fait pour manier la fourche ou rouler la brouette, beaucoup moins apte par contre au porte-plume et au crayon. Mais, dans cette région où la poitrine et l'embonpoint font l'admiration des foules, elle ne pouvait qu'inspirer confiance aux chétifs, aux malingres, ou à tous ceux qui manquaient de santé.

Nous avions gagné un petit pavillon séparé. Elle m'avait conduit jusqu'à la porte. Une attention sûrement inhabituelle et que seule ma qualité de médecin pouvait justifier.

« Voilà. Entrez. Ce ne sera pas long. »

La pièce était occupée par cinq ou six personnes. À elles seules, elles y faisaient régner une bruyante et joyeuse ambiance bien inattendue, au milieu de sacs et de paniers garnis de volailles, d'œufs et de fruits. Un lapin échappé d'un cabas trottait même sur le dallage sans que personne ne s'en souciât. L'on se serait cru plus dans un minimarché que dans une salle d'attente de médecin. Accoudés à une table, deux hommes en veste de velours et sabots garnis de paille buvant gaillardement en longues rasades du vin à même des bouteilles, terminaient un casse-croûte qui, compte tenu des miettes et des reliefs épars, avait dû être conséquent. Un garçon d'une vingtaine d'années, visiblement arriéré, occupé par un prurit dément, bourré de tics et de gestes non coordonnés, regardait voler les mouches et riait sans raison. Deux femmes tricotaient. Tout le monde parlait, s'exprimant en patois, et personne n'avait l'air de trouver le temps long.

Mon arrivée avait jeté un froid. De toute évidence, je n'étais pas un habitué des lieux. J'étais donc suspect.

Il en résulta quelques minutes d'un silence brutal et un temps d'observations communes, où l'on n'entendit plus que le bruit des mâchoires, celui des aiguilles à tricoter et le rire de l'innocent.

Je m'étais réfugié dans un coin. Pour me donner contenance, je m'étais emparé du seul illustré existant qui n'intéressait d'ailleurs personne, et je m'étais efforcé de me faire oublier.

Je fus vite catalogué. Du jugement commun, il résulta que j'étais un élément sans importance : un représentant médical sans doute, comme il s'en trouvait alors souvent dans tous les cabinets. Tous étaient convaincus, et cela paraissait certain rien qu'à mon costume, que je n'avais aucun accès à l'idiome du pays. Cela garantissait le secret de leurs propos, ce en quoi ils se trompaient. Les conversations reprirent sans plus s'occuper de moi. Ce fut ainsi que je sus bientôt tout sur le village, sur ses ragots, sur ses aventures scabreuses les plus drôles. J'appris ensuite tout sur les travaux en cours, sur ceux qui étaient passés et ceux qui restaient à venir. Enfin, je fus renseigné sur l'essentiel de la vie intime de tous, leurs maladies passées et présentes, leurs craintes et leurs espoirs.

J'appris dans un parfum d'ail et de poireau, mêlé à une solide odeur de suint, que l'un des patients venait pour « sa » cirrhose, et qu'il avait réduit jusqu'à trois litres sa ration de vin quotidienne ; que l'autre consultait pour « sa » prostate car depuis peu, il pissait mal et sur le bout de ses sabots ; que ma voisine de droite avait une métrite de telle importance qu'elle lui gerçait l'entrecuisse ; que celle de gauche perdait littéralement sa matrice au point qu'elle ne pouvait s'asseoir qu'en coin sur sa chaise, et que son homme « devait s'en passer ». Seul l'idiot restait sur une réserve involontaire et continuait à rire en se grattant.

Tout le monde parlait à la fois, étalant sans pudeur et d'une façon étonnante ses misères, renchérissant même sur ses malheurs.

« Et vous croyez que c'est drôle de perdre sans arrêt ses urines ? »

Une petite rigole qui, sur le carrelage, s'amplifiait avec le temps, témoignait de la véracité de la chose.

« Et vous croyez que c'est plus amusant de se lever dix fois par nuit pour ne pisser que quelques gouttes ? »

Chacun prêchait pour ses infirmités, les défendant même, car elles devaient forcément supplanter celles des autres. On arrivait à se disputer. Un seul fait paraissait toutefois admis par tous et fut à un moment donné brillamment résumé par l'un d'eux.

« De toute façon, nous n'avons pas à nous en faire. Avec un médecin comme le nôtre, quoi que nous ayons, on peut lui faire confiance. Tout est possible à cet homme. Voyez ce qu'il réussit à faire avec son élevage de cochons ! Cette année, c'est encore lui qui a raflé tous les premiers prix. »

Une autre consultante venait d'entrer. Fardée, poudrée, ongles et lèvres carminés à l'extrême, chapeau à plumes sur le crâne, elle faisait vieille douairière.

Comme à mon arrivée, elle avait brisé l'animation. Les conversations, une fois de plus, s'étaient arrêtées.

Le temps commençait à peser.

Le gros prostatique avait déjà fait quatre ou cinq allers et retours urgents vers les *laurières*[1] voisines ; le cirrhotique avait fini d'écluser ses deux litrons ; les femmes avaient terminé, l'une son bas, l'autre son devant de gilet ; le lapin avait repris sa place dans son cabas. Seul l'idiot continuait à se réjouir avec le même entrain.

Enfin, « Il » arriva.

Il ne portait ni redingote ni blouse blanche. Il était en bras de chemise, son col largement ouvert sur sa poitrine. Un pantalon de velours et des bottes de caoutchouc complétaient l'ensemble, et l'on aurait pu parier sans crainte d'erreur qu'il avait oublié de se raser depuis plusieurs jours. Le moins que l'on pouvait dire, c'était que son allure, indiscutablement agraire, était sans recherches inutiles. En pleine force de l'âge, on aurait pu le prendre pour le premier paysan du coin un peu évolué, le maire par exemple, pourquoi pas ? En médecin, il surprenait.

D'un geste, il avait cloué sur sa chaise le cirrhotique prêt à bondir.

« Ah ! mon cher confrère, rentrez. Je suis un peu en retard, mais vous savez, de l'imprévu… toujours de

1. Laurières : *haies de lauriers.*

l'imprévu. Excusez-moi. J'ai été retenu. Oh ! pas précisément pour un malade, mais pour une histoire de vache ! Un échange que je voulais faire avec un paysan, et vous savez, à la campagne, il en faut des palabres pour arriver à un résultat. Je vous assure qu'il ne faut pas être pressé. Enfin, c'est fait. Dites-moi, cela vous ennuierait-il d'assister à ma consultation ? Ils ne sont pas très nombreux. Après ça, nous aurons tout notre temps pour faire plus ample connaissance. Allez, on se dépêche. »

« Voyons, Antoine, arrive. Je suis sûr que tu es le premier, et je suis sûr aussi que si je laisse faire les autres, tu passeras le dernier comme d'habitude. Toi, Fernand, ne proteste pas, tu passeras à ton tour. »

L'idiot était devant nous. La porte avait été repoussée mollement et restait entrebâillée. De l'angle où je m'étais discrètement placé, je voyais dans l'entrebâillement, l'une après l'autre, les têtes des uns et des autres se pencher.

« Bien, c'est inutile de te demander pourquoi on t'envoie. Tu te grattes, c'est ça, hein ? Voyons, déshabille-toi un peu que je voie ça… Mon cher confrère, tenez, regardez-moi ça. Regardez-moi cet échantillon ! Dégénéré ! Dégénéré de la tête aux pieds. Que voulez-vous faire de ça ? Voilà un loustic que j'ai fait naître il y a dix-sept ans, de père et de mère alcooliques bien sûr, que j'ai rarement suivi, et qui a toujours préféré le vin du pays au lait de sa mère. Voilà ! Voilà le résultat, plus rien à en tirer. »

Antoine, le pantalon et le slip retirés, la tête penchée sur son thorax caréné, plus que jamais hilare, ne paraissait pas particulièrement gêné. Il continuait à régler sans se presser et sans pudeur ses démangeaisons.

« Voilà ! Allez, habille-toi. Tu te feras expliquer l'ordonnance par le pharmacien. *Minus habens*, il ne sait même pas lire ! Rien dans les jambes, vous avez vu ses quilles ? Rien non plus dans la tête. Dégénéré, je vous dis, avec une cervelle moins développée que celle du primate le plus attardé. »

Le cirrhotique, pas plus que le prostatique, n'avait fait un pli. Les femmes avaient suivi en coup de vent.

« Mon cher confrère, croyez-moi, moins on les remue, mieux ça vaut. Quatre ou cinq de cette espèce dans un cabinet en début de consultation, et tout est empesté pour le reste de la soirée. Ça pue des pieds, ça pue entrejambes, ça pue sous les aisselles, et si vous avez le malheur de mobiliser leurs seins de gélatine, alors c'est le bouquet ! Vous tombez asphyxié. Ah ! là là ! ne m'en parlez pas de l'hygiène à la campagne et des charmes de *l'odor di femina.* »

Pas un consultant n'avait offert le moindre denier, mais chacun, avant de se retirer, avait déposé dans un coin de la pièce un panier ou son contenu : deux poulets, plusieurs douzaines d'œufs et un lapin. Ce dernier trottait par saccades autour du bureau.

Je m'étonnai.

« Oh ! vous savez, c'est de ma faute. Je leur ai laissé prendre de mauvaises habitudes. Il faut dire aussi que la plupart préfèrent me payer en nature. Non point qu'ils manquent d'argent, mais parce qu'ils pensent ainsi faire une meilleure affaire. Leurs œufs, leurs volailles, pour eux, ça ne compte pas. Cela sort de leur ferme. De mon côté, j'aime autant cette formule que celle de notes qu'ils ne me paieraient jamais. Tout bien calculé, j'y trouve d'ailleurs mon compte, car ils sont généreux dans la mesure où cela ne touche pas à leur porte-monnaie. Le quart de ma clientèle, celui qui ne produit rien, me paie. Dans le fond, ça me suffit. »

« Oh ! tenez, il m'en est arrivé une bien bonne il y a huit jours ! Il faut que je vous la raconte.

« Je la dois à une de mes bonnes et fidèles clientes. À une cliente qui ne manque jamais une occasion de me faire plaisir, qui ne me paie jamais, notez bien, mais qui irait bien jusqu'à me mettre dans son lit pour tout de bon si je m'y prêtais. Mais ça, c'est une autre histoire ; elle n'est pas près de m'attraper. Je tiens trop à ma tranquillité.

« Elle m'avait posé, comme tous les autres, son panier. Un panier fermé en osier, comme on en trouve ici dans toutes nos campagnes.

« "C'est une surprise, Pierre – elle m'appelle Pierre et me tutoie car nous nous sommes élevés ensemble à la communale, vous comprenez. Tu diras à Maria de s'occuper de ça."

« Je savais qu'elle élevait depuis peu des pigeons. La surprise, je m'en doutais, se terminerait sans nul doute au milieu de petits pois et de carottes tendres.

« – Tu es toujours aussi gentille, Jeanne. Merci, on s'en occupera. Ah ! si je n'étais un vieux garçon aussi endurci et si opposé au mariage, je crois bien que… Viens que je te fasse la bise – elle ne se fait jamais prier pour cela.

« – Tu changeras peut-être d'avis un jour. Je sais attendre.

« J'avais porté le panier à la cuisine, mais j'avais oublié d'en parler à Maria. Eh bien ! vous me croirez si vous voulez, j'ai eu des escargots dans la maison de la cave au grenier. C'est incroyable ce que c'est dégourdi, un gastéropode.

« Un trou, un seul, leur avait suffi.

« Tous sortis ! Ils avaient envahi toutes les pièces. Il y en avait plus d'une centaine. Nous en avons récupéré sur les murs, sur les boiseries, jusqu'aux plafonds. Il a fallu quatre jours à Maria pour en venir à bout. J'en ai trouvé, tenez-vous bien, jusque dans mon lit. »

La dernière cliente, la clôturante, venait de faire son entrée. Elle enlevait ses gants en minaudant. De près, elle me parut encore plus peinte que tout à l'heure. C'était un pastel vivant.

« Docteur, je voudrais que vous m'examiniez avec soin. J'ai une tache là, sur la joue droite, qui m'inquiète. Pouvez-vous me dire ce que vous en pensez ? »

L'homme de l'art avait froncé les sourcils, et sa réponse ne s'était pas fait attendre.

« Madame, je ne suis pas vétérinaire. Je ne soigne en aucun cas les cacatoès. Allez vous laver d'abord. Quand vous serez débarrassée de vos plâtras, vous reviendrez.

– Mais enfin, Docteur !

– Il n'y a pas de "mais enfin, Docteur". »

Et devant la malade qui ouvrait son sac à main :

« Vous ne me devez rien. On verra ça lorsque vous vous serez nettoyé le museau.

– Quand même, Docteur, être reçue de la sorte ! Je m'en souviendrai !

– Moi aussi, Madame, car je ne vois pas semblable mascarade tous les jours. Et surtout, ne vous croyez pas obligée de revenir. Il y a d'autres médecins dans la région. »

Nous nous retrouvions seuls tous les deux. J'étais soufflé.

« Mais non ! vous avez vu ça ! C'est couvert de pommades et de poudre des pieds à la tête. J'aime encore mieux celles qui puent ; c'est fort, souvent insoutenable, mais c'est au moins naturel. Bien, nous voilà débarrassés, et c'est tant mieux, car c'est l'heure de mes cochons. Et mes cochons valent cent fois mieux que mes clientes. Ils sont certainement plus propres, et ils me donnent tellement plus de satisfactions. C'est grâce à eux si je tiens le coup et si je ne sombre pas dans la plus noire des dépressions. 4 heures ! Il ne faut pas qu'ils attendent. Venez voir mon élevage. Trente premiers prix en trente ans. Pas un seul malade cette année ! Ça leur en fait une à ces paysans de me voir réussir là où ils échouent tous lamentablement.

« J'ai mes truies, mon verrat, des bêtes sélectionnées, et je fais mon élevage de A jusqu'à Z, sans apports extérieurs à ma ferme. C'est du travail, mais quelle satisfaction ! Vous allez voir mes porcelets. J'en ai plus de vingt en ce moment. Maria, porte la *bacade*[1]. »

---

1. Bacade *: mot local désignant la pâtée du cochon.*

VI

OBTENIR UN POSTE HOSPITALIER dans une ville de moyenne importance est encore une entreprise possible.

Pour ce faire, il existe plusieurs voies. La plus simple, la plus normale, celle contre laquelle il n'y a rien à dire, consiste à attendre dans la vigilance qu'un poste se libère, déclenchant un concours régulier. C'est la formule honnête et légale, bien qu'elle ne soit pas toujours la plus sûre ni la plus rapide. Une autre moins élégante, mais peut-être aussi efficace, fait appel à l'association. L'intéressé, spécialiste le plus souvent, recherchera un confrère de sa discipline, déjà en place, âgé, près de la retraite. Il s'associera avec lui, et ce dernier lui ouvrira les portes. Il exercera au départ en second et, le moment venu, il n'aura plus qu'à se glisser dans le lit de son aîné, sans que personne n'ose le lui disputer. Arrivé à ses fins, il pourra même bousculer alors son protecteur en lui faisant comprendre que la plaisanterie a assez duré.

Ce sont là les deux techniques les plus habituelles. Il en existe une troisième. Elle intéresse plus particulièrement les jeunes médecins auxquels des compétences réduites ne laisseraient que peu d'espoir. La méthode demande une certaine patience, mais arrive parfois à ses fins, et ma foi, tant pis si le prestige et l'efficacité hospitalière y perdent leurs droits.

Elle vaut la peine d'être évoquée, ne serait-ce que pour montrer que l'on n'est pas dupe et qu'on ne l'ignore pas.

Les jeunes médecins s'installant dans les villes ont du temps libre. Certes, il y a la piscine, le tennis, le vélo ou la course à pied, mais certains ont d'autres ambitions. L'hôpital régional peut éponger leurs loisirs, et si pour quelques-uns ce n'est là qu'un passage éphémère, pour d'autres, moins scrupuleux et plus ambitieux, c'est un marchepied à ne pas négliger.

Dans ce cas, ils repèrent un service où, bénéficiant d'une complaisance ou d'une relation bienveillante, ils seront admis à suivre les consultations. De là, ils s'incrusteront au prix d'une assiduité louable de tous les jours et finiront par se faire accepter. Les jours d'absence, ils remplaceront le confrère en titre ; un autre jour, ils feront le week-end à sa place, heureux si enfin ils arrivent à assurer le service durant tout un congé. Bref, ils seront devenus indispensables et finiront par se faire octroyer une place obscure qui, à la suite de quelques courbettes, arrivera bien, que diable ! à être officialisée.

Il faut reconnaître qu'ils auront eu du mérite, ne serait-ce que pour avoir su avaler pas mal de couleuvres, mais il n'en est pas moins vrai qu'ils auront décroché la timbale et que, pour eux, l'essentiel était là.

« Aide-toi, le ciel t'aidera. »

Tendron avait fréquenté en son heure, plusieurs années durant, avec persévérance, un service hospitalier. Un service d'agités. En qualité de médecin ? En qualité de malade ? On n'aurait su le dire. Les circonstances exactes n'avaient pu être précisées.

N'ayant pas réussi par la suite à réaliser une clientèle de ville, il s'était rabattu sur un chef-lieu de canton ; mais il avait toujours gardé une certaine nostalgie de son passage en psychiatrie, et à qui voulait l'entendre, il l'avouait.

« Vous verrez, vous serez surpris. Il a une thérapeutique personnelle curieuse et frappante, qui ne peut laisser indifférent. Pas plus mauvais médecin qu'un autre, mais certainement un peu plus fou. Enfin, vous jugerez vous-même. Si l'on peut toutefois vous donner un conseil, c'est bien celui de vous annoncer dès votre arrivée, sinon, tout comme un simple client, vous serez "Tendronné" dès votre entrée. »

Intrigué, j'avais essayé d'en savoir plus ; peine perdue, je n'avais pu obtenir rien d'autre que des sourires.

« Vous verrez ! Ça ne manque pas d'originalité. Je vous laisse la surprise. »

Cette fois, j'étais seul dans une salle d'attente d'une rigueur monacale. Rien aux murs, au sol un carrelage triste, des fenêtres hautes et grillagées, à peine plus grandes que des soupiraux, trois bancs de bois sans dossier, pas le plus petit guéridon, une ampoule nue pendait à un fil, tout sentait l'ascétisme le plus complet.

On ne pouvait qu'être immédiatement tourné vers la méditation.

« Entrez, cher ami. »

Je n'avais pu m'empêcher, dès la porte, de marquer un temps d'arrêt, stupéfait, sans voix !

Sur le mur du cabinet, face à cette porte par où je venais d'entrer, sur la totalité de sa hauteur, était fixé un Christ, un Christ de bronze, en croix, grandeur nature, qui n'aurait certes pas surpris à l'entrée d'un quelconque cimetière mais qui, là, vous laissait médusé.

Par son inattendu, par ses proportions, il éclipsait tout le reste. On ne voyait plus rien, ni le bureau modeste, ni le canapé râpé, ni les fauteuils défoncés, ni l'homme lui-même qui pourtant dans n'importe quelle rue, aussi encombrée fût-elle, n'aurait pas manqué de faire retourner tous les passants.

« Ah ! vous voyez ! Saisissant, n'est-ce pas ? Il fait partie de ma technique vis-à-vis de cette population locale qui, bien que religieuse, affiche des positions anticléricales, et qui a donc toujours quelque chose à faire pardonner au Seigneur. Il s'effectue ainsi sur eux un choc valable que je complète, le cas échéant, lorsqu'ils sont encore sous le coup de l'émotion, et en me plaçant derrière eux, d'un coup de pied bien ajusté à la partie basse de leur individu, là où l'échine perd son nom.

– Au derrière ?

– C'est ça, vous avez compris. Tout simplement par un coup de pied au cul, mon cher ami. Cela crée chez eux un complexe d'infériorité salutaire pour la suite de ma thérapeutique. Après ça, je ne rencontre plus de résistance. Ils se sentent dominés, s'attendent à tout et sont prêts à se livrer sans restriction.

« Ce premier contact est déterminant. Avec celui qui accepte, c'est la réussite ; avec celui qui se rebiffe, je n'insiste pas. Je n'obtiendrais rien. Je préfère le laisser à ses ennuis. »

Je m'étais mis à rire.

« Ça vous amuse ! Mais c'est sérieux, pourquoi riez-vous ?

– Excusez-moi, mon cher confrère. Une idée, une idée qui vient de me traverser l'esprit. Je me demande en toute franchise ce que donnerait votre thérapeutique si, par inadvertance, un de vos malades venait vous consulter pour une crise aiguë d'hémorroïdes...

– Je ne soigne pas les hémorroïdes, mon cher, mais les mentaux, exclusivement les mentaux, et ça se sait. »

Il avait l'air fâché. Je m'excusai.

De toute évidence, l'homme était fou. Je comprenais maintenant parfaitement le jugement d'un de ses malades, moins farfelu que tous les autres, qui m'avait dit à mon grand étonnement :

« Tendron ! Il est lui-même complètement à la masse et digne, plus qu'aucun de ses malades, du cabanon. »

Certainement, il avait raison.

Grand, dégingandé, il portait curieusement un nœud papillon de velours grenat démesuré. Ses yeux avaient des reflets inquiétants, presque sinistres. Il arborait un genre de coiffure en tignasse ébouriffée qui défiait le peigne et qui lui donnait un air un peu dingue de diable échappé de sa boîte. Il parlait avec sécheresse et assurance, ce qui, pour toute personne saine, ne pouvait qu'entraîner le doute et l'inquiétude.

Paranoïaque sur les bords, je ne me trompais sûrement pas ! Il était le meilleur, le seul valable en son domaine ; ses confrères n'étaient pourvoyeurs que d'erreurs grossières et de diagnostics erronés. Il constatait cela tous les jours. Il réussissait là où tous les autres échouaient.

À la spécialité définitive, il y pensait. C'était un choix d'avenir, car il fallait bien se rendre à l'évidence : d'ici peu, il n'y aurait sur terre que des inadaptés ou des paumés.

« Aimez-vous la musique ? »

Heureusement pour moi, je n'avais ni compétence ni prétention en ce domaine. J'aurais été écrasé, infailliblement foulé aux pieds et réduit à néant.

J'eus beau lui dire que ma formation de mélomane était sommaire, qu'elle portait exclusivement sur les instruments en cuivre et les tambours, rien n'y fit. Je dus, vaille que vaille, encaisser toute une théorie comparée sur Strauss, Bach et Schubert, et entendre, pour clôturer la séance, sur disque et en son entier, la marche funèbre de Chopin.

Au bout de deux heures d'élucubrations délirantes, je pus enfin m'échapper et m'enfuir, inquiet et bien persuadé cette fois que de nombreux fous restaient encore en liberté.

VII

ROUPILLOL N'AVAIT EU AUCUNE MALADIE SÉRIEUSE, aucun accident grave susceptible d'expliquer un état qui, sans être alarmant, lui causait bien des tracas. N'ayant pas quitté la France, tout contact de près ou de loin avec la tsé-tsé pouvant être écarté, tous les confrères, professeurs ou autres auxquels il s'était confié s'étaient perdus en conjectures sans issues. Faire un petit somme après les repas, ou une courte sieste les jours de trop grande chaleur, est légitime ; c'est une réaction que l'on peut considérer comme normale, s'endormir à tout bout de champ, presque sans préavis et n'importe où, ne peut par contre que relever de la pathologie.

On l'avait vu dormir dans sa voiture garée sur le bord des chemins, on l'avait vu s'endormir au café où il s'était arrêté un jour prendre un verre, on l'avait vu s'endormir entre deux clients alors que le rythme de sa consultation s'était ralenti ; dans ces conditions, il lui avait été bien difficile de dissimuler longtemps certains problèmes.

« Je suis fatigué aujourd'hui. J'ai passé une nuit blanche. J'ai besoin de sommeil. »

Roupillol cachait de son mieux ses faiblesses et, comme personne n'en soupçonnait l'importance, personne n'avait la moindre idée d'être indulgent avec lui.

« Roupillol ! Ah ! celui-là, il porte bien son nom ! »

De nombreuses aventures, plus comiques que graves, l'avaient rendu célèbre dans la région.

« Le docteur Roupillol, si je le connais ? Mais bien sûr ! Ce n'est peut-être pas un mauvais médecin, c'est possible ; encore faudrait-il qu'il ne dorme pas sans arrêt. C'est que c'est à un point que l'on se demanderait si l'on peut encore se fier à ses ordonnances ! Je vous avoue qu'en ce qui nous concerne, nous l'avons quitté.

« Savez-vous ce qui nous est arrivé avec lui ? »

Je le savais.

Cela s'était passé le mois dernier, à l'occasion d'un accouchement, celui de leur petit dernier. Roupillol avait passé une partie de la nuit près de sa malade où, il faut le reconnaître, circonstance aggravante qu'on lui reprochait, il avait dormi plus que la parturiente. Les choses n'avançant pas, n'ayant pas ses forceps sous la main, il avait décidé, au petit matin, d'aller les chercher jusqu'à son cabinet. Hélas ! c'est là où les événements s'étaient corsés. Roupillol n'aurait pas dû s'arrêter, il aurait dû prendre ses instruments et repartir aussitôt vers sa malade. Malheureusement, il avait commis l'erreur impardonnable de s'asseoir dans son fauteuil, et là, bien sûr, il s'était assoupi.

Il s'était assoupi une heure, allons une bonne heure, oubliant tout, l'accouchement, les forceps et même sa patiente. Tout ! Au point qu'à son réveil, il n'en avait même pas gardé le souvenir.

La journée était belle. La rivière qui passait à proximité de chez lui ayant toujours été sa passion, il avait pris sa canne à pêche et, l'âme sereine, sans se poser plus de question, il était parti pour deux ou trois lancers.

« Et je l'ai retrouvé au bord de l'eau ! En me voyant, je vous assure qu'il a compris, il a lâché sa ligne et n'a pas eu besoin de discours. Je peux vous l'affirmer. Et il a eu de la chance que tout se passe bien, car sans cela il aurait eu affaire à moi. Ah ! je peux vous dire qu'il en a entendu de la femme comme de moi-même ! Quant à ses honoraires, il les attendra longtemps. C'est moi qui vous le dis.

« S'il continue ainsi, il perdra tous ses clients. Tenez, les voisins l'ont abandonné, eux aussi. Et savez-vous pourquoi ?

– Ma foi non, Germain.

– Eh bien ! je vais vous le dire. Tenez-vous bien ! Il s'est tout simplement endormi en auscultant la Berthe, la femme du Joseph. Joseph qui assistait à la consultation – jaloux comme il est, il assiste toujours aux consultations de sa femme – voyait bien que depuis un moment, Roupillol s'attardait anormalement sur le dos de son épouse, que son stéthoscope ne bougeait plus beaucoup, alors que la Berthe obéissante continuait à dire “trente-trois, trente-trois” sans arrêt, mais jamais au grand jamais il n'aurait pu penser qu'il s'était endormi. Il s'est donc mépris, notre Joseph ; et lorsque Roupillol a lâché son appareil en laissant tomber sa main droite sur les fesses de sa femme, il a vraiment cru que le médecin prenait des libertés, et le comble, sous son nez. Ah ! je vous assure qu'il l'a réveillé, Roupillol ! Et rudement ! Pensez donc, Roupillol en a gardé des traces violettes pendant huit jours autour de l'œil, et encore, c'est lui qui a dû s'excuser, car le Joseph, qui ne comprend pas la plaisanterie avec la bagatelle, ne voulait rien admettre et menaçait rien moins que de le flinguer. Bien sûr, c'était excessif, mais avec Joseph il faut se méfier ! Voyez, il lui a interdit jusqu'au voisinage de sa ferme. Je crois que Roupillol n'est pas prêt à y remettre les pieds.

« Peut-être bien, vous avez raison, Roupillol n'est pas un mauvais médecin, mais voyons, comment voulez-vous qu'il sache ce que nous avons s'il ronfle en nous auscultant ? »

Moins dramatique, l'aventure qui venait de lui arriver avec Toussicard, un confrère spécialiste. Comment l'histoire s'était-elle sue ? C'est un mystère, car ce ne fut sûrement pas Toussicard ni lui-même qui la divulguèrent.

« Mon mari n'est pas là, Docteur Roupillol, mais je ne pense pas qu'il tarde à rentrer. Suivez-moi, vous l'attendrez au salon. Vous serez mieux qu'ici. »

Un médecin, qui plus est un correspondant, a droit à certains égards. C'est bien la moindre des choses, surtout lorsque ce dernier s'est déplacé de loin spécialement pour vous voir.

« Tenez, mettez-vous là, dans cette bergère, vous serez bien. »

Roupillol fermait déjà un œil.

« Je vais vous faire un café. Cela vous fera patienter. »

La femme du médecin avait disparu vers sa cuisine.

« Pauvre homme ! Il est mort de fatigue. Ça se voit, il tombe de sommeil ! Peut-être a-t-il passé la nuit ! Rude métier tout de même que celui de médecin de campagne. »

Cinq minutes après, en arrivant avec son plateau, elle le trouva endormi, ronflant à pleins poumons. Elle se retira discrète sur la pointe des pieds, en fermant délicatement la porte derrière elle.

« Rosalie, un médecin attend monsieur au salon. Il se repose, ne faites aucun bruit. N'oubliez pas de prévenir monsieur lorsqu'il rentrera. »

L'automne était beau, elle était partie à la campagne.

« Alors ! tu as vu ton confrère ? Il était fatigué. Il m'a fait pitié. Il s'est endormi aussitôt en t'attendant. Tu n'es pas rentré trop tard ? A-t-il bu son café au moins ?

– Quel confrère ? Rosalie ne m'a rien dit. »

Il était encore dans le salon, dans les bras douillets de la bergère, toujours plongé, la tête inclinée sur la poitrine, dans le même sommeil.

« Quelle heure est-il ?

– 19 heures.

– Oh ! mon Dieu ! excusez-moi, je reviendrai une autre fois, ou mieux, tenez, je vous téléphonerai. »

Et sans plus d'explications, il avait disparu en courant vers sa voiture.

Roupillol m'avait reçu cordialement.

« Je suis seul, cher ami. Il est midi. Restez donc partager mon repas avec moi, cela me fera le plus grand plaisir. »

Et nous avions parlé. Nous étions à la fin du repas.

« Mon cher confrère, je vais vous faire une confidence. Je n'en ai encore parlé à personne, mais je vous avoue que j'envisage de quitter la médecine libérale. »

Je m'étais récrié.

« Non, non, j'ai certainement raison. Voilà quatre ans que je suis là, et je ne peux m'y faire. Je viens de faire une demande à la Sécurité sociale et une à l'Hygiène scolaire. Le premier poste que l'on m'offrira, je le prends. Vous qui venez de quitter la faculté, ne connaîtriez-vous pas un camarade qui serait susceptible de prendre ma succession ? »

Je m'apprêtais à lui répondre, je n'en eus pas le temps : il s'était endormi.

La Sécurité sociale n'avait pas alors l'importance qu'elle a acquise aujourd'hui. Elle en était à ses balbutiements, ignorait le monde agricole ou artisanal et concentrait tous ses efforts sur l'ouvrier. Ce n'était pas encore ce trust national qui en fait un État dans l'État. Son heure tentaculaire n'avait pas encore sonné. Elle en était consciente, aussi s'efforçait-elle le plus souvent à modérer ses exigences. Elle savait se montrer conciliante sans laisser percer ses ambitions. On pouvait certes déjà pressentir chez elle un désir d'autorité, mais rien ne laissait présager sa future dictature. Le corps médical ne pouvait encore discerner la muselière et le bâton dont il était menacé.

On entrait dans la maison comme aujourd'hui en qualité de médecin-conseil. C'était à l'époque d'une relative facilité, dans la mesure où l'on n'avait pas de préférence sur tel ou tel département. Toute candidature se trouvait satisfaite en quelques semaines.

La Sécurité sociale embauchait !

C'était pour certains une aubaine, une bouée de sauvetage, une voie de salut. Le chronique, le déçu, l'incapable s'y réfugiaient. Ils trouvaient là, sans bourse délier, un bureau confortable et douillet, des secrétaires avenantes et une atmosphère paperassière paisible derrière laquelle ils pouvaient se réfugier. Là, à l'abri de l'urgence et de la responsabilité, ils pouvaient couler des heures douces. Adieu, la clientèle. Certains savaient pudiquement se faire oublier. Juges et arbitres, d'autres par contre prenaient leur rôle au sérieux. Revenus dans leur département d'origine, ils en profitaient pour y régler quelques rancunes tenaces restées en suspens et entretenues dans la rogne.

Confrères et malades trouvaient alors à qui parler.

« Mais, mon cher confrère, que voulez-vous ? C'est une question de nomenclature. Ce n'est tout de même pas moi qui en ai fait la codification. C'est anormal, injuste même, j'en conviens, mais que puis-je y faire ? Je ne peux souscrire à vos remarques. Allez, d'ailleurs, cela n'a pas tellement d'importance, car même si cela diminue un peu votre chiffre d'affaires, cela n'est pas grave. Vous paierez moins d'impôts l'année prochaine. On n'y peut rien. »

Il était inutile de discuter plus longtemps. La bêtise a quelquefois des limites, la mauvaise foi jamais.

« Mais je vous connais, il me semble. Voyons, je ne vous ai pas soigné autrefois ? »

Pris au piège, le malade qui, comme bien d'autres, l'avait alors abandonné, baissait la tête et se faisait tout petit.

« Oui, oui ! Vous venez pour vos indemnités journalières ? Vous avez oublié d'envoyer vos arrêts de travail ? Alors là, vous aurez de la chance si vous ne perdez pas tout. Il fallait prévenir ! Comment voulez-vous que l'on puisse exercer un contrôle sans cela ? Un recours gracieux est la seule démarche que vous puissiez tenter. »

Travailler dans un métier de carrier avec un bras cassé et plâtré, preuves radiologiques à l'appui ! Avec un rien de complaisance, cela aurait manifestement dû s'arranger, mais hélas ! la complaisance, de toute évidence, manquait.

« Et puis, dites donc, vous avez un médecin plus près de chez vous que celui que vous prenez, il me semble. Un médecin compétent d'ailleurs. Voyons, vous êtes à combien de kilomètres du docteur Grosstet ? – Il le savait fort bien. – Alors, pour les déplacements, vous allez y perdre gros à chaque visite. Oh ! bien sûr, vous êtes libre, mais alors ne venez pas réclamer ! »

Certes, il n'y avait rien à dire sur le fond. Tout était dans la forme. Détournement de client, c'était évident, mais allez donc le prouver.

« Oh ! mon pauvre homme, vous risquez d'y laisser des plumes. Si votre médecin n'avait pas omis ce détail, vous auriez déjà touché votre argent. C'est dommage… Remarquez que je ne pense pas qu'il l'ait fait volontairement. »

Et le confrère, dans ce cas et à tous les coups, y perdait son client.

Enfin, fin du fin :
« Mais voyons, qui est votre docteur ? »
Et la réponse n'était pas plus tôt donnée qu'un petit sourire effleurait les lèvres du médecin-conseil… Un petit sourire en coin qui se voulait échappé, involontaire, alors qu'il était depuis longtemps prémédité. Il s'avérait plus efficace qu'un coup de poignard et, contre lui, tout code de déontologie se cassait les dents.

Petites phrases, petits sous-entendus, autant de gouttes de vitriol habilement distillées et projetées au bon moment. Et ce que le médecin-conseil ne pouvait décemment dire lui-même sans créer un scandale, une employée, derrière son guichet, dans un anonymat solide, sur un encouragement discret, se chargeait sans risques ni ménagements de le faire passer.

C'était ainsi autrefois. Il serait mal venu d'en tirer des conclusions actuelles. Les choses ont certainement bien changé aujourd'hui.

VIII

J'AVAIS ÉTÉ POURTANT PRÉVENU : « N'espérez aucune concession de sa part, Mme Pestotrou est susceptible en diable. N'attendez pas pour lui faire votre visite de courtoisie, car cette omission vous coûterait cher. »

Elle était éloignée ; par négligence, j'avais différé cette rencontre. Et voilà qu'elle m'appelait. C'était bien ma veine. J'allais devoir m'excuser.

« On t'attend à la Borie chez une certaine Delclau. Une sage-femme, Mme Pestotrou, te réclame pour un accouchement. »

Ma voiture roulait encore qu'« Elle » m'avait déjà averti.

« Tiens, voilà ta boîte de forceps. As-tu besoin d'autre chose ? »

J'avais roulé aussi vite que me l'avaient permis ma vieille guimbarde et les chemins de terre creusés d'ornières que j'avais dû emprunter. Encore heureux, je n'avais pas eu besoin de chercher. Un jeune garçon en faction à l'entrée du village m'avait indiqué du bras la direction à prendre, alors que sur le pas d'une porte, je voyais déjà un homme, le mari probablement, visiblement inquiet et impatient, qui m'attendait.

« Ah ! c'est vous, Docteur ! C'est pour la femme, entrez vite. Ça ne va pas du tout. La sage-femme vous attend. »

Maison basse sans étage comme il s'en trouve partout en Périgord, je pénétrai rapidement de la cuisine à la chambre attenante au plafond bas, aux murs blanchis à la chaux. Dans un lit d'angle, juste couverte d'un drap – on était au milieu de juillet –, une femme s'agitait et gémissait faiblement.

Trois femmes se trouvaient là, dont la sage-femme que je repérai sans peine grâce à sa blouse blanche, emblème de ses fonctions.

C'était une personne petite, boulotte, bien en chair, d'un gabarit assez classique, et rien n'était à modifier dans son standing de matrone. Elle semblait friser la cinquantaine. Malgré son embonpoint, elle se déplaçait avec une vivacité surprenante. Elle donnait à sa malade, qu'elle tutoyait, du « ma petite » à tout bout de champ. Il était facile de prévoir qu'elle devait être, sinon sans gêne, du moins à l'aise dans tous les cas.

Je lui tendis la main.

« Madame Pestotrou, sage-femme ?

– Elle-même, Docteur. Ah ! je suis bien aise de vous voir. Nous allons faire connaissance dans des conditions assez particulières, mais que voulez-vous, l'on ne choisit pas toujours son moment, n'est-ce pas ? – Elle marquait son point un peu lourdement, je dus rougir jusqu'aux oreilles. – Je ne sais trop quoi penser de ce qui "nous" arrive. Enfin, vous allez voir. »

Les présentations avaient été écourtées, et ce « nous » me mettait directement et immédiatement en cause dans une affaire dont j'ignorais tout pour le moment. De toute façon, que je le veuille ou non, « j'étais dans le coup ».

« Voilà, il faut que je vous avoue que j'étais occupée ailleurs ce matin. Je viens juste d'en finir avec une autre parturiente. Je reconnais que je n'ai pu surveiller cette femme comme je l'aurais voulu et comme je l'aurais fait si j'avais été libre, mais vous savez, on ne fait pas toujours ce que l'on veut. Je la connaissais. Je lui ai fait naître tous ses enfants jusque-là. Elle en a déjà quatre. Je ne pensais vraiment pas que les choses puissent aller aussi vite et tourner aussi mal. Dans d'autres conditions, bien sûr, je vous aurais appelé plus tôt. Vous allez voir. Il y a certainement pas mal de temps qu'elle est ainsi. »

Elle paraissait particulièrement gênée, et elle perdait un peu de son assurance. Visiblement, elle tournait autour du pot. Il fallait tout de même y arriver. Elle repoussa le drap.

« Tenez, voyez. »

Catastrophe ! La catastrophe était évidente et d'emblée sautait aux yeux.

Entre les cuisses écartées de la malade, une petite main, cordon ombilical entre les doigts, apparaissait à la vulve : tache déjà violacée sur le rebord blanc du bassin.

Je regardai Mme Pestotrou, et mon regard fut certainement éloquent. Trop, beaucoup trop, car ce regard devait peser par la suite longtemps sur nos relations. Il devait les compromettre à tout jamais, au point que, malgré tous mes efforts futurs, elles devaient demeurer, par ma faute, strictement professionnelles, dépourvues de toute aménité, sinon de la moindre bienveillance.

Faute de jeunesse, manque d'expérience, mais aussi manque de logique avec moi-même. Je venais de commettre une erreur. Après tout, n'étais-je pas là pour assumer ma tâche, et non pour juger d'une situation dont les conséquences dépendaient peut-être plus du hasard que de la responsabilité ? Courir deux lièvres à la fois, ne devais-je pas moi-même en prendre tous les risques bien souvent par la suite ?

« Pensez-vous pouvoir "vous" tirer de ce pas, Docteur ? »

Le « nous » venait de se transformer en un « vous » !

J'avais ausculté le ventre rebondi, strié de vergetures blanches et roses, anciennes et récentes, écouté les bruits du cœur de l'enfant qui battait fort et régulier ; j'avais palpé l'abdomen, flasque, sans grandes contractions, et qui permettait d'affirmer une tête à droite, des fesses à gauche, dans une présentation d'épaule négligée. Je prenais le temps de la réflexion.

Mme Pestotrou crut bon d'intervenir.

« Je tiens à vous dire que je n'ai jamais eu aucun problème lors de ses accouchements antérieurs, Docteur. Je peux vous assurer qu'il n'y a aucune dystocie osseuse au niveau du bassin. J'en suis certaine. Comme beaucoup de multipares, elle n'était pas encore engagée hier. Elle ne présentait même pas d'ébauche de dilatation.

Tout a dû se passer rapidement ce matin à la rupture des membranes. À mon avis, la tête, à la libération des eaux, n'a pas eu le temps de se placer. »

J'examinai encore de plus près. Le cordon battait régulièrement. Le col était effacé dans sa totalité. Le bassin en effet paraissait large, l'enfant d'un volume normal. L'épaule semblait mobilisable. Il fallait se décider.

De cette décision, je le pressentais, allaient dépendre tout mon avenir d'accoucheur, et la crédibilité et la confiance que l'on pourrait m'accorder.

Ce n'était pas encore l'époque des ambulances bruyantes et des césariennes décidées pour un oui ou un non ; les choses pressaient, il me restait à assumer mes responsabilités.

« Bon ! je vais essayer, mais il y a des risques, non pour la mère, mais pour l'enfant. Une difficulté peut toujours survenir à tout moment au cours des manœuvres. Prévenez le mari. Vous voulez bien, Madame Pestotrou ?

– Vous allez me mettre les fers, Docteur ?

– Non, même pas. Vous allez voir, cela va aller tout seul. Ce ne sera ni long ni douloureux. Allez, calmez-vous. Tout ira très bien si vous êtes docile. Tout au plus quelques minutes désagréables. Ne vous désolez pas ainsi. »

On l'avait transportée sur la lourde et massive table de la cuisine, préalablement recouverte d'un drap blanc, les fesses au bord de la table, les cuisses relevées et tenues par deux femmes, aides bénévoles mais au cœur solide et habitué.

« Vous êtes prête, Madame Pestotrou ? Bon ! Je laisse passer cette contraction, et j'y vais. »

Ma main avait débordé l'épaule et était partie avec précaution à la recherche d'un pied.

« Non, pas ça, c'est l'autre main. Ah ! voilà, j'en tiens un. »

Je tenais l'autre. Ils étaient tous les deux maintenant serrés dans le creux de ma main.

« Bien ! Alors, s'il vous plaît, Madame Pestotrou, allez-y, poussez sur la tête, vers vous, là, doucement... encore... ça va ! »

La main de l'enfant était repartie suivie du cordon dans les profondeurs. La situation se redressait. L'épaule était désenclavée.

Une grande extraction du siège désormais classique devenait possible. Lentement, j'abaissais les pieds, remontant mes doigts jusqu'aux genoux dans un but protecteur. C'était fait. Les jambes étaient à l'extérieur. Le reste n'était plus qu'un jeu. Les fesses, le dos, le thorax, les bras facilement abaissés apparurent l'un après l'autre, tractés vers leur position pubienne. La tête enfin franchit la vulve à son tour.

C'était fini, c'était gagné ! L'enfant, sur le ventre de sa mère, gigotait et hurlait. La mère saignait normalement et n'avait pas poussé un seul cri.

« Madame Pestotrou, pouvez-vous vous charger du bébé ? Je m'occuperai de la mère. »

Il fallut boire à la santé de la fille, puis de la mère.

« Vous vous rendez compte, Docteur. Quatre garçons, enfin une fille ! Si nous l'avions perdue, je ne m'en serais pas consolé. »

Je l'avais échappé belle !

Le père avait retrouvé sa langue, la mère son lit, l'enfant dans son berceau suçait déjà son pouce.

J'avais tout lieu d'être content. Je m'étais tiré d'un pas difficile. Mme Pestotrou restait de marbre. J'essayais de la dérider.

« Madame Pestotrou, merci, vous m'avez été d'une aide précieuse. Je crois que c'est grâce à vous si tout s'est si bien terminé. »

Rien n'y fit. Le moins que l'on pouvait dire, c'était que mon succès n'engendrait pas chez elle l'euphorie. Elle seule ne participait pas à la liesse générale. Certes, je venais de lui prouver que l'on pouvait compter sur moi, me faire confiance ; certes, par une amabilité excessive, j'avais essayé de rattraper ma maladresse première ; il n'en restait pas moins que je venais avec elle d'échouer.

Mon coup d'œil réprobateur n'était pas près d'être oublié. Elle ne manquerait pas, dans la mesure du possible, de me le rappeler. Je pouvais me le tenir pour dit et rester sur mes gardes.

Erreur ! Erreur de jeunesse qu'il fallut bien payer. C'est ainsi qu'avec le temps se forge l'expérience.

IX

« VOUS LAISSEREZ VOTRE VOITURE au troisième tournant après la grande borne, et vous prendrez le sentier à gauche – il n'y en a pas d'autres d'ailleurs. Nous laisserons une lumière devant la porte. Vous la verrez d'en bas. »

J'étais dans les contreforts pyrénéens où j'effectuais un remplacement d'une quinzaine de jours à l'occasion des fêtes de fin d'année. On venait de m'appeler dans la soirée pour un accouchement non prévu au programme. Ce sont des choses qui arrivent parfois.

La nuit était totale. Un vent glacial s'était levé et de lourds nuages se devinaient, épais, accrochés aux flancs de la montagne, lorsque j'abandonnai ma voiture le long du fossé. Pas question d'aller plus loin. Le reste du parcours devait se faire à pied. J'avais pris ma trousse et ma torche. Le sentier zigzaguait dangereusement entre les rochers. Il s'élevait vite, tantôt semblant se diriger droit vers la lumière qui de là-haut était mon but, tantôt semblant s'en éloigner, pour y revenir un instant après.

La neige commençait à tomber. Ce furent d'abord de menus flocons qui se jouaient dans le faisceau de ma lampe, mais très vite ils furent remplacés par des tourbillons épais et aveuglants. Ils s'amoncelaient sur le sol sec. Le contact rocailleux du sentier, peu à peu, disparaissait sous les semelles de mes souliers cloutés.

On venait à ma rencontre. J'avais vu la lampe-tempête s'agiter dans la descente. Elle se rapprochait insensiblement. Je distinguais maintenant dans son halo, malgré la bourrasque, la silhouette floue mais massive de l'homme.

C'était un montagnard. Déjà couvert de neige, comme je devais l'être moi-même, il s'était ébroué avant de me tendre une main nue et glacée.

« Quel temps ! Ah ! il fallait bien que ça arrive un jour ou l'autre. Il ne nous manquait plus que ça pour compléter la fête… Avez-vous mis au moins assez d'antigel dans votre voiture ? Et avez-vous pensé à la retourner vers la descente ? Demain, cela vous serait impossible. Il y aura une couche de neige certainement importante. Parti comme ça, ça va durer toute la nuit. Peut-être même plusieurs jours. Nous la tenons maintenant pour de longs mois. Vous devrez attendre le passage du chasse-neige pour repartir demain. Ce sera plus prudent. »

Cela me convenait. Demain, c'était Noël, jour de repos en principe. J'aurais le temps de voir venir et d'aviser.

Nous avions repris la montée. Je soufflais pour le suivre. Lui, semblait à l'aise et avançait sans effort, d'un pas lent mais régulier d'homme habitué.

Tout autour de nous, du moins ce que je pouvais distinguer, était devenu blanc maintenant. Les maigres buissons, le long du chemin, disparaissaient, et nos pas s'effaçaient rapidement derrière nous.

La maison m'apparut brusquement. Elle était toute en longueur, basse, blottie contre un rocher qui la surplombait et l'abritait. Une lumière pâle brillait à deux fenêtres étroites sur la droite. En toute vraisemblance, la partie gauche sans ouvertures était une annexe, étable ou grange, qui la prolongeait. Une porte de hangar à double vantail, restée ouverte, claquait.

« Tiens, la Mélanie a oublié de fermer les moutons. Oh ! remarquez, cela n'a aucune importance. Ils ne sont pas fous. Avec ce temps, ils ne sortiront pas. Je parierais même qu'ils sont tous pressés les uns contre les autres au fond de l'étable. N'empêche. Cette fille lui fera perdre la tête à cette pauvre femme. Pourtant, il n'y a vraiment pas de quoi. Pour une salope pareille ! C'est notre dernière fille, Docteur, et demain ce sera une fille mère ! Voilà ! Si vous croyez que cela vaut la peine de se ronger les sangs pour elle ! Pour ce qu'elle nous apporte ! La honte, Monsieur, pour toute la famille lorsque cela se saura. »

Ça y était. En deux phrases, on m'avait mis au courant. Encore un drame. Et un jour de Noël ! Magnifique veillée que j'allais passer là.

« Tenez, entrez, vous serez mieux. J'arrive, je vais quand même fermer cette porte. Le vent est très violent, il pourrait en arracher les gonds. »

J'avais battu la semelle sur le seuil avant d'entrer, et j'avais enlevé ma canadienne pour la débarrasser de la neige qui l'encombrait. Une paysanne d'un âge moyen, vêtue de sombre, était venue vers moi, une lampe Pigeon à la main.

« Entrez, Docteur, entrez ! Vous avez l'air d'avoir froid. Tenez, approchez-vous un moment du feu. Réchauffez-vous d'abord... Tire-toi de là, Taillaud, allez, va dans ta caisse. »

Le chien s'était levé en grognant. J'avais pris sa place debout devant une cheminée immense où des bûches d'un bon mètre flambaient par leur entier.

J'étais en bout d'une vaste salle qui constituait, à n'en pas douter, l'unique pièce de la maison. Le contraste de la neige et du foyer m'avait aveuglé. Je fus un certain temps avant de pouvoir distinguer quelque chose. Il est vrai que la suspension rustique, pendue à un crochet, fonctionnant au pétrole, basse et fumeuse, ne dispersait qu'une clarté de misère. Il fallait s'y habituer. Je vis d'abord à mes pieds le tas impressionnant de bûches, puis la longue table bordée de bancs, enfin l'évier de pierre avec ses deux seaux de bois. Ce ne fut qu'un moment après que je pus discerner les deux lits d'angle tout au fond de la pièce.

Je me tournais et retournais devant les flammes, essayant tant bien que mal d'y prendre quelque chaleur, et c'était difficile à ce feu d'enfer qui crachait les étincelles et brûlait sans réchauffer.

Maintenant, je voyais tout : l'horloge comtoise au tic-tac amplifié que j'entendais déjà depuis un moment, l'armoire monumentale séparant les deux lits, la minuscule glace à peine plus grande qu'un cahier d'écolier qui pendait à un clou du mur près d'une chaise et d'un balai. Je distinguais même, pendu au plafond, aux lambris et aux poutres noircies par la fumée, le garde-manger familial : un nombre impressionnant de jambons et de saucissons démesurés, dont les ombres chinoises se projetaient, mouvantes et obscènes, sur les murs à chaque déplacement de la lampe Pigeon. Spectacle surprenant qui m'étonna à tort puisqu'il était ainsi partout le même dans ces fermes isolées de haute montagne où tout ravitaillement était impossible pendant quatre ou cinq mois de l'année. Deux ou trois cochons se balançaient là, au-dessus de nos têtes, alors que, placée non loin de là, sur de vastes claies fixées aux solives, une série de tourtes épaisses et brunes était rangée.

J'avais repris ma canadienne. Malgré le feu, vraiment il faisait froid, presque aussi froid qu'à l'extérieur, le vent en moins. Encore fallait-il le dire vite, car des courants d'air s'insinuaient de toute part. Je pensais que j'aurais une grande chance si je m'en tirais sans grippe ni bronchite dans les jours à venir.

Je l'avais examinée : à peine dix-sept ans, manifestement inquiète et effrayée par un environnement qu'elle sentait hostile, sinon menaçant. J'avais tenté de la rassurer.

« Ça va, ça va très bien. L'enfant est bien placé. Il y en a encore pour quelques heures, mais tout se passera très bien, vous verrez.

– Et bon Dieu ! Qu'elle en profite ! Elle n'a que ce qu'elle mérite. Elle l'a bien cherché. »

Pour la première fois, la mère desserrait les dents. Il n'y avait donc rien à espérer non plus de ce côté-là.

Dilatation à deux francs. J'étais là pour des heures, pris comme un rat dans une nasse, dans cette ferme au milieu de la tempête.

« Ne restez donc pas sur ce banc, Docteur, mettez-vous là plutôt, dans ce coin près du foyer. »

Je n'avais pu y tenir ! Dix minutes de plus et j'étais cuit. J'avais dû prendre du recul et me résigner à me glacer le dos en me grillant les tibias. Eux, par contre, y résistaient. À quels diables de gens avais-je donc à faire ?

La femme tricotait sans relever la tête ; l'homme s'acharnait en silence à tresser un panier. Les quarts d'heure s'égrenaient à l'horloge. Au-dehors, le vent hurlait, secouant portes et volets. Replié sur lui-même, et seul parfaitement heureux, le chien, qui avait repris sa place, de temps à autre soupirait.

La future mère se faisait oublier, remuait à peine, réprimant à chaque contraction un faible gémissement qui invariablement entraînait un juron du père et un haussement d'épaules de la mère. L'ambiance était sinistre.

Mes allées et venues du foyer au lit laissaient tout le monde indifférent et ne soulevaient aucun commentaire. Le travail progressait lentement. Tout laissait prévoir qu'il y en avait pour la nuit. J'acceptais mon sort. Un climat oppressant s'était établi, et je ne voyais pas comment en rompre le charme.

Le salut allait venir du ciel, et c'était Noël qui allait l'apporter.

« Pensez-vous que cela puisse durer encore longtemps, Docteur ?

– Ma foi, oui ! Il ne faut rien espérer avant demain matin.

– Avez-vous dîné, Docteur ? »

La femme avait aussitôt mis les assiettes, des assiettes rustiques de grès et, à l'aide d'un long bâton terminé en crochet, avait descendu du plafond jusqu'à nous un jambon et un saucisson.

« Mangez, Docteur, ne vous gênez pas. Les jambons, ce n'est pas ce qui nous manque. D'ailleurs, nous non plus, nous n'avions pas soupé. Le cœur n'y était pas. Nous allons donc vous tenir compagnie. »

Le jambon était parfait, sec et fumé ; le pain, bien que rassis, gardait toute sa saveur de levure ; la marche et le froid avaient aiguisé l'appétit ; j'y allais de bon cœur.

« Puis vous allez goûter mon vin... Tenez, qu'en pensez-vous ? »

C'était un vin blanc sec, qui convenait ma foi très bien au fumé du jambon.

« Je le fais là sur la pente que vous avez escaladée dans la neige. L'été, au soleil, c'est un coin parfaitement exposé. Il me donne un raisin de qualité. Qu'en pensez-vous ? »

Je ne pouvais qu'en penser le plus grand bien, et je m'étais étonné d'un pareil résultat.

« Tenez, maintenant que vous avez fini de manger, je vais vous faire goûter autre chose. Vous allez m'en dire des nouvelles. »

Ce n'était plus du vin, mais une vraie liqueur dorée, douce, agréable au palais.

« Je fais ça avec le même raisin sec, trié et séché sur la paille. J'en fais une centaine de bouteilles. Vous pouvez vous laisser faire, Docteur, cela ne vous fera aucun mal. »

Et les langues s'étaient déliées.

« Vous voyez, c'est malheureux ce qui nous arrive ! Cette fille était notre dernière, une retardataire. C'était notre joie, mais aussi notre espoir. La seule qui allait, du moins nous l'espérions, rester avec nous. De ses sœurs, toutes deux mariées et bien mariées dans la plaine, nous n'attendions plus rien. C'est à elle que nous voulions laisser la ferme et les terres. D'elle, nous espérions tout. Et voilà ce qui nous arrive. Une grossesse, et avec un homme marié ! Lorsque je l'ai su, je l'avoue, l'envie m'est venue de le tuer. Mais j'y ai renoncé. Tuer cet homme, c'eût été du même coup tuer et sa femme et ses quatre gosses. Je n'en avais pas le droit. Puis je sais tellement ce que c'est qu'un homme, avec ses moments de faiblesse et ses moments de folie. Non, Monsieur, ce n'est pas lui, le coupable. C'est elle, et elle seule la responsable.

« C'est sans solution. Un bâtard ! Voilà ce que nous allons avoir à supporter, avec la honte, et pour nous et pour toute la famille. Jusque-là, nous avons pu garder le secret. C'était facile ici, isolés comme nous le sommes.

Personne n'en a eu vent, mais demain ? C'est tous les villages des alentours qui le sauront, et qui vont parler, vous pouvez me croire.

« Nous ne sommes pas riches, vous savez, mais nous avons notre fierté. Au début, lorsque ma femme s'est rendue compte de la chose, nous avions pensé ne pas garder la fille, l'envoyer à la ville où elle aurait pu accoucher en secret et abandonner l'enfant. Mais voyez-vous, nous n'avons pas eu ce courage... C'est moi qui ai flanché. »

J'avais enfin pu parler. Dire mon mot. J'avais pu leur dire que rien n'était perdu. Qu'ils avaient bien fait de revenir sur leur décision première, que cela leur faisait honneur, qu'un enfant n'était jamais un malheur lorsqu'il avait des gens comme eux pour s'en occuper et pour l'aimer. J'avais pu leur faire admettre, et cela avait été plus difficile, que les qu'en-dira-t-on n'avaient aucune importance et que ce qui comptait était d'avoir su faire front en faisant son devoir.

Lentement chez elle, puis chez lui, j'avais vu revenir l'espoir. J'avais senti disparaître et fondre une honte trop longtemps contenue et nourrie dans la solitude. La Mélanie hochait la tête, et je devinais que dans son cœur une flamme jamais éteinte, malgré les apparences, ne demandait qu'à reprendre vigueur.

« Allez, buvez, Docteur. Du carthagène, ça ne se refuse pas. »

Le fait est qu'il se laissait boire. Ce vin pour le moment chassait notre sommeil, nous réchauffait en même temps, et dissipait notre mélancolie. Sans qu'on s'en rendît compte, deux ou trois bouteilles s'étaient vidées.

La Mélanie était déjà allée à plusieurs reprises voir « sa Josette » qui se tordait un peu plus mais toujours en silence. Elle lui avait même apporté quelques verres de ce fameux carthagène, de cette liqueur qui, décidément, comme la potion magique, avait tous les pouvoirs.

« Cela ne te fera pas de mal. Ça t'aidera à supporter. N'est-ce pas, Docteur ? »

Au point où j'en étais, je ne voyais plus la moindre objection.

Ce fut un cri plus strident de Josette qui nous réveilla. L'enfant venait de naître. Aucun parmi nous ne s'était rendu compte, ni du temps qui passait, ni de l'heure qu'il était. Sacré carthagène ! Insidieusement, traîtreusement, il nous avait tous les trois endormis, la tête repliée sur nos bras, nos bras sur le bord de la table, le Joseph, la Mélanie et moi-même.

Josette elle-même en avait profité, puisqu'elle avait à peine senti passer l'enfant.

« C'est un garçon, père Joseph. Un beau garçon. Venez voir. Mélanie, passez-moi ma trousse et cherchez la layette. »

Car une layette, elle en avait tout de même fait une, la Mélanie ! En cachette du Joseph et de sa fille, et avec la propre laine de ses moutons.

« Nous l'appellerons Noël, Docteur, puisque nous sommes le 25 aujourd'hui… Est-il bien bâti au moins ? Il faut qu'il soit solide pour vivre dans nos montagnes…

Ah ! bien sûr, s'il avait un père !... Et puis tant pis... N'en parlons plus. Il sera mieux à nous comme ça. Nous l'élèverons ici, je m'en sens le courage.

– Il vous ressemble, père Joseph.

– Vous croyez vraiment, Docteur ? »

Joseph avait quitté son air bourru. Il rayonnait jusqu'au fond de son cœur.

Il n'était pas question avec ce temps de remonter de quelques jours à la ferme. J'avais donné des instructions précises à Mélanie pour le cordon, pour les soins à donner à Josette, pour l'allaitement de Noël.

« Ne vous tracassez pas, Docteur. J'ai bien compris. Et j'en ai eu trois moi-même, je sais ce que c'est. Revenez dans huit jours si vous pouvez. Si quelque chose clochait, Joseph irait vous prendre chez vous par n'importe quel temps. Il est habitué.

– Oui, bien sûr, ma femme s'en tirera. Je passerai de toute façon vous régler ça à votre cabinet, Docteur. Un saucisson, en attendant, ferait-il votre affaire ? Prenez-le, allez, c'est de bon cœur, vous l'avez bien mérité cette nuit. »

Dehors il neigeait toujours. Le froid me saisit et d'un seul coup, me dégrisa.

Le carthagène est un vin paillé, peu différent du pineau des Charentes. Flatteur au goût, agréable à boire frais, sans avoir l'air de rien, il vous plonge facilement, d'abord dans l'optimisme, puis sans crier gare dans un sommeil délicat. Au réveil, il ne laisse aucun mauvais souvenir, même pas le plus léger mal de tête.

Il ne faut simplement pas en abuser trop souvent. Quand je tombe sur une bouteille de carthagène – cela m'arrive rarement –, c'est immédiat : ce sont Joseph, Mélanie, Josette et Noël que je revois.

Et Noël, mais il aurait quarante ans aujourd'hui !

X

Il y a quarante ans, en Périgord, un accouchement se déroulait toujours à la maison. Riches ou pauvres, il n'y avait aucune exception. On mettait son enfant au monde dans le lit conjugal, dans le lit où, en principe – il ne faut jurer de rien –, on l'avait conçu, dans un lit qui avait souvent vu naître plusieurs générations, un lit dont on connaissait les qualités, matelas et sommier, et où l'on se sentait à l'aise et bien chez soi.

La coexistence des générations successives – on trouvait souvent sous le même toit les grands-parents, les parents, les enfants, et déjà les petits-enfants – ne posait alors aucun problème sérieux. Les promiscuités n'étaient pas encore devenues intolérables comme elles le sont de nos jours. Bien au contraire, elles créaient une confiance dans la continuité et un lien sécurisant dont tout le monde tirait profit. Accoucher dans sa famille, près des siens, dans un environnement familier au milieu de ses meubles, donnait à cette épreuve essentielle un caractère quasi normal dépourvu de stress. Aucun choix ni aucune décision ne se posaient donc. On accouchait dans sa maison, avec son médecin ou sa sage-femme, ou les deux à la fois si l'on en avait les moyens.

*

* *

L'accouchement touchait à sa fin. J'étais seul dans la pièce avec la mère et l'aïeule qui attendait avec calme et silence au coin du feu.

La chambre possédait une cheminée, ce qui était un luxe dans nos régions. La tête de l'enfant jouait son cache-cache habituel à la vulve, se découvrant à chaque effort de plus en plus ; un enfant allait naître.

« Dans cinq minutes, ce sera terminé. C'est bien, encore une petite poussée, sans trop forcer. Attendez la prochaine douleur et ça y sera. »

J'étais occupé. Un périnée, c'est fragile et précieux. Ça se respecte, ça se ménage, ça se travaille aussi. Son intégrité dépend souvent d'une série de menus gestes qui favorisent, qui soutiennent et font qu'en fin de compte, la mère s'en tire sans déchirure ni épisiotomie. Je n'avais donc guère le loisir pour surveiller ce qui se passait dans mon dos. Aussi, quel ne fut pas mon étonnement lorsque, me retournant, tenant le nouveau-né à bout de bras, je me trouvai face à une grand-mère déjà à moitié nue et lancée dans un strip-tease stupéfiant ! Elle en était même à enlever sa dernière pelure, en l'occurrence sa chemise, qu'elle me tendait pour que j'y dépose l'enfant.

« Donnez-moi le bébé, Docteur. Ma chemise est propre. Elle est chaude. C'est ce qu'il faut pour l'enfant.

C'est là où il sera le mieux en attendant que vous puissiez vous occuper de lui. »

Sans hésiter, j'avais remis le précieux fardeau à l'ancêtre qui, sans plus attendre ni se couvrir elle-même, s'était précipitée de nouveau vers la cheminée.

Que dire ? Comment pousser plus loin l'amour, l'abnégation et le devoir ?

Je devais revoir ce scénario bien des fois au cours de mon métier.

*

* *

« Dis donc, Charles, tu iras chercher une boîte à la pharmacie. Il ne faut pas attendre le dernier moment. Tu sais bien que c'est pour le 20, donc dans trois jours.

– Vous croyez, Docteur ? Vous avez tenu compte de la lune ? Moi, je l'aurais mis plus tard.

– Charles, laisse-moi donc ta lune tranquille. Ce sont mes affaires. Ta femme accouchera le 20 ou le 21 si tout est normal. Alors fais ce que je te dis. »

La naissance prévue à quelques jours près, on allait à la pharmacie chercher sa boîte d'accouchement. Préparée avec soin, cette dernière était étudiée pour pouvoir pallier toute éventualité : Spasmalgine, Post-Hypophyse, Méthergin, sérum, mais aussi coton, teinture d'iode, bandes, compresses, et jusqu'aux épingles à nourrice au cas où la maison en eût été dépourvue. Tout était prévu, mentionné sur le couvercle de la boîte, et pouvait être contrôlé. Après quoi, on attendait, sinon la lune, du moins les premières douleurs pour appeler aussi vite que possible le médecin.

Une visite, deux visites, avaient lieu bien souvent avant que ce dernier jugeât sa présence indispensable. La famille faisait de son mieux pour le retenir.

« Docteur, vous savez, c'est qu'elle souffre de plus en plus. Je crois que vous feriez bien de rester. Que ferions-nous si l'enfant arrivait en votre absence ?

– J'ai le temps, Julienne, vous ne risquez rien. Je vais faire deux ou trois visites, et je reviens. »

Enfin l'attente commençait, elle se déroulait souvent en compagnie des gens de la maison, devant la porte et sur un banc l'été, dans la cuisine auprès du feu l'hiver si le temps l'exigeait.

« Avez-vous pensé, Julienne, à de l'alcool à brûler ? Il ne fait déjà pas chaud ! Trois litres ne seront pas de trop. Vous avez le temps d'aller les chercher. »

Dans la chambre sans feu, à la température de laquelle la jeune accouchée aurait résisté sans ennuis, mais à laquelle le médecin aurait pris la crève à tout coup, on improvisait dans un couvercle de lessiveuse, grâce à l'alcool, un brasero géant. Ses flammes montaient jusqu'au plafond, donnant une chaleur suffisante, rapide et facile à renouveler.

L'été, en revanche, l'on travaillait souvent toutes fenêtres ouvertes, soit dans le chant des grillons, soit dans le parfum des foins coupés, soit, hélas ! aussi quelquefois, dans l'odeur moins plaisante du tas de fumier voisin placé trop près de la maison. De toute façon, on devait s'y faire ! Question d'habitude. L'éther des cliniques n'est, dans le fond, ni plus sain ni plus agréable à supporter.

Les complications prévues ou imprévues se traitaient – la famille ayant été invitée par tous les temps à aller faire un tour ailleurs – sur la table de la cuisine. Les tables de ferme, toujours stables et massives, possédaient des entretoises solides, et c'était pratique pour l'appui des pieds au cours des forceps. Hémorragies, délivrances artificielles, restauration de périnées, devaient trouver là, en plein jour ou à la lueur de la lampe à pétrole, leur solution. Les cas qui tournaient mal se comptaient sur les doigts d'une main dans la vie d'un médecin.

*

* *

« On appelle chez Burnette ! Sa femme a ses douleurs. Tu n'étais pas là, j'ai envoyé l'infirmière en attendant.

– Mais voyons, c'est impossible ! Elle n'est pas encore dans son huitième mois. »

Rien n'était encore prêt. Prématuré, sans layette et sans berceau, on l'avait roulé dans plusieurs paquets de coton et on l'avait installé près de la cheminée, dans une cantine militaire, après avoir pris soin d'en relever le couvercle pour le protéger des étincelles.

Une hémorragie cataclysmique ayant mobilisé les efforts de tous, lorsque nous étions revenus vers lui, nous l'avions trouvé en compagnie de deux petits chiots, nés eux aussi depuis peu et qui, profitant de l'aubaine, s'étaient roulés à ses côtés et le léchaient.

Sans couveuse, mais non sans soins, il est devenu aujourd'hui un très joli garçon.

*

* *

Elle était amoureuse de son époux comme aux premiers jours, et lui ne devait pas être en reste puisqu'il lui avait déjà fait seize enfants.

« Mais enfin, Marguerite, comment faites-vous ? Encore enceinte ! Ça fera deux dans l'année, en admettant encore qu'il n'y ait pas de jumeaux. »

Enceinte, elle l'était en permanence, et son embonpoint ne permettait pas à l'œil nu de savoir si elle était au début ou en fin de parcours. Avec la Marguerite, on restait toujours dans l'incertitude et l'approximation la plus totale.

« Que voulez-vous, Docteur, je suis fragile. Mon mari n'a qu'à poser son pantalon sur une chaise, et j'y ai droit. Pourtant, ce n'est pas que nous y soyons tellement portés. Une fois le matin avant de se lever, une fois à midi lorsqu'il revient de l'usine ou qu'il fait sa sieste, une fois le soir en nous couchant, quelquefois la nuit si l'un de nous se réveille. Mais c'est tout. On ne peut pas dire le contraire, je suis fragile ! »

« Lui » n'en pouvait plus. Il était maigre comme un coucou et marchait en titubant, l'œil vague, les jambes flageolantes. Heureusement pour lui, il y avait l'usine ; là au moins il pouvait se reposer.

« Que voulez-vous, Docteur, c'est qu'elle est terriblement jalouse ! Lorsque je rentre, si ça la prend, c'est qu'elle ne me laisserait même pas le temps de poser ma musette. C'est tout de suite, même avant de manger, et malheur si je refuse, car alors elle me fait une de ces scènes ! C'est comme lorsque j'ai dix minutes de retard, c'est pareil ! "Et où étais-tu ? Chez la Maria, je parie, ou chez la Germaine !" De quoi ameuter tous les voisins et faire des histoires dans tout le village. Heureusement qu'on la connaît ! »

Les accouchements de la Marguerite étaient redoutés du corps médical régional tout entier. Ça se passait toujours de la même façon. À la première alerte, tous les aînés disponibles de la maison partaient dans toutes les directions, les uns chez les médecins, les autres chez les sages-femmes. C'était à leur arrivée chez chacun de nous chaque fois la même panique. Tous ceux qui étaient touchés par l'appel abandonnaient tout, se ruaient sur leur voiture et filaient à toute vitesse en direction de la Marguerite, car ses accouchements étaient connus pour leur promptitude.

Le premier arrivé l'emportait. Les autres, voyant la voiture de leur confrère, n'avaient plus qu'à faire un pudique demi-tour. Sur le pas de sa porte, la Marguerite encourageait le gagnant.

« Dépêchez-vous, Docteur, il est au passage. Je me retiens, mais je sens qu'il va sortir. »

Pas plus tôt qu'étendue, l'enfant était né. Le médecin ou la sage-femme n'avait plus qu'à le prendre et à couper le cordon.

Son seizième avait brûlé tous les records. Il était né dans le champ, simplement en arrachant un pied récalcitrant de pommes de terre. Un effort sur le hoyau avait suffi. La Marguerite ne s'était pas effrayée. Elle avait mis l'enfant dans son tablier et, sans trop tirer sur le cordon, était partie à pied vers la maison.

« Qu'est-ce qui t'arrive, Marguerite ? Tu marches bien doucement. Qu'est-ce que tu portes dans ton tablier ?

– C'est l'enfant. Il est né ! C'est une fille. Puisque tu es là, va prévenir le médecin, celui qui sera chez lui. Moi, je rentre à la maison. »

Le voisin affolé avait failli se tuer en vélo.

Le médecin, en toute honnêteté, dans ce cas, n'avait pu que faire cadeau de ses honoraires.

« Si vous vous mettez maintenant à faire vos accouchements, Marguerite, ce sera un comble !

– Oh ! vous savez, Docteur, avec l'habitude ! Mais qu'est-ce que vous faites ? Ne me jetez surtout pas le placenta. Je le garde, je le donnerai à mes poules.

– Mais voyons, Marguerite ! Qu'est-ce que vous me dites là ?

– Oui, oui, je sais ce que je dis, Docteur. Ça les fait pondre. »

Dans une maison de seize enfants, on se devait de ne rien gaspiller. Depuis longtemps, la Marguerite avait constaté qu'un placenta séché, réduit en poudre et mêlé en petite quantité à la pâtée de sa volaille, lui procurait une avalanche d'œufs, et c'était là une aubaine pour une maison où nulle omelette ne pouvait se concevoir à moins d'une douzaine.

*
* *

« Docteur, pouvez-vous venir ? La Marie fait une fausse couche. »

Le concours d'une sage-femme, dans ce cas-là plus que dans tout autre, était indispensable. Je passais toujours la prendre avant de me rendre chez ma cliente. À cette époque, l'on ne plaisantait pas dans ce domaine, où tout acte jugé de complaisance eût été grave. Par sa présence, la sage-femme garantissait en quelque sorte le bien-fondé de l'intervention. Notre dualité éliminait tout mystère et écartait aussi toute critique ou suspicion. Il était bon de prendre quelques précautions.

La cuisine, avec sa table, était encore le lieu idéal pour les curetages. Un appareil qui rappelait par sa forme un guidon droit de vélo, muni de sangles passant sous la nuque et maintenant les poignets, permettait de se passer de complexes gynécologiques. Cet appareil à lui seul arrivait à tenir la malade qui, troussée comme une vulgaire volaille, croupion en l'air, ne pouvait plus remuer. La sage-femme, avec un rien de chloroforme, un tampon de coton, en s'aidant au besoin de la « passette » de la maison, présente dans tous les placards, donnait une petite anesthésie « à la reine ». L'intervention se déroulait ainsi dans les plus parfaites conditions.

Un de ces curetages plus curieux que tous les autres vaut la peine d'être conté.

C'était au cours d'une après-midi d'été. Le haut de la demi-porte de la cuisine était resté ouvert vers l'extérieur. Le facteur était passé ; la ferme isolée excluait toute surprise. La malade, la sage-femme et moi-même étions seuls, à l'exception d'un garçonnet de trois ans, le benjamin de la maison qui, vu son âge, ne pouvait gêner. Ce dernier, d'ailleurs, une boîte de conserve retenue par une ficelle autour du cou, indifférent à notre travail, jouait du tambour en tournant autour de la pièce. Les bruits de la campagne arrivaient jusqu'à nous. Ils se mêlaient aux crissements de mes curettes. Le soleil rayonnait jusque dans la maison ; tout se passait normalement. Rien ne laissait prévoir de l'inattendu, et pourtant, il arriva.

Alertées par le tam-tam improvisé du gamin dont la musique ressemblait à s'y méprendre au bruit qu'elles avaient coutume d'entendre lorsque la fermière, frappant de sa fourchette sur une casserole, les appelait à la pâtée, toutes les poules, avec un bel ensemble, s'étaient ruées vers la porte. Probablement coutumière de la prouesse, ce fut d'abord l'une d'elles qui s'envola et qui, sautant par-dessus le bat-flanc, atterrit sur le parquet.

Ce furent deux, puis trois, puis toute une armada de poules qui, dans un esprit de corps, arrivèrent sans que, pris par nos activités, nous puissions les arrêter. Enfin, sous la pression générale, le bat-flanc de la porte mal fermé s'étant entrebâillé, ce fut en un rien de temps une invasion totale.

L'enfant continuait de frapper de sa cuillère, comme si de rien n'était, alors que poules, canards et dindons, autour de nous, gloussaient et caquetaient dans nos pieds, indifférents à nos ruades, et engloutissaient, au fur et à mesure qu'ils tombaient, tous les éléments que mes curettes détachaient.

Cela devait devenir rapidement une bagarre grouillante et acharnée de coups de bec agressifs et de plumes détachées. Tous y allaient bon train.

Dans l'euphorie de l'abondance et de la dispute, un canard réussit même par erreur à pincer d'un coup de bec rageur et puissant le petit orteil de la sage-femme en sandales qui cria de douleur.

Ce fut un curetage qui se déroula dans une ambiance aviaire et homérique, au son du tambour et au milieu de toute la basse-cour réunie.

Lorsque notre patiente fut remise dans son lit, que le drap fut retiré de la table, que nos poules, canards et dindons furent sans ménagement chassés à coups de balai, la pièce était tellement nettoyée par les coups de bec qu'il ne restait plus rien.

Le lendemain, la malade levée, sur pieds, défiant toute phlébite, vaquait de nouveau à ses occupations.

*

* *

Maternité ! Pouvait-on sérieusement donner ce nom à cinq ou six lits mis à la disposition de tout un chef-lieu de canton ?

La maternité concédée avait été prélevée sur l'aile latérale d'un hospice de vieillards. Ce n'étaient que deux ou trois pièces plus ou moins bien cloisonnées en boxes minuscules, et c'était pourtant suffisant. Longtemps les chambres restèrent vides, jamais elles ne furent occupées dans leur totalité.

De temps à autre, simplement, elles dépannaient. Cet embryon de maternité n'avait d'ailleurs pas d'autre ambition. On y recueillait quelques éléments trop éloignés pour être faits à domicile, quelques cas difficiles ou prévus comme tels, quelques nomades de passage également, si toutefois ils y consentaient.

La clientèle boudait en principe.

« Vous venez à la maternité ? Cela ne vous coûte rien, et ça sera quand même plus facile que dans votre roulotte. Vous êtes à deux pas. »

Rien n'avait pu la convaincre. J'avais dû l'accoucher dans sa voiture, sur la place du marché, et lui faire un forceps dans des conditions impossibles, en plein soleil, pendant que la doyenne de la tribu arrosait à grands seaux le toit de la verdine pour nous procurer une fraîcheur illusoire.

Une sœur pourtant fort gentille m'y assistait et y partageait, le cas échéant, mes insomnies. Elle faisait de son mieux pour m'éviter toute fatigue inutile. Grâce à elle, je disposais d'un lit où, dans la mesure du possible, je pouvais m'étendre la nuit et prendre quelques heures de repos. Elle avait même réussi à dénicher, dans un coin de son établissement, un fauteuil crapaud qu'elle avait placé dans un coin de la salle de travail ! C'était peut-être une présence insolite, mais c'était confortable et j'en profitais. Le matin, après les nuits blanches, sur son initiative, j'avais droit à un grand bol de café au lait qui, ma foi, était le bienvenu et m'aidait indiscutablement à me remettre en condition. Tout cela était fort précieux au niveau de mon confort personnel. Sur le plan matériel, hélas ! les avantages étaient moins évidents. Certes, j'avais à ma disposition une table un peu moins large, donc plus adaptée, que celles dont je disposais à la campagne, mais c'était à peu près tout. Je ne pouvais espérer guère plus de mon aide.

*

* *

« Docteur, venez, venez vite, notre accouchée a disparu ! »

La sœur qui venait me prévenir était dans un état d'agitation extrême… Affolée, pâle, elle en bredouillait.

« Voyons, ma sœur, remettez-vous ! Elle ne peut être loin. Peut-être aux toilettes, avez-vous regardé ?

– Docteur, non, ni aux toilettes ni ailleurs, je vous assure. Elle est partie, et l'enfant également ! »

Cela devenait sérieux. J'abandonnai mon bol de café. C'était vrai.

L'accouchée, une jeune bohémienne, une demi-heure à peine après sa délivrance, venait de nous fausser compagnie. Ses habits n'étaient plus dans la penderie, le berceau était vide.

Je n'eus aucun mal à la retrouver. Elle avait regagné sa verdine et se promenait le long de la rivière, portant son nouveau-né dans ses bras.

Ni mes exhortations ni mes menaces, rien n'avait pu la décider à revenir. Et, ma foi, là encore, rien de fâcheux n'en était résulté.

*

* *

La future mère était impossible, nerveuse, irritable, décidée à ne rien écouter.

« Voyons, Madame, tenez-vous deux minutes tranquille. Je ne peux travailler ainsi. Allons, couchez-vous et mettez-vous comme il faut.

– Mais enfin, Docteur, c'est la première fois que j'accouche ! Comment voulez-vous que je sache la façon dont je dois me mettre ? »

Ma patience, après des heures de veille, arrivait à ses limites.

« Voyons, Madame, cela ne demande tout de même pas tant d'explications... Mettez-vous donc comme vous étiez lorsque vous l'avez fait, et restez un peu en place, le temps au moins que je vérifie si tout va bien. »

Imprudence, imprudence et confusion !

Elle avait paru réfléchir puis, sans plus hésiter, elle s'était mise à genoux, le derrière pointé vers le plafond, le ventre traînant sur le matelas.

Évidemment, j'aurais dû être plus précis. J'avais dû rectifier en souriant cette position qui, bien que classique, me paraissait mal adaptée.

La sœur, cassée en deux, avait quitté la salle, et une petite rigole désobligeante qui la suivait perfidement jusque dans le couloir permettait de comprendre sans peine que sa vessie n'avait pu résister à sa crise d'hilarité.

*
* *

L'art de l'accouchement s'est transformé, vite, en quelques décennies.

Eutocies et dystocies, autrefois bien codifiées, ne le sont plus. L'engouement porté à la césarienne a transformé les réflexes. Plus de manœuvres externes ou internes, plus de forceps ; c'est la césarienne à laquelle on a tendance à recourir dans tous les cas, à la moindre difficulté. Exceptionnelle autrefois, cette intervention est devenue tellement à la mode, tellement entrée dans les mœurs qu'elle est presque de règle aujourd'hui dans des cas où, autrefois, personne n'aurait osé l'évoquer.

Quel médecin, par exemple, aurait eu l'imprudence de la proposer pour un siège chez une multipare autrefois ?

Est-ce légitime ? Est-ce tellement anodin que d'ouvrir nos femmes, pour un oui ou pour un non, comme de vulgaires potirons ? À ce régime, à la longue, la race elle-même y trouvera-t-elle son compte ?

Curieux de constater aussi le changement dans le comportement du médecin qui, vis-à-vis d'une histoire vieille comme le monde, simple et naturelle, réussit en fin de compte à en faire une aventure.

Il y a un demi-siècle, un médecin, sur de simples appréciations cliniques, trois semaines après le « coup de feu », arrivait à confirmer la grossesse. Il surveillait sa cliente, à deux ou trois reprises, dans les neuf mois qui suivaient, se contentant de quelques recherches d'albumine dans les urines ; après quoi, il l'accouchait.

Tout se passait, mon Dieu, pas si mal.

Mais aujourd'hui !

Sans Gtest, pas de diagnostic. Immédiatement après, on fait une, deux ou trois échographies. Au besoin une, deux ou trois radiographies ou pelvimétries. On accompagne l'ensemble d'analyses de laboratoire à tout bout de champ, analyses complètes autant qu'obligatoires, et l'on peut même terminer en beauté, si l'on est dans le vent, par une détermination du sexe. On est bien avancé, puisqu'au demeurant, on ne peut rien changer ! À moins que l'on tienne spécialement à cet examen pour ne faire aucune erreur sur le choix de la couleur pour la layette.

« Enfin, me direz-vous, on ne peut tout de même pas en rester à l'âge des cavernes ! »

Certes ! Mais croyez-moi, les trois quarts de ces examens sont plus dangereux qu'utiles et, de toute façon, ne servent à rien.

J'avais dans ma famille une très vieille aïeule. Elle n'avait jamais bénéficié d'aucune formation – il est vrai qu'elle avait elle-même une série d'enfants. Elle n'était pas riche, mais possédait, outre un certain sang-froid, beaucoup de bon sens. Eh bien ! pour une tourte de pain qui lui était nécessaire pour élever les siens, elle réalisait dans nos campagnes reculées, sur des couettes et dans les alcôves familiales, avec une simple paire de ciseaux et une pelote de fil, le même travail que font dans leurs cliniques privées nos accoucheurs d'aujourd'hui.

XI

« À TOUT ÂGE, l'Iodarine au service de la femme. » L'affiche, en carton rigide, occupait la plus grande partie de la vitrine. Elle se lisait de loin.

À moins d'être aveugle, myope au dernier degré ou totalement illettré, on ne pouvait faire moins que d'être informé ; et même pour l'analphabète, fréquent dans la région, l'on s'était efforcé de pallier. C'était ainsi que, sous le slogan publicitaire, une jeune et plantureuse femme, dans une demi-nudité, souriante et bien en chair, tenait dans sa main un flacon d'Iodarine, alors qu'une autre, privée de l'élixir de jouvence, triste et ridée, se desséchait.

Pharmacie de la Croix Verte, de la Croix Rouge, de la Croix Blanche, Pharmacie Centrale, Pharmacie Principale – réservée à ceux qui n'ont pas de complexes et osent l'afficher –, on retrouve ça dans toutes les villes ! C'est fou ce que ces pharmaciens peuvent être imaginatifs lorsqu'il s'agit de leurs officines. Dans ce domaine, ils sont sans limites.

Rien de tout cela n'existait pour la pharmacie de l'Iodarine. Certes, son fronton mentionnait bien en grosses lettres dorées : « Pharmacie de première classe », mais c'était tout. Cette pharmacie se passait d'appellation tapageuse. C'était tout simplement la pharmacie de l'Iodarine, ou la pharmacie de Calinaud. Officine de renom, connue de tous, dans toute la région, et depuis toujours puisqu'elle passait de main en main, de père en fils, génération après génération, sans jamais avoir à changer de nom.

Depuis plus de cent ans, on ne disait jamais en parlant d'elle : « Je vais à la pharmacie », mais tout simplement : « Je vais chez Calinaud », tellement la personnalité du pharmacien était forte, elle aussi.

L'Iodarine était une spécialité exclusive, une spécialité reconnue et déposée depuis un demi-siècle. On la devait à un ancêtre inspiré et génial qui en avait mis au point et expérimenté la formule sa vie durant.

Cent gouttes de teinture d'iode, rien d'autre, dans un sirop simple de 250 centimètres cube !

La formule dans son détail – dont personne ne se souciait – était transcrite en petits caractères au dos de chaque flacon. Au-dessous, en grosses lettres cette fois, on pouvait lire toutes ses propriétés : efficace pour tous les troubles de la femme à tous ses âges, les poussées ganglionnaires de l'adulte et de l'enfant dans les deux sexes, souveraine dans le goitre et la scrofule.

La préparation, compte tenu des proportions particulièrement étudiées dans sa forme homéopathique, ne pouvait se réaliser qu'en laboratoire et à grande échelle. On préparait l'Iodarine à la barrique. On n'en avait jamais assez. Elle avait fait la renommée, et du même coup la fortune de la maison.

« Toujours efficace, bien qu'inoffensive », avait été sa devise première. Elle avait été remplacée un jour, après mûre et longue réflexion par : « Inoffensive, bien que toujours efficace », sans que l'on n'ait trop su le pourquoi de ce tête-à-queue.

La réputation de l'Iodarine n'était plus à faire. Elle dépassait depuis longtemps le cadre local, et donnait avec le même bonheur, toujours et à tous, la même satisfaction.

« M. Calinaud est-il là ? Et peut-il me recevoir ? »

La question s'adressait à un commis qui s'affairait entre deux étagères.

« Non, Madame ! M. Calinaud est occupé avec une cliente. On ne peut le déranger pour le moment. Il en a probablement pour un certain temps… Mais notre préparateur est là. Voulez-vous que je l'appelle ?

– Oh ! non merci, je vais attendre. Je ne suis pas pressée. »

« Ah ! Monsieur Calinaud, je tenais à vous voir vous-même. Il me faudrait quelque chose d'efficace pour des malaises que je vais vous expliquer, et que j'attribue au sang. Vous voyez, il me faudrait un traitement en rapport bien sûr avec mon âge. »

Calinaud, dans tous ces cas, allait se surpasser.

On aurait pu croire qu'après pareil discours, suffisamment informé, il se serait précipité vers un de ses rayons, aurait choisi au hasard, comme l'auraient fait la plupart de ses collègues, un flacon à gros rendement pour le tendre à sa cliente ! Eh bien non ! il était d'une autre classe.

« Ah ! bien. Ze suis z'a vous, Madame. Z'allons voir ça ensemble. Faut voir, vous comprenez. Ze vais prendre des responsabilités, donc pas question de risquer z'une erreur. Tenez, entrez là. Nous serons bien pour causer. Dans mon cabinet personnel. Serons tranquille. Ze vais fermer d'ailleurs ! Tenez, un tour de clé. Ça ne vous contrarie pas ?

– Oh ! Monsieur Calinaud, avec vous. Mais j'ai toute confiance.

– Z'avez raison, Madame. Vous m'honorez ainsi. D'ailleurs, vous pouvez constater, z'ai ma blouse, vous ne risquez rien. »

On ne voyait pas trop comment une blouse pouvait être un obstacle à la tentation, mais il faut croire que pour la cliente comme pour Calinaud, c'était là un argument persuasif et de poids.

Petit, rond du ventre, revêtu d'une blouse blanche impeccable, porteur d'une paire de lunettes d'écaille épaisses qui achevait de l'intellectualiser, Calinaud, comme on vient de s'en rendre compte, avalait une partie des mots, et pour le reste zézayait. De ses conversations ne subsistait qu'une trame fragile. Il fallait être attentif pour ne pas perdre le fil, et on comblait malgré tout les manques comme on pouvait.

« Voyons, votre âze, Madame ? Quel est votre âze ? C'est entre nous bien sûr ! Pas de curiosité malsaine ! Vous vous en doutez ! Vous demande la vérité, rien que la vérité. Ah ! quarante ans, passaze danzereux. Faut voir ça de près, et faire attention. Passaze critique aussi.

Zamais assez prudent à cette période. Faut que ze vous examine. Voyez pas d'inconvénient ? Savez, suis zhabitué. Bon ! bien ! Ze vais procéder avec méthode. D'abord, les seins. Vous n'avez rien, me dites-vous, constaté de suspect avec eux. Ça fait rien, ze vais zeter un coup d'œil. Faut les palper, comprenez, c'est nécessaire. Là, comme ça, en profondeur. On sait zamais, une masse, c'est insidieux, ça peut passer inaperçu ! Voyons, dégrafez un peu plus. Là. Oh ! Oh ! grosse poitrine ! Grosse, grosse poitrine. Beaux seins, ma foi, mais aussi suzets aux ennuis. Faut bien examiner et prendre son temps. Pas de déformation. Bien. Rien à droite, voyons l'autre. Un peu plus petit peut-être. Voyons les deux ensemble. Normal, normal !

« Bon ! maintenant, voyons du côté des ganglions. Faut les chercher avec soin dans l'aisselle. Là ! il n'y a rien ! C'est bien, c'est bien ! Et à l'aine ? Il faut touzours faire attention là aussi. On peut faire des découvertes. Zamais assez prudent. Tenez, mon grand-père, chez une de ses clientes, dans la zone inguinale, a découvert un Hodgkin. Voyez, pas fréquent pourtant ! Heureusement, car c'est grave. Faut voir, que voulez-vous, faut voir ! Si on ne regarde pas, on ne peut découvrir. Ze peux y aller ? »

De telles révélations, un tel mot, jamais encore entendu, un tel risque, abattaient toutes les formes de résistance.

« Allez-y, Monsieur Calinaud, regardez de près. Faites ce qu'il faut. Faut-il que je pose tout ?

– Z'avez raison ! Mettez-vous à l'aise. Z'ai ma blouse, z'ai ma blouse. Voyons, pas de pertes blanches non plus ? Bon. Vous dites ? Le vazin un peu sec ! Fâcheux, fâcheux ! En effet, ze vois, ze vois. Pouvez vous rhabiller. C'est fini, et voilà, z'ai rien trouvé. Si z'avais d'ailleurs le moindre doute, ze vous adresserais à votre docteur, mais inutile. Soyez rassurée.

– Mais vous allez bien me donner quelque chose, Monsieur Calinaud ?

– Oh, bien sûr, bien sûr ! Attendez-moi là, ze reviens... Tenez, voilà ! Trois flacons d'Iodarine. Une cure : deux cuillerées à soupe par zour. Vous devez vous sentir mieux d'ici une quinzaine. Quand vous aurez terminé, faut revenir. Faut rien néglizer. Période prémonopauzique, mauvais passage. Faut faire attention. On reverra tout ça la prochaine fois. Belle poitrine tout de même. Belle poitrine !

– Combien je vous dois, Monsieur Calinaud ?

– Deux cents francs, le prix des remèdes. C'est tout !

– Mais la consultation, Monsieur Calinaud ?

– Gratuite, elle est gratuite. Allez, n'en parlons plus, c'est gratuit.

– Ah ! Monsieur Calinaud, je vous remercie. Je reviendrai autant de fois qu'il le faudra. »

La cliente partait ravie.

« Voyez-vous, Madame, tout est dans la dose ! Grande différence entre la zeune fille, la femme à la ménopause et la femme âzée. »

Pour la jeune fille, Calinaud donnait à la cuillère à café « un flacon, ça suffit. À revoir dans deux mois, à cause de la formation ».

Pour la femme mûre, trois flacons devenaient nécessaires « à la cuillerée à soupe, à revoir le plus souvent possible, c'est plus prudent ! »

Pour les plus âgées, passé cet âge critique qui le perturbait tellement, c'étaient encore trois flacons « deux cures par an, au printemps et en automne », mais avec elles, curieusement, la surveillance se relâchait. « Ce sera suffisant de vous revoir dans deux ou trois ans, l'important c'est les cures. »

Celles qui n'avaient pas encore consulté l'appelaient docteur. Celles qu'il avait palpées et repalpées sous toutes les coutures l'appelaient monsieur Calinaud.

Celles qui l'avaient connu en culottes courtes, âgées maintenant et qu'en principe il ne consultait que si elles insistaient vraiment, l'appelaient Georges tout simplement.

« Monsieur Calinaud, mais c'est un savant ! Quelle conscience ! Il m'a examinée des pieds à la tête, de partout. Il faut voir ça ! Bien mieux qu'un médecin. Un quart d'heure rien que pour la poitrine ! Il a même voulu voir mon ventre pour s'assurer que je n'avais pas de fibrome. Ah ! ça, c'est un pharmacien ! Il aime son métier. Ça se voit. On peut lui faire confiance. Depuis que je prends l'Iodarine, je me sens toute rajeunie. Vous devriez le consulter, ma chère, n'ayez pas d'appréhension surtout. Vous verrez, vous ne le regretterez pas. Croyez-moi. Monsieur Calinaud, il en sait dans certains domaines plus qu'un médecin.

– Monsieur Calinaud, le docteur m'a prescrit une série de piqûres. Pourriez-vous vous en charger ?

– Personnellement non, Madame. Ze ne peux pas. Horreur du sang, horreur du sang ! Mais la pharmacie s'en occupera. M. Ontardou, mon préparateur, se fera un plaisir de vous les faire. Les fait très bien, savez-vous ; sans douleur, le sentirez même pas, pouvez z'avoir confiance. Serez satisfaite. »

M. Ontardou était lui-même, comme l'Iodarine, un produit de la pharmacie. Rentré dans la maison à l'âge de quinze ans en qualité de garçon de courses, ses valeurs reconnues, il avait fait là carrière sur place. À l'époque de feu Calinaud père, il était devenu préparateur puis, avec le temps et par la voie hiérarchique, premier préparateur de l'Iodarine. Formé dans l'ombre de ses maîtres, il en avait gardé une discrétion effacée d'arrière-boutique. Mais celle-ci n'avait diminué en rien son importance, ses mérites et la considération qui lui était attachée. C'était sur lui que reposait à longueur d'année la préparation régulière du « produit ». Doses, mélanges et surveillance de la mise en flacons étaient sous son entière responsabilité. C'était lui qui comptait les gouttes d'iode et le sucre, et nul autre, pas même le patron.

Il ne sortait guère de son laboratoire que pour quelques analyses délicates de pisses, mais on n'hésitait pas à l'appeler pour des cas sérieux, et les piqûres à faire à la clientèle en constituait un.

Autant M. Calinaud tenait à assurer dans la lenteur et la patience ses examens, autant M. Ontardou s'efforçait d'agir dans la rapidité et la discrétion la plus complète. Le moins que l'on puisse dire, c'est qu'il était expéditif.

« Rien que le haut de la fesse, Madame Thérésia. Découvrez-vous à peine. Ne posez surtout rien. Ce n'est pas nécessaire. Un petit rectangle de peau, ça suffira. »

Pendant que la malade se troussait, Ontardou, en lui tournant pudiquement le dos, préparait sa seringue, pompait ses ampoules, ajustait ses aiguilles.

« Vous y êtes, Madame Thérésia ?

– J'y suis, Monsieur Ontardou. »

Le reste se passait en un éclair.

Ontardou entrevoyait un coin de peau. Ça lui suffisait. Son bras se détendait, et la piqûre, poussée comme une estocade, était faite avant même que la cliente ait eu le temps d'esquisser le moindre mouvement.

Ontardou aussitôt se retournait et tendait à la patiente, sans la regarder, un tampon éthéré.

« Voilà, c'est fait. Vous pouvez vous sauver. À demain, Madame Thérésia.

– Ce que vous m'avez dit est exact, Monsieur Calinaud. Je ne le sens pratiquement pas, mais voyez-vous, j'ai toujours peur qu'il me manque. À la vitesse où il va ! Je me demande s'il regarde où il pique. Enfin, vous savez, Monsieur Calinaud, je crois qu'avec un peu d'entraînement, vous auriez avec lui un champion de fléchettes. Oh ! excusez-moi, Monsieur Calinaud, c'est pour rire ce que je dis là. C'est égal, vous devriez lui dire de moins se presser. Enfin, que diable ! aurait-il peur des femmes, cet homme ? »

Ernioton était chirurgien. Jeune chirurgien installé depuis peu, il n'y avait pour le moment qu'éloges à son égard. Tout nouveau, tout beau ! Chacun a connu ça.

On supportait sans discuter ses décisions à l'emporte-pièce, on rapportait en riant ses boutades, son franc-parler, sa désinvolture encore imprégnée des plaisanteries truculentes des salles de garde. L'une d'elles avait fait le tour de la ville.

« Docteur, vous avez tort de le prendre sur ce ton. Vous savez, j'ai le bras long !

– Tant mieux, mon ami, j'en suis content pour vous, ça pourra toujours vous servir, ne serait-ce que pour vous gratter le cul. »

On en riait. Les clientes venaient de partout. Pourvu d'un riche tempérament chirurgical, Ernioton opérait, opérait à tour de bras.

Cela s'était passé sur le trottoir, au cours d'une rencontre fortuite.

« Docteur, ze voudrais vous dire un mot... Voyez-vous, ze ne sais comment vous dire ça, mais vous savez, ze crois que c'est de mon devoir. À la pharmacie, on parle. Ze dois vous prévenir.

– Ah ! bien, Monsieur Calinaud, et que dit-on à la pharmacie ?

– On dit, mais notez bien que ze n'en crois pas un mot, que vous avez le bistouri, comment pourrais-ze dire ? Facile, c'est ça, facile ; que vous opérez un peu trop volontiers. C'est fâcheux, ça ! Ça peut vous nuire. Faut tout de même faire attention, un zeune chirurzien, vous savez, en province ! Les langues peuvent faire du mal. Faut faire attention.

– Ah ! vous croyez, Monsieur Calinaud ? On dit tellement de choses ! Tenez, ne dit-on pas à la clinique qu'à longueur de journée, dans votre arrière-boutique, vous pelotez vos clientes ?

– On dit ça, Docteur ? Mauvaises langues, mauvaises langues, faut pas en tenir compte. Tout ça est stupide, pour vous comme pour moi. Faut pas écouter les ragots, ce sont des mensonzes. Faut faire ce qu'on doit, sans s'occuper des zens. Vous avez raison. »

Ce fut au sortir de son cabinet particulier, à la suite d'une consultation qui avait traîné en longueur et où Calinaud s'était trop donné, que le malheur arriva.

Une attaque, une attaque brutale le terrassa. M. Ontardou lui-même, sorti précipitamment de son laboratoire, n'avait rien pu faire, et le médecin le plus proche, arrivé en toute hâte, ne put que constater le décès.

Calinaud Georges venait de mourir, voulant toujours aller plus loin dans le consciencieux, victime de la prévention et du devoir.

Calinaud junior, heureusement en fin d'études, allait pouvoir reprendre le flambeau familial. La continuité allait être assurée, et l'Iodarine pourrait poursuivre ses bienfaits. On l'espérait… Hélas ! le fils fut loin d'être à la hauteur du père. Malgré sa jeunesse, il devait décevoir.

« Ah ! ce n'est pas le père ! Il s'en faut ! Lui, au moins, savait vous regarder. »

L'Iodarine avait fait son temps. Elle périclita.

XII

L'IMPORTANCE D'UN VÉTÉRINAIRE à la campagne ne se discute pas. J'ai souvent pu m'en rendre compte. Elle éclipse sans conteste celle du médecin.

C'est au vétérinaire que le paysan confie ce qui lui tient le plus à cœur : son cheptel, donc son capital, donc son argent, cet argent qu'il a tellement de peine à ramasser et surtout à garder.

Si l'on perd sa femme, contre laquelle on a pesté déjà tous les jours durant plusieurs années, on peut, à la rigueur, en trouver une autre. Si l'on perd un enfant, surtout si c'est l'aîné, celui sur lequel on comptait pour reprendre la fourche et le râteau, c'est grave, mais on peut au besoin en faire un autre, et ça ne coûte rien. Mais si, dans une petite exploitation de quelques hectares, l'on perd deux ou trois vaches, alors là, c'est la catastrophe et la ruine pour longtemps.

La responsabilité constante du vétérinaire est écrasante. Heureusement pour lui, il dispose, ce que ne possède malheureusement pas le médecin, d'un abattoir. À lui de savoir s'en servir à bon escient et en temps voulu pour éviter des pertes, donc des drames qui entraîneraient son discrédit.

« Docteur, maintenant que vous avez arraché la dent de la grand-mère, ne pourriez-vous venir voir le pied de notre vache ? Elle boite depuis quelques jours. Vous me direz ce que vous en pensez. Vous savez, notre chien va mieux. La pommade que vous nous avez indiquée a fait merveille.

– Je veux bien, Marie. Je veux bien voir votre vache, mais vous savez, je n'y connais pas grand-chose avec le bétail. Pour le chien, c'était différent, j'en ai un. Mais les vaches ! Enfin, allons-y. »

Il fallait être dentiste avec un davier de fortune. L'on aurait très bien accepté que je fusse vétérinaire par-dessus le marché.

« C'est un abcès, Marie. Je n'y peux rien. Je vous conseille vivement d'appeler Galapian, ce sera plus sage. »

Galapian était vétérinaire.

Il avait un vaste rayon d'action sur deux ou trois cantons. C'était l'un des hommes les plus connus et les plus folkloriques que l'on puisse rencontrer. Comme le médecin, on le croisait de nuit et de jour par tous les chemins et on le trouvait dans chaque ferme. Il était écouté et admiré des fermiers, admiré mais redouté des fermières, et craint de tous les animaux qui, d'instinct, pressentaient que de lui, leur sort dépendait.

« Alors Firmin, montre-moi ton canasson. Où est-il ?

– À l'écurie, bien sûr. On n'ose plus ni l'approcher ni le sortir. Faites attention, il est entier, vous savez, et il est devenu vicieux comme pas un. Si l'on se met derrière lui, on risque une ruade ; si l'on est devant, il mord sans prévenir. Méfiez-vous ! Tenez, voyez, il rabat ses oreilles !

– Tu me prends pour un “bleu”, Firmin ? Tu vas voir. Il va comprendre à qui il a affaire. Ce n'est pas lui qui me fera peur. Allons, laisse-moi passer. N'oublie pas que j'ai fait mes trois ans dans la cavalerie. »

Galapian mesurait 1,90 m. Son thorax impressionnant était celui d'un athlète et, malgré la soixantaine, il paraissait d'une force herculéenne. Hiver comme été, il portait la culotte de cheval et des bottes de caoutchouc qu'il libérait du purin des étables dans le premier bac venu. Ses cheveux étaient poivre et sel. Il ne portait sous la pluie comme en plein soleil aucun couvre-chef. De l'avis de tous et de toutes, c'était un bel homme bien fait pour en imposer.

Le problème avait été réglé en quelques secondes ! Galapian avait une technique très à lui, originale et paraît-il infaillible d'après tous ceux qui l'avaient vu l'appliquer.

Il débordait l'arrière-train du cheval, se saisissait de son encolure, baissait en force la tête du malheureux et, avant même que ce dernier ait eu le temps de réagir, sans hésiter, il le mordait lui-même en plein naseaux. Une fois, deux fois, trois fois, profondément et jusqu'au sang.

Que se passait-il dans la tête de sa victime ? Nul ne pouvait l'imaginer. Toujours est-il que la bête se mettait brusquement à trembler de tous ses membres, frénétiquement, en proie à une terreur soudaine qui l'envahissait et qui se reflétait jusqu'au fond de ses yeux.

« Voilà ! Le voilà maté et rendu doux comme un agneau. Certains ont besoin d'un caveçon, c'est inutile. Mais tu peux entrer, Firmin. Tu ne risques rien. Mais dis donc, tu lui fais faire quelques montes à cette bête ? Jamais ? Mais alors, c'est ça qui le rend méchant ! Il va falloir s'occuper de lui. Hongre, il n'aura plus de besoins, et tout s'arrangera. Tu as l'air étonné, mais voyons, c'est évident ! Dis-moi, que dirais-tu toi-même, mon pauvre Firmin, si tu ne pouvais sauter la Marie que tous les quatre ou cinq ans ? Hein ? Crois-tu que cela te rendrait plaisant et améliorerait ton caractère ? »

Et Galapian coulait en biais du côté de la Marie un clin d'œil malicieux qui la faisait disparaître sur-le-champ.

Avec les chiens hargneux, il agissait de même.

« Attrape-moi ta chiennasse. Elle vient de me pincer le mollet. Tu vas voir ! Je vais lui apprendre à mordre à cette garce. Tiens-la. Allez, un coup de dent en pleine truffe. Nous sommes quittes ! Laisse-la filer. »

Par la suite, du plus loin que le chien apercevait Galapian ou sa voiture, il fuyait, la queue entre les jambes, comme s'il avait eu le diable à ses trousses. Et le vétérinaire, qui avait moins de mémoire que lui, s'exclamait :

« Tiens, je parierais que c'en est encore un que j'ai mordu. »

La logique des choses était inversée, et il riait à s'en faire sauter la bedaine.

« Galapian, c'est pour la vache. Elle vêle mal. »

Torse nu, Galapian fourrageait de toute la longueur du bras à l'intérieur de la bête, sans se soucier ni du sang ni de la bouse qui l'éclaboussaient jusque dans la figure et jusque dans les yeux.

« Firmin, passe-moi donc deux cordes avec un nœud coulant à chaque pied arrière de ta vache, et attache-les contre les bat-flanc. Je n'ai pas envie de me faire estropier. »

Et le veau finissait par apparaître, pattes en avant, tracté par la force redoutable d'un Galapian dont les bras velus dégoulinaient de sang. Une force toute en fermeté et en souplesse, mais à laquelle rien ne devait résister.

Le travail terminé, Galapian se lavait dans un des baquets de la cour jusqu'à la ceinture, à grand renfort de seaux d'eau, et ses poils collaient à sa peau, noirs et longs comme ceux d'un sanglier.

« Donne-moi un coup de serviette dans le dos, Marie ; tu seras gentille. »

La vache délivrée de ses entraves était debout sur ses quatre pattes. Le veau soutenu quelques instants était enfin collé au pis de sa mère.

« Bon, et si on se restaurait un peu maintenant ? »

C'était une envie bien légitime après de si rudes efforts. En principe, il y avait ce qu'il fallait. Les fermes périgourdines ont toujours des réserves. Un confit vite extrait de la graisse, un pot de rillettes ou de graillons d'oie, un fromage blanc et une tourte de pain faisaient l'affaire. Galapian, en compagnie du fermier, y allait alors toujours avec le même appétit. Trois ou quatre litres de vin y passaient et n'étaient pas faits pour l'effrayer ; après quoi, il allait pisser en homme, sans se gêner, presque sous le nez de la Marie, si cette dernière ne s'en méfiait pas.

On connaissait ses habitudes, et on s'arrangeait pour les satisfaire. Il y avait eu pourtant autrefois, au début de son installation, à une époque où l'on ne connaissait pas encore ce Galapian et ses réactions, une aventure qui avait fait grand bruit.

Cela s'était passé chez la Mathilde.

Prise de court, cette dernière avait dû avouer, rouge de honte, qu'elle n'avait rien à proposer.

« Allez, ne te tourmente pas pour si peu, Mathilde ! Tu as bien du vin ? Bien ! Tu as bien une poêle ? Bon, mets-y un peu de graisse. Tu vas voir, on va se débrouiller. Le délivre, c'est excellent lorsque c'est frais et bien saisi. Ça vaut un bon bifteck. »

Et Galapian, faute de mieux, s'était régalé du placenta.

« Et tu sais, Mathilde, des génitoires de taureau, c'est encore bien meilleur. Rien de tel pour redonner de la vigueur à un homme. Si un jour tu en as l'occasion, fais donc essayer ça à ton mari et tu m'en diras des nouvelles, sans compter qu'avec ça c'est aussi fin que des ris de veau. »

À la suite de ces agapes improvisées, inattendues et fantaisistes, la Mathilde, dégoûtée, avait dû se séparer d'une poêle et d'une casserole au profit de ses canards. C'était une perte, des frais supplémentaires inutiles qui s'ajoutaient au sentiment de n'avoir pas su faire honneur à sa maison. C'étaient là des choses dont on se souvenait, et on s'arrangeait pour que, dans l'avenir, de telles imprévoyances ne se renouvellent pas.

« Monsieur Galapian, c'était pour les petits cochons qu'on vous avait fait appeler. Il y en a dix à arranger – le vétérinaire, en l'absence d'hongreur dans la région, s'occupait de ces questions. Mais ça tombe mal, mon mari n'est pas là. Il est à la foire. On ne vous attendait que demain.

– Tant pis, Marie, ça n'a pas d'importance. Nous allons nous en occuper quand même tous les deux. »

La Marie savait déjà à quoi s'en tenir. Galapian avait une solide renommée de trousseur de jupons. Ça se savait partout. Le mieux pour elle était de se tenir à distance, car malheur à elle si elle franchissait la porte de la grange. À la moindre imprudence, la botte de paille ou le tas de foin le plus proche suffirait au bonheur de Galapian.

La Marie avait beau se débattre, alléguer de sa fidélité envers son époux qu'elle n'avait encore jamais trompé, de la jalousie maladive de ce dernier qui pouvait revenir d'un moment à l'autre, d'une époque menstruelle encore en cours, rien n'impressionnait Galapian et, devant pareille fougue, il était évident qu'il allait falloir y passer et sans autres précautions.

« Allons, Marie, tes cochons n'en sont pas à dix minutes près ! Et tu me racontes des balivernes. Tu sais très bien que le Firmin ne peut rentrer déjà ! Il est à la foire. Tu l'as dit toi-même tout à l'heure ; et même si tu ne l'as pas encore trompé, il faut bien commencer un jour. »

Ce qui devait fatalement arriver arriva. Il y a des limites à la résistance et à la tentation.

Cernée de toutes parts – Galapian avait des mains aussi larges que des battoirs –, la Marie ne pouvait tenir longtemps contre un homme de cette trempe.

« Allez, Marie, n'attache pas plus d'importance à ça que ça ne le mérite. Voyons maintenant où sont tes cochons que je m'en occupe ! »

Cette entrée en matière ne devait d'ailleurs pas nuire au travail. Galapian, au contraire, s'était montré détendu et avait réussi, en un temps record, toutes les bêtes mieux que jamais.

« Tu vois, Marie, ça fait du bien, ça. Ça calme. Ça y est, j'en ai fini. Fais-moi donc une bonne omelette. J'ai une de ces faims ! »

Galapian qui, décidément, ignorait tout du remords, avait fait honneur à la table.

« Ah ! te voilà, Firmin ! As-tu fait bonne foire ? Tu arrives après la bataille. Ça y est, nous venons de faire les cochons. Ça n'a pas été facile, mais tu sais, la Marie se débrouille bien. Tu as de la chance. »

Tout n'était pas perdu.

Reconnaissant, Galapian, dans certains cas, savait faire un prix.

« Un prix d'ensemble, Firmin, et avantageux, que je ne ferais pas tous les jours. Tu donneras la différence à la Marie. Elle s'achètera une bricole, elle l'a bien mérité. »

La Marie, bien que déplorant une rapidité d'action rendue nécessaire par les risques du retour de son homme, avait trouvé son compte en cette bousculade. On pouvait même dire qu'elle y avait pris un plaisir, sinon légitime, du moins certain. Et puis, Galapian, c'était tout de même quelqu'un et sans conteste un bel homme, et l'œil vague, flattée malgré tout dans son amour-propre, elle pensait déjà à la prochaine portée de cochons de l'année, une portée qu'il faudrait bien, elle aussi, arranger d'ici peu.

*

* *

Pour un vétérinaire de campagne qui s'occupe chaque jour presque exclusivement de vaches, de cochons ou de chevaux, le canari, le chat ou même le chien deviennent broutilles sans intérêt.

« Monsieur Galapian, voilà mon poisson rouge. Je suis absolument désolée. C'est un vieux compagnon auquel je tiens beaucoup. Il s'appelle Victor, et depuis trois ans que je l'ai, il me distrait par ses évolutions dans son bocal. Imaginez-vous qu'il me connaît ! Lorsque je l'appelle, il monte vers moi en faisant des bulles pour recevoir sa nourriture. Il est humain, Victor, je suis certaine qu'il pense comme vous et moi. Or, depuis quelques semaines, rien ne va plus. Je me suis rendu compte qu'il était moins vif, qu'il mangeait moins et qu'il perdait ses couleurs. Tenez, voyez ces taches blanches sur son dos, elles s'étendent de jour en jour. Il a même une tache sur l'œil droit ! Qu'en pensez-vous, Monsieur Galapian ? Je vous l'ai apporté dans son bocal pour qu'il ne se sente pas dépaysé. Tenez, le voilà. Allons, Victor, monte, monte, Victor. »

Quatre-vingts ans, quatre fois l'âge d'une vieille vache pour parler en termes vétérinaires, mais pas commode pour autant, la voisine !

Elle tenait son bocal contre sa poitrine et l'émotion la faisait trembler au point que, si les choses avaient dû durer encore un peu, Victor se serait trouvé en cale sèche.

« Posez votre bocal là, dans ce coin de la pièce, Madame Lisat ; je vais voir ça, voyons. »

Galapian avait l'esprit ailleurs, préoccupé par un vêlage. Il n'avait pas de temps à perdre.

« Bon, je vois ce que c'est. Votre poisson a besoin de soins réguliers et intensifs. Vous allez me le laisser en pension quelques semaines. Tenez, vous reviendrez le chercher à la fin du mois.

– Vous croyez qu'il ne va pas s'ennuyer sans moi, Monsieur Galapian ?

– Ne vous inquiétez pas. Je lui tiendrai compagnie à votre Victor. Faites-moi confiance et revenez dans trois semaines. »

Galapian était parti vers des choses plus sérieuses.

« Alors, Monsieur Galapian, mon Victor s'arrange-t-il ?

– Très bien, Madame Lisat, très bien. Je m'en occupe tous les jours. Vous ne le reconnaîtrez pas.

– C'est que je viens le reprendre dans huit jours, Monsieur Galapian ! Vous savez, il me tarde, je compte les jours.

– C'est entendu, il sera en état, vous verrez. »

Et Galapian, qui l'avait totalement oublié, était allé en toute hâte voir où en était son pensionnaire.

Malédiction ! C'était une catastrophe ! Victor, privé de nourriture, mais surtout resté en plein soleil par inadvertance dans une eau croupissante, donnait des signes des plus inquiétants. Bien qu'animé encore de quelques soubresauts spasmodiques, il virait de l'aile et présentait son ventre au ciel, ce qui, même pour un poisson rouge, est de mauvaise augure.

« Oh ! merde ! Combien peut-il bien mesurer, celui-là ? »

Galapian avait poussé la conscience professionnelle jusqu'à prendre les dimensions du poisson.

« Huit centimètres. Allez, mon vieux, c'est le moment d'aller faire un tour. »

Et Galapian avait balancé sans ménagement Victor dans le caniveau.

« La mère des poissons rouges n'est pas morte, je vais à mon syndicat demain. Je te prendrai un successeur à cette occasion. »

Vingt-quatre heures après, un poisson rouge frétillant était de nouveau dans le bocal.

« Ah ! vous venez récupérer Victor, Madame Lisat ? Vous allez voir, c'est une résurrection. C'est qu'il avait un sérieux besoin d'air, votre poisson, et de vitamines, de beaucoup de vitamines. Il s'étiolait, Madame Lisat, votre Victor.

– Mais c'est incroyable, Monsieur Galapian, il est vif comme une ablette ! Et ses taches blanches ?

– Disparues.

– Et sa tache de sang sur l'œil ?

– Disparue.

– Mais c'est un miracle, Monsieur Galapian !

– Je ne vous le fais pas dire, Madame Lisat.

– Mais dites donc, Monsieur Galapian, il n'a pas l'air de me reconnaître !

– En un mois, Madame Lisat ! Vous trouvez ça étonnant ! Ça oublie un poisson, et après la cure de rajeunissement qu'il vient de subir ! Mais c'est que ça l'a ébranlé, il est fatigué. Et vous-même, Madame Lisat, l'auriez-vous seulement reconnu ?

– Entre mille, Monsieur Galapian, entre mille ! Tenez, regardez, regardez ! Il a une façon tellement personnelle de remuer la queue, mon Victor.

– Bon ! ne vous inquiétez donc pas, Madame Lisat. Il va bientôt reprendre ses habitudes. Allez, ramenez-le chez vous et ne cassez pas le bocal.

– Combien je vous dois, Monsieur Galapian ?

– Pour cette fois, ce sera gratuit, Madame Lisat, mais attention à la prochaine ! »

*

* *

« Monsieur Galapian, je vous apporte mon chat. Méfiez-vous, il est mauvais comme une gale. J'ai eu du mal à l'attraper. Si nous l'échappons, nous sommes fichus. Il est voleur, couvert d'eczéma, pouvez-vous m'en débarrasser sans le faire souffrir bien sûr ? Mon mari voulait lui foutre un coup de fusil. Je ne l'ai pas voulu ; j'ai préféré vous l'apporter.

– Voyons, Madame Lidon. Oh ! mais c'est une bête féroce que vous avez là, dites donc ! Vous voulez me faire défigurer. Attendez, j'ai une idée, vous allez voir ! On va renverser votre sac sur ce récipient et, dès que le chat y sera, nous glisserons le couvercle.

– Méfiez-vous, Monsieur Galapian !

– Ça y est, Madame Lidon, nous ne risquons plus rien. Appuyez sur le couvercle. Maintenant, laissez-moi faire. Je vais vider là-dedans un litre d'éther. Dès que j'aurai fini, nous attacherons le couvercle avec une ficelle. Votre chat va crever en douceur. Non seulement il ne souffrira pas mais, à mon avis, ce sera mieux qu'une piqûre. C'est que pour la faire, dans l'état où il est, je préfère ne pas m'y risquer. Allez, laissons-le maintenant. Lorsque je reviendrai de tournée, je m'en occuperai.

– Combien je vous dois, Monsieur Galapian ?

– C'est cent francs, Madame Lidon, et n'oubliez pas de me rapporter mon litre d'éther dès que vous y penserez. »

« Ma foi, je l'aurais cru plus gros, ce chat ! Il est vrai que je n'ai guère eu la possibilité de le voir que tout poil hérissé, c'est difficile à juger, ces bêtes-là. Bon, et où vais-je le mettre maintenant ? »

Galapian était pressé comme toujours. Faire un trou dans le jardin, c'était trop long. L'incinérer ? Pas question, l'incinérateur était en panne. C'était toujours ainsi lorsqu'on en avait besoin.

« Oh ! tu vas voir, compte tenu de ta taille, il n'y a pas à se compliquer la vie. Allez, ouste ! Va voir là si j'y suis ! »

Et, pris par la queue, le chat avait disparu dans la cuvette des W.-C.

« Monsieur Galapian, Monsieur Galapian, rentrez chez vous ! Votre femme vient d'appeler au téléphone. Sa mère ne va pas. “Des hallucinations”, a-t-elle eu le temps de me dire. Ça a l'air sérieux car elle a raccroché sans attendre. »

Gertrude, la serveuse du café, ne pouvait rien ajouter.

« Mais c'est sérieux, Monsieur Galapian ! Laissez donc pour l'heure mes fesses tranquilles, et allez donc voir ce qui se passe chez vous. »

Galapian, dans le fond du café, était en train d'écluser sa petite série d'apéritifs habituels. Il ne put s'empêcher de pester.

« Qu'est-ce qu'il lui arrive encore à celle-là ? Et juste au moment de l'apéritif ! »

Il finit par se décider.

« Allons, à tout à l'heure, Gertrude. Merci de ta commission. Mets mon verre de côté, je vais voir ce qui se passe. »

Lorsqu'il arriva à la maison, tout était en branle-bas.

« Mamie est au plus mal, Galapian ! Imagine-toi qu'elle vient de me faire deux syncopes coup sur coup, après être allée à la selle. J'ai appelé le médecin. Il sort d'ici. Il lui a donné des compresses froides à faire sur le front et un tas de remèdes que je n'ai pas eu encore le temps d'aller chercher. Je l'ai mise au lit. Le docteur se perd en suppositions. Figure-toi qu'elle déraille totalement. Elle nous a raconté une histoire invraisemblable qui n'a ni queue ni tête. Elle prétend être allée aux toilettes et affirme que lorsqu'elle a tiré la chasse, elle a vu un chat lui bondir d'entre les cuisses ! Un chat noir, qui plus est, qui sentait l'éther ou le soufre, elle ne sait plus exactement. Il se serait volatilisé par la fenêtre. Tu t'imagines ! Elle est convaincue d'avoir vu le diable ! Mais c'est démentiel tout cela. Je ne laisse entrer personne dans sa chambre. Tu comprends, le docteur ne sait que dire. Il parle de symptômes méningés subits, de tumeur cérébrale latente et il envisage, dans l'avenir, si toutefois elle s'en sort, jusqu'à une psychanalyse. Qu'en penses-tu, Galapian ? Tu la crois perdue, n'est-ce pas ? Quel malheur !

– Ne t'inquiète pas ainsi, Paulette. Que ta mère soit un peu dérangée et perde la boussole de temps à autre, je te l'accorde, il y a longtemps que je le sais, mais de là à en mourir, il y a un pas. Si tu veux mon avis, laisse courir les remèdes, patiente. Je suis convaincu que tout cela rentrera dans l'ordre, tu verras. »

Et Galapian, malgré l'air scandalisé de son épouse, avait tourné les talons et était reparti à ses affaires.

Quelques minutes après, il reprenait ses apéritifs interrompus, en compagnie du médecin.

« Mais c'est que je le croyais bien mort, ce satané chat ! »

Et ils riaient tous les deux jusqu'à s'en dérater.

Du chat, on ne devait jamais plus entendre parler.

« Je pense qu'il a dû avoir aussi peur des fesses de ma belle-mère qu'elle n'a eu peur de lui, ma parole ! »

XIII

MASTICON ÉTAIT DENTISTE. Triste métier que celui qui consiste à rester, sa vie durant, penché sur la bouche d'autrui, quand ces derniers ignorent, pour la plupart, l'usage régulier de la brosse à dents.

« Cette profession n'a d'égal que celle des égoutiers. » C'était l'opinion de Masticon.

« Il n'y a rien de pire qu'une bouche ! On y trouve tout ce que l'on veut. Je me demande dans quelle mesure elle n'est pas aussi septique que l'extrémité opposée ! Quand je pense que notre jeunesse passe une partie de ses loisirs à faire du bouche à bouche à tous les coins de rue, j'en frémis. Sans compter que je ne comprends guère le plaisir qu'ils peuvent trouver à ces échanges de salive et de microbes. C'est une pratique que je conçois mal, et que je réprouve farouchement. »

Masticon avait déjà la soixantaine, ce qui expliquait probablement cette optique. Les plaisirs relatifs aux élans amoureux devaient commencer à le laisser froid, sinon indifférent. Ceci expliquait cela.

Nous percevons l'haleine des autres et paradoxalement, la nôtre nous échappe. Celui qui aurait dit à Masticon de se méfier de la sienne l'aurait choqué. Il aurait pris ça pour une offense ou une mauvaise plaisanterie et, bien sûr, il n'en aurait tenu aucun compte.

Et pourtant !

Masticon, tout comme ses clients, n'avait pas su résister au petit travers régional qui consiste à user de la pointe d'ail, non seulement pour le gigot de mouton, mais aussi, de-ci de-là, pour relever tous les plats pressentis un peu fades, travers au demeurant légitime, si toutefois l'on n'en abuse pas.

Hélas ! et c'était là où les choses s'étaient corsées pour lui, à force de relever, Masticon, ayant pris goût à l'odeur et à la saveur piquante, avait fini par désirer de l'ail un peu partout : dans la volaille, dans les potages, et bien sûr dans la salade qu'il exigeait après chaque repas. C'était devenu chez lui une obsession, une passion.

« Marie, sur le coup de 10 heures, vous me préparerez un petit en-cas. Je le prendrai dans mon cabinet entre deux clients, ça me coupera un peu la matinée.

– Que dois-je vous apporter, Monsieur ?

– Tenez, si vous voulez, Marie, une frotte, une frotte solide et un verre de vin rouge pour pousser le tout. »

La frotte demeure une recette régionale particulièrement connue et appréciée des habitants du Centre où elle a longtemps constitué le casse-croûte du pauvre.

Peu onéreuse, elle est facile à réaliser.

Elle consiste en un quignon de pain sec, le plus rassis et le plus oublié possible, que l'on frotte énergiquement avec une ou deux gousses d'ail avant que de le recouvrir d'une épaisse couche de lard salé, râpé. Il ne reste plus, pour terminer l'opération, qu'à présenter, grâce à une longue fourchette, le tout quelques minutes à la flamme d'un foyer.

Cette frotte ne manque ni de goût, ni de panache. Encore faut-il pouvoir l'avaler !

On lui attribue de nombreuses qualités dont la plus connue serait celle de débarrasser les enfants de leurs vers intestinaux lorsqu'ils en sont affectés.

Pour cette raison, l'enfant du Centre sent l'ail, mais n'est pas « vermineux ».

Un casse-croûte à l'ail à 10 heures et 4 heures, ce n'est déjà pas si mal ! Masticon n'en était pourtant pas resté là, mais la faute en revenait, il faut bien le dire, au médecin. N'était-ce pas ce dernier qui avait eu l'imprudence de lui révéler par hasard tous les bienfaits que l'on pouvait attendre de la décoction d'ail dans les cas d'hypertension ?

De ce jour, Masticon s'était fait un devoir et une joie d'en user à tour de bras, et si abondamment que dès lors, plus rien ne lui résistait.

« Tu parles ! Ah ! il a eu une riche idée, le toubib, de lui raconter ça ! C'est qu'il faut le subir maintenant, Masticon. Il ne s'en rend pas compte. Je t'assure que les soins, avec lui, ne sont pas une partie de plaisir. Il parle, et pour être aimable, il te tient même des discours. Encore, s'il avait le bon esprit de se taire, on pourrait peut-être y tenir.

– Oh ! j'ai compris depuis longtemps. Pour ma part, je lui exige tous mes rendez-vous le matin avant 10 heures ; après, ce n'est plus possible. »

Masticon, sans en connaître les raisons profondes, y avait perdu une partie de sa clientèle juvénile, la seule à avoir théoriquement l'haleine fraîche. Avec les autres, les vieux clients, ceux dont les maxima voisinaient des dix-huit ou des vingt, et dont il avait d'ailleurs souvent fait des adeptes, c'était entre lui et eux une lutte d'influence où chacun s'acharnait à défendre son environnement comme il pouvait.

Les dentitions jeunes l'ayant abandonné, il passait maintenant le plus clair de son temps sur des bouches déjà aux trois quarts vides. Il arrachait ce qui restait encore visible, et fouillait les gencives à la recherche du cassé et de l'inutile.

Masticon était devenu, à son corps défendant, le spécialiste du chicot.

Bouches édentées, bouches à appareiller. Eh bien non ! Le dentier était encore pour Masticon la pire des inventions, et les essais qu'il avait faits en ce domaine ne l'avaient pas incité à poursuivre ses efforts dans cette direction.

« Que vous arrive-t-il donc, Monsieur Garavet ? Je vous trouve curieux. Auriez-vous mal à la gorge ?

– Non point, Docteur. Je vais bien. Mais je sors de chez Masticon, et il vient de me placer un appareil. Je n'y suis pas encore habitué. »

Garavet, qui habituellement était un homme aimable et souriant, avait pris un air méchant de roquet en fureur montrant les dents.

« Ça me gêne un peu, Docteur. Je ne peux surtout pas encore fermer la bouche. Mais Masticon m'a dit de ne pas me tracasser, que ça s'arrangerait à la longue en forçant un peu. »

Je devais revoir Garavet quelques semaines plus tard. Il avait retrouvé son sourire, mais son dentier se trouvait dans sa poche.

« Que voulez-vous ? Toutes les fois où j'ouvrais la bouche, il s'échappait et tombait dans la poussière. C'était agaçant à la longue. Bien sûr, c'est de l'argent perdu, mais tant pis, je suis tellement mieux sans lui ! »

Beaucoup d'appareils dans la région, grâce à Masticon, dormaient, oubliés pour toujours, dans des tiroirs. Après de multiples essais, leurs propriétaires y avaient renoncé.

Une anecdote plus croustillante que toutes les autres avait amusé quelques jours la petite ville de Saint-Libertin.

« Monsieur Masticon, j'ai là un dentier. Je voudrais bien m'en servir. Pouvez-vous voir ça ?

– Volontiers, Michel. Voyons, mais quelle est donc l'andouille qui a bien pu te faire ce travail ?

– Mais c'est vous, Monsieur Masticon !

– Ah ! alors, je ne vois qu'une explication. Ta mâchoire a dû évoluer. Mais pourquoi veux-tu reprendre ce machin ?

– Pour le porter bien sûr, puisque je l'ai !

– Peuch ! Laisse-moi donc ça de côté. C'est bon pour les femmes, pour celles qui veulent à tout prix faire du genre, mais toi, voyons, tu n'es pas bien comme ça ? »

Masticon, n'étant jamais parvenu à un résultat fonctionnel et valable, en était arrivé à concevoir le dentier uniquement comme un accessoire d'esthétique.

Ayant lui-même atteint un âge avancé, un âge où les dents quittent même les dentistes, il s'était décidé à se faire appareiller par un de ses confrères ami. Il avait été tellement surpris d'obtenir un résultat que, dans l'euphorie, il lui avait aussitôt téléphoné.

« Mon vieux, ton appareil est formidable. Je n'en reviens pas. Non seulement je le tolère en bouche mais, tiens-toi bien, j'arrive à le garder même pour manger. »

Le confrère en était resté sans voix, n'avait su que répondre, et s'était longtemps demandé si Masticon n'avait pas voulu se moquer de lui.

*
* *

« Docteur, je m'excuse de vous appeler ainsi en pleine nuit, mais j'ai mal aux dents. Je ne peux fermer l'œil. Pouvez-vous me conseiller quelque chose ? »

À 11 heures du soir, lorsqu'il est déjà fourbu par le travail de la journée, un dentiste, même consciencieux, ne bondit pas de son lit pour une simple névralgie dentaire.

« Ne vous tracassez pas, chère Madame, prenez donc un comprimé d'aspirine. Ça va passer. Vous me téléphonerez demain si c'est encore nécessaire et, dans ce cas, je vous prendrai en urgence. »

Demi-heure après, un nouvel appel faisait sursauter Masticon qui venait tout juste de s'endormir.

« Docteur, le comprimé ne m'a fait aucun effet. Que dois-je faire ?

– Prenez-en un deuxième, Madame, et soyez un peu patiente, ça va certainement se calmer. »

Vingt minutes après, troisième appel.

« Docteur, c'est encore moi. Ces deux comprimés ne me font rien. Je pense que c'est ma dent de sagesse. Que dois-je faire ? Je ne dors toujours pas !

– À cause de vous, moi non plus, Madame ! Écoutez, prenez donc le tube et foutez-moi la paix. Mettez-vous dans la tête que ça veut dormir aussi quelquefois, un dentiste. »

Écœurée, la cliente n'avait pas récidivé, mais avait souffert toute la nuit. À la première heure, elle avait appelé son médecin et, indignée, elle lui avait rapporté les réponses cavalières de son dentiste.

Une radio s'avérait nécessaire. L'occasion était excellente pour une plaisanterie entre amis.

On allait s'amuser.

« Dis donc, Masticon, il faudrait que tu viennes immédiatement à la clinique. Nous avons un gros problème. Figure-toi que nous avons à la radio une de tes clientes. C'est la malade qui t'a d'ailleurs contacté cette nuit.

– Ah oui ! je vois ! À cause d'elle, je n'ai pas fermé l'œil. Quelle emmerdeuse, cette femme ! Qu'est-ce qu'il lui arrive encore à celle-là ?

– Eh bien ! mon vieux, c'est qu'elle a suivi tes conseils à la lettre, et je t'avoue que nous sommes bien ennuyés.

– Voyons ! Mais je ne comprends pas. Qu'arrive-t-il ? Ce n'est tout de même pas un peu d'aspirine qui a pu lui faire du mal. Je ne lui ai rien conseillé d'autre. Ça, j'en suis sûr !

– Oui, mais tu lui as dit de prendre le tube, et mon vieux, c'est ce qu'elle a fait ! Elle l'a avalé. Il est maintenant dans son estomac, bien visible même en scopie.

– Mais, voyons, mais ce n'est pas vrai ! C'est une folle, cette femme ! On n'a tout de même pas idée d'être aussi bête ! J'arrive, j'arrive tout de suite. Qu'est-ce qu'on va faire ?

– C'est justement ce que nous nous demandons. Est-il plus prudent d'aller le chercher, ou vaut-il mieux attendre et voir si elle arrivera à la longue à le rejeter ? Écoute, viens, on discutera de ça ici. Pour le moment, nous n'avons rien dit à ta malade. On t'attend. Allez, dépêche-toi. »

Un tube placé, sans qu'elle s'en doutât, dans le dos de la cliente avait permis une radio aussi éloquente que spectaculaire. Le tube se projetait sur la plaque en pleine zone épigastrique.

Masticon était fou.

« Mais enfin, est-il permis d'être aussi con ?

– Ça, tu as déjà dit quelque chose dans ce style, mais ça ne résout pas le problème, et c'est qu'en plus, tu es responsable. Devant un tribunal, avec une affaire comme ça, tu trinques à tous les coups, mon pauvre Masticon. »

On l'avait laissé mariner quelques minutes, puis on l'avait détrompé.

Il en avait été quitte pour sa bouteille de champagne. Tout le monde avait trinqué, et on avait bien ri.

*

* *

Masticon avait une dent contre la maréchaussée. Assez banal de la part d'un dentiste qui s'était vu octroyer à plusieurs reprises une série de procès-verbaux dont le dernier en date avait entraîné son retrait de permis. Il s'était promis de se venger.

« Je les aurai, un jour ou l'autre. Pas forcément ceux qui le mériteraient, mais l'un des leurs. Tant pis sur qui ça tombera ! Ils ne perdent rien pour attendre. »

C'était là une réaction de colère. Mais Masticon n'étant pas méchant, petit à petit cette dernière avait perdu de son acuité. Elle s'était muée, non plus en un désir de vengeance, mais en une envie de se moquer d'eux, en les faisant entrer si possible dans un vaudeville dont personne ne serait dupe, et grâce auquel Saint-Libertin s'amuserait à leurs dépens.

C'était compter sans la naïveté et la crédulité des partenaires. Certes, Masticon devait parfaitement réussir dans son entreprise, mais il ne put pousser la facétie aussi loin qu'il l'eût souhaité, car devant l'ampleur qu'elle allait prendre, il crut plus prudent de l'arrêter.

« Dis donc, Galapian, toi qui es toujours fourré à l'abattoir, ne pourrais-tu, à la première occasion, me procurer une dent de vache ?

– S'il ne manque que ça à ton bonheur, Masticon, tu l'auras dans la semaine. Mais que veux-tu donc en faire ? Serait-ce pour un de tes clients ?

– Tu ne saurais mieux dire, Galapian. »

Et Masticon avait mis d'autant plus volontiers Galapian au courant de ses intentions qu'il le connaissait bien et qu'il savait qu'il n'était pas ennemi de la rigolade.

Le lendemain, il était en possession de sa dent. Il l'avait préparée, meulée et réduite largement, tout en lui conservant toutefois une taille exceptionnelle.

« La voilà ! Grâce à toi, Galapian, j'ai mon affaire. Il ne me reste plus qu'à patienter de pied ferme. »

Il ne devait pas attendre très longtemps. Bourdalou le brigadier fut le premier à se manifester.

« Dommage pour lui, je le regrette car c'est un brave type, mais le destin a choisi sa victime, je n'y peux rien. »

« Une dent incluse, Brigadier, rien qu'une dent, mais comme je n'en ai jamais vu, et profondément placée en plein dans votre maxillaire. Ce sera une extraction sûrement pénible et probablement douloureuse, mais je n'ai pas d'inquiétude avec vous, Brigadier. Vous êtes bien un homme courageux, que diable ! »

Bourdalou, qui n'était pas d'une bravoure sans limites, ne se sentit pas particulièrement rassuré.

« Vous croyez que ce sera si dur que ça, Docteur ?

– On ne sait jamais ! Avec une racine de cette importance, tout est possible. Allez, courage, on verra bien. À demain matin, et surtout restez calme et à jeun. »

Bourdalou, à la suite de ce discours, passa une nuit blanche. Seule une douleur trop lancinante le décida à revenir le lendemain.

Il était plus mort que vif.

Masticon l'attendait.

La racine à extraire n'avait rien de dramatique, mais Masticon avait décidé d'une anesthésie des plus sommaires : quatre piqûres à blanc, deux à l'avant, deux à l'arrière, devaient en tenir lieu.

« Je vous en ferai d'autres à votre demande, si cela s'avère nécessaire. Dans un quart d'heure, le temps que mon anesthésie fasse son effet, je commence.

– Monsieur Masticon, je vous assure que cela me fait horriblement mal. Votre anesthésie est sûrement trop légère.

– Bon, bon ! Voilà, je vous en fais deux autres. »

Deux infiltrations de même nature que les premières ne firent qu'exaspérer les choses.

« Que voulez-vous ? Ce sont des tissus trop enflammés. Maintenant, je ne peux plus rien faire d'autre. Il faut y aller. Allez, tenez-vous bien. »

Et Masticon tirait, raclait, faisait durer le plaisir.

« Docteur, assez ! Il vaudrait mieux renoncer, je vous assure. Je n'en puis plus.

– Renoncer ! Au point où j'en suis ! Jamais de la vie. Allons, courage, Brigadier, pensez à l'honneur de la gendarmerie ! Dans un petit quart d'heure tout au plus, ce sera terminé. Cette dent que je vous extrais est digne d'un musée. »

Bourdalou, crispé sur le fauteuil, couvert de sueur, était à deux doigts de la syncope.

« C'est à ce point, Docteur ?

– À ce point, Brigadier ? Une vraie anomalie de la nature que cette dent. Vous en serez vous-même effrayé. »

Bourdalou était plus mort que vif.

« Ne bougez plus, Brigadier, ne bougez plus du tout, ça vient, ça va y être, ça y est ! Crachez, Brigadier, crachez. »

En un tour de passe-passe rapide, Masticon avait déjà escamoté le chicot et l'avait remplacé par la dent de sa fabrication. Elle était maintenant là, tout ensanglantée, sur la tablette.

« Brigadier, quelle dent ! incroyable, incroyable !

– Je peux la voir, Monsieur Masticon ?

– Mais bien sûr, Brigadier. Tenez, la voilà. Voyez vous-même.

– C'est ma dent, ça ? »

À sa vue, la douleur rétrospective de Bourdalou fut telle qu'il tourna de l'œil. Masticon eut la joie de pouvoir le gifler à tour de bras et sans risques.

« Mais c'est une dent monstrueuse, Docteur !

– Monstrueuse, anormale, et si rare, Brigadier, qu'avec votre permission, je vais la garder. Je compte l'adresser à notre musée, accompagnée d'une mention spéciale, car sans cela, j'en suis certain, on la prendrait pour une dent de vache… Alors qu'après tout ce n'est jamais qu'une dent de gendarme, n'est-ce pas, Brigadier ? »

Bourdalou était rentré à la brigade avec un pansement énorme sur la joue. Il était tellement convaincu qu'il venait d'accoucher d'une montagne qu'il se mit au lit sur-le-champ et y resta plus de huit jours.

Toute la caserne ne parlait plus que de la dent du brigadier.

« Mais enfin, Brigadier, votre dent, de quelle dimension était-elle exactement ?

– D'un bon demi-doigt, mon pauvre ami !

– D'un demi-doigt ! Mais chef...

– Elle était incluse, gendarme, et si elle ne se voyait pas, elle y était tout de même. Je tiens à vous dire en plus que je n'ai l'habitude ni de mentir ni d'exagérer. D'ailleurs, si vous voulez la voir, allez donc chez le dentiste. »

Tous les gendarmes, les uns après les autres, sous des prétextes différents, étaient allés tirer la sonnette de Masticon, et tous étaient revenus avec des airs effarés. Indiscutablement, le brigadier ne mentait pas.

L'histoire avait fait grand bruit à la gendarmerie, tellement qu'un mois après, le capitaine, prétextant une inspection de routine, se présentait chez Masticon.

« Je viens voir la dent de notre brigadier, Docteur. Je pense que ce brave a dû un peu exagérer. »

Masticon avait flairé des risques. Ce qui avait été possible au niveau de la brigade risquait de ne plus l'être avec le capitaine. Sa réaction fut des plus promptes.

« Hélas ! capitaine, je suis navré. Je ne peux vous la montrer, car je ne l'ai plus. Il m'est même arrivé avec elle une catastrophe. Figurez-vous que je l'ai envoyée sur Paris, et que le paquet s'est perdu. Mais que voulez-vous savoir, capitaine ? Si cette dent était anormale ? C'est certain, elle était même monstrueuse, et votre brigadier est même en dessous de la vérité.

– Mais Docteur, vous croyez ? C'est que Bourdalou parle d'une dent fantastique, d'une dimension à peine croyable, comparable à une dent de vache !

– À s'y méprendre, capitaine ! Je peux vous le confirmer. »

L'histoire risquait de devenir scabreuse.

Masticon et Galapian décidèrent d'en rester là, de ne plus en parler et de garder leur secret.

« Gendarmes, j'ai manqué de réflexe. Cette dent, après tout, était ma propriété. Je n'aurais jamais dû m'en séparer. Ce n'est pas votre avis, gendarmes ?

– Oh que si, Brigadier ! »

XIV

La C4, moteur flottant, fit partie d'une gamme de série de la firme Citroën d'après-guerre, celle de 14 s'entend. En aucun cas, elle n'eut l'honneur de participer à l'épopée des taxis de la Marne lancée par le « Père la Victoire ». À cette époque, elle n'existait qu'à l'état de projet ou tout au plus de prototype. Son arrivée sur le marché devait constituer une révolution au niveau de l'automobile. Avec elle, on assistait à une mutation brutale du char à bancs, cher aux brigades du Tigre, à la limousine conduite intérieure de grand confort sinon de grand luxe. Modèle de standing honnête, cette voiture haute sur roues n'avait pourtant encore rien sacrifié des commodités antérieures. Elle gardait la nostalgie du vieux temps. C'est ainsi qu'elle avait encore son marchepied, élément qui ne devait pas tarder à disparaître, mais qui, avec elle, permettait de monter dignement sans courber l'échine, soit en chapeau melon ou haut de forme, soit en robe étroite ou longue, si on le désirait.

La caisse sans concession restait spacieuse. Prévue pour quatre, elle pouvait accueillir six passagers sans qu'aucun d'eux y soit gêné. L'intérieur était soigné, fignolé même jusque dans le détail : cendrier, plafonnier et porte-bouquet en cristal ouvragé et taillé, plafond capitonné.

Le véhicule portait à l'arrière une malle extérieure, large et profonde, et l'ensemble était bardé sur le devant, sur les côtés et sur les angles, de pare-chocs cossus auxquels on pouvait croire.

Certes, l'aérodynamisme aurait pu se discuter, mais en ces années on n'en était pas encore là. La ligne profilée n'était pas née et, il fallait bien le reconnaître, avec la C4, rien n'avait été tenté en ce sens. Le seul effort que l'on aurait pu relever se limitait au bouchon du radiateur dont la flamme résolument rejetée en arrière paraissait fendre l'air.

Sur l'aile arrière droite, sur fond noir, un cygne blanc se détachait dans un losange de chrome, et c'était d'un bel effet.

C4, oui, mais surtout moteur flottant comme l'indiquait le cygne. C'était là l'innovation majeure. Tout était prévu pour la douceur et la souplesse avec un moteur pour la première fois suspendu.

Capot relevé, on se trouvait en présence d'une mécanique d'avant-garde, au moteur tremblotant mais silencieux et au rythme régulier. Ses organes espacés, harmonieusement répartis, étaient accessibles de tous côtés. Rien à voir avec nos machines actuelles, tassées et compactes, qui nécessitent un matériel compliqué et sophistiqué. Avec la C4, tout était possible grâce à un simple tournevis et une vulgaire clef à molette. Les bougies et leur écartement se vérifiaient et reprenaient vigueur en cinq minutes avec une lame de couteau et un peu de papier de verre. Quant au carburateur, un enfant en serait venu à bout et en aurait compris le système. Ses deux gicleurs, marche et ralenti, se démontaient avec la plus banale clef de vélo. Les freins sur tambour, agissant sur les quatre roues et munis de mâchoires à garnitures, garantissaient des arrêts souples et efficaces. Leur entretien facile et peu coûteux n'immobilisait que quelques heures. La caisse et le moteur reposaient enfin sur un châssis. Le tout était performant, permettait d'atteindre des vitesses de rêve aux pointes folles frisant, une fois lancé, le 100 km/h chrono.

Voiture stable en ligne droite, il convenait toutefois de se méfier et d'être prudent sur routes tortueuses, bombées ou humides, car dans ces circonstances, mais dans ces circonstances seulement, sa vitesse trompeuse, son poids et ses allures d'échassier pouvaient trahir et provoquer des surprises fâcheuses.

C'était ainsi qu'à ces occasions elle avait la curieuse manie, dans les meilleurs cas, de vouloir gagner les fossés, alors que dans d'autres, elle décidait, sans préavis, de se mettre ou sur le flanc ou même carrément sur le toit, ce qui, pour une voiture de cette qualité, était, convenez-en, une humiliante et regrettable posture.

*

* *

Sortie de l'usine en 1930, ce n'était hélas ! qu'en 1946 que, dépoussiérée et débarrassée de ses toiles d'araignée, ma première voiture, une C4, devait entrer à mon service après un long séjour en garage où, faute d'essence, elle attendait des jours meilleurs.

De nos jours, un jeune médecin muni d'un engin archaïque perdrait tout crédit. Il passerait au mieux pour un farfelu, ou plus probablement pour un minable et un fauché. À la fin de la dernière guerre, à une période où la possession d'un véhicule neuf était impensable, même au prix des pires intrigues, où l'on faisait feu de tout bois, où les prouesses les plus extravagantes étaient admises pour restaurer et récupérer, ma C4 moteur flottant ne devait soulever aucune de ces réactions. Mieux… je passais pour un chanceux, un privilégié, car je possédais un véhicule homogène dont, contrairement à tout ce qui roulait alors, le numéro du moteur correspondait à la fois au numéro du châssis et à ma carte grise.

Ce don inespéré, je le devais à la générosité de mon père, et je lui en avais une immense gratitude. Grâce à la prévoyance familiale, j'étais pourvu, et royalement pourvu.

*

* *

La couleur d'origine de ma C4 était aubergine. Originale et déjà difficile à retrouver lorsqu'elle était encore neuve, sa teinte, après des mois de repos forcé, était devenue d'une imprécision redoutable, au point qu'elle défiait le raccord, même pour le peintre le plus inspiré et le plus doué. Ce fut à la suite de ces constats d'échecs constamment renouvelés après chaque aléa survenu à mon service qu'elle dut devenir d'abord pommelée, puis franchement zébrée, ce qui de loin, sur la route, devait lui donner l'aspect peu commun d'un doryphore géant. Ainsi personnalisée à outrance, elle était repérable de loin. Même au milieu du pire nuage de poussière, tout guetteur pouvait annoncer sans se tromper : « Le voilà ! C'est bien le médecin. Il arrive ! » C'était un avantage.

Mes débuts avec ma C4 furent une réussite. Je lui dois beaucoup, car elle facilita d'une façon aussi originale qu'imprévue tous mes premiers contacts avec mes futurs clients.

Une voiture qui reste plusieurs années en repos forcé contracte de mauvaises habitudes. D'abord, elle ne veut plus partir. Il faut la persuader, lui changer quelques organes : batterie, bougies, vis platinées, etc. Bref, il faut la revoir de fond en comble, la bichonner avant qu'elle consente à ronronner.

Tout cela, on l'avait fait, et bien. Malgré toutes ces attentions, de temps à autre, elle regrettait et elle boudait.

« Ce n'est rien, quelques poussières, ça lui passera, cela vient d'un léger dépôt dans le réservoir. Inutile de gaspiller de l'essence en nettoyages illusoires. Avec le temps, tout rentrera dans l'ordre. En attendant, démontez les gicleurs et soufflez dedans. »

Le garagiste avait raison. « Ça devait lui passer », mais ces caprices devaient durer longtemps et, en attendant, j'étais en panne sur tous les chemins, derrière chaque haie, derrière chaque buisson.

« Vous êtes en panne ?

– Oh ! ce n'est pas grave. Une poussière. Vous n'auriez pas une épingle sur vous par hasard ?

– Je ne vous connais pas ? Vous êtes d'ici ? »

Les gens sont curieux à la campagne. On aime bien savoir à qui l'on s'adresse, et à qui l'on rend service le cas échéant. On liait connaissance avant de lier les bœufs pour m'en sortir et me remettre dans la descente s'il le fallait. C'était si fréquent que j'avais dû prévoir à cet effet, dans le fond de ma malle, un lot de cordes et une chaîne.

« Pensez-vous ! Ce n'est rien ! Lorsqu'on peut se rendre service ! Venez plutôt prendre un verre à la maison. Tenez, vous en profiterez pour jeter un coup d'œil au bras du petit. Il a un furoncle qui n'arrive pas à percer. Vous me direz ce qu'il faut faire. »

Cela me coûtait une consultation, mais la glace était rompue. L'aventure se renouvelait deux ou trois fois par jour, elle était viable et régulière. Ce n'était tout de même pas de ma faute si j'étais aux prises avec mon carburateur aux quatre coins du canton.

À ce rythme, je fus rapidement repéré et connu, et je n'eus pas besoin de faire appel à la moindre annonce onéreuse dans les journaux.

*
* *

« On t'appelle, c'est pressé. »

C'était souvent ainsi, et je devais réentendre cette litanie maintes et maintes fois.

Cette fois, c'était vrai. Le bébé avait avalé son hochet ! Pas tout entier, une partie du manche seulement, et la famille assurait qu'on en apercevait encore l'extrémité au fond du gosier. En revanche, il suffoquait.

« Vous venez de suite, Docteur ? Je vous en prie, ne perdez pas une minute. »

La mère était visiblement affolée.

J'avais grimpé la côte, obsédé par la panne. J'étais maintenant sauvé dans la descente et j'allais, au mépris des virages, amorcer la plaine au plein régime de mes quatre cylindres. La route était déserte, du moins je le croyais... Bien sûr, je vis la catastrophe ! Mais je n'étais plus qu'à une centaine de mètres de l'obstacle, et une C4 lancée était comme un express en pleine vitesse : il lui fallait du temps et de la distance pour pouvoir stopper.

Ce fut un des canards qui donna l'exemple. Il sortit du fossé, sans hâte, en se dandinant, suivi de un... de deux... de douze frères ou sœurs qui, probablement forts de leur nombre, se mirent en devoir de traverser la route au rythme cadencé de leur espèce.

La C4 ne broncha pas. Haute sur roues, il me restait un espoir : ce n'étaient que des canetons, peut-être passeraient-ils sous l'essieu pour peu qu'ils aient le réflexe de baisser un peu la tête.

C'était sans compter sans la stupidité de leur race. Il n'y eut même pas dans la colonne en marche la moindre tentative de sauve-qui-peut. Je ne pus compter les chocs, ce fut trop rapide.

Dans le rétroviseur, avant même d'avoir réussi à maîtriser ma machine, je pus juger du désastre. L'équipe au grand complet était sur le dos, agitant faiblement et en cadence qui les pattes, qui les moignons d'ailes.

Un peu d'expérience m'eût incité à poursuivre ma route. Hélas ! je n'en fis rien. L'erreur fut de revenir à pied sur les lieux de mon drame.

Aucune explication, aucune excuse auprès de la fermière, surgie je ne sais d'où, ne furent possibles ; et, si je récupérai quelques minutes après le hochet de mon petit malade, je fus par contre long dans ce village à récupérer le moindre client.

*

* *

Moins grave fut l'incident de la croix qui m'opposa, à quelques semaines de là, directement à un saint local, un saint qui avait donné son nom à la bourgade, à saint Libertin lui-même, patron des dieux lares de la région et auquel plusieurs processions étaient consacrées tous les ans.

La C4, ce jour-là, battit des records de dérapage. Elle fit sur le sable une embardée fantastique et vint frapper de plein fouet, en son milieu, la base de la croix. L'essieu se tordit, le radiateur éclata, la croix fut pulvérisée et roula dans la poussière.

Deux jours furent nécessaires pour remettre la voiture sur ses pieds. Portée au rouge, sa traverse avant fut reforgée, retrempée, et je dus pendant plusieurs semaines tenir compte des recommandations de prudence de mon garagiste qui, faute de marbre, avait dû travailler au jugé. La croix resta, triste spectacle, plusieurs mois sur le sol, jusqu'aux suivantes rogations, avant que des âmes pieuses, truelles en mains, se chargent de la remettre dans son aplomb et effacent ma forfaiture.

De cette agression involontaire, je ne recueillis aucun reproche direct ; simplement, ma désinvolture vis-à-vis des choses sacrées – et je ne l'appris que beaucoup plus tard – fit que mon auréole se teinta et que je fus taxé d'anticléricalisme. J'y perdis spontanément, sans en comprendre la raison, un certain nombre de clients alors que, du même coup, j'en gagnai, tout aussi spontanément et sans plus comprendre, un certain nombre d'autres.

*

* *

C'était une typhoïde. Tout concordait, aucun symptôme ne manquait au tableau, même pas ces fameuses taches rosées lenticulaires dont on parle toujours et que l'on ne voit pratiquement jamais.

« L'hospitalisation me semble préférable, Jérôme. Voyez-vous, soigner cet enfant ici serait prendre des risques.

– Pourquoi, Docteur ? Nous avons confiance en vous. »

J'avais tout tenté en vain pour les convaincre. Il ne me restait plus qu'un dernier argument, mais il était d'importance, et je comptais bien qu'il emporterait la décision.

« Des visites matin et soir seraient nécessaires, et vous savez aussi bien que moi que mon attribution d'essence est minime et ne me le permet pas.

– Vous aurez l'essence qu'il vous faudra, Docteur. Venez aussi souvent que vous le jugerez nécessaire. »

J'avais, contraint et forcé, assumé la lourde responsabilité de jour et de nuit sans relâche, et l'enfant, trois semaines après, bien que faible, était hors de danger.

« Avez-vous besoin de quelques bons de carburant ce mois-ci pour faire votre soudure, Docteur ? »

Sans abuser, mais bien obligé, j'acceptais.

« Prenez, Docteur ! Je m'arrangerai. Si je n'emploie pas le tracteur, les bœufs feront le travail, et j'ai reçu ce mois une attribution importante pour ma scierie.

– Merci, Jérôme, merci beaucoup ; vous me rendez de grands services.

– Merci à vous, Docteur ! Et lorsque vous passerez dans le village, arrêtez-vous pour voir le garçon. Vous verrez, le gaillard profite à vue d'œil. »

Jamais, grâce à Jérôme, je ne devais plus par la suite manquer d'un seul bon de carburant.

Merci, Jérôme. Merci.

*

* *

Ce ne fut que trois ans après mon installation que j'eus droit enfin à un bon prioritaire pour une voiture neuve. Une Peugeot ! Première d'une série qui devait, compte tenu des parcours que je réalisais, se renouveler tous les ans.

J'abandonnai ma C4 sans regret, d'une façon presque ingrate après les services rendus.

Vendue, elle fut affublée, dans un premier temps, d'un gazogène qui la défigura, mais qui ne m'empêchait pas de la reconnaître lorsque je la croisais de temps à autre sur les chemins. Puis, garnie d'étagères, elle fit le bonheur d'un épicier.

Un jour, je la perdis de vue. Curieusement, je m'en inquiétais, comme l'on fait avec une très vieille amie. Je finis par savoir, et je fus scandalisé, car j'appris qu'un paysan, en quatrième main, avait coupé sa caisse, outrage suprême, pour la transformer irrémédiablement, grandeur et décadence, elle qui avait eu toutes mes attentions, en une *porcatière*[1], tout juste bonne pour ses marchés.

1. Porcatière : *voiture en mauvais état servant au transport des porcs.*

XV

PARLER DE CITÉ SERAIT PRÉSOMPTUEUX, parler de bourgade humiliant car Saint-Libertin, chef-lieu de canton, rassemblait 2 000 à 2 500 habitants rien qu'autour de son église, et en comptait en fait un beaucoup plus grand nombre si l'on y ajoutait ses campagnes environnantes truffées de bourgs, de villages et de hameaux plus ou moins importants et isolés.

Cette petite ville dotée d'un clocher fortifié qui, bien que tronqué, la dominait, s'apercevait de loin sur son promontoire pourtant modeste. Son agglomération émergeait d'un sol plutôt aride à la végétation rare et sans grand devenir ; toutefois, si l'œil savait s'en détacher et prendre du recul, on pouvait alors la contempler enchâssée dans l'écran de verdure sombre des coteaux voisins sur lesquels brillait dans le soleil le damier rose et brun de ses toits.

La ville s'étendait sur un modeste kilomètre de sa gare à son clocher. Elle était traversée d'une rue centrale d'où partaient quelques transversales étroites vite perdues dans la campagne. Trois espaces libres, de surfaces inégales plus ou moins plates, plantés de tilleuls et de marronniers, constituaient ses places : du marché, de l'église et du foirail. Les commerçants s'étaient groupés de part et d'autre de leur voisinage. Tous les corps de métier y étaient tant bien que mal représentés sans que l'on pût tout de même dire qu'ils y étaient en excès. Si la ville eût pu à la rigueur vivre en autarcie, personne pour autant ne s'y gênait et la concurrence restait réduite.

Au Moyen Âge, on entrait dans la cité – car elle en était alors une – au pied de ses remparts, face à son clocher, grâce à un gué qui traversait une rivière venue de la plaine entre deux rangées de peupliers, et cela posait des problèmes plus ou moins épineux au cours de certaines saisons.

Ce gué avait été à la longue remplacé avantageusement par un pont haut et large. Si l'on en jugeait par les reproductions anciennes, l'allure de l'ensemble en avait souffert. Néanmoins, la rivière était toujours là, chantant sur ses galets, léchant encore les murs des maisons toutes proches, apportant une note de douce poésie à la première impression que l'on avait de la ville, et l'on ne pouvait s'empêcher, en la franchissant, de penser : « Dieu, qu'il doit faire bon vivre ici. »

Et c'était vrai. Je peux en témoigner car j'y suis resté longtemps sans m'y lasser, à une époque bénie il est vrai, il faut bien l'ajouter. À une époque où il n'y avait encore aucune télévision débilitante, où cette dernière était avantageusement remplacée par des amis que l'on voyait souvent et où les temps morts – il y en avait encore – se comblaient facilement avec un bon livre si l'on était seul, ou avec un simple jeu de cartes si l'on était en compagnie.

Ville où il ne se passait rien.

Rien qui puisse intéresser l'étranger, alors qu'en vérité, pour qui savait y vivre à l'échelle humaine sans stress excessif et dans la bonne humeur, tellement de choses pleines d'intérêt s'y déroulaient tous les jours ! C'était là comme une vaste famille avec ses intrigues, ses secrets, où tout le monde se connaissait et où rien de ce qui arrivait, qu'on le veuille ou non, n'échappait à personne.

*

*   *

« Ah ! je vais vous apprendre une nouvelle. Savez-vous que nous avons un nouveau médecin depuis hier ?

– Je le sais, vous ne m'apprenez rien. Vous l'avez rencontré, vous aussi ? Quelle impression vous a-t-il faite ?

– Bonne, mais je le trouve bien jeune. Savez-vous s'il est marié ?

– Je ne pense pas. Il ne porte pas d'alliance. Ça, j'en suis certaine. Je l'aurais remarqué. Il doit être célibataire. J'en mettrais ma main au feu. »

Et dès le lendemain, dès l'après-midi, tous les tendrons de la localité, seuls ou accompagnés de leur mère, furent dans ma salle d'attente. Ils étaient pour la plupart atteints d'un même mal, de douleurs abdominales, subites, inexplicables, dont l'imprécision de la topographie basse me laissait perplexe, sinon vaguement inquiet sur le bien-fondé de mes diagnostics et la valeur future de mes prescriptions.

Cela n'était pas, il faut bien l'avouer, sans attraits. Cette vague de jeunesse en fleur devait durer une courte semaine. Jusqu'au jour où, hélas ! décidée à dépenser déjà le peu d'argent que j'avais pu gagner grâce à des charmes jusque-là insoupçonnés, « Elle » était apparue sur le marché. Du jour au lendemain, ma clientèle juvénile, florissante et en pleine expansion, s'en ressentit.

Par sa faute et cette involontaire imprudence, l'épidémie fut stoppée.

Si, plus perspicace, certaines subtilités ne m'avaient alors échappé, je crois bien que je « L »'aurais séquestrée. J'aurais ainsi évité pour un certain temps que ma consultation, tout en se réduisant, ne perdît ainsi d'un seul coup ces effluves printaniers. Effluves pleins de bonnes volontés qui s'envolèrent toutes à la fois, et pour toujours.

*

* *

Saint-Libertin est construit sur un sol calcaire disposé en couches horizontales et qui se présentent sous forme de roches sédimentaires. Ce sol provient des dépôts marins issus de coquillages, de madrépores et de coraux de toute nature. Il permet à lui seul d'affirmer qu'à l'ère secondaire, la région était noyée sous les eaux.

Particulièrement homogène, cette couche calcaire pourvoyeuse de chaux a été exploitée depuis fort longtemps. Un travail de sape incessant, pluricentenaire, nécessaire à l'alimentation de ses fours explique que cette région, fouillée de toute part, creusée en profondeur comme à tous ses niveaux, soit aujourd'hui aussi évidée qu'un fromage de gruyère.

Ce calcaire dont l'exploitation respecte la surface du sol fait de cette contrée une zone privilégiée à vocation à la fois industrielle et agricole.

À Saint-Libertin, à vingt-cinq mètres sous terre, une activité taupinière se déroule en silence tous les jours, alors qu'une polyculture relativement riche demeure possible tout autour de la ville sur les terres alluviales et fertiles de ses plaines.

Dans ce coin de Périgord, on peut rester propriétaire de ses champs, de ses prés ou de ses bois, mais l'on peut toujours, en cas de besoin, vendre un sous-sol dont on n'a que faire. C'est là un avantage non négligeable qui, avouez-le, n'existe pas partout.

À Saint-Libertin, chaque soir, le sol entre en transe. Ne croyez pas à un tremblement de terre ! Ce sont les coups sourds des salves minières que vous percevez sous vos pieds.

De-ci de-là, quelques façades se lézardent, mais qu'est-ce en regard du travail qui s'effectue et de tous les avantages qui en résultent ?

Car c'est là, dans des galeries souterraines immenses, hautes et spacieuses, véritables cavernes d'Ali Baba, aux voûtes soutenues par des réserves gigantesques, que l'on extrait de jour et de nuit la pierre blanche.

Broyée, concassée et passée par les fours, cette pierre donnera une chaux de qualité qui, partie dans tous les azimuts, affirmera à son tour la renommée de la cité.

À cette richesse naturelle locale, l'on pourrait, si l'on voulait être complet, en ajouter deux autres : l'une intéressant la chaussure, l'autre voulant faire de la localité une ville de garnison, mais cela ne pourrait sérieusement être retenu. La vocation véritable du pays, tant que son sous-sol le permettra, restera toujours la chaux.

Matériaux et ville sont si étroitement confondus dans l'esprit de tout un chacun qu'il ne peut guère y avoir de doute. L'évocation, même de loin, reste la même : qui dit Saint-Libertin dit chaux.

Produit étonnant utilisé dans les constructions anciennes et modernes, ce liant ne craint ni l'humidité ni la chaleur. Mélangé au ciment, il lui communique force et résistance. Il a d'ailleurs ses lettres de noblesse. Les ciments romains n'étaient-ils pas que des chaux de ce type mélangées à des cendres volcaniques et au sang des taureaux ? Et ne réussirent-ils pas à braver pour autant durant des siècles, et le soleil et la pluie ?

Les fours de Saint-Libertin ne s'arrêtaient jamais. Leurs fumées blanches s'élevaient dans la plaine, indiquant à coup sûr la direction du vent. Leurs cheminées projetées sur le ciel faisaient partie intégrante du paysage et, autour d'elles, de vastes périmètres qui auraient dû être verts étaient saupoudrés de blanc.

Les fours, vingt-quatre heures sur vingt-quatre, devaient être entretenus. Des équipes se relayaient pour les alimenter en trois salves diurnes et nocturnes : les trois-huit du 1er janvier au 31 décembre.

La première embauche avait lieu très tôt, alors que la ville dormait encore profondément, sur le coup de 4 heures du matin, et je la redoutais.

Si je ne réagissais pas au premier coup de sonnette, si mes persiennes ne s'entrouvraient pas aussitôt, j'étais assuré d'une autre semonce qui, celle-là, ne manquerait pas de réveiller toute la maison.

« Ah ! c'est vous, Docteur ?

– Oui, bien sûr ! Qui voulez-vous que ce soit ? Qu'est-ce qu'il y a ?

– Rien de grave, Docteur. Une commission de la part des Treillard des Chantaux. Le petit est malade. Il a de la fièvre depuis trois ou quatre jours. Ils vous font dire de passer, mais seulement en fin de matinée. Avant ils n'y seront pas, car ils vont au marché. Vous voyez, ça ne presse pas. Mais n'oubliez surtout pas ! Ils vous attendent. Bon, j'ai fait ma commission. Allez, excusez-moi. Bonne journée, Docteur. »

Il y avait de quoi vous rendre furieux. Mais rien à faire pour changer ce comportement établi depuis des années. Une boîte aux lettres spacieuse, bien visible était en place ; un passage suffisant sous la porte permettait de glisser n'importe quelle missive ; rien n'y faisait.

D'abord, on n'est pas écrivassier à la campagne ; enfin, une commission, ça se fait de vive voix. Un papier, ça peut s'égarer, se perdre ou passer inaperçu. Là, au moins, on est certain de ce que l'on fait et, ma foi, tant pis si après quatre ou cinq commissions successives de ce genre, le médecin ne se rendort pas.

J'avais fini par me réveiller systématiquement à cette heure précise, fidèle au rendez-vous derrière mes volets, et j'étais même étonné lorsque par hasard, ma sonnette n'entrait pas en branle-bas.

*

* *

Depuis de nombreuses années, les chaux de Saint-Libertin occupent les ouvriers de la ville. Le travail y est pénible dans certains secteurs ; il n'est, par contre, en aucun cas nuisible à la santé : pas de silicose, pas de tuberculose comme on en voit dans certaines mines de charbon, pas d'asthme, pas d'emphysème. On serait même tenté d'affirmer que la présence de cette chaux est bénéfique.

La grippe espagnole en son heure fit des ravages en Périgord tout comme ailleurs mais, fait étrange, les habitants de Saint-Libertin furent épargnés.

Pourquoi ?

La réponse est difficile car là, les avis sont partagés et soulèvent les passions.

Certains y ont vu un miracle. Un miracle qu'ils attribuent sans hésiter au saint patron de la ville. Ils en sont persuadés, et je me garderai de les en dissuader. Après tout, ce n'est pas impossible ; saint Libertin est capable et malin, le bougre ; en son temps, il en a fait bien d'autres. Il peut parfaitement être à l'origine de cette exception.

D'autres, moins dévots, incrédules, ne veulent rien admettre. Ils y voient un facteur plus rationnel. À leurs yeux, le miracle, c'est la chaux.

C'était encore l'époque des rouliers, des transports par chemin de fer et, tous les jours, de lourds chariots tirés par des percherons traversaient la ville, transportant dans des sacs de jute la chaux vers les wagons. La ville était blanche, et en vérité couverte de poussière ; pour eux, ce seraient ces nuages qui, par leur pouvoir bactéricide, auraient sauvé la cité.

Je ne prendrai pas parti.

*

* *

Aux fours à chaux, seule la qualité de mineur, attachée à celui qui doit faire éclater la roche tous les soirs, demandait une réelle formation. Un bon mineur ne s'improvisait pas. Il devait savoir forer avec science, disposer ses mines avec adresse, et pouvoir juger à une tonne près de leurs effets. Il devait enfin connaître à tout moment sa position exacte par rapport à la croûte. De lui dépendait le travail de toute une journée pour l'ensemble des équipes. Pour ces raisons, ses capacités étaient reconnues, sa paye différenciée et son sort envié. Hélas ! chaque usine n'en possédait pas plus de deux, l'un devant pallier l'autre en cas de maladie. Travailler à l'usine comme simple ouvrier ne nécessitait en revanche aucun apprentissage. Pour la plupart, casser la pierre, la charger sur benne puis la diriger sur rail était la seule tâche possible. Elle était peu exaltante, mais néanmoins intéressante, compte tenu du temps libre qu'elle laissait et dont on pouvait disposer pour son exploitation familiale. C'était pour les gens de la région une aubaine, et l'on se relayait volontiers de père en fils aux fours à chaux.

La chaux est un élément sain, je l'ai dit ; mais s'occuper d'elle oblige à vivre dans une ambiance constante de poussière, une poussière fine qui, à la longue, incruste la peau et sèche la gorge. Il ne faut probablement pas chercher ailleurs la raison pour laquelle on buvait aussi ferme aux fours à chaux de Saint-Libertin.

Certes, on aurait pu boire du Vittel, de l'Évian ou de la bière. Eh bien ! vous le croirez si vous voulez, une idée aussi saugrenue ne serait jamais venue à personne. Pourquoi aller payer un prix exorbitant de l'eau en bouteille ou de la bière brune ou blonde, alors que chacun faisait son vin et en récoltait en quantité ? Un vin que l'on connaissait d'ailleurs, et qui ne pouvait faire de mal à personne, si l'on en buvait raisonnablement. On buvait donc du vin sous les galeries et, comme le mot raisonnable ne comporte en lui-même aucun facteur de quantité, on en buvait beaucoup ; du rouge de préférence, mais sans limite bien entendu.

À ce régime, chose curieuse, aucun ne réagissait de la même façon.

Certains l'acceptaient mal, maigrissaient, perdaient l'appétit et finissaient par glisser plus ou moins vite vers la cirrhose ou le delirium. D'autres, en revanche, malgré tous les excès, résistaient, mangeaient comme quatre, brûlaient leurs degrés et, à force de frapper de leurs lourdes masses à longueur de journée, acquéraient malgré cela des forces redoutables. Leurs musculatures herculéennes défiaient alors toutes proportions esthétiques, mais devenaient impressionnantes.

*
* *

L'usine avait un vieux Packard, un camion brûlé par la chaux, rouillé par la pluie, lourd et massif, qui assurait les transports les plus scabreux depuis des années dans les chemins les plus défoncés. Sa cabine était réduite à une tôle branlante, et sa banquette n'avait plus ni ressorts, ni cuir, ni crins. Il avait perdu ses phares, et tous ses accessoires superflus avaient depuis longtemps disparu. Il possédait toutefois encore un volant, des freins douteux, et à l'avant un pare-chocs aussi épais qu'un rail. L'on doit reconnaître que le pare-chocs ne craignait rien, ni les chocs, ni même les tractions des treuils les plus puissants. Enfin, les fantaisies de ce monstre, vieux serviteur de l'usine, étaient imprévisibles et telles qu'elles ne toléraient qu'un seul conducteur, un conducteur chevronné qui l'avait toujours conduit, qui seul avait le privilège de le démarrer et de pouvoir le mater.

Ce camion avait certes une batterie, mais même rechargée à bloc, elle s'avérait impuissante. Il ne partait qu'à la manivelle. Personne, sauf Loignon, son chauffeur habituel, n'arrivait à la tourner pour le dégommer.

« Que doit-on faire avec le camion, Monsieur Jean ? Loignon est malade. Nous ne pouvons rien tirer de cet engin.

– N'insistez pas. Vous perdez votre temps. Laissez-le tranquille. Attendez que Loignon revienne.

– Oui, mais il nous gêne, et Loignon ne revient que dans huit jours.

– Alors mettez-vous à une quinzaine, poussez-le dans un coin, et arrangez-vous autrement. »

Loignon, une semaine après, revenait guéri de sa grippe. Faible, flageolant encore, mais guéri tout de même grâce à de bons coups de « gnôle ». C'était le seul remède qu'il tolérait.

Il allait immédiatement à son camion. À ce camion qui était devenu, et pour cause, sa propriété. Il le caressait, l'examinait, levait son capot, appelait l'essence, buvait lui-même un bon coup de rouge, et posait enfin son énorme patte gauche sur le pare-chocs. Il prenait ensuite la manivelle de sa main droite et, sans se soucier des retours dangereux, avec calme, sans se presser, il tournait lentement et sans arrêt.

Le camion oscillait à droite, à gauche, secoué dans toute sa vieille carcasse aussi longtemps que nécessaire mais, à un moment, comme Loignon ne s'en préoccupait pas, il devait se rendre, se décider, et son moteur se mettait à ferrailler.

Il avait retrouvé son maître.

Ce spectacle, cette lutte entre le muscle et la matière inerte, était tellement étonnant, tellement époustouflant que chaque matin, il mobilisait, en un cercle muet d'admirateurs, une partie des ouvriers et de la direction.

Lorsque Loignon prit sa retraite, le Packard dut la prendre avec lui car personne, malgré tous les essais et tous les paris engagés, ne réussit plus jamais à le faire démarrer.

*

* *

« Venez, Docteur, et apportez une piqûre puissante pour le calmer. C'est l'Adrien ! Il écrase tout dans le café. Il a un peu bu bien sûr, et ça le rend furieux. Venez de suite. »

Cela se passait au téléphone.

« Avez-vous appelé la gendarmerie ?

– Non. Je pense que nous pouvons nous en tirer sans eux. Dans l'état où il est, il vaut mieux ne pas l'exciter. De toute façon, nous sommes une dizaine, nous arriverons bien à le tenir. »

Il était au milieu de la pièce, brandissant une chaise à bout de bras, et tous les autres avaient reflué derrière les tables et dans les coins hors de sa portée. Le patron, plus courageux que tous, avait disparu à quatre pattes sous son comptoir. Les deux serveuses s'étaient réfugiées dans la cour.

« Il faut lui faire une piqûre, Docteur ! Il tuerait quelqu'un sans s'en rendre compte dans l'état où il se trouve. Ce n'est même pas la peine de discuter. Nous allons nous lancer sur lui tous à la fois et vous le maîtriser.

– Je veux bien, Victor. Je vais lui faire un Nesdonal, mais il va falloir le tenir ferme jusqu'au moment où je l'aurai piqué. »

J'étais prêt.

« Bon, les gars, allez-y ! »

Ils s'étaient rués sur lui de tous les côtés en même temps. Dix costauds, des hommes pour lesquels lever 150 kilos n'était qu'un jeu d'enfants. L'un avait saisi la chaise au vol, les autres s'étaient agrippés à lui, aux bras, aux jambes, au cou, et les tables s'étaient mises à valser, renversées dans tous les sens, emportées comme fétus de paille dans le tourbillon de la mêlée.

Il avait fallu cinq bonnes minutes de jurons et d'efforts conjugués pour en arriver à bout. Au cours du corps à corps, deux des assaillants avaient été mis hors de combat. L'un, les deux yeux pochés, n'y voyait déjà plus ; l'autre, frappé à la mâchoire, la lèvre fendue, saignait comme un bœuf. Huit hommes tout en muscles arrivaient difficilement à le maintenir à terre où, malgré eux, il ruait et soufflait comme un taureau.

« Allez-y, Docteur, allez-y vite. N'attendez pas, nous ne pourrons le tenir très longtemps. »

L'intraveineuse avait été facile et immédiate dans une veine aussi grosse que le doigt. L'ampoule de vingt centimètres cubes avait été injectée dans sa totalité.

J'avais heureusement terminé lorsque l'un d'eux, croyant le problème résolu, relâcha son étreinte. Ce manque d'appréciation faillit me coûter cher. La seringue vola au plafond et retomba brisée en mille morceaux. Surpris, tous avaient lâché prise. L'homme était de nouveau libre, debout, et j'étais seul au milieu de la pièce, désarmé devant lui. Cela ne dura pas plus que l'espace d'un éclair. Je vis partir son poing dans ma direction, et ce fut ma taille autant que mon réflexe qui me sauva. J'eus le temps de me baisser et d'esquiver, sans cela je reste convaincu que je n'aurais pas eu l'occasion de parler aujourd'hui de l'aventure. Le poing, grâce à Dieu, manqua son but et alla s'écraser contre un pilier voisin, et cela avec une vigueur telle que le sang gicla.

J'étais hors de portée. Seule ma serviette abandonnée dans ma déroute était restée sur le plancher.

Un quart d'heure après, le géant était encore sur pied. Mon produit, certes, le travaillait, mais s'il titubait, personne néanmoins n'osait plus l'approcher.

Il fallut l'intervention de la brigade locale dans sa totalité pour le capturer de nouveau au moment même où il commençait à s'endormir.

Je pus enfin récupérer ma trousse et mon garrot.

Quelques jours après, il venait lui-même régler mon intervention et se faire radiographier. Trois doigts de sa main droite étaient brisés.

« C'est la faute du Pernod, Docteur ! Une saloperie, ce Pernod ! Vous me connaissez, la bagarre n'est pas mon genre. Heureusement que je ne vous ai pas blessé. Il faut m'excuser. Je n'avais plus ma tête à moi. C'est aussi un peu de la faute des copains. On fêtait la classe, vous comprenez. Ils m'ont un peu poussé, et je me suis laissé faire. Mais on ne m'y prendra plus. Avec du vin, jamais pareille chose ne me serait arrivée. Plus d'un serait tombé avant moi, car je tiens mes dix litres malgré tout.

– Et vous ne croyez pas que c'est un peu trop, Adrien ?

– Oh ! Docteur, avec le travail que nous faisons ! »

*
* *

Adrien, c'était vrai, n'était ni méchant ni querelleur, et de la deuxième aventure qui devait lui arriver un an après, il ne pouvait être tenu pour responsable. D'ailleurs, ce jour-là, il n'avait rien bu d'autre que sa ration coutumière et il était loin d'être ivre comme on l'avait prétendu.

Une équipe de l'E.D.F. avait dû venir de Bordeaux pour l'affaire délicate d'un transformateur qui alimentait l'usine. Personne ne leur demandait rien, personne ne les avait provoqués. Hélas ! il se trouvait parmi eux deux éléments bagarreurs impénitents, et rapidement, au cours de la journée, un contact difficile, une ambiance survoltée s'était établie entre eux et les ouvriers.

« Bande de poltrons, gros pleins de soupe, dégonflés, sacs à vin ! »

On avait fini par leur répondre.

« Vous ne pouvez pas nous foutre la paix ? Si vous cherchez votre homme, tenez, adressez-vous à celui-là, à Adrien, vous serez reçus.

– Alors qu'il vienne ! Qu'il sorte de son trou ! Tu as la pétoche, espèce de gros porc ! »

Adrien avait levé les épaules, s'était contenté de rire et, sans même leur jeter un coup d'œil, avait continué son travail de casseur de cailloux.

« Ah ! tu ne veux pas sortir ? Bon, on te retrouvera ce soir à la débauche. Tu ne perds rien pour attendre. On verra bien si tu as autre chose que de la merde dans le ventre ! »

Paroles en l'air, fanfaronnades, personne n'y avait cru.

Adrien, la journée terminée, rentrait à la maison. Il portait sous son bras deux tourtes de dix livres – la ration familiale du lendemain. Il avait six enfants et pour lui, la prière du Seigneur « donnez-nous aujourd'hui notre pain quotidien » avait tout son sens. De l'autre main, il traînait son vélo devenu inutile, sinon encombrant, dans la côte qu'il abordait.

Ils sortirent tous les deux en même temps du fossé où ils l'attendaient.

« C'est toi, Adrien ?

– Oui, tu le sais ! Qu'est-ce que tu veux ? »

Le coup de poing de l'un avait atteint Adrien à la mâchoire et l'avait plus surpris qu'étourdi. L'autre avait tenté de le déséquilibrer par-derrière. Mais faire chanceler 140 kilos n'est pas une petite affaire.

Adrien n'avait pas l'esprit prompt. Il avait mis un certain temps à comprendre, mais il avait enfin compris.

Il avait posé son vélo sur le bord du fossé, délicatement, lentement, sans se soucier des coups qui pleuvaient de toute part, puis, sans se presser, ayant assuré chacune de ses tourtes dans chacune de ses mains, tout comme on l'eût fait avec un jeu de cymbales, il avait frappé en sandwich les têtes de ses deux agresseurs.

Un seul coup, pas un de plus pour chacun, mais un coup énergique, sans parade possible, et cela avait suffi.

Ils étaient maintenant tous les deux effondrés dans les herbes du fossé... Adrien avait repris son vélo et, sans s'inquiéter d'eux, convaincu d'avoir fait ce qu'en l'occurrence tout autre que lui aurait fait, il était reparti sans même se retourner de son pas lourd d'ours fatigué.

Ce furent leurs camarades qui, assistant de loin à la rencontre, leur portèrent secours. Il fallut d'urgence les transporter à l'hôpital le plus proche, et tous les deux s'en tirèrent avec un éclatement de la boîte crânienne.

Adrien fut tout étonné de recevoir le lendemain la visite de la maréchaussée, et encore beaucoup plus, huit jours après, d'être convoqué chez un juge d'instruction.

« Vous étiez ivre, avouez-le, lorsque cela s'est produit !

– Pas le moins du monde, Monsieur le Juge.

– Mais vous aviez bu ? Qu'aviez-vous bu dans la soirée ?

– Du vin, Monsieur le Juge, rien que du vin !

– Et quelle quantité ?

– Pas plus de huit litres, Monsieur le Juge ! Vous pouvez demander aux copains. »

Le juge, un maigrelet qui n'avait jamais connu l'excès, qui n'avait jamais bu que de l'eau de Vichy, et qui supportait avec peine dans les grandes occasions un doigt de porto, encore fallait-il qu'il soit accompagné d'un gâteau sec, leva les bras au ciel :

« Qu'est-ce que je disais ? Vous étiez ivre ! Ivre comme un Polonais !

– Comme quoi, Monsieur le Juge ? »

Il fallut un certain temps et de nombreux témoins pour persuader ce dernier du contraire, et lui faire admettre que cette ration était pour Adrien raisonnable, courante, et sans préjudice pour son équilibre. Lorsqu'on lui affirma qu'Adrien dans ce domaine était relativement sobre, cette relativité lui échappant, son ahurissement fut à son comble.

« Mais enfin, Monsieur le Juge ! Avez-vous bien regardé cet homme ? Vous ne pensez tout de même pas qu'un corps comme le sien peut se contenter ou s'entretenir à l'eau de grenouilles ? »

La maîtrise de l'usine elle-même s'était déplacée pour témoigner et porter aide.

L'état de légitime défense et la bonne foi furent tout de même reconnus. Les copains, d'un commun accord, passèrent le béret pour payer l'amende de principe qui lui avait été infligée.

« Que je n'aurais jamais payée, vous m'entendez, les gars ! Plutôt mille fois aller en prison. Si l'on doit se laisser assommer sans rien dire, c'est un comble, où est donc la justice ? D'ailleurs, je me demande ce qu'on me reproche. Ces types ne tenaient pas debout. »

*

* *

Tous les jours, un mineur armé d'une longue perche terminée elle-même d'un pic et d'un crochet vérifiait toutes les voûtes suspectes des galeries. À la percussion, il repérait les pierres douteuses qui pouvaient se détacher et les faisait choir.

Il y avait peu d'éboulements à l'usine. Cela était dû autant à la hauteur et à la largeur des galeries qu'aux multiples précautions prises. Pourtant, de temps à autre, l'imprévu se produisait.

Un bloc de deux tonnes avait basculé et glissé du tas fraîchement miné. Ceux qui l'avaient vu bouger avaient eu le temps de se jeter de côté. Un seul s'était laissé surprendre. C'était une catastrophe !

Une de ses jambes était coincée sous la pierre. Lorsque j'arrivai, tout le monde s'affairait, dégageant à la hâte tous les cailloux qui avaient roulé autour de lui.

Deux tonnes ne font pas tellement de volume, mais le poids était redoutable.

« Vous souffrez, Félicien ? Voulez-vous que je vous fasse une piqûre ?

– Non point, Docteur ! Surtout pas, ça va, votre piqûre me ferait plus de mal que ce bloc. Il faudrait pourtant me tirer de là, les gars. »

Je n'avais aucune illusion. La jambe allait être en bouillie.

« Laissez-moi vous mettre en place un garrot, Félicien. Voilà, c'est fait. »

Tout le monde s'activait. Aucun levier n'avait pu déplacer le rocher. Une masse pareille, rien à faire pour la faire basculer. Félicien, au cours de telles tentatives, eût été en danger. Il avait fallu la casser à coups de masse et de coins.

Pendant toutes les opérations, Félicien regardait, dirigeait et plaisantait.

« Faites attention, les gars. J'ai assez de mal comme ça ! Ne m'envoyez pas vos cailloux sur la figure. Tenez, mettez donc une planche devant moi. »

La dernière pierre enlevée, l'étendue du désastre apparut. La jambe était broyée de la cuisse au pied. De toute évidence, rien ne pouvait être sauvé. Félicien avait compris.

« Allons, les gars, ma jambe est foutue ! »

Alors, seulement pendant que l'on recueillait ce qui restait dans une gouttière, Félicien avait pâli.

« Je ne me sens pas bien, Docteur.

– Je vous fais une piqûre, vous allez voir, ça ira mieux.

– Je veux bien, Docteur, mais, dites-moi, je me sens faible. Il me semble qu'un verre d'eau-de-vie serait encore le mieux. »

Le garrot l'avait sauvé. Il fut amputé bien sûr le soir même. Un mois après, il marchait de nouveau sous les voûtes de ses galeries sur une seule jambe et un pilon.

XVI

Établis dès le Moyen Âge, les foires et les marchés de Saint-Libertin passaient à juste titre pour les plus importants rendez-vous commerciaux de la région.

Bien achalandés, on y venait de partout, des communes environnantes mais aussi des villes importantes plus ou moins éloignées telles que Périgueux, Bergerac ou Libourne, sûr que l'on était d'y trouver là, quantité et qualité.

Les jours de foire, toutes les places et toutes les rues principales de la ville étaient envahies pour la journée. On y circulait avec difficulté. Les vendeurs, les marchands, les maquignons, les forains s'y rendaient et s'y croisaient régulièrement, en quête, les uns comme les autres, de l'affaire ou du profit.

À ces occasions, les médecins ne sortaient pas, se voyaient contraints de différer jusqu'à la nuit leurs visites et consultaient du matin au soir.

Chaque coin de la ville, suivant l'époque, était à tour de rôle le centre d'intérêt d'affaires toujours aussi bruyantes et folkloriques dans leurs coutumes et leurs palabres, qu'il s'agisse de la foire aux bœufs, aux moutons, aux chevaux ou même aux oisillons.

En revanche, seuls les marchés aux légumes et à la volaille, particulièrement colorés et animés, ne changeaient jamais de place. On y trouvait chaque fois la même abondance de poireaux, de choux, de carottes et de pommes de terre, et les mêmes profusions de fruits : poires, pommes, prunes, raisins, suivant les saisons. C'étaient enfin toujours, aux pieds des fermières, les mêmes étalages à même le sol de paniers d'œufs, de poulets, de pigeons ou de lapins. Rien n'y manquait, et c'était pour les ménagères une mine de tentations où elles pouvaient, avant de se décider, soupeser, comparer, choisir et marchander.

Il n'y avait guère de moments creux, mais c'était certainement en automne et en fin d'année que l'ambiance était la plus survoltée, au moment où se déroulaient les grandes foires aux noix, aux foies gras, aux truffes, et durant lesquelles les dindes faisaient, elles aussi, en troupeau et en force, leur apparition.

*

* *

Tuber melanosporum : truffe noire, truffe franche, truffe du Périgord – trois fourchettes bien méritées.

Sans chauvinisme, la truffe du Périgord est la meilleure des truffes, la plus recherchée des gourmets, et elle sert de test à toutes les autres variétés. Elle se trouve, suivant d'imprévisibles caprices, soit sous des chênes géants, soit sous des chênes rabougris, soit sur de vieilles vignes abandonnées couvertes d'herbes et de ronces, en bordure des bois, ou n'importe où, où ça lui fait plaisir. Pour lui plaire, le sol doit comporter une certaine quantité de calcaire, être bien aéré, peu profond et être, probablement pour une question d'irrigation, en bonne pente.

Tubercule noirâtre, irrégulier, elle est hérissée de verrues et de cannelures, mais elle a une odeur puissante qui embaume et parfume comme nul autre champignon.

Les truffières sont nombreuses en Périgord. On ne les crée pas, on les découvre. Elles sont naturelles à ce sol, s'installent où elles veulent, et c'est à l'homme qu'il revient de les chercher, puis de les entretenir en s'efforçant de ne jamais les épuiser.

L'homme seul pour les repérer aurait bien des difficultés. Certes, on a coutume de dire, et c'est vrai, que là où naît la truffe, l'herbe disparaît, mais il convient d'ajouter aussi que très souvent, là où l'herbe disparaît, la truffe pour autant ne pousse pas.

Pour déterminer une truffière, l'association de l'homme et de l'insecte, ou de l'homme et de l'animal, s'avère indispensable.

L'homme peut utiliser « la mouche », une mouche très particulière aux reflets bleus qui, lâchée dans la nature sur un coin pressenti, se pose invariablement où il convient de chercher. Le procédé est valable, mais reste un pis-aller car l'insecte est rare et, une fois lâché, ne peut être récupéré.

L'homme peut également faire appel au chien, le compagnon intelligent de toutes les circonstances.

Certaines races ont un nez prodigieux. Ils sont capables de détecter le tubercule à plusieurs centimètres de profondeur, mais il faut un animal bien dressé. Ce dressage doit, pour être efficace, être réalisé avec le champignon lui-même ! C'est dire qu'il coûte cher, et encore faut-il que le chien qui n'a aucune attirance particulière pour la truffe veuille coopérer. Même dans les meilleures races, tous les chiens ne conviennent pas.

C'est en fait à la truie que l'homme a le plus souvent recours. Je dis bien à la truie, et non point au cochon ! Pourquoi ? Je n'en sais rien. La truie a un faible bien personnel pour la truffe. Elle la trouve et la déterre à la fois avec facilité, en quelques coups de boutoir. Mieux que la mouche, mieux que le chien, son instinct ne la trompe jamais. On doit simplement la surveiller de près si l'on ne veut pas qu'elle se nourrisse aussitôt que déterrées de ses propres découvertes. Un coup de bâton énergiquement asséné sur son groin et deux ou trois châtaignes de compensation la récompensent à chaque trouvaille sans la décourager.

Une bonne truie n'abîme jamais une truffière. Elle ne détruit pas le mycélium, elle vaut une petite fortune et en général meurt de vieillesse dans sa ferme natale, au milieu de la consternation générale.

La truffe est une richesse, le diamant noir du Périgord. À la période des foies, son prix est décuplé. Il n'y en a jamais assez, car rien ne remplace ce tubercule pour arriver à parfumer un bloc de foie d'oie ou de canard.

La truffe, et c'est une particularité que l'on passe trop sous silence, est enfin aphrodisiaque. C'est certain, mais il convient tout de même de savoir que le résultat en ce domaine ne peut être obtenu qu'après une ingestion importante frisant l'intoxication. En conséquence, compte tenu de son prix, si « la Marie » a des exigences notoires et répétées, vous courrez à la ruine ou à la mort. Ce procédé ne pouvant enfin remonter que très passagèrement un tonus défaillant, il ne peut donc être sérieusement retenu. Dans le cas de déficiences graves, plutôt que d'y avoir recours, on ne saurait donc trop vous conseiller de faire appel à votre médecin. Ce dernier a d'autres moyens, moins onéreux, et pourra sans doute obtenir de meilleurs résultats.

Cela vous permettra en outre de garder vos truffes à d'autres fins : votre dinde de Noël par exemple, ou vos foies gras du nouvel an.

Recette pour réaliser une omelette truffée, sans truffe – omelette à prévoir dix jours avant sa dégustation.

Vous prenez un petit pot de grès possédant encore son couvercle. Vous placez en son fond une ou deux truffes fraîches. Au-dessus de ces truffes, vous disposez six à douze œufs selon votre appétit ou le nombre de convives que vous désirez régaler. Sur ces œufs vous mettez encore deux autres truffes, puis vous fermez votre pot hermétiquement et vous l'abandonnez sur une étagère où vous l'oubliez pendant dix jours. Au dixième jour, retirez vos truffes – vous les utiliserez à d'autres occasions, elles n'en vaudront pas moins –, et faites une omelette de vos œufs en y glissant des fragments de morilles noires si vous en avez sous la main.

Vous m'en direz des nouvelles. La recette est garantie. Tout le monde s'y laissera prendre.

*
* *

Il y a trente ou quarante ans, alors que les foies gras restaient artisanaux, que chaque ferme ne gavait guère plus de dix à douze oies par an et que les apports étrangers en la matière n'envahissaient pas encore notre pays, le Périgord restait le lieu privilégié des foies de qualité et concurrençait sans peine toutes les régions landaises ou autres.

Les foires aux oies étaient spectaculaires, appréciées et très suivies. Les oies s'y vendaient ouvertes ou fermées, suivant que leur éleveur doutait ou était sûr de son résultat. L'exposition, jaune et dorée, de toutes ces victimes aux ventres rebondis sur des tréteaux qui n'en finissaient pas et pliaient sous leur poids, était une vision qui laissait son souvenir.

Les acheteurs affluaient, s'affairaient, se bousculaient, soupesaient, comparaient, regardaient les peaux, ouvraient les becs, hésitaient, discutaient, marchandaient, et s'éloignaient après achat de quelques centaines de mètres pour se hâter de vérifier d'un coup de couteau discret le bien-fondé de leurs déductions.

« J'ai fait une affaire. Rien que le foie me paie toute la bête. »

Et l'acheteur revenait vers son vendeur dans l'espoir de doubler sa mise.

« Je me suis fait avoir ! Rien que des foies minables ! Uniquement de la graisse ! Pourtant, à les voir, j'aurais bien cru ! La prochaine fois, je ne m'y laisserai pas prendre. J'achèterai d'emblée les foies. Au moins, je saurai ce que je fais. »

Devant les foies, d'autres indécisions d'une autre nature recommençaient.

« Ceux-là sont trop blancs. » « Ceux-là sont trop petits, ils manqueront de moelleux. » « Ceux-là me paraissent mous. Ah ! si l'on pouvait seulement avoir la possibilité de les toucher. »

« Oh ! mais à ce prix, c'est trop cher. Ce n'est pas le cours. Vous ne voulez pas en rabattre ? Eh bien ! vous les garderez, ma pauvre ! »

On se décidait enfin et toute la matinée, les billets passaient de main en main à la satisfaction de chacun.

« Bon, ça y est ! J'ai tout vendu à la même cliente. Gros ou petits, elle me prend tout d'une année à l'autre. »

« Voilà ! J'ai trouvé mon affaire. Ils sont peut-être un peu chers, mais tenez, regardez s'ils sont beaux ! »

Tout le monde était content.

Les meilleures affaires allaient aux plus patients, en fin de journée, lorsque l'enthousiasme baissait, lorsque les clients commençaient à se lasser et à se faire rares. À cette époque où l'on ne pouvait se rabattre sur le congélateur ou le Frigidaire, ne pas vendre était une catastrophe. C'était l'heure qu'attendaient les marchands et les régatiers.

« Allez, ma pauvre, la foire est finie. Je prends le tout pour cent francs ! Ça vous va ? »

Mieux valait ça, même à ce prix dérisoire, que de remporter sa marchandise… On s'entendait.

*
* *

« Dites donc, Marie, comment faites-vous pour avoir de pareils résultats tous les ans ? Tous vos foies font entre deux kilos et deux kilos cinq cents ! Vous ne me ferez pas croire que c'est l'effet du hasard. Vous avez sûrement un secret ! »

J'étais venu voir l'enfant et au passage, j'admirais sur la table de la cuisine la production de l'année.

« Un secret ! Bien sûr que j'en ai un, Docteur. Mais c'est un secret de famille. Si le Firmin savait que je vous l'ai avoué, il ne me le pardonnerait jamais. C'est de sa mère que je le tiens, vous comprenez, et il doit rester dans la maison.

– Oh ! vous savez bien, Marie, que ce n'est pas moi qui le trahirais. Mais vraiment, j'aimerais savoir ! Je sais tenir ma langue, vous le savez ?

– Je le sais, mais ça ne fait rien, il faut que j'aie une rude confiance en vous pour en parler... Voilà, il y a plusieurs précautions à respecter. Il faut d'abord gaver cinq semaines. Pendant ces cinq semaines, les oies doivent être gardées dans le noir le plus complet et dans un espace aussi petit que possible où elles ne pourront remuer. L'endroit doit être chaud, et il faut gaver les bêtes à tour de rôle, mais toujours dans le même ordre matin et soir afin qu'elles le soient exactement à la même heure. Enfin, il y a l'espèce, ça compte aussi, vous savez.

– Mais tout le monde sait ça, Marie. Il y a certainement autre chose que vous ne dites pas.

– C'est exact, je ne vous ai pas tout dit. Le secret dépend du reste. Au début de chaque gavage, il faut donner à chaque bête de l'huile ou de la graisse. Puis, à partir d'un certain moment, il faut donner, en plus du maïs et de la graisse, une certaine quantité d'eau-de-vie. D'abord peu, puis de plus en plus en approchant de la fin du gavage. Beaucoup de voisins s'en doutent, remarquez, et presque tous ont essayé, mais sans résultat, car aucun d'eux ne sait le moment exact où l'on doit commencer et comment nous-mêmes, nous le connaissons. De ce moment, dépend le succès ou l'échec. C'est ça, le secret, mais ne m'en voulez pas, je ne peux vous le dire.

– Je comprends, Marie, je comprends. Gardez votre secret, et continuez donc à faire de beaux foies. C'est bien ainsi. »

*

*   *

Le coton Thermogène n'est plus un article qui fait la vitrine de nos pharmacies actuelles. Il a pourtant eu son heure, et il n'est pas rare d'en découvrir encore quelques vieux paquets poussiéreux oubliés dans le fond de nos tiroirs. Il se présente sous la forme d'un coton orange qui pique le nez dès qu'on ouvre sa boîte, une boîte orange comme lui, sur laquelle figure en bonne place un homme nu et vert qui presse le produit contre sa poitrine, tout en crachant des flammes à pleins poumons.

Sous ses apparences anodines, il ne faut pas s'y fier. Le Thermogène, dont la propriété essentielle est de chauffer avant que de piquer atrocement au premier contact avec la sueur, est un produit redoutable. Avec lui, un rhume ne tient pas. En tout cas, pour celui qui en use, il n'est plus question ni de s'agiter ni de faire des galipettes excessives, car il se charge de ramener le plus turbulent à la raison.

*

* *

« Docteur, je ne vous ai pas conduit Robert. Qu'est-ce que j'en aurais fait de toute la journée avec ce froid ? J'ai tous mes canards à vendre, et vous savez ce que c'est. Je peux avoir fini à midi comme y être encore à la nuit. Puis cela n'aurait pas été prudent avec la bronchite qu'il me tient. Mais vous le connaissez assez. Vous le soignez depuis que vous l'avez fait naître, vous allez pouvoir me donner un conseil tout de même, n'est-ce pas ? »

De toute évidence, ma consultation allait être gratuite. « Un conseil », bien évidemment, ça ne se paie pas. Il ne me restait plus qu'à être beau joueur.

« Bon, expliquez-moi ça, Berthe. Que lui arrive-t-il à Robert ?

– Voyez-vous, Docteur, il s'enrhume pour un oui pour un non. Pas moyen de le tenir à la maison, il faut qu'il galope. Si je le couvre trop, il me revient en sueur, et le soir même c'est la toux, c'est la fièvre ; si je ne le couvre pas, il me prend froid, et c'est la même chanson. Marquez-moi donc quelque chose d'efficace.

– Pour la toux, ou pour l'empêcher de courir, Berthe ?

– Pour les deux, Docteur, pour les deux, et ce sera un miracle si vous y parvenez.

– Voilà d'abord un sirop : trois cuillerées par jour, un suppositoire le soir en le couchant, et un paquet de Thermogène que vous coudrez dans sa chemise sur la poitrine et le dos à même la peau. Non, non, ce n'est rien, Berthe. Un conseil, ça ne se paie pas. Allez, faites bonne foire. Ils se vendent cher, les canards, cette année ?

– Pensez-vous ! C'est pour rien ! Pas un sou de plus que l'année dernière ! Et pourtant le maïs !... »

Et Berthe s'était sauvée vers la pharmacie avant de revenir à son banc, bien convaincue qu'elle venait de faire sur le dos du médecin sa première bonne affaire de la journée.

Canards étalés, elle attendait maintenant les clients.

« Ah mais ! Ce n'est tout de même pas vrai ! Avec huit jours d'avance, c'est bien là ma chance ! Et moi qui évidemment n'ai rien prévu ! »

Berthe avait fouillé dans son panier, dans son sac, en vain. Pas la plus petite serviette. Pas même l'ombre d'un mouchoir – ce n'était pas encore, ni l'époque des tampons, ni celle des garnitures toutes faites vendues en pharmacie.

« Ah ! mais voilà !... Mais bien sûr ! J'ai ce qu'il faut ! Le paquet de coton, celui que je dois coudre dans la chemise de Robert, est là. Il tombe à pic, celui-là. J'en achèterai un autre tout à l'heure avant de partir. Me voilà sauvée... Maria ! Tu me gardes mes canards quelques minutes ? Je reviens tout de suite. Merci, tu es gentille. »

Elle avait trouvé difficilement un coin. « Décidément, ce coton, c'est la providence », et elle était revenue en hâte.

« Mais Berthe ! qu'est-ce qu'il t'arrive ? Tu ne vas pas ? »

Depuis son retour près de Maria, Berthe avait l'air absent. Elle ne répondait pas aux clients, sautait d'un pied sur l'autre, en proie à une évidente excitation, à une impatience, à une inquiétude même qui allait croissant. Elle paraissait aux prises avec des problèmes urgents, insoutenables, impossibles à maîtriser.

« Oh ! merde ! Je n'en puis plus ! »

Et brusquement, sans se soucier ni du voisinage, ni des clients, ni des marchands, on avait vu Berthe, devant une assistance médusée, retrousser ses jupons. Elle avait, au mépris de toute pudeur, fouillé dans des zones considérées en général comme suffisamment intimes pour ne pas être dévoilées en public, et s'était saisie de son Thermogène, cause de ses ennuis et de ses tourments, pour le jeter au milieu du marché.

« Ah ! ça va mieux ! Cette saleté m'aurait rendue folle ! »

Tout autre que Berthe, devant l'hilarité générale, le scandale et les quolibets qu'elle venait de déclencher, aurait capitulé, plié bagages et disparu. Mais Berthe était une âme forte. Elle n'en fit rien. Elle laissa l'orage s'apaiser, ravala honte et confusion et, consciente de son devoir, après s'être procuré un autre paquet de coton, valable celui-là, elle ne quitta le marché que ses affaires faites et tous ses canards vendus.

« Mais, Docteur, vous auriez tout de même pu me prévenir !

– Voyons, Berthe ! Je pensais que vous saviez ce qu'était le Thermogène. Et puis, je vous avais bien dit dans la chemise de votre garçon, et non dans votre culotte au moment de vos règles. Allons, Berthe, soyez juste, avouez que je n'y suis pour rien.

– J'en conviens, Docteur, mais quand même ! Le Thermogène, quelle saloperie ! Rien que d'y penser, j'en ai encore le feu au cul ! »

XVII

L'Isle débordait en général trois fois par an et prenait en quelques heures des allures de torrent. Parfois, les riverains prévenus avaient le temps de prendre leurs précautions ; d'autres fois, le plus souvent, elle dépassait sans préavis toutes ses cotes d'alerte et, à cause de cela, après les grandes pluies de printemps ou d'automne, tout le monde se méfiait.

Elle coupait alors la ville dans sa partie basse du reste de la campagne. Elle inondait et couvrait routes et chemins souvent de plus d'un mètre d'eau, d'une eau jaunâtre porteuse de branches, de planches, de troncs et de cailloux. Ses débordements rapides commençaient souvent au début de l'après-midi, et s'aggravaient régulièrement jusqu'au milieu de la nuit. Les habitants de la ville, impressionnés, curieux, descendaient à pied jusqu'à elle pour suivre à la lampe sa progression qu'ils jalonnaient. Après minuit, en principe, et d'après le qu'en-dira-t-on, sa décrue s'amorçait.

On la retrouvait au petit matin, encore furieuse mais dans son lit.

Elle laissait de ses sorties improvisées des témoignages éloquents et évidents : papiers, chiffons accrochés haut dans les arbres de la rive, mais aussi des chemins ravinés et des flaques longues à se résorber.

Chaque fois, sur le pas de leurs portes, les ménagères des maisons inondées, toujours les mêmes, en avaient pour des heures à pousser à grands coups de balai la boue qu'elle avait abandonnée.

XVIII

La vie d'un médecin à la campagne, dans des régions où il assumait seul son travail au service de sa clientèle chaque jour de l'année, à une époque où les tours de garde n'existaient pas plus que les associations, mais où par contre les concurrences étaient toujours présentes, était dominée par un impératif majeur, un impératif avec lequel on ne transigeait pas, auquel il fallait se soumettre à tout moment, et qui pouvait se résumer en un seul mot :

« L'urgence. »

L'urgence, dans le passé, a toujours dominé la vie des médecins. Vingt-quatre heures sur vingt-quatre, elle était suspendue, latente sur leur tête. Imprévisible, redoutée, quelle qu'en soit son opportunité, il fallait l'admettre et l'inclure coûte que coûte en priorité. À l'urgence, rien ne résistait. Le programme du jour le mieux établi devait être modifié, bouleversé, voire abandonné. Une consultation, au plein de son déroulement, avec elle s'interrompait sans préavis et sans se soucier des protestations ; quant aux tournées, même avec les parcours les plus élaborés, elles devaient, sans aucune hésitation, être rectifiées.

Les repas, eux aussi, lorsqu'elle survenait à leurs moments, étaient bâclés, différés, sinon purement et simplement escamotés.

L'urgence donnait lieu à des départs en trombe, à des retours imprévisibles sur lesquels, ni le ras-le-bol, ni la mauvaise humeur, ni la fatigue n'avaient de prise.

Tant pis pour le projet de week-end le plus amoureusement caressé des semaines durant ; la sonnerie du téléphone ou le coup de marteau à la porte qui vous réveillait en sursaut aux aurores, le jour même du départ, se chargeait de lui régler son compte.

Grâce à l'urgence, le médecin de campagne était entraîné dans un branle-bas de combat permanent et était soumis à un esclavage de tous les instants. Personne ne pouvait y échapper, ni le médecin ni, par ricochet, aucun membre de sa famille.

Il fallait, bon gré mal gré, s'y habituer.

« À quelle heure rentreras-tu ? »

Question inutile. Réponse impossible.

La vie familiale s'en ressentait.

L'enfant n'entrevoyait que rarement son père. Son père ne profitait jamais de lui.

Sous le même toit, certains jours, on arrivait à vivre sans se voir. Dans les meilleurs des cas, on s'y croisait. « Elle » s'y était faite difficilement, mais devant son impuissance à remettre un peu d'ordre dans le métier de baroudeur de son époux, « Elle » avait fini par en accepter les conséquences : les repas sans tête-à-tête, les veillées en compagnie des uns et des autres, et « Elle » ne commençait à s'inquiéter que très tardivement, lorsque « à cette heure il aurait dû être là ».

Je supportais mieux qu'« Elle » cette situation de perpétuel errant. J'y trouvais presque une volupté, une certaine exaltation, même s'il fallait y atteindre les limites de mes possibilités, jusqu'à l'épuisement.

Retour de nuit vers la maison endormie, montée à pas feutrés vers le lit froid où je me glissais pour m'endormir, mort de fatigue, c'était le lot de tous les jours, l'ambiance habituelle au cours du travail régulier de l'année. Hélas ! il y avait aussi d'autres périodes plus pénibles, des presses dramatiques déclenchées par les grandes épidémies, grippes ou autres maladies durant lesquelles la maison n'était plus qu'un lieu de passage, un lieu où, d'une main tremblante, « Elle » me tendait à chacune de mes apparitions une autre liste tout aussi importante que celle que je venais d'épuiser.

« Elle » supportait. « Elle » supportait d'attendre, se faisant un devoir de sortir en robe de chambre dans le froid au-devant de ma voiture pour m'éviter le moindre contretemps inutile et la moindre fatigue supplémentaire, alors qu'« Elle » était assurée d'essuyer, encore une fois, ma mauvaise humeur qui grandissait avec l'heure.

Cela durait une, deux, parfois trois ou quatre semaines. On sortait de ces épreuves, en principe hivernales ou printanières, vanné, à bout de nerfs, heureux malgré tout d'avoir pu tenir, de s'en être tiré sans accident et sans s'être soi-même contaminé. Au cours de ces surcharges, le médecin passait le plus clair de son temps dans sa voiture. Ce n'était pas pour le couple des moments favorables ni aux grandes effusions, ni d'ailleurs aux disputes compliquées. « Elle » n'était ni exigeante, ni jalouse, heureusement car sans cela, « Elle » eût été en droit de se poser et de me poser, de-ci de-là, quelques questions.

Trois jours sans sommeil ! Il était 2 heures du matin et la tournée n'était pas terminée. Des passants revenant d'une veillée tardive avaient vu la voiture descendre lentement le chemin raviné conduisant à la patte-d'oie.

« Tiens, c'est le médecin, je reconnais son auto. Il va bien doucement ! C'est étonnant, ce n'est guère son habitude ! »

La voiture avait atteint l'embranchement. À droite ou à gauche, elle aurait dû tourner. En face, c'était le ravin, peu profond certes, mais le ravin tout de même. Et ils l'avaient vu franchir la route, piquer du nez et disparaître en contrebas.

Ils étaient accourus, avaient frappé contre la carrosserie, essayé en vain d'ouvrir.

« Mais "Il" est mort, ma parole ! »

Pas du tout. « Il » dormait. Le ressaut sur le parapet ne l'avait même pas réveillé. Fort heureusement, un buisson providentiel d'épines noires l'avait, à mi-parcours dans sa chute, retenu dans ses branches.

Et « Il » continuait à dormir, écrasé sur son volant, comme si rien n'était arrivé.

Le tam-tam improvisé, de plus en plus violent, avait fini par le tirer de sa torpeur. « Il » était sorti par le toit ouvrant et, aidé de tous, la voiture ayant été remise sur ses roues, par un chemin de terre, « Il » avait pu regagner la route…

« Il » était reparti, sans trop de difficulté, vers d'autres hameaux pour finir sa tournée.

« Tu as vu l'heure ? Cela fait deux heures que je ne dors plus ! Tu étais en panne ? Où étais-tu ? »

C'était idiot, à peine croyable, mais cela m'était arrivé en plein bois, sous la pluie, en exécutant une marche arrière trop rapide dans une clairière que je croyais sans embûche. Le pont arrière de l'auto, dans son élan, s'était engagé sur une souche coupée en biais et, lorsque surpris, j'étais descendu pour voir à la lueur de ma torche ce qui se passait, j'avais avec stupéfaction constaté que mes deux roues arrière tournaient dans le vide, soulevées à plus de dix centimètres du sol. J'avais dû me débattre seul sous des trombes d'eau, loin de tout secours, pour m'en sortir. Une dizaine de fagots, soustraits à un tas providentiel, après un nombre important d'allers et retours, avait permis à mes roues de reprendre enfin contact avec le chemin. Rien sur moi n'avait résisté à la douche que je venais d'essuyer : ni ma veste de cuir, ni mes culottes de cheval, ni mes bottes. J'étais plus trempé qu'un canard, et c'est avec un petit trente-neuf de fièvre que je dus, malgré ses protestations, repartir le lendemain vers de nouveaux clients.

Ces attentes de nuit étaient pour « Elle » de véritables cauchemars. Du plus profond de son sommeil, « Elle » émergeait à l'heure où, approximativement, j'aurais dû être de retour. Et à partir de ce moment, « Elle » ne se rendormait pas, restant éveillée, les yeux grands ouverts, attendant dans le noir, tendant l'oreille dans l'espoir de percevoir de loin le ronflement de mon auto. Cela donnait lieu, les lendemains, à des reproches où « Elle » frisait la crise de nerfs. Aucune justification ne trouvait alors crédit à ses yeux.

« Un ulcère perforé. En fin de tournée, au moment où j'allais rentrer, j'ai dû le transporter en clinique d'urgence. Avec le chirurgien, nous avons travaillé toute la nuit. Enfin, tu sais bien ce que c'est !

– Ce n'est pas une raison. Je me suis fait un sang d'encre. J'étais sur le point d'alerter la gendarmerie. Tu pouvais téléphoner, non ?

– Oui, bien sûr, j'aurais dû, mais je t'avoue que je n'y ai pas pensé. Nous avions bien autre chose à faire. Cela pressait, cet homme a failli mourir.

– Ce n'est pas une raison. »

Mieux valait ne plus rien dire, ne plus discuter et patienter.

« Elle » boudait. Dans les cas les plus sérieux, je savais que cela pouvait durer tout au plus une journée.

*
* *

Ils étaient entrés ensemble tous les deux dans ma salle d'attente. Derniers arrivés de fin de programme, ils n'avaient pas eu à attendre longtemps.

Un couple, cela ne faisait aucun doute. Ils étaient assis côte à côte, et ils s'étaient levés tous les deux avec ensemble à mon arrivée. Ils avaient fait toilette pour venir me voir : robe impeccable, habits de ville, souliers cirés. La trentaine tous les deux.

« C'est pour lequel de vous deux ?

– Pour elle, Docteur. Je vais l'attendre ici, si vous n'y voyez pas d'inconvénient.

– Mais non, mais non ! Vous ne me gênez pas ! Allez, entrez tous les deux. »

Il avait hésité quelques secondes avant de se décider.

« Un timide, avais-je pensé. Je les vois pour la première fois, raison de plus pour les mettre à l'aise et en confiance. »

Elle s'était expliquée.

« Des pertes, Docteur ! Depuis plusieurs semaines, sans arrêt nuit et jour. Cela devient insupportable, sans compter que cela sent mauvais et m'oblige à me garnir. Je dois me laver plusieurs fois par jour. Et plus je me lave, plus mal ça va ! »

Dans ce pays où l'on supporte sans gêne apparente le tas de fumier devant sa porte, où le simple bain de pieds ne se décide qu'après de mûres réflexions, même s'il est souhaitable depuis longtemps, un pareil aveu avait toute sa valeur.

« Bon ! Mettez-vous donc à l'aise, et montez sur cette table. Oui, il faut enlever votre culotte, bien sûr. Là, mettez vos talons dans les étriers. C'est bien. »

Ce n'était fichtre pas une consultation de circonstance. J'en avais pris aussitôt une sacrée bouffée dans les narines ! Le mari, dans son fauteuil, qui savait certainement à quoi s'en tenir, regardait ostensiblement d'un autre côté. Peu curieux ! Il agissait en sage.

« C'est grave, Docteur ?

– Non, Madame. Pas précisément, mais sérieux malgré tout. Vous avez une vaginite et une métrite carabinées. Je vais vous faire un prélèvement et dès aujourd'hui, une première cautérisation. Vous allez faire quelques injections, prendre des ovules tous les soirs, et nous reverrons ça dans quelque temps. Tenez, Monsieur, venez voir ce qui se passe !

– Oh ! non, Docteur ! ce n'est pas la peine. »

Il n'avait pas l'air décidé. Je dus insister pour l'arracher à son fauteuil et à ses contemplations.

« Mais si, mais si ! Tenez, voyez, c'est là, cette zone d'où suinte cet écoulement verdâtre. Si vous l'aviez amenée un peu plus tôt, ce n'aurait pas été plus mal. Enfin, je vais faire de mon mieux. »

Il avait jeté un coup d'œil intéressé avant de regagner sa place.

« Bon, je veux revoir ça dans deux semaines très exactement pour me rendre compte du résultat de ma cautérisation. En attendant, aucun rapport évidemment. Alors entendu ? Je peux compter sur vous ? Vous le rappellerez à votre mari pour qu'il vous ramène ? N'oubliez pas, c'est important.

– Entendu, Docteur, je serai là. Mais, pour mon mari, ce ne sera pas possible. Vous savez, nous sommes en pleine moisson, mais ne vous tracassez pas, je m'arrangerai. Nous avons, Dieu merci, de bons voisins ! Dis donc, Germain, tu pourras bien me ramener dans quinze jours ? »

Les bras faillirent m'en tomber. Je venais de faire mon examen gynécologique sous les yeux du voisin ! Et sans que ni l'un ni l'autre n'ait cru bon de m'en avertir.

« Et puis, Germain, tant que tu es là, tu pourrais peut-être lui dire que ça te brûle lorsque tu pisses ? Il te donnerait certainement quelque chose. N'est-ce pas, Docteur ? Et tu ne serais pas venu pour rien. »

C'était le comble ! Cette fois, j'étais pour tout de bon édifié. Germain et la Marie en avaient certainement fait d'autres ensemble. Mais c'était égal, tout de même !

C'était arrivé dans mes débuts, au cours de la prise en main de ma clientèle. Bien évidemment, rien de semblable n'aurait été concevable au bout de quelques mois.

Un médecin se devait de connaître ses clients, et de les connaître de A jusqu'à Z sans défaillance, dans les moindres détails.

Il devait connaître les malades, leurs familles, et jusqu'à leurs préoccupations lorsqu'ils en avaient. Cela faisait partie du métier. Il devait se souvenir de ce qu'ils avaient eu, de ce qu'ils avaient, et souvent pouvoir deviner ce qu'à plus ou moins brève échéance ils auraient. Toute rencontre, même fortuite, devait sans hésiter amener le médecin à s'informer avec précision de la santé de la famille. Il devait pouvoir prendre des nouvelles de la coqueluche du petit dernier, de la hernie du grand-père ou de la sciatique de la mémé. Toute omission eût été scandaleuse. Mieux, deux mois après une visite, en croisant un membre de la famille, son médecin devait pouvoir demander, même avant celles de la Marie, des nouvelles de la vache qui, elle aussi, causait à cette période des inquiétudes.

À celui qui était capable de telles performances revenaient sans nul doute toutes les confiances.

Une mémoire infaillible était indispensable au médecin, sans compter qu'à cette époque, le fichier n'existait pas.

Un médecin qui, aujourd'hui, ne serait en possession d'un fichier, avec notes individuelles sur tous ses malades, se croirait déshonoré. C'est devenu à la mode. Il est admis que l'on ne peut faire de médecine sérieuse sans lui. Cela fait partie du standing du praticien consciencieux. Cela contribue à donner confiance aux malades. Cela ne sert le plus souvent rigoureusement à rien !

Je n'ai jamais connu autrefois un seul médecin de famille, aussi vaste que fût sa clientèle, doté d'un fichier. Celui qui aurait eu recours à des notes sous le nez de ses clients aurait d'ailleurs passé, à cette époque, pour un homme peu sérieux, un farfelu sans cervelle, un homme pour lequel le client n'aurait eu manifestement aucun intérêt, puisqu'il oubliait tout de lui dès qu'il avait tourné le dos. Loin de l'aider, cela n'aurait pu que le discréditer.

Et puis il y avait des choses, des choses que dans nos campagnes on n'aimait pas divulguer, des choses pour lesquelles les écrits ne paraissaient pas souhaitables. Était-il correct de noter que Victor traînait une syphilis héritée d'un ancêtre malchanceux ? Que Baptiste présentait une lésion pulmonaire gauche contagieuse ? Certainement pas ! C'était déjà bien assez que le médecin le sache. Mettre ça noir sur blanc eût été aux yeux de tous une imprudence grave qui aurait pu faire tort à toute une famille.

Ces choses-là devaient rester du domaine du secret, d'un secret qui liait médecin et malades, d'un secret total qui se devait sans faille et auquel personne, même par hasard, ne devait pouvoir avoir accès.

Tout est changé aujourd'hui. Autrefois, les confidences d'un cabinet, ça ne s'écrivait pas.

Le généraliste, première et dernière roue de la brouette, s'est laissé reléguer depuis quelques années au rang de paria dans le métier. Souvent médecin de famille, c'est pourtant lui qui reste encore le premier recours et qui doit prendre les premières décisions déterminantes, parfois salutaires pour ses malades.

Comment diable en est-il arrivé là ? La prolifération incessante de nouvelles spécialisations l'y a probablement bien aidé.

Il y a trente ou quarante ans, à une époque où les spécialistes se comptaient, ne fleurissaient pas à tous les coins de rue et restaient concentrés sur quelques disciplines, il en était autrement. Le généraliste était alors un personnage de premier plan. Il avait toute son importance, et il comptait. Avec lui, l'on devait pouvoir régler la plupart de ses problèmes. Les connaissances qu'on exigeait en revanche de lui étaient considérables, désespérantes presque, puisqu'elles revenaient à admettre un savoir sans faille ni limite pouvant s'exercer des pieds à la tête, sans distinction ni d'âge ni de sexe. Pouvoir au pied levé donner son avis aussi bien sur la préparation d'un biberon que sur une fièvre qui n'en finissait pas, que sur un cœur qui bafouillait, que sur une mycose ou un eczéma, c'était beaucoup ! Mais si l'on attendait du médecin dévouement de tous les instants, discrétion absolue, patience sans limite, et surtout omniscience, en revanche, on lui accordait respect et crédit, reconnaissance à l'occasion, tout en ne manquant pas, hélas ! de l'écraser souvent sous le poids inévitable de toutes ses responsabilités.

*
* *

La consultation du généraliste a, sur celle du spécialiste, l'énorme avantage de n'être jamais monotone. Certes, il y a des litanies saisonnières : je tousse, je m'étouffe, je crache ; des rengaines permanentes : j'ai des gaz, je rote, je pète ; mais à côté de ça, que d'imprévu ! Et même lorsque tout semble banal, que de vigilance ne faut-il pas pour ne pas laisser passer la grosse affaire, celle que l'on ne saurait se pardonner !

« Docteur, j'ai oublié. Je voulais vous en parler en vous montrant ma hernie, j'ai un bouton là, sur le côté. Ah ! c'est idiot ! Croyez-vous qu'il soit nécessaire que je me déshabille de nouveau ?

– Mais oui, Madame, il vaut mieux. »

Et voilà, nous étions repartis pour un strip-tease sans fin qui allait accumuler gilets, pulls, sous-pulls, combinaison et chemise sur le fauteuil. Au cœur de l'hiver, un déshabillage en règle de cet ordre n'est pas une mince affaire. Au bout de vingt ans de ce spectacle, on en arrive à ne plus pouvoir supporter, même au cirque, le clown le plus doué.

« Ça y est, Docteur. Je crois vraiment que ça ne valait pas la peine et que je vous fais perdre votre temps. Ce n'est rien, n'est-ce pas ? »

Et le petit bouton n'était rien moins qu'un petit cancer en pleine évolution !

« Docteur, j'ai un ulcère à la jambe. Pouvez-vous me donner une pommade ? Je ne vous le montre pas, vous savez ce que c'est, je n'ai pas eu le temps de me préparer.

– C'est sans importance, Germain, je comprends. On a bien autre chose à faire à cette saison qu'à se laver les pieds. Il faut pourtant que je vous voie. Je ne peux rien vous donner comme ça. Allez, Germain, ne craignez rien, je ne vous ferai aucun mal. Je vais d'ailleurs couper cette bande ; elle ne vaut plus rien. »

Sa réticence m'intriguait. Plus il s'y retranchait, plus mon désir de voir augmentait. Sait-on jamais ! N'avais-je pas dérangé, quatre jours auparavant, dans les mêmes conditions, toute une colonie d'asticots installés sur un pied déjà à demi dévoré ?

Le pansement était énorme. Une bande Velpeau. Deux bandes Velpeau ! J'en étais à la troisième, j'arrivais à la fin.

« Docteur, laissez-moi donc finir maintenant. Pour ne pas salir, je vais faire le reste devant votre porte. »

Il n'en eut pas le temps. Le dernier tour était enlevé et, avec lui, un énorme crapaud était tombé lourdement sur le parquet. Un crapaud tout gonflé, rendu amorphe par son séjour prolongé sur la plaie et comprimé par les bandes. Un crapaud tout ankylosé qui avait bien du mal à remuer les pattes et que je dus expédier d'un coup de balai vers le jardin.

« Mais enfin, Germain, vous avez perdu la tête !

– Docteur, on m'avait dit que c'était souverain contre les hémorragies. Voyez-vous, c'est que j'en ai déjà fait deux, et d'importantes. »

Que dire ? Sans compter que ce n'était pas absolument idiot ! N'y avait-il pas alors, sur notre Vidal, une spécialité à la mode, aujourd'hui abandonnée, « le Bufox » qui n'était justement rien d'autre qu'un extrait de crapaud, et n'avait-elle pas comme indication première la prétention d'arrêter les hémorragies ?

Germain avait dans le fond tout simplement court-circuité tous les intermédiaires.

« Docteur, Docteur. Quelqu'un vient d'arriver qui s'étouffe. Vous devriez le prendre immédiatement. Nous avons le temps. »

La salle d'attente était en émoi. Pour donner ainsi aussi spontanément son tour à une période où les foins pressaient, il fallait quelque chose de spectaculaire ou de grave. Je n'avais donc pas hésité.

Le malade en cours d'examen s'était précipitamment rhabillé et avait fait place à l'urgence propulsée d'autorité dans mon cabinet.

Rouge, vultueux, les yeux hors de la tête, l'homme ne pouvait plus articuler. Prêt à défaillir, il me montrait du doigt son gosier.

« Ouvrez la bouche, encore, ne bougez plus, je vois. »

Grâce à une pince longue et courbe, j'avais pu saisir quelque chose d'imprécis, un corps étranger probablement, et d'un seul coup j'avais pu le retirer.

Une alouette ! Une alouette entière, encore ficelée et bardée de son lard. Une alouette qu'il avait avalée dans son entier et qui était restée bloquée. Pas banal certes, mais vrai !

On est bon vivant en Périgord, mais lorsque le temps presse, on oublie un peu les limites de son gosier.

C'étaient là des cas extrêmes qu'on se rappelait, mais qui se passaient de commentaires.

D'autres fois, les faits étaient moins évidents. On devait alors avoir recours à des images parlantes, suggestives, agricoles au besoin, seul moyen de frapper les imaginations et de faire comprendre mieux qu'avec des discours qui seraient restés confus ou compliqués.

« La cervelle de votre Joseph, ma pauvre femme, elle est comme un fromage de gruyère. Il n'en reste plus que des trous ! »

« Le cerveau de la Louise ! Mais il est devenu comme un petit rocamadour trop sec. Vous savez, lorsqu'ils se ratatinent ? Tant vaut dire qu'il n'en reste plus rien. »

Ou encore : « Mais ma pauvre Berthe, votre mari, il est maintenant dans l'état de certaines pommes de terre au printemps. Vous voyez ce que je veux dire ? On les croit saines, on les coupe en deux, et l'on ne trouve que de la pourriture. Certes il a encore bonne mine, mais il ne faut pas s'y tromper.

– Oh ! alors, Docteur, je comprends. Il n'y a plus rien à faire à ce que je vois. Faites en sorte au moins qu'il ne souffre pas.

– Bien sûr, Berthe. Il y a des limites. Il faut être courageuse et savoir s'incliner. »

Grâce à ces paroles, le fluide passait. On était sur des longueurs d'ondes semblables. On était compris. C'était encore une époque où l'on savait admettre, sans démonstrations inutiles, l'inévitable, et où l'on savait que chacun, après avoir fait son temps, devait disparaître sans que cela implique pour autant pour lui des tortures stupides à prolonger inutilement.

*

* *

Pathologie interne bien sûr, mais pathologie externe aussi. C'était à la consultation que se réalisait une grosse partie du travail de petite chirurgie obligatoire pour le médecin. Une petite chirurgie qui allait d'ailleurs assez loin : de la confection d'un plâtre à la suture la plus compliquée.

Qui aurait alors eu l'idée d'aller dépenser ses sous en clinique pour des fractures de bras ou de jambes ?

C'était une époque où broches et vis, dont on transperce régulièrement les os aujourd'hui, n'étaient pas à la mode. Une fracture fermée restait fermée. C'était au médecin, après des tractions étudiées souvent originales, où le génie inventif et le bricolage avaient parfois leur rôle, de résoudre ces problèmes. Il le faisait au départ de patrons et de techniques où entraient le sac de plâtre brut et le rouleau de tarlatane – il y avait les deux en permanence à la maison. La guérison demandait de la patience, mais s'obtenait malgré tout dans des temps conformes, et quoi que l'on veuille dire, on ne voyait alors guère circuler plus de tibias style Louis XV qu'il y en a maintenant.

Les fractures fémorales, cols ou diaphyses, étaient toujours réduites chez l'habitant. On était appareillé sur son sommier habituel et à bon marché. Les lits rustiques régionaux de coin, d'inspiration Empire, à fond plat, étaient particulièrement bien adaptés pour ces cas. Grâce à un vilebrequin à la mèche suffisante, un trou était pratiqué dans le bois au niveau du matelas et, après y avoir passé une corde, grâce aux contrepoids de la pendule, toujours présente et à portée, on arrivait à une traction continue et régulière.

Trois mois après, le grand-père ou la grand-mère était de nouveau debout. Seul ennui : la pendule vidée de l'élément essentiel de ses entrailles ne marquait pas l'heure de quelques mois.

Le malade reparti à ses occupations, on rebouchait le trou avec un simple bouchon, et cela constituait une vision souvenir apte à ramener à la prudence. L'un de mes patients avait même cru bon de marquer à la gouge, au-dessus de ce rafistolage déjà assez visible, la date de la catastrophe. Il est vrai que cet homme était un maniaque du souvenir. Le fond de son lit, hautement personnalisé, constituait un vrai registre des événements de sa vie. Il y avait là, déjà gravées de la même façon, les dates de la mort de ses ancêtres précédées chacune d'une croix, la date de son mariage agrémentée d'un cœur percé d'une flèche, et même, l'une sous l'autre, les dates de naissance de ses trois enfants.

« Il y a encore de la place sur la colonne, Dédé !

– Ne parlez pas de malheur, Docteur ! Trois, c'est un bon nombre. Ne nous portez pas la poisse. »

« Docteur, je vous amène ma fillette. En jouant avec son frère, elle vient de se couper la langue. Vous allez voir, ce n'est pas beau ! »

Ce n'était pas non plus commode à suturer au milieu du sang et des cris. Avec de la patience, l'enfant roulé et maintenu fermement dans une couverture, on y arrivait.

De-ci de-là, on recousait des plaies à la locale. On amputait des doigts. On ouvrait des abcès. Il fallait être omnivalent.

*
* *

Un appareil de radiographie s'était avéré nécessaire. Il fallait bien être de son temps. Déjà, la technique venait au secours de la connaissance.

Son entrée dans mon cabinet fut une minirévolution. Grâce à lui, en rien de temps, je fis quelques découvertes spectaculaires bien propres à frapper les imaginations.

N'avais-je pas découvert dès le premier jour, dans l'estomac du fils d'Antoine, un objet métallique qui, destiné à l'origine à crever les pneus des voitures, se projetait maintenant, magnifique, telle une étoile, sur l'écran ? N'avais-je pas retrouvé, dans la panse de Baptiste qui, outre ça, pouvait contenir à l'aise deux litres de rouge et un demi-poulet, un *boulard* d'acier ?

Ce dernier avait été dégluti par inadvertance alors que Baptiste l'avait mis dans sa bouche avec l'espoir de se déshabituer de sa chique.

De semblables surprises ne pouvaient manquer de se colporter. Elles firent le tour de la ville en quelques heures, et Baptiste qui d'ailleurs, avait la mémoire courte et avait cherché en vain longtemps son boulard en accusant à tort ses gamins de le lui avoir chipé, n'était pas le dernier à raconter son aventure tout en l'arrangeant à sa façon.

« Comme je vous le dis. Immédiatement, du premier coup. J'ai failli en tomber sur le cul. Et le médecin a même réussi à compter de l'argent que j'avais dans ma poche. Ça ne fait rien, on ne pourra plus rien lui cacher à cet homme ! C'est quand même quelque chose, le progrès. Dommage que l'on ne puisse pas balader cet appareil n'importe où, avec tout ce qui se perd à la maison ! »

D'un jour à l'autre, ma radio connut un succès dangereux. On venait pour la voir, avec la ferme intention de passer à son tour sur l'écran. Sait-on jamais ! Je dus refréner les enthousiasmes.

« Docteur, il faut passer Jojo à la radio. Il vient d'avaler un soldat de plomb.

– Allons, Berthe ! Est-ce vrai cette histoire ? En êtes-vous certaine ? Ce n'est pas au moins une fantaisie ? Les rayons X, vous savez, ne sont pas inoffensifs. Il ne faut pas les utiliser à tort et à travers. Cela peut être dangereux.

– Docteur, je vous assure ! »

Vérification faite, c'était vrai !

Et Berthe en eut pour son argent. Elle put suivre les évolutions du militaire de haut en bas, dans un parcours sans faute, original et dangereux, mais où pas une seule fois, malgré mes craintes, il n'hésita ni n'accrocha.

L'affaire ne devait se corser que lorsqu'il se présenta, baïonnette au canon, à l'extrémité du circuit. Là, rien ne fut plus possible, il fallut le fragmenter et l'extraire pièce après pièce, au grand désespoir de l'enfant.

« Je ne veux pas qu'on le coupe, là, c'est le mien !

– Voyons, Jojo, tiens-toi tranquille. Ton derrière n'a tout de même rien à voir avec une porte d'entrée de caserne. Ton soldat, il faut le désarmer. On t'en achètera un autre, et tu pourras recommencer si tu veux. »

*

* *

Les circuits des visites à domicile se déterminaient et se réglaient suivant le fil d'Ariane compliqué de routes, de chemins, voire de sentiers cadastralement ignorés. La topographie de toutes ces possibilités, souvent à peine carrossable, avait une importance primordiale. Elle devait être connue sur le bout des doigts si l'on voulait éviter perte de temps et du même coup dépenses inutiles.

Les visites occupaient les matinées et les soirées, se prolongeant souvent fort tard dans le silence des nuits. Disons tout de suite que, si ces tournées étaient quelquefois pénibles, elles n'étaient jamais ni désagréables ni creuses au point de faire naître l'ennui.

De jour, elles se déroulaient dans un décor de nature sans cesse renouvelé qui occupait. Ce contact intime avec les éléments solides du terroir ne manquait pas de charmes, même lorsque ces derniers se déchaînaient.

De nuit, si la fatigue n'était pas au rendez-vous, ces visites entraînaient une certaine joie, curieuse, difficile à expliquer. Les phares balayaient la route, limitant l'univers aux buissons, aux fossés, à la cime des arbres. L'obscurité protectrice enveloppait.

Rien ne gênait plus alors l'idée et la pensée qui, se mouvant, se renouvelait, vagabondait, plus riche que jamais.

Euphorie et impression de liberté se mêlaient étroitement dans cette imagination fantastique qui reléguait loin toute contrainte.

Les bornes défilaient, à peine entrevues sur des routes tout juste reconnues ! J'allais, j'allais heureux vers mon destin, mon destin choisi de baroudeur.

Le territoire à couvrir était d'une étendue inquiétante, clouté de fermes perdues et de hameaux isolés, parfois difficiles à atteindre, toujours invisibles jusqu'à la dernière minute au milieu de leurs bois et de leurs lacis d'ornières.

En auto, en barque ou à pied, il fallait parfois associer tous les modes de locomotion pour arriver.

*

* *

« La rivière déborde, Docteur, nous sommes isolés, mais vous appellerez et mon mari viendra vous prendre avec la barque. N'essayez surtout pas de traverser vous-même. Il y a trop de courant. Vous seriez entraîné. »

Au premier appel, j'étais entendu. Je percevais les efforts de l'homme longtemps avant que je voie la barque se détacher en amont de l'autre rive. Elle dérivait, et ce n'était qu'après des prouesses au milieu des remous insoupçonnés qu'elle venait accoster avec précision à deux pas de mes pieds.

« Ne restez pas debout, Docteur, vous risqueriez de tomber par-dessus bord. L'eau n'est pas chaude, vous savez ! Je vais remonter le courant près du bord pour qu'il nous rejette lui-même sur l'autre rive. Il faut faire attention. On est à la merci d'un tronc d'arbre ou d'un rocher. Mettez-vous à genoux. »

Avec une habileté consommée, mon passeur qui, à l'aide d'une simple perche réalisait dix fois par jour ce même exploit, me conduisait au port.

« Saisissez-vous des branches. Faites attention, les berges sont glissantes. Bon, vous y êtes ? Je vous attends ici. Après votre visite, nous retraverserons. »

Jamais à ces occasions, et fort heureusement car la rivière en crue était très profonde à ces endroits, je n'eus droit au bain forcé.

*

* *

L'automne et l'hiver, rudes périodes, nécessitaient un accoutrement particulier. Culottes de cheval, bottes de cuir, canadienne de peaux chaudement doublée, permettaient de se jouer de tous les frimas, de toutes les bourrasques.

« Tu as vu la couche de neige ce soir ? Je ne veux pas que tu partes seul. Demande à notre voisin de te suivre, ou attends à demain. »

Attendre au lendemain ! Il n'en était pas question. Toutefois, devant son insistance, je cédais en rouspétant.

Le premier de mon garage, un conducteur chevronné, un ami, malgré la fatigue de sa journée, sans se faire tirer l'oreille, m'accompagnait dans mes glissades et mes dérapages.

Parfois, nous arrivions au but. D'autres fois, malgré nos efforts conjugués, c'était à pied, dans la tourmente, que je devais terminer seul mon parcours après avoir abandonné auto et coéquipier au bord du fossé.

À mon retour, je retrouvais chaque fois, comme par miracle, bien que laissée dans de périlleuses situations, ma voiture remise dans le droit chemin grâce à des demi-tours que j'aurais jurés impossibles.

Nous rentrions dans les meilleures conditions, les pieds gelés, Contents toutefois d'une soirée passée dans un tête-à-tête amical – ce qui me changeait de mes monologues habituels – et satisfaits tout de même de n'avoir pas eu à dégager quelques troncs d'arbres tombés en travers de notre route.

« Car cela pouvait parfaitement arriver ! Avec le vent que nous avons essuyé avant cette neige ! Allez, bonsoir, Docteur.

– Bonne nuit, Abel. Et encore une fois, merci. Il n'est pas trop tard, je m'attendais à pire. Dites-moi, vous m'expliquerez demain comment vous vous y êtes pris pour votre demi-tour. Je n'en reviens pas ! Dans un chemin aussi étroit. Avec une pareille neige ! »

*
* *

Tout était possible au cours de ces tournées : l'hémorragie interne comme l'œdème aigu du poumon. En principe, tout devait être prévu pour se tirer d'affaire sur place : du sérum isotonique à l'obus d'oxygène, de l'anesthésique à la morphine. Malgré tout, il fallait parfois improviser, changer de tactique et, sans tenir compte ni de son épuisement ni de l'heure, savoir d'un instant à l'autre devenir ambulancier.

« Docteur, vous le savez bien, nous n'avons qu'une camionnette. Comment allons-nous faire ?

– Nous allons la coucher sur un matelas à l'arrière. Il n'est pas question d'appeler qui que ce soit : nous n'en avons pas le temps. Vous voyez bien dans quel état elle est ! Je me demande même si nous arriverons à temps à la clinique. Enfin, si elle meurt en cours de route, tant pis, nous ferons demi-tour. Nous aurons au moins tout tenté. Voyons, depuis quelle heure saigne-t-elle ainsi ? »

La Germaine, cassée en deux, figée, le teint plombé, repliée sur une cuvette à demi pleine de sang, n'était pas belle à voir. Il fallait se presser. Un téléphone à plusieurs kilomètres de là n'avait rien arrangé.

On l'avait embarquée entre deux syncopes, allongée tant bien que mal sur le matelas, et j'avais mis d'urgence en action mon sérum, mes tonicardiaques et tous mes hémostatiques de secours.

« Allez, Jeannot, je reste avec elle et votre femme, je la surveille. L'important est d'aller vite. C'est notre seule chance ! »

On était parti aussi rapidement que le permettait le véhicule. À mi-parcours, la Germaine avait tourné de l'œil au cours d'une autre syncope impressionnante, suivie d'un autre vomissement de sang.

« Docteur, je crois qu'il serait sage que nous revenions à la maison… Elle est en train de mourir !

– Non, Marie-Louise ! Certes, ce n'est pas fameux, mais je sens encore le pouls… Dites au contraire à Jeannot d'accélérer s'il le peut. Nous ne sommes plus très loin, et nous n'avons plus rien à perdre. »

Nous étions arrivés en catastrophe à la clinique, et tout avait été mis en branle sur-le-champ : passage immédiat au bloc opératoire, transfusions accélérées. Dix minutes après notre arrivée, la Germaine avait le ventre ouvert.

Oh ! certes, on s'était contenté d'un minimum, d'une hémostase rapide, d'une fermeture de paroi en tabatière, mais elle s'en était tirée.

Vingt ans après, elle galopait encore.

« Ah ! Docteur, vous allez me faire plaisir, vous emporterez ces champignons. Pas d'histoire, vous savez que je vous dois bien plus.

– N'exagérons rien, Germaine ! Je n'ai fait que ce que je devais. Un autre à ma place en aurait fait autant.

– Peut-être, Docteur, mais c'est vous qui l'avez fait. »

*
* *

« Docteur, c'est un appel de la gendarmerie ! »

Les accidents de la route, sur la 89, faisaient partie des urgences impérieuses. De jour et de nuit, la maréchaussée appelait, et je la retrouvais quelques minutes après sur le terrain.

« Que se passe-t-il, Brigadier ?

– Deux camions qui se sont télescopés de plein fouet. Ils sont tous les deux dans le même fossé. Je crois que les deux conducteurs sont morts. Mais Dieu que ça pue ! »

La loupiote blafarde du brigadier, qu'il avait beau brandir en tous sens à bout de bras, ne donnait qu'un bien faible aperçu de la situation.

« Que voulez-vous ? Je n'ai pas autre chose ! J'ai placé mes deux collègues en amont et en aval avec leurs torches respectives pour éviter toute nouvelle collision. Ce serait dramatique. Je n'ai plus que ça. »

C'était peu. Un bon briquet aurait certainement mieux fait l'affaire.

Les masses de lourds véhicules se distinguaient à peine, renversées sur le flanc, face à face, sur le remblai profond. Le choc avait dû être d'une extrême violence dans ce brouillard dense qui, monté de la rivière toute proche, empêchait toute visibilité.

« Il faut tout de même se rendre compte.

– Docteur, venez, venez voir. Le conducteur est mort, c'est certain, éventré. Tenez, je tiens de l'intestin à pleines mains. »

Et Bourdalou, le brigadier, redescendait de son exploration de la cabine, tirant derrière lui deux ou trois mètres de tripes molles.

« Mais voyons, Brigadier ! Mais c'est impossible, un intestin ne se dévide pas comme un écheveau de laine. Qu'est-ce que vous tenez là ? Lâchez donc ça ! C'est incroyable ce que ça pue ! »

La torche, par un comble de malchance, venait de s'éteindre. Nous étions dans le noir le plus complet. Heureusement, avec les gens du voisinage alertés par le bruit, des renforts de lumière arrivaient sur les lieux.

On put revenir des conclusions hâtives du brigadier. Certes, les deux conducteurs étaient bien morts, coincés dans leurs carlingues respectives, transpercés de part en part par les éclats de bois et de métal, mais ce n'étaient malgré tout pas leurs intestins que Bourdalou continuait à brandir.

« Mais enfin, Brigadier, rendez-vous à l'évidence. Vous voyez bien que ce n'est pas de la tripe humaine ! Regardez, ce sont des viscères de bovins. Tenez, voyez, vous avez même une paire de cornes à vos pieds. Mon Dieu, qu'est-ce que ça pue ! »

L'odeur était insoutenable. Le camion d'équarrissage, pour cette raison évidente, transportait de nuit sa cargaison de dépeçage vers une de ses usines lointaines.

Une équipe spéciale dépêchée sur les lieux mit deux jours pour libérer les épaves. Elle eut du mérite car, une semaine après, l'odeur persistait encore.

Gendarmes et médecins, médecins et gendarmes devaient s'épauler fatalement dans de multiples occasions.

Une ambiance cordiale se dégageait de ces collaborations obligatoires, et un médecin pouvait alors dépasser sans grand risque les vitesses légalement autorisées. Il y avait pour eux quelques indulgences !

« Ah ! c'est vous, Docteur ! Où allez-vous donc à cette vitesse ? Ah ! bon, vous transportez un malade grave ! Alors suivez-nous. Nous allons vous ouvrir la route. »

Et l'on arrivait à l'hôpital à cent à l'heure, tel un ministre encadré de ses motards.

*
* *

Jouir de la confiance de ses clients, avoir sur eux une large audience étaient un avantage, mais ce dernier souvent devait se payer cher car il entraînait bien des obligations et des responsabilités.

« Docteur, que feriez-vous à notre place ? »

On était consulté pour l'achat d'un pré ou d'un champ devenu indispensable puisque placé juste devant la porte, pour la vente d'un autre lopin trop éloigné ; on était consulté sur le choix d'une carrière concernant l'enfant, pour un partage entre frères, pour un testament qui devait rester secret, et c'était suivant la façon dont vous vous sortiez de ces embrouilles que vous étiez jugé. Selon vos réflexes, vos conseils judicieux ou pas, c'était toute votre notoriété qui s'en ressentait. Peu importait si vous étiez loin de l'ordonnance rituelle : tout cela faisait partie, que vous le vouliez ou non, de vos attributions.

De confident, vous deveniez facilement complice, et il était bien difficile de refuser le certificat de complaisance ou le brouillon de lettre, considéré comme important, même s'il était un peu à côté de la vérité.

Enfin, dans les cas extrêmes, il fallait savoir ramener l'ordre et la paix jusque dans les ménages. Cela arrivait plus souvent qu'on ne l'aurait désiré. Dans les situations de grands litiges, de grandes brouilles, qui pouvaient aller jusqu'à l'empoignade, on n'allait pas alerter les gendarmes, on allait tout bonnement chercher le médecin.

« Docteur, vous devriez aller chez Castagne. Je crois que c'est urgent. Vous êtes bien leur médecin ? »

Lorsque j'arrivai, le polochon venait de passer par la fenêtre du premier en direction de la route, et les autos qui surgissaient, surprises en plein virage, faisaient des prodiges pour l'éviter. Les couvertures, les draps venaient de suivre, et les voisins, entre les voitures, sans gros succès, s'affairaient pour les récupérer. Toute la literie était là, en vrac, sur la nationale. Là-haut, la vaisselle commençait à voltiger.

J'avais esquivé un plat de justesse en pénétrant dans la pièce.

« Cochon ! Salope, salaud toi-même ! »

Mon arrivée avait été salutaire et grâce à moi, le gros du service, tout comme le poste radio, avait pu être épargné.

« Une crise de jalousie, Docteur, comme toujours ! Vous la connaissez, Josette ! Une tigresse ! Je ne peux rien lui faire comprendre à cette femelle ! Elle tourne tout au tragique. Elle est en train de tout casser. »

Si je la connaissais !

Et je n'eus pas besoin de longs discours pour la ramener à la raison. La Josette savait que j'étais parfaitement au courant, que je n'ignorais pas qu'elle aussi, de-ci de-là, s'accordait quelques petites fantaisies secrètes non prévues dans les contrats.

« Mais c'est sa faute, Docteur ! Il passe son temps à me narguer avec la voisine. Il m'a jeté à la figure encore aujourd'hui que j'étais cocue et recocue, et que c'était bien fait pour ma poire.

– Vous n'êtes pas la seule à l'être, Josette ! Vous le savez bien. »

J'avais touché juste. Josette ne tenait pas aux détails, et j'avais d'un seul coup ramené le calme. Personne n'en revenait.

« Docteur, il faut monter chez les Romain. Les six enfants et la femme sont dehors en pleine nuit. Le Romain a barricadé la porte et ne veut rien entendre pour les laisser entrer. Il a bu bien sûr ! Vous êtes bien le seul à pouvoir le faire céder.

– En pleine nuit ! Avec ce froid ! Mais vous ne pouvez pas aller chercher quelqu'un d'autre ?

– Non, Docteur. On a pensé à vous. Il parle toujours de vous comme d'un ami. Vous avez fait naître tous ses enfants. C'est un service à leur rendre. On vous attend. »

Après des palabres interminables, j'avais pu faire entrouvrir la porte et entrer dans la maison.

Il était temps !

Le buffet attaqué et débité à la hache était consumé. La vaisselle et le linge jonchaient le sol. L'armoire allait suivre le sort du buffet. Je l'avais trouvé assis sur une extrémité de banc, se chauffant les mains aux dépens de l'autre extrémité qui flambait joyeusement dans la cheminée.

Avec beaucoup de patience, de démonstrations d'amitié et quelques nécessaires menaces à peine voilées, j'avais pu le ramener à de meilleurs sentiments.

Les enfants, puis la femme, avaient regagné leur lit respectif en tremblant, et j'avais pu enfin filer vers le mien.

Toute ma nuit y était néanmoins passée.

XIX

Le médecin n'a pas droit pour lui-même à la maladie. Celle-ci est réservée aux malades. Toute faiblesse en ce domaine le ravale au rang de tout le monde et le discrédite. Que peut-on penser et quel crédit peut-on accorder à un homme dont la fonction est de soigner ses semblables, si lui-même ne sait se mettre à l'abri de la maladie ?

Le médecin ne doit jamais être souffrant. Si cela lui arrive, il se doit de le cacher, et de continuer à trotter même avec son petit trente-neuf de fièvre, comme si de rien n'était.

Le médecin ne doit jamais parler de ses douleurs. Il a la charge des douleurs des autres, les siennes n'intéressent personne. S'il a le malheur d'en faire état, non seulement on ne le plaindra pas, mais le plus souvent, on s'en réjouira. Il faut bien que de temps en temps, il en goûte.

« Alors Docteur, vous avez l'air de tenir une bonne grippe. Oh ! mais il est vrai, vous êtes bien placé pour vous soigner ! Ce n'est pas à nous de vous dire ce qu'il faut faire. »

Ce qu'il faudrait faire, il le sait, le malheureux : ce serait d'aller au lit ou de se réfugier au chaud dans sa robe de chambre, en attendant que les choses se tassent. Mais il n'en a ni le droit ni le loisir.

Si le médecin est malade et s'adresse à un de ses semblables, ce dernier, au lieu de le prendre en charge, se contentera de lui donner pudiquement un conseil du bout des lèvres. On ne se mouille pas avec un confrère, on n'ose pas. Le médecin n'est pas un homme comme les autres.

Face à sa maladie, comme avec celles des autres, le médecin est seul, effroyablement seul.

Tout comme le cordonnier, le médecin est toujours le plus mal soigné.

Le médecin ne doit avoir ni soucis personnels ni problèmes familiaux. Pour lui, tout ça n'existe pas !... En revanche, il ne compatit jamais assez aux problèmes d'autrui, et de façon idéale, il devrait chaque fois les faire siens.

Le médecin, enfin, outre un caractère égal, toujours optimiste, communicatif et enjoué, ne doit ressentir ni la fatigue physique ni la lassitude morale... S'il était réduit à l'état d'esprit pur et au besoin châtré, ce ne serait pas plus mal, ce serait une garantie supplémentaire.

Eh bien ! au risque de vous enlever quelques illusions, je vous dirai que, non seulement il n'est pas châtré, mais qu'en plus il a souvent des soucis comme tout le monde ; qu'il est de temps à autre lui-même ou malade ou en mauvaise forme, et qu'il est aussi, quelquefois, écœuré et fatigué.

La fatigue chez le médecin se fait sentir, comme chez vous tous, en fin de journée. Elle se traduit de deux façons : soit par une irritabilité croissante, soit par un débrayage plus ou moins conscient au niveau de la vigilance… Le vase déborde quelquefois !

« Docteur, je suis venue en fin de consultation car je désire que vous m'examiniez avec soin, et que vous me disiez une bonne fois pour toutes exactement ce que j'ai et ce que je dois faire. »

Il ne manquait plus qu'elle pour clore la journée. Elle avait pris place dans un fauteuil face à mon bureau et, de son air chafouin, scrutait déjà mon visage, prête à me livrer son duel habituel comme elle avait coutume de le faire à chacune de ses visites.

L'incompatibilité d'humeur était évidente entre nous. Je m'en étais rendu compte maintes et maintes fois. Il ne pouvait rien en sortir de bon, mais pourquoi donc avais-je eu la faiblesse de la subir ainsi des années durant ?

« De quoi s'agit-il, Madame Bagaron ? Allez-y, je vous écoute.

– Merci, Docteur ! Voilà, il s'agit de la masse que j'ai là, sous mon aisselle. »

C'était un lipome banal, que j'avais déjà souvent palpé, à peine inesthétique, placé à la naissance du bras et qui ne présentait aucun élément de gravité.

« Ah ! bien. A-t-il grossi ? Veuillez vous défaire, je vais le revoir.

– Vous croyez vraiment que c'est nécessaire que je me déshabille, Docteur ? Vous ne pouvez pas voir ça sans cela ?

– Madame Bagaron, vous venez de me dire que vous teniez à ce que je vous examine très sérieusement, alors je vais le faire. J'ai tout mon temps. Veuillez enlever votre chemise. »

« Ce n'est toujours rien, Madame, un banal lipome ! Mais puisqu'il vous obsède, je vais vous faire un petit mot pour le chirurgien, il vous l'enlèvera sous anesthésie locale, vous n'aurez même pas à rester en clinique.

– Mais, Docteur, habituellement, vous me dites que ce n'est rien. Vous ne me parlez jamais d'opération et aujourd'hui, vous voulez m'adresser d'emblée à un chirurgien ? Vous me cachez quelque chose, Docteur ! Certainement, c'est plus grave que vous me l'avouez.

– Pas du tout, Madame Bagaron. C'est tellement anodin que vous pouvez le garder si vous le désirez, dans la mesure où ça ne vous gêne pas.

– Mais, Docteur, votre première réaction a été de me dire de le faire enlever. Alors ?

– Alors, Madame, vous faites comme bon vous semble… Je ne peux pas mieux vous dire tout de même.

– Mais, Docteur, n'y aurait-il pas une pommade pour éviter ça ? Ne pourriez-vous pas me donner quelque chose dans ce genre, et que je pourrais essayer ?

– Non, Madame Bagaron, c'est la clinique ou rien. C'est à vous d'en décider.

– Mais, Docteur, et si j'allais voir un guérisseur ? Il y en a un tout près qui, paraît-il, aurait le don de faire des miracles en ce domaine.

– Si vous voulez, Madame Bagaron. Vous ne risquez rien d'essayer.

– Mais alors, Docteur, vous y croyez aux dons. Vous venez de le dire.

– Mais oui, Madame. Entendu. J'y crois. »

La moutarde commençait sérieusement à me monter au nez.

« Tenez, voyez. C'est ainsi que vous-même, sans vous en douter, vous en auriez un, Madame Bagaron. J'en suis sûr.

– Pas possible, Docteur, pas possible. Mais voyons, et lequel à votre avis ? Dites-le-moi, je vous en prie.

– Celui de m'emmerder, Madame ! Et il n'y a aucun doute à ça. »

Ça y était, c'était dit.

« Ça par exemple, Docteur, c'est un peu fort ! Aller chez un médecin pour s'entendre dire de pareilles choses ! Combien je vous dois ? Vous n'êtes pas près de me revoir.

– Je l'espère bien, Madame Bagaron. C'est gratuit aujourd'hui, c'est gratuit. Ça ne me rapporte rien, mais voyez-vous, qu'est-ce que ça me soulage ! »

XX

PRENDRE UN BAIN DE PIEDS lorsqu'une femme avait ses règles était autrefois, en Périgord, fortement déconseillé ; un bain de siège considéré comme pure folie ; quant à la douche ou à l'immersion complète dans une baignoire en pareilles circonstances, seule une candidate au suicide s'y serait hasardée. Toute ablution à ces moments pouvait entraîner un « sang glacé », avec bien sûr un arrêt de règles, accident dangereux et inquiétant que chaque femme redoutait.

Pour ces mêmes raisons, on ne lavait pas son linge au cours de ces périodes fatidiques, on n'arrosait pas de peur de se mouiller, et on allait jusqu'à éviter de sortir par temps de pluie, même avec un parapluie.

Le « sang glacé » était tellement en vogue chez les rebouteux et les sorciers que, même s'il ne figurait dans aucun manuel de pathologie, les médecins ne pouvaient l'ignorer. Ils devaient en tenir compte dans leurs prescriptions car, par une extension de prudence, aucune malade n'aurait accepté de prendre le moindre remède important durant ses menstrues. Un médecin qui aurait passé outre et se serait imposé aurait été tenu pour responsable de toutes les catastrophes qui auraient pu arriver à sa malade. Les médecins le savaient ; aussi, mises à part les prescriptions de toute nécessité, faisaient-ils le plus souvent suivre leurs ordonnances de la mention « traitement à suspendre pendant les règles ». Ainsi, tout le monde était satisfait, et cela évitait bien des récriminations.

« Donc Joseph, vous suivrez très scrupuleusement ma prescription. Je vous donne un traitement pour un mois. Nous sommes le 4, je tiens à vous revoir le 4 du mois prochain. Entendu comme ça, Joseph ?

– Entendu, Docteur, je serai précis. »

Joseph présentait une vaste thrombose de la jambe. Il venait de clore mes consultations du soir, celles du jeudi, jour de marché, une soirée épouvantable s'il en était, qui avait nécessité une attention prolongée presque pénible. Ouf, je pliai l'ordonnance ; c'était fini pour la journée.

« Alors, Joseph, comment allez-vous ? Voyons cette jambe.

– Beaucoup mieux, Docteur, beaucoup mieux. Je pense que je serai totalement guéri lorsque j'aurai fini mes remèdes !

– Comment, Joseph, vous ne les avez pas terminés ? Je vous avais dit de ne jamais les oublier. Je vous en avais prescrit très exactement pour le mois.

– Eh ! oui, bien sûr, Docteur, mais ce que vous ne pouviez prévoir, c'est que ma femme a eu deux fois ses règles dans le mois, et ce sont des règles qui durent, vous savez. J'ai suivi vos recommandations à la lettre, mais j'ai surtout bien évité de prendre la moindre chose pendant les périodes de ma Marie, au cas où il y aurait pu y avoir des conséquences. J'ai bien compris que vous aviez vu loin, Docteur, et que c'était important.

– Voyons, vous avez votre ordonnance, Joseph ?

– Oui, Docteur, je l'ai encore sur moi. Tenez, la voilà. »

Et j'avais lu avec stupéfaction, écrit de ma main :

Comprimés X (3) 3 fois par jour
Ampoules Y (1) 2 fois par jour (traitement à suspendre pendant les règles)

« Vous voyez, Docteur, on peut avoir confiance en moi. J'ai tout fait exactement comme vous vouliez.

– Très bien, Joseph, très bien. Tenez, je vais garder cette ordonnance. Elle est pour vous maintenant inutile, et elle ne pourrait que vous faire tromper avec la nouvelle que je vais vous remettre. »

Et voilà. Dans toute autre région que celle-ci, farcie de croyances ou de préjugés, une ordonnance telle que seul un excès de fatigue ou d'inattention pouvait expliquer aurait déclenché ou le rire ou le scandale. Là, bien au contraire, elle avait été hautement appréciée.

« J'ai bien compris, Docteur, que vous aviez vu loin. »

XXI

« Enfin, Docteur, depuis le temps que vous soignez cette plaie, je la vois toujours pareille. Je voudrais tout de même en finir un jour ! »

J'étais depuis plusieurs semaines aux prises avec un ulcère récalcitrant. Les progrès étaient incontestablement lents, mais néanmoins certains et réguliers. Question de temps et de patience. Ma malade, elle, par contre, n'en avait pas !

« Ça va venir, Madame Collinet, patientez encore un peu.

– Docteur, je ne peux plus entendre ça. Il faut me faire quelque chose de plus efficace, et de plus rapide surtout. »

J'avais modifié à contrecœur mes pommades, multiplié inutilement les pansements, donné une série de piqûres en vue d'accélérer la cicatrisation, une autre série en vue d'activer une circulation qui n'en avait nul besoin.

Tout était à peine mis en route que déjà Mme Collinet se lamentait de nouveau.

« Docteur, je vois bien que tout ce que nous faisons là ne sert à rien. Il n'est tout de même pas pensable que vous ne disposiez pas de moyens plus efficaces pour en sortir plus vite. Vous comprenez bien que je suis pressée. Les travaux battent leur plein à la ferme, mon mari ne veut plus me conduire. Allons, en cherchant bien, vous aurez bien une idée sans doute. »

La coupe était pleine. Ces jérémiades sans fin m'exaspéraient ; puis c'était peut-être un jour sans grande patience. Ça arrive quelquefois.

« Une idée, Madame Collinet, certes j'en ai une. Mais sera-t-elle suffisante pour autant, ça, c'est une autre histoire.

– Il faut essayer, Docteur. Il le faut ! Faites-moi une ordonnance immédiatement. »

Je m'étais donc, de guerre lasse, assis à mon bureau et, dans un moment d'humeur, après avoir consulté un indicateur des Chemins de fer qui traînait par là, j'avais griffonné sur un bloc :

Saint-Libertin – départ 7 h 30… Arrivée Bordeaux 8 h 15

Bordeaux – départ 9 heures… Arrivée Tarbes 10 h 45

Tarbes – départ 11 h 05… Arrivée Lourdes 11 h 30

« Voilà, Madame Collinet, en partant demain matin à 7 h 30 très exactement, vous serez à pied d'œuvre à 12 heures. La grotte de Bernadette est à main droite, juste après la basilique… Je vous souhaite et bon voyage et bonne chance. »

Mme Collinet était aussi brave femme qu'impatiente. Elle n'avait pu s'empêcher de rire.

L'atmosphère s'était détendue. J'avais pu continuer mes soins, tout en écoutant ses couinements et ses doléances.

Trois semaines après, le résultat obtenu, nous nous quittions bons amis.

« Je vous prie de m'excuser, Docteur, je vous rends votre ordonnance. Elle pourra vous resservir le cas échéant. Je le reconnais, il vous faudrait une patience d'ange pour soigner des gens comme moi.

– Oh non ! Madame Collinet, être sourd suffirait, ce serait déjà un sacré avantage ! »

XXII

J'ÉTAIS BIEN LE SEUL À LUI DIRE : « Bonjour, Monsieur Loriot », car tous ceux de la commune ou des environs qui le connaissaient ne manquaient jamais de le saluer par un cordial et retentissant : « Salut, rebouteux », lui donnant ainsi à la fois et son titre et l'importance dont, sans conteste, il jouissait.

Loriot était rebouteux, guérisseur avoué et parfois aussi, à l'occasion, plus ou moins sorcier ; mais de ce détail, toujours, il se défendait.

Ses pouvoirs et savoirs ne lui avaient pas été transmis de père à fils comme l'auraient été une tare familiale ou une maladie héréditaire, non… Ces dons, il les tenait d'un oncle éloigné qui les lui avait légués en héritage. Juste avant de fermer les yeux, après avoir joui lui-même, en ses temps et lieux, d'une renommée fameuse et extensive, ce dernier l'avait initié. Sur cette transmission, rien n'avait jamais transpiré. Loriot n'en avait jamais parlé, car c'était le secret. Ce qui était sûr, c'était que cette passation de pouvoir avait été une réussite. Du jour au lendemain, Loriot, probablement prédisposé sinon doué, avait fait montre d'une habileté et d'une efficacité telles qu'il avait éclipsé tous les autres concurrents voisins ; et Dieu sait pourtant si, dans ce pays périgourdin aux croyances solides, il y en avait.

D'emblée, Loriot avait eu une clientèle explosive, et les visites dont il était l'objet faisaient pâlir de jalousie les médecins locaux auxquels sept ans d'études sérieuses et assidues en faculté n'assuraient contre lui aucune primauté.

Dans les débuts, les instances régulières s'en étaient émues. Un ordre des médecins, vigilant et ombrageux, s'était même lancé contre lui dans un procès qui s'était voulu exemplaire. Hélas ! la femme d'un magistrat ayant eu, quelques mois auparavant, recours à lui avec succès, cette action ne fut suivie d'aucun effet, si ce n'est toutefois de le faire connaître de ceux qui l'ignoraient encore et de redorer son blason qui, fichtre, n'en avait pourtant guère besoin.

De tout cela, il ressortait que Loriot était un élément marginal subversif, mais un élément dont il fallait s'accommoder, que le corps médical devait tolérer, et que faute de mieux il devait ignorer. C'était là, de la part de la faculté, une position difficile mais sage ; malheureusement, on ne pouvait que convenir qu'elle n'était pas partagée par le reste de la population qui, de fort loin, coiffait Loriot d'une auréole de saint.

Avec Loriot conseiller municipal, l'administration communale avait des faiblesses, voire des prévenances que l'on pouvait même qualifier d'anormales et de complices. C'était ainsi qu'aucun chemin des environs n'était balisé avec autant de soins que celui des Vergnettes, dont le seul intérêt était de conduire chez

Loriot. À deux kilomètres à la ronde, les poteaux indicateurs annonçaient le hameau et, déjà dans un diamètre à peine plus restreint, il n'était ni plus ni moins que fléché ostensiblement à tous les carrefours. Ce manque de discrétion ne pouvait que révolter mais, pour cela aussi, mieux valait adopter l'indifférence que soulever une polémique inutile.

Enfin, la municipalité ne lui avait-elle pas offert un jour de lui faire élargir la route jusqu'à sa porte, et n'était-il pas également vrai que ce projet avait été abandonné uniquement sur la demande de Loriot ?

« Non, Monsieur le Maire, je n'y tiens pas. Voyez-vous, dans ma situation, un peu de réserve est nécessaire... Et que penseraient mes voisins guère mieux lotis que moi ? Ce serait exciter leur jalousie. Laissez tomber ça pour le moment. Vous le verrez en même temps que le chemin des Mazaux... Merci quand même... Ah ! oui, au fait, comment va votre cheville ? »

Loriot avait gardé son chemin de terre. Il l'avait simplement réempierré avant que de faire ouvrir son pré sur lequel deux ou trois voitures pouvaient maintenant librement stationner.

« C'est un homme pas fier », disaient les uns ; « pas fier et bien désintéressé », renchérissaient les autres. « Vous vous rendez compte ! Refuser un chemin goudronné ! »

Loriot avait la cinquantaine lorsque je le connus. Il vivait depuis une vingtaine d'années en compagnie de sa mère, la Georgette, et de son épouse, la Fernande. Le ménage n'avait pas d'enfants. Il dirigeait une petite exploitation agricole familiale de quelques hectares, si découpée en prés, terres et bois, que l'ensemble s'était avéré insuffisant pour nourrir le ménage. Il avait dû y adjoindre en son temps un élevage de taureaux pour arrondir ses revenus. Tout cela, bien sûr, avait été organisé bien avant sa reconversion de rebouteux, mais le pli étant pris, Loriot avait maintenu son élevage.

La maison Loriot avait été connue dans le passé pour ses reproducteurs ; elle l'était dans le présent pour son rebouteux et à l'occasion encore pour ses taureaux.

Loriot – Joseph pour sa mère et sa femme – était un homme jovial, familier, modeste, d'abord facile. Comme tous les autres paysans de la région, il portait pantalon et veste de velours, et ses mains qu'il tendait volontiers étaient aussi calleuses que celles de ses voisins. Sa ferme, à l'extrémité des Vergnettes, ne se distinguait en rien des autres. Tout au plus pouvait-on relever que sa barrière verte était toujours repeinte de frais, que nul tas de fumier ne venait en encombrer les abords et qu'un petit dallage toujours propre permettait d'atteindre la porte sans barboter dans les boues inévitables des mauvais jours.

Loriot menait là une vie normale, une vie semblable à celle de tous les paysans. Levé tôt le matin, il partait avant le jour avec la Fernande dans ses prés ou ses champs, laissant à sa mère les soins de la basse-cour, de l'étable et la surveillance de la maison.

Il y avait toujours quelqu'un à la maison Loriot. La porte, constamment ouverte, en témoignait. Joseph, à tout moment, devait pouvoir être contacté, et c'était plusieurs fois par jour que cela arrivait.

Un coup de corne prolongé pour l'arrivée d'un bipède, deux coups brefs pour celle d'un quadrupède en instance de rut, et c'était la mère, la Georgette, qui se chargeait de ces appels dans la direction présumée de Joseph. Cela remplaçait avantageusement les talkies-walkies d'aujourd'hui. Certes, de temps à autre, la Georgette se trompait. Joseph prévoyait une vache cornue et se retrouvait devant une cliente chapeautée, mais cela, dans le fond, n'avait aucune importance ; Joseph alerté était là, et c'était l'essentiel.

« Rentrez, Monsieur, rentrez. Tenez, mettez-vous là, dans la salle à manger. Allongez votre jambe sur cette chaise. Je vais prévenir mon fils. Il n'est pas loin, dans une dizaine de minutes tout au plus, il sera là. »

Certains jours, cela n'arrêtait pas.

Joseph arrivait toujours de bonne humeur, fidèle aux appels aussi nombreux fussent-ils, et son entrée se faisait chaque fois avec le sourire.

« Ah ! inutile de vous demander ce qui vous arrive. C'est votre cheville. On va voir ça. Donnez-moi seulement deux minutes, le temps de me laver les mains. Tenez, en attendant, prenez donc un petit verre. Cela ne vous fera pas de mal, c'est anesthésiant. »

Une bouteille et des verres qui se disaient petits mais qui en fait étaient de taille honnête se trouvaient en permanence sur la table. Eau-de-vie pour les hommes, genièvre ou cassis pour les femmes, des fabrications maison : « Vous ne risquez rien. » Tous trinquaient avec lui avant qu'il entre en action.

« Voyons maintenant cette cheville. Vous avez fait ça quand ? Ah ! je vois, vos nerfs se sont croisés. Laissez-moi faire. »

Il tirait, il tordait comme un forcené ; les clients grimaçaient, essayaient en vain de le retenir, rien n'y faisait ; il allait jusqu'au bout.

« Attendez, je vais maintenant vous conjurer tout ça. »

Joseph marmottait... Quoi ?... Personne n'en savait rien. Cela se terminait par quelques signes cabalistiques et enfin, il relâchait le pied.

« Voilà, c'est fait ! Faites de bons bains de pieds chauds et salés matin et soir. Vous souffrirez peut-être encore deux ou trois jours, mais en fin de semaine vous devez aller mieux. »

On venait pour les nerfs croisés, pour les nerfs noués, dans les cas de foulures, dans les cas de névrites ou de sciatique. On venait pour les zonas, pour les brûlures et dans ces deux derniers cas, Joseph excellait. Il possédait des formules et des secrets et faisait de vrais miracles. Après avoir enlevé le feu, les zonas séchaient en quelques heures, les brûlures cessaient de faire mal et cicatrisaient sans traces. C'étaient là des tours de force inexplicables et troublants. Ça se disait, et cela contribuait grandement à sa réputation. Joseph savait en revanche reconnaître ses limites. Il évitait les embûches dangereuses.

« L'os est cassé, je n'y peux rien. Voyez votre médecin. »

Joseph était prudent.

« Joseph, je voudrais que tu viennes voir mon étable, mon bétail crève. Je n'y comprends rien et le vétérinaire non plus. Voilà quatre fois que l'on désinfecte le tout sans résultat. Je crois que l'on m'a jeté un sort. »

Joseph, dans ces cas, se faisait un peu tirer l'oreille avant de se décider, mais pour un voisin, il finissait par se laisser fléchir.

Rebouteux, guérisseur, désenvoûteur à l'occasion.

« Je passerai demain, mais tu sais, dans ce domaine, je ne te promets rien. Je ferai de mon mieux, c'est tout. »

Joseph officiait. C'était compliqué. Il faisait appel à des recettes ahurissantes – tirées du *Grand* et du *Petit Albert*, disaient certains – et, si trois ou quatre semaines après, l'épidémie, lasse de faire des ravages, s'apaisait, on ne manquait pas de crier au miracle.

Seuls les succès étaient d'ailleurs retenus. Des échecs, on n'en parlait jamais. On avait appelé trop tard, on s'était trompé dans la désignation de l'ensorceleur ; il y avait toujours une raison légitime à ces revers.

« Joseph, tant que tu es là, tu ne pourrais pas me fixer un peu sur le puits que je veux faire creuser dans ma cour ?

– Ah ! pour ça, non, je me suis quelquefois trompé. Vois Firmin, il est plus fort que moi en ce domaine, et ce sera plus sûr. Remarque que pour ma part, je la verrais là, ta source, à cinq mètres de fond... Mais fais-la contrôler à la baguette, c'est préférable. »

Loriot ne demandait jamais aucun paiement. Pour les voisins c'était gratuit, et si la Georgette dans ces cas acceptait bien de-ci de-là quelques poulets ou lapins, c'était en cachette de Joseph. Pour les autres, étrangers, consultants éloignés, venus en auto ou en vélo, une soupière au coin de la table, bien en évidence, amorcée de quelques billets, recevait les générosités que l'on pouvait ou voulait bien y mettre. On y plaçait ce que l'on jugeait opportun, selon le service demandé ou l'importance que l'on attachait à sa réussite.

Loriot ne remerciait jamais. Il ignorait. Tout autre attitude eût été préjudiciable, d'après lui, à la guérison de son malade ; et la Georgette retirait régulièrement de la soupière les excédents de billets qui auraient pu faire mauvais effet.

Les affaires de Loriot, bien qu'irrégulières et bien qu'incontrôlables, se devinaient florissantes. Le fisc qui met son nez partout n'avait pu y résister.

Un inspecteur, un jour, était venu lui rendre visite. Il l'avait cuisiné lui-même, puis sa femme, puis sa mère, sans aucun ménagement, et à tel point que Loriot, habituellement pacifique, avait fini par sortir de ses gonds et s'était fâché.

« Tout cela ne va pas vous porter chance, Monsieur l'Inspecteur ! On n'a pas le droit d'ennuyer ainsi les gens. »

Et coïncidence ou pas, l'inspecteur s'était écrasé avec sa voiture à un kilomètre de là, contre le seul tronc d'arbre possible de la région.

Un deuxième officier ministériel qui, lui, ne croyait pas au sort, à quelques mois de là, avait récidivé. Il n'avait pu repartir. Sa voiture avait refusé de démarrer malgré tous ses efforts.

Ces choses se disent, même dans une cité administrative. Les gens du fisc avaient compris. De là à conclure au mauvais œil de Loriot, il n'y avait qu'un pas qui fut facilement franchi, et personne ne voulant en faire les frais, Loriot n'entendit jamais plus parler d'eux.

Être bien avec Loriot était pour tous une obligation dans le pays. Ceux qui avaient voulu passer outre s'en étaient repentis, disait-on. Ne laissait-on pas entendre que tel voisin, après une querelle insignifiante avec lui, avait perdu et sa vache et sa jument ? Que tel autre, à la suite d'un différend de bornage, avait eu besoin des soins réguliers et journaliers du médecin durant trois mois ?

À ces sornettes, certains levaient les épaules ; néanmoins, on n'en riait pas ! On se méfiait. Les jeteurs de sort après tout, ça existait. On disait tellement de choses à leur sujet.

Loriot, mon client fidèle lorsqu'il était lui-même malade, m'avait longtemps posé des problèmes.

Que faire contre un homme qui vient à bout des nerfs croisés, des nerfs noués, qui conjure à tour de bras, qui anesthésie à l'eau-de-vie et qui ne veut admettre ni l'entorse, ni la distension ligamentaire ? Que faire contre un homme qui, à la faveur d'un verre, vous remet une luxation de l'épaule, alors que vous-même n'y arrivez jamais ?

Et il les remettait diablement bien, ses luxations.

J'avais lu et relu mes manuels, étudié avec soin tous les détails et toutes les techniques proposées et décrites en la matière, mais cela n'avait servi à rien. Comment aboutir avec des patients dont les bras étaient du volume de ma cuisse ? Je n'arriverais à rien d'autre qu'à leur faire mal.

« Laissez, Docteur, je vais aller voir Loriot. Il m'a déjà remis cette épaule en place à deux reprises. Il y arrivera certainement de nouveau. »

J'étais mortifié, dépité, honteux, jusqu'au jour où, laissant de côté tous les manuels, je me décidai à changer de méthode. Sous anesthésie générale, il n'y avait pas d'autres solutions.

Une piqûre intraveineuse, et quelques secondes après, sans la moindre résistance, la tête humérale retrouvait sa place dans sa glène où il n'y avait plus qu'à la maintenir.

« Oh ! bravo, Docteur. Je n'ai rien senti. C'est quand même mieux qu'avec le rebouteux. »

Victorieux sur ce terrain capital, je ne tardai pas, grâce à mon appareil de radio, à marquer d'autres points. Le rationalisme triomphait de l'empirisme ! Ma position fermement assurée, je pus dès lors voir venir, accepter les nerfs croisés et noués, et je les lui abandonnai sans regret et avec le sourire.

Une coexistence pacifique s'était enfin établie entre nous. Il n'y avait guère plus que sur les brûlures et les zonas que je capitulais, car là il fallait le reconnaître, je me heurtais à l'incompréhensible et au secret.

« Vous voulez voir Loriot pour votre zona ? Essayez. Pourquoi pas ? Vous verrez bien. Un zona ophtalmique peut être grave et parfois, je le reconnais, Loriot a des résultats. »

Pourquoi pas, sait-on jamais ? Et si ça existait, le secret !

XXIII

« DOCTEUR J'AI CONFIANCE EN VOUS. »

Cette confiance vous honore, mais fait peser sur vos épaules des responsabilités si lourdes que parfois, on s'en passerait.

J'avais été appelé chez Blanchette, peu avant la tombée de la nuit, par un voisin qui, s'étonnant de ne pas la voir comme de coutume devant sa porte, était entré et l'avait trouvée alitée.

« C'est un accident, Docteur, je ne sais pas ce qui s'est passé. Elle n'a rien voulu me dire, mais je le crois grave. Je vous attends donc chez elle au cas où il faudrait courir à la pharmacie. »

Blanchette était une vieille fille. Elle habitait, à l'écart de toute agglomération, une maisonnette basse à pièce unique, aux confins de la forêt. Elle vivait là dans l'isolement le plus complet, après avoir enterré successivement père, mère et frère, sur une modeste fermette, en compagnie d'un chien barbet et de deux vaches qui, seules, lui évitaient de mourir de faim et d'ennui. Depuis longtemps – son âge ne le lui permettait plus –, elle ne cultivait plus rien. Elle avait loué ses champs, mais cela ne lui rapportait qu'un revenu bien modeste. Aussi s'acharnait-elle encore à faire, avec la bienveillance des râteaux de quelques voisins, un peu de foin nécessaire l'hiver à ses vaches lorsqu'elle ne pouvait plus les parquer. Elle attendait là, dans le dénuement, la fin d'une vie rude et laborieuse qui ne l'avait ni enrichie ni bien gâtée.

Dans de semblables conditions, on aurait pu croire que la tristesse était son lot. Eh bien non ! Blanchette était heureuse. Certes, elle ne riait pas beaucoup – on n'a pas l'occasion de rire souvent lorsque l'on vit seule avec ses pensées, à tourner et retourner un passé tressé dans les peines et les deuils –, mais elle restait néanmoins sans amertume, contente malgré tout de jouir du soleil qui brillait, de la pluie qui tombait sur son jardinet, du vent qui agitait ses noyers. Une sagesse était née chez elle, au milieu d'une nature amie dans un cadre qu'elle affectionnait et auquel elle s'était attachée.

Le chant des oiseaux, celui des grillons le soir, le bourdonnement des insectes, le parfum des herbes et des bois lui suffisaient. Elle ne quittait pratiquement jamais son petit univers. On la voyait au village une seule fois par an, le jour de Toussaint, sur la tombe des siens. Le reste du temps, elle faisait confiance aux commerçants ambulants qui venaient à elle lorsqu'ils en avaient le temps : le boulanger, le plus régulier tous les deux jours ; l'épicier une fois par semaine ; le boucher à l'occasion, s'il passait dans les environs et s'il lui restait de la viande.

N'ayant plus aucun parent et s'étant entendue avec l'Antoine sur un petit viager, elle ne voyait jamais le facteur, même plus à l'occasion de la feuille d'impôts traditionnelle d'automne. Ses voisins de passage étaient ses seuls contacts avec un monde extérieur qui commençait à quelques mètres de sa porte.

« Bonjour, Blanchette, ça va ?

– Ça va, Roger. Où vas-tu si vite sur ton vélo ? Tu ne t'arrêtes pas un moment ? »

Petite, ratatinée, on la voyait l'été assise en permanence sur un banc de pierre devant sa porte, sous une vigne qui, depuis longtemps devenue folle, ne donnait plus de raisins mais qui, en revanche, lui procurait une ombre parfaite. Elle tricotait sa paire de bas noirs habituelle, en compagnie de son chien, en jetant un coup d'œil de temps à autre vers ses vaches dans le clos attenant. Comme elle était affable, on s'arrêtait volontiers quelques instants.

« Pressé ? Non, Blanchette, je vais simplement récupérer un soc chez le forgeron.

– Ah ! bien, tu ne me ferais pas une commission à l'épicerie en passant ? Tu ne pourrais pas me rapporter un kilo de sucre ?

– Que si, Blanchette, que si, je vous rapporterai ça. Ne cherchez pas d'argent, j'en ai, vous me paierez à mon retour. Dites, tant que j'y pense, vous n'auriez pas le temps de me tricoter quelques bas pour cet hiver ?

– Mais si, Roger, apporte ta laine. Je te ferai ça. »

L'hiver, on ne la voyait pas. Une simple petite volute de fumée sortant de sa cheminée trahissait seule sa présence, mais on pouvait la deviner, tricotant encore ses chaussettes, sous la hotte de sa cheminée à la lueur d'un *calel*[1] fumeux, car Blanchette, bien sûr, n'avait ni l'eau courante ni l'électricité.

« Je veux mourir là, dans ma maison, au milieu de mes affaires, comme l'ont fait avant moi tous les miens. Que ce soit bien entendu. N'est-ce pas, Antoine ?

« Les soins exigés par mon état me seront donnés jusqu'à ma mort dans ma propre maison. Je veux que cette clause soit portée sur mon viager, inscrite en toutes lettres et sur papier timbré. »

Antoine était passé devant la maison ce soir-là par le plus grand des hasards.

« Que vous arrive-t-il, Blanchette ?

– Ah ! ne m'en parlez pas, Docteur, un coup de corne malheureux de la Blonde, une vache pourtant des plus douces, une bête qui n'a aucune méchanceté. Elle ne l'a pas fait exprès, la pauvre ; elle voulait tourner la tête pour me regarder. Ah ! dites, Antoine, puisque vous êtes là, donnez-leur donc leur foin à la Brune et à la Blonde. Je n'ai pas eu le temps de le faire. Pendant ce temps, je vais montrer mon ventre au médecin. »

Pudiquement, elle avait attendu qu'Antoine franchisse la porte avant de lever son drap. Une serviette maculée de sang la recouvrait.

« Docteur, je crois qu'il y a du mal, mais je vous le dis d'avance : inutile de me parler clinique ou hôpital. Je veux rester ici, vous m'entendez. J'ai confiance en vous. Vous ferez au mieux, et ce que vous pourrez, Dieu fera le reste. »

---

1. Calel : *lampe à huile mise auprès des cheminées pour pouvoir cuisiner.*

À la vue de la plaie, je crois bien avoir sifflé.

La corne avait pris le ventre en écharpe, de droite à gauche, dans sa totalité, sur une profondeur de plusieurs centimètres, sectionnant peau, graisse et muscles. L'estafilade était d'une vingtaine de centimètres. La paroi était totalement ouverte et laissait par endroits entrevoir l'intestin.

« Mais ma pauvre Blanchette, vous ne pouvez pas rester ainsi.

– C'est bien mon avis, Docteur. Vous allez donc me réparer.

– Voyons, Blanchette, je ne peux pas. Vous vous rendez compte ? Vous êtes éventrée. Vous avez peut-être l'intestin touché. Il faut être raisonnable et accepter d'aller à l'hôpital.

– Docteur, je vous ai bien prévenu. Il n'en est pas question. Faites ce que vous pourrez, et puis, vous savez, qu'importe si je meurs. Je ne laisse personne en souffrance derrière moi. J'ai fait mon temps de misère, je ne regretterai rien, à part mes vaches et mon chien !

– Mais Blanchette, c'est jouer avec le feu. Ici, je ne peux vous endormir. Si par malheur vous avez une anse intestinale lésée, dans mes mains vous serez perdue ; à l'hôpital, par contre, vous vous en tirerez.

– Faites comme je vous dis, Docteur, c'est moi qui en prends tous les risques.

– Mais enfin…

– C'est inutile, Docteur, c'est inutile. Vous devriez vous dépêcher de faire ça tant qu'il fait encore jour, car vous savez que je n'ai pas l'électricité. »

Rien ne saignait. La décision de Blanchette était sans appel. Une sage-femme voisine qui me tenait lieu d'infirmière étant arrivée, à nous deux, nous nous étions lancés.

Un surjet croisé avait tant bien que mal rafistolé le péritoine. À grands coups d'aiguille de Reverdin, j'avais refait une paroi. Pendant tout ce temps, Blanchette n'avait pas pipé mot, n'avait pas proféré une seule plainte. L'intervention terminée, le ventre n'avait, mon Dieu, pas trop mauvaise allure.

« De toute façon, nous avons fait de notre mieux. Vous allez la bourrer d'antibiotiques. Ce sera une chance si nous n'avons pas dès demain une péritonite. »

J'étais venu matin, midi et soir, deux jours, trois jours ; le ventre restait souple, le drain ne donnait rien, le transit s'était rétabli. La malade se restaurait de nouveau.

À la fin de la semaine, Blanchette s'était levée. Deux jours après, elle allait rendre visite à sa vache et l'assurer de son absence de rancune.

La paroi tenait et cicatrisait normalement.

J'avais eu chaud.

« Je vous l'avais bien dit, Docteur, que vous l'arrangeriez. Qu'aurait-on fait de plus à l'hôpital ?

– Quand même, Blanchette, on aurait vérifié certaines choses. Vous m'avez fait prendre de trop grands risques.

– C'est votre métier, Docteur, c'est votre métier. »

XXIV

C'ÉTAIT UNE ANNÉE MAUSSADE. Après un hiver trop doux, le printemps avait déraillé. Trop de chaleur, beaucoup trop en avril, puis des pluies froides arrivant trop tard en mai avaient cassé les reins à toute végétation. L'herbe elle-même avait en son heure manqué son départ. Le foin, assurément, resterait maigre et rare.

Les arbres fruitiers, pour lesquels une floraison éblouissante laissait bien présager, avaient souffert des gelées tardives de la lune rousse de mai, et les rares cerises qui pendaient encore aux branches rosissaient difficilement autour de leur noyau sans faire de pulpe. Les bois eux-mêmes avaient craint de la sécheresse précoce, et leurs frondaisons se déployaient mal à l'horizon.

Il n'était jusqu'aux apiculteurs qui se plaignaient : les abeilles, à leur dire dégoûtées, mouraient en nombre et ne parvenaient plus à faire leur miel. Il fallait déjà les sucrer comme en plein hiver. On n'avait jamais vu ça.

Et voilà qu'on attaquait juillet avec un travail considérable en retard dans tous les domaines dans ce contexte navrant : deux jours de soleil pâle, aussitôt suivis de deux jours de pluies diluviennes et glacées.

Et maintenant tout allait pourrir, c'était trop malheureux.

Les hommes n'arrivaient pas à quitter leurs caleçons longs d'hiver, et les femmes entassaient encore gilets sur gilets.

On se demandait ce que l'on avait bien pu faire au bon Dieu, et surtout comment on allait en sortir. Toute la campagne anxieuse était sur le pied de guerre, prête à tout tenter pour essayer de sauver ce qui pouvait l'être encore, et ce dès le premier rayon.

« Docteur, voyons, que pensez-vous de ma belle-mère ? Cela fait deux mois que ça dure. Cela ne peut tout de même pas continuer ainsi. Voilà les foins qui arrivent, les moissons qui vont suivre. Pensez-vous qu'elle puisse tenir jusqu'à la fin des travaux ?

– Je l'ignore, Raoul. Elle est bien mal, c'est certain, mais, vous savez, un pronostic sérieux dans ces maladies est impossible. Avec le cœur, on a des surprises. C'est comme une bougie qui menace de s'éteindre sans cesse.

– Et qui ne s'éteint jamais, docteur ?

– Donnez-lui bien ses remèdes. N'oubliez pas : dix gouttes de digitaline trois fois par semaine. Pas plus, cela pourrait être dangereux. Allez ! Courage, Raoul. On ne peut tout prévoir dans ce métier, mais franchement, je ne crois pas qu'elle puisse aller bien loin. »

Il m'avait rappelé le lendemain.

« Docteur, vous allez voir, l'état de la grand-mère s'est sérieusement aggravé depuis hier. Voyez vous-même. »

Elle avait une pulsation toutes les trente ou quarante secondes, et bien sûr, cette fois, ses chances étaient plus que compromises. Elle était dans un coma terminal et sans retour.

Le flacon de digitaline décapsulé de la veille était à moitié vide sur le coin de la table de nuit. On n'avait même pas eu l'idée ni de le reboucher, ni de l'enlever.

« Ah ! peut-être bien, Docteur, nous avons eu la main un peu lourde. Inutile de vous mentir. Je vois bien que vous l'avez connu, mais nous avons confiance en votre discrétion. Vous êtes notre médecin. Que voulez-vous ? Pendant la fenaison ou les moissons, ma femme ne pouvait tout de même pas rester à la maison ! Et un enterrement à cette période, convenez-en, cela aurait été une catastrophe ; et puis, vous nous avez bien dit qu'elle était perdue ?

– Bien sûr, mais de là à lui donner un coup de pouce ! »

Que dire ? Que faire ? Refuser le permis d'inhumer ? Cela n'aurait pas remis la grand-mère.

Il ne restait plus qu'à l'enterrer sous la pluie en attendant le soleil. Un soleil qui, tonnerre de Dieu, n'arriverait donc jamais !

XXV

Errare humanum est. Hélas !

La formation d'un médecin est telle que son premier réflexe est toujours de penser au pire. Son diagnostic se déplace en allant toujours du plus grave au plus bénin.

« Céphalées fréquentes. » Il éliminera en cascade : tumeur cérébrale, glaucome, intoxications, etc., pour se résoudre à admettre de banales migraines.

« Constipation opiniâtre. » Il pensera : obstacle grave, puis appendicite, etc., pour finir par retenir colite sans gravité.

« Hémoptysie. » Il cherchera : tuberculose, cancer bronchique, etc., avant d'en arriver à dilatations bronchiques ou simple rupture vasculaire.

C'est ainsi. Il a été formé selon cette discipline, et ce n'est pas si mal au demeurant.

Ce travail de diagnostic est un exercice permanent, souvent difficile, toujours sérieux, même s'il n'entraîne pas obligatoirement l'examen spectaculaire et si la simple clinique suffit. Hélas ! le patient l'ignore ou désire l'ignorer. Après tout, ce n'est pas son affaire.

C'est bien assez pour lui d'être malade. À chacun ses soucis. Si l'on devait subir, en plus de sa fièvre, les états d'âme de son médecin, la situation ne serait plus tenable.

Mais le malade n'oublie pas que ce tri secret engage son médecin et, si l'erreur se glisse dans son raisonnement, si par malheur elle entraîne les moindres conséquences, il saura le lui rappeler sans indulgence, sans ménagement, oubliant du même coup que l'erreur est humaine.

Un médecin est le seul auquel on refuse le droit de se tromper. Heureux sont les plombiers, les garagistes ou, à plus forte raison, les fonctionnaires.

*

* *

Cette femme était venue à ma consultation un jour de presse, un jour de marché où la salle d'attente était pleine. Petite, la trentaine, rien, ni dans son comportement ni dans son allure, ne la distinguait de mes autres clients. Seul point particulier : je ne la connaissais pas encore, et j'étais bien certain de ne l'avoir jamais vue. Que j'étais alors loin, en la recevant dans mon cabinet, d'imaginer tous les problèmes et tous les soucis qu'elle allait me causer !

L'examen avait été rapide. Disparition des règles depuis trois mois, volume utérin correspondant à ce laps de temps. Même si certains petits riens de détails manquaient, le diagnostic paraissait évident – il faut se méfier des évidences, c'est avec elles que l'on se trompe le mieux. J'avais pensé : « Tiens, une cliente de confrère qui vient chercher une confirmation. » Mais au fond cela ne me regardait pas.

« Vous êtes enceinte, Madame, de trois mois environ.

– Vous en êtes certain, Docteur ?

– Absolument, Madame. »

Et la jeune femme s'était éclipsée si rapidement que je n'avais eu le temps de lui demander ni son nom ni son adresse.

« Tiens, elle a une idée derrière la tête. Une idée de fausse couche certainement. Un confrère ou moi-même n'allons pas tarder à la revoir. »

Et sans plus me soucier, je m'étais replongé dans ma consultation.

Je devais bien la revoir en effet. Elle était revenue quelques mois, après alors qu'elle était tellement sortie de ma mémoire que je ne la reconnus pas.

« Vous commencez une grossesse, Madame. Vous avez déjà fait trois mois et...

– Mais enfin, Docteur, vous m'avez déjà dit la même chose il y a quatre mois. Ce n'est pas possible ! »

J'avais réagi aussitôt. Un examen aussi poussé que possible ne m'ayant rien appris, j'avais déclenché ce qui, pour l'époque, représentait le grand jeu : une réaction de la lapine. C'était facile. J'en avais un petit élevage toujours disponible, un petit harem, tenu soigneusement à l'écart de tout mâle. Je pendis une de mes pensionnaires par les pattes arrière et, après une flagellation des oreilles, je lui injectai quelques gouttes du sang de ma malade.

– Voilà, revenez dans deux jours, nous aurons une réponse indiscutable. »

Quarante-huit heures plus tard, après avoir dégusté un royal civet à mon repas de midi, j'étais en mesure d'affirmer le négatif de mes recherches. Il n'y avait plus de doute, j'étais dans l'erreur, toute idée de grossesse pouvait être écartée.

La masse n'en était pas moins toujours là.

Je dus avouer mes hésitations.

« Il s'agit ou d'un fibrome ou d'un kyste ovarien. Je pencherais volontiers pour ce dernier, compte tenu de la disparition de vos règles et du manque de toute hémorragie, mais je ne peux rien affirmer. Vous allez consulter le docteur Toutenca. Il sera probablement plus à même que moi de vous donner un avis. Je lui fais un mot. Puis non. Tenez, je lui téléphone. Je vais mieux m'expliquer, et ce sera plus rapide. Voilà qui est fait ! Il va vous recevoir dès demain, et nous serons fixés. »

*
* *

Toutenca était chirurgien. Pas spécialement gynécologue – cette spécialisation chirurgicale n'avait pas encore gagné nos provinces –, mais c'était un excellent chirurgien, au plein de sa forme, capable en tous les domaines. Rompu à toutes disciplines, il était apte à se tirer d'affaire aussi bien avec un fibrome qu'avec une vésicule, qu'avec une prostate, sans jamais se laisser dominer ou déborder par les événements.

Toutenca. Cela sonnait curieusement en Périgord. Sans plus le connaître, on eût été en droit de le croire, à cause de ce nom issu de la haute Égypte ; or il n'en était rien. Toutenca était bien de chez nous, et de longue date. Il était simplement israélite. Son physique d'ailleurs en ce domaine était si éloquent qu'il n'eût pas été difficile de l'imaginer debout dans une synagogue, une kippa sur le haut de crâne. Bref, il n'aurait pu renier ses origines s'il en avait eu toutefois l'intention, ce qui n'était pas son cas car il assumait sans complexe tous les avantages et tous les inconvénients de son ascendance.

Depuis fort longtemps, il avait compris qu'un juif est vulnérable, que personne ne l'ignore, et que sa réussite ne lui confère pas, loin de là, l'immunité.

Toutenca, pour ces raisons tristement raciales, était loin de faire l'unanimité autour de lui. Si l'on ajoutait à cela que sa renommée, en aucun cas usurpée, portait souvent ombrage à beaucoup, on peut imaginer ce que cela pouvait lui valoir d'inimitiés et de jalousies mesquines.

Certains s'acharnaient à les attiser dans une fronde permanente. Il faisait face, mais c'était parfois difficile car tous les moyens étaient bons pour la cabale.

Ses actes professionnels, sa vie personnelle étaient sans cesse et sans pudeur passés au peigne fin. Ses qualités elles-mêmes, une fois déformées, n'échappaient pas à la critique. Toute générosité chez lui devenait bas calculs, tout dévouement intérêt sinon cupidité. « Vous vous imaginez, un juif. » Si on ne le disait pas, du moins on le sous-entendait.

Heureusement pour lui, un groupe d'amis fidèles l'entourait. Il lui apportait soutien et réconfort en une levée de boucliers d'autant plus énergique que les injustices étaient grandes.

« Je vous assure, ma chère, cet homme boit. Il boit avant chacune de ses interventions. C'est bien dommage, un homme de cette valeur ! »

Cette fois, l'affirmation n'émanait pas des « chers confrères ». Toutenca, qui était la sobriété même, s'en était ému. D'autant plus que cette accusation venait d'être portée à plusieurs reprises par des clients qu'il avait opérés, tirés de mauvais pas et qui, en principe, auraient dû lui être particulièrement reconnaissants.

Il fallut un certain temps à Toutenca pour résoudre cette énigme. Un jour, pourtant, il eut la clef du problème.

Une salle d'opération jouxtait une pièce de réanimation. C'était une chambre qui, faute de place, servait souvent de dépannage. Or, cette dernière n'était séparée que par une faible cloison du bloc opératoire attenant. Tout ce qui se passait dans ce dernier y était facilement perceptible pour peu que l'on y élevât le ton ou qu'on tendît un peu l'oreille.

Ce fut une patiente qui livra involontairement le mystère à l'infirmière qui la soignait.

« Quel malheur que ce chirurgien boive ainsi ! Je vous avoue que si j'avais su ça il y a huit jours, jamais je n'aurais accepté de me mettre entre ses mains.

– Mais qu'est-ce que vous racontez, ma pauvre femme ? Le docteur ne boit absolument pas. Je ne lui ai jamais vu prendre que des orangeades.

– Oh ! ça, vous irez le dire à d'autres. Depuis une semaine que je suis là, j'ai eu le temps de me faire une opinion. Vous croyez que je suis sourde ?

– Et vous entendez quoi ?

– Mais voyons tout de même, chaque fois qu'il commence une opération, c'est toujours pareil : "Mademoiselle Redon, passez-moi donc le rouge… Un peu plus… Bon, ça ira, on va pouvoir commencer." »

C'était donc ça : le Mercurochrome ! Le rouge dont on badigeonnait le ventre des opérés était à l'origine de la méprise et de la fable.

Lorsqu'on lui rapporta la chose, Toutenca fut le premier à en rire. Mais le ragot avait pris le départ et continua à faire le tour du département. Pour beaucoup de clients, mieux valait être opéré le matin, car c'était certain, Toutenca prenait sa cuite avant chaque intervention.

« Mademoiselle Redon, ce malade ne dort pas.

– Mais, Docteur, je suis à six.

– Je m'en fous. Voyons, donnez-moi ça que je l'assomme une bonne fois pour toutes. »

Et pour les mêmes raisons, un autre bruit tout aussi alarmant, bien que moins crédible, se mit à circuler : si les malades ne dormaient pas, Toutenca n'hésitait pas, après son coup de rouge habituel, à les assommer.

Toutenca fut contraint de prendre un anesthésiste à temps plein. Il dut en même temps faire monter une double cloison entre sa salle d'opération et sa salle de réanimation qui, en fait, était sans cesse occupée dans une clinique qui, malgré les ragots et les attaques, ne désemplissait pas. La maison était toujours à la limite du débordement.

« Pas un seul lit, mon cher ami. Tenez, j'ai dû mettre trois paravents au fond des couloirs. J'y ai trois malades qui attendent que des chambres se libèrent. Comment vais-je faire pour votre appendicite ? Voyons, ma sœur : le dix a-t-il encore de la fièvre ? Non ? Bon, alors vous lui enlevez les points, et il repart chez lui dès ce matin. Allez, venez, nous allons nous occuper de votre client. Le temps que nous l'opérerons, la chambre se libérera. »

Toutenca jouissait pourtant d'un solide prestige. Ses correspondants, en principe tous des amis qui ne juraient que par lui, redressaient toujours les bavures et rétablissaient chaque fois que c'était nécessaire la vérité jusque chez leurs clients. Certes, aucun n'ignorait ses petits défauts – Toutenca avait bien, par exemple, une pénible tendance à tirer à lui la couverture –, mais ils reconnaissaient tous ses qualités. Ils lui témoignaient une confiance aveugle et Toutenca, en retour, la leur rendait. C'était ainsi que jamais on ne l'aurait vu vérifier ostensiblement un diagnostic. Il devait probablement le faire, mais s'il le faisait, c'était toujours à l'insu des malades et jamais sous le nez de ses correspondants.

« Que m'amenez-vous, Jean, une hernie étranglée ? Bon, Mlle Redon, installez-la sur la table, et sortez la boîte des hernies. »

L'époque n'était pas alors aux attentes inutiles. Toutenca agissait sur-le-champ. Il était disponible en permanence de jour comme de nuit, et il assurait seul toutes les urgences. Une santé de fer lui était acquise, heureusement pour lui. Deux ou trois heures de repos, prises au besoin sur un lit de sa clinique, lui suffisaient.

Une intervention chirurgicale avec Toutenca était pour tous ses correspondants une partie de plaisir.

Toutenca maniait le bistouri avec une aisance exceptionnelle et déconcertante qui se pliait à toutes les circonstances. Ses correspondants assuraient dans chaque cas, sous sa vigilance, l'aide opératoire. Cela permettait, au cours des temps morts de routine inévitables dans tous les cas, de bien agréables palabres où la bonne humeur, voire la galéjade des salles de garde, était invariablement retrouvée. Rien à voir avec les séances opératoires actuelles où le chirurgien, loin de son correspondant, toujours encadré de ses mêmes acolytes, éprouve le besoin de jeter de-ci de-là un coup d'œil discret à la pendulette murale.

Toutenca quittait un correspondant pour en trouver un autre. Les réparties changeaient de cours, renouvelées sans peine à ce contact nouveau. Grâce à ça, des liens se resserraient ou se tramaient. D'un correspondant banal, on ne tardait pas à faire un ami, un ami solide et fidèle qui, en toutes circonstances, n'hésitait pas à partager toutes les responsabilités.

En fin d'intervention, si l'un et l'autre avaient le temps, un petit café assorti de quelques croissants frais servis selon l'heure dans une petite pièce attenante récompensait et scellait la cohésion avant que chacun retournât à ses affaires.

« Ah ! dites donc, Jean, n'oubliez pas avant de partir de passer au quinze, c'est votre appendicite d'avant-hier ! N'oubliez pas non plus de me signer sa feuille. Allez, à la prochaine. »

La clinique était tenue par une petite communauté de sœurs. Leur présence, pour Toutenca, tenait de la providence. Sympathiques, actives, rien ne leur échappait. Elles faisaient preuve d'un dévouement sans limites, et cela ne manquait pas de faire un contrepoids d'importance aux attaques extérieures. Toutenca le savait.

Pour ces raisons, Mme Toutenca, fervente catholique, n'avait ni atermoyé ni lésiné pour leur créer de toutes pièces, dans la clinique même, une chapelle. Elle n'hésitait d'ailleurs en aucune occasion à les récompenser.

« Mes petites sœurs, venez vite. Venez vite voir ce que l'on vous offre. Tenez, voyez toutes ces chaussures. »

La mère supérieure frappait dans ses mains pour réunir d'urgence sa communauté. Mme Toutenca venait de réussir à peu de frais un coup fumant en écumant tout le fonds d'un magasin de la ville. Comment avait-elle bien pu dénicher un lot pareil de bottillons à lacets, un lot qui défiait le temps et la mode et qui, de toute évidence, sans elle, aurait tôt ou tard échoué dans une décharge ? C'était un mystère. Un miracle, disait la mère supérieure. Et de toute façon, le résultat était là, tangible, sur la table de la communauté.

« Allez, choisissez, mes sœurs, choisissez, essayez et remerciez Mme Toutenca de sa générosité. »

Toutenca lui-même, une fois l'an, était mis à contribution pour conduire un dimanche son armada à Lourdes dans sa voiture personnelle.

L'histoire voulait même qu'au cours d'un de ces voyages, agrémenté d'un pique-nique, Toutenca soit tombé en panne à quelques kilomètres des lieux saints. Toutenca aurait alors fait à cette occasion dans la ville, et cela ne manquait ni de charme ni de sel, une entrée triomphale et remarquée au volant de sa Mercedes poussée par ses passagères en tenue d'apparat et bottillons à lacets.

Le docteur Toutenca et Madame étaient connus pour leur générosité et leurs bonnes œuvres dont les effets remontaient jusqu'à l'évêché. Il fallait bien savoir se faire pardonner jusqu'à ses origines.

*
*   *

Toutenca m'avait rappelé le lendemain.

« Écoutez, honnêtement, je ne suis guère plus avancé que vous. Le diagnostic est impossible ; mais de toute façon, la conclusion ne saurait être que chirurgicale. Nous allons donc y aller voir. Je convoque votre malade pour le début de la semaine prochaine. Nous l'opérerons mardi matin vers 10 heures, si cela vous convient. »

Nous en avions encore discuté avant de donner le premier coup de bistouri.

« À mon avis c'est un kyste, mais je ne l'affirmerais pas. On va voir. Les paris restent ouverts. »

La peau, le panicule adipeux – la malade n'avait pas maigri –, les muscles, les grands droits réclinés, le péritoine à peine incisé, Toutenca était déjà parti de la main pour une première exploration. Immédiatement, ses traits avaient changé.

« Sale affaire, mon vieux, sale affaire. C'est ovarien certes, mais c'est tumoral. Laissez-moi agrandir ça et vous allez voir. Mlle Redon, mettez-la en Trendelenbourg[1] et passez-moi quelques champs. »

La tumeur était déjà importante et tenait une partie du petit bassin. L'ovaire dégénéré avait pris l'aspect d'un ris de veau et faisait corps avec la masse utérine. Le péritoine atteint dans sa totalité était parsemé de taches blanches.

« Rien à faire. Allez, on referme. Mademoiselle Redon, du catgut n° 0 pour le péritoine et des crins pour la paroi. Mauvaise histoire. Nous allons attendre quelques jours, et nous la dirigerons sur Bordeaux. Ils verront là-bas s'ils peuvent faire quelque chose pour elle, mais cela m'étonnerait, elle est perdue.

– Toutenca, si cette femme avait été opérée il y a trois ou quatre mois, pensez-vous qu'elle s'en serait sortie ?

– Certainement pas. Vous avez vu l'ovaire ? C'est une affaire déjà très ancienne, cela n'aurait rien changé. »

J'étais reparti bouleversé à mon cabinet, et j'avais téléphoné dès le lendemain.

« Mal ! Très mal, une ascite s'est déclarée. Je me demande si elle passera les vingt-quatre heures. »

1. *Trendelenbourg : position sur table chirurgicale bien connue de tous les médecins.*

Et le lendemain, veille de Noël, le coup de téléphone m'était parvenu quelques heures avant le réveillon.

« Elle est morte. On vient de la ramener chez elle. Son mari vient de me dire les pires sottises, les pires injures. Il est également furieux contre vous.

– Que dois-je faire, Toutenca ?

– Ce ne sera pas une partie de plaisir mais, si j'étais à votre place, je crois bien que je me rendrais chez lui. Vous n'y êtes pour rien bien sûr, mais si vous n'y allez pas, ce sera pour lui l'aveu que nous sommes en faute. Mais je vous préviens, cet homme est violent, menaçant, faites attention tout de même. »

J'avais quitté les lumières et la chaleur de la table familiale, et j'étais parti dans la nuit vers une maisonnette repérée sur ma carte d'état-major à l'orée des bois.

Ma visite fut rapide. Je n'eus ni le temps d'atteindre le seuil de la maison, ni même celui de pénétrer dans la cour. À peine avais-je mis le pied hors de la voiture que le mari faisait irruption un fusil à la main. Je n'échappai à la canonnade que de justesse, et grâce à quelques voisins qui s'interposèrent aussitôt.

« Partez, Docteur, partez, il est fou de rage. Il vaut mieux ! »

J'étais, à mon retour à la maison, navré et désespéré. La fête de Noël fut gâchée, perdue dans sa totalité, pour moi-même comme pour toute la famille. Je n'envisageais rien moins que d'abandonner, que de faire autre chose, n'importe quoi, mais surtout plus ce métier.

Je restai plusieurs semaines ébranlé avant que la raison reprenne enfin le dessus.

« Méfiez-vous, Docteur, cet homme ne désarme pas. Il profère des menaces tous les jours contre vous : au bistrot, sur la place, devant n'importe qui. Il dit qu'il vous fera la peau. »

Les voisins m'avaient prévenu, et certains étaient venus jusqu'à mon cabinet pour m'en informer.

J'en avais touché un mot au brigadier et j'avais sollicité un port d'arme qui m'avait aussitôt été accordé.

« Nous nous sommes renseignés, nous passerons le voir dès cette semaine. Il travaille dans la forêt. »

Les gendarmes avaient fait le nécessaire.

Je n'avais plus entendu parler de lui. Le temps avait passé. Je l'avais oublié et, las de traîner un revolver, j'avais relégué ce dernier dans un tiroir de mon bureau.

La nuit était froide, un vent fou agitait et brisait les branches devant ma voiture, et voilà que j'étais égaré, perdu au milieu des bois où j'avais pourtant passé et repassé plus de cent fois, pris dans le lacis inextricable de leurs chemins sans indications ni bornes. Je tournais sur place, c'était évident. Heureusement, une faible lumière venait de clignoter sur ma droite. C'était le salut. Je ne pouvais l'atteindre avec mon auto, mais je m'y rendrais à pied. En laissant mes phares allumés, je retrouverais ma voiture à coup sûr.

J'avais rajusté le col de ma canadienne et j'étais parti, fixant la lumière à travers les branches, butant contre les rondins épars et les tas de copeaux. Une cheminée fumait. La fumée, rabattue par le vent, m'arrivait maintenant jusqu'aux narines.

Je frappai.

« Entrez. »

La voix était rude. Je poussai la porte et… « mon homme » était là, les deux coudes appuyés à la table, devant une lampe-tempête.

Ses yeux rougis montraient qu'il venait de dormir, ses cheveux en broussaille indiquaient que je venais de le réveiller en sursaut.

Aucun meuble à part une table, un banc et un châlit de coin… Un fusil était posé à l'angle d'un âtre improvisé sur quelques pierres. Je l'avais vu aussitôt, et ce n'était pas pour me rassurer.

Je venais de me jeter dans la gueule du loup. L'homme, en me voyant, avait eu un mouvement de recul. Aussi surpris que moi, il me regardait sans rien dire. Il attendait maintenant.

Mon sang n'avait fait qu'un tour.

« Je suis égaré. Pouvez-vous m'indiquer mon chemin ? Je dois rejoindre les Grangettes. Je me trouve tout près d'ici sur la gauche, à l'angle d'une patte-d'oie.

– Prenez le chemin de droite. Suivez-le sur trois kilomètres environ. Vous tomberez sur une route goudronnée, et vous vous tiendrez à gauche. Vous irez tout droit. »

Je l'avais rapidement remercié, et j'étais parti vite, trop vite, et il l'avait remarqué, puisqu'il était venu rouvrir toute grande la porte que je venais de refermer derrière moi.

« Allez, ne vous pressez pas. Je ne vous veux aucun mal. »

Je devais le rencontrer souvent par la suite au cours de mes randonnées, et même aller au-devant de lui pour lui serrer la main.

Un jour, j'essayai.

« Inutile, Docteur, de reparler de ça, j'ai compris. Une histoire malheureuse. Vous ne l'avez pas voulu, et vous n'y étiez pour rien. Je comprends aujourd'hui. Mais il faut m'excuser, Docteur. Perdre une femme et rester seul avec deux enfants sur les bras, ce n'est pas rien. J'ai cru devenir fou. Je suis remarié aujourd'hui, et ce n'est plus pareil. Mes enfants sont grands. Je vous appellerai un de ces jours pour que vous les examiniez. »

Et je devais devenir son ami.

XXVI

« Ah ! cher ami, tant que vous n'aurez pas rencontré la mère Querelin, vous n'aurez rien vu ! S'il est une originale dans ma clientèle, c'est bien elle. Soyez assuré qu'elle fera appel à vous un de ces jours, et vous verrez. Elle vit maintenant cloîtrée dans sa maison, bourgeoise hier, en ruine aujourd'hui. On la rencontrait encore en ville il y a quelques mois, en route pour sa messe dominicale mais, depuis peu, elle n'y va pratiquement plus. Elle a abandonné jusqu'à ses commissions. Une voisine lui fait son marché ; c'est la seule avec laquelle elle n'est pas encore totalement brouillée. C'est sa dernière cartouche. Sans elle, je crois bien qu'elle crèverait de faim. C'est probablement ce qu'elle a compris et qui fait qu'elle la ménage.

« Elle est à couteaux tirés avec tout le reste du village. Elle avait un fils, eh bien ! ce dernier ayant fait un mariage qui la contrariait, cela a suffi pour qu'elle ne veuille plus en entendre parler. Quant à ses plus proches voisins, elle les a tous, pour diverses raisons, traînés en justice l'un après l'autre.

« Des années durant, on n'a vu qu'elle au tribunal. Notez bien qu'elle n'a pas toujours tort, puisqu'elle gagne la plupart des procès qu'elle entreprend. Mais trop, c'est trop, elle a fini par lasser jusqu'à ses propres avocats. N'a-t-elle pas tenté, au moins une fois, de traîner l'un d'eux jusqu'au banc des accusés ?

« Allons, disons-le franchement, c'est une femme difficile. Vous serez son médecin. Attendez-vous à en voir de cruelles.

« De vieille noblesse, tombée dans la désuétude pour ne pas dire dans la décrépitude, elle garde le goût du commandement. Elle n'admet ni la plus petite contradiction ni la moindre résistance.

« Son âge ? Je n'en sais fichtre rien. Par coquetterie, elle ne le dit jamais, mais elle a bien cent ans de dimanches. Allez, mon cher, je ne vous fais pas un cadeau avec elle. Quoique ! Enfin, vous verrez. Amusez-vous bien, et bon courage. »

*

* *

Elle avait en son temps roulé carrosse à six chevaux flanqué de deux laquais. Lorsque je la vis pour la première fois, je la trouvai à demi nue, les épaules mal protégées d'un châle déchiré de pauvresse, assise sur un seau hygiénique, tournant avec une longue fourchette un steak au gril de sa cheminée, en même temps qu'elle s'efforçait d'accomplir le plus naturel des besoins pendant lequel on aime en général, bien qu'il soit légitime, à rester isolé.

*
* *

« Vous allez suivre ce chemin de terre environ un kilomètre. Puis vous rencontrerez une maison basse toute en longueur ; c'est celle d'Édouard, son fermier. Vous n'aurez plus qu'à longer les grilles qui font suite, et vous y serez. La maison est en retrait, au fond d'un parc. Elle se distingue mal dans les arbres, mais vous ne pouvez passer sans la voir. »

Les grilles hautes, rouillées, tenaient en équilibre, Dieu sait comment, sur un mur en partie effondré. Derrière elles, un lacis de buissons et de bambous épais débordait. Il formait un écran de verdure tellement opaque et dense que l'on n'y voyait plus rien. Un portail entrouvert, affaissé, entré dans le sol, aux gonds douteux fixés sur des piles monumentales, livrait passage sur une sente étroite bordée d'orties géantes. Cette trouée de verdure laissait place à une personne, mais toute progression à deux eût contraint à la queue leu leu. Elle s'enfonçait, sans hésiter, droit au cœur de la végétation. À son extrémité, on pouvait apercevoir une parcelle de mur gris. S'écarter était impossible. On ne pouvait se tromper.

On traversait un parc. Quel parc ! De décennies, il n'avait sûrement jamais vu ni la faux ni le râteau, si l'on en jugeait par l'inextricable fouillis auquel il était parvenu.

On suivait une ancienne allée comme pouvait le laisser supposer une rangée parallèle de vieux tilleuls moussus. Ces derniers avaient dû être taillés et retaillés en leur temps, mais des ronces les avaient aujourd'hui escaladés, jetant de l'un à l'autre leurs tentacules géants. Il ne persistait plus qu'une voûte épineuse que seul un usage encore régulier des lieux avait sauvegardée. On progressait sous elle tête basse et en se défendant.

Serré dans ce couloir urticant, on ne voyait pas grand-chose. De ce roncier, émergeaient pourtant de-ci de-là quelques essences curieuses, inattendues et rares, qui surprenaient, des vestiges, derniers témoins des splendeurs passées. Là, c'était un magnolia dont la cime profitant d'une trouée se dégageait tant bien que mal vers le soleil. Là, un tulipier qui étalait encore en bout de branches quelques fleurs d'une surprenante fraîcheur. Ailleurs, c'étaient des îlots jaunes de cytises qui tranchaient sur des bouquets sombres d'acacia. À intervalles réguliers, à droite comme à gauche, entre les tilleuls, se faisant vis-à-vis, des monticules étalés, à demi effacés, couverts de yuccas envahissants et desséchés, marquaient encore la place d'anciens massifs. Les rosiers avaient disparu. Ils étaient tous revenus à l'églantier, mais quelques grands plumets blancs de gynériums, quelques touffes de lilas et de boules de neige persistaient. De temps à autre, un souffle d'air frais traversait ces épaisseurs et transportait quelques bouffées curieuses d'odeurs : du seringa peut-être, du jasmin sûrement, et cela surprenait d'autant plus dans cet abandon que l'on ne pouvait jamais en déterminer les provenances.

Parc étrange, parc inquiétant et secret, digne de la belle au bois dormant.

La bâtisse carrée, massive, s'imposait d'un seul coup au moment où l'on arrivait contre ses murs. Un rez-de-chaussée de huit fenêtres, surmonté d'un étage égal, coiffé d'un fronton triangulaire, donnait à l'ensemble un aspect pur et de style. Hélas ! la maison était décrépie, délabrée et envahie de haut en bas de la masse imposante d'un lierre séculaire. Sa verdure recouvrait la totalité des murs, et certains volets, de toute évidence, s'étaient laissés surprendre et ne s'ouvraient plus. Seules deux ou trois fenêtres, au premier, échappaient à cette lente et fatale claustration. Elles dénonçaient derrière elles une vie ralentie.

Une partie de la demeure, l'aile gauche, s'écroulait. La charpente avait fléchi. Des tuiles tombées du toit jonchaient les abords, et les dalles détachées, d'un bout à l'autre, pendaient.

Au pied d'un perron de pierre, deux jarres énormes, en partie noyées sous les herbes, se désagrégeaient. L'une d'elles, fendue au ventre, perdait une coulée d'entrailles caillouteuses. Les marches du perron étaient couvertes d'une mousse rase et un rosier, qui avait dû être grimpant, s'était résigné à s'affaisser en travers de la porte.

Un chat famélique aux yeux verts, tel un tigre, avait bondi à mon approche et, en toute hâte, s'était évanoui, silencieux, dans le fourré.

Un merle, sûr de sa retraite inviolable, continuait à gratter frénétiquement les feuilles sèches sous les buissons, à deux pas de moi, sans que je parvienne à le distinguer.

*
* *

« Vous trouverez une sonnette à la porte. Sonnez et sonnez fort. Elle est plus que grasse d'oreille. L'âge, vous comprenez. »

J'avais carillonné à plusieurs reprises, et je commençais à douter lorsque l'une des croisées s'entrouvrit.

« Ah ! c'est vous, Docteur ? Bon, attendez, je vous envoie mon échelle. Excusez-moi de vous imposer cette petite escalade, mais vu mon état, je ne peux descendre vous ouvrir, et d'ailleurs, même si j'avais la possibilité de le faire, cela me serait impossible car j'ai égaré ma clef. »

Sans que je puisse distinguer mon interlocutrice, une échelle légère avait fait son apparition à la fenêtre. Poussée de l'intérieur, elle avait fini par basculer et atterrir à mes pieds.

Peu banal comme entrée en matière. Cela commençait bien. On m'avait annoncé des surprises, mais celle-là était déjà de taille.

J'avais assuré, tant bien que mal, les montants de l'échelle sur les éboulis et j'avais, trousse en main, gravi sans trop d'ennuis les trois ou quatre mètres qui me séparaient de l'étage. Mon arrivée sur le plancher s'était faite en souplesse.

« Ah ! vous êtes jeune, Docteur. Ça se voit, et vous m'en trouvez ravie. Imaginez-vous que j'étais toujours inquiète lorsque je convoquais votre prédécesseur qui, le pauvre homme, était presqu'aussi âgé que moi.

J'avais toujours peur qu'il se rompe les os. Avec vous, à ce que je vois, rien de semblable ne peut arriver. Cela dissipe mes craintes et m'ôte mes scrupules. Soyez assez aimable de refermer la fenêtre derrière vous. Je me sens fébrile avec cette entérite qui m'accable depuis quelques jours, et les courants d'air, que je ne supporte guère en temps normal, me deviennent intolérables. »

Mme Querelin était revenue à la cheminée qu'elle avait dû quitter quelques secondes et, sans se soucier de ma présence, s'était remise en devoir de continuer les deux activités au cours desquelles je venais vraisemblablement de la déranger : la cuisson d'une grillade au feu de bois, et la libération intempestive et bruyante de son intestin délicat. J'avais tenu les yeux ailleurs par discrétion.

« Excusez-moi, Docteur, mais certaines choses ne peuvent attendre. Je suis à vous dans quelques instants. Asseyez-vous en attendant. Les fauteuils ne manquent pas, bien que couverts de poussière ; ou, tenez, si vous préférez, faites comme votre prédécesseur le tour de mes bibelots. Votre confrère y prenait un certain plaisir. C'était un connaisseur. Peut-être serez-vous comme lui. Il était devenu, avec le temps, un érudit. Dommage qu'il ait vieilli aussi vite que moi. »

Mme Querelin continuait la conversation comme si de rien n'était.

« Ne vous gênez pas, Docteur, faites à votre guise. »

Malgré deux fenêtres sans rideaux, la pénombre de la pièce était telle qu'il me fallut quelques minutes pour m'accoutumer.

Je ne vis d'abord que le lit, un lit monumental de milieu, à quatre colonnes torses et baldaquin mauve. Il trônait au centre de la chambre et s'imposait. Il faisait face à une vaste cheminée où se consumaient sans flammes de longues bûches. Du bois en quantité, rondins et souches à peine refendus et posés à même le plancher, voisinait l'âtre. Une série de casseroles, de poêlons et de marmites charbonneuses s'alignait tout près. La cheminée était grandiose et surmontée d'armoiries en pierres sculptées sur le devant du manteau. Cet ensemble lit et foyer fascinait, et j'eus quelques difficultés à m'en détacher pour prendre conscience de ce qui l'entourait. La salle en vérité était immense. Si l'on ne s'en rendait pas compte d'emblée, c'était uniquement dû à l'incroyable capharnaüm qui y régnait. Il y avait là une telle accumulation de vieilleries qu'elle eût désespéré le plus désordonné et le plus habitué des brocanteurs.

Mon Dieu, était-il possible d'amonceler pareil bric-à-brac ? Ce fut du moins ma première impression, impression de néophyte, pour ne pas dire de béotien, sur laquelle par la suite je ne devais pas tarder à revenir.

Il faut dire qu'il y avait de tout dans cette pièce : tables de nuit, guéridons, tables de jeux, triangulaires, carrées, ovales ou en demi-lune, toutes couvertes de livres, de porcelaines ou de bibelots. Tout en pagaille, en vrac, l'un chevauchant l'autre. Ce qui n'avait pu trouver place sur les meubles ou sur le plancher pendait aux murs, couverts de poussière et de toiles d'araignées. Assiettes, plats, étains, entre des glaces opaques, près de trumeaux ou de tableaux richement encadrés. Pas un seul centimètre de tapisserie n'était épargné. Mon saisissement était tel qu'il me clouait sur place.

« Ça y est, Docteur, je suis à vous. Mon steak peut attendre, mon ventre semble plus calme, vous allez pouvoir m'examiner. Ah ! vous êtes surpris de me voir au milieu d'un pareil étalage ? Oh ! pourtant la raison en est fort simple. Comme vous avez déjà pu le constater, ma maison est sur le point de s'écrouler, certaines parties sont devenues inhabitables ; j'ai dû me replier et me concentrer dans trois pièces encore potables. Certes, tout est l'un sur l'autre, mais que voulez-vous, je m'y suis habituée, et ce d'autant plus que ce n'est pas sans certains avantages. C'est ainsi que j'ai tout à portée de main. Le plus utile près de mon lit, le reste selon la fantaisie du hasard jusque dans les plus petits recoins. Grâce à ça, malgré mon état, je peux surveiller mes affaires. C'est important à mon âge, et à une époque où, croyez-moi, l'on peut impunément à tout moment vous voler. Ah ! au fait, Docteur, je viens de vous dire "le plus utile près de moi", faites donc attention : les commodités étant hors de la maison, j'ai un vase de nuit sous ce lit. Votre confrère, régulièrement, toutes les fois où il m'auscultait, s'arrangeait pour le culbuter et le renverser dans ses chaussures. J'avais beau chaque fois le mettre en garde à temps, rien n'y faisait. Il recommençait à toutes ses visites. Il m'en a cassé une dizaine, et ce qui était un comble, c'est que ça le rendait furieux. Le dernier en date était un vieux Moustiers, un grotesque du XVIIIe. Pour le consoler, je lui en ai donné les morceaux. Je crois bien qu'il les a recollés. »

Et, comme je continuais à regarder autour de moi :

« Vous aimez l'ancien, Docteur ? »

Par politesse, et parce qu'aucune réponse appropriée ne m'était venue à l'esprit, j'avais consenti à un signe de tête affirmatif.

« Alors c'est parfait, je vous montrerai tout. Tout dans le détail, mais une autre fois bien sûr, je suis trop lasse pour commencer aujourd'hui. Et puis, il y a tellement de choses. Ce sera à l'occasion de vos prochaines visites. Vous verrez, vous serez surpris. Il y a là quelques bons éléments qui se sont accumulés au cours de générations et de générations. Certains sont fort intéressants. Certes, tout est un peu hétéroclitement disposé et mal mis en valeur, mais vous verrez, tout ce qui est ici est honnête, souvent estampillé par les plus grands, et assez valable pour intéresser d'ailleurs la plupart des antiquaires du faubourg Saint-Honoré. Ceux qui me connaissent ne cessent de me harceler de propositions douteuses. Comme si chez moi la moindre chose était à vendre ou à bazarder. Ils m'insupportent. Voyez-vous, ce n'est pas tellement leurs avances et leurs offres malhonnêtes qui me vexent, après tout c'est leur métier, mais c'est surtout le fait qu'ils puissent me prendre pour une imbécile ou une fauchée. Ça, je ne peux ni le tolérer ni le pardonner. »

Quel lièvre je venais de lever ! Que je regrettais de n'avoir d'emblée eu le courage de me déclarer ignare et indécrottable à tout jamais ! Fermement convaincu que, s'il pouvait intéresser des marchands de Paris, ce déballage poussiéreux n'aurait jamais le moindre crédit à mes yeux, je me promettais bien d'éluder à la première occasion, même au mépris de toutes convenances, toutes les invites qui me seraient faites à son sujet.

En vérité, je me trompais. Comme mon prédécesseur, je devais, au fil du temps, moi aussi, me passionner rapidement pour ce bric-à-brac. Dès lors, je ne devais plus jamais me faire prier pour escalader l'échelle de Mme Querelin lorsque j'y étais invité. Je dois le reconnaître aujourd'hui, les moments passés en sa compagnie restent parmi les meilleurs de ma vie de médecin.

*

*   *

Grande, maigre – elle n'avait que les os et la peau –, Mme Querelin, lorsqu'elle n'était pas souffrante et alitée, me recevait, hiver comme été, près de sa cheminée, assise dans sa bergère Louis XV dorée à la feuille et à l'or fin.

« Excusez-moi, mais je suis bien là. Ma vieille carcasse me fait souffrir de plus en plus. Elle a besoin de chaleur. Je conviens avec vous que le soleil me ferait plus de bien que l'humidité de cette maison, mais comment faire ? Il me faudrait sortir. Or je l'avoue bien franchement, j'ai peur de franchir le seuil de ma porte. Mon métayer m'en veut à mort. Il a encore tiré des coups de fusil tout ce matin dans ma direction. Depuis que nous sommes en procès, il n'arrête ni le jour ni la nuit de m'assaillir de toutes les façons. »

Des coups de fusil, il y en avait certes. Cela pétaradait d'un peu partout… Que le métayer en ait été l'instigateur, c'était probable ; dire que le métayer en était l'auteur, c'était une autre histoire.

Le parc était un refuge idéal pour les lapins, les perdreaux et les faisans. Les chasseurs de la région ne l'ignoraient pas et, malgré les interdits affichés à tous les angles, ils ne se gênaient pas.

« Tu crois qu'on peut y aller, Fernand ? Ça ne risque rien ?

– Mais bien sûr que non. Elle est sourde comme un pot, et elle est brouillée avec le garde qui ne passe plus. Allez-y, les gars, ça regorge de lapins. Si vous en tuez quelques-uns, vous m'en donnerez un. »

« Des plombs, hier encore, sont venus crépiter à mes carreaux. Si j'étais en état de sortir, je porterais plainte. Ma commissionnaire vient de me dire que l'allée de mon parc servait de latrines à ce métayer. C'est quand même intolérable ! Il y a des limites. Avouez que cela ne peut durer. »

Le fait est que je m'en étais aperçu à mes dépens, la semaine précédente où, au cours d'une approche imprudente, j'avais réalisé deux ou trois glissades, sinon dangereuses, du moins fort odorantes. Depuis, je me méfiais. Je n'avançais plus sur le chemin que sur la pointe des pieds, et avec une précaution d'autant plus grande que j'avais constaté l'aggravation d'une situation qui, partie du perron de dix centimètres en dix centimètres, ne tarderait pas à atteindre le portail.

Ces pollutions n'étaient toutefois pas signées.

« Je suis en état de siège, Docteur. Vous en êtes témoin. C'est à cause de ce triste individu que je n'ouvre plus ma porte. C'est à cause de lui que vous êtes contraint de monter à l'échelle au lieu de prendre l'escalier. C'est à cause de lui encore si j'ai mes palpitations. Sa place, mais c'est aux galères qu'elle devrait être, Docteur ! »

Cela durait depuis longtemps. Le métayer en profitait pour ne plus verser ses redevances ; elle, de son côté, usait du papier timbré à longueur d'année. Si cette situation avait cessé, l'un et l'autre en auraient été attristés.

« Ah ! si je n'étais pas en froid avec mon fils, cela ne se passerait pas ainsi ! Mais pas de regrets inutiles, nous ne nous voyons plus. Vous le savez, Docteur ? Entre parenthèses, inutile de le prévenir si je suis malade, c'est bien entendu ? »

Elle était en bisbille avec son fils unique depuis son mariage.

« Une mésalliance inadmissible, intolérable. Je ne peux l'excuser. Je me refuse à connaître cette femme. Certes, je me prive du même coup de la joie de voir mes petits-enfants, mais tant pis. Notez bien que j'en souffre, Docteur. Mais je ne veux pas, par faiblesse de grand-mère, aller ratifier une pareille union. Ma porte est interdite à cette gourgandine. Je veux bien recevoir mon fils, mais rien que lui seul. Or, comme il sait que je ne transigerai jamais, qu'il est pris entre le marteau et l'enclume, il m'abandonne. Tant pis. Il faut savoir à mon âge se résigner à vivre dans la solitude. D'ailleurs, à tout prendre, je préfère ne plus voir personne. Ma décrépitude est déjà assez difficile à supporter pour moi sans que j'en fasse profiter les autres. Il faudrait mourir jeune, Docteur. Les Grecs ont raison : “celui qui meurt jeune est aimé des Dieux” et pourtant, voyez ça, aucun jeune n’a envie de mourir ! »

Elle s’astreignait à une vie misérable. Son ordinaire aurait rebuté un clochard. Un peu de riz cuit à l’eau, mangé plus ou moins chaud à même une casserole éculée, constituait le plus souvent ses repas rarement agrémentés d’un peu de viande ou de quelques pommes de terre réchauffées sous la cendre.

« On peut vivre de presque rien à mon âge, Docteur. Voyez, avec très peu je réussis encore à me payer de la tension. Au fait, Docteur, votre appareil marche-t-il ? Dix-huit encore aujourd’hui. C’est inouï. Comment expliquez-vous ça ? »

Les rats avaient investi la demeure. Il y en avait partout. Elle défendait ses provisions et sa pitance journalière contre eux à coups de baguette lorsqu’ils étaient trop entreprenants. Cela ne les empêchait ni de grimper sur son lit, ni de venir se servir jusque dans son assiette lorsque, par malheur, elle s’assoupissait au milieu du repas.

« S’il m’arrive quelque chose et que l’on ne me trouve pas rapidement, vous verrez, Docteur, que ces maudites bêtes me dévoreront. Passez donc plus souvent, ce sera la seule façon d’éviter ça. »

C’était pour elle une obsession.

« Bah ! allez, pensons à autre chose. Voulez-vous que je vous montre aujourd’hui, puisque je marche un peu mieux, ma collection de vieilles faïences ? Venez, suivez-moi. Je les ai mises dans cette commode. Jamais je n’aurais cru que ces vieilles assiettes toutes dépareillées et sauvées de la casse depuis des générations dans nos cuisines auraient un jour une valeur. Il paraît qu'elles sont rares et remarquablement belles. »

Durant des heures si je pouvais, durant le temps qu'il m'était possible de lui consacrer, elle oubliait tout.

Moustiers, Veuve Périn du XVIIIe siècle, Hanong tout aussi vieux, fleurs chatironnées[1] ou fleurs fines, tout était là et me passait dans les mains accompagné de ses commentaires. Grâce à elle, j'appris tout l'essentiel sur la faïence française, mais aussi tout sur l'argenterie ancienne et ses vieux poinçons, tout aussi sur les ébénistes les plus prestigieux des plus grandes époques. Aussi bien qu'un commissaire-priseur, j'appris à connaître la valeur des objets, d'autant plus précieux que fragiles. J'appris à les aimer, à les manipuler, à les respecter dans leur pérennité et leur devenir.

Elle me fit comprendre, enfin, toute la valeur qui s'attache à un souvenir.

« Sans ce bibelot, Docteur, j'aurais oublié. Eh bien ! voyez-vous, toutes les fois où il me tombe sous la main, c'est une bouffée de jeunesse qui me revient. Tant qu'il sera là, il saura me le rappeler. Après moi, il ne dira plus rien à personne. On pourra le brader. Il aura simplement repris sa valeur marchande d'objet curieux, alors que pour moi, il n'a en fait aucun prix. Voyez-vous, Docteur, je crois qu'une personne n'est vraiment morte que lorsque son souvenir disparaît. Ah ! dites donc, cher ami, si vous allez à Paris un de ces jours et que vous

1. *Fleurs chatironnées : fleurs entourées d'un trait les délimitant.*

vouliez acheter une pierre chez Boucheron, prévenez-moi. Je me ferai un plaisir de vous recommander. Je peux me le permettre, vous savez, la Maison garde des obligations envers moi. »

Telles n'étaient pas mes intentions ; mais cela ne manquait pas de sel.

« Tenez, je vais vous montrer mes bijoux, puisque je les ai sortis aujourd'hui... Bien sûr, je les cache. Vous avez l'air étonné. Mais ils sont ici, aussi en sécurité que dans le coffre d'une banque. Avec le fouillis qui m'entoure, comment pourrait-on venir les dénicher là ? Notez bien que j'aurais dû déjà m'en débarrasser et les remettre à mon fils ; mais l'idée que sa femme pourrait les porter, moi vivante, m'est intolérable. Après ma disparition, cela me sera égal. Je ne le verrai pas. Il en fera ce qu'il voudra. À tout prendre, voyez-vous, j'aimerais mieux qu'il les vende. Ou, tenez, qu'il en fasse profiter ses maîtresses, pourquoi pas. Mais à elle, ah ça, non ! »

Je sus bientôt apprécier l'orient d'une perle, la pureté, l'éclat et la taille d'un diamant, la transparence d'un saphir, la profondeur d'une émeraude et la couleur d'un rubis.

« Mais Madame Querelin, c'est une fortune colossale que vous avez là. La vente d'une seule de ces bagues vous procurerait le confort qui vous manque et vous dégagerait de tous vos ennuis. Deux ou trois, cela ne se connaîtrait guère sur le nombre, et vous permettrait de rouler sur l'or jusqu'à la fin de vos jours.

– N'exagérons rien, Docteur. Ou alors, vous ne m'en donnez pas pour longtemps. Je sais ce qu'une femme peut dépenser par jour lorsqu'elle s'en mêle. Mais, de toute façon, je n'ai nulle envie de rouler sur l'or. Nulle envie, m'entendez-vous ? Oh ! j'ai aimé ça à mon heure, mais voyez-vous, la vie ne se recommence pas. C'est l'heure de la solitude et des souvenirs qui a sonné pour moi maintenant. Je dois m'en contenter. C'est la sagesse, croyez-moi. »

Sa fin fut d'une tristesse inouïe. Oh ! dans le fond, ni plus ni moins qu'elle ne l'avait prévue.

Elle eut lieu dans l'indifférence générale.

Je la trouvai, un matin, morte en travers de son lit à baldaquin où les rats faisaient déjà la pantomime autour de ses cheveux.

Son fils absent ne répondit même pas à mon appel.

« Qui enterre-t-on ?

– Oh ! une vieille originale, une vieille emmerdeuse, je crois. »

Nous étions quatre pelés et un tondu à suivre le cercueil, et parmi nous, son métayer, Édouard, qui ne cachait pas sa joie d'assister à cette fin de partie. C'était un jour d'été.

La commune inaugurait pour la circonstance un nouveau corbillard. Elle avait fait des frais. Elle avait renoncé à son cheval et à sa carriole habituelle pour un fourgon flambant neuf drapé de noir. Mme Querelin l'étrennait. Son métayer jubilait.

« Vraiment, il n'y a rien à dire, c'est un beau jour, le jour où jamais pour essayer cet engin. Le progrès a quand même du bon. Avec ça, elle y file dare-dare au cimetière, notre patronne. »

On progressait en effet d'une façon curieuse mais rapide, tantôt à grandes enjambées, tantôt carrément au pas de charge, selon les fantaisies d'accélérations imprévisibles du conducteur encore mal habitué à maîtriser son véhicule.

Chacun s'essoufflait et s'épongeait.

Tout à coup, on s'arrêta.

Après un hoquet monstrueux et une série de soubresauts violents au cours desquels Mme Querelin faillit être expulsée du fourgon, ce dernier venait de s'immobiliser.

Le cortège, surpris mais épuisé, ne pouvait que s'en réjouir. Une petite halte imprévue au programme, même en plein soleil, ne pouvait qu'être bien accueillie, s'avérer providentielle et salvatrice. Hélas ! il ne savait pas ce qui l'attendait. On dut rapidement déchanter.

Mal préparé à des ralentis continuels sous une chaleur tropicale, le camion, moteur noyé, se refusa malgré toutes nos sollicitations à repartir. Il fallut se résoudre à le pousser, et à le pousser tout le long d'une côte raide et sans ombre, jusqu'au cimetière.

Comme notre assistance était des plus réduites, nous dûmes tous, à tour de rôle et en bras de chemise, nous y atteler, le métayer comme les autres.

« Cela ne pouvait arriver qu'avec elle, clamait Édouard. Une originale pareille ! Enfin, c'est un coup de main que je ne lui regrette pas et que je lui donne même pour une fois avec plaisir. »

Je conserve précieusement un encrier Empire. Un encrier signé, beaucoup trop beau, beaucoup trop précieux pour mon bureau.

Sur une stèle d'acajou blond, une renommée drapée d'or jusqu'aux chevilles me présente une urne où je dispose mes crayons.

C'est un cadeau, un souvenir.

XXVII

« La Yolande atteint ses 190 kilos, la Yolande a dépassé ses 190 kilos ! » L'opinion se passionnait. On s'informait auprès du Marcel, son mari, et, si l'on n'osait le faire, on pouvait toujours interroger le facteur, le boucher ou le boulanger qui étaient constamment au courant.

Si la Yolande perdait une livre, l'on s'inquiétait ; si elle la reprenait, l'on était rasséréné et l'on respirait.

La Yolande avait amorcé son embonpoint à la trentaine, après son unique grossesse. Depuis, sa courbe de poids ne s'était jamais sérieusement infléchie... et ma foi, elle n'avait que la cinquantaine, cela promettait.

Posséder dans son village la plus grosse femme de la région, ce n'est pas rien. L'agglomération en tirait une aussi légitime fierté que si elle avait obtenu une courge géante dans l'un de ses potagers ; « et une courge ne dure qu'une saison ».

On passait dans les parages dans l'espoir d'entrevoir le phénomène. Hélas ! la Yolande ne sortait pratiquement jamais, et excepté pour quelques familiers, se refusait à se montrer.

La Yolande aurait pu être riche, riche et même admirée si elle avait bien voulu consentir au moindre sacrifice. Malheureusement, elle n'avait jamais voulu faire quoi que ce soit dans ce sens. C'était dommage.

Ce n'étaient pourtant pas les propositions honnêtes qui lui avaient manqué. Elle en avait eu de tous les côtés, et certaines avaient été alléchantes, pour ne pas dire inespérées. Le dernier cirque important, de passage dans la région, lui avait en effet spontanément, rien qu'en la voyant, garanti un pont d'or. Fichtre, d'emblée il ne s'était pas moqué d'elle. Non seulement il ne lui avait pas proposé de prendre la route à la légère, une petite valise à la main, mais il lui avait offert ni plus ni moins qu'un contrat assorti des gages les plus sérieux.

Elle aurait eu d'abord, à l'ombre du grand chapiteau, son camion particulier. Un camion à sa mesure, pourvu d'un grand confort et sur lequel, en la poussant un peu jusqu'à 200 kilos pour qu'il ne puisse y avoir de contestation, on se proposait d'inscrire en grosses lettres, sur une banderole tricolore comportant déjà sa photo agrandie et en maillot : « Ici circule pour vous Yolande, la plus grosse femme du monde. »

Yolande aurait été habillée bien sûr gracieusement et on lui aurait accordé jusqu'à 30 % sur toutes les recettes des entrées qu'elle n'aurait pas manqué de susciter.

Enfin, pour décrocher l'affaire, l'entreprise avait même envisagé de s'engager formellement à prendre en charge son alimentation dans la totalité de ses exigences, ce qui n'était tout de même pas un mince engagement lorsque l'on savait ce que pouvait coûter le seul maintien de son poids.

Bref, sans nul doute, c'eût été la fortune. Marcel, qui comprenait et qui n'aurait pour rien au monde voulu compromettre une telle réussite, aurait volontiers, contre une rémunération honnête, consenti à une petite séparation d'essai durant une année ou deux. Seulement voilà, la Yolande s'était montrée inflexible.

« J'ai ma maison, mon chat qui ne s'habituera jamais au voyage, non ! »

Et, même après toutes les exhortations, elle avait refusé énergiquement rien qu'à la seule perspective de se faire admirer en maillot et à plus forte raison à celle de se faire tâter le gras de ses jambons par des séries de troufions.

Elle était donc restée la propriété exclusive du village et, bon gré mal gré, celle du Marcel qui était en fait le seul homme à pouvoir l'admirer nue. Ingrat, il ne lui en montrait pas pour autant la moindre reconnaissance.

« Un poulet à chaque repas, un kilo de haricots verts ou blancs, un fromage entier et une demi-tourte de pain, il faut y tenir. Je voudrais vous y voir à ma place ! On a beau prévoir, mettre à couver en conséquence et en toute saison, même avec de bonnes vaches laitières et du blé en abondance, c'est quasiment insoutenable.

– Mais Marcel, tu l'as bien voulu, après ce qu'on lui a proposé.

– Ce n'est pas moi qui ai refusé, Michel, tu le sais bien. Mais c'est moi par contre qui continue à la nourrir. Et c'est une charge que l'on n'imagine pas ! »

Marcel, à bout de souffle, avait fini par solliciter un secours, une aide communale. Le conseil municipal avait délibéré sur son cas et, sans trop hésiter, compte tenu de l'exceptionnel, la lui avait accordée.

Depuis lors, la commune, par un effort budgétaire reconduit chaque année à l'unanimité, contribuait à l'engraissement de la Yolande.

Marcel ne pouvait plus se plaindre. Une femme de ce poids, certes, c'est un gadget aussi inutile que rare et onéreux, mais c'est un gadget tout de même qui fait bien de l'honneur à celui qui le possède et l'entretient.

« Alors, Marcel, au moins, est-ce qu'elle grossit toujours un peu, notre Yolande ?

– Ne m'en parlez pas, Monsieur le Maire, elle vient de passer son quintal et demi... Mais oui, je vous assure. Tenez, demandez donc au facteur, vous verrez ce qu'il vous dira. »

On la pesait tous les quinze jours sur une bascule appropriée, réservée en principe aux veaux et aux cochons, une bascule permettant d'atteindre les 250 kilos, ce qui, malgré une progression régulière, laissait encore une fort belle marge de sécurité pour quelques années.

Pour cette opération rituelle, le facteur, le boulanger, et si possible le boucher, trois familiers de la maison, se donnaient rendez-vous et délaissaient pour quelques instants leurs tournées respectives.

Pour monter sur la bascule, la Yolande devait se tenir quelques secondes sur une seule jambe, ce qui, sans l'aide d'hommes vigoureux, eût été périlleux, voire impossible.

Le Marcel qui s'entêtait, probablement par esprit de fronde, à ne pas dépasser les 60 kilos, à ces occasions, n'était autorisé qu'à manipuler les tares et les curseurs et, si c'était lui qui annonçait le poids, c'était en revanche aux trois autres que revenait la responsabilité de hisser la Yolande hurlante de peur sur le plateau, et de surveiller qu'elle ne chutât pas.

Ces pesées avaient lieu en chemise de nuit et à l'abri des indiscrets. Le boucher, pour plus de précision bien sûr, avait proposé à plusieurs reprises que Yolande, pour ces circonstances, soit nue. Mais cette dernière avait chaque fois refusé avec énergie malgré les observations du boulanger et du facteur qui, eux aussi, auraient vu dans cette décision un pas vers une plus grande rigueur. On avait donc dû s'en tenir à une chemise de nuit, mais en prenant toujours la même, une chemise légère, vaporeuse, presque transparente, seule façon, de l'avis de tous, de réduire les erreurs.

Tous les quatre devaient contrôler qu'il n'y avait aucune supercherie et étaient là pour témoigner de la régularité des opérations.

Quelques minutes plus tard, après cotation des résultats, grâce aux tournées respectives de chacun, toute la localité en était aussitôt informée.

« Alors, qu'est-ce que ça donne aujourd'hui ? Elle ne maigrit pas au moins ?

– Oh que non ! Un peu plus de 190, en chemise, mais sans culotte. Le Marcel a encore dû renforcer son lit et soutenir le sommier avec deux nouvelles poutrelles. »

Le matelassier du pays avait été pressenti pour un fauteuil, un siège géant qui devait réunir confort et solidité avant tout. Au premier essai, il avait eu des problèmes. L'assemblage, pourtant prévu des plus forts, s'était disloqué, et l'on avait dû récupérer avec appréhension la Yolande sur le plancher, tout empêtrée dans des morceaux de bois. Heureusement, il y avait eu plus de peur que de mal et, à la deuxième tentative, il était parvenu à un résultat satisfaisant. Il avait dû néanmoins employer pour ce faire quatre madriers de chêne et faire preuve en fin de travail de beaucoup de persuasion car la Yolande, restée sur l'impression d'une chute récente, avait fait montre des plus grandes réticences.

« Combien fait-elle de tour de taille, ta femme, Marcel ?

– Aucune idée. Je n'ai qu'un double mètre de charpentier. Pour bien faire, il me faudrait un décamètre à ruban pour te le dire. »

Et cela donnait à rêver lorsque l'on savait que son corset déployé couvrait toute la surface d'une table de ferme, et qu'il ne fallait pas moins d'un drap de lit pour lui confectionner deux culottes.

« Pensez donc. On a renoncé pour elle aux soutiens-gorge. C'eût été une ruine, rien qu'au prix du tissu. »

Lorsqu'on déplaçait la Yolande, ce qui était rare et ne pouvait se concevoir que pour d'impérieuses raisons, on la transportait toujours en bétaillère, seul véhicule à l'arrière duquel elle pouvait accéder par plan incliné, moyennant l'aide de bonnes volontés tirantes et poussantes, à l'épreuve de la hernie et du tour de reins.

Une seule fois, on avait cru pouvoir changer de technique, mais cela avait tourné à la catastrophe, et l'on s'était bien promis de ne jamais récidiver.

L'aventure s'était déroulée dans le drame, un drame dont l'intensité avait été telle que, malgré le temps, il continuait à perturber Yolande jusque dans ses rêves, que de temps à autre il transformait en cauchemars.

Cela s'était passé il y a plus d'une dizaine d'années, à une période où la Yolande commençait tout juste son engraissement, alors que son poids, qu'*ad retro* elle jugeait maintenant raisonnable, n'excédait pas les 150 kilos, à une période où Yolande gardait encore quelques illusions et où elle s'était mise dans la tête, à la suite de la lecture d'un prospectus tendancieux et péremptoire, de se rendre à Brides-les-Bains.

« Pour maigrir, Marcel. On garantit près de vingt kilos dès la première année, et trente à la deuxième. Il n'y a rien à faire, je veux y aller et faire une cure dès cette année. »

Le médecin était pour le moins sceptique. Le Marcel, pour d'autres raisons touchant à ses sous, n'était pas chaud.

« Mais Yolande, il va falloir que nous prenions le train. Il y a deux changements à prévoir sur le parcours. Il faudra que je te suive. Je serais à ta place… »

Rien n'y avait fait ! Rien n'avait pu la dissuader.

« Dans ce cas, Yolande, il vous faut contacter la S.N.C.F. Vous voyez ce que cela donne rien que pour monter de dix centimètres sur une bascule ! Ce sera bien autre chose lorsqu'il faudra grimper dans un wagon. Je vais vous faire un certificat médical au cas où ce serait nécessaire, mais surtout n'oubliez pas de prévenir la gare et de vous annoncer comme impotente. Demandez-leur s'ils peuvent vous prendre totalement en charge. »

Marcel avait téléphoné.

« Aucun problème. Le certificat médical n'est même pas nécessaire. Du moment que nous sommes prévenus, tout sera prévu. C'est entendu, nous la prendrons en charge de Périgueux à Brides. Quelqu'un sera là pour l'aider à chaque changement de train. »

La réponse était d'un optimisme plus qu'encourageant.

« Tu vois, Marcel, j'avais raison d'insister. Ils te l'ont dit : tout sera prévu. »

La bétaillère l'avait donc conduite jusqu'à la gare et l'avait déchargée sur le parvis.

« Ah ! c'est vous qui avez téléphoné la semaine dernière pour votre femme ? Bon, c'est d'accord. Voyons, où est-elle ? Elle ne peut venir ? Bon, alors on y va. Je vous envoie quelqu'un. »

Et Marcel avait vu arriver, trottinant sans se presser sur le quai, un employé maigrelet, guère plus gros que lui, poussant une voiturette à deux roues sur laquelle, en admettant que cela se fût avéré possible, la Yolande n'aurait pu mettre plus d'une moitié de fesse.

À la vue de la passagère, l'employé en perdit son couvre-chef et, abandonnant casquette et voiturette, s'enfuit à toutes jambes vers la direction. Deux minutes après, le chef de gare en personne arrivait les yeux ronds, et refluait à son tour vers ses bureaux pour revenir en force suivi de tous ses employés, du poinçonneur au guichetier. Il était temps. La Yolande, qui ne supportait pas plus de quelques minutes la station debout, venait de s'effondrer.

« Mais Monsieur le Chef de gare, nous vous avons prévenu tout de même. Vous nous avez répondu vous-même que tout serait prévu et que vous vous chargiez de tout.

– Bon, eh bien ! nous allons faire le nécessaire puisque nous l'avons promis. La S.N.C.F. fait toujours face à ses engagements, mais c'est égal, nous attendions une infirme certes, mais pas un éléphant.

– Soyez poli, Monsieur le Chef de gare. »

La Yolande était déjà plus morte que vive.

« Bon, allez chercher un diable, le plus large que vous trouverez. »

Le diable n'y pouvait rien.

On avait dû l'étaler sur un chariot à bagages libéré hâtivement et on avait fini, au milieu de la curiosité générale, par la traîner à quai.

Le train entrait en gare.

Le chef de gare était resté. Tous ses employés aussi. Il allait falloir maintenant hisser Yolande sur les deux marchepieds du wagon.

Même avec l'aide de toute une équipe, cela s'avéra vite impossible.

Tous les voyageurs étaient aux portières ou aux fenêtres. Certains étaient descendus pour voir de plus près. La Yolande hurlait et ameutait. Beaucoup croyaient à un accident.

En catastrophe, on s'était précipité vers les monte-charge. L'un d'eux paraissait convenir. La Yolande, malgré toutes ses protestations, y fut placée entre deux employés, puis élevée mécaniquement à la hauteur de la portière.

On pensait avoir résolu le problème, on pensait qu'on allait y arriver. Il n'en fut rien.

De face, de profil, de trois quarts, même en forçant un peu, la Yolande ne passait pas.

La Yolande se débattait, s'agrippait aux portières, s'accrochait à ses aides qui, eux-mêmes, ne s'y fiaient plus.

Un cercle déjà important grossissait autour d'eux. Les conseils fusaient de toutes parts. Le Marcel était dans tous ses états, et s'en prit violemment au chef de gare lorsque la Yolande, suspendue entre ciel et terre, vira de l'œil et s'affala sur la plate-forme du monte-charge.

Les voyageurs descendus du train étaient maintenant tous sur le quai. Les uns riaient, d'autres s'indignaient, tous se passionnaient.

On avait redescendu la Yolande sur la terre ferme, et le chef de gare lui-même, bien convaincu de ses responsabilités, lui présentait des sels. Elle revenait à elle. Elle revenait. Elle hurlait de nouveau !

Le train bloqué en gare avait déjà une demi-heure de retard.

« Chef, et si on la mettait dans le wagon des messageries ? »

Marcel s'y opposa. La Yolande n'était pas un colis. Elle avait un billet. Il exigeait tout de même un certain confort.

On finit par la fourguer dans le wagon de queue grâce au soufflet arrière.

Et le train avait plus d'une heure de retard lorsque le chef de gare, en sueur, ordonna le départ.

« Chef, il faut prévenir tous les nœuds ferroviaires jusqu'à Brides.

– Ne vous tracassez pas, je m'en occupe. »

Prévenue de gare en gare, la S.N.C.F., à la réflexion, préféra des manœuvres aussi compliquées fussent-elles à des transferts d'un train à l'autre, et ce fut dans son wagon de départ, dont elle occupait toute une banquette, que Yolande arriva à Brides avec un retard sur l'horaire que, de mémoire de S.N.C.F., on n'avait jamais connu.

La Yolande n'avait pas voyagé incognito. Dans chaque gare, elle avait eu droit à la curiosité de toute l'administration ferroviaire, et jamais on n'avait vu autant de casquettes galonnées circuler dans un wagon de queue où elle fut contrôlée plus de quinze fois au cours de son parcours.

Ce fut néanmoins une Yolande accablée, étalée, écartelée, amorphe et couverte de bleus, que l'on débarqua, geignante, à Brides sur le quai.

« Madame, malgré votre billet, le réseau ne pourra se charger de votre retour. Cela causerait de trop grandes perturbations dans le trafic. Nous vous rembourserons, et nous sommes prêts à vous indemniser pour tout autre système de transport de votre choix. »

La bétaillère familiale dut faire le voyage jusqu'en Savoie pour la récupérer.

La Yolande devait néanmoins réaliser sa cure. Mais celle-là aussi, elle n'était pas près de l'oublier. Au prix d'heures et d'heures d'angoisse, au cours desquelles elle s'était vue massée impudiquement sur tous les angles, où elle avait été plongée et replongée dans des piscines au risque d'être noyée, où elle avait été privée de nourriture, elle avait perdu à grand-peine trois kilos sur la bascule même de la station ; de cette station qui, malgré ses prospectus, s'avéra vaincue, et finit par convenir que la Yolande était un cas qui, de toute évidence, la dépassait.

Quinze jours après son retour au village, en présence du médecin, on refaisait le point. Et un quart d'heure après, le facteur, le boulanger et le boucher pouvaient de nouveau annoncer à toute la région :

« Ah ! ça y est, nous avons retrouvé notre Yolande. Nous sortons de son pesage, elle a repris tous ses kilos. Soyez sans crainte, ce n'est pas quelques verres d'eau qui lui auront coupé l'appétit. Jamais elle n'a aussi bien mangé. »

*

* *

La Yolande n'était jamais malade. Heureusement. Les médecins la considéraient comme un élément redoutable. Toute auscultation avec elle s'avérait inutile ; quant à la percussion, l'on aurait beaucoup plus tiré d'un demi-muid que de son dos. L'homme de l'art avec Yolande en était réduit à l'intuition, et sa thérapeutique ne pouvait qu'être vétérinaire.

L'un d'eux, nouvel arrivant, ne la connaissant pas, avait un jour failli révolutionner le village.

« Docteur, ma femme est malade. Pouvez-vous venir ? Elle a une fièvre de cheval.

– Combien a-t-elle ? Alors, comment pouvez-vous affirmer qu'elle a de la fièvre sans l'avoir prise ? Elle est chaude ! Cela ne veut rien dire. Prenez-la-lui, j'arrive. »

Il était arrivé à temps, grâce à Dieu, pour éviter le pire. Marcel était un être discipliné. Il avait décidé d'obtempérer, bien que jamais il n'ait eu à faire pareille chose. L'ampleur de l'opération ne lui ayant toutefois pas échappé, il avait aussitôt battu le rappel de quelques voisins disponibles avant de s'y lancer.

Lorsque le médecin arriva, la Yolande, couchée sur le flanc et bien que statique, poussait déjà des cris de truie qu'on égorge.

Les trois acolytes convoqués qui, rien que par curiosité, ne s'étaient pas fait tirer l'oreille, écartaient tant bien que mal ses fesses, alors que Marcel, armé de son thermomètre, s'acharnait depuis un bon quart d'heure à larder sans résultat l'entre-deux-fesses de sa femme, dans l'espoir, bien illusoire d'ailleurs, de rencontrer la cible.

Si ces tentatives avaient duré encore longtemps, l'affaire aurait mal tourné. Heureusement, le médecin avait mis fin à cette mêlée ubuesque. Profitant de ce que la Yolande criait encore, il lui avait collé le thermomètre dans la bouche, ce qui, expliqua-t-il à Marcel ébahi, la ferait taire tout en donnant au demeurant le même résultat.

*

* *

La Yolande avait un chat. Un chat noir. Un chat porte-bonheur.

Il s'appelait Pompon. Il ne la quittait jamais de la journée. C'était un compagnon fidèle, et toutes les attentions de Yolande, du matin au soir, étaient pour lui. Elle n'était pas plus tôt installée sur son fauteuil que Pompon sautait sur ses genoux pour s'y lover confortablement et entamer, entre ses cuisses, une sieste que rien ne dérangerait. Si la Yolande ne le voyait pas apparaître, elle était inquiète ; si le chat ne la trouvait pas à sa place habituelle, il la cherchait.

Or, un jour, Pompon ne fut pas au rendez-vous.

Yolande l'appela, sans résultat. Les enfants, sur sa demande, allèrent à sa recherche jusqu'au fond du jardin, en vain.

C'était l'époque de carnaval, la période de l'année qui a la faculté de plonger les chats dans leurs transes amoureuses. Faute d'explications, on finit par conclure à une fugue.

Pompon, sa folie passée, reviendrait certainement. Dans deux ou trois jours tout au plus, il retrouverait son havre de paix.

On ne devait pas attendre aussi longtemps pour le retrouver ! On le découvrit le soir même sous la forme d'une galette de poils, laminé et aussi plat qu'une crêpe.

Misère de lui.

Il s'était laissé surprendre le matin lorsque la Yolande, sans crier gare et sans trop regarder, s'était abattue sur lui.

Il était mort, probablement sur le coup, sans souffrir, les reins brisés, sans même avoir pu détendre une seule de ses griffes, écrasé sous les 190 kilos redoutables de sa maîtresse.

« Tu as vu ce qui est arrivé à ton chat, Marcel ? Attention, à toi, mon vieux.

– Aucun risque, Adrien. Il y a longtemps que je me méfie et que je lui ai abandonné le lit.

– Sacré Marcel, va ! »

XXVIII

CINQ OU SIX ENFANTS constituaient autrefois une famille moyenne ; broutilles que celles-là. On ne parlait pas de familles nombreuses à cette époque, à moins de dix ou douze rejetons, et d'ailleurs de cette importance il s'en trouvait souvent. Des nichées de seize, dix-huit étaient en revanche plus rares, bien que j'en aie connu au moins une de vingt-quatre. C'était impressionnant.

On ne pouvait dire que ces débordements sous un seul toit entraînaient la richesse mais, chose étonnante, sans allocations, ce que l'on aurait aujourd'hui du mal à concevoir, ces familles en général se tiraient toutes d'affaire, et même dans une cohésion, une joie et un bonheur que l'on a encore de la peine à imaginer.

La Fanchette en avait vu vingt en rang d'oignons devant ses assiettes. Elle en avait perdu quatre de la grippe dans la même année, mais il en restait encore seize de bien vivants, tous adultes, maintenant mariés pour la plupart, pères et mères à leur tour, et dispersés aux quatre coins de la commune. Lorsqu'elle comptabilisait sa descendance et qu'elle y adjoignait les rustines inévitables, gendres et brus, elle arrivait à un nombre variable, car elle en oubliait toujours quelques-uns, mais à un nombre époustouflant tout de même puisqu'il dépassait la centaine.

Sa joie eût été de tous les réunir un même jour à la même table, mais c'eût été là une entreprise impensable, sinon folle et ruineuse si l'on y était arrivé. Elle avait dû y renoncer. Elle se contentait de les recevoir à tour de rôle, dimanches et jours fériés, sans en sauter un seul ; il n'y en avait pas de trop dans l'année.

« Faites tous attention à la Fanchette et au Joseph. S'ils sont contre notre liste, nous pouvons nous retirer. Aucun de nous ne passera. »

Le maire de la commune, comme ses conseillers, redoutait cette dynastie qui votait comme un seul homme et qui pouvait, compte tenu du nombre de ses bulletins, souffler à volonté le chaud comme le froid sur chaque scrutin. Pour ces raisons, le conseil municipal ménageait toute la tribu dans son ensemble. Cette dernière bénéficiait d'aides et d'assistances multiples, mais l'on soignait tout particulièrement la Fanchette à laquelle on n'avait jamais manqué d'octroyer, aussi souvent que possible, honneurs et distinctions.

Bien qu'elle eût depuis longtemps obtenu et dépassé le prix Cognac-Jay dont beaucoup de foyers se contentaient, le maire avait continué à la couvrir de diplômes et de médailles à chaque naissance nouvelle. Fort heureusement, l'âge avait mis un terme à cette productivité exceptionnelle, et Dieu merci, la Fanchette avait enfin pondu son petit dernier, sans cela le maire, privé de ressources, n'aurait su que faire, rien n'étant plus prévu ni prévisible pour de pareilles fécondités.

« Alors Fanchette, c'est bien fini cette fois ? C'est sûr ?

– À moins d'une heureuse surprise, Monsieur le Maire, je crois bien quand même que j'ai commencé ma ménopause, mais vous savez, mon Joseph ne manque pas encore à ses devoirs pour autant. Alors on ne peut jamais savoir. Enfin, voilà un an de passé depuis la naissance du Bernard, j'espère que je vais pouvoir laisser ça à des plus jeunes maintenant. Mais, ne pensez-vous pas que j'ai tout de même fait mon devoir ? »

Certes, personne ne le contestait, le maire moins que tout autre.

La Fanchette et le Joseph habitaient un hameau isolé. Deux maisons, pas une de plus, distantes de quelques pas, le constituaient : la leur et celle de leur voisin, le Michel. « Un brave garçon s'il en est, et bien de service, ma foi. » De ses premières maternités, la Fanchette avait gardé un embonpoint de façade que ni la présence ni l'absence de ses grossesses successives n'avaient jamais modifié. L'ensemble était assorti d'un jabot plus qu'avantageux. Petite, courte sur pattes, elle ressemblait à une bonbonne, et le fait de croiser au repos ses bras sous sa poitrine – dessus, c'était pratiquement impossible – n'arrangeait pas sa silhouette.

« À mon âge, je ne peux plus rien faire, Docteur. J'ai mon asthme, vous le savez, et toutes ces hernies qui me sont sorties d'un peu partout, sans compter ma matrice et ma vessie qui tombent. Vous en convenez ? »

En vérité, ces quelques infirmités mises à part, elle n'était jamais malade. On la trouvait toujours déambulant à petits pas autour de sa maison, tricotant imperturbablement les mêmes bas, et on l'entendait venir de loin sans prêter l'oreille, car elle avait pris la curieuse habitude de glousser comme une poule à tout bout de champ.

« La Fanchette ! Oh ! nous ne risquons pas de la perdre. Tenez, entendez-la. C'est elle qui arrive. Dommage qu'on ne puisse lui confier de temps à autre quelques douzaines d'œufs à couver. Elle conduirait sans peine une colonie de poussins. »

Joseph, sans que l'on puisse savoir si cela pouvait ou non se rattacher à ses paternités, était d'un tempérament plus fragile. Lui non plus ne travaillait plus, et cela soulevait quelques médisances de la part du qu'en-dira-t-on. La Fanchette le défendait avec ardeur.

« Il en a bien assez fait d'efforts dans sa vie, et comment pourrait-il travailler encore ? Il est usé, cet homme. Et puis, avec les parties telles qu'il les a. »

Joseph était porteur de deux volumineuses hydrocèles.

« Ses testicules, c'est qu'il faut les voir. Ils sont devenus plus importants que ceux d'un jeune taureau, et il faut les lui vider tous les trois ou quatre mois. Ce n'est pas rien pour cet homme. »

Bien sûr, on avait proposé à plusieurs reprises à Joseph une opération salvatrice, mais il en avait toujours décliné l'offre et jusqu'à l'idée.

« Je n'en ai pas le courage à mon âge, et pour les quelques années que j'ai à vivre. »

On le ponctionnait donc trois ou quatre fois par an lorsque cela devenait indispensable, lorsque cela mettait en péril jusqu'à la couture de son pantalon.

« Je veux qu'on le fasse sous le tilleul, dans la cour. Je suis mieux. J'ai de l'air. »

L'on sortait à cette occasion le fauteuil du patriarche. Joseph s'y installait confortablement, tombait le pantalon, mettait ses génitoires à l'air et attendait les bras en croix. Sa femme tenait le bras droit, Marcel le voisin, ou à défaut une de ses filles aînées, le bras gauche.

« Faites attention, disait la Fanchette, vous savez, il a toujours été sensible de ce côté.

– Tenez-moi bien, recommandait Joseph, et serrez-moi fort les poignets. Allez-y, Docteur. »

Et le médecin mettait le trocart.

Il fallait vingt bonnes minutes pour réduire à zéro les bourses de Joseph et y introduire un liquide modificateur, anodin et illusoire.

Ces séances étaient dignes du grand-guignol.

« Michel, vous ne croyez pas qu'il y en a encore plus que la dernière fois ?... Qu'est-ce qu'elles peuvent bien contenir, les parties de cet homme ? Voyez, on a rempli le bol plus de deux fois. »

La Fanchette était admirative, le Joseph soulagé.

Joseph, enfin, était fragile des bronches. Été comme hiver, aucun courant d'air ne l'épargnait. Ça le prenait d'un seul coup, sans préavis, à la suite d'une imprudence, d'un rien, sans que l'on sache pourquoi. Il se mettait au lit et la fièvre montait, montait presque jusqu'au bout du thermomètre.

Michel était aussitôt alerté.

« Il faudrait aller chercher le docteur, Michel. Le Joseph n'est pas bien. Il fait plus de quarante. »

Entre voisins, ce sont là des services qui ne peuvent ni ne doivent se refuser. Michel ne manquait pas à ses devoirs, et dans ces cas, aussi pressé fût-il, il abandonnait toujours tout, même le plus urgent. Il n'avait qu'un vélo, mais il l'enfourchait par tous les temps et faisait, faute d'une proximité téléphonique, une douzaine de kilomètres sous la pluie ou la neige pour aller chez le médecin.

Et si les choses en étaient restées là !

Mais Michel était sans illusion. Il savait ce qui l'attendait au retour. Chaque fois, c'était la même chose. Après les remèdes, il était presque sûr que Joseph ne manquerait pas de dire :

« Je me sens mal, Fanchette… très mal… Je voudrais voir une dernière fois tous mes enfants. »

On avait beau lui affirmer que tout n'allait pas si mal, que le médecin avait assuré que ce ne serait pas plus grave que les fois précédentes, il n'en démordait pas.

« Fanchette, il faut que je voie les petits. Je crois que je serai mort demain matin. »

Ce scénario s'était renouvelé si souvent que Michel n'en attendait même plus la fin. Il n'avait besoin ni de liste ni de dessins. Il connaissait par cœur le parcours. Il en avait pour toute la nuit à pédaler, d'ornière en ornière, aux quatre coins de la commune.

Il rentrait au petit jour, exténué, fourbu.

Mais les enfants de Joseph étaient là, tous présents auprès de l'aïeul qui, enfin, s'assoupissait sur son oreiller en les regardant et en déclarant infailliblement avant de s'endormir :

« Ah ! eh bien ! maintenant, je sens que je suis mieux. »

Le lendemain, Joseph avait l'œil vif et était guéri, mais le Michel, malgré les grogs à l'eau-de-vie et les ventouses de sa femme Hortense, commençait, pour huit jours, une grippe à tout casser.

Michel avait bien pensé plus d'une fois à se dérober et à se récuser en prétextant une fatigue subite ou une indisposition passagère, mais voilà, il n'osait pas. Il était du conseil municipal, il ne fallait pas l'oublier ; on ne le lui aurait jamais pardonné.

XXIX

Il portait maintenant chaque dimanche le petit gilet, la cravate de soie, le chapeau mou et une chaîne de montre en or qui lui barrait la poitrine. On lui parlait avec un respect évident. On lui donnait du « bonjour, Monsieur Robert », et c'était mérité aux yeux de tous puisqu'il représentait à lui seul cent hectares de terre arable d'un seul tenant, ce qui, dans ces régions trop morcelées, était non seulement hors du commun mais encore considérable. L'importance de la propriété qu'il dirigeait depuis des années ne pouvait qu'entraîner la considération, et cela avait amplement suffi à faire oublier ses origines. Ces dernières s'étaient d'ailleurs déroulées dans un canton lointain et, comme il avait maintenant la trentaine, personne ne s'en souciait. Elles étaient pourtant peu banales quoiqu'un peu scabreuses, il faut l'avouer.

M. Robert était un ancien enfant de l'Assistance, un enfant trouvé ! C'était ainsi que l'on désignait dans la région ces orphelins du destin voués dès leurs débuts à la solitude.

Jusqu'à douze ans, le jeune Robert avait été confié à l'orphelinat où, entre des sœurs probablement bonnes mais malgré tout indifférentes, il avait vécu une existence triste, végétative, sans joie ni affection. Dire qu'il en avait vraiment souffert serait faux. N'ayant jamais connu d'autre ambiance, il n'avait jamais pu réellement faire de douloureuses comparaisons. Puis il s'était trouvé là avec d'autres tout aussi déshérités que lui, et cela l'avait aidé à se résigner. Il s'était simplement replié sur lui-même un peu plus qu'il n'aurait fallu, en acceptant tant bien que mal avec un petit pincement au cœur les conséquences de son état.

Aucune raison de faire plaisir à qui que ce soit. Mauvaises notes, bonnes notes, personne n'était là pour lui dispenser le moindre encouragement ou la moindre caresse. Il s'était donc contenté de grandir dans l'indifférence.

On l'avait en conséquence jugé sans possibilités, paresseux, sans espoir ni devenir, simplet pour tout dire et, de surcroît, il n'en fallait pas beaucoup avec les sœurs pour être catalogué comme tel, déjà un peu pervers.

Dès ses douze ans, on l'avait sans hésiter placé dare-dare à la campagne comme simple berger.

Berger à douze ans. Pour trois fois rien : un peu de nourriture, un entretien misérable et une pièce mensuelle symbolique et ridicule dont il ne pouvait même pas profiter puisqu'on la lui consignait sur un livret. Jeune berger en culottes courtes avec comme unique horizon la houppelande de l'âge derrière un même troupeau.

Mais voilà, la destinée, par des voies surprenantes bien que périlleuses et parfois moralement critiquables, en avait décidé autrement... Le destin se moque de la morale.

Les premières années à la ferme avaient été malgré tout un enchantement pour le jeune garçon. Certes, le patron ne s'était pas avéré commode, mais Robert, lorsqu'il se trouvait seul tous les jours derrière ses moutons, devait y découvrir une grande liberté, cette liberté qu'il ne connaissait pas jusque-là et qui ravit sa jeunesse.

Plus de tracasseries mesquines, plus de contraintes fastidieuses. Il y avait eu immédiatement ce contact enivrant avec la nature, cet univers de charmes bucoliques où tout était nouveau et curieux à la fois : l'oiseau sur sa branche, le papillon sur sa fleur, la sauterelle sur son brin d'herbe. Accaparé et ravi, il était allé de découverte en découverte. Puis il y avait eu Bricole, un labri velu dont on voyait à peine les yeux, un chien tout en démonstrations et affection, son premier compagnon sérieux toujours prêt à partager avec lui et ses jeux et son pain.

Comme tous les petits bergers, il avait connu les longues siestes à l'ombre lorsqu'il faisait trop chaud, les heures de repos paisibles durant lesquelles on pouvait tout à loisir observer les lapins ludiques dans les luzernes et le jeu des alouettes dans les rayons du soleil. Comme eux, il avait construit des fours à l'abri des talus de pierres pour y cuire châtaignes et pommes de terre. Comme eux, il avait posé des pièges à grives et des collets à perdreaux. Comme eux, il avait fumé en guise de cigarettes les moelles du sureau et du topinambour.

Il n'aurait pas fallu que ça finisse. Il n'aurait pas fallu vieillir, mais voilà, qu'on le veuille ou non, même s'il ne dure pas, le temps passe.

La puberté était arrivée, et elle était venue tout gâter. Ce fut elle, la fautive qui allait tout changer.

Si Robert s'était contenté de jeux solitaires admissibles à son âge, probablement rien ne serait arrivé. Hélas ! il devait s'en écarter et, ô scandale ! faute de mieux, dans une aberration malheureuse, s'attaquer un beau jour jusqu'à ses brebis.

L'affaire était grave. Surpris par son patron en pleine exécution de ces égarements, ce fut devant un magistrat qu'il dut un jour s'en expliquer.

« Mais voyons, mon garçon, vous n'avez pas honte ? Comment pareille idée a-t-elle bien pu germer dans votre tête ? Voyons, je vous prie de me répondre et de vous expliquer.

– Je ne sais pas, Monsieur le Juge... Peut-être en voyant faire le bélier !

– Mais enfin, vous ne vous rendiez donc pas compte que vous faisiez quelque chose de monstrueux, contre nature, et que vous faisiez tort même à votre troupeau ?

– Non, Monsieur le Juge... D'ailleurs je faisais attention, je ne le faisais jamais aux brebis pleines, je le jure, Monsieur le Juge.

– Et vous vous laissiez aller de nombreuses fois à ces exercices à ce que je comprends.

– Oh non ! Monsieur le Juge, pas plus de six fois par jour, et jamais avec les mêmes brebis. Je le jure, Monsieur le Juge. »

Les séances ne manquaient pas de piquant. Heureusement, l'affaire se déroulait à huis clos.

Robert était mineur.

« Vous n'êtes qu'à demi responsable ; votre manque d'intelligence vous sauve pour cette fois. À la moindre récidive, ce sera la maison de correction, et là je vous préviens, vous n'y couperez pas. Je m'en charge. »

Et, comme il n'y avait en vérité rien d'autre à faire, on l'avait rendu à ses moutons.

Le même juge devait le revoir un an après.

« Mais je vous ai déjà vu, vous ? Ce n'est pas vous le garçon aux moutons ? Qu'est-ce que vous avez encore fait aujourd'hui ? Voyons, je lis sur le procès-verbal : "s'acharne à violer une fois par semaine la servante de la maison". Qu'est-ce que c'est que cette histoire ? Il y a un an vos brebis, aujourd'hui la femme de chambre, mais vous êtes infernal, mon garçon. Pourquoi vous en prenez-vous à cette fille maintenant ?

– Mais je n'ai pas touché aux brebis, Monsieur le Juge, je le jure.

– Certes, mais ce n'est pas une raison pour prendre de force tous les huit jours une des filles de la ferme.

– Je ne la prends pas de force, Monsieur le Juge, c'est elle qui le veut, c'est elle qui souvent vient me chercher.

– Ce n'est pas ce que dit ce papier. Mais qu'à cela ne tienne, on va voir. Voyons, faites entrer la partenaire. »

« Alors Mademoiselle ? Ce garçon prétend que vous êtes consentante, c'est vrai, oui ou non ?

– Ma foi, Monsieur le Juge, puisque je ne risque rien.

– Comment, vous ne risquez rien ?

– C'est le Robert qui me le dit, Monsieur le Juge. Il m'a même dit la première fois : "Tu ne risques rien, voyons, bourrique, tu vois bien que je fais attention, jamais il n'est rien arrivé avec mes brebis." Alors, Monsieur le Juge, j'ai été d'accord, parce que pour le reste...

– Pour le reste quoi, Mademoiselle ?

– Eh bien ! ce n'est pas désagréable, Monsieur le Juge. »

Le consentement de la partenaire était indiscutable. On pouvait d'autant moins condamner le garçon que, si lui était mineur, la jeune servante, elle, avait bien atteint plus que la majorité.

On l'avait sévèrement chapitré pour l'affaire des moutons ; ce fut pour la chambrière un non-lieu pur et simple, sans nulle remontrance.

Pour Robert, c'était à n'y rien comprendre ; mais il en tira aussitôt des conclusions : les moutons, c'était défendu ; les servantes, c'était toléré, on pouvait y aller.

Il récidiva sur-le-champ.

Quinze jours après ce jugement encourageant, le fermier faisant sa ronde matinale débusqua de nouveau le couple enlacé sous une sapinette.

C'était quand même un peu violent.

Cette fois, Robert fut renvoyé sans ménagements ni commentaires.

Compte tenu de son âge, revenir à l'orphelinat après de semblables prouesses et y trouver refuge était pour Robert hors de question. Une assistante sociale fut chargée de s'occuper de lui avec mission expresse de le recaser.

C'était une époque où la main-d'œuvre rurale commençait à se raréfier, où un employé de ferme devenait l'oiseau rare. L'assistante, intelligente et dévouée, comprit tout le parti que l'on pouvait en tirer. Une maison d'agriculture venait justement d'ouvrir ses portes.

Encore peu exigeante sur ses conditions d'admission, elle accepta, sans trop se faire prier, de prendre le garçon. Robert devait y rester deux ans et, chose étonnante, il s'en tira fort bien. À sa sortie, ayant devancé l'appel, il fit son service militaire, et ce fut ainsi que par la suite, Robert, alors dans sa vingtième année, fut dirigé en tant que stagiaire agricole sur la ferme des Foulons.

*
* *

Les Foulons s'étalaient dans la plaine près de la rivière sans jamais gagner les coteaux. Constitué de terres alluviales fertiles et riches sur lesquelles toute culture s'avérait possible, le domaine présentait en plus, grâce à ses prairies humides et ensoleillées, toutes les garanties requises pour un élevage facile et intensif si on le désirait. On pouvait parcourir l'exploitation entière sans en sortir, et c'était là un avantage exceptionnel sur toutes les propriétés voisines aux parcelles morcelées imbriquées les unes dans les autres en puzzles extravagants.

La maison d'habitation au centre, bien que basse et couverte de tuiles, comme toutes les autres fermes de la région, avait belle allure. Elle faisait gentilhommière. Elle était ceinte de tous côtés d'un haut mur de pierres, et seul un vaste portique en ogive permettait d'entrer les hauts charrois jusqu'à ses cours. Portail fermé, l'ensemble se trouvait isolé et à l'abri de toute indiscrétion.

Pour toutes ces raisons, on enviait les Foulons, et les voisins les jalousaient.

La ferme était tenue par un couple déjà âgé, gentilshommes campagnards sans enfants, héritiers par hasard de hobereaux qui avaient vécu là durant des générations. Ils s'efforçaient sans grand succès, faute de la moindre compétence, d'y survivre tant bien que mal en se donnant beaucoup de peine.

« Ma chère amie, nous devrions vendre les Foulons. Nous ne sommes pas faits pour cette vie. C'est trop dur pour nous et à notre âge, sans descendance ni héritiers, c'est folie que de persister. Les travaux de l'été prochain me font peur, et je me demande bien pourquoi nous persistons ainsi à gagner si chichement notre vie alors que cette vente nous apporterait toute l'aisance souhaitable pour nos vieux jours. N'oubliez pas que si vous êtes encore très jeune, pour ma part j'arrive sur mes soixante-quinze ans. Les Foulons seraient faciles à vendre. Tous les voisins en rêvent. Nous ne manquerions pas d'acquéreurs. »

Ce fut à ce moment que Robert fit son entrée à la ferme.

« Vendre les Foulons ? Mais patron, vous n'y pensez pas ! Laissez-moi faire. Intéressez-moi seulement un peu aux bénéfices. Tenez, donnez-moi 5 %, et vous allez voir. »

Robert était peu exigeant et paraissait décidé. On ne risquait après tout que bien peu de chose. Ainsi fut fait. Et les Foulons connurent en quelques années une prospérité impressionnante qu'on n'aurait jamais pu imaginer.

Rien que du bétail : des vaches dans tous les prés, deux taureaux sélectionnés, des veaux toute l'année. Robert s'avéra un maître organisateur, un travailleur acharné et increvable, un homme redoutable en affaires à l'achat comme à la vente. Tout passait maintenant par ses mains.

« Ma chère amie, jamais je n'aurais cru à de pareils résultats.

– Vous voyez, Raoul, que vous avez bien fait de patienter. À mon avis, il faut intéresser un peu plus ce garçon pour qu'il ne se décourage pas et ne nous file pas d'entre les doigts. Que diriez-vous du quart des bénéfices ? Il le mérite, mon ami.

– Eh bien ! c'est entendu, Madame. Je suis content. Tenez, ce soir, je me sens comme à vingt ans. Je projette de vous rendre une petite visite. Je crois que la nature, après des jours de silence, va réclamer ses droits.

– Mais mon ami, vous êtes déjà venu la semaine dernière. Vous vous épuisez. À quatre-vingts ans, il y a des limites. Puis nous sommes en plein hiver. Parcourir ces longs couloirs glacés, un bougeoir à la main pour venir jusqu'à moi, il y a de quoi attraper le mal de la mort. Je ne voudrais pas en être la cause. Voyons, il faut être raisonnable. »

Elle l'était d'autant plus elle-même que depuis plusieurs mois déjà, ses ardeurs étaient calmées et trouvaient des apaisements, peut-être inavouables mais non moins efficaces, en cachette auprès de Robert qui, en cette matière, s'était avéré aussi et même plus ardent que dans les travaux des champs.

Cela s'était passé très simplement. Robert était toujours là, présent avec toute sa jeunesse. L'ombre de la grange avait été propice aux premiers assauts qu'elle avait du reste elle-même provoqués. Elle en était sortie émerveillée, comblée, et convaincue qu'elle avait déjà perdu beaucoup de temps et qu'il était grand temps de se rattraper.

La suite était devenue une affaire de besoin et de routine, et Robert avait rapidement vu son standing évoluer. Il avait quitté sa chambre de valet de ferme aux murs de torchis, sous le toit de la grange, pour une pièce décente, proprement tapissée, au lit confortable et spacieux, favorable aux rencontres.

« Raoul, mon ami, j'ai cru bien faire de donner à ce garçon la pièce attenante à la mienne. Il doit pouvoir se reposer convenablement après les journées épuisantes qu'il réalise. En outre, comme il me faut régler certains problèmes avec lui sur le plan comptable, ce sera plus facile pour moi. Nous l'avons admis comme gérant. Certes, nous pouvons lui faire confiance, mais il convient toutefois de le surveiller et de l'aider à l'occasion. Vous savez bien que les écritures ne sont pas son fort. Ne vous tracassez pas, Raoul, je m'occuperai de tout autant qu'il le faudra. »

Jamais Robert ne fut mieux surveillé, jamais comptes ne furent tenus à jour avec plus de rigueur.

« Tu le vois comme moi, mon mari vieillit. Bien sûr, j'ai de l'affection pour lui, mais je dois bien me faire une raison : il ne sera pas éternel. Lorsqu'il ne sera plus là, j'aurai plus que jamais besoin de quelqu'un comme toi. Si tu le veux encore, nous nous marierons. Je sais, cela fera jaser, mais que nous importe. »

Et Raoul finit par s'éteindre. « Quatre-vingt-quatre ans, c'est un bel âge quand même », laissant un domaine en pleine prospérité, et une veuve à consoler.

Heureusement, M. Robert était là !

« Docteur, nous voudrions adopter un enfant. Un enfant abandonné, totalement abandonné, et surtout que l'on ne pourrait jamais nous réclamer. Compte tenu de l'âge de ma femme, il est bien évident que nous n'aurons pas d'héritier, et j'ai une dette secrète dont je veux m'acquitter. Pensez-vous que je puisse obtenir un garçon ? Ce sera pour moi un futur compagnon. Et puis… les Foulons, ce serait tout de même dommage qu'ils filent à l'État ou à des étrangers. »

Ainsi fut fait.

XXX

La clientèle de mes bohémiens était une clientèle à laquelle je tenais. Inutile de dire qu'elle ne me rapportait rien. C'était peut-être pour cette raison que j'y attachais de l'importance. Il s'était établi entre elle et moi une fidélité, voire une complicité, dont l'un et l'autre, nous avions besoin.

Ils venaient de fort loin pour me voir, pour un rien, une banale consultation, un enfant malade par exemple que tout autre médecin aurait pu soigner aussi bien que moi. Mais ils venaient, certains d'être bien reçus, assurés aussi d'être traités avec autant d'attention que tous mes autres clients.

Il était bien rare que je ne fusse pas prévenu, le soir même, de leur arrivée, par un appel qui se moquait de l'heure et des habitudes. Le plus souvent, c'était un enfant que l'on m'expédiait. Cheveux ébouriffés, toujours en haillons, parfois pieds nus, il se pendait à ma sonnette.

« Un de mes frères est malade. Il faudrait que vous veniez. Vous savez où nous sommes ? Près de la rivière. »

Tout cela, les doigts dans le nez, sans bonjour ni bonsoir, sans formules de politesse inutiles. L'essentiel était dit d'un trait, et mon petit commissionnaire n'attendait qu'un geste pour déguerpir, derrière au vent.

Je savais où ils se trouvaient. J'avais l'habitude. Toujours au même endroit.

Les nomades aiment le voisinage de l'eau. Non point qu'ils en fassent excès pour leur toilette, mais parce qu'elle est nécessaire à leur cuisine, à leurs lessives, à leurs chevaux, et qu'il serait bien stupide d'en traîner de pleins seaux à bout de bras toute la journée alors qu'il est si facile d'en avoir à sa portée. Enfin, pour eux, la rivière est une ressource, la nuit, surtout l'été, lorsque l'on peut s'y glisser sans bruit sans alerter personne, pour aller y visiter quelques souches ou quelques larges pierres plates repérées en plein jour. C'est un garde-manger sans propriétaire qui, à part les gardes, laisse tout le monde indifférent, tout en étant toujours disponible. Avec elle, ils ont, faute de mieux, la certitude des repas, car ce sont tous d'excellents braconniers.

« Bon, le long de la rivière. Vous êtes nombreux ?

– Deux voitures. La nôtre, c'est la verte. L'autre est rouge, vous ne pouvez pas vous tromper.

– Mais il fait nuit noire, mon garçon. Le rouge et le vert se confondent à cette heure. Allons, j'arrive. Tu peux te sauver. »

Toutes sur le même modèle, ces verdines, et toutes du même gabarit. Seule leur peinture diffère. Si l'on en a vu une, alors on les connaît toutes. Un mètre cinquante sur trois, pas plus, et un châlit dans le fond mis en travers en occupe presque la moitié, le tout souvent pour dix ou douze, deux adultes et leur ribambelle de mouflets. Les parents occupent le châlit, les enfants prennent place au-dessous, rangés les uns contre les autres, tête-bêche, comme des bûches. Rien d'étonnant que, dans ces conditions, il se dégage là-dedans, malgré les courants d'air qui passent par toutes les fentes du plancher, du toit et des parois, une odeur tenace de sueur et de crasse. L'espace ainsi réduit garantit un maximum de chaleur. Encore faut-il s'y supporter.

Dans une verdine, décoration et mobilier demeurent succincts mais, comme le reste, ils sont stéréotypés et répondent à la fois aux exigences de la route comme aux aspirations et aux besoins des voyageurs.

Au mur, il faut toujours s'attendre à trouver une gravure de la Madone. Elle y est, naïve, en grand format, encadrée et suspendue plus ou moins de travers à un clou qui doit résister aux cahots. Je l'ai toujours vue dans toutes les voitures où j'ai eu l'occasion de pénétrer. C'est pour le nomade un acte de foi. C'est vers elle qu'il se tourne pour se faire pardonner. C'est à elle qu'il se confie parce qu'elle seule le comprendra et restera discrète.

Face à la Vierge noire se trouve en général presque toujours une arme. Oh ! certes, pas une arme de grand prix tel qu'un fusil qui ferait du bruit. Non, une petite pétoire, une carabine de fête foraine tout au plus, vieille et sans prétention, souvent réparée au fil de fer. L'important est qu'elle ne fasse, en tirant, qu'un claquement discret et qu'elle soit assez précise toutefois pour que, manipulée avec adresse, elle laisse sur place, de jour la poule imprudente, au crépuscule le lapin insouciant, ou la nuit le faisan le mieux branché.

Là encore, je n'ai jamais vu verdine sans sa carabine. Voilà pour la décoration.

Sur les quatre mètres carrés encore disponibles, débordant le châlit, on trouve : un poêle toujours minuscule mais qui suffit car il peut ronfler que le diable si on lui fournit du bois, une table accompagnée d'un ou deux bancs que l'on retourne pieds en l'air lorsque l'on prend la route, et un espace réservé à la marchandise lorsqu'il y en a. C'est dire que ces verdines ne peuvent qu'être des refuges temporaires et éphémères, à peine utilisables même par mauvais temps.

Les bohémiens n'y restent pratiquement pas. Ils vivent dehors, en plein air, couchant le plus souvent à la belle étoile, même par les nuits les plus froides, et n'utilisant leur voiture que lorsqu'ils sont malades ou ne peuvent faire autrement.

Lorsque la verdine prend la route, on suspend à ses flancs la botte de foin du cheval, les bassines, les seaux et toutes les vanneries, productions familiales, car la plupart des bohémiens sont vanniers. Habiles vanniers d'ailleurs et peu chers de surcroît, puisque leur matière première abonde dans toutes les haies et qu'ils n'ont que la peine de la ramasser. Avec des joncs, des roseaux, des tiges tendres, ils tressent en se jouant de ravissants paniers, d'élégantes corbeilles, et sont tout aussi capables d'entourer une bonbonne que d'habiller la bouteille la plus contournée.

Ceux qui ne sont pas vanniers se veulent commerçants. Ce sont des conditions aussi misérables l'une que l'autre. Ils font du porte-à-porte, offrant du drap, des serviettes, des mouchoirs et des dentelles, une marchandise sans label, d'origine douteuse qui, bien que séduisante par son prix, entraîne trop souvent la méfiance et le refus.

Pour les uns comme pour les autres, tout cela n'est que pis-aller et couverture nécessaire sur la longue route. En vérité, chacun d'eux doit se débrouiller autrement. Comme aucun ne possède rien, il ne leur reste plus qu'à prélever sans exagérer sur les autres ce que ces derniers refusent de donner. Sans trop prendre de risques, ils vivent donc de rapines : une rave par-ci, un chou par-là, quelques poules ou quelques lapins à l'occasion, ils survivent, ils n'en demandent pas plus.

Sans avoir l'air de rien, j'avais, en entrant dans la verdine, laissé tomber de ma poche un billet de cent sous, pour voir. Pour voir ce qui allait se passer et si on me le rendrait. Si ce billet m'était revenu, je crois bien que j'aurais été déçu ; je n'en eus pas l'occasion.

Avant même que j'aie quitté les lieux, le billet avait disparu. Pendant que j'auscultais le frère, un petit bras était sorti du dessous du châlit et s'en était saisi. Le tour était joué. C'était dans la norme, c'était de bonne guerre. J'étais rassuré.

Je pouvais en revanche être en panne n'importe où ; si je rencontrais l'un d'eux, j'étais sauvé. Sans hésiter, il accourait à mon aide et, après avoir alerté la tribu, je les avais tous à mon service, du plus grand au plus petit, sans distinction d'âge, poussant et traînant ma voiture des kilomètres durant si c'était nécessaire. Jamais à ces occasions ils n'acceptèrent la moindre piécette.

« Docteur, ces remèdes sont-ils chers ? Nous n'avons pas beaucoup d'argent ! »

Quelques familles bénéficiaient de l'aide médicale d'une quelconque commune, mais leur condition d'errants ne facilitait pas les secours, et tout le monde les rejetait. Je palliais de mon mieux. Ils profitaient dans ces cas en priorité de tous les échantillons médicaux que l'on me distribuait alors en abondance.

D'argent, il n'en était jamais question entre nous. Ils ne m'en donnaient pas bien sûr, et d'ailleurs comment auraient-ils fait puisqu'ils n'en avaient pas ?

C'était parmi eux, dans leurs campements, près de leurs roulottes, que l'on rencontrait parfois les maquignons.

Il convenait de ne pas les confondre. C'eût été d'ailleurs difficile, car ils faisaient bande à part. C'était là une autre lignée, une lignée sinon riche du moins aisée, qui n'avait ni la passion ni la vocation de la bohème, et qui ne restait nomade que pour certaines commodités de métier.

C'était vraiment avec eux une autre ambiance. Pas question de leur demander de pousser une auto ; en revanche, ils payaient. Ils payaient rubis sur l'ongle, mettant même une certaine vanité à étaler des portefeuilles regorgeant de billets. Ces maquignons se déplaçaient suivant les foires de nos régions. Beaucoup parmi eux avaient déjà remplacé leurs roulottes par de luxueuses caravanes, et ceux qui gardaient encore des chevaux ne le faisaient que par souci mercantile.

Ils étaient connus comme étant de fieffés coquins. Entrer en marché avec eux revenait à se faire plumer à tout coup. Leur renommée n'était plus à faire auprès de personne et pourtant, malgré cela, à chaque foire, ils se trouvaient de nouvelles victimes.

Mulets, bourricots et chevaux passaient avec eux de main en main, de frère en frère, et celui qui revendait n'était jamais le même que celui qui avait acheté. Cela évitait des complications de rencontres ou de paroles données. Il en résultait de temps à autre des aventures cocasses dont les victimes essayaient de garder le secret.

XXXI

LE POMMELÉ ÉTAIT CONNU de toute la commune. C'était le cheval du maire.

Il avait fait plusieurs campagnes électorales. C'est dire qu'il était vieux, patient, et savait ce que c'est que d'attendre, tête basse, devant chaque porte, au moins le temps nécessaire au coup de l'étrier. Son poil clair, presque blanc, lui avait longtemps conféré un aspect de jeunesse, mais depuis quelques années, il paraissait plus blanc encore, anormalement blanc et, en y regardant un peu, on ne pouvait plus s'y tromper : ce n'était plus le blanc naturel de sa robe qu'il affichait, mais le blanc de la vieillesse.

« Germaine, je veux me débarrasser du Pommelé. Il n'en peut plus… Il a l'œil terne, et depuis quelques semaines il souffle à la moindre côte. Si nous le gardons plus longtemps, il risque un de ces jours de nous crever entre les brancards… Je vais demain à la foire de Tocane ; je vais le bazarder. Puis je me rendrai dans quinze jours à celle de Mussidan pour me réappareiller. »

La Germaine avait essuyé une larme au départ du Pommelé. On ne se sépare pas sans chagrin d'un vieux serviteur, et le Pommelé avait bien rempli tous ses devoirs.

Même à Tocane, tout le monde avait reconnu le Pommelé.

« Mais tu rigoles, Étienne. Mais il n'est plus bon à rien, cet animal ! Pas même à faire du saucisson. Et tu ne veux même pas céder les harnais ? Mais jamais dans ces conditions tu ne le vendras. »

Il l'avait abandonné pour trois fois rien aux Bellonis, les seuls acquéreurs qui s'étaient présentés.

Le prix qu'on lui avait consenti était tellement bas qu'à son retour, Étienne n'avait même pas osé l'annoncer à la Germaine. Pour sauver l'honneur du Pommelé et donner le change, il avait dû prélever sur sa caisse noire, cette caisse secrète qu'il conservait en principe précieusement pour ses campagnes électorales.

« Ne te tracasse pas, Germaine. Dimanche prochain, ne m'attends pas très tôt, car je ne reviendrai qu'avec un autre cheval. La propriété ne peut s'en passer. »

Il n'y avait en vérité sur ce marché qu'une bête digne d'intérêt. C'était un cheval zain presque noir, à la robe brillante, à la crinière soignée, à l'œil vif, au sabot impatient. Un animal certainement, d'après Étienne, coupé de pur-sang. Ça se voyait.

« Trop nerveux pour moi, ce cheval. Êtes-vous certain au moins qu'il a été bien castré ? »

Ils en étaient sûrs.

« Et puis, vous verrez, il se fera. Vous vous habituerez à lui, et vous en serez content.

– Cher, mais beau. »

Il avait payé sans trop hésiter après un marchandage qui manquait de vigueur et de conviction et qui avait mal caché une décision déjà prise.

On l'avait arrosé.

Enfin, Étienne était reparti. Un train d'enfer, dès la sortie de la ville, dès les premiers kilomètres.

Autre chose quand même que le Pommelé. Comment diable avait-il bien pu le garder aussi longtemps ? On est bête de s'acharner à conserver ainsi à tout prix un animal.

Étienne était arrivé en un temps record à la ferme. Il avait dételé devant la famille admirative réunie au complet, et le cheval, « intelligent bien sûr », avait pris de lui-même le chemin de l'écurie.

« C'est drôle tout de même, tu ne trouves pas, Étienne ? Un cheval qui, sans connaître la maison, se rend ainsi tout seul à sa place. Et puis, tu n'as pas vu ? Il remue l'encolure tout comme le pauvre Pommelé.

– Non mais, Germaine, tu ne veux pas rire ? »

Au nom du Pommelé, le cheval, en hennissant, était revenu vers ses maîtres.

Étienne en était tombé à la renverse sur une botte de paille. Il n'y avait plus l'ombre d'un doute. Il venait de racheter le Pommelé !

On l'avait ressorti de son écurie, et on l'avait examiné de plus près au milieu de la cour.

L'avoine et la drogue terminaient leurs effets. L'œil était redevenu trouble et vitreux. En lui regardant les dents, on pouvait affirmer que ces dernières avaient été rectifiées à la lime. Enfin, comme la pluie commençait à tomber, le cheval, tête basse, reprenait sa couleur d'origine au milieu d'une mare de teinture noire qui, en petits ruisseaux, s'écoulait entre ses sabots.

C'était bien le Pommelé, le pauvre Pommelé, plus miteux que jamais.

« Étienne, ne me dis pas le contraire, tu étais ivre lorsque tu l'as acheté ! »

La Germaine ne décolérait pas.

« Ce n'est pas possible de se faire rouler de la sorte. Si cela se sait, nous serons la risée de toute la commune. »

La Germaine fut tellement mortifiée que, trois semaines après, elle démarra une jaunisse.

« Tu es bien avancée maintenant, Germaine, te voilà au lit. En plus des frais occasionnés par ce bourrin, il va falloir payer médecin et pharmacien. »

Sans discuter, mais non sans rire, les Bellonis avaient repris la bête. Malgré leur discrétion intéressée, l'histoire s'ébruita et fit le tour du canton.

« Alors, que pouvez-vous attendre d'un maire qui ne sait même pas régler ses affaires, et qui se fait ainsi berner par les premiers venus ? »

Les Bellonis n'étaient pas les premiers venus. Néanmoins, ne pas reconnaître un cheval avec lequel on a roulé trente ans par tous les chemins, c'était un peu fort !

La campagne électorale démarrée sur ce thème par son adversaire politique tourna au désavantage d'Étienne qui, pour la première fois, se tailla une veste.

XXXII

Le docteur Carant était devenu le doyen des médecins de la région. Quatre-vingt-six ans, dont presque soixante consacrés au grand métier. Et lorsque je fis sa connaissance, il continuait encore à s'occuper de ses clients.

« Oh ! une clientèle réduite, mon cher confrère, mais par contre la quintessence de ma clientèle passée, exclusivement constituée de fidèles, de gens que maintenant je connais depuis toujours. J'en ai fait naître la plupart, et je soignais déjà dans certaines maisons leurs parents et même leurs grands-parents. Bref, je suis un peu de leur famille. Puis, voyez-vous, ça m'occupe ; je crois que sans eux, je m'ennuierais… Je n'ai jamais su faire, hélas ! que de la médecine, alors que deviendrais-je ? Vous me voyez, même à mon âge, réduit à éplucher un journal gros titres et petites annonces à longueur de journée ?… Néanmoins, mon cher confrère, il m'arrive d'être, malgré mon désir, dans l'impossibilité de faire certains déplacements, tard le soir par exemple, ou à plus forte raison en pleine nuit. Consentiriez-vous à me rendre un service en vous en chargeant le cas échéant ? »

Bien que la perspective d'un supplément de visites de nuit ne m'enchantât guère, mon âge et ma position de dernier arrivant ne me permettaient pas de refuser. J'avais donc accepté. Je ne le regrettais pas, car les meilleures relations s'en étaient suivies entre nous deux. Rapidement d'ailleurs, le docteur Carant m'avait abandonné le gros de ses clients trop éloignés, ne se réservant qu'un noyau de plus en plus réduit mais qui lui suffisait.

Le cas du docteur Carant n'était pas une exception. C'était une époque où les médecins ne pensaient pas à la retraite et ne la prenaient pas, pour la bonne raison qu'ils n'en avaient pas.

Tous, jusqu'à un âge très avancé, maintenaient une certaine activité. Ils réalisaient d'autant plus facilement ce tour de force que leur ancienneté dans le métier leur conférait une expérience reconnue et le plus souvent justifiée. Leur clientèle ne les abandonnait avec appréhension et regret qu'au moment où elle se rendait enfin compte qu'ils perdaient eux-mêmes un peu les pédales, ce qui arrive parfois, même chez les médecins.

« Mon pauvre Baptiste, il te faut prendre un autre médecin. Je ne me sens plus en mesure d'assurer votre service. Prenez donc mon jeune confrère. Il est d'ailleurs plus près de vous que je ne le suis moi-même, et vous voyez bien qu'il s'en est très bien tiré cette nuit avec l'appendicite du petit. Comment voulez-vous que je fasse moi-même ? Je suis trop vieux pour courir toute une nuit.

– Oh ! Docteur, vous ne nous ferez pas ça. Nous avons toujours été dans cette maison, de père en fils, vos clients, vous le savez bien. Et nous comptons sur vous pour l'accouchement de la petite. Vous n'allez tout de même pas nous laisser tomber dans ces circonstances. D'ailleurs, Simone n'a confiance qu'en vous et ne veut personne d'autre.

– Allons, Baptiste, je veux bien si je suis encore en vie. Mais après ça, tu prends mon confrère, c'est bien entendu ?

– C'est entendu, Docteur. C'est la Simone qui va être contente. »

« Ah ! mon cher confrère, je suis bien aise de vous voir. J'allais d'ailleurs vous demander de passer, mais j'aurais été confus de vous déranger. Bien que ce sujet me répugne, je voudrais vous demander quelques conseils et vous entretenir de ma santé. Je suis un peu inquiet, voyez-vous. Depuis quelques jours, je me rends compte que tous les soirs, j'ai les pieds enflés. Je serais heureux d'avoir votre avis. Tenez, voyez vous-même. J'urine peu et je m'essouffle. Enfin mon pouls est irrégulier. J'ai vérifié, je n'ai pas d'albuminurie.

– Je veux bien, Docteur Carant, mais vous savez, il y aurait plus compétent que moi pour ce travail. Pourquoi ne feriez-vous pas venir Bouchardot ? C'est un consultant de valeur, vous le savez bien.

– Mon cher ami, je n'en ai pas le temps. J'ai confiance en vous, faites-moi le plaisir de m'examiner.

– Je vais faire de mon mieux, Docteur Carant. Tenez, je vais essayer de faire comme si vous étiez un malade ordinaire, c'est le mieux. Alors, posez la veste.

– Entendu, mon cher ami. Tenez, donnez-moi la main pour faire tout cela. »

Je l'avais examiné avec attention.

L'œdème était en vérité considérable, dépassait les genoux, gagnait le ventre, sa tension était élevée, son cœur irrégulier, des râles envahissaient les bases pulmonaires, son foie était volumineux. L'insuffisance cardiaque paraissait évidente.

« Ce ne sera pas grave, Docteur Carant. Il faut tout de même vous arrêter un peu. Prenez donc un ou deux mois de repos, je m'occuperai de vos clients. Vous allez en même temps, après avoir fait une petite cure de diurèse, avaler quelques gouttes de digitaline. Dans quelques semaines, vous serez de nouveau sur pied.

– Vous êtes rassurant, mon cher ami. Je veux bien vous croire et en accepter l'augure. Je vous sais bon médecin, mais vous vous avancez beaucoup. Enfin, faites pour le mieux, je suivrai vos directives à la lettre. »

Je lui avais remonté le moral et son état s'était amélioré. Tout avait fini par rentrer dans l'ordre, très bien, trop bien même car, malgré mes conseils de prudence, il avait repris une partie de son activité.

Ce qui devait arriver arriva. Dans ces conditions, la rechute était prévisible, les complications inévitables.

« Cette fois, Docteur Carant, il va falloir être raisonnable. C'est sérieux. Il faut penser à la retraite. Vous savez mieux que moi qu'un œdème aigu récidive facilement à la moindre erreur. Une fois, deux fois vous vous en sortez, mais attention à la troisième. Nous avons eu de la chance cette nuit que la saignée ait donné de si bons résultats. De toute façon, n'hésitez pas à m'appeler d'urgence à la moindre alerte et à n'importe quel moment… Surtout, dormez assis le plus possible.

– Entendu, mon cher ami, et merci encore. Grâce à vous, je suis encore de ce monde aujourd'hui. Je suis navré de vous causer tant de soucis. »

Je passais tous les jours, en général matin et soir, au départ et au retour de mes tournées. Le plus souvent possible, je m'arrêtais, et nous faisions un brin de causette à bâtons rompus, parlant de choses et d'autres pour notre seul plaisir. J'assumais systématiquement sa clientèle, évitant de lui en parler pour n'éveiller aucun de ses regrets. Nous étions devenus de parfaits amis.

Tout allait relativement bien. Le repos, des doses filées et régulières de remèdes avaient résolu le gros de ses problèmes. Tout paraissait pouvoir encore durer.

« On t'appelle de Légnirou pour un accouchement, chez les Jugies. Ce sont des clients de Carant. Je crois que ça presse… J'ai dit que tu arrivais. »

Lorsque j'entrai dans la maison des Jugies, la panique régnait.

« Ah ! que nous sommes soulagés de vous voir, Docteur ! Il est temps, je crois. La petite a des douleurs de plus en plus rapprochées, et nous sommes absolument désolés pour le docteur Carant. Vraiment, il ne pouvait pas continuer, nous l'avons bien compris. Il a dû laisser sa voiture ici, et mon gendre a préféré le ramener chez lui. Il n'est d'ailleurs pas encore revenu.

– Comment, le docteur Carant était là ?

– Eh oui ! Docteur. C'est un peu de notre faute. Il avait déjà accouché la Simone, et nous avons tellement insisté. Vous savez, il nous a fait très peur. Il soufflait, il soufflait. Pourvu qu'il ne lui arrive rien ! Il nous a dit de vous dire de vous occuper de tout. »

Mon sang n'avait fait qu'un tour, mais que faire ? L'enfant était au passage. La tête commençait son va-et-vient à la vulve. Il n'était pas question d'abandonner la mère et l'enfant. C'était une question de quart d'heure peut-être… Aussitôt fini, je bondirais chez mon confrère.

« Vous avez l'air soucieux, Docteur. Ça ne marche pas comme vous voulez ?

– Si, si, Baptiste, mais voyez-vous, je suis par contre inquiet pour le docteur Carant. Votre gendre est-il de retour ?

– Il vient d'arriver, Docteur, il est là. Le docteur Carant lui a simplement recommandé de vous dire de passer chez lui lorsque l'accouchement serait terminé. Il avait l'air d'être mieux, d'après ce que me dit mon gendre. Je pense qu'il doit vouloir savoir comment ça se sera passé ici. »

J'avais activé les choses autant que faire se pouvait, mais il y avait eu une délivrance difficile, une petite hémorragie de dernière minute, et il avait bien fallu s'occuper de l'enfant.

Une heure s'était écoulée lorsque j'arrivai chez Carant. Je le trouvai debout, les mains posées sur une table, vultueux et essoufflé. Sa parole était saccadée, une écume blanche apparaissait aux lèvres.

J'avais sauté sur ma seringue.

« Comment ça va chez les Jugies ? Ah ! bien, c'est un garçon. Ils doivent être contents. Ils en voulaient tellement un. Ah ! je sais bien, mais que voulez-vous ? J'avais promis, vous comprenez, je ne pouvais pas faire autrement. »

J'avais détourné la tête pour prendre mon garrot et mon bistouri dans ma trousse. Lorsque je me retournai, le docteur Carant s'était affalé dans son fauteuil, les yeux fermés.

« Docteur Carant, voyons, Docteur Carant ! »

Le docteur Carant était mort.

XXXIII

Nous terminions une intervention difficile dont Toutenca, comme de coutume, s'était tiré avec brio. On en était à la fermeture de la paroi, un temps sans grand intérêt ni problème, au cours duquel tout le monde se relâchait, respirait et éprouvait le besoin de rompre un silence que l'attention soutenue avait jusque-là rendu nécessaire.

« Ah ! dites donc, Toutenca, je voudrais, puique nous avons quelques minutes, vous dire deux mots d'une de nos clientes : Mme Pontret. Vous savez, ses suites opératoires m'inquiètent sérieusement. Cette femme suppure d'une façon anormale sur toute la longueur de sa cicatrice. »

Toutenca, qui fixait ses dernières agrafes, avait marqué un temps d'arrêt.

« Comment, Mme Pontret ? Ah oui ! je vois, c'est mon remplaçant qui s'en est occupé, je crois ? Voyons ! Ça remonte au moins à trois semaines, cette affaire. Elle est rentrée chez elle depuis combien ? Huit jours. Ça y est, nous en avons fini avec votre malade. Mademoiselle Redon, vous faites le pansement. Tenez, mon vieux, venez donc avec moi, nous allons jeter un coup d'œil sur le compte rendu opératoire de cette Mme Pontret. Voyons, je lis… "Appendicite avec abcès rétro-cœcal"… Oh ! c'est certainement un abcès de la paroi ! Méchez-la profondément. Il vaut mieux éviter une fermeture trop rapide. Je vois aussi "appendice nécrosé, séparé du cœcum". Vous savez, dans ces cas, les complications de cet ordre sont fréquentes. Ça va certainement se tasser dans les jours à venir. Tenez, faites-lui donc une bonne dose d'antibiotiques, cela ne peut pas lui faire de mal. Elle n'a pas de fièvre, vous me dites ? »

Cela se passait dans le début du mois. Le 15, je rappelai Toutenca.

« Vous dites que c'est toujours aussi important ?

– Toujours. De pleins pansements tous les deux jours. J'ai cru bon de placer un drain en profondeur.

– Vous avez bien fait. Toujours pas de fièvre ?

– Toujours pas.

– C'est curieux tout de même. C'est ennuyeux de faire revenir cette malade. Attendez encore une huitaine, mais enfin si ce n'est pas fini et si en fin de semaine prochaine vous en êtes au même point, alors tant pis, vous nous la renvoyez. Vous la surveillez de près d'ici là, bien sûr. »

Je montais régulièrement au chevet de ma cliente tous les jours, et je lui avais même annoncé la couleur pour la préparer à un nouveau et probable retour en clinique. Le moins que l'on pouvait dire, c'était qu'elle le prenait fort mal.

« Voyons, faites-moi voir ce ventre encore une fois. »

J'avais écarté les lèvres de la plaie, tamponné et épongé le pus comme de coutume et, tout à coup, il m'avait semblé entrevoir quelque chose d'insolite, quelque chose de blanc.

Pas possible ! Mais si, j'avais bien vu. Je n'avais pas la berlue ! Un fragment de compresse apparaissait bien, dans le fond, à chaque inspiration.

Une compresse, ça alors !

J'avais rapidement pris ma décision.

« Attendez, Marie, ne bougez pas, je vois. Tenez, vous allez me mettre cette serviette sur votre nez. Là, comme ça. Vous ne verrez rien et vous ne serez pas impressionnée. C'est un point qui suppure. Je ne vous ferai aucun mal. Je vais vous l'enlever, c'est une affaire de quelques secondes et tout sera terminé. »

Ma pince de Péan s'était saisie du bout de tissu et d'un geste rapide, je l'avais retiré. La compresse avait disparu sans plus attendre dans une de mes poches. Le tour était joué.

« Ça y est, Marie, allez, remettez-vous. Cela vous a peut-être fait un peu mal, c'est possible, mais c'est fini. Demain, vous verrez, tout ira mieux. Tenez, je ne pense pas qu'il sera nécessaire de revenir en clinique. Allez, on a fait ce qu'il fallait. »

Le lendemain, l'écoulement était presque terminé. Trois jours après, la plaie commençait à se fermer.

Toutenca ne décolérait pas.

« Bien sûr, avec les champs, il n'y a aucun risque ; ils sont comptés après chaque intervention, mais avec les compresses tout est possible. Ça ne fait rien, il faudrait quand même qu'ils fassent un peu attention, les remplaçants. Encore une chance que cela se soit terminé ainsi. Dites donc, la cliente a-t-elle soupçonné ce qui s'était passé ? Vous en êtes certain ? Ah bon ! je vous remercie pour lui. Tous pareils, ces jeunes. Lorsqu'ils nous arrivent frais émoulus de la capitale, c'est tout juste s'ils ne nous prennent pas pour des imbéciles. Je vais lui téléphoner dès ce soir. Dites donc, vous me donnerez cette compresse. Nous allons la lui envoyer, mais si, mais si, ce sera une leçon. »

Comme je n'avais tout de même pas gardé le corps du délit dans ma poche et que la colère de Toutenca avait fini par s'apaiser, jamais la compresse ne lui fut expédiée.

Et ce fut bien ainsi. Que celui qui, dans le grand métier, n'a jamais commis d'erreur, veuille bien se faire connaître.

*

* *

« Voyons, à quelle date penses-tu pouvoir prendre quelques jours de repos ? »

Cette question arrivait dès les premiers beaux jours, bien avant toute date prévisible, bien avant que je n'y aie pensé ; rien d'étonnant donc à ce qu'elle ne me prenne au dépourvu. « Elle » me la posait pourtant avec insistance et d'autant plus fermement qu'« Elle » était parfaitement consciente que ces trois semaines de liberté seraient les seules envisageables dans l'année, et qu'en conséquence, « Elle » n'avait aucune envie d'en être spoliée.

« Tu sais ce qui s'est passé l'année dernière ? Nous nous y sommes pris trop tard, et tu as vu la comédie que nous avons dû faire pour trouver un remplaçant. Alors, je t'en prie, fixons cette date dès maintenant. Peu importe le moment, mais il faut faire en sorte que nous puissions demander à Toutenca de nous retenir quelqu'un, quelqu'un sur qui nous puissions compter. Je veux être fixée dès cette semaine. Moi aussi, j'ai des choses à prévoir, ne serait-ce que nos réservations. »

À la période des grands travaux, une période où tous les bras étaient mobilisés pour l'effort, ne laissant que peu de loisirs à la maladie et à plus forte raison au décès, à une période de calme relatif où chacun se retenait, de mai à septembre, la fourchette aurait pu paraître assez large pour permettre une solution ; eh bien ! il n'en était rien.

Des éléments hélas ! prévisibles, dont on n'était pas maître, allaient peser et souvent contrarier toutes nos décisions. Ces éléments d'importance majeure étaient constitués par les accouchements en priorité qui, bien sûr, ne tenaient jamais compte des trêves laborieuses. Ils étaient la bête noire de nos congés.

Le soir même, je prenais mon carnet.

« Mai : la jeune Pouch... la Berthe Soulange... la Marie des Farges : trois accouchements, impossible !

« Juin : Raymonde Niclause, la Louise des Rivaux, la... Impossible encore en juin, c'est trop chargé.

« C'est pareil en juillet.

« Je ne vois aucune possibilité avant le 10 août.

– Le 10 août. En voilà une date, c'est toujours pareil. Nous ne pouvons jamais rien faire comme les autres et partir au début d'un mois.

– Que veux-tu ? Je n'y peux rien, et encore. Durant ces trois semaines, je vais laisser deux accouchements. Enfin, ce sont des multipares, des clientes qui accouchent bien, et puis je vais prévenir la sage-femme. Je lui demanderai d'accompagner le remplaçant.

– Alors, on n'y revient plus ? C'est décidé, du 10 au 31 août ? Je m'occupe de retenir pour cette date ? Que penserais-tu des Baléares ou de la Corse ?

– Ce que tu voudras. Les Baléares, si tu y tiens. Là ou ailleurs. »

De crainte que je me ravise, le soir même, « Elle » écrivait.

Encore mal préparé à un genre d'exercice où aucune dialectique, aussi éloquente soit-elle, n'a jamais pu remplacer un minimum d'efficacité, l'accouchement restait l'événement délicat par excellence pour tous les remplaçants.

Livrés à eux-mêmes, on pouvait redouter le pire. La sage-femme voisine – services pour services – acceptait de les chaperonner et de limiter les dégâts.

Encore en voyait-elle de cruelles à ces occasions.

« Alors, Docteur, vous voyez, voilà qui est fait. Ce n'était pas tellement compliqué. C'est une fille, et une belle fille, ma foi. »

La sage-femme, autant que la parturiente, était soulagée.

« Ah ! je suis content. C'est mon premier accouchement. »

La jeune mère, en entendant cette révélation qui, si elle ne manquait pas de franchise, manquait en revanche totalement de diplomatie, faillit tourner de l'œil... Heureusement pour elle, c'était terminé. Elle pouvait remercier Dieu, elle l'avait échappé belle.

« Vous allez voir, ça va porter bonheur à l'enfant. »

Le remplaçant jubilait.

« Bien, alors, puisque c'est fini, je vous laisse. Je me sauve vite, car j'ai d'autres malades à voir d'ici se soir. Je suis content, allez, au revoir, Madame.

– Mais Docteur, vous ne voulez pas vous occuper de la délivrance ? Vous ne restez pas pour la faire ?

– Oh non ! l'enfant est né, c'est l'essentiel. La délivrance, ma foi, ça ne se fait plus. »

La pauvre sage-femme, à cette affirmation plus qu'inattendue, formulée avec une aussi belle assurance, faillit échapper le bébé qu'elle rattrapa de justesse.

Un autre, un an auparavant, avait manqué l'éborgner avec un forceps. Un troisième, par maladresse, en flambant pinces et ciseaux, avait mis le feu au lit de l'accouchée. Deux serviettes et une paire de draps avaient brûlé ; quant à la future mère, elle n'avait échappé à la catastrophe que grâce à des réflexes rapides. L'accouchement s'était terminé dans un autre lit.

Tout cela jetait une ombre, une ombre d'inquiétude sur chacun de mes départs.

« Surtout, n'hésitez pas, mon jeune ami, si vous vous sentez débordé, à appeler Cordier, notre confrère voisin. Soyez sans crainte, il se fera un plaisir et un devoir de vous dépanner. Il n'y a pas de fausse honte à avoir. Personne ne sait tout. Mais surtout, prévenez Cordier à temps, et avant qu'il parte pour ses propres visites. »

C'étaient là des services qu'entre confrères, l'on ne pouvait se refuser. J'étais allé moi-même un dimanche de juillet au secours d'un de ses remplaçants.

« Docteur, c'est le docteur Puech qui remplace votre confrère. Il vous prie de venir d'urgence. C'est un accouchement qui se passe au plus mal.

« C'est chez les Letrec, en face de la poste. On compte sur vous. »

Je n'avais fait qu'un saut, ne sachant trop ce que j'allais trouver.

Le spectacle était ubuesque, inattendu et dépassait toutes prévisions.

La parturiente était debout et faisait le tour de la table et de son lit en se tenant les reins, alors que « le jeune confrère », vaincu par la fatigue d'une nuit de veille et d'angoisse, ronflait sans scrupule dans le lit qu'elle venait de quitter.

Une paire de forceps, fraîchement flambés dans une bassine, attendait sur une chaise.

« Alors mon cher confrère, une affaire difficile ?... Où en êtes-vous ? Voulez-vous que nous en parlions ? »

Il s'était précipitamment levé, les cheveux ébouriffés, en rajustant sa blouse, et nous étions passés dans une pièce voisine.

« Jamais fait de forceps, Docteur. Vous vous rendez compte ? »

Certes, si je me rendais compte !

La dilatation était totale. La tête basse, bien engagée sur un périnée souple, était déjà visible.

Il l'avait donc fait, ce premier forceps, après que j'eus soigneusement vérifié sa prise.

Cordier, auquel je contais l'aventure à son retour, s'en était battu les cuisses de bonheur.

« T'es-tu occupé du remplaçant ? Ne penses-tu pas écrire au besoin à Tanière ? »

Tanière, ancien camarade des années de faculté, un de ceux qui avait brillamment tourné, était maintenant chef de clinique à Toulouse, en voie de devenir rapidement patron, le sien donnant de sérieux signes de faiblesse. Nous avions partagé nos études et j'avais gardé avec lui, au cours de rencontres sporadiques, une fidèle amitié. Certes, Tanière avait changé. Ce n'était plus le carabin tonitruant de nos glorieuses heures de dissection, mais il était resté avec moi l'ami solide des premiers jours. Il m'avait souvent dépanné avec beaucoup de gentillesse, m'envoyant même un jour, dans des conditions particulièrement urgentes, son propre interne. Je savais qu'avec lui, je ne serais jamais pris au dépourvu. J'hésitais néanmoins.

« Non, je n'ai pas écrit à Tanière. Je vois Toutenca ce soir, je lui en parlerai. Vois-tu, je le crois préférable. Toutenca, m'envoyant un de ses étudiants, veillera avec plus d'attention sur lui. Quant au garçon, il se sentira lui-même plus en sécurité… Enfin, on connaîtra déjà un peu ce phénomène, et ce ne sera pas si mal. Souviens-toi de ce qui est arrivé à Cordier l'année dernière.

– Oh ! là ! là ! ne me parle pas de malheur. »

« Elle » ne pouvait l'avoir oublié. L'aventure avait amusé tous les confrères et, contée par Cordier, elle devenait plus que cocasse.

Cordier attendait son remplaçant. Il s'était rendu à la gare pour le recevoir, une petite gare de chef-lieu de canton, sans grand trafic, rarement encombrée de voyageurs, même à l'omnibus bordelais.

Le docteur Cordier n'avait aucun signalement sur son remplaçant : il n'était toutefois pas inquiet. Comment, même dans les plus mauvaises conditions, ne pas le repérer ? Il attendait en lisant son journal, profitant d'un peu de repos, ce qui n'était pas tellement fréquent.

Ah ! le train entrait en gare. Il avait remisé son quotidien dans sa poche, et il s'était mis en devoir de surveiller le quai.

« La femme du notaire, le volailler du pays, les trois filles de la librairie, tous des gens connus, enfin un dernier, un pêcheur qui, embarrassé dans son attirail de lignes et de paniers, avait bien du mal à franchir la portière. Allons bon, ce garçon aura manqué son train. Enfin, je ne pars que dans trois jours, il a le temps d'arriver. C'est égal, il aurait pu me téléphoner. Ah ! ces jeunes ! »

Et Cordier se préparait à repartir.

« Docteur Cordier, Docteur Cordier. »

Que lui voulait donc le chef de gare ? Pour sa femme sans doute, encore pour cette fameuse angine.

« Docteur Cordier, il y a là un jeune homme qui vous cherche. Tenez, le voilà. »

C'était le pêcheur, le pêcheur qui était en même temps le remplaçant attendu !

Cordier en était resté sans voix pendant quelques secondes. L'attirail du postulant qui remplaçait outrageusement une trousse médicale en disait long sur ses intentions à venir. Le choc pour Cordier avait été tel qu'il n'avait pu se résigner à le garder, et qu'il avait dû en toute hâte trouver un prétexte pour renvoyer le candidat en arguant d'un empêchement de dernière heure.

Trois jours après, grâce à des recherches hâtives, ruineuses en téléphone dans tous les azimuts, Cordier revenait à la gare et accueillait cette fois un nouvel oiseau rare… Sans canne à pêche celui-là, mais qui portait en bandoulière un chevalet et des toiles, en même temps que sous le bras un coffret qui, sans être trop embarrassant, se révéla être une boîte de peinture !

Cordier eut un éblouissement sur le quai même, et cela lui permit d'alléguer un autre contre-temps.

Cette année-là, les Cordier se passèrent de vacances.

Le passage des pouvoirs entraînait chaque fois quarante-huit heures d'efforts épuisants, sinon inutiles. Pendant deux jours, le médecin, une carte d'état-major sur les genoux, traînait sa doublure de village en village. Le médecin, tout comme son disciple, revenait exténué de ces tournées.

« Mettez-vous simplement dans la tête les grandes directions. Pour le reste, vous trouverez toujours quelqu'un pour vous renseigner. »

Enfin arrivait le dernier soir, la libération pour tous les deux.

« Allez, cher ami, je vous laisse ma clientèle pour trois semaines. Je compte sur vous pour en assurer le service de jour comme de nuit, y compris les deux dimanches. Allez, bon courage, ce sera vite passé. Ah ! puis prenez soin de la voiture. Certes, elle est assurée, comme vous-même d'ailleurs, mais n'allez pas trop vite pour autant. »

J'avais déjà été échaudé. L'un d'eux avait coupé un poteau télégraphique avec la précédente, et je n'avais au retour retrouvé qu'une épave. Un autre, amoureux de la nature, qui avait voulu faire ses tournées en moto, avait trouvé le moyen de franchir une haie épaisse de trois mètres, au risque de se rompre le cou. Un brave paysan qui balayait des feuilles sèches dans son pré, en contrebas, avait vu arriver à ses pieds et dans l'ordre, le remplaçant, la moto et ma trousse médicale. Sa peur avait été telle qu'il n'avait pu adresser une seule parole à celui qu'il avait relevé et, sans trop de compétence, soigné. Il y avait eu, fort heureusement, plus de peur que de mal.

Tout était enfin prévu. Un dernier coup de téléphone en cachette au pharmacien s'imposait.

« Cher ami, je vous demande de vérifier comme d'habitude ses ordonnances. Il me paraît bien, très bien même, mais vous savez, il n'est peut-être pas encore tellement rompu aux différentes posologies. Je compte sur vous, je sais que je le peux, je vous remercie. »

Le départ avait lieu dans les plus grandes appréhensions, le retour dans la pire des inquiétudes.

Le pharmacien était le baromètre à consulter en premier.

« Alors, mon cher, ce remplaçant ? Comment s'est-il comporté ?

– Oh ! ma foi, ni mieux ni plus mal que les autres. Il avait certes une dangereuse tendance à manipuler le Gardénal aux grammes, mais nous y avons tout particulièrement veillé.

– Alors, pas trop d'ennuis avec lui ?

– Mon Dieu, non, rien de fâcheux à déplorer. Ah ! que je vous dise : le père Besse est décédé. Vous le savez, bien sûr. Il avait quand même un grand âge, on ne peut pas toujours durer. Mais dites-moi, il était malgré tout curieux, ce garçon. Il voyait le ver solitaire chez tous vos clients. Jamais je n'ai vu donner autant de fougère mâle qu'avec lui. Surprenant tout de même. En l'interrogeant, j'ai eu la clef de l'énigme, bien sûr sans avoir l'air de rien. J'ai compris. Il sortait de son année de parasitologie. Il était obnubilé, ma parole ! Il m'a liquidé en trois semaines tous mes stocks de vermifuge. Je suis totalement démuni. Je vais pouvoir me réapprovisionner d'urgence bien que, dans le fond, ça ne presse pas, avec la cure générale qui vient d'être faite. »

« Alors, ma pauvre Suzanne, vous avez perdu votre mari en mon absence. Je suis bien fâché de n'avoir pas été là. N'a-t-il pas trop souffert au moins ? Mon remplaçant s'est-il bien occupé de lui ?

– Oh ! pour ça oui, Docteur. Il est venu le voir six fois en deux jours, et il pensait vraiment à tout, vous savez. Ça l'a pris le mardi matin. Germain se plaignait du ventre. Il m'a dit : “Je vais vous donner une préparation. Je parie qu'il a le tænia, cet homme.” Malheureusement

Germain a vomi la préparation le mercredi, et il est mort le soir même. Mais il n'y a rien à dire, il a bien fait l'impossible. Toutes les fois où il venait, il y passait du temps. Il l'auscultait, puis il prenait ses livres, des fois un quart d'heure, des fois plus. Ah ! je vous assure que si c'est arrivé, ce n'est pas de sa faute. Il était bien dévoué, et ma foi bien gentil, ce garçon. Mais à quatre-vingt-sept ans, lorsqu'il n'y a rien à faire… À votre avis, Docteur, pensez-vous qu'il l'avait depuis longtemps, ce tænia, mon Germain ? »

Bon, les échos n'étaient pas catastrophiques. Il n'y avait pas trop de trous dans ma clientèle. La voiture n'avait que de légères éraflures ; si la petite bonne de son côté, gardienne de la maison, ne se déclarait pas enceinte dans les semaines à venir, ma foi, on pourrait se réjouir. Ce serait une année encore faste cette fois.

XXXIV

« IL RESTE DU LIÈVRE ET DU PERDREAU. Nous allons descendre dans le vallon. C'est là où ils se tiennent. Un temps idéal pour les chiens. Un peu de rosée, juste assez pour qu'ils ne soient pas incommodés et fassent leur travail. Dites donc, quelle belle journée ! Jamais on ne se croirait en novembre. »

Le fait est que la nature était splendide.

L'automne existe en Périgord. Ce n'est pas une saison escamotable comme il arrive qu'elle le soit dans les régions du centre, par exemple, où l'hiver s'empare trop vite de nos campagnes.

L'automne en Périgord est beau, tempéré et durable. Certaines années, il s'éternise et empiète sans scrupule sur l'hiver. Moins brutal que l'été, il reste chaud, se passe de vent et de pluie, et laisse toujours tout loisir pour flâner et rentrer les récoltes.

L'automne est doux à vivre en Périgord.

On ne saurait trop dire lorsqu'il commence ou finit. Pour se faire une opinion, on ne peut que se fier à certaines progressions dans une nature qui, de-ci de-là, balise en douceur : le tabac bon à couper, le raisin bon à vendanger, les premières pommes, les premières poires ; tiens, les asters passent fleur ; déjà les premières feuilles jaunes aux cimes des peupliers. L'automne, dans cette région, se déroule en lenteurs calculées du jaune au roux, laissant le temps de se faire admirer. Taches de soleil des champs mouvants de tournesols, taches rouges des vignes, taches vertes des luzernes, nulle part ailleurs on ne trouve autant de diversités, autant de contrastes et de couleurs.

L'automne en Périgord est faste, magnifique, glorieux. C'est une période d'abondance qui coïncide avec une période de demi-repos, et c'est bien ainsi, car c'est aussi la période bénie pour les chasseurs.

« Dites donc, Yves, c'est bien Fouillardier que vous m'avez présenté ce matin et qui vient avec nous ? J'ai entendu parler de lui. C'est un fusil remarquable à ce qu'on dit.

– C'était même un des plus grands fusils de la région. Il avait un coup d'épaule extraordinaire autrefois, mais depuis qu'il s'est lancé dans la préhistoire, il ne faut plus guère compter sur lui. Seuls les cailloux le passionnent. Vous allez voir, au lieu de chasser, je parie qu'il va nous fausser compagnie pour aller gratter dans quelques coins. Cela fait plus de dix fois qu'il nous joue ce tour. »

Tout s'était passé comme prévu.

« Dites donc, Docteur, prévenez-les que je ne vous suis pas dans le vallon. Je remonte vers les vignes. Je tiendrai le poste. C'est un coin très sûr, et à mon âge, cela me reposera.

– Entendu, Monsieur Fouillardier, je les préviendrai. »

« Non ? Et vous ne l'avez pas suivi. Alors ce n'est pas la peine de se poser de question. Allez, le lièvre court toujours. Vous n'avez d'ailleurs pas entendu de coup de fusil, vous non plus ? »

Nous l'avions retrouvé sur le plateau. Il avait abandonné gibecière et fusil et, à quatre pattes, il ramassait des cailloux.

« Qu'est-ce que je vous avais dit, Docteur ? Il ne faut pas le laisser seul un seul instant. Allons, Fouillardier, et ce lièvre ?

– Quel lièvre ?

– Mais nom de Dieu ! Fouillardier, vous rêvez ! Il est passé là, sous votre nez, avec tous les chiens à ses trousses. Cela faisait assez de raffut tout de même. »

Il n'avait rien vu, rien entendu, ni les perdreaux, ni le lièvre, ni les chiens, et malgré tout il jubilait.

« Venez, Docteur, venez que je vous montre mes découvertes. »

Sa musette gonflée à craquer regorgeait de pierres.

« Nous sommes là sur un territoire d'une richesse exceptionnelle. Certainement un lieu de fabrication ou d'exploitation d'outils. Ce n'est pas un sol à silex, et pourtant il y en a partout, et en telle abondance qu'un simple grattage les fait resurgir de tous côtés… Tenez, voyez, du Néolithique, du Moustérien, des pierres taillées il y a 50 ou 100 000 ans. C'est impressionnant ! »

Il avait étalé sa veste et, à genoux, faisait son inventaire.

« Voilà un morceau de grattoir… un fragment de coup de poing… Tenez, ça, c'était un perçoir… Il est presque intact.

– Vous avez de l'imagination, Fouillardier. Ne pensez-vous pas que vous exagérez un peu ? Notre lièvre par contre fait du chemin. Vous serez à l'amende de l'apéritif.

– Si vous voulez, Docteur. De toute façon, votre lièvre n'est pas perdu ; vous le retrouverez dimanche prochain. Mais voyez donc plutôt ce que j'ai là, dans ma poche. »

Il déroulait avec précaution un morceau de papier hygiénique.

« Une aiguille, oui mon cher, une aiguille en os, avec son chas. Une pièce rarissime, vous en conviendrez ? C'est une trouvaille exceptionnelle. Elle vaut bien votre lièvre, croyez-moi. On peut passer une vie entière en fouilles et recherches sans trouver ça... Quant à mes silex, vous avez tort de ne pas me faire confiance, ils sont tous bons. Tenez, voyez ces retouches, elles ne sont tout de même pas l'effet du hasard ; et là, voyez le bulbe de percussion. Vous n'êtes pas convaincu ?... Bon, alors venez me voir à la prochaine occasion, je vous montrerai les pièces intactes et indiscutables que j'ai déjà trouvées sur ce même plateau. Ne me dites pas que cela ne vous intéresse pas ! Il n'est pas possible qu'un homme comme vous ne se passionne pas pour la préhistoire dans ce pays qui en est le berceau. Vous ne pourrez faire moins que d'y venir vous aussi.

– Peut-être, Fouillardier, peut-être. Mais tout de même, aujourd'hui nous étions à la chasse. »

Fouillardier s'en foutait.

*
* *

Le chemin était étroit, montait raide, enfoncé dans les terres ravinées par les pluies, creusé, année après année, par les lourdes charrettes aux roues ferrées. La voiture engagée jusqu'aux essieux suivait les ornières et avançait sur rails, butant tantôt à droite, tantôt à gauche.

Sacrés chemins ! C'est égal, on pourrait l'élargir et l'empierrer tout de même de temps à autre. Si cela continue, il me faudra grimper aux Fayards à pied. Trois kilomètres en traînant la sacoche, il ne manquerait plus que ça. Ce fut au milieu de mes vitupérations que l'incident se produisit, sans crier gare, sans même que j'eusse ressenti le moindre choc.

« Ça y est, oh ! merde !... Et dans un chemin pareil ! Une crevaison en pleine gadoue où il n'est même pas possible de loger un cric. Eh bien ! je suis frais, je vais pouvoir patauger à mon aise. »

Mon pneu était ouvert, coupé latéralement sur plus de dix centimètres, gomme, armature métallique et tout, jusqu'à la chambre.

« Eh voilà ! un pneu tout neuf. Mais nom de Dieu, qu'est-ce qui a bien pu me faire ce travail ! »

Je n'avais pas eu à revenir en arrière. Une pierre tranchante dépassait d'un travers de doigt le rebord du talus. Ma roue l'avait à peine frôlée ; cela avait suffi.

Croyant à un rocher, d'un coup de pied rageur, je la talonnais. À ma grande surprise, elle roula à mes pieds.

C'était un silex !

Un silex oblong à peine plus grand que la main.

La première flaque boueuse – il y en avait partout –, me permit de le débarrasser de sa glaise. Sans grandes connaissances, on pouvait l'affirmer, c'était une hache, une hache splendide, dans son intégralité, aux éclats vifs et brillants.

Ma colère faisait place à la stupéfaction. Mon caillou en main, appuyé à ma voiture, je restai là longtemps, rêvant, rêvant, à celui qui, 40 000 ans avant moi, avait foulé ce sol et abandonné là son arme redoutable, rêvant à la pérennité des êtres et des choses, ravi de cette étonnante aventure qui projetait par-dessus tant de siècles son trait d'union entre lui l'ancêtre, et moi son héritier.

Personne ne me l'ayant jamais ni disputé ni revendiqué, je conserve avec ferveur mon insolite héritage sur mon bureau. Il reste en permanence à portée de ma main. Il me sert de presse-papiers. Je le remue vingt fois par jour sans m'en soucier mais, les jours de tristesse, les jours où le doute gagne et menace de tout submerger, c'est lui qui se charge de me ramener à la raison en me rappelant certaines vérités.

« Tu n'es qu'un maillon, qu'un tout petit maillon sans grande importance ; mais tu es malgré tout un maillon essentiel de vie. Alors courage, confie avec sérénité ton message à la terre, et accepte de revenir un de ces jours à elle pour enfin t'y reposer. »

XXXV

Le médecin consultant, dans une ville de province, était autrefois une notoriété de premier plan. Je dis « était » car, avec la multiplicité des spécialistes, il faut bien le reconnaître, son auréole a perdu beaucoup de son importance depuis quelques années.

Pourvu en général d'un service hospitalier, de titres universitaires solides et reconnus, ce dernier devait posséder, outre une valeur humaine incontestable, des qualités déontologiques inattaquables qui, seules en fin de compte, le faisaient accepter à la fois des malades et de leurs médecins.

Appelé par des confrères aux prises avec des cas difficiles, ou par des familles tout simplement inquiètes, le médecin consultant devait faire preuve de connaissances et de diplomatie lui permettant de ménager et la chèvre et le chou. Tout le monde sait bien combien les susceptibilités médicales sont redoutables. C'est un domaine épineux, sûrement un des seuls où l'on ne pardonne rien. Éviter de les réveiller était certainement la préoccupation majeure d'un médecin consultant.

Bouchardot était médecin consultant et s'acquittait en général brillamment de sa tâche.

Les médecins lui adressaient leurs malades en consultations pour des avis thérapeutiques précis ou pour des diagnostics en suspens. Ils le sollicitaient auprès des lits le plus souvent pour se couvrir dans les cas désespérés. Ils appelaient ça entre eux assez prosaïquement « ouvrir le parapluie ».

Les consultations supportaient une certaine attente ; les appels en visite étaient en revanche toujours urgents, et avaient lieu souvent le soir, à cette heure où l'optimisme bascule et où l'angoisse s'installe à l'approche de la nuit.

« Ah ! mon pauvre Germain, je crois qu'il n'y a plus à se faire beaucoup d'illusion avec le père. Il est perdu : deux jours au plus, un jour peut-être, cette nuit, ce n'est pas impossible.

– Alors, Docteur, dans ce cas, ne pensez-vous pas qu'on puisse demander l'avis d'un de vos confrères ?

– Mais bien volontiers, Germain. Je vais demander au docteur Bouchardot de venir. Je vais même essayer de l'avoir dès ce soir. Ce sera préférable.

– Faites pour le mieux, Docteur, nous vous faisons confiance. »

Bouchardot était un homme de taille moyenne, plutôt petit, qui n'en imposait à personne de prime abord, mais qui, déjà déplumé de la tête, portant gants, chapeau et complet impeccable, inspirait confiance.

La façon même dont il écoutait chacun avec patience et attention ajoutait à cette impression.

Bien qu'affable, il évitait de parler à tort et à travers avant d'avoir tous les éléments qu'il désirait. Tout au plus se permettait-il un sourire ou un petit rire gloussé sur commande dans des cas très précis, et uniquement, bien sûr, avec les confrères. Sa notoriété était largement établie dans la région et ses avis faisaient d'autant plus autorité que pour les obtenir il fallait payer le prix fort, ce que l'on ne consentait à faire que rarement dans le pays.

Bouchardot passait le gros de ses soirées à courir d'un côté à l'autre du département. Il acceptait l'appel tardif sachant parfaitement que le moindre retard en ce domaine risquait de rendre sa visite caduque, le malade pouvant passer, sans attendre son avis, de vie à trépas.

« Alors mon cher confrère, qu'allons-nous voir ce soir ? Qu'en est-il à votre avis ? »

Bouchardot écoutait toutes les explications qu'on voulait bien lui donner.

« Eh bien ! si je comprends bien, à quatre-vingt-dix ans, avec une pneumonie bilatérale, je ne vais pas avoir grand-chose à faire. Il est fichu à votre avis ? Vous avez prévenu la famille ? Bon, c'est l'essentiel. »

On ne faisait pas venir Bouchardot pour rien. Certes, on l'appelait souvent sans la moindre conviction, mais les héritiers trouvaient décent de le faire venir, ne serait-ce que pour se donner bonne conscience ou que pour le qu'en-dira-t-on.

« C'est quand même une dépense que nous pouvons nous permettre sans doute. Et puis, comme ce sera la dernière qu'on va faire pour lui avant la bénédiction du curé et qu'on n'aura sûrement pas à la renouveler, ma foi ! Avec tout ce qu'il nous laisse, on peut bien faire un geste. »

Bouchardot se montrait toujours à la hauteur.

« Mon confrère m'a fait part de ses conclusions et de ses craintes. Après avoir examiné votre père, je ne peux qu'y joindre les miennes. Tout a été tenté à ce que je vois. Puis, vous savez, il y a son âge. C'est que tout le monde n'y vient pas, bien sûr. Heu ! mon cher confrère, que pouvons-nous ajouter à ce que vous avez déjà donné ? Essayez si vous voulez quelques piqûres de ce nouvel antibiotique mélangé à de l'huile éthérée camphrée, mais vous savez, dans l'état où il est, je ne crois vraiment pas que cela puisse changer grand-chose. »

Et de nouveau dans la voiture :

« Eh bien ! mon cher ami, il était temps que j'arrive ! – Et c'était le moment privilégié où il gloussait. – Demain matin, il eût été trop tard. Il ne passera pas la nuit. »

Bien évidemment, nous n'y pouvions rien.

*

* *

« Docteur, notre fils David est malade. Vous voyez, il est nerveux, difficile à table, son appétit est des plus capricieux, et tout cela réagit fâcheusement sur son travail scolaire. Depuis un an, il ne fait plus rien. Dieu sait pourtant s'il est vif et intelligent. Inutile de vous le dire, vous le savez bien. »

L'enfant était en vérité un affreux jojo, fils unique, gâté comme il n'est pas permis de l'être, et qui exploitait au maximum la complaisance, pour ne pas dire la faiblesse, de ses parents.

« Docteur, nous l'avons déjà montré au docteur Bouchardot sans résultat. Pouvez-vous nous l'adresser cette fois à un spécialiste des nerfs ? Un professeur si possible. Nous nous déplacerons où il faudra et quand il faudra. Ma femme et moi-même craignons le pire.

– Mais bien volontiers, cher Monsieur. Comme il n'y a pas d'urgence immédiate et que nous ne sommes pas à quelques jours près, je vais vous l'adresser à un professeur de faculté, le professeur Laser. Je sais que ses consultations sont un peu chères, mais vous ne trouverez nulle part autant de compétences réunies.

– L'argent n'est rien, Docteur. L'argent ne compte pas lorsqu'il s'agit de la santé de notre enfant… »

La mère, le père et l'enfant avaient été reçus avec courtoisie. M. le professeur avait vu David sous toutes les coutures, sans dire un mot, sans avoir à faire aucun discours – ce sont là des gens que l'on n'interroge pas. L'on s'était acquitté sans sourciller du prix de la consultation, un prix que même la notoriété la plus grande avait du mal à légitimer.

On avait pris congé de M. le professeur.

« Ce ne sera au moins pas grave, Monsieur le professeur ?

– Absolument pas, Madame. Suivez mon ordonnance. Elle n'est pas compliquée. Arrêtez de vous tracasser pour David, et vous verrez que cela s'arrangera.

– Nous devons suivre longtemps vos prescriptions, Docteur ?

– Jusqu'à l'obtention totale du résultat. »

On était dans l'escalier.

Même si l'on ne s'y connaît pas en remèdes, après avoir réglé une consultation d'une pareille importance, on se sent quand même en droit de jeter un coup d'œil sur ses conclusions.

Quelle ne fût pas la surprise du père et de la mère en lisant :

le matin : 3 coups de pied au cul,
à midi : 3 coups de pied au cul,
le soir : 3 coups de pied au cul.

On peut augmenter progressivement les doses, si cela s'avère nécessaire.

Signé : Professeur Laser.

XXXVI

Le docteur Toussicard faisait la chasse aux bacilles de Koch. C'était une époque où il s'en trouvait encore beaucoup en Périgord. L'hygiène sommaire et le manque de remèdes efficaces en étaient les principales raisons. Les conditions de vie étaient précaires et la Streptomycine venait juste d'apparaître sur le marché. Des familles entières étaient alors victimes de la tuberculose que l'on appelait communément langueur dans nos campagnes. On la soupçonnait et la recherchait dans tous les milieux.

Le repos, le sanatorium et le calcium arrivaient parfois à bout des meilleurs cas mais, s'il y avait échec, on devait alors avoir recours au pneumothorax, et en désespoir de cause, pour les vieilles lésions scléreuses, à la thoracoplastie. Cela entretenait une activité considérable chez tous les phtisiologues. Un pneumo mis en route, pour être mené à bien et être convenablement entretenu, nécessitait insufflations sur insufflations, radio sur radio ; c'était alors la grande époque de la phtisio.

Le docteur Toussicard était bien, peut-être même avant Toutenca, le médecin le plus connu du département.

Sa notoriété dépassait d'ailleurs les frontières de ce dernier et le rayon de sa clientèle n'avait eu d'autres limites que celles de ses possibilités.

Son caractère égal, doublé d'un sérieux indiscutable, en faisait bien l'homme qu'il fallait pour lutter contre une maladie avec laquelle les durées se comptaient non point en semaines, mais en mois ou en années. Son calme olympien, dont il ne se départissait jamais, lui permettait de brasser tous les jours un travail écrasant et régulier qui aurait désolé tout autre que lui.

« Je vais chez Toussicard jeudi pour mon insufflation de routine, mais je ne me fais aucune illusion, j'en ai pour la journée. »

Germain était arrivé au cabinet médical sur le coup de 10 heures du matin. À 13 heures, il y avait encore une bonne vingtaine de malades avant lui ! Il en avait pris son parti et était allé déjeuner au restaurant voisin… À son retour, la salle d'attente débordait sur le trottoir. À 21 heures, il en était au même point qu'à midi. Attendre pour attendre, après avoir fait ses calculs, Germain, philosophiquement, avait donc décidé d'aller au cinéma. De retour, il était enfin parvenu à ses fins, vers minuit, avec un homme aussi calme et aussi aimable qu'il l'eût été le matin.

Chez tout autre médecin que Toussicard, pareille clientèle eût entraîné contestations ou disputes ; chez lui, il n'en était rien.

« Enfin, Docteur, je suis Monsieur Ferral. J'attends depuis ce matin. C'est inadmissible tout de même ! J'ai autre chose à faire. Je dirige une usine, il ne faudrait pas l'oublier.

– Je sais, je sais… Je sais aussi que votre impatience est légendaire, Monsieur Ferral, alors que voulez-vous que j'y fasse ? Si vous acceptez d'attendre, vous passerez à votre tour ; avant, ce n'est pas possible. Ici, tout le monde est pressé sauf moi. »

Des qualités aussi solides, faisant autour de lui une unanimité exceptionnelle s'étendant à tous ses confrères, ne pouvaient manquer de conduire Toussicard aux plus hautes missions du métier.

Cette charge, sous son honnêteté foncière, devait s'affirmer des années durant dans une éthique sans faille. Pourtant, ce ne fut pas pour lui une position rêvée et de tout repos car, constamment partagé entre ses désirs de justice, ses sentiments d'amitié et ses craintes permanentes de vexer ou de léser, il devait y vivre écartelé.

Les médecins, en général, ont tous un violon d'Ingres pour se désintoxiquer, retrouver le calme et se retremper. Les uns font de la politique, d'autres de la peinture, d'autres de la musique ; Toussicard, de son côté, s'occupait d'apiculture. Les abeilles étaient sa passion. Avait-il trouvé en elles des émules à sa propre activité ? Je ne sais. Toujours est-il que leur voisinage l'électrisait et qu'il ne pouvait s'en passer.

Il entourait de soins attentifs, dans une propriété voisine, un lot conséquent de ruches ensoleillées sur le flanc d'un coteau. Il leur consacrait ses dimanches et il déplorait par-dessus tout leur éloignement. Ce fut cette frustration qui entraîna l'aventure assez cocasse qui lui arriva.

Ce fut au cours d'un hiver rude qui lui causait les pires inquiétudes au sujet de ses abeilles, que Toussicard prit un jour la décision de mettre à l'abri du froid une partie de ses ruches dans sa maison.

Les mettre dans la salle à manger, le salon ou la chambre à coucher était hors de question. Mme Toussicard y avait opposé un refus catégorique.

« Je vais les mettre au grenier. Cela ne peut te gêner, tu n'y montes jamais. Je vais les y laisser pendant la période froide, mais sois tranquille, Lucette, dès les premiers beaux jours, je les ramènerai sur le coteau. »

Lucette, à regret et après avoir bataillé quelques jours, avait dû accepter.

Douze ruches bien rangées, l'hiver, même dans un grenier, ne posent pas de problèmes. Les abeilles engourdies ne sortent pas et vivent sur leurs réserves. Grâce à sa décision, Toussicard avait, outre la tranquillité d'âme, la joie de pouvoir leur rendre de courtes mais fréquentes visites tout au long de la journée. Entre deux clients, il pouvait aller les gâter d'un peu de sucre et surveiller leurs rayons. Il y trouvait une satisfaction et un équilibre qu'il n'avait jamais connus.

Lucette toutefois veillait.

« Jean, on annonce un réchauffement rapide. C'est le moment de ramener tes abeilles à la campagne tant qu'elles sont endormies. Tu feras ça dès dimanche prochain. »

Toussicard, à son tour, avait cédé, cédé pour dix, mais il s'était montré réticent pour les deux dernières ruches.

« Lucette, j'en garde deux. Il sera toujours temps de les expulser d'ici quelques semaines si des problèmes se posent. »

Les fenêtres largement ouvertes sur le toit, les abeilles pouvaient aller et venir en toute liberté, et Toussicard bien sûr pouvait continuer à les surveiller, ce qui le comblait de bonheur.

Le spectacle valait la peine d'être vu. Aux premiers rayons de chaleur concentrés sous les ardoises, les voisins avaient assisté tous les jours à un va-et-vient de milliers d'abeilles qui s'échappaient en vrombissant de tous les vasistas.

« Docteur Toussicard, faites attention à vous. Je suis certain que vous avez un essaim d'abeilles sauvages qui s'est logé dans votre grenier. Vous devriez le dire aux pompiers, ils vous en débarrasseraient. »

Toussicard n'osait avouer la vérité.

« Merci de me prévenir. Je m'en étais rendu compte, je vais m'en occuper. »

Et il continuait le plus souvent possible, à la dérobée, à gravir sa soupente qui, bien sûr, lui était maintenant réservée puisque Lucette refusait de s'y risquer.

Cela entraînait parfois des conséquences curieuses. Normal quelques minutes auparavant, Toussicard réapparaissait brusquement devant ses malades affreusement défiguré, la face bouffie, enflé jusqu'aux oreilles.

« Une crise d'allergie subite. Ah ! vous savez, les médecins sont bien comme les autres, ils n'en sont pas à l'abri. Ce n'est rien. Ne vous tracassez pas, demain il n'y paraîtra plus. »

Un jour pourtant, cela devait tourner au tragique.

« Ah ! Monsieur l'Abbé, je suis heureux de vous voir. Vous occupez-vous toujours d'abeilles ?

– Bien sûr que oui, Docteur. Bien sûr, mais j'ai de grosses pertes avec le froid de cet hiver. Elles se remettent mal, savez-vous.

– Vous auriez dû les rentrer, Monsieur l'Abbé, comme je l'ai fait moi-même en les mettant dans mon grenier. Tenez, j'ai même essayé de garder deux de mes ruches. Elles sont encore là-haut. Vous voulez les voir ?... C'est remarquable de voir comment, même de là, elles arrivent à faire leur miel. Tenez, venez avec moi, personne ne s'en rendra compte, il nous faut tout au plus quelques secondes. »

Avec un peu plus de temps, tout aurait pu très bien se passer entre abeilles et apiculteurs avertis. Hélas ! cela devait tourner tout autrement.

L'obscurité commençait à gagner la soupente. L'abbé ne connaissant pas les lieux, ce fut une fatalité : il chuta de tout son long dès son entrée sur la première ruche qu'il renversa.

Ce qui s'ensuivit est difficile à concevoir, et encore plus à raconter. Tout ce que l'on peut dire, c'est que ce fut dantesque avant de devenir grand-guignolesque.

Des milliers d'abeilles libérées toutes ensemble dans un état de surexcitation intense se ruèrent sans hésiter sur les deux intrus. L'abbé en avait plein la soutane, Toussicard plein la chemise et le pantalon. Se sentant prisonnières, les abeilles en profitaient pour se venger atrocement.

Il y eut une fuite éperdue dans l'escalier, fuite que la porte du grenier, mal refermée dans la hâte, n'empêcha pas de transformer en débandade.

En fin de compte, ce furent un médecin presque nu et un curé dans le même appareil, suivis d'un essaim d'abeilles au grand complet que, dans l'affolement des portes entrebâillées, les clients ébahis purent entrevoir regagnant le cabinet, avant de s'enfuir eux-mêmes, poursuivis à leur tour.

XXXVII

LE BAL DES PETITS LITS BLANCS, sous le patronage de la Croix-Rouge, une fois par an en automne, réunissait outre la bourgeoisie périgourdine, le corps médical tout entier.

Il était de bon ton de s'y rendre, même si l'on ne savait pas danser, même si l'on était certain de s'y ennuyer à mourir, et même si cela contrariait tout votre travail ou tous vos projets.

C'était en fait un geste presque obligatoire, auquel personne n'osait se soustraire, et que chacun devait marquer de son obole.

La soirée commençait assez tard et se prolongeait fort tôt le matin. C'était l'occasion pour ces dames de s'adonner à des toilettes étudiées, recherchées, et de surenchères ; et pour leurs maris, celle tout aussi importante de nouer et de dénouer intrigues et problèmes en suspens. C'était là un terrain d'observation exceptionnel où, au cours de ces circonstances, chacun comptait et marquait ses points et ceux des autres.

« Vous êtes à quelle table ?

– À celle de Toutenca… ou… à celle de Baillardou. »

Les clans se formaient. Chacun allait vers sa boutique, affichant ainsi clairement ses options et prenant du même coup ses responsabilités et ses risques.

Un petit nombre d'instables essayaient bien de flotter entre deux eaux, à la recherche d'une position à la fois d'équilibre et de compromis, mais leurs efforts étaient vains et ne donnaient satisfaction à personne ; il n'y avait guère de place pour les indécis.

Toutenca était là, bien sûr, soignant ses effets, s'arrangeant au mieux pour éviter qu'aucun de ses correspondants ne s'égarât.

« Dites, Pierre, je vous garde une place à notre table. Mettez-vous là, à côté de moi ; je reviens. »

À l'aise, mondain, Toutenca, dont il ne fallait tout de même pas faire un Dieu désintéressé, était partout, veillait à tout, avec la constante arrière-pensée de ne rien négliger qui puisse, de près ou de loin, amener un jour ou l'autre de l'eau à son moulin.

La même ambiance présidait à la table concurrente de Baillardou.

Tout comme dans l'autre clan, on y observait, analysait et commentait les moindres détails, les moindres attitudes et les moindres expressions.

« Tiens, vous avez vu, le jeune Delard s'est installé à la table de Toutenca.

– Pas étonnant, c'est lui qui lui a fait avoir la place de Chopignol après son décès.

– Ah ! il ne perd pas son temps, Toutenca. On m'a même dit qu'il avait eu le culot d'en parler à sa veuve le jour même des obsèques.

– Ce sera certainement encore un de ses correspondants.

– Oh ! bien sûr, d'autant plus que c'est encore lui qui lui avance l'argent nécessaire au rachat de la clientèle. Il lui a même promis de lui faire obtenir la S.N.C.F., d'après ce que je me suis laissé dire.

– Mais dites donc, c'eût été à vous de l'avoir, ce me semble ? Il est quand même gonflé, Toutenca. Il va falloir le surveiller de près, ce jeune Delard, et ne rien lui passer à chaque occasion.

– Ce ne sera pas facile. Toutenca le soutiendra ferme.

– Oh ! on ne sait jamais. Il suffit d'être vigilant. Laissons-le en attendant faire ses galipettes. »

Les deux clans ne se faisaient aucun cadeau. L'un était acquis à la clinique du haut, l'autre à la clinique du bas, et pour l'heure le vent était en faveur de Toutenca. Dans son orbite, on trouvait toujours le même groupe de fidèles, des confrères jeunes, tous plus acharnés les uns que les autres à défendre son vedettariat.

On y trouvait Terrier, un garçon sans indulgence pour personne qui, bien que terriblement caustique et incisif, n'en restait pas moins sympathique. Malgré son caractère exubérant qui cachait en fait un esprit inquiet et tourmenté, il était prompt à saisir les travers de chacun et se chargeait en quelques piques de les démolir à tout jamais. C'était une sorte d'éminence grise pour Toutenca.

On y trouvait Brousseau, un inconditionnel qui n'avait l'habitude de mesurer ni ses amitiés ni ses inimitiés. Un vrai don Quichotte pour lequel toute cause litigieuse ou paraissant perdue d'avance était bonne et trouvait grâce à ses yeux.

On y trouvait Passicon, un bourreau de travail, un fanatique de politique, intellectuel de droite, mais aussi un viscéral qui était capable de vous faire disparaître deux assiettes de petits fours en moins de temps qu'il n'en fallait pour les servir.

On y trouvait Toussenec, un autre politique aux opinions diamétralement opposées dont la clientèle sans faille débordait le canton et faisait l'admiration en même temps que l'envie.

Et tout ce monde, dans l'ombre de Toutenca, oubliait ses dissensions, s'amusait et riait sans retenue sous les yeux contrariés de Baillardou dont l'équipe vieillissante et sans grand entrain donnait des signes évidents de fatigue.

« Que voulez-vous, mon cher ami, tout nouveau tout beau ! Pour le moment, Toutenca n'a pas fait grand-chose. Il n'a donc pas eu l'occasion de faire beaucoup d'erreurs. Mais ça viendra. Ça viendra peut-être plus vite qu'on ne croit. Vous verrez ce que je vous dis. C'est bien d'être chirurgical, mais il faut tout de même faire attention. Quant à ses correspondants, vous savez, j'ai mon idée sur leur fidélité, elle est relative et opportuniste. Question d'intérêt. Croyez-en ma vieille expérience, il faut attendre. »

Et il rageait, Baillardou, dans le tréfonds de lui-même, car il se demandait si sa prostate de plus en plus exigeante et contraignante le lui permettrait.

Le groupe de ces dames n'était pas en reste sur celui de leurs époux.

On y parlait chiffons, mais aussi bien sûr de tous les potins de la ville. Chacun d'eux, à tour de rôle, y était évoqué, épluché et commenté.

« Dites-moi, Denise, ce n'est pas la jeune Mme Chaval qui est là-bas près de Mme Deltour ? C'est bien son mari qui s'est installé près de Saint-Front ? Il démarre d'ailleurs très bien à ce que j'ai entendu dire.

– Oui oui, c'est bien elle. Elle est facile à reconnaître, elle est enceinte jusqu'à la garde, la pauvre fille. Elle a du courage de venir à un bal dans cet état !

– Elle n'est pourtant pas mariée depuis longtemps que je sache.

– Certes, elle a fait passer un peu la charrue avant les bœufs. Ce sont des choses qui arrivent de plus en plus souvent. Il paraît, au fait, que les parents, vous savez bien, les libraires de la rue Lachaume, n'étaient pas tellement satisfaits. Oh ! remarquez qu'ils n'ont pas fait trop de bruit et ont bien mis tout en œuvre pour que ça se régularise.

– La dot évidemment.

– Bien sûr, mais je me suis laissé dire que cela ne serait pas une affaire pour autant. Il paraît que ce garçon est un coureur de jupons comme on en rencontre rarement. Il est bel homme à ce qu'on dit, et il aurait beaucoup de succès auprès de ces dames. Il a déjà pris une petite secrétaire qui, sous des airs angéliques, serait, je ne fais que répéter ce que j'ai entendu dire, une rude gaillarde.

– Oui ! On dit aussi que ce serait depuis longtemps sa maîtresse. Est-ce vrai qu'il ne se déplace jamais sans elle ?

– Il paraît. On prétend qu'elle a une façon bien à elle de prendre les choses en main. Et qu'elle a des… qualités.

– Certes, il faut bien qu'elle en ait quelques-unes, même si elles ne sont pas évidentes, car sur le plan professionnel, ça laisse fort à désirer, je crois. Tenez, elle a écrit tout dernièrement une lettre à mon mari qui nous a bien fait rire. Elle a voulu mettre : "le souffle cardiaque se prolonge dans l'aisselle" ; eh bien elle a pondu celle-là : "le souffle cardiaque se prolonge dans les selles". Avouez qu'elle n'est pas mauvaise.

– Non, vous plaisantez ?

– Pas du tout. Elle en fait bien d'autres, paraît-il.

– Oh ! nous exagérons. Si on nous entendait ! Sans compter que cette petite Chaval a l'air bien gentille. Un peu insignifiante, un peu bécassine, je vous l'accorde, mais c'est tout de même malheureux pour elle.

– Ça se terminera par un divorce ; vous verrez, c'est la mode aujourd'hui. »

Il se buvait beaucoup de champagne au bal des petits lits blancs.

De temps à autre, au cours de la soirée, une vente aux enchères improvisée essayait de rappeler à tous que c'était là non une œuvre de médisance, mais une œuvre de bienfaisance et de charité.

XXXVIII

Une vaste tache verte de plusieurs centaines d'hectares, à cheval sur deux départements, représentait et représente encore la Double sur les cartes Michelin. À côté d'elle, les forêts Barrade, Bessede, de Montelard ou de Liorac, paraissent de frêles et ridicules enclaves. La Double seule par son importance s'impose, telle une sévère anomalie de la nature dans une région habituellement cultivable, souriante et généreuse.

J'avais fait connaissance avec la Double il y a quarante ans lorsqu'elle était encore dans son état sauvage, et c'était alors une région austère mais magnifique, sans concession ni intrusion. Zone de bois, de landes, de marais ou d'étangs, la Double commençait brutalement. Il suffisait pour y pénétrer de quitter quelques instants une route départementale et de s'engager sur un de ces multiples chemins blancs à peine empierrés. On était aussitôt avalé dans sa verdure et l'aventure commençait, car se risquer dans la Double sans la connaître était toujours une aventure. La Double sortait, comme le reste du pays, tout juste de la guerre ; ses chemins étaient encore sans bornes, et ses croisements sans panneaux. Elle avait constitué des années durant, grâce à un manque voulu de balises et de repères, un des plus solides bastions de la Résistance, et ce refuge naturel, pratiquement inviolable pour qui n'y était pas né, avait bien souvent découragé les troupes occupantes les plus endurcies.

Comme personne, depuis la fin des hostilités, n'en avait réellement éprouvé le besoin, comme les rares habitants des trois ou quatre villages qui y étaient noyés connaissaient le terrain comme leur poche, et que les Ponts et Chaussées avaient eu bien autre chose à faire, la Double était restée territoire vierge de toute indication. Il était donc normal de s'y égarer lorsque l'on s'y aventurait de jour pour son plaisir, et bien sûr, à plus forte raison, de nuit lorsque l'on était contraint de le faire pour son travail.

« Docteur, vous passerez par Saint-Jean-d'Ateau. Dès les dernières maisons, vous tournerez à droite vers les bois. Vous roulerez trois kilomètres, vous arriverez à un croisement. Là, vous prendrez à gauche et continuerez tout droit jusqu'à la troisième croisée marquée par quatre hêtres géants. Là, un homme vous attendra pour vous conduire à la ferme. »

Je m'étais efforcé de suivre scrupuleusement toutes ces indications. J'étais entré dans la Double à peine à l'heure du crépuscule, mais j'avais dû manquer mes repères. Jusqu'à 1 heure du matin, après avoir tourné et retourné dans un véritable labyrinthe de chemins à peine carrossables, je me retrouvai, réservoir d'essence presque vide, à mon point de départ. Fourbu, vaincu, en proie à une rage aussi stupide qu'inutile et qui n'avait fait que croître au fil du temps, je faillis, fou de colère, lancer ma voiture contre le premier arbre venu.

Je dus renoncer, remettre ma visite au lendemain, abandonnant tout espoir de retrouver l'estafette qui certainement allait m'attendre le reste de la nuit entre les quatre hêtres du chemin.

La Double, certaines après-midi d'été, le dimanche, donnait l'occasion de bien agréables promenades et de charmants lieux de détente.

La forêt constituée d'essences diverses, où les sapins, arbres tristes, ne dominaient jamais, était composée en majeure partie de chênes souvent séculaires, de hêtres, d'érables et de bouleaux. Cette pluralité excluait toute monotonie, d'autant plus qu'elle ménageait, de-ci de-là, de délicieuses clairières inattendues toutes baignées de soleil. Les futaies alternaient avec les taillis épais et de ravissantes nappes d'eau dormante, étangs aux abords inviolables qui miroitaient entre leurs basses branches. Loin des bruits agressifs, seul dans le frémissement des feuilles, le bourdonnement des insectes et le chant des oiseaux, l'on pouvait rester des heures et des heures sans rencontrer personne dans la certitude de n'être ni troublé ni contrarié dans ses rêveries.

De temps à autre, un faisan se levait lourdement sous vos pas, un écureuil bondissait entre vos jambes jusqu'à l'arbre le plus proche et, souvent, vous aviez la surprise de voir se profiler dans une clairière, en quelques bonds gracieux, plus vite disparues que vues, une ou deux biches troublées dans leurs ébats et tout aussi étonnées que vous de la rencontre.

C'était ça, la Double, sur des hectares et des hectares, un vaste univers secret, sauvage et insoumis.

« Elle » m'accompagnait volontiers dans ces escapades dominicales. Nous improvisions le plus souvent un déjeuner sur l'herbe, dans une de ces clairières isolées introuvables où seul le soleil arrivait à pénétrer. Repas froids sur tapis d'épaisse mousse protectrice, toujours suivis de longues siestes... parfois aussi de quelques libertés moins avouables que nul garde champêtre ne risquait de troubler et qui ne pouvaient donc scandaliser personne – il en faut beaucoup pour scandaliser un pivert occupé à frapper son arbre, un merle sur son nid ou une coccinelle en vadrouille.

« Tu crois que c'est prudent ? Tu crois que nous ne prenons pas de risques ?

– Qu'importe ! Si c'est un garçon nous l'appellerons Sylvain, cela s'imposera. »

« Elle » rentrait chaque fois à la maison les mains sinon les bras garnis de fleurs, selon les saisons, énormes bouquets de violettes, jaunes primevères sauvages, brassées de genêts ou d'iris d'eau dangereusement conquis sur les eaux croupissantes du marais. « Elle » riait alors, « Elle » riait, heureuse et complice, et c'était le bonheur.

*

* *

La foire de la Latière voit ses origines se perdre dans le temps. Bien malin qui pourrait en fixer les débuts. Ils remontent probablement à la fin du Moyen Âge, à une époque où nul chemin en France n'était sûr et où, à plus forte raison, une forêt de l'importance de la Double constituait un coupe-gorge dans lequel on n'osait s'aventurer.

Au milieu de la Double, isolée en plein bois, loin de toute agglomération, la Latière, à l'origine, n'était qu'un rendez-vous judicieusement choisi de larrons et de voleurs. Ils avaient fixé là leur lieu de ralliement à l'abri de toute curiosité malsaine. C'était un coin facile à surveiller et à protéger. Ce ne fut que par la suite que ces rencontres évoluèrent pour devenir de véritables marchés. Toutefois, encore longtemps, elles furent réservées aux maquignons en quête de profits et de trafics secrets et douteux. C'était l'époque du troc, et ce dernier avait toujours lieu dans le plus grand mystère. Dans des mains expertes, où toutes marchandises se moquaient des labels, vaches, chevaux volés dans le sud, passaient sans problème vers le nord. Rien d'étonnant donc que le caractère de ces transactions ait entraîné longtemps l'incertitude tant sur les lieux que sur les dates de ces rencontres. Ce ne fut que bien plus tard que les foires de Latière s'officialisèrent et s'ouvrirent au commun comme elles le sont aujourd'hui, chaque 1er mai tous les ans. Bien sûr, elles ont perdu leur empreinte première, mais elles n'en demeurent pas moins curieuses et fort originales.

Elles se déroulent toujours au même endroit, en pleine forêt, et nul ne peut s'imaginer la veille ce qui va se passer là le lendemain. Pas une seule indication, pas un seul hangar, pas la moindre grange abandonnée, rien ne marque le lieu. Il n'y a qu'une clairière comme tant d'autres, recouverte de mousse, entourée de chênes géants, et pourtant c'est là, et nulle part ailleurs, que va s'accomplir le miracle.

Jusqu'au 31, avant le milieu de la nuit, rien ne se passera, mais aux premières lueurs du jour, le festival va commencer.

Ce seront d'abord les forains qui arriveront les premiers et qui détermineront avec certitude un emplacement qui ferait hésiter tout autre qu'eux. Ils arriveront avec leurs bancs et leurs manèges, oui, je dis bien leurs manèges, car ce n'est pas seulement une foire mais une fête qui se prépare. Ils arriveront d'un peu partout par des chemins en étoile à peine tracés qui convergent tous vers la clairière. En un rien de temps, celle-ci sera envahie. Les bruits de leurs camions, les cris, les disputes, tout témoignera d'une installation fébrile et hâtive. Ils n'auront pas fini que déjà surviendront les restaurateurs traînant à leur suite tentes, tables, bancs et tréteaux. Car là aussi, on trouvera sur place, faute de couvert, le vivre à volonté. Ils apporteront des paniers et des paniers de victuailles préparées à l'avance : poulets rôtis, jambons fumés, saucisses et cervelas, et improviseront au besoin des feux. Ils rouleront leurs barriques, rangeront leurs caisses d'eau et de vin l'une sur l'autre, et tout sera prêt pour le casse-croûte du matin. Ne parlons pas, bien sûr, ni de celui de midi, ni de celui du soir !

Des centaines de repas seront ainsi prévus chauds ou froids. Les tables ne seront pas plus tôt dressées, leurs bancs installés qu'ils auront déjà de la pratique, et ce sera ainsi jusqu'au milieu de la nuit.

Marchands de nougats, de berlingots, manèges de tir, de balançoires et de pousse-pousse, etc., etc. C'est à qui saura s'assurer la place la plus propice. La clairière est vaste, elle n'en est pas moins vite investie. Il faut se presser, se bousculer, s'affirmer avant que les maquignons n'arrivent à leur tour et s'emparent des espaces encore disponibles.

Le temps s'annonce beau, prometteur de chaleur, propice à la foire, aux libations et à tous les excès.

Tout ira bien.

« Tu as prévu combien de repas, Firmin ?

– Deux ou trois cents, guère plus.

– Tu seras court. Tu seras trop court, j'en suis sûr. Avec la chaleur qui s'annonce.

– Tu as raison, Raoul, nous avons vu trop juste. Voudrais-tu me rendre un service ? Tant que l'on peut encore circuler, pourrais-tu aller à la maison et dire à la Germaine qu'elle m'apporte en venant six jambons de plus, douze cagettes de vin blanc et du pain en quantité, surtout du pain, n'oublie pas.

– Entendu, Firmin, j'y vais. »

Vers 10 heures, les premières voitures, celles des habitués, qui connaissaient déjà les chemins et qui ne s'étaient pas perdues en route, commençaient à se ranger sous les chênes, certaines d'y être bloquées pour vingt-quatre heures au moins. Leur file ininterrompue s'agglutinait rapidement sur des kilomètres. Les derniers arrivés terminaient à pied.

« On vient voir. C'est curieux tout de même, c'est à voir au moins une fois.

– Et vous avez amené les enfants ?

– Bien sûr, avec ce temps. »

Et la fête commence. On se presse, on rit, on s'amuse, on joue, on se réjouit de bonnes fortunes inutiles. On gagne des lots dont on ne saura que faire, mais qu'importe ! on est content.

Les prévoyants, ceux qui ont apporté leurs agapes, s'installent sur l'herbe pour des pique-niques ombragés où rien ne manquera. On salit la robe, le pantalon, on pollue de sauce et sa cravate et son veston. Cela n'a aucune importance. C'est la fête. On boit à la régalade jusqu'à la dernière goutte de vin prévu et apporté, puis on se précipite vers la buvette pour refaire le plein et atteindre l'euphorie. Déjà les papiers gras, les coquilles d'œufs et les cadavres de bouteilles vidées jonchent le sol, et l'on doit s'isoler derrière chaque tronc d'arbre pour accomplir certaines nécessités.

Tout va bien. C'est la fête !

Les plus jeunes jouent aux cachettes, convoitent des ballons aussitôt envolés qu'achetés. Il y aura des cris de joie, des pleurs, des grincements de dents. C'est la vie.

Les adolescents cherchent et trouvent leur bonheur grâce à la surveillance relâchée des mères. Des idylles se nouent, se dénouent. Les taillis absorbent sans peine et sans frais les rires et les soupirs. On en sort froissés, mais apparemment heureux.

Les voyeurs eux-mêmes seront à leur affaire. Il n'est jusqu'aux futurs couples qui n'y trouvent leur compte car, pour eux, il y a, en plus de la foire, la fontaine, cette fontaine naturelle et cachée dans la verdure où dans le temps s'abreuvaient les chevaux, et à laquelle on a depuis longtemps découvert d'étranges propriétés. Bénéfique et sûre, elle est devenue un lieu de pèlerinage voué à la fécondité.

On doit s'y rendre par deux, six épingles dans la main de chacun. La jeune femme jette sa poignée, le jeune homme la sienne. Si deux des épingles en arrivant au fond se croisent et restent croisées, ils peuvent être assurés de leur union dans l'année et, si celle-ci est déjà acquise, ils peuvent repartir pleins d'espoir car ce sera alors la certitude d'une consécration rapide de leurs efforts. Bien sûr, le couple sait bien que cela ne suffit pas, qu'il faut mettre la main à la pâte, mais dans l'euphorie de la révélation, il peut passer aussitôt gratuitement de l'idée aux actes, car les bois les entourent, et ce n'est pas à dédaigner.

À la lueur des lampes à acétylène, un bal entretient l'ambiance jusqu'au plein de la nuit. Mais le lendemain, aux lueurs du jour, tout aura disparu. Les papiers, les confettis, les planches oubliées, de-ci de-là, témoigneront seuls de ce qui s'est passé, et la forêt aura un an devant elle, plus qu'il ne lui en faut, pour résorber ces traces et récupérer sa sérénité.

*

* *

« René, nous devrions aller à la Latière cette année. Nous nous rendrions à la fontaine pour y jeter des épingles. Peut-être grâce à elle nous y arriverions. »

René s'y acharnait par d'autres moyens depuis plusieurs années, sans ménager ses assauts qu'il consignait, soir après soir, d'un trait noir sur le mur de sa chambre, tel un prisonnier lorsqu'il compte ses jours.

« Je ne dis pas non, Suzanne, je ne dis pas non, mais tu vois que je ne suis guère en avance dans le travail. Je me demande si je pourrai encore cette année. »

René n'était pas chaud. Certes, il partageait pleinement les aspirations de sa femme, mais il commençait à en désespérer, et ce n'était pas sans raison car déjà, à deux reprises, il avait été profondément déçu.

Un an après leur mariage, ne voyant rien venir, une première fois il s'était rendu en compagnie de la Suzanne à Rocamadour. La porte de l'église possédant un verrou au renom magique, ils l'avaient touché et retouché l'un après l'autre, pleins d'espoir. Eh bien ! cela n'avait rien donné.

L'année suivante, sans se décourager, ils s'étaient rendus à Saint-Paul-de-Roche. Là, Suzanne, au mépris de toute pudeur, et pendant que René faisait le guet, s'était frottée avec conscience et insistance ventre, bas-ventre, et tout et tout, à un rocher réputé bénéfique. Eh bien ! là aussi, cela avait été sans effet.

Tout ce que Suzanne en avait retiré s'était résumé en quelques contusions mal placées qui l'avaient mise hors d'usage deux semaines durant.

Non, décidément, René n'était pas chaud.

Trois ans sans enfants !... Que voulez-vous, il faut bien dire qu'il y avait eu aussi cette saloperie d'oreillons, contractés au régiment, durant laquelle les attributs de René étaient devenus dans un premier temps comme ceux d'un jeune bovin, avant de finir par se réduire misérablement à presque rien. Sans enlever tout espoir, le médecin lui avait fait part de certaines de ses craintes ; et il n'était guère optimiste, il faut le reconnaître.

« On s'en occupe pourtant, Docteur. Tenez, voyez ça. »

Le tour de la chambre était couvert de bâtonnets.

« Continuez, René, une ligne au-dessous, on ne sait jamais ! Quelquefois, un miracle.

– Suzanne, je ne peux décidément pas aller à la Latière. J'ai beaucoup trop à faire. Allons bon, je vois que ça te contrarie. Écoute, je crois que l'Adrien y va. Pourquoi ne pas lui demander de t'amener ? C'est un brave garçon, il acceptera, j'en suis sûr. Tu iras à la fontaine, même sans moi, peut-être que ça marchera. »

Adrien était obligeant. Un service ne peut se refuser entre voisins. Il faut bien s'entraider, c'est naturel. Il accepta de grand cœur.

« Mais tu sais, René, ne nous attends pas de bonne heure. Avec le monde qu'il y aura, il faudra attendre pour se dégager. »

Suzanne avait pu approcher de la fontaine et y jeter ses épingles : six de chaque main, une main pour René et par procuration.

Et cela n'avait pas été peine perdue. Neuf mois après presque jour pour jour, elle accouchait d'une splendide fillette. René était aux anges.

« Ah ! Docteur, vous voyez. Qu'on ne vienne pas me dire que cette fontaine n'est que fantaisie ! Je l'ai eu cette fois, mon miracle. Dites-moi, Docteur, n'est-elle pas jolie tout de même, cette fille ? Voyez-moi ces yeux. Un bleu pareil. J'espère qu'ils ne vont pas foncer au moins. Ce serait dommage, bien qu'il faille s'y attendre puisque ceux de ma femme comme les miens sont bruns. Suzanne, tu demanderas à l'Adrien de te reconduire à la Latière cette année encore. J'y tiens. Je garderai la petite. Peut-être avec un peu de chance aurons-nous un garçon. »

Et il l'eut, cette chance. Mais ce fut la dernière car, par la suite, Suzanne, en femme prudente, se refusa à revenir à la Latière.

Adrien était un brave garçon. Grand, fort, plutôt timide. Il rendait avec une bonne volonté évidente tous les services qu'on voulait bien lui demander.

« À charge de revanche, Adrien ! »

On ne risquait rien car, si on le mettait facilement à contribution, lui, en revanche, ne demandait jamais rien. Il vivait, sans grands problèmes, mais aussi sans grandes ambitions, sur un petit domaine en compagnie de sa mère.

« Je vous assure, c'est un bel homme, ni bancal ni bossu. Pourquoi donc ne s'est-il pas marié ? Quel est votre avis, Bertille ?

– Une déception de jeunesse. Je crois l'avoir entendu dire. Mais c'est égal. Blond comme il est, avec des yeux aussi bleus que le ciel, je ne comprends pas qu'il soit ainsi resté pour compte. »

XXXIX

« Raymond, je vous avais dit de ne pas vous lever... Non seulement vous n'en avez fait qu'à votre tête, mais encore vous êtes sorti ce matin où le fond de l'air est glacial. Nous ne sommes qu'en avril. Vous allez faire une rechute, c'est évident, et avec une pleurésie bilatérale comme celle que vous avez, vous allez y rester. Une imprudence de cette taille risque de vous coûter cher. C'est profondément ridicule.

– Vous êtes trop pessimiste, Docteur. Bien sûr, je ne me sens pas particulièrement bien, mais je sais, moi, que je ne risque rien. Tenez, voyez mon Adrienne, n'est-elle pas en pleine forme ? »

L'Adrienne revenait de la grange, bras nus, poings sur les hanches, le corsage bourré à craquer d'avantages sérieux. Elle se tenait dans le soleil, droite, solide, jambes écartées sur le pas de la porte ; en toute certitude, c'était un roc d'abondance de la santé.

« Raymond, voyons ! Il ne s'agit pas de l'Adrienne, mais de vous. Si vous continuez à faire des bêtises, malgré les antibiotiques et les ponctions, vous êtes fichu. »

Aucune mise en garde, aucune menace ne l'avait convaincu ; il avait continué ses excentricités.

« Mais enfin, vous êtes stupide. Vous voyez où ça vous mène, ce matin vous vous payez un quarante… Je vais vous faire hospitaliser.

– Rien à faire, Docteur. Encore une fois, je vous assure d'ailleurs que je ne suis pas aussi mal que vous le pensez. »

Raymond avait fini par m'expliquer dans le creux de l'oreille les raisons de son optimisme.

« Vous comprenez, Docteur, je me suis fait tirer les cartes l'année dernière aux foires de Périgueux, et la voyante a été formelle : je dois être veuf, vous m'entendez, veuf. Et je dois même me remarier. Alors, vous comprenez ? Vous la voyez, l'Adrienne. Vous la croyez prête à trépasser ? Bon, alors convenez que je ne risque rien, Docteur. Je vous assure que je vais m'en sortir… Surtout n'en dites rien à ma femme, elle ne sait rien, ça pourrait la frapper. »

Et il était mort, confiant en la destinée que les tarots lui avaient révélée. Il y avait mis du sien, bien convaincu devant les splendeurs de son épouse qui lui servait de paratonnerre, que pour lui, l'heure fatale était loin de sonner.

L'Adrienne porta avec difficulté mais conscience son deuil une année entière puis, sans doute poussée par une nature généreuse qui ne pouvait indéfiniment vivre de souvenirs, ce fut elle qui se remaria.

*

* *

En Périgord, on croit dur comme fer aux tireuses de cartes, à la lecture des lignes de la main, et même aux diseuses de bonne aventure qui pratiquent au pied levé.

Ceux qui se prêtent à ces révélations en sortent perturbés, souvent même gravement influencés pour le reste de leur vie. La plupart des gens qui y croient trop se refusent prudemment à ces pratiques, car l'on peut toujours s'y soustraire en évitant certaines roulottes foraines ou en lâchant tous ses chiens à temps sur ceux ou celles qui, venant à domicile, font du porte-à-porte.

Hélas ! on ne peut en faire autant avec ceux qui, parfois même à distance, sans qu'on s'en doute, jettent le mauvais sort. Ce sont des gens dangereux, contre lesquels on est le plus souvent démuni, et il y a encore pire : ce sont ceux qui, en permanence, possèdent « le mauvais œil ». Avoir près de chez soi un élément homme ou femme ayant « le mauvais œil » est un drame. Si on le rencontre le matin, la journée est fichue et se déroule fatalement en une succession de catastrophes grandes ou petites. Si on le rencontre le soir, on est assuré de l'insomnie ou du cauchemar. À son contact, on dépérit en des maladies où le médecin perd son latin. Le bétail de son côté meurt sans que le vétérinaire n'y comprenne rien. Il n'est jusqu'aux bornes mitoyennes des prés et des champs qui ne se déplacent et donnent lieu à préoccupations constantes, à procès ou à disputes tenaces. Dépenses de géomètre, d'experts, d'avocats. C'est la ruine d'une maison. Et comment s'en sortir ?

C'étaient des cas où seul Loriot ou ses semblables, s'ils acceptaient, avaient quelques chances de vous en tirer. Loriot désenvoûtait, récitait avec sérieux des formules marmottées, des incantations connues de lui seul, conseillait des recettes invraisemblables et, souvent, arrivait à conjurer et parfois même à renvoyer le sort à son expéditeur d'origine, ce qui était le fin du fin… Bien fait, ce n'était que juste revanche.

Certes, ces interventions n'étaient pas gratuites et leur prix dépendait de l'importance du travail, mais à quels sacrifices n'aurait-on pas consenti après tout dans de pareils cas, surtout lorsque l'on pouvait espérer avoir la joie de voir un jour s'emmerder à son tour celui dont vous venaient pour le moment tous vos ennuis ?

*

* *

« Marie, vous faites votre lessive aujourd'hui ? Un vendredi ! Après ça, vous vous étonnerez qu'elle ne sèche pas ou qu'on vous vole le linge sur le fil ! »

On ne devait pas entreprendre une lessive le vendredi, et encore bien moins n'importe quel jour de la semaine sainte. Tant pis si cette coutume, érigée en règle absolue, entraînait quelques conséquences. Mieux valait laisser ses draps sales huit jours de plus à son lit que de tenter le diable ou le mauvais sort.

À certains jours du calendrier religieux étaient attachées certaines pratiques et beaucoup les respectaient, voulant mettre ainsi le maximum de chance de leur côté.

Un bouquet de fleurs de saison fait le jour de la Saint-Jean, comportant des bleuets, du seigle – symbole de l'abondance –, des lys – symbole de la pureté –, en croix et pendu dans la maison avait toute chance, si on le laissait toute l'année à son clou, d'éviter la maladie. On devait toutefois ne pas omettre de brûler ce même jour dans le feu de la Saint-Jean, le bouquet de l'année précédente qui avait épuisé ses pouvoirs.

Le feu de la Saint-Jean lui-même avait ses propriétés. C'était ainsi que ceux qui le sautaient à trois reprises – une fois pour le père, une fois pour le fils, une fois pour le Saint-Esprit – pouvaient espérer se débarrasser de leurs rhumatismes. Beaucoup s'y entraînaient mais, il faut bien le dire, pour ceux déjà âgés et grandement atteints, ces performances difficiles n'étaient pas sans danger. Le Gustou, goûteux toute l'année, y avait laissé deux pantalons sans réussir, et le Clément, déficient de la hanche, qui avait mal préjugé de ses possibilités et s'était laissé choir en plein brasier, y avait gagné une semaine à l'hôpital. Cela n'empêchait pas les autres de recommencer, car ceux qui y étaient parvenus avaient prétendu être réellement soulagés.

Le jour de la Chandeleur marquait également un temps fort à ne pas laisser passer. Les finances de la maison pouvaient en dépendre. Si l'on voulait s'assurer de l'argent toute l'année – ce qui était un désir légitime pour tous –, il fallait, un louis d'or dans sa main gauche, faire sauter une crêpe chaude qui devait obligatoirement atterrir sur une armoire où on l'abandonnerait et où elle sécherait toute l'année.

Il ne faut pas rire de tout cela.

Tout le monde savait bien que seuls les oreillers bénis de frais étaient capables de soulager l'asthmatique ou le malheureux atteint d'œdème aigu du poumon lorsqu'à la fin de leurs nuits ou aux petits matins, la chausse-vieille[1] venait les étouffer en s'asseyant sur leur poitrine. Le médecin parfois, avec quelques piqûres adaptées d'urgence, arrivait au même résultat, mais un médecin, on ne l'a pas toujours sous la main, tandis qu'un oreiller béni, pour peu que l'on soit un peu prévoyant…

Il fallait enfin se méfier, être vigilant et savoir qu'un simple bouquet de fleurs de coucou – de crocus – mis dans une pièce quelconque de la maison, et à plus forte raison dans un poulailler, empêche toutes les poules de pondre.

Ah ! qu'en dites-vous ? Et vous qui pensiez que la vie était facile dans ce beau Périgord !

*
* *

En Périgord, on enlève le soleil l'hiver, on enlève le soleil l'été. On l'enlève en toute saison, qu'il y en ait ou non, qu'il pleuve, neige ou vente, cela n'a aucune importance.

C'est une heureuse pratique que tout médecin désireux d'un peu de tranquillité ne peut qu'apprécier et encourager.

Je m'explique.

En Périgord, on redoute l'insolation. Ce n'est pas qu'il y fasse plus chaud qu'ailleurs, que le soleil y soit plus

1. Chausse-vieille : sorcière locale fréquentant le Périgord.

ardent, que l'ombre y soit plus rare, non, mais c'est ainsi, il faut le constater.

À la moindre fièvre, à la moindre fatigue qui ne s'accompagne pas d'une douleur particulière, même si l'on n'en a pas vu le plus petit rayon depuis des semaines, ça y est, on soupçonne en priorité le soleil et, comme on sait ce que l'on doit faire dans ces cas, on met immédiatement tout en œuvre pour lui échapper.

La recette est facile, vous pouvez toujours l'adopter. Elle est sans danger ni douleur et ne peut nuire à aucune autre thérapeutique associée.

On prend un flacon à goulot étroit de préférence – un demi-litre suffit. On le remplit d'eau, et on fixe sur son embouchure au moyen de plusieurs ligatures quelques épaisseurs du tissu choisi des plus serrés que l'on puisse trouver. Ce travail accompli, on est paré. Il ne reste plus qu'à renverser le flacon sur son col au milieu d'une table dans une tache de soleil… – la tache de soleil est indispensable au bon déroulement des opérations ; s'il n'y en a pas, on doit attendre. Si le soleil disparaît – il faut être vigilant –, on doit aussitôt redresser le flacon. Il se produit alors un phénomène que vous pouvez considérer comme normal ou étrange. Des bulles montent lentement par petits paquets dans le flacon pendant qu'aussi lentement, le niveau de l'eau commence à baisser dans ce même flacon sans mouiller la table. Suivant l'ensoleillement et la saison, il faut trois jours ou trois semaines pour que l'eau disparaisse sans laisser de traces. Ce résultat obtenu, le malade, s'il s'agissait d'une insolation, devait être guéri. Notez bien que cela n'empêche auparavant ni d'appeler le médecin ni de donner ses remèdes, mais tant que la bouteille n'est pas totalement vide, inutile ni de s'inquiéter ni de s'énerver, le résultat ne peut être obtenu.

La première fois où je vis une fiole ainsi renversée sur une table de nuit, j'ouvris des yeux ronds. La deuxième fois, après m'être fait expliquer sa signification, j'eus envie de hausser les épaules. Rapidement, par la suite, je devais m'en réjouir, conscient de tout le parti que je pouvais en tirer.

« Bon, on lui enlève le soleil. Dieu soit loué, je vais avoir le temps de me retourner. »

Je savais que de plusieurs jours, quelle que fût la fièvre de mon malade, personne ne s'impatienterait. Le flacon était le sablier accordé à mes investigations comme à mes traitements, et j'étais le premier à recommander de ne pas oublier de le retourner lorsque le soleil disparaîtrait. Grâce à cette pratique, un diagnostic de typhoïde avait le temps d'être établi, une fièvre sans preuve de faire sa preuve, une thérapeutique de faire son effet.

Je dus à cette croyance bien des jours de calme, je n'ose pas dire de quiétude, ce serait faux, car le médecin, malgré le flacon renversé, n'est jamais rassuré pour autant.

*
* *

Dans une région pauvre où autrefois, faute d'argent, on devait souvent se passer des conseils du médecin, où les guérisseurs, beaucoup plus nombreux que ces derniers, fleurissaient dans chaque village, rien d'étonnant que la thérapeutique en ait gardé des vestiges solides et souvent pour le moins curieux. Avant d'appeler le médecin, on commençait à appliquer des recettes, et si par hasard l'une d'elles coïncidait avec une guérison, c'était un succès qui faisait le tour de la ville... Pensez donc, on avait évité et les frais d'une visite et ceux d'une ordonnance, et ce n'était pas rien.

On soignait tous les maux de gorge avec le miel, la ronce ou la décoction de feuilles tendres de pruniers. Les crampes exigeaient la mise en place d'un fer à cheval, ou à défaut d'un morceau de savon de Marseille, sous le matelas. Quant au médecin, s'il s'avisait de faire la grimace ou, à plus forte raison, s'il se permettait une réflexion devant des sangsues mises derrière l'oreille d'un aïeul faisant son hémorragie cérébrale, il n'était plus la peine qu'il remette les pieds dans la maison. Il était à jamais discrédité.

Une phlébite : douze sangsues à la racine de la cuisse, une crise de foie : douze autres au niveau de la vésicule, et en cas de maux de tête prolongés où l'on pouvait craindre une méningite, il était de règle de placer sur le front du patient – et dans ces circonstances, le mot « patient » avait toute sa valeur – un pigeon fraîchement coupé en deux en même temps que l'on disposait sur ses pieds une rate saignante de bœuf ou de cheval.

Enfin, dans les diagnostics imprécis, lorsque l'on ne savait trop à quel saint se vouer, on pouvait toujours se faire tirer l'encontre.

Rares étaient les personnes possédant la recette nécessaire à cet effet. Ceux qui en détenaient le secret le gardaient jalousement. Pour être mise en œuvre, cette thérapeutique empirique nécessitait un chaudron, en cuivre de préférence, de l'eau de source et une petite poignée de sarments secs de vigne. L'officiant jetait dans l'eau bouillante et tourbillonnante du chaudron des morceaux de sarments et traduisait les augures sur leurs comportements.

Il y avait, pour autant que je m'en souvienne, trois sortes d'encontres possibles.

La première, l'encontre ordinaire, s'adressait à tous ceux qui avaient contracté leur mal en commettant l'imprudence de réaliser leur sieste sous un noyer, ou qui s'étaient assis par inadvertance sur une pierre ou un tronc d'arbre dissimulant un crapaud ou un serpent.

La deuxième était l'encontre de grossesse qui, bien sûr, ne s'appliquait qu'aux femmes et dont l'étiologie se passait de commentaire.

La troisième était l'encontre d'eau. C'était elle qui intéressait au premier chef les cirrhotiques et leur ascite et tous ceux qui, aujourd'hui, seraient en droit de recevoir plus prosaïquement quelques diurétiques.

Se faire tirer l'encontre coûtait cher, mais donnait, paraît-il, des résultats. Seule l'encontre de grossesse restait décevante et connaissait en fin de compte une certaine désaffection.

*

*   *

« Dites donc, cher ami, il nous en est arrivé une bien bonne avec votre dernier malade. Vous savez, celui que vous nous avez adressé à l'hôpital pour une néphrite. Le père Léon. Voyons, vous voyez bien ? Eh bien ! tenez-vous bien. On l'avait mis au régime sans sel. Figurez-vous que nous l'avons trouvé hier littéralement roulé dans du gros sel et, comme il avait sué abondamment, il n'est pas exagéré de dire qu'il baignait dans la saumure. Les infirmières n'ont rien pu en tirer, et n'ont rien compris à ce qu'il avait voulu faire. Je vous assure que le service n'est pas près de l'oublier. Le matelas du lit en est fichu. »

J'interrogeai le père Léon à son retour.

« Je vais vous expliquer, et vous allez comprendre… Ne m'en parlez pas, Docteur. C'est une histoire bien simple. Vous pensez bien qu'avant d'entrer à l'hôpital, j'avais été voir Loriot. Or c'est lui qui avait dit à la Marguerite : "Tenez, mettez-lui donc un peu de gros sel dans ses poches, cela conjurera le mauvais sort", c'est tout. La Marguerite a voulu trop bien faire et trop conjurer. Elle m'en avait cousu dans toutes les doublures et dans toutes les poches, ce qui fait qu'en me tournant et en me retournant dans le lit, tout a craqué et s'est répandu dans les draps. Vous savez la suite. À partir de ce moment, ils m'ont tous pris pour un fou. Imaginez-vous qu'ils croyaient que je mangeais ce sel en cachette et à pleines poignées. Ah ! j'en ai entendu de cruelles, croyez-moi ! »

On en parle encore dans le service.

*

* *

Petites recettes thérapeutiques périgourdines que tout un chacun peut essayer sans que l'on puisse toutefois, hélas ! en garantir l'efficacité.

Rhumes, bronchite et coqueluche.

Préparation d'un sirop à l'escargot et à la limace rouge – si vous êtes délicat, vous pouvez n'utiliser que des escargots.

Pour ce faire, mettez dans un petit sac de toile une dizaine de gastéropodes. Allumez un feu de cheminée, puis faites tourner lentement devant la flamme votre sac attaché à un petit fil de laiton. Recueillez dans une tasse d'eau placée sous le sac la bave qui ne tardera pas à sourdre. Ajoutez à l'ensemble quatre morceaux de sucre et touillez. Votre sirop est prêt à être consommé à la cuillère à soupe.

Deuxième recette pour les mêmes causes.

Prenez une tasse de lait sucré et chaud dans laquelle vous ajoutez une cinquantaine de gouttes de teinture d'iode. Puis caramélisez longuement le tout avec le pique-feu de votre cheminée porté au rouge. Ce dernier doit mourir dans la tasse.

Hémorroïdes.

Recette préventive masculine.

Choisissez en automne un beau marron d'Inde et gardez-le en permanence dans votre poche toute l'année.

Recette toujours préventive pour la femme.

Faire avec un fil solide une ceinture de ces mêmes marrons que vous porterez encore en permanence autour du ventre.

Vous voyez qu'il est simple d'éviter les suppositoires et de prendre son derrière pour la culasse d'un Lebel. Ajoutez que la ceinture de marrons d'Inde a un petit caractère exotique et esthétique non négligeable et qui peut même plaire par-dessus le marché.

Vers de toute nature sans distinction de races.

Fréquents chez l'enfant qui suce malencontreusement ses doigts.

Faire porter à l'enfant un collier d'ail autour du cou. À noter qu'une décoction d'ail est également bénéfique pour la tension du grand-père et que, si cette dernière est administrée avec régularité, le grand-père pourra acquérir au bout de peu de temps la propriété, non négligeable, de faire fuir et les mouches, et les moustiques.

Maux de dents.

Simple et efficace : un clou de girofle ou un grain de gros sel dans la dent creuse.

Hémorragies.

Mettre sur la coupure qui saigne une ou deux toiles d'araignées.

Il y en a toujours quelques-unes qui traînent, de-ci de-là, à l'angle des fenêtres ou des portes.

Nourrices voulant se débarrasser de leur lait.

Première recette : faire avaler à la mère, à plusieurs reprises, une omelette préparée avec du persil.

Deuxième recette : envelopper les seins avec des feuilles de chou préalablement ébouillantées. Dans certains cas d'opulence mammaire, plusieurs choux peuvent s'avérer nécessaires, mais il faut noter que l'opération une fois terminée, le chou reste parfaitement consommable si on le désire.

Angiome, vulgairement plus connu sous le nom d'envie ou de tache de vin.

Appliquer localement un placenta, fraîchement expulsé par une parturiente, sur la totalité de la tache. Pour obtenir le meilleur résultat, il faut veiller à ce que le placenta soit encore chaud.

Kyste ovarien.

Peut être parfaitement soigné par des compresses d'eau de Lourdes placées régulièrement sur le ventre de la malade. Compresses renouvelées pendant demi-heure tous les soirs – foi exigée si l'on veut un résultat.

Œdèmes aux jambes – jambes enflées.

Une décoction de chiendent ou de queues de cerises. Solution précieuse à une époque sans diurétiques ni anticoagulants.

L'histoire, bien sûr, n'avait guère été du goût du pharmacien, mais sa cliente outrée l'avait clamée et racontée à qui voulait l'entendre.

« Vous pouvez me croire, je ne remettrai plus les pieds dans cette pharmacie. Ce sont des voleurs ! Figurez-vous que je leur ai vendu un panier de cerises vingt francs et qu'ils ont eu le toupet de me revendre huit jours après cent grammes de queues vingt-cinq. Avouez que c'est un peu fort. La prochaine fois, je mangerai mes cerises, j'en garderai les queues et j'y gagnerai encore mes cent sous. »

*

* *

La Dordogne est un département truffé – c'est le pays de la truffe, n'hésitons pas à le rappeler – de saints. Dire qu'il y en a pléthore, non ; mais dire qu'il y en a tout de même beaucoup, oui. Pour vous en convaincre, ouvrez donc votre *Code postal* et vous verrez. Il n'est pas trop de deux colonnes pour les recenser. On en dénombre très exactement cent cinquante-deux. Tous les prénoms y sont à l'honneur par ordre alphabétique : André, Antoine, Crépin, Cyprien, Étienne, Georges, Germain, etc., etc. On relève même, tenez-vous bien, tout à côté des Saint-Paul ultra-connus, un Saint-Pompon qu'on n'aurait jamais osé imaginer. Rien d'étonnant donc, pour autant que cela puisse paraître extravagant qu'il y ait pu avoir un jour au pays de la chaux un Saint-Libertin, même si ce nom sonne étrangement dans le reste de l'équipe.

La raison de ce « saint » balisage régional échappe mais, il faut bien le reconnaître, chaque petite ville, chaque bourgade en Dordogne, s'enorgueillit d'un saint. Je dis bien d'un saint et non d'une sainte, puisque la proportion entre les deux éléments se trouve de un sur dix en faveur des premiers. Curieuse discordance ! Pourquoi les habitants de ce département se sont-ils méfiés ainsi des saintes au point de les répudier ? Ça aussi, c'est un mystère ! Peut-être faut-il y voir une profonde tendance de misogynie locale survenue en son temps. C'est possible. Mais s'il en est ainsi, je vous avoue que rien, aujourd'hui, ne permet de l'affirmer.

Un saint dans chaque commune, mais un seul. Il n'existe pas, à ma connaissance, un seul cas de dualité dans la région. Chaque saint détient son territoire propre, bien délimité, et n'empiète jamais sur celui de son voisin. Voilà qui ne peut qu'entretenir l'ordre et la bonne harmonie, tout en réalisant néanmoins une magnifique et sacrée constellation.

Les saints périgourdins, aussi nombreux soient-ils, ne sont pas des saints statiques que l'on pourrait croire indifférents dans leurs niches aux choses d'ici-bas. Bien au contraire, chacun d'eux participe à la vie de la région, et cherche à faire de son mieux en apportant aide et réconfort. Ils offrent un lot remarquable de possibilités toutes plus bénéfiques les unes que les autres à qui sait en être digne et les solliciter – car là, comme pour la Légion d'honneur, on n'obtient que si on demande en insistant assez.

On peut classer tous ces saints en trois groupes essentiels. Les premiers, et ils sont nombreux, se vouent carrément à la vie de nos campagnes, et tout particulièrement aux soucis journaliers du monde agricole. Ils ont pris la suite laborieuse de Déméter et des dieux lares. Ils font la pluie et le beau temps. On les honore en des rogations fréquentes ou non suivant les besoins, rogations toujours renouvelables, au pied levé, en cas d'urgence. Ils sont proches de tout le monde, utiles sinon efficaces. On peut d'ailleurs pester contre eux, mais ils ne peuvent prétendre qu'à des notoriétés locales et limitées.

Les deuxièmes, qui ont des prétentions moins terre à terre, sont encore nombreux. Ils se vouent en masse à la fécondité, à la maternité, aux mariages. C'est ainsi que, grâce à eux, en les implorant et en cherchant un peu, une fille arrive à trouver un mari, un garçon une épouse, une jeune mère une progéniture. Ils luttent avec acharnement contre la stérilité. Ils ont pris la succession d'Héra, ils sont achalandés.

Les troisièmes, comme Apollon autrefois, s'occupent de la santé. Chacun d'eux a une spécialité propre, et tous ont de l'ambition. Certains se targuent de remettre droits les tordus, d'autres de rendre la parole aux muets, l'oreille aux sourds, la marche élastique aux boiteux, le sang riche et vigoureux aux anémiques. Ce sont là de grands saints à forte personnalité, à notoriété envahissante en tache d'huile.

Il est à noter qu'aucun parmi tous ces saints locaux, qu'ils soient du premier, du deuxième ou du troisième degré, et c'est étonnant compte tenu de leur nombre, n'a d'influences maléfiques.

Ils n'ont rien de commun avec certains de leurs collègues du calendrier, tels que saint Marc, saint Luc, saint Georges et quelques autres de si triste renom que tout le monde les répudie. Non, tous les saints de la région ont bonne nature et excellentes références. Saint Libertin lui-même garde le souci de sa réputation et, malgré son nom peu orthodoxe, cherche à sa façon à soulager les déficiences de ses concitoyens. C'est ainsi qu'après avoir passé une partie de sa vie en ascète solitaire et inutile dans une grotte, il se voue aujourd'hui avec succès aux libidos chancelantes des deux sexes sans aucune exclusive.

Pour réaliser leurs tours de force, on pourrait croire que les saints sont capables de se passer de tout accessoire. Eh bien ! j'ai appris en Périgord qu'il n'en était rien. Les saints, pour s'affirmer, et ce n'est pas particulier à cette région, ont besoin en principe d'eau, d'eau de source, et presque tous s'attribuent une fontaine personnelle, une fontaine sacrée, plus ou moins éloignée de leur lieu de résidence et de leur village et qu'en général, les habitants ont balisée.

Pour obtenir des résultats valables, c'est à ces fontaines que les croyants doivent se rendre et souvent aller faire leurs ablutions. En général, la population et les fidèles s'y rendent une fois l'an, le jour de leur saint patron, en processions ou en pèlerinages. Saint en tête, bannière au vent, cantiques à l'appui, on va honorer et glorifier la source. C'est à l'occasion de ces manifestations que les malades s'y transportent en masse pour y boire et y frictionner leurs parties douloureuses ou défaillantes. Mais outre ces moments de pointe, c'est un peu toute l'année que ces fontaines connaissent plus ou moins un va-et-vient de visiteurs qui viennent, parfois en cachette, y chercher l'apaisement.

La fontaine de Saint-Libertin, moins qu'aucune autre, n'échappait à cette discrétion. C'était le plus souvent la nuit que ses fidèles s'y rendaient. Certes, le prêtre de la paroisse déplorait cette réserve excessive, mais pouvait-on espérer une autre attitude, compte tenu de la nature si particulière de tous les maux qu'elle soulageait ?

Ces fontaines sacrées étaient unanimement respectées. Elles étaient interdites à l'usage domestique. Personne ne devait y puiser aucune eau, ni pour l'alimentation ni pour les usages ménagers, et le bétail ne pouvait pas s'y abreuver même pendant les pires sécheresses.

Les fidèles invoquaient pour la reconnaissance de ce statu quo leur caractère éminemment sacré, les mécréants leur haut degré de pollution.

« Que faites-vous là, misérable ? »

Le clochard avait trouvé le coin charmant, l'ombre propice, après une longue marche, et il se laissait aller à une petite trempette des pieds, non point en vue d'un bain hygiénique, mais d'un bain rénovateur. Il jouait avec ses orteils, faisant clapoter l'eau en remuant la vase.

« Mais malheureux, vous rendez-vous compte de ce que vous faites ? Savez-vous que cette fontaine est sacrée, et que c'est justement une de celles où les bonnes sœurs viennent régulièrement boire à quatre pattes ? »

Il avait ramassé en vitesse son baluchon et avait fui sans demander son reste.

Il était temps ; pour un peu plus, il eût été lynché.

On se demande, dans ce pays quadrillé de saints qui se veulent tous miraculeux et de guérisseurs qui se veulent tous efficaces, ce que peuvent bien venir faire les médecins, même encore de nos jours. Les papiers de la Sécurité sociale peut-être, puisque les autres ne s'en chargent pas.

*
* *

La Saint-Eutrope constituait le grand événement annuel du village.

On était assuré ce jour-là d'une affluence record qui allait entraîner une journée largement rémunératrice dans tous les domaines.

Le seul restaurant du pays afficherait certainement complet avant midi, et son café ne désemplirait pas de toute la journée.

Saint Eutrope représentait en effet l'espérance pour les tordus, les estropiés, pour tous ceux qui marchaient en traînant la jambe, pour tous ceux aussi que les rhumatismes avaient rendus aux trois quarts impotents et qui n'avaient plus rien à espérer ni des médecins ni de leurs ordonnances. La fontaine de Saint-Eutrope pouvait seule redresser leur situation. Elle était renommée de fort loin et l'on assurait que beaucoup, à son contact, avaient trouvé, sinon la guérison, du moins un grand soulagement. Son voisinage était d'ailleurs édifiant, couvert de plaques de reconnaissance et de remerciements, et cela redonnait confiance tout en ravivant l'espoir des défaillants.

Une messe annuelle exceptionnelle était prévue vers 10 heures. Une procession devait faire suite, et elle se faisait toujours avec la participation de la musique de la Sainte-Cécile et la présence de plusieurs congrégations clopinantes reconduites tous les ans.

Le temps cette année-là était beau, le ciel serein. Malgré tout, René, le patron du restaurant, se sentait inquiet. Oh ! non pas pour son hôtel ou pour son café. Dans ce domaine tout était fin prêt – avec une année de repos, on avait tout de même bien eu le temps de se retourner –, mais parce que depuis huit jours, une canicule comme jamais vue encore s'était abattue sur la région. Cette dernière séchait toutes les mares, désespérait les sources les plus constantes et, misère de misère, s'était attaquée au niveau de la fontaine sacrée qui baissait chaque jour.

« Tu verras que par un fait exprès, il n'y aura pas une seule goutte d'eau dans cette satanée fontaine. Ce sera la première fois que je verrai ça, et ce sera une catastrophe. »

Ces craintes étaient légitimes : le jeudi, le filet d'eau qui coulait encore entre deux rochers s'était arrêté ; le vendredi, l'eau avait disparu, absorbée par un sol plus exigeant qu'une éponge.

La Yvonne, sa femme, partageait son angoisse.

« René, il faut faire quelque chose. Nous allons porter de l'eau de notre puits dès cette nuit, quitte à le vider s'il le faut. Nous ferons ça avec notre grande lessiveuse. Ce sera bien le diable si demain il n'en reste pas un peu. »

Toute la nuit, René et Yvonne avaient fait le va-et-vient. Dix, vingt voyages avaient été nécessaires pour un bien maigre résultat, mais une petite mare enfin reconstituée avait l'air de tenir.

René et Yvonne ne s'étaient couchés qu'au petit matin, fourbus et vannés. Le reste de leur nuit n'avait été que cauchemars.

Dès le lever du jour, René avait bondi à la fontaine. Là, un spectacle navrant l'attendait.

La fontaine n'était que boue. Tous les canards du voisinage, privés d'eau depuis des semaines, s'y étaient précipités et s'y étaient ébattus, transformant le tout en bourbier et ruinant tous les espoirs.

René faillit faire une attaque. Il eut droit d'urgence à sa demi-douzaine de sangsues.

La Saint-Eutrope de l'année fut un fiasco total. La procession dut être annulée. Les estropiés, arrivés en nombre, durent repartir comme ils étaient venus. Le restaurant ne réalisa pas plus de dix couverts, et le café fut vide dès 1 heure et demie.

Le René et la Yvonne étaient au désespoir.

« Le seul jour où nous pouvions travailler. Alors que tous les autres on ne voit pas un chat. Avouez que c'est tout de même malheureux ! »

Le lendemain, il pleuvait à pleins seaux, et la fontaine débordait.

Cela ne devait plus jamais se reproduire. L'année suivante, la fontaine fut nettoyée par les soins de René. Elle fut cimentée dans sa partie profonde avant de recevoir une couche de sable et de graviers, et fut enfin, par précaution ultime, ceinte d'un grillage qui la mit à tout jamais à l'abri des intrusions intempestives des palmipèdes de la région.

XL

La santé de la population périgourdine ne pouvait qu'être bonne. Elle reposait en effet sur un système stable entre tous, en l'occurrence celui du trépied. Trois éléments de valeur inégale aux yeux de la population le constituaient car, dans un ordre décroissant, on y trouvait toujours réunis le sorcier, le curé et le médecin. Chacune de ces trois entités apportait à tour de rôle ou à la fois, dans les cas graves ou jugés tels, ses garanties et son tribut. Ces trois forces, loin de se faire ombrage, se complétaient. Elles avaient aussi l'avantage de ne jamais laisser personne dans l'embarras. On avait, grâce à ça, toujours un recours possible qui permettait d'espérer.

« Que pense le médecin de ta femme, Julien ? Ça ne va pas très fort à ce que l'on dit.

– Oh ! mon pauvre Germain, j'ai l'impression qu'il ne sait trop quoi s'en dire. Il change de remèdes tous les jours, la fièvre continue, et ce n'est pas le tout, c'est qu'en attendant, on dépense.

– En as-tu parlé au Jeantou de Bramefond ? Il est fort, tu sais. Il a réglé l'histoire de la Berthe de chez Boneval, que le médecin avait condamnée. Ça faisait pourtant deux ans que ça durait. En deux mois, ça a été liquidé. Sans lui, elle serait au cimetière.

– Tu parles si j'y ai pensé. Il nous a conseillé de lui faire dire des neuvaines. Elles sont en cours, mais je ne trouve pas que ça fasse miracle.

– Mais dis donc, puisque tu fais dire des messes au curé, pourquoi tu ne lui en parlerais pas ? Il n'est pas mal, lui aussi. Il paraît qu'il a… voyons, comment on dit ça… "exorcisé" au Jartonnet la Gertrude Farge, et qu'il a fort bien réussi. Depuis, elle s'est arrêtée pile de déconner. »

On allait de l'un à l'autre, jusqu'au jour où un mieux semblait se dessiner, et celui qui était alors en lice à ce moment précis en tirait les bénéfices.

« Les remèdes, penses-tu ! Ils n'ont rien fait. Si, ils nous ont vidé le porte-monnaie. C'est à se demander si médecin et pharmacien ne sont pas de connivence pour faire durer. Note bien qu'on continue tout de même à les donner pour ne pas fâcher le médecin, mais je n'y crois plus. C'est le Jeantou qui, je crois bien, aura trouvé. Il a donné à notre femme des bains de siège salés, mais tiens-toi bien, pas avec n'importe quel sel, des bains salés préparés uniquement avec du sel de morue ! Il est formidable, le Jeantou. Il fallait y penser. Remarque, ce n'est pas une petite affaire. Ça fait déjà six morues que nous achetons pour en avoir le sel. On a dévalisé l'épicerie. Six morues qu'il a bien fallu manger si l'on ne voulait pas tout perdre. Je t'avoue que nous en sommes tous un peu dégoûtés à la maison. Même les chiens n'en veulent plus. Mais que veux-tu, notre Marie va mieux. Elle sent bien un peu fort, mais ses rougeurs se calment, c'est l'essentiel, n'est-ce pas ?

– Ah voilà ! Je m'en étais fait aussi la remarque en la croisant l'autre jour. Cela m'avait surpris et je m'étais dit : "Bigre, elle sent fort la Marie. Je me demande ce qui se passe. Elle a dû oublier quelque chose dans son tiroir. Il faudra que j'en parle au Gaston." Ah voilà ! Je comprends maintenant, je comprends. C'était la morue. Moi qui pensais que cela venait de sa maladie. Il vaut mieux ça, Gaston, allons, il vaut mieux ça.

– C'est égal, Justin, il est temps que ça cesse. Car nous aussi, nous la sentons. On a même l'impression de la sentir partout, cette satanée morue.

– Ah ! dis donc, Gaston, je vais regarder dans notre cave, je crois qu'il nous en reste une queue depuis Pâques. On n'a pas pu la tordre, et elle est trop vieille maintenant. Si les rats ne l'ont pas mangée, le petit te l'apportera. Tu garderas le sel et tu jetteras le reste.

– Merci, Justin, c'est pas de refus. Tu es un brave, allez… Merci. »

Le médecin, le sorcier, le curé étaient en principe la progression habituelle. C'est dire les difficultés que rencontrait le prêtre dans les cas où les deux autres s'étaient cassé les dents. Pourtant, ce dernier recours était logique, puisque lui seul pouvait faire intervenir le Ciel et le miracle qui échappaient aux deux premiers. On ne lui demandait pas autre chose après tout que ce qui pouvait être dans ses cordes. Il avait néanmoins du mérite car lorsque l'on s'en remettait ouvertement à lui, on lui avait souvent déjà fait brûler en cachette, sans qu'il puisse s'en douter, une partie de ses cartouches.

« Mais voyons, Justin, tu m'as bien déjà demandé une série de messes il y a un mois ? Ne l'aurais-tu pas fait par hasard à l'intention de la Louise ? Oui. Bon, bien sûr, j'aurais dû m'en douter. »

Dans ce cas, un lot nouveau de messes, bien que séduisant, ne pouvait décemment être proposé. Heureusement, sans vouloir pour autant rivaliser d'influence avec les sorciers, les prêtres possédaient deux ressources supplémentaires qui pouvaient les sauver ou du moins venir à leur secours.

Il y avait d'abord les collègues, et certains parmi eux, tout comme les guérisseurs, étaient possesseurs de secrets. Leurs recettes poivrées de quelques prières ou de quelques bénédictions s'avéraient parfois efficaces. Ils étaient connus, et ce d'autant plus que leurs dons transmis de bouche à oreille restaient toujours l'apanage de leur même clocher.

Puis il y avait toute la réserve des saints, tous bien sûr à leur service, dévoués, omniprésents… Il suffisait de savoir et de choisir à bon escient.

Des uns aux autres, on se rendait service, on s'arrangeait. On pouvait donc espérer si l'on avait la foi, ce qui était bien sûr une condition nécessaire sinon suffisante pour avoir un résultat. On imaginerait quand même mal un saint s'occupant avec cœur des problèmes d'un païen. Il ne faut tout de même pas exagérer !

« Bon, écoute, Justin. Moi-même, je ne peux pas grand-chose pour l'eczéma de ta femme, mais je connais un vicaire sur Excideuil qui réalise des miracles. Tu vas aller le voir. Non, bien sûr, pas seul. Il faut que tu lui conduises ta femme. Il va réciter sur elle ses prières et souffler sur son mal. Où a-t-elle son eczéma, ta Louise, au derrière ? Oh ! alors dans ce cas, ce n'est pas possible. Il va refuser de s'en occuper. Mais ne fais donc pas cette tête-là. On va trouver une autre solution. Ce sera un peu plus loin, mais tu iras à Saint-Rémy, avec la Louise bien sûr. Je vais te donner un petit mot pour mon ami le curé Jaubard.

– Mais Monsieur le Curé, que ce soit à Excideuil ou à Saint-Rémy, ce sera toujours au derrière que la Marie se grattera.

– Voyons, Justin, laisse-moi donc finir. Mon confrère n'aura pas besoin de voir son derrière. Il a en son église un saint qui agit par attouchements. La statuette est petite. Il la prêtera à ta Louise quelques minutes. Elle se frottera elle-même. Pour le saint, ça n'a pas d'importance, il en a vu d'autres, le malheureux. Certaines choses sont moins choquantes pour un saint que pour un curé ; d'ailleurs, tu verras, il est tellement usé, le pauvre diable, qu'il est réduit à l'état de bâton. Mais ne te méprends pas pour autant, il vaut son pesant d'or. Voilà ta lettre. Allez, va. Mais dis-moi, Julien, tu as la foi au moins ? Bon… bon, alors ça peut réussir. Dis donc, tu penses à mon denier du culte cette année ? Tu as un peu oublié depuis quelque temps ; tâche d'en tenir compte. »

Évidemment, si le médecin, le sorcier et le curé n'y pouvaient rien, les choses se compliquaient. Encore ne fallait-il pas pour autant se désoler. Il restait quelques possibilités. Il suffisait de tendre l'oreille. Il y avait toujours, dispersés aux quatre coins de tous les départements, des francs-tireurs spécialisés auxquels on pouvait accorder confiance. C'était loin bien sûr, mais que ne ferait-on pas pour voir guérir un malade qui, mois après mois, dilapide le capital d'une maison ?

Un tel guérissait les verrues, une autre les albuminuries rebelles. Du premier, on revenait avec une poignée de fèves sèches que l'on devait jeter, le dos tourné, dans le premier étang venu ; de l'autre, on rapportait une recette d'infusion de cosses de haricots qui devait être absorbée accompagnée de formules incantatoires, curieuses mais magiques. De toute façon, il y avait de quoi s'occuper et de quoi espérer encore.

*

* *

« Alors Jeannette, toujours en train de garder les chèvres ? Vous avez du travail avec ce troupeau. Par ce temps, ce n'est pas particulièrement agréable.

– Eh oui ! mais il faut bien les sortir, que voulez-vous ; il pleut depuis si longtemps. Puis il faut avoir l'œil avec elles. Elles ont le diable dans la peau. Elles ont autant d'herbe qu'elles veulent, eh bien non ! c'est le maïs ou la vigne qui les intéressent. Vous, Docteur, vous courez par tous les temps à ce que je vois. Dites donc, où en est cette épidémie de coqueluche ? Ça ne s'arrange pas ? Ça fait un bout de temps que ça dure. »

La question m'avait parue insolite de la part de la Jeannette qui, sous son parapluie, un œil sur ses chèvres, tricotait son bas.

« Si, ça s'arrange Jeannette, ça s'arrange. Mais alors, vous vous intéressez à l'état sanitaire du pays, Jeannette ? C'est nouveau, ça.

– Oh ! vous savez, Docteur, en ce qui me concerne, la coqueluche, ça ne m'inquiète guère à mon âge. Mais c'est mon bouc qui commence à en avoir marre. C'est que ça dure un peu trop pour lui, voyez-vous.

– Comment, votre bouc, Jeannette ? Il a la coqueluche, votre bouc ?

– Oh ! non point, il n'est pas malade lui, allez. Que voulez-vous qu'il attrape ? Il ne risque rien, c'est même lui qui empêche toutes les épidémies de nos étables. Vous vous rendez compte avec son odeur. Aucun microbe n'y résiste, mais depuis ces coqueluches, il n'a plus le moral, notre bouc.

– Mais qu'est-ce que vous racontez là, Jeannette ? C'est la meilleure. Expliquez-vous !

– Oh ! c'est la faute de Gaston, le guérisseur des Planches hautes. Imaginez-vous qu'il dit à tous les parents qui veulent bien l'entendre que pour la coqueluche, une touffe de poils de bouc prise à sa barbe ou sur ses fesses est le seul remède valable. Alors vous voyez ce que ça donne. Il n'y a que notre bouc sur le canton, et que voulez-vous, il y a des services qui ne se refusent pas, surtout pour des enfants. Tenez, voyez-le, là-bas, le plus éloigné… oui… lui… ce n'est pas une chèvre. Il se méfie, vous ne risquez rien qu'il approche. Regardez ça. Il n'a plus de barbiche, il a les fesses toutes pelées. Mes chèvres elles-mêmes ne le reconnaissent plus qu'à l'odeur. Lui qui était toujours amoureux, toujours debout sur ses pattes arrière, il ne cherche même plus à leur plaire. À croire qu'il a des complexes, c'est bien comme ça qu'on dit, Docteur ?

– Mais oui, Jeannette, c'est comme ça. Mais ne vous inquiétez plus, il va retrouver ses moyens. Ça va s'arranger pour lui. L'épidémie se termine.

– Et il est bien temps, Docteur, bien temps que ça finisse pour cette pauvre bête. Tenez, voyez, il file. Il a vu que je tenais mes ciseaux. »

*

* *

Saint Louis et à sa suite, sur sa lancée, ses descendants rois de France, guérissaient par simple imposition des mains les ulcères, les scrofules et autres babioles. Saint-Libertin, de son côté, pouvait se targuer d'avoir un émule en son marquis, puisque ce dernier, peut-être après tout bâtard de la lignée royale, avait un privilège analogue dont bénéficiaient tous les morveux crevassons de la région.

Saint-Libertin, grâce à cet homme pieux au pouvoir peu ordinaire, drainait infailliblement chaque fin d'année et de fort loin un bon nombre de petits rachitiques. Une messe leur était consacrée.

M. le marquis de Saint-Libertin descendait à cette occasion de son château jusqu'à la chapelle, touchait les enfants, promenait ses mains sur leurs thorax rétractés, leurs jambes torses, prononçait sur chacun quelques prières assorties de quelques signes de croix ; après quoi, l'enfant malingre se redressait, bombait le torse, voyait ses jambes prendre force et redevenir droites alors que son sternum retrouvait une forme athlétique.

Le miracle avait lieu en quelques semaines, du moins pour ceux ayant une foi ardente ; les autres, les « sans-foi », gardaient leurs infirmités et allaient se faire foutre. Les résultats, bien que ni officiellement ni médicalement contrôlés, étaient spectaculaires. Des ex-voto, des béquilles suspendues en vrac dans la chapelle et renouvelés de temps à autre par les soins de M. le marquis en témoignaient.

Tout était parfait, édifiant, et aurait pu continuer longtemps sans l'ambition de M. le marquis qui, un beau jour, eut l'idée de forcer son talent – c'est toujours une erreur.

Encouragé par des succès croissants, il décida d'étendre ses pouvoirs, ou du moins d'essayer. Sait-on jamais.

« Monsieur le Marquis, vous ne devriez pas prendre ces risques. Ce que vous faites est déjà prodigieux, que dis-je, miraculeux. Qui sait si le Ciel vous suivra dans d'autres entreprises. »

M. le doyen prêchait pour la prudence et sa paroisse, c'était sage, mais que faire contre l'ambition d'un homme ? Le marquis passa outre et faillit y perdre son renom.

Les impositions de mains ont toujours été sujettes à suspicions, et leur application intempestive cause de litiges même hors du métro. M. le marquis de

Saint-Libertin échappa d'autant moins à certains risques que sa nature généreuse, qui n'était en fait ni pour le retenir ni pour l'inciter à la prudence, l'abusa.

Il faut bien le reconnaître, il tentait l'impossible, sinon le délicat : l'arrêt pur et simple des montées de lait extravagantes et douloureuses chez la nourrice, les algies des règles au moment capricieux de la ménopause, les poussées d'hémorroïdes congestives chez la femme et l'enfant. Sur ces terrains qui l'inspiraient, M. le marquis tenta et retenta avec espoir, sans se décourager, mais hélas ! sans succès.

En revanche, rapidement, il se répandit sous le manteau que M. le marquis avait une tendance très personnelle et très insistante à diriger ses mains vers les corsages les plus opulents et vers les croupes les moins rachitiques de la région. Il commettait, paraît-il, des abus de pouvoir qui n'avaient que trop tendance à se renouveler et qu'on avait bien du mal à faire entrer dans le cadre d'une thérapeutique.

Devant les événements, M. le doyen crut bon de prévenir, à plusieurs reprises, M. le marquis.

« Votre renommée, Monsieur le Marquis de Saint-Libertin. Elle risque d'en souffrir. Vos intentions sont pures et louables, mais elles seront bafouées par des esprits mesquins. Dans ces conditions, l'Église ne saurait vous suivre. »

À son grand regret, M. le marquis dut abandonner ses tentatives. Et ce fut dommage, car M. le marquis avait l'intime conviction d'être sur la bonne voie, il le ressentait dans tout son être, et c'est toujours regrettable d'arrêter des expériences en cours avant qu'elles aient eu le temps de produire leurs effets.

M. le marquis de Saint-Libertin revint sans grand enthousiasme à ses petits rachitiques, mais ses essais l'avaient-ils épuisé, ou avaient-ils entamé sa ferveur ? Toujours est-il que de ce jour, ses résultats s'en ressentirent et que rien ne fut plus jamais comme avant.

XLI

L'abbé Clamadieu, dans son diocèse, jouissait d'un prestige déconcertant, inattendu même pour un curé de campagne âgé, sans avenir, dont la paroisse, sans vicaire, était bien une des plus petites du département.

Sa renommée était diocésaine. C'est dire qu'aucun de ses collègues ne pouvait l'ignorer, ce qui ne voulait pas dire pour autant que l'abbé Clamadieu, la jalousie s'en mêlant, fît l'unanimité parmi eux.

L'évêque le donnait si souvent en exemple à ses coreligionnaires que l'on s'attendait tous les ans à le voir quitter sa paroisse pour devenir chanoine. En fait, le curé Clamadieu se refusait depuis toujours à abandonner son clocher. L'évêque avait d'ailleurs renoncé à le déplacer, sachant à quel point ses fidèles lui étaient attachés depuis le jour où une tentative de cet ordre avait mobilisé vers l'évêché le maire, son conseil municipal et une partie de la commune.

« Je vous le laisse, mes fils, je vous le laisse puisque je ne peux faire autrement, mais notre collégiale le regrettera car c'est un saint que vous avez parmi vous… »

Et l'abbé Clamadieu dans sa paroisse était tenu comme tel.

Nul prêtre n'était mieux considéré de ses ouailles, nulle paroisse ne collectait un denier du culte aussi important que la sienne, nul curé ne recevait autant de messes. On se demandait comment ce pauvre abbé trouvait assez de jours et d'heures pour répondre à la demande, au point que les voix anticléricales – il y en a toujours quelques-unes, même dans les meilleures conditions – prétendaient que, pour y arriver, il était contraint de les coupler par cinq, par dix, par famille ou intentions.

« Monsieur le Curé, n'annoncez pas mes messes avec celles des Bertrand, des Ducloux ou des Siauve, vous savez que nous sommes brouillés. »

Il y aurait eu de quoi y perdre son latin. Eh bien ! l'abbé, qui connaissait son territoire sur le bout du doigt, s'en tirait à merveille. Moyennant quoi, il faisait la pluie et le beau temps dans sa paroisse.

L'on ne saurait mieux dire, car c'était justement à cela que l'abbé Clamadieu devait sa popularité locale et sa notoriété explosive que ses confrères enviaient.

Les choses remontaient de longue date. Une célébrité met du temps à s'établir, et encore beaucoup plus à s'affirmer.

« Monsieur le Curé, faites-nous des rogations pour obtenir un peu de pluie... Monsieur le Curé, faites-nous des rogations pour un peu de soleil... Vous voyez bien que nos champs sont inondés, que nos pommes de terre pourrissent, que notre tabac souffre. Monsieur le Curé, vous voyez bien que ce soleil nous grille tout, que nos raisins ne gonflent pas, que notre maïs s'étiole... »

Le pauvre curé affolé en aurait donné son âme au diable.

Faire des rogations, c'est bien. Faire en sorte qu'elles aboutissent quelquefois, c'est mieux. Mais lorsqu'elles réussissent à cent pour cent, ça alors, ça tient du miracle !

L'aventure de l'abbé Clamadieu commence avec ces rogations et l'exigence plus que cramponnante de ses fidèles. Il fut dans cette histoire aidé par Dieu d'une façon peu orthodoxe mais bigrement efficace.

L'abbé était atteint de rhumatismes, de rhumatismes tenaces : aux épaules, aux genoux, à la nuque, aux mains et il en souffrait, le pauvre malheureux, plus que de raison. Il y était habitué certes, il offrait ses douleurs à Dieu bien sûr, mais cela ne l'empêchait pas de déplorer son état. Lorsqu'on est perclu de douleurs, toute sa vie on s'observe, on déduit, et l'abbé avait fini par remarquer que ses rhumatismes constituaient un véritable baromètre, un baromètre qui ne se trompait jamais et qui lui permettait de prévoir bien avant tout autre système ou mécanique, et plusieurs jours à l'avance, le moindre changement de temps.

Alors...

Alors il avait pensé qu'après tout, il fallait savoir faire feu de tout bois, que ses douleurs dans le fond pouvaient très bien avoir leur utilité et que, puisque grâce à elles il était informé, rien ne s'opposait à ce qu'il s'en servît à la gloire du Seigneur qui les lui envoyait. Peut-être à la longue, ce dernier aurait-il pitié de lui et l'en débarrasserait.

« Monsieur le Curé, il nous faudrait de la pluie pour nos champs de raves. Faites quelque chose. »

Le genou, le coude, les épaules étaient impeccables. Pas la moindre crispation musculaire, pas la moindre petite névralgie.

« Ah ! je voudrais bien, Baptiste, mais je ne peux pas. Ma sciatique me travaille trop ces jours-ci. Je peux à peine marcher. »

Et le pauvre homme s'efforçait de boiter sur commande devant tous ses paroissiens. Avec le temps il y arrivait fort bien et traînait la patte le plus naturellement du monde.

Un jour, deux jours, trois jours, cette fois, ça y était. Une douleur à la cheville, légère mais certaine. Il ne pouvait s'y tromper. Message reçu ; cette fois, il boitait pour tout de bon. Tant pis, c'était le moment de se décider.

« Ah ! Baptiste, je te rencontre à point. Allons, je vais un peu mieux aujourd'hui. Voyons, ce soir si vous voulez, nous pourrons essayer de monter jusqu'à la croix. Préviens tout le monde. À 6 heures donc sur le parvis de l'église, et je veux y voir toutes les femmes et tous les enfants. »

Vingt-quatre heures après, sans crier gare, il pleuvait à pleins seaux. Un jour, deux jours, comme vache qui pisse. Le miracle s'était accompli. Dieu y trouvait son compte, et son curé aussi, car ses ouailles reconnaissantes lui apportaient de toutes parts qui un poulet, qui un canard, qui un lapin.

« Monsieur le curé, il pleut vraiment trop. Ayez pitié de nous. Fermez le robinet. Faites-nous donc de nouvelles rogations pour un peu de soleil cette fois. »

Cela tombait à pic. Les douleurs s'atténuaient, d'heure en heure devenaient plus supportables. Incontestablement, on pouvait y aller.

« Bon, je veux bien dès ce soir, Baptiste. Allez tous de nouveau à l'église mais cette fois, n'oubliez pas vos parapluies. Prévoyez-en un large pour me couvrir aussi bien moi que le bon Dieu tout le long du parcours pendant que je réciterai mes prières. »

Deux jours après, un soleil resplendissant s'abattait sur la campagne.

Les paysans n'en revenaient pas.

« Nous possédons un saint. Dieu ne lui refuse rien. Ses prières valent de l'or. »

Et chacun y allait de son obole, de son denier du culte, de ses messes.

« Vous vous rendez compte ! Un homme qui possède pareille audience terrestre, quel crédit n'aura-t-il pas là-haut ! »

« Surtout, soignez votre sciatique, Monsieur le Curé, de façon que vous soyez disponible cet été et cet automne s'il le faut. Nous pouvons avoir besoin de vous. »

Ses fidèles l'adoraient, les bigotes le vénéraient et affirmaient qu'un jour, ses mérites seraient reconnus. Elles le voyaient déjà mort, bienheureux et pourquoi pas canonisé.

« Et nous serons bien avancés ce jour-là, nous autres. Ce n'est pas mort qu'il nous le faut !... Car c'est seulement bien vivant qu'il peut nous rendre service. Là, au moins, nous sommes sûrs qu'il nous entend. »

« Bonjour, Monsieur le Curé. Comment va votre sciatique ?

– Mal, Baptiste, mal. »

Afin d'être prêt à parer toute éventualité, le pauvre homme restait toujours sur la défensive et avait pris l'habitude de boiter sans discontinuer.

« C'est un saint », disaient les uns ; « c'est un martyr », renchérissaient les autres. « Quand on pense qu'il accepte de faire des kilomètres à pied pour nous lorsque le besoin l'exige, et cela malgré ses souffrances. »

Les paroisses voisines l'enviaient, le réclamaient, lui faisaient en cachette des propositions magnifiques, lui offrant ni plus ni moins qu'un pont d'or. Deux maires, pour ces raisons, s'étaient brouillés à mort. Mais l'abbé Clamadieu restait sourd à ces invites. Sa cure lui suffisait.

« Clamadieu, mon fils, je reçois à votre sujet lettre sur lettre de vos fidèles, toutes plus élogieuses les unes que les autres. Comment faites-vous donc pour avoir une telle popularité ? »

L'évêque avait fini par le convoquer.

« Les rogations, mais allons, l'abbé, de vous à moi, ces rogations, de stupides balivernes, vous êtes bien d'accord ? Alors, ne me dites pas que vos résultats sont le simple fait du hasard ou que vous êtes inspiré. Ça ne marcherait pas. Je me doute bien que vous avez un truc. Alors dites-moi, lequel ? Voyons, sans le divulguer outre mesure dans le profane, ne pourriez-vous pas tout de même en faire profiter vos collègues ? Vous savez l'importance que présentent ces rogations aux yeux crédules de notre clientèle paysanne, même lorsque leur efficacité n'est pas évidente, alors imaginez-vous ce que ce serait si elles paraissaient toujours être suivies d'heureux effets. Voyons, l'abbé, dans un but éminemment utile à l'Église, je vous somme de me révéler votre secret. Si vous vous y refusiez, l'abbé, c'est qu'il serait contraire à la parole de Dieu ou à celle de votre sacerdoce. Et dans ce cas, ce serait grave, l'abbé. Mais je ne peux le croire. Alors l'abbé ?... J'attends... »

L'abbé Clamadieu avait dû s'expliquer, dévoiler sa technique, et rouge de honte, confesser sa façon d'agir qui ne lui permettait hélas ! pas d'accepter toute intervention au pied levé.

« Bien sûr, mon fils, votre position n'est pas très protocolaire, mais elle est efficace. Elle n'est pas non plus sans mérite. Elle concourt en fait au bien de l'Église, à l'édification de vos ouailles, n'en rougissez donc pas, l'abbé. Continuez, je vous y autorise et même, je vous y encourage. Mais faites attention, mon fils, vous prenez trop votre rôle au sérieux, j'ai peur qu'à force de boiter, cela vous donne un air penché regrettable... Oui, bien sûr... Je comprends... Enfin, c'est vous qui voyez. Et puis, dites donc, l'abbé, au lieu de toutes ces poules, canards et lapins dont vous ne savez plus que faire, demandez donc plutôt à vos fidèles d'arrondir leur denier du culte. Ça peut se suggérer, ça, tonnerre, au cours d'une messe, c'est facile, et votre auréole, pas plus que votre garde-manger, n'en souffriront beaucoup. Voyons, ils vous adorent, ces gens. N'oubliez pas que le denier du culte nous revient, alors que les messes... et le reste... bien sûr...

« Ah ! l'abbé, que je vous dise : je vous ai entendu en confession, donc inutile de vous dire que je suis tenu au plus grand des secrets et que tout cela, bien sûr, reste entre Dieu et nous.

« Allez, mon fils, allez en paix. »

XLII

POURQUOI SE SUICIDAIT-ON avec autant de complaisance en Périgord ? Je me le suis souvent demandé, je me le demande encore. Les soucis dans cette douce région n'étaient pourtant ni plus ni moins insoutenables qu'ailleurs, on n'y buvait ni plus ni moins que dans les départements limitrophes, et pourtant les faits étaient là, on s'y suicidait plus volontiers, sans distinction de sexe.

Peut-être, après tout, une affaire d'habitude… Quand le grand-père, le père et quelques fils s'y étaient résignés, pourquoi pas leurs proches ou leurs descendants ?… Affaire de tradition. Et ces conclusions expéditives et souvent imprévisibles, qui ailleurs auraient paru anormales, n'entraînaient là ni étonnement ni réprobation. Elles étaient admises et bénéficiaient même d'une certaine compréhension.

Chose curieuse, on avait tendance à faire ça l'été. Mais on prenait surtout chaque fois la précaution, pour ne gêner personne, de le faire dans des temps morts, hors des gros travaux.

On choisissait de préférence un week-end, après avoir accompli honnêtement et consciencieusement tout son travail de la semaine, après avoir donné le foin à ses vaches, ou après avoir soigneusement fait son ménage ; et c'était le dimanche, jour du Seigneur, qui était le plus souvent retenu, dans son après-midi, après avoir écouté la messe du matin.

On évitait de se suicider les jours de pluie ou de froid, on leur préférait les jours de grand soleil ou mieux de grande chaleur. On agissait enfin sans préavis pendant que les autres faisaient leur sieste ou pendant qu'endimanchés, ils étaient de sortie.

Voilà, on prenait beaucoup de précautions pour arriver à ses fins et réussir son coup sans bavures, sans frais et sans perturber son entourage. Ridicule et navrant, chacun, dans cette ultime aventure, mettait toute son ingéniosité pour personnaliser son acte et en faire un chef-d'œuvre. C'était à croire que tous cherchaient une dernière fois à se surpasser et à faire mieux que l'avaient fait leurs aïeux.

On avait du mérite.

Il s'ensuivait, outre les plus grandes imprévisibilités, les plus grandes fantaisies.

Banales les régalades à la mort-aux-rats, à la Taupicine, à la bouillie bordelaise ou à l'acide sulfurique, banales encore les noyades au cours de l'été en eau chaude, c'étaient là des moyens qui, bien qu'efficaces, manquaient par trop d'originalité. En principe, on s'efforçait de trouver mieux, et pour les réussites spectaculaires où l'idée géniale entraînait l'admiration, l'opinion publique se passionnait.

« Vous vous rendez compte, Marie, à quatre-vingts ans, grimper sans échelle, comme un gamin, à la cime d'un des plus hauts chênes du bois, au risque de se rompre le cou, pour s'y pendre au milieu des feuilles afin de n'être vu de personne, avouez qu'il faut le faire !

– C'est bien mon avis, Germaine. Quand on pense qu'il est resté là-haut trois mois à se balancer au milieu des mouches et qu'il n'est tombé que lorsque son corps s'est détaché de sa tête, cela fait frémir. Tenez, mon mari est passé sous lui en cherchant des champignons plus de vingt fois sans se douter de rien. Il croyait, à cause de l'odeur, qu'une sauvagine pourrissait dans un coin. Qui aurait pu s'imaginer ? Ah ! en voilà un qui pourra se vanter d'avoir fait courir ses enfants. Depuis le temps qu'ils le cherchaient. »

En Périgord, dans cette région plus que giboyeuse, tout le monde était chasseur. Chacun avait une ou deux pétoires à sa disposition. Rien d'étonnant donc à ce que les suicides au fusil de chasse soient aussi fréquents. Bien que les paysans fussent particulièrement économes de leurs cartouches – j'en ai connu qui réalisaient toute leur saison cynégétique avec une seule boîte de douze –, il n'était pas rare d'en trouver qui se laissaient volontiers aller à en griller une pour le seul plaisir d'essayer de se faire sauter la cervelle. On se fusillait donc de bon gré, à bout pourtant et, si l'on se manquait le plus souvent, on arrivait au moins à chaque essai à se défigurer.

Il était, et il est toujours difficile – croyez-moi sur parole, et n'essayez surtout pas – de manœuvrer avec précision la gâchette d'un fusil en plaçant son canon vertical sous le menton. Même avec des canons courts pour la bécasse ne dépassant guère les soixante centimètres, on doit chaque fois pencher légèrement la tête de côté, et c'est ainsi que, si le coup n'atteint jamais le crâne, il emporte à coup sûr une partie de la mâchoire avant de finir sa trajectoire, bourre et plombs confondus, dans le plafond.

Rares, après ces échecs, étaient ceux qui récidivaient. J'en ai tout de même connu un qui eut assez de persévérance pour se faire sauter en moins d'un an d'intervalle, l'une après l'autre, les deux joues.

Je me souviens aussi que d'un seul parmi tous qui, assez consciencieux, assez amoureux du travail bien fait, ait eu la joie de la réussite totale. Il est vrai que cela n'avait été possible que grâce à la réflexion et à des répétitions qui pour tout autre que lui auraient été fastidieuses, voire décourageantes. Pour arriver à ses fins, il s'était installé dans sa remise, sa pièce réservée, là où il aimait faire sa sieste, ou bricoler lorsqu'il en avait le temps. Il avait déplacé son banc de menuisier pour y fixer solidement son fusil. Il avait ensuite fait de nombreuses visées préalables sur un polochon placé sur un fauteuil. Puis, ayant fixé une bobine en guise de poulie dans le mur, une ficelle allant de la gâchette à la poulie et revenant au polochon, il avait pris bravement la place du traversin pour se loger à trois mètres une charge de chevrotines en pleine tête.

On avait pu reconstituer facilement les préparatifs : le polochon taché de sang était resté à ses pieds.

Ce n'était déjà pas si mal. Toutefois, se couper purement et simplement la tête soi-même, après avoir pensé et réalisé astucieusement de ses propres mains sa guillotine, comme l'avait fait le père Victor des Chaumettes, c'était bien autre chose ! Cela ne supportait même pas la comparaison.

Victor y pensait depuis longtemps, et depuis longtemps il l'eût déjà fait s'il avait trouvé plus tôt un moyen digne de lui.

C'était en admirant son hache-paille presque neuf que l'idée lui était venue.

C'était un engin robuste et redoutable, muni d'un énorme volant de fonte, affublé d'un lourd contrepoids. Par son seul élan, grâce à un large couperet, la machine était capable de trancher d'un seul coup la botte de paille la plus compacte comme la plus élastique. Victor avait pressenti tout le parti que l'on pouvait en tirer… Cette fois, il tenait son affaire.

Il avait d'abord, la veille, démonté le couteau et, après l'avoir proprement et soigneusement aiguisé, il l'avait remis en place. Il avait ensuite basculé l'ensemble pour pouvoir se placer à l'aise dans la gouttière, la tête à la place de la botte de paille. Puis, ayant remonté en force et d'une seule main le lourd volant, ce qui était déjà un exploit, il s'était coupé en deux au ras des épaules.

Il avait réalisé ce tour de force à l'ombre, dans l'intimité de sa grange, sous le nez de ses vaches qui, indifférentes à la stupidité, avaient continué leurs ruminantes rêveries.

Le corps avait glissé de la gouttière au sol et la tête avait roulé à plusieurs mètres. La poussière et le foin avaient bu sans peine tout le sang, ne laissant nulle trace.

Tout cela avait exigé des qualités exceptionnelles. Il avait d'abord fallu l'idée, puis la préparation, et enfin, après tout cela, il avait fallu conserver l'envie, ce qui témoignait tout de même d'une force de caractère peu banale et d'une résolution qui forçait l'admiration.

Les journaux en avaient longuement parlé. Il avait eu droit, et il faut reconnaître qu'il l'avait bien mérité, à deux articles importants en première page des quotidiens locaux avec photos et commentaires à l'appui. De quoi désespérer et rendre jaloux n'importe qui.

XLIII

Les voisins l'avaient surnommé « Labraguette », ce qui déplaisait fort au fils et à la bru. Comme ils ne pouvaient l'empêcher, ils avaient pris sur eux le parti d'en rire. Pourtant, cela avait le don de les exaspérer, car ça leur rappelait chaque fois en un raccourci bien trop évocateur tous les ennuis qu'ils avaient déjà eus à cause de lui, sans compter ceux qui, un jour ou l'autre, risquaient de survenir.

Certes, le père allait sur ses soixante-quinze ans. Comme beaucoup d'autres à cet âge, on aurait pu admettre qu'il ait perdu un peu la raison et qu'il ait, par la même occasion, perdu aussi de temps à autre le contrôle de sa braguette. Hélas ! cela ne justifiait et n'excusait pas tout, car vraiment le père y allait un peu fort.

« Un vieux cochon, voilà ce que vous êtes... Vous n'avez pas honte devant des gamines d'aller ainsi la braguette ouverte !... Vous avez des boutons que je sache ! »

Non, il n'avait pas honte. La bru pouvait bien gueuler. Ne tenant compte d'aucune remontrance, il y trouvait même un malin plaisir, et plus il allait, moins il prenait de précautions.

« Oh ! à mon âge. Quand on s'est retenu toute la vie, après tout, on peut bien prendre quelques libertés. Et puis, il faut s'entendre, vous me reprochez toujours que je mouille mes pantalons. Comme ça, j'ai plus tôt fait, et puis vous, vous voyez le mal partout.

– Un cochon, je vous dis, et vous finirez par nous faire arriver des histoires ! »

Les voisins s'étaient plaints. Non seulement il laissait la braguette ouverte, mais encore il en étalait volontiers le contenu devant les fillettes revenant de l'école, exhibant sans pudeur et avec indécence ce que chacun s'efforce de dissimuler derrière le premier arbre venu.

« Oh ! elles en verront bien d'autres. Et il faut bien qu'elles s'instruisent. C'est ma prostate qui me taquine, je n'y peux rien, vous le savez bien. »

Prostate ou non, les gendarmes étaient venus. On l'avait chapitré, menacé de justice, voire de prison.

Rien n'y avait fait. Il recommençait de plus belle. Le fils s'était fâché... Il y avait eu des mots. On l'avait menacé de l'hospice et, comme ses extravagances paraissaient avoir une odeur de vin rouge, on avait tenté un sevrage.

« Tu en auras un verre à chaque repas. Pas un de plus. Que tu le veuilles ou non. »

On avait fait intervenir le médecin, et le fils l'avait un peu secoué.

« Ah ! ne recommence pas ça, Firmin, ne recommence pas. Tu le regretterais. N'oublie pas que je suis encore ici chez moi, que tout m'appartient et que je peux encore tout vendre si l'idée m'en vient. Du vin j'en ai toujours bu, et ce n'est pas vous qui m'en priverez. Je continuerai à en boire, que cela vous plaise ou non. Toutes les vignes ici sont à moi. Je les ai plantées et ce que vous récoltez, ne l'oubliez pas, c'est à moi que vous le devez. »

Il n'y avait pas grand-chose à répondre ni à faire avec ce vieux têtu.

Firmin avait baissé les bras.

« Bon, tu ne veux pas écouter, eh bien ! continue, tu verras bien où ça t'amènera. »

Seule, la bru ne désarmait pas. Entre eux, c'était la guerre.

« Fais quand même attention, Marie, il dit vrai, le père. Tu sais, il serait capable de tout vendre sur un coup de colère, et une propriété comme ça ce serait quand même bien dommage. »

La propriété était sur grande pente, à mi-coteau, sur un sol caillouteux, plus ensoleillé que le diable. C'était à l'origine une terre sans valeur. Une terre où l'on ne pouvait espérer ni champs, ni prés, ni bois valables. Une terre à genévriers ou à la rigueur à moutons en les déplaçant sans cesse puisqu'elle était grande. Une terre à vendre à la criée.

Le vieux, alors jeune, avait eu l'ensemble du coteau pour une bouchée de pain.

Tout le monde s'était moqué de lui.

« Qu'est-ce que tu veux faire de ça, Baptiste ? Tu vois bien que ce ne sont que des landes.

– Me mettre chez moi, et puis, avec le peu d'argent que j'ai, je ne peux guère espérer mieux. »

« Alors, ça y est cette fois, tu l'as achetée. Tu es donc chez toi… Bah ! tu n'en tireras jamais rien. Ton mieux serait de tout louer à une société de chasse. Il y a du perdreau et du lièvre, et c'est ce qui te rapporterait le plus. »

C'était sans compter sur le hasard et l'esprit d'entreprise de Baptiste.

Baptiste aimait le vin. « Pourquoi ne pas essayer ? Là, par exemple, dans ce coin toujours au soleil et que les cigales n'abandonnaient jamais. Après tout, on ne risquait rien d'essayer. Oh ! peu de chose, quelques plants en pleine terre, mais triés et bien choisis. On verrait bien. »

Cela avait été un succès sans précédent.

Trois ans après cette tentative, Baptiste avait non seulement son vin en abondance, mais était en mesure d'en vendre quelques barriques... Et quel vin !

Le coteau s'était couvert de vignes. À mi-pente d'abord, puis de haut en bas maintenant et, rapidement, une maison accouplée à un chai était sortie de terre : « Vignobles de Folles Grives ».

Le cru n'avait pas tardé à être connu et renommé. Baptiste faisait fortune. En dix ans, il était devenu le plus riche propriétaire de la région.

Les voisins, devant pareille réussite, avaient tenté leur chance. Ils n'avaient obtenu qu'une affreuse piquette, sans force ni alcool. Leurs terres, trop riches, mal exposées, ne donnaient que des vignes géantes qui se perdaient en sarments et en feuilles. Le raisin avait du mal à mûrir, le vin se piquait et tournait au vinaigre. Non, il n'y avait que Folles Grives dans son bain de chaleur et de lumière, hiver comme été, pour être capable de donner du bon vin.

On avait souvent voulu acheter Folles Grives à Baptiste. Mais Baptiste avait toujours refusé.

« Pas pour le moment, mais on ne sait jamais, si les enfants ne me faisaient pas bien, alors peut-être, on verrait. »

C'était l'épée de Damoclès pendue sur les têtes du fils et de la bru.

« Fais attention, Marie, fais attention ! Tu lui en dis trop. Tu sais, je le connais, il serait capable de tout vendre, rien que pour nous emmerder ! »

Une maison de maître, un chai de quarante barriques avec ses trois cuves pleines tous les ans d'un vin de table qui ne prenait son plein essor que huit ans après la vendange, c'est que cela représentait des sommes considérables.

« Remarque bien, Marie, qu'il lui en faut bien une bonne barrique pour lui seul, mais allons, reconnais quand même qu'il en reste une belle quantité… Ah ! quel malheur qu'on ne puisse lui faire passer cette sale manie.

– Tu verras, Firmin, tu verras que j'aurai raison. Je ne dirai plus rien, mais je suis certaine que cela finira par nous attirer des ennuis. »

Cette fois, les gendarmes l'avaient pris sur le fait, et la bonbonne de vin rouge, du douze degrés, qu'ils remportaient chaque fois n'avait pas suffi à les rendre conciliants.

« Vous comprenez, c'est qu'il y a eu plainte de l'instituteur et des familles… et il y a des témoins. Nous sommes bien obligés de faire un procès-verbal. Vous comprenez, il y va un peu fort. Il attend maintenant les fillettes au sortir de l'école, et cela se renouvelle tous les soirs. Bien sûr, il ne leur fait aucune misère, mais il n'en reste pas moins vrai qu'il leur montre tout. On ne peut tout de même pas toujours fermer les yeux. On le regrette pour toi, Firmin, mais que veux-tu, la prochaine fois il file en tôle, c'est certain. »

Cette fois, Firmin s'était mis en colère. Il l'avait secoué plus que d'habitude, et la Marie avait même dû intervenir.

« Voyons, Firmin ! C'est ton père !

– Ah ! c'est ainsi que vous me faites, eh bien ! vous allez le regretter.

« Je vais me tuer, et c'est vous qui en porterez toute la responsabilité, les conséquences et la honte par-dessus le marché.

– Si tu veux, et nous serons bien débarrassés. »

Le vieux avait disparu.

« Firmin, ton père n'est pas rentré. Il est 10 heures. Je m'inquiète. Après ce qu'il nous a dit ce matin… »

Firmin arrivait du chai où l'on venait de remplir la troisième cuve et de fouler la première. Un gros travail même à plusieurs. Il était exténué, mais il n'avait pas encore digéré sa colère.

« Oh ! vois, il fait comme il veut… Ce n'est pas la première fois qu'il nous fait ça. Il a dû filer chez ma sœur, comme d'habitude lorsque nous le contrarions. En ce moment j'ai assez de travail comme ça. Même s'il y reste quelques jours, ce ne sera un mal pour personne. »

On était fin septembre. Les coteaux venaient de se gorger de soleil. Les vignes étaient splendides. Quantité et qualité ne faisaient nul doute. Des cuvées qui certainement allaient faire date.

Une partie de la récolte était déjà rentrée, mais l'abondance était telle qu'il fallait bien encore une bonne quinzaine pour que le travail soit terminé. De toute façon la troisième cuve était maintenant pleine, et il faudrait envisager de débarrasser la première pour pouvoir terminer.

On n'avait pas vu ça depuis dix ans.

« Marie, cette année nous changerons la voiture. Je pense pouvoir aussi remplacer deux de nos camions citernes, et même nous pourrons, je crois, prendre un peu de repos sur la Côte d'Azur. Il y a longtemps que j'ai envie de la connaître... Ah ! il n'était tout de même pas si fou que ça, le père. Ma sœur a-t-elle téléphoné ? »

On avait donc appelé la sœur. Le père n'y était pas, et l'autre fils établi en Gironde ne l'avait pas vu non plus.

« Marie, cela devient sérieux. Il faut prévenir la gendarmerie immédiatement. Mais où a-t-il bien pu aller ? Et juste en ce moment, en plein travail, alors que nous manquons de bras et que ceux qui sont là ont bien besoin d'être surveillés et encadrés, il ne nous manquait plus que ça. »

On avait néanmoins cherché activement pendant trois jours, un peu partout, dans toutes les directions, là où l'on pensait qu'il aurait pu être. On avait même fait venir un chien policier exprès de la ville... Tout avait été inutile. Pas de traces de Labraguette. Labraguette avait disparu : volatilisé.

« C'est quand même un peu fort, mais bonsoir, où a-t-il bien pu passer ? »

Et l'on s'était remis malgré tout au travail. Sans enthousiasme, mais parce qu'il le fallait, que cela pressait, que le temps y était et que l'on ne sait jamais si cela durera. Chaque jour de perdu pouvait être catastrophique.

« Des nouvelles du père ? »

La question allait de bouche en bouche, de rang en rang de vigne ; et les vendangeurs ne chahutaient plus les filles, et les porteurs se dispensaient de chanter. C'était un ramassage dans la tristesse et qui convenait bien mal à une récolte pareille.

Cela faisait maintenant dix jours que Labraguette avait disparu. Tous les avis de recherche n'avaient rien donné et malgré la dépense, on avait même fait explorer par un scaphandrier la rivière la plus proche.

Le village, la commune, le canton et les journaux qui, au début, s'étaient passionnés pour cette disparition, avaient fini par s'occuper d'autre chose, les uns de leurs travaux, les autres de faits-divers nouveaux et plus croustillants.

Tout le monde commençait à oublier Labraguette.

Sa famille qui s'était regroupée les premiers jours à Folles Grives avait fini, de guerre lasse, par se disperser. On a beau être inquiet, la vie s'impose, et l'époque des vendanges n'est pas une période favorable aux absences ou aux réceptions. La Marie avait vu repartir beau-frère et belle-sœur avec soulagement.

« Marie, ce soir, il faut que je soutire la grande cuve. Il convient de la libérer de son jus et de son marc, car demain il faut pouvoir la remplir de nouveau. »

Dix barriques allaient en sortir et pendant quinze jours rester au repos, alignées sur les poutres du chai.

Firmin soutirait lui-même. C'était un travail délicat qui demandait une grande habitude et beaucoup de patience si l'on ne voulait pas gâter le jus.

Et justement cela venait mal.

Il y avait eu des arrêts. À deux ou trois reprises, avec précaution, Firmin avait dû employer la longue perche pour libérer la bonde, sans touiller bien sûr, ce qui eût été catastrophique. Enfin, c'était fini.

Douze barriques, deux de plus que prévues étaient sorties.

« Allez, les gars, c'est à vous. Il faut retirer le marc. Deux à l'extérieur et deux dans la cuve. Faites attention au gaz, envoyez d'abord des bougies. Vous avez pris votre douche ? Bon, ça va, allez-y. »

Dégager le marc de la cuve était un travail épuisant, compte tenu du peu d'espace utile. Il fallait le remonter, seaux après seaux, et cela demandait du temps.

Ce ne fut que quelques minutes avant la fin, vers minuit, qu'on le découvrit.

Labraguette était là, dans le fond, une pierre au cou, plaqué sous le poids du marc, gonflé comme une baudruche, serré à pleine peau dans ses habits.

Tout le monde était médusé.

« En voilà une affaire ! Vous savez, Mélanie, qu'ils l'ont retrouvé Labraguette.

– Mais je l'ai appris ce matin. Dans la cuve, paraît-il. Lorsqu'ils ont soutiré.

– Oui, c'est ce que l'on dit. Remarquez, ils auraient dû y penser. Il aimait le vin, ça a été pour lui une belle mort. Quelle idée avaient-ils de faire fouiller la rivière ! Le connaissant comme ils le connaissaient, ils auraient bien dû savoir que l'eau n'était pas son fort.

– Dites donc, mais c'est quand même une sale histoire pour eux.

– D'autant plus qu'ils s'étaient, paraît-il, disputés… Oh ! ma foi, quand ils s'ennuieraient un peu à leur tour, ce ne serait pas dommage. Ils ont eu assez de chance jusque-là. »

Les langues allaient bon train.

On avait encore perdu trois jours pour les obsèques. Puis on s'était remis à la tâche. La vie reprenait, et on allait enfin avoir la paix. Finies les affaires de mœurs. Finis les chantages.

« Marie, je crois que dans le fond, nous nous en sommes bien tirés. »

Firmin se trompait. C'eût été trop beau. Le vieux Labraguette n'avait pas encore dit son dernier mot.

« Dis donc, Marie, tu ne trouves pas ça étonnant : pas un seul acquéreur ne s'est manifesté cette année. Pourtant avec une récolte pareille. Il faudrait tout de même savoir ce qui se passe. Tu ne crois pas ? »

Cela n'avait pas été difficile, tout le monde s'était chargé de les renseigner.

« Un vin où Labraguette a macéré, pas question ! Personne n'en voudra jamais. Même si c'est du meilleur, même si tu le donnais. »

Firmin avait attendu avant de prendre, la mort dans l'âme, une héroïque décision.

« Bon, Marie, il faut nous décider. Nous allons sacrifier ces douze barriques sur la place. Après ça, nous aurons la paix. C'est la seule façon d'en sortir. »

Ce fut peine perdue. La clientèle avait continué de bouder. Firmin, stoïquement, dut sacrifier le reste de la récolte.

« Une perte énorme, Marie, mais tant pis, il n'y a pas d'autre solution. On se rattrapera les années suivantes comme on pourra. »

L'année suivante, ce fut bien autre chose.

« Votre vin ? Non… Vous n'en vendrez pas une seule goutte tant que vous aurez les mêmes fûts et les mêmes cuves. Vous verrez, c'est comme je vous le dis. »

C'était la ruine. Il fallut y passer.

Le Firmin et la Marie en firent tous les deux une dépression.

« Ah ! le salaud ! Il peut toujours attendre son chrysanthème pour la Toussaint. Il n'est pas près de le voir venir. »

Il fallut quinze ans pour remonter la pente et retrouver un équilibre.

Cela avait coûté cher à Labraguette, qui y avait perdu la vie, mais Labraguette s'était bien vengé.

XLIV

« DOCTEUR, ÊTES-VOUS LÀ CETTE SEMAINE ? Bon, alors montez à mon étang de la Jonquière. Je l'ouvre. Il sera bon à pêcher dimanche matin vers 7 heures. Surtout, ne manquez pas de venir si vous n'avez jamais vu ça. C'est folklorique, vous verrez. Il est fermé depuis trois ans ; nous devrions avoir du poisson. Puis si vous passez par la Double à partir de mercredi, et que vous n'êtes pas trop pressé, venez donc nous dire un petit bonjour. Cela nous fera plaisir. Il y a parfois quelques belles pièces qui se laissent surprendre et sortent dès la levée de la bonde, vous en profiterez. »

C'était sur mon chemin.

L'étang perdait ses entrailles depuis vingt-quatre heures à peine et déjà ses rives, habituellement floues et ombrées, se bordaient d'un trait noir de plus en plus évident. Sur certains plats, les bancs de sable commençaient à émerger, dégagés entre des plages de joncs. L'eau sortait en force au râteau en contrebas de la jetée. Deux hommes vigilants actionnaient à la bonde la lourde pelle de bois, véritable porte d'écluse, qu'entre eux ils appelaient le « pallou ».

« Ah ! vous voilà, Docteur. C'est gentil d'être venu nous voir… Vous voyez, on avance. Ça se passe, mon Dieu, pas trop mal. Nous n'avons commencé qu'hier au soir et nous avons atteint les repères prévus. Nous avons déjà baissé le niveau d'un bon mètre. C'est le plus long, car nous agissons pour le moment sur la surface entière de l'étang. Dix hectares d'eau, ce n'est pas rien à manœuvrer. Vous voyez, nous suivons des jalons précis. Demain, nous devons atteindre un mètre cinquante au-dessous de notre niveau de départ. Tenez, regardez en contrebas… là… le long de la digue, ces pierres scellées dans le mur : ce sont des témoins solides. Nous devons nous y conformer si nous voulons être à l'heure dimanche matin… Nous réglons notre débit en conséquence. Nous avons encore pour le moment une énorme pression d'eau, mais cela ne va pas tarder à se calmer. »

Très excité, Moras me donnait en vrac toutes ces explications.

« Une pêche, c'est toujours une aventure qui ne se passe jamais de la même façon. Il faut tenir compte de tant de choses à la fois. Le courant d'eau nourricier de l'étang est le plus important, il varie en fonction du temps et s'il pleut, on doit le compenser. Ce n'est pas toujours facile. Il faut également savoir ne pas aller trop vite car, une fois l'étang ouvert, on ne doit plus l'arrêter. Si on commettait cette erreur, le poisson se reprendrait, remonterait vers la vase et il serait perdu pour cette pêche… Et puis, il y a la lune, Docteur. C'est important, il faut y croire. L'expérience est là pour le prouver. Le bon travail ne peut se faire qu'au dernier quartier. À tout autre moment, le poisson se refuse à descendre. C'est une règle, voyez-vous, qui doit être rigoureusement observée si l'on ne veut pas perdre une partie de la pêche. Quatre jours d'un gros travail à trois ou quatre. Il faut préparer de toutes pièces les réservoirs où nous mettons les différentes espèces. Tenez, Docteur, venez voir ce boulot. »

Six compartiments de trois mètres sur deux, tendus de plastiques blancs alimentés d'eau vive, étaient préparés en contrebas près des râteaux. De larges pancartes indiquaient leurs destinations réciproques. Carpes, brochets, perches, tanches et gardons. Des caisses à fonds grillagés et des cuveaux étaient entassés les uns sur les autres, et un vaste périmètre ceint de fils de fer barbelés limitait l'espace des futures opérations.

« C'est nécessaire, voyez-vous, sinon les pêcheurs seront dans l'impossibilité, le moment venu, de travailler. Il ne leur faut personne dans les pieds, ils doivent avoir les coudées franches. Ils ne seront pas moins d'une trentaine, et il y aura du travail pour tous… Tenez, Docteur, voyez ce qui nous est déjà sorti dès les premières heures. »

Trois brochets bruns, magnifiques, plus gros que le bras, cherchaient en vain à se dissimuler tant bien que mal dans les coins et recoins d'un vivier.

« Ceux-là se sont fait surprendre par le courant. C'est chaque fois pareil. Ils devaient être dans le fond, près de la bonde. Ils n'ont pas eu le temps de se ressaisir. Ils ont été entraînés. Nous en attendons quelques centaines de leur espèce, mais ils ne sortiront qu'à la dernière minute, et maintenant pas avant dimanche matin. Tenez, prenez donc celui-là. Vous m'en direz des nouvelles ! »

C'était une bête longue et effilée de près d'un mètre, à la mâchoire énorme couverte de dents acérées.

« Faites attention à vos doigts, Docteur, leur morsure est redoutable.

– Mais vous n'y pensez pas, Moras.

– Mais bien sûr que si, Docteur, mais que cela ne vous empêche surtout pas de venir dimanche, à 6 heures, au casse-croûte que l'on fait entre pêcheurs. Apportez vos cuissardes, vous nous donnerez un coup de main. On n'est jamais de trop.

– J'y serai, Moras, j'y serai.

– Alors d'accord, à 6 heures. Je compte sur vous pour nous aider à traîner les caisses. À dimanche. »

Le jour pointait à peine lorsque j'arrivai à la Jonchère. Être en retard, il n'en était pas question ; être le premier non plus, puisqu'un flot de voitures bordait déjà la route sur près d'un kilomètre et que la digue fourmillait de silhouettes sombres et agitées.

Je tombai aussitôt sur Moras. C'était facile, il était d'ailleurs partout, se démenant, gesticulant comme un diable, donnant des ordres à pleine voix !

« Ah ! bonjour, Docteur, vous arrivez à pic ! Nous allons casser immédiatement la croûte... Allez, les gars, mettez-moi ces tables de tri bout à bout sur la jetée... On mange tout de suite, ça nous réchauffera. L'étang sera prêt à 7 heures comme prévu... Dans moins d'une heure, nous libérerons tout. »

De l'étang clair et limpide où les grands arbres de bordure se reflétaient d'une façon si douce, il ne restait plus rien qu'un immense entonnoir brun de vase, d'herbe et de boue. Les larges plaques de nénuphars, mauves et roses, s'étaient affaissées sur ce fond noirâtre gluant en un abandon total, et des personnes accroupies essayaient en vain d'en arracher quelques rhizomes. L'étang allait se donner, réduit maintenant à une poche d'eau sale qui dans sa masse bougeait.

En contrebas, dix mètres en dessous, le haut de l'ouverture de la bonde, vomitoire géant, apparaissait.

« Tout va bien, très bien. Nous aurions d'ailleurs pu pêcher dès hier au soir.

« Nous avons dû réduire légèrement le débit. Alors, ce brochet ? Était-il bon, Docteur ? Vous allez voir tout à l'heure, il y aura du sport. Cela mouche de partout en surface de la poche. Tous les poissons sont là, concentrés et pêle-mêle… Il y en aura, je crois. Tenez… tenez, voyez… cette traînée : c'est un brochet qui chasse encore… Ah ! vous avez vos cuissardes. Mettez-les. Elles ne vous seront pas de trop. J'ai prévu trente pêcheurs, dix au tri, dix autres comme porteurs, deux jeunes au râteau, les autres à la vente… Mais vous allez voir, nous serons débordés. Venez avec moi. Voyons, les gars, n'attendez pas. Allez, mangez, vous avez tout ce qu'il faut ? »

Les tables s'étaient couvertes de pain, de vin et de victuailles : rôtis de porc dans leur entier, rillettes par kilos, sardines en vrac, fromages de toutes sortes, tout en abondance.

Les hommes s'interpellaient, allaient de l'un à l'autre, se donnant de grandes tapes dans le dos, échangeant des paroles d'amitié et quelques grivoiseries qui les faisaient rire aux éclats.

« Le soleil va sortir... Ce sera une belle journée ; c'est de la chance car, sous la pluie, ce travail ne serait pas agréable. »

Tous déjà prêts, ils se tenaient debout, mangeant sur le pouce d'un bel appétit dans une joie et une bonne humeur évidentes.

Dans une cabane voisine, des femmes s'affairaient sur un réchaud de fortune.

« Qui veut du café ? »

Les Thermos chauds circulaient dans les rangs.

Les phares du groupe électrogène braqués sur l'étang devinrent rapidement inutiles. Il faisait grand jour maintenant.

« Alors, les gars, ça y est ? Tout le monde a mangé ? Bon, alors on y va. Allez, descendez les tables près des râteaux. On ouvre à fond dans un quart d'heure. Ça va sortir. Tout le monde est-il à sa place ? »

Déjà, en contrebas, certains pêcheurs s'agitaient. Vifs comme l'éclair, dans le bouillonnement bruyant de l'eau, les premiers gardons commençaient à arriver en salves argentées.

« C'est toujours eux, les premiers. Ils sont précédés par les poissons-chats lorsqu'il y en a mais, grâce à Dieu, nous avons réussi à nous en débarrasser. »

Maintenant, cela devenait sérieux. Trois, quatre, cinq brochets se tortillaient et se roulaient ensemble sur les grilles, cherchant à échapper à la chasse impitoyable des épuisettes. C'étaient sans conteste les rois de l'étang, les éléments nobles s'il en était, et leurs apparitions soulevaient chaque fois, dans la foule des curieux, des cris d'enthousiasme.

Les caisses vides se succédaient de plus en plus vite au râteau et repartaient, pleines à craquer, en direction des viviers. L'agitation était à son comble.

« Où met-on les tanches ? Où met-on les perches et les carpes ?

– Vous savez lire, oui ou non ? C'est indiqué sur les pancartes. »

Moras, couvert de boue, supervisait tout, allant de l'un à l'autre, donnant rapidement un coup de main aux débordés, hurlant ses ordres à tue-tête. C'était d'un folklore impressionnant.

« Mais que faites-vous donc là-haut, les gars du pallou ? Mais enfin, tonnerre, ne fermez pas ! Ce n'est pas le moment, au contraire ouvrez en plein, nom de Dieu !

– Mais nous n'avons pas touché au "pallou", Monsieur Moras, c'est quelque chose qui doit boucher à la bonde. On ne voit rien dans la boue. On va descendre pour essayer de dégager. C'est peut-être une souche ou une pierre.

– Oh ! alors, attention, les gars !... Prenez des cordes et attachez celui qui va y aller. Il y a deux mètres de vase molle... Si vous tombiez là-dedans, vous disparaîtriez entièrement... Alors, je vous en prie, pas d'imprudence, attachez-vous solidement et faites attention. »

On avait d'abord remonté un vélomoteur couvert de limon et de rouille...

« Mais je sens autre chose. Passez-moi une autre corde... Oh là ! oh là ! Mais c'est un cadavre ! Tonnerre de Dieu ! Qu'est-ce que ça pue ! C'est une femme, je crois. Allez, tirez doucement les gars, doucement. Attention, la tête a l'air d'être prise sous les pierres. Ah ! non, elle est seulement attachée à un poids. Jeantou, passe-moi une pince que je la libère. »

On l'avait remontée sur la digue et mise sur des planches de fortune près de la cabane, et d'un seul coup l'intérêt de la pêche s'était déplacé. La foule avait reflué en masse vers la chaussée.

« Qui est-ce ?

– On ne sait pas. C'est une femme. »

Moras était dans tous ses états.

« Il ne nous manquait plus que ça. Bon, la pêche est finie. Descendez le pallou. Venez voir, Docteur. La connaissez-vous ? Dites donc ? Quelqu'un parmi vous peut-il aller à la poste prévenir la gendarmerie ? Alors, Docteur ? »

Il m'était impossible de mettre un nom sur ce visage bouffi œdematié, à demi décomposé, rendu méconnaissable par un séjour évidemment prolongé dans la vase.

Ce fut un des spectateurs qui, le premier, la reconnut.

« Mais, nom de Dieu ! je crois que je la reconnais ! C'est la Marguerite des Fages, ma foi. Elle a disparu il y a plus de deux mois et personne ne savait où elle était passée. Mais vous le savez bien, Docteur ? Vous la connaissiez puisque vous étiez son médecin. »

Bien sûr que je la connaissais. C'était bien elle, en effet. L'alliance, l'âge, la teinte des cheveux, la taille, tout concordait. On avait cru alors, malgré ses quatre enfants, à une fugue ; cela s'avérait une bien autre affaire.

« Vous savez, Docteur, elle avait quitté sa maison un soir, peu avant le souper en prétextant un oubli à l'épicerie, et on ne l'avait plus revue, ni elle ni son vélomoteur. Qui aurait pu penser à la Jonquière ? C'est à plus de vingt kilomètres de chez elle.

– Ce n'est pas au moins un crime à votre avis, Docteur ?

– Sûrement pas, Moras. Je la connaissais bien en effet, et c'était une dépressive. Elle a certainement fait un raptus, une impulsion suicidaire si vous préférez, c'est fréquent chez ces gens-là.

– Ah ! voilà la maréchaussée. Dites, Docteur, pouvez-vous me rendre un service ? En faisant un léger crochet, pouvez-vous passer aux Fages et prévenir la famille de ce qui est arrivé ? Puisque vous êtes leur médecin, je crois que ce sera le mieux. Excusez-moi de ne pas vous raccompagner, je crois que je vais encore avoir beaucoup de choses à régler. Mais n'oubliez surtout pas de prendre du poisson avant de partir.

– Merci, Moras, vous m'avez déjà amplement servi l'autre jour. »

Mon estomac n'avait fait qu'un tour. Le brochet de la veille, décidément, avait du mal à passer, et un autre serait resté bloqué. Il était inutile d'en rajouter.

XLV

Les médecins fourrent leur nez partout. Il fallait bien être l'un d'eux pour avoir droit d'accès chez Raphaël. Personne en principe ne lui rendait visite, mais, si par aventure cela se produisait, il recevait non point chez lui mais sur le pas de sa porte, sans inviter ni à entrer, ni à s'asseoir, ni même à boire un verre, ce qui, en Périgord, constitue une goujaterie évidente.

Raphaël était toutefois excusable… Il n'était pas périgourdin.

Raphaël nous venait de Paris, de Montmartre, de la Butte plus exactement où, convaincu d'une vie courte mais d'un succès certain, il s'était adonné sans retenue, si ce n'était celle de sa bourse, aux pires excès.

Dix années de vie de patachon, à rouler de bistrot en bistrot, avaient eu raison de sa santé.

« C'est une décision à prendre immédiatement, lui avait dit le médecin du dispensaire. C'est le sana ou à la rigueur la campagne pendant quelques années qu'il vous faut. Pour ma part, compte tenu de votre état, je vous conseille vivement le sana. »

Bien sûr, c'était pour la campagne que Raphaël avait opté.

Lorsque je fis sa connaissance, Raphaël avait la trentaine et vivait seul. Il avait pourtant été marié, mais sa compagne venait de le quitter, lassée de ses beuveries et de la misère qui l'entourait. La décision du départ avait été pour elle une occasion. Sans pudeur, sans élégance, mais aussi sans vains discours, bien persuadée que pour elle les pavés de la rue Lepic étaient plus rationnels et plus rentables que les coteaux du Périgord, sans le prévenir, elle s'était éclipsée.

« Ah ! la garce, une femme que j'ai toujours dorlotée et choyée de mon mieux, à laquelle j'ai sacrifié tout mon art. Quand je pense qu'elle n'a même pas hésité à emporter toutes mes économies ! »

Et Raphaël omettait de dire qu'il n'avait jamais eu devant lui le plus petit sou vaillant, et passait sous silence les roustes quotidiennes que sans réserve il savait lui octroyer.

Si Raphaël avait rapidement renoncé à la poursuivre et encore plus rapidement à la tuer comme il avait juré de le faire durant quelques heures, il ne gardait pas moins de sa fugue une rancune tenace. Il avait reporté sur son sexe, jugé sournois, indigne et sans scrupule, tous les défauts de la terre.

« Je vous affirme bien que je ne suis pas prêt à m'embarrasser d'une autre. J'en suis guéri. Pour la voir filer à son tour pour faire le tapin ? Ça suffit comme ça. »

Raphaël était bacillaire depuis longtemps, artiste peintre depuis toujours ; à cause de ces derniers événements, il était, depuis peu, devenu misogyne.

Il avait choisi un département aux souvenirs de paysages ensoleillés, et à son tour il était parti.

Trois sacs à dos lui avaient suffi – on n'a qu'un dos, me direz-vous, bien sûr, mais on ne choisit pas toujours rationnellement ses bagages.

Dans l'un, à ses yeux de beaucoup le plus précieux, il avait entassé pêle-mêle son matériel de peintre : pinceaux, couteaux, couleurs, cartons et toiles ; dans les deux autres, quelques habits et couvertures : tout son avoir en vérité.

Il était arrivé par le rail, après avoir occupé tout un compartiment, aussi chargé qu'un baudet. Même s'il n'avait été seul sur le quai de la gare, on n'aurait pu moins faire que de le remarquer.

La chance lui avait souri d'emblée, et c'est à noter car ce n'était pas fréquent. Il avait, dès son arrivée, le jour même, trouvé sans peine une petite fermette abandonnée à l'écart du village, au sommet d'un coteau, en plein air sur un plateau au soleil. Il l'avait louée pour un prix dérisoire, ce qui lui convenait.

Il s'était installé tant bien que mal, palliant avec quelques planches les meubles manquants et, comme il n'était pas exigeant, que l'originalité n'était pas pour lui déplaire et faisait même partie de sa nature, il s'était trouvé satisfait.

Certes, il avait dû ensuite s'adapter.

Cela avait été dur. Ses relations de rapin de la Butte lui avaient au début terriblement manqué. Mais, depuis trois ans, il avait eu le temps de se faire une raison et de prendre d'autres habitudes.

Dire que Raphaël ne regrettait toujours pas son Montmartre natal aurait été faux. Il avait des coups de cafard de temps à autre, mais il les surmontait.

Bien qu'il ne se soit pas fait beaucoup d'amis, il ne parlait plus de repartir.

Une petite rente octroyée par l'armée, on ne sait trop pourquoi, lui permettait de vivoter et de subvenir à ses besoins somme toute modestes. On le rencontrait trois fois par semaine descendant ou remontant vers son coteau, traînant à chaque voyage sa bonbonne de vin et son pain, et, comme il ne devait au demeurant rien à personne, le village l'avait adopté.

Le vin local, pris à la ferme, était moins cher qu'à Paris ; quant au bois, le propriétaire de sa cabane l'avait mis à l'aise :

« Prenez, prenez toutes les branches que vous voudrez. Elles traînent et embarrassent partout, elles seraient destinées à pourrir sur place. Profitez-en, cela nettoiera par la même occasion. »

Raphaël buvait ferme, et se chauffait royalement à peu de frais. Pour lui, c'était l'essentiel.

Raphaël, c'était bien son nom – j'ai eu l'occasion de m'en assurer bien souvent sur ses papiers –, m'avait convoqué pour renouveler ses remèdes, et c'était ainsi que j'avais fait sa connaissance.

Petit, voûté, maigre, la figure anguleuse, les traits tirés et les yeux cernés, il sentait de très loin la maladie et de plus près le vin… Il faut bien savoir se soutenir. Il portait à toute heure, par tous les temps, une toque sur la tête qui lui donnait un air vieillot. Quant au reste de son accoutrement, la plus grande fantaisie présidait : tantôt en robe de chambre élimée, tantôt torse nu, ce qui ne l'avantageait guère. Il portait la barbe. Une barbe fournie, noire en principe, sauf lorsqu'il l'avait maculée de peinture en y essuyant ses pinceaux.

Il était peu souriant, son abord restait froid, soucieux, et l'on avait toujours l'impression, d'ailleurs parfaitement juste, qu'on le dérangeait.

« Ah ! c'est vous, Docteur ! Bon, alors entrez, vous allez me dire ce que vous pensez de moi. »

Je l'avais rassuré et, comme des murs de grange transformés en cimaises n'étaient pas tellement courants dans la région, je m'étais laissé aller à faire le tour de sa demeure, d'abord par curiosité, puis rapidement par intérêt, et cela le méritait.

« Mais c'est très beau ce que vous faites, Raphaël. Pourquoi n'exposeriez-vous pas dans la région ? Voyons, vous demandez combien d'une toile comme celle-ci ? »

Je m'étais laissé séduire… Il m'avait fait un prix. J'avais acheté… Nous étions devenus des amis. Je le voyais régulièrement.

À son arrivée, il était resté oisif quelques mois. Mais, un jour, je l'avais enfin trouvé devant une toile improvisée aux dépens d'un essuie-mains tendu sur un châssis tout aussi improvisé grâce à des lattes de châtaignier : il peignait… Il était aux prises avec une nature morte et j'avais perdu, admiratif, une partie de ma matinée à le regarder. Je devais par la suite revenir souvent, rien que pour le plaisir de le voir travailler.

Raphaël peignait comme les autres respirent... Pinceaux en main, il changeait d'expression. Son léger tremblement d'éthylique disparaissait. Une épure était fixée en quelques traits ; l'ébauche colorée suivait, riche dans son équilibre et ses valeurs. Dès le départ, l'on pouvait présager chaque fois de la réussite.

Raphaël était un amoureux du beau.

Devant son chevalet, lorsqu'il allait de satisfaction en satisfaction, le temps pour lui ne comptait plus. Il en oubliait souvent de manger... – jamais de boire, hélas ! Toute présence même lui était alors indifférente, et souvent, je repartais comme j'étais venu, en silence et sans qu'il m'ait adressé la parole. C'étaient ses jours fastes, et j'adorais le trouver ainsi... Rien n'était plus pénible, en revanche, que lorsqu'il était en difficulté. Tout, alors, malgré le vin qu'il consommait à ces occasions sans retenue, était pour lui remis en question. Aucune de ses réussites antérieures, récentes ou lointaines, même les plus évidentes, ne comptait plus. Pour lui, seul restait l'échec du présent contre lequel il butait. Et ce revers momentané le faisait douter, douter de tout, le poussant jusqu'au désespoir.

« Ah ! Docteur, si vous saviez ce que j'en ai marre, mais marre !

– Mais pourquoi donc, Raphaël ? Vous allez de mieux en mieux.

– Il ne s'agit pas de cela, Docteur, mais de cette croûte sur laquelle je merdoie depuis bientôt huit jours.

Je ne vaux plus rien. Voilà ce que c'est que de quitter l'ambiance parisienne. J'ai tout perdu. Je le sens, je ne ferai plus rien de bon.

– Pourquoi ? Qu'est-ce qu'il vous arrive, Raphaël ?

– Mais vous voyez bien ! Il y a un déséquilibre dans tout cela. J'ai beau tourner et retourner le problème, je ne trouve pas. C'est fini, je ne vaux plus rien, je vous dis… »

Il en était à sa huitième bonbonne. Une par jour, éclusée d'un trait au cours de la bataille.

Et tout à coup, c'était moi qui avais vu. Vu de mes yeux neufs l'erreur, la masse de couleur coupable, trop importante pour le reste de sa composition, évidente au bas de la toile en son angle de droite.

« Donnez-moi votre toque, Raphaël… Tenez, si je la mettais ici devant cette plage brune… qu'en penseriez-vous ? »

De ce jour, j'étais devenu son critique d'art. À chacune de mes visites, Raphaël m'assaillait de questions. Hélas ! mon éclair de génie devait rester une exception, et plus jamais, à la grande déception de Raphaël, ne devait se reproduire.

C'était moi qui devais le retrouver un matin d'automne, à l'occasion d'un de mes passages habituels.

Sa porte était fermée. J'avais frappé longtemps et je l'avais appelé, pensant qu'il était encore en train de cuver après une de ses cuites phénoménales dont il avait le secret. Ne voyant rien, n'entendant rien, j'avais poussé la porte de l'atelier qu'il ne fermait jamais à clef.

Il était bien là, au milieu de la pièce, pendu à la poutre maîtresse du plafond… déjà froid.

Ses toiles couvraient le sol, lacérées de coups de canif, et son travail en cours avait été piétiné. Sa bonbonne vide était renversée à ses pieds.

De Raphaël, il ne restait plus qu'un pendu, pantin misérable au bout d'une corde ; de ses œuvres que j'admirais tellement, qu'un tas de rubans et de papiers.

Raphaël était mort, libéré du vin, du beau et d'un idéal impossible à atteindre, mais peut-être aussi victime de ce ciel périgourdin sous lequel il fait si bon vivre, mais sous lequel paradoxalement on se suicide si facilement.

XLVI

« Q*UICONQUE PAR ALIMENTS, breuvages, médicaments, manœuvres, violences ou tout autre moyen, aura procuré ou tenté de procurer l'avortement d'une femme enceinte ou supposée enceinte, qu'elle y ait consenti ou non, sera puni d'un emprisonnement d'un an à cinq ans et d'une amende de 120 000 à 2 400 000 francs.* »

Article 317 (décret du 29 juillet 1939, art. 82)

Dalloz, Code pénal, édition de 1953, page 207.

L'article 317 avait bien tout prévu. Il était des plus explicites, et les suivants ne l'étaient pas moins. Une attention toute spéciale y attendait les sages-femmes, les infirmières et les médecins dont les professions constituaient, au regard du législateur, un élément aggravant qui devait entraîner des sanctions plus sévères.

Le moins que l'on puisse dire, c'est que l'optique actuelle s'est plus que modifiée. N'a-t-on pas eu récemment la surprise de lire qu'un médecin venait d'être condamné sans appel pour avoir échoué dans une interruption de grossesse ? Et que tel autre, pharmacien de son état, l'aurait non moins fermement été pour avoir refusé de vendre pilules et stérilets ? Condamné hier sans indulgence pour un acte devenu aujourd'hui presque obligatoire. Ainsi vont les choses. On en tire les conclusions que l'on veut ; le drame reste qu'à la suite de pareils égarements, de nombreuses jeunes femmes y ont laissé leur peau.

Un signet dans mon Dalloz, en bonne place, me servait à la fois de dissuasion et de défense.

« Ma pauvre amie, je vous comprends, mais prenez votre temps et lisez donc cette page, vous saisirez la raison de mon refus.

– Mais, Docteur, personne n'en saura rien. Vous ne pouvez tout de même pas me laisser tomber. Vous connaissez bien ma situation ! Cela ferait mon neuvième. »

Certes, j'étais au courant, conscient du problème : huit enfants déjà avant la trentaine, dont l'aîné n'avait que dix ans, un mari malade, pas assez toutefois pour ne pas lui en faire d'autres, mais que faire ? Le légiste avait tout prévu, sauf la moindre possibilité de réaction humanitaire.

« Dites donc, Cordier, avez-vous vu comme moi la pauvre mère Martin ? Oui, cela ne m'étonne pas. Elle cherche par tous les moyens à se débarrasser. Je vous avoue qu'elle me fait pitié et que je suis de votre avis : c'est un drame. D'ailleurs, elle risque d'en claquer cette fois. Son albuminurie est déjà repartie comme à sa dernière grossesse.

« Eh ! bien sûr, si encore elle était venue nous voir directement, soit vous, soit moi, nous aurions pu peut-être intervenir en la laissant dans l'ignorance et en lui affirmant qu'il ne s'agissait que d'un simple retard, mais dans les conditions où elle s'est mise, avec deux sages-femmes dans le circuit, ce serait pure folie. »

Il n'y avait aucune autre échappatoire pour ces cas désespérés. Affirmer mordicus à la cliente qu'elle n'était pas enceinte et procéder en douceur par la même occasion à une petite révision utérine s'il en était encore temps. On se le permettait rarement et seulement dans des cas extrêmes et graves où des vies étaient en danger. Il n'en était pas moins vrai que c'étaient toujours là des décisions scabreuses, dangereuses, et qui ne pouvaient être que d'exception.

Être fille mère était encore, il y a quelques années, une catastrophe. On était loin de notre époque de complaisance pour les ménages de célibataires que légitiment en vérité avantages sociaux et fiscaux.

L'état de mère célibataire était alors toujours une condition tragique, même dans les meilleurs cas. Celles à qui pareille mésaventure arrivait pouvaient s'attendre à être rapidement montrées du doigt, avant d'être purement et simplement rejetées du milieu familial. Il ne leur restait plus qu'à trouver du travail, n'importe lequel, n'importe où, en acceptant souvent les tâches les plus ingrates dont personne ne voulait.

Gagner sa vie et celle de son enfant après l'accouchement devenait par la suite un tour de force. Nombreuses aussi étaient celles qui y renonçaient et qui, après l'avoir abandonné, partaient se perdre vers la grande ville. Les autres, celles qui décidaient envers et contre tout de faire face, devaient en accepter les conséquences dans une misère et un désarroi rarement partagés.

Menacées de telles perspectives, il était bien évident que toutes, pour y échapper, étaient décidées à l'impossible, et cela sans considération ni des risques ni des dangers souvent vitaux qui pouvaient en résulter.

Toutes les aberrations, toutes les folies étaient alors possibles. Pour les plus débrouillardes, c'était à prix d'or qu'elles allaient chercher chez une obscure matrone le coup de pouce libérateur. Il leur était donné le plus souvent sans la moindre hygiène ni les moindres précautions. Saignées à blanc, en proie à des fièvres graves, elles se présentaient quelques jours après au cabinet du médecin, et c'était à lui, tant bien que mal, de les récupérer. Pour d'autres, c'était la recette transmise de bouche à oreille qui prévalait. Sans connaissances particulières, elles choisissaient suivant l'inspiration ou ce qu'elles avaient à portée : l'aiguille à tricoter, le fil de fer barbelé ou l'épingle à cheveux. Il s'ensuivait infections, perforations, et le plus souvent stérilité pour le restant de leurs jours. D'autres enfin, moins entreprenantes, optaient pour l'intoxication : doses massives de quinine – le carnet militaire de l'aïeul paludéen qui avait fait la guerre de Crimée entrait alors en action –, et elles en vidaient allégrement plusieurs tubes sans se soucier ni des vertiges, ni des hémorragies.

« Dites donc, Cordier, ne pensez-vous pas que nos filles ont trouvé un système pour se faire avorter ? Je viens d'en voir plusieurs qui, l'une après l'autre, m'ont fait des fausses couches curieuses. Ah ! vous vous en êtes rendu compte, vous aussi. Elles éliminent tout en bloc, l'œuf et le placenta, presque sans saigner. C'est curieux tout de même !

– Oui, j'ai fait la même remarque, mais vous avez dû voir aussi dans quel état elles restent pendant deux ou trois semaines ? »

Nous avions fini par découvrir le pot aux roses. Une mégère y faisait fortune en vendant ses flacons. Ce fut toutefois tout ce que nous pûmes savoir. Ni le nom de la matrone ni la composition de la potion magique ne nous furent jamais révélés. Il s'agissait vraisemblablement d'une décoction très concentrée de plantes où la rue, l'armoise et le buis, que l'on bénit si volontiers certains jours, entraient pour la plus large part.

« Paulette, vous faites une fausse couche. Vous rentrerez en clinique dès ce soir pour que l'on vous fasse un petit curetage. »

Elle avait soulevé durant plusieurs semaines, et en vain, tous les poids réservés aux hommes de la ferme. Elle avait entrepris sans plus de succès tous les gros travaux avant d'avoir eu l'idée géniale, l'idée libératrice qui l'avait conduite à la réussite. Elle venait de faire trois cents kilomètres d'un tape-cul démentiel par tous les chemins de terre et toutes les fondrières de la région sur le porte-bagages de la moto de son amoureux… Elle en descendait.

« Dites, Docteur, savez-vous ce que je viens de trouver dans le vagin de la fille du Mas de Gravelle au cours de son examen ? Je vous le donne en mille… Une pomme de terre ! Oui, je vous assure. Une pomme de terre ! »

La sage-femme n'en revenait pas.

« Et savez-vous ce qu'elle m'a dit ?... Qu'elle l'avait mise là au début de sa grossesse dans l'espoir qu'en germant, elle pénétrerait dans sa matrice et la ferait avorter. Il nous faudra bien tout voir dans ce métier, vous ne croyez pas ? J'aurais voulu que vous voyiez l'état de la pomme de terre. Ça faisait trois mois qu'elle confisait là-dedans. »

Les premiers gestes libératoires pourtant pointaient à l'horizon. Pour les plus fortunées, pour les familles aisées, le voyage en Suisse ou en Angleterre intervenait. Certes, on en gardait le secret, mais tout finissait par se savoir.

« Tu sais, Eugène, j'ai su qu'on le lui avait fait par aspiration. C'est elle-même qui me l'a dit. Mais elle n'a pas pu ou voulu me donner le moindre détail... Tu devrais essayer, Eugène. Peut-être que tu y arriverais. »

Un bouche à vulve acharné s'en était suivi plusieurs heures durant.

« Mélanie, je n'en puis plus.

– Eugène, voyons, fais encore un effort. Le jeu en vaut la chandelle.

– Mélanie, c'est inutile, mon asthme ne me le permet plus. Je sens que je n'y arriverai pas. Tant pis, que veux-tu, j'abandonne. »

Je devais la voir une semaine après avec une vulve œdemateux, infectée, éléphantiasique. Elle n'avait pas hésité une seconde après l'échec d'Eugène : elle s'était branchée directement sur le tuyau de son aspirateur.

XLVII

C'était la fin des fenaisons au cours d'un été chaud. L'appel avait été bref, impératif, je n'avais même pas eu le temps de m'informer.

« Nous sommes dans un pré au-dessus de la route après les premiers tournants... Venez, surtout faites vite. »

J'avais sur-le-champ suspendu ma consultation. « Encore un accident certainement. Un pied coupé par une lame de faucheuse, ou un paysan coincé sous son tracteur. » J'avais pris au passage ma trousse d'urgence, et j'étais parti.

Les travaux n'étaient guère avancés pour la saison. Pourtant trois semaines sans nuages avaient permis de libérer à peu près tous les prés. Les derniers retardataires s'affairaient à engranger leurs dernières charrettes, et les plus dégourdis attaquaient les blés qui couronnaient encore en larges plaques dorées une partie des coteaux.

Je roulais vite, négociant dangereusement chaque virage... J'y étais... Deux paysans près du fossé me faisaient signe.

« Alors, que se passe-t-il ?

– Ne m'en parlez pas, vous allez voir, c'est pitoyable. »

Ça se passait à mi-pente sur un pré en plein soleil. Trois personnes s'affairaient, probablement auprès d'une quatrième que l'on devinait étendue.

« Voyez, Docteur, voyez ce que vous pouvez faire. Pouvons-nous nous-mêmes vous aider ? »

Son corps était recroquevillé. Elle reposait sur le dos, et ses jambes repliées ne touchaient plus le sol même au niveau de leurs talons. Ses bras raidis étaient retournés sur sa poitrine sans pour autant la toucher. Elle n'avait plus de cheveux, plus de cils ; seuls ses yeux encore mobiles restaient vivants sur sa face figée. Sa bouche était à demi ouverte, mais aucun son n'en sortait.

Ses vêtements avaient disparu, consumés, et seul un bout de ceinture en plastique noir demeurait sur l'herbe à quelques mètres. Sa poitrine rôtie avait la couleur d'un gigot trop cuit, et ses bouts de seins carbonisés étaient aussi noirs que du charbon.

L'herbe était brûlée sur un pourtour de plusieurs mètres, et il se dégageait tout à l'entour une odeur insoutenable.

« Nous l'avons trouvée là, il y a une demi-heure à peine. Nous l'avons entendue crier. Elle n'est pas d'ici, nous la connaîtrions. Mais elle a laissé une lettre. Tenez, la voici, elle était posée là bien en évidence. Nous ne l'avons pas ouverte. Regardez vous-même. »

Elle donnait son identité. Elle avait fait plusieurs dizaines de kilomètres pour réaliser ce geste dans l'anonymat, et elle s'en expliquait.

Pieuse, je veux avoir le temps du repentir. Seul ce genre de suicide peut me le permettre. Lorsque vous me trouverez, prévenez un prêtre pour que je puisse me confesser, et un médecin pour qu'il puisse me calmer.

Un garçon roulait déjà vers le presbytère.

Elle s'était arrosée d'essence à la manière des bonzes, et elle avait craqué une allumette. En une seconde, elle s'était transformée en torche.

Son cœur battait encore faiblement, et sa respiration était imperceptible.

J'avais essayé de la mobiliser. Des lambeaux de chair s'étaient collés aussitôt à mes mains, je n'avais pas insisté.

Il n'y avait plus rien à faire. L'empêcher de souffrir, bien sûr. J'avais en vain cherché une veine aux plis du coude, n'importe où. La brûlure était tellement profonde que j'avais dû y renoncer, et je m'étais résigné à lui faire une série de plusieurs morphines aussi profondes que le permettait mon matériel.

Un prêtre était maintenant arrivé. Penché sur elle, il épiait son regard fou, mais rien, aucune parole ne parvenait à sortir de sa bouche.

C'était fini.

Vingt ans ! Elle avait vécu trois quarts d'heure d'atroces souffrances. Bien assez pour se repentir d'une erreur facile à deviner, bien qu'elle en ait gardé le secret. D'une erreur qui, de toute façon, en aucun cas, ne méritait pareille conclusion.

« Docteur, êtes-vous partisan de la pilule et de l'I.V.G. ? Croyez-vous que ce soient là d'heureuses initiatives ?

– Oui, Madame… je le crois. »

Et deux yeux clairs de jeune fille venus d'un autre monde me fixaient intensément, étrangement lointains. Deux yeux anxieux où se lisait une détresse poignante, une panique profonde mêlée à une ardente prière.

Les pupilles s'agrandissaient, limpides, devenaient immenses, et je voyais émerger en leur centre le spectre démesuré de plus en plus précis de la mort.

XLVIII

Le Périgord ne possède ni crus renommés ni grands vignobles comme ses voisins girondins ou bordelais. Le Périgord se contente de faire son vin, son propre vin. Il n'exporte pas, il n'importe pas… Il se borne à consommer sur place sa récolte jusqu'à la dernière goutte tous les ans, et ce, avec d'autant moins de regrets que son vin n'accepte pas de vieillir même en bouteilles, qu'il a tendance, malgré le sucre ajouté, à se piquer, et que la sagesse comme la prudence incitent à le boire sans traîner.

Les mauvaises années, le Périgourdin se serre la ceinture en le déplorant ; les années de bonne fortune, il se force un peu, se fait une douce violence et s'arrange de toute façon à vider ses barriques pour qu'elles soient prêtes au rendez-vous de ses futures vendanges.

Chaque ferme, chaque maison, possède sa ou ses vignes. Elles s'en occupent avec ferveur, sachant que de ces dernières, dépendent souvent la gaîté ou la rogne, le calme ou la bagarre dans le foyer.

« Ah ! ce n'est pas malheureux ! Nous aurons enfin notre vin cette année. »

Cette constatation est toujours faite avec une satisfaction évidente, car elle annonce une économie sérieuse pour le budget.

On sait en effet boire en Périgord, et surtout on n'aime pas se priver. D'ailleurs, pourquoi se priverait-on ?

Il n'est d'abord pas pensable, près de crus voisins prestigieux, d'espérer vendre un vin qui n'est qu'un « petit vin », et enfin comme ce « petit vin » passe ici pour inoffensif, pourquoi diable, dans ces conditions, irait-on le brader pour rien pour en acheter un autre très cher que l'on ne connaîtrait pas ?

Avoir un vin naturel, même léger, mais sans acides incorporés, c'est tout de même un avantage. On sait au moins ce que l'on boit.

Boire beaucoup à la ville, pour un citadin, s'apprécie en verres ; boire beaucoup à la campagne, où l'on ne paie ni ne mesure, s'apprécie en litres.

« Docteur, je crois que je vais arriver à faire mieux que mon père.

– Raoul, tu n'es pas raisonnable. Tu verras, il t'arrivera des ennuis. Ton père ne passait déjà pas pour un sobre en ce domaine… Voyons, franchement, combien de litres par jour ?

– Oh, un seau, un seau et demi, pas encore deux. »

Raoul ne comptait plus en litres mais en seaux. Or, un seau faisant de huit à dix litres, on peut s'imaginer ce que Raoul pouvait pisser.

« Je lave mes reins, Docteur.

– Bien sûr, Raoul, mais entre nous, il vaudrait mieux les laver avec un peu de Vittel. »

Mais du Vittel, une eau aussi chère que du vin, Raoul ne voulait pas en entendre parler.

Loriot annonçait bien à qui voulait l'entendre qu'il possédait une technique « infaillible » pour dégoûter du vin :

« Je te préparerai un litre dans lequel je te mettrai quelques gouttes de sang d'anguille et tu verras, après deux ou trois verres, tu ne voudras même plus voir ni le rouge ni le blanc. »

Mais il n'avait jamais eu aucun client.

Certes, on avait toute confiance en lui et en ses capacités, mais c'était justement à cause de cela, et à cause de cette efficacité dangereuse et qui pouvait être définitive, que l'on était effrayé.

« Et si jamais c'était aussi "infaillible" que le prétend Loriot, tu parles d'une catastrophe. »

Ni Loriot ni le médecin n'avaient aucune chance d'être suivis sur ce terrain. De désintoxications, de quelque nature qu'elles fussent, on ne voulait sous aucun prétexte entendre parler !

*
* *

On l'avait surnommé « l'Éponge », et il n'avait pas volé son sobriquet. Sa carrière active dans les chaux n'avait été, durant quarante ans, qu'une succession journalière de cuites. Il gardait pourtant de cette période l'impression d'une longue contrainte liée à une sobriété oppressante.

« J'en ai marre d'avoir la pépie toute la journée. Je ne veux plus m'occuper que de mes vignes et de mon vin.

Finis, les travaux forcés. Je vais planter quelques rangées de plus, et je vous assure bien que je vais me rattraper. »

Les voisins, à l'annonce de ces projets, en étaient restés sidérés. Il faisait déjà ses quinze à seize barriques tous les ans ; pour la consommation exclusive d'une seule personne, ce n'était déjà pas si mal.

« Vingt barriques, il me les faut. »

Jusqu'à la vendange, il s'affairait : taillant, épamprant et sulfatant. Il était dans ses vignes du matin au soir. Mais, les vendanges aussitôt finies, il disparaissait.

« Qu'as-tu fait de ton "Éponge", Marie ? On ne le voit plus. Serait-il malade ?

– Oh ! pensez-vous ! Mais rentrez donc le voir, vous le trouverez au lit. Il cuve son vin vingt-quatre heures sur vingt-quatre. Venez ! Si ça pouvait lui faire honte… »

Je l'avais trouvé au lit ronflant, plongé dans un demi-coma.

« Voyez-moi ce porc. Vous n'arriverez même pas à le réveiller. Vous ne vous imaginez pas sa dernière invention. Vous voyez ce boc à injection qu'il a pendu à ce clou ? Eh bien ! tous les soirs, il me le fait remplir de vin à ras bord. Il fait ses deux litres, vous savez, et toute la nuit il est pendu à la canule que vous voyez là accrochée à sa table de nuit. Et suce que je te suce. Il en crèvera, c'est certain. Oh ! remarquez, il n'est pas méchant, il faut dire la vérité : il dort toute la journée. Mais c'est quand même égal, passer toute une vie en compagnie d'un arsouille pareil, avouez qu'il faut de la patience ! »

Ce n'était pas déjà si mal. Mais Germain devait faire mieux avec le temps.

Germain dormait au-dessus de sa cave. Il n'avait pas été long à supputer tous les avantages qu'il pouvait en tirer. Et c'était ainsi qu'ayant fait un trou dans son plancher, l'idée lui était venue de plonger directement un tuyau dans sa barrique. Fixé à la tête de son lit par une épingle, ce dernier lui assurait un approvisionnement sans limites.

De ce jour, il avait abandonné son boc à lavement devenu insuffisant.

« Il ne se lève que lorsque la barrique ne donne plus. Juste le temps d'éliminer la vide et d'en rouler une pleine à sa place... Cela ne peut tout de même pas durer éternellement. Qu'en pensez-vous, Docteur ? »

Cela devait durer encore cinq ans, avant qu'il ne conclue par une cirrhose carabinée.

« Mais enfin, Docteur, expliquez-moi. Voilà vingt litres d'eau que vous me soutirez en quatre ou cinq fois du ventre. C'est un peu fort ! Comment peut-elle bien arriver là-dedans ? Je vous assure pourtant que je n'en ai jamais bu. Pas la moindre goutte, je peux vous le jurer. »

Dans ce domaine, il n'avait pas besoin de prêter serment, on pouvait lui faire confiance sur simple parole.

*

* *

Le cas de l'Amanda et du José était tout différent. L'Amanda et le José étaient deux produits espagnols récupérés de la guerre et acclimatés depuis déjà fort longtemps dans la région. Le José avait un certain âge. Il était petit, sec, nerveux en diable et, avec son crâne rasé, il aurait pu réaliser une doublure de Dufilo. Il était sobre en principe, sauf les jours imprévisibles où il avait ce qu'il appelait ses coups de pompe. Ces derniers n'étaient pas particulièrement fréquents, mais ils comptaient pour l'Amanda qui, chaque fois, y laissait des plumes.

L'Amanda, son épouse, beaucoup plus jeune que lui, était une petite femme à la stature frêle, aussi maigre que son mari, brune et presque noire, comme il s'en fabrique à la pelle dans les régions d'Andalousie.

L'Amanda et le José n'avaient pas d'enfants, et l'Amanda vouait au José une adoration qui allait jusqu'à la plus féroce des jalousies.

José était pourtant régulier.

Il quittait l'usine à 6 heures ; à 8 heures, il était déjà à la maison où l'Amanda, après s'être assurée de son intégrité, lui servait en bonne maîtresse de maison la tortilla ou la paella.

Tout aurait été parfait s'il n'y avait eu ces coups de cafard imprévus qui, chaque fois, après le même scénario, entraînaient les mêmes casses.

9 heures, l'Amanda savait à quoi s'en tenir. Le José tenait sûrement sa biture. Elle partait aussitôt à sa recherche, certaine de le retrouver rapidement, car José, dans ces cas-là, avait toujours la même et inexplicable réaction. À ces occasions, causées par le spleen ibérique, le José ne variait pas d'itinéraire. Au lieu de rentrer sagement à la maison où l'Amanda l'aurait consolé, il se dirigeait en droite ligne vers le cimetière local. Il y rentrait, se choisissait une pierre tombale, se

couchait à plat ventre sur elle et éclatait en sanglots avant de s'endormir rapidement et profondément.

L'Amanda le trouvait toujours là, hiver comme été, qu'il pleuve ou qu'il vente. Sans elle, le José aurait passé sa nuit à la belle étoile ; grâce à elle, une heure après son escapade, il était de nouveau à la maison.

L'Amanda chargeait son homme ivre mort sur son dos et, grâce à une énergie et à une force dont on n'aurait jamais cru ce petit corps capable, elle le traînait quatre kilomètres durant jusqu'à son lit.

Le lendemain, José était mis en demeure de s'expliquer.

« José, tu es un bon à rien. Tu dépenses tout notre argent. Je te supprimerai le vin pendant un mois. Il n'y en aura pas une goutte à la maison.

– Comment ?... Qu'est-ce que tu dis là, Amanda ?... Que tu veux me supprimer le vin ?... Ah ! c'est comme ça. Eh bien ! tu vois ta "musica", si je me passe du vin, tu te passeras de "musica" ! »

Et José, prenant le poste de radio à pleins bras, sans hésiter, le passait par la fenêtre. Si l'Amanda avait eu la précaution de le mettre à l'abri, c'était sur la vaisselle, la machine à coudre ou le fer à repasser qu'il se vengeait.

Cela se terminait par des pugilats farouches. L'Amanda usait à ces moments de tout ce qui lui tombait sous la main. Elle se montrait à la hauteur, tout aussi efficace que lui, puisque les sutures qu'il me fallait fatalement faire après ces séances étaient équitablement partagées.

Pas question toutefois de plaindre l'Amanda, pas question non plus d'en profiter pour lui critiquer son

José, car l'Amanda, la querelle terminée, passait l'éponge et défendait son idole contre tous ceux, et à plus forte raison toutes celles, qui osaient l'attaquer.

*
* *

En Dordogne, le bouilleur de cru était un homme important. Plusieurs mois durant, il tenait ses assises à Saint-Libertin… Il distillait de la blanche.

La blanche dans nos régions du centre n'a rien à voir avec la cocaïne ; c'est simplement le résultat de distillations de sous-produits d'origines diverses. On l'appelle encore eau-de-vie ou, plus couramment, gnôle lorsqu'on la sert au moment du café.

Le bouilleur de cru prenait ses assises en automne, à la fin des vendanges, au moment où l'on débarrassait les cuves de leur marc, et ne quittait les lieux qu'au printemps. Son alambic en plein air, toujours à la même place, fonctionnait à longueur de journée. On le détectait de loin à cause de ses odeurs éthérées et des tas de marc géants qui s'amoncelaient près de lui.

Marc de raisin, de prunes, de cerises, de pommes ou de poires, tout était bon pour en extraire de la blanche, produit qui restait toutefois toujours parfaitement écologique et naturel.

La blanche pouvait sortir à 45°, 50°, 60° ou même 70°, et ce n'était pas à ces niveaux un produit pour enfant de chœur.

« Dites donc, Frédéric, vous la poussez rudement, celle-là.

– C'est pour le médecin. Vous comprenez, au cas où il voudrait l'employer pour ses pansements. »

Les médecins avaient bon dos.

Il était néanmoins parfaitement vrai que nous faisions comme tout le monde notre eau-de-vie, une petite quantité certes, mais une eau-de-vie de mirabelle qui n'était pas sale du tout et qu'il eût été bien dommage de verser sur des plaies. Trois à cinq litres représentaient bon an mal an notre production moyenne qu'« Elle » réservait à sa pâtisserie. Les bouteilles devenaient fort vieilles à la maison. J'en ai encore. Et elles ont plus de quarante ans d'âge.

Toutes les maisons faisaient leur blanche, de raisin le plus souvent, jusqu'à trente litres. C'était courant et, comme aucune autorisation ne pouvait couvrir pareille production, le même acquit devait faire plusieurs voyages. C'était un va-et-vient discret mais incessant autour de l'alambic.

« Cinquante litres, Joseph. Mais c'est dingue ! Qu'allez-vous donc faire d'une telle quantité ?

– Oh ! vous savez, Docteur, ça s'en ira vite. Tenez, rien qu'une vache malade et c'est déjà un ou deux litres qui disparaissent, et cela arrive souvent dans l'année. »

Cela arrivait probablement de temps à autre, mais sûrement bien moins qu'on aimait à le dire. Il en restait de toute façon de sacrées rasades pour les besoins familiaux.

« Puis, Docteur, rien de tel pour vous remettre un homme, que ce soit avant ou après la fatigue, ou même, tenez, après un coup de froid. Vous devriez essayer, Docteur, vous verriez, ça vaut tous vos remèdes. »

À l'en croire, c'était la panacée universelle.

Des feuilles de lierre macérées dans de la blanche venaient à bout de tous les panaris longs à mûrir ou de tous les furoncles longs à crever. La grippe, qui se moquait des antibiotiques, ne lui résistait pas. Un bol de blanche, dix morceaux de sucre et un demi-comprimé d'aspirine réglaient les plus tenaces – l'aspirine était facultative et n'était citée que pour faire plaisir au médecin. Quant aux rages de dents, il suffisait d'un bain de bouche du même produit, qu'il soit de prune ou de raisin, pour les calmer, et l'on pouvait sans danger, après l'avoir gardée assez longtemps dans la bouche, avaler le bain, ce qui évitait de cracher à terre et ne laissait rien perdre de surcroît.

« Et puis, Docteur, il y a le café après un bon repas. Vous conviendrez bien qu'un café sans pousse-café manque d'un quelque chose ? Il n'aurait aucun goût, et puis il faut bien rincer la tasse… Cinquante litres sur l'année, Docteur, ce n'est pas trop, croyez-moi, tout y passe, allez ! »

*

*   *

L'histoire avait jeté un froid passager, mais il avait été de courte durée. Cela s'était passé à la ferme des Gardries.

Le domestique, le Toine, en avait fait les frais, mais son patron, le Félix, n'y était pour rien et n'avait pu être tenu pour responsable.

« Je ne serai pas exigeant pour mes gages, patron, mais je veux en plus de mon argent deux litres de gnôle à chaque fin de mois. »

On s'était entendu. Simplement, on avait décidé d'un commun accord de différer d'un ou deux mois la remise de ce supplément original pendant la période des gros travaux. Il ne fallait en effet pas moins de trois jours de repos pour le Toine lorsqu'il avait reçu sa ration, et il y avait des moments où c'eût été inopportun.

Le patron n'avait tenu, ni plus ni moins, que ses engagements.

« Voilà, Toine : quatre litres, deux pour juillet que je te devais et deux pour août. Nous sommes à jour, n'est-ce pas ? Maintenant, vois, si tu étais raisonnable, tu en laisserais un ou deux litres ici. Ils sont à toi, personne n'y toucherait, et tu les prendrais par la suite lorsque tu voudrais. »

Toine avait décliné cette offre.

« Vous ne me verrez ni lundi ni mardi, patron ! Je vais me reposer. »

Et il était parti vers sa chambre dans le fond de la remise… On était sans illusion sur ce qui allait se passer. Toine, comme de coutume, allait se saouler et ne donnerait aucun signe de vie de deux ou trois jours, même pas aux heures des repas.

Dimanche, lundi, mardi, mercredi, pas de Toine.

« Dis donc, Félix, si tu allais voir un peu où en est le Toine. Voilà quatre jours que je me tape le fumier de toutes les étables. Pour une femme, c'est un peu trop. »

Félix l'avait retrouvé mort… mort et raide depuis longtemps.

« Depuis dimanche », avait dit le médecin.

Trois litres vides étaient à ses côtés, trois litres bus en moins de vingt-quatre heures. Il n'avait pas tenu le coup. Ça l'avait ratatiné. Et pourtant, Dieu sait si le Toine en avait une sacrée habitude, de la blanche.

XLIX

Si dans les débuts j'avais eu quelques illusions, elles s'étaient vite envolées. Il n'y avait plus de note en souffrance au nom d'Abdat à mon cabinet ; c'était bien inutile. Je le savais pertinemment, Abdat, quoi que je fasse, ne me donnerait jamais un sou et profiterait sans le moindre scrupule de ma faiblesse. J'en avais pris mon parti.

Abdat était pourtant un bon client, un client régulier, fidèle et qui ne se serait jamais permis la moindre entourloupette à mon égard.

Qu'Abdat ne me paie jamais tenait quand même de l'invraisemblable et du tour de force puisqu'en fait, Abdat travaillait, était à la Sécurité sociale, et qu'en fin de compte je me serais fort bien contenté de ses remboursements, mais c'était ainsi ! Il y a des cas où la logique perd ses droits, et il faut le reconnaître, Abdat était un cas, une exception aussi, heureusement... J'avais tout essayé avec lui : le crédit, la bonne volonté, le refus de signer des feuilles dont je ne voyais pas l'ombre d'un retour, l'intransigeance ; rien n'y avait fait. Je n'avais réussi ni à créer la moindre gêne dans nos relations ni même à le vexer. De guerre lasse, j'avais décidé, puisqu'il continuait à me faire confiance envers et contre tout, de le soigner, lui et les siens, gratuitement sinon gracieusement, sans toutefois lui en donner jamais l'assurance ; cela aurait été dommage et aurait enlevé tout le sel de nos rencontres. J'avais accepté ainsi les règles d'un jeu auquel l'un et l'autre se soumettaient sans aucune illusion.

Abdat avait cinq ou six enfants et, si lui-même n'était que bien rarement malade, sa femme et ses enfants en revanche l'étaient souvent ; c'était donc de ma part un royal cadeau que je lui consentais.

Si l'on n'a pas d'argent me direz-vous, il est difficile d'en donner. Certes, mais ce n'était pas particulièrement le cas. Abdat avait toujours largement tout ce qu'il lui fallait pour boire une ou deux chopines à l'occasion ; simplement en ce domaine il avait de grands besoins, et à son régime, la plus grosse partie de son salaire y passait. Quant à ce qui en échappait, il lui en restait tout juste assez pour son tabac. Sa femme, pas plus que moi, ne pouvions donc rien espérer. Heureusement pour lui, quelques lopins de terre que sa femme cultivait tant bien que mal palliaient les besoins de sa marmite, sans cela chez lui la misère se serait rapidement transformée en disette. À l'alcool, il n'y a pas de limites.

« Ah ! Monsieur le Docteur, excusez-moi, je suis navré de vous déranger. Je viens, encore une fois, vous demander de venir, si vous pouvez, voir le petit dernier… Vous savez, c'est la femme. Toujours elle. Elle s'inquiète. Vous la connaissez… Probablement, nous vous dérangeons pour rien. Enfin, si vous avez un moment, passez toujours, Monsieur le Docteur, ne serait-ce que pour la rassurer. Excusez-moi encore, Monsieur le Docteur. »

Abdat était plus que poli ; il était obséquieux, emphatique, comédien en diable, et cela faisait tout le piquant de visites qui, chez lui, en sa présence, tournaient chaque fois en parties de grand-guignol, parties où tous les éléments de la famille jouaient leur rôle à la perfection.

« Entrez, Monsieur le Docteur. Nous ne vous attendions pas si tôt. Vous allez trouver la maison en plein désordre. Je me demande ce qu'a pu bien faire ma femme au cours de cette matinée. Vous allez devoir nous excuser. Voyons, Marie, es-tu là ? Qu'attends-tu pour venir au-devant de Monsieur le Docteur ? Monsieur le Docteur, ne vous formalisez pas de tout ce qui traîne. Je suis navré de vous recevoir dans un foutoir pareil. »

Marie apparaissait. Celui qui n'aurait été prévenu aurait subi un choc. Elle arrivait du jardin en sabots et jupon déchiré, et comme elle souffrait en permanence d'une névralgie faciale, elle avait toujours la tête totalement emmaillotée dans une couverture. De ce turban improvisé et démesuré qui ressemblait à un nid de cigogne, on n'apercevait que ses deux yeux.

« Voilà, Monsieur le Docteur : ma femme. »

Et Abdat me la présentait à chaque séance avec autant de solennité que si je ne l'avais jamais vue.

« Quelle tenue, Marie, pour recevoir un médecin ? Monsieur le Docteur, vous allez vous demander où vous êtes tombé. »

Ces entrées en matière me ravissaient. La Marie avait chaque fois le même air hébété et restait aussi muette qu'interdite. Elle restait dans l'attente, sur une prudente réserve, et je crois bien ne lui avoir jamais entendu dire plus de deux ou trois mots à la suite l'un de l'autre.

« Voyons, Marie, si tu disais tout de même bonjour à Monsieur le Docteur ! »

Marie s'essuyait les mains au revers de son jupon avant de me les tendre.

« Oh ! Monsieur le Docteur, excusez ce sans-gêne. Elle ne s'est même pas lavé les mains… Voyons, Marie, comment oses-tu donner des mains pareilles à Monsieur le Docteur…

« Monsieur le Docteur, c'est pour l'enfant. Ma femme va vous l'apporter… Si vous voulez bien vous asseoir… Voyons, les enfants, avancez donc une chaise à Monsieur le Docteur. »

Des chaises, il n'y en avait jamais eu chez Abdat. Il n'y avait que des bancs, et Abdat, mieux que quiconque, le savait bien… Les enfants s'esquivaient en vitesse. Abdat n'en continuait pas moins.

« Ah ! Monsieur le Docteur, pas une seule chaise disponible dans cette cuisine. C'est tout de même un comble. Je suis sûr que ce sont encore les gamins qui les auront traînées une fois de plus au jardin… Je suis confus, vous allez devoir vous mettre sur un banc, Monsieur le Docteur, si cela ne vous dérange pas. »

Cela ne me dérangeait nullement.

« Marie, donne donc un coup de torchon sur ce banc… C'est tout de même malheureux d'être obligé de tout dire dans cette maison. »

À chaque injonction de son homme, la Marie se précipitait et s'activait en silence, en évitant toutefois de prendre la moindre initiative, complètement stupéfaite et ahurie devant les trouvailles toujours nouvelles de son mari.

« Alors, voyons, Marie, si tu montrais maintenant cet enfant à Monsieur le Docteur ? Dépêche-toi, voyons. Il n'a pas de temps à perdre, cet homme ; il a d'autres malades qui l'attendent... Ah ! et bien sûr, ton gosse n'est pas propre. J'aurais dû m'en douter. Mais enfin, Marie, il fallait au moins le débarbouiller avant de le présenter à Monsieur le Docteur. Qu'allez-vous donc penser de nous, Monsieur le Docteur ? »

Il y avait longtemps que je ne pensais plus rien. C'était toujours aussi folklorique avec Abdat. J'avais assisté des dizaines de fois à ces mêmes scénarios, ils me laissaient pourtant presque toujours aussi stupéfait que l'était la Marie. Abdat, à chaque rencontre, se renouvelait et était, d'une façon ou d'une autre, à la hauteur de la situation.

« Rien de grave au moins, Monsieur le Docteur ?

– Absolument pas, Monsieur Abdat.

– Ah ! alors, Monsieur le Docteur, nous vous avons dérangé pour rien... Tu vois, Marie. Monsieur le Docteur le confirme : ce n'était rien. Tu peux t'excuser. Vous prendrez peut-être un petit quelque chose avant de nous quitter, Monsieur le Docteur ?

– Non merci, Monsieur Abdat. Je suis pressé. Une autre fois.

– Bon ! alors, Monsieur le Docteur, combien je vous dois ?

– Cinquante francs, Monsieur Abdat.

– Ah ! bien. Marie, veux-tu payer Monsieur le Docteur ? Comment, tu n'as déjà plus d'argent ? Mais voyons, ce n'est pas possible. Et les cent francs que je t'ai remis ce matin ? »

C'était le moment où il fallait voir la tête de la Marie, ou du moins ce qui en était perceptible sous son turban. Bien que bloqués par sa névralgie, ses yeux s'arrondissaient comme des soucoupes.

Abdat n'attendait naturellement pas sa réponse pour enchaîner.

« Impensable, Monsieur le Docteur. Ça gaspille, ça gaspille à tour de bras. Ça n'a aucune notion de la valeur de l'argent. Elle a déjà tout dépensé. Il ne te reste vraiment plus rien ? »

La Marie qui, depuis des semaines, n'avait pas vu un seul denier, ne cherchait même plus à se disculper. Elle restait là, sur place, les bras ballants et sans voix.

« Bon, j'ai compris, encore des dépenses inconsidérées. Mais voyons, ne reste pas là. Fais au moins laver les mains de Monsieur le Docteur. Non, pas au robinet, dans une cuvette, voyons. Tu n'as pas de cuvette ? Ah ! Monsieur le Docteur, excusez-nous, elle ne sait pas où elle a mis la cuvette. Bon, voilà que je n'ai pas d'argent sur moi, mais vous ne perdez rien, je passerai vous payer dès ce soir. Voyons, Marie, as-tu au moins réglé ce que nous devions déjà à Monsieur le Docteur ? Non, pas encore ? Mais voyons, et l'argent que je t'avais donné pour le faire, où l'as-tu mis ? Tu l'as, je parie, encore dépensé pour autre chose. Monsieur le Docteur, vous voyez, je ne peux avoir confiance en personne. Je vais m'en occuper moi-même. Vous me préparez ma note. »

On était au point culminant du numéro. La Marie ouvrait des yeux de plus en plus grands d'étonnement ou d'admiration, je n'ai jamais pu vraiment le savoir.

« Vous avez fait une ordonnance, Monsieur le Docteur ? Bien, nous allons aller la chercher dans la soirée. Mais vous ne pensez toujours pas que ce soit grave. Tu entends, Marie, te voilà rassurée, j'espère. Tu peux remercier Monsieur le Docteur. Mais où est-elle passée ? Ah ! elle est déjà repartie à son jardin. Excusez-la, Monsieur le Docteur. Ça n'en connaît pas plus, voyez-vous. C'est navrant. Allez, à ce soir, Monsieur le Docteur. En allant à la pharmacie, je passe à votre cabinet. »

Et, comme devant les certitudes que je lui avais renouvelées d'une affaire sans gravité, il se dispensait d'aller chez le pharmacien qui, lui, n'avait pas mes largesses, il se dispensait, par la même occasion, de passer à mon cabinet.

C'était sans surprise et de bonne guerre.

« À la prochaine, Monsieur le Docteur. »

L

La médecine, il y a quarante ans, était une médecine de grande nécessité. On ne dérangeait pas le médecin pour rien. On l'appelait après un temps de réflexion, lorsque toutes les recettes familiales ou autres avaient échoué, que la fièvre persistait, finissait par inquiéter et quand la maladie avait eu largement le temps de s'installer. Si une visite paraissait suffisante, on se gardait bien d'en solliciter une deuxième, et il ne pouvait en aucun cas y avoir place pour des visites de complaisance.

Gagne-petit, dans une région de maigres polycultures et de peu d'élevage, où il n'y avait pas à proprement parler d'importantes rentrées d'argent, à part celle prévue du tabac presque totalement dépensée à l'avance, les paysans connaissaient de longue date la valeur de l'argent. Ils n'avaient nulle envie de le gaspiller à tort et à travers, pas plus pour leur santé que pour toute autre raison. L'absence de sécurité rurale aggravait un penchant déjà fort naturel pour une économie qui n'avait que trop tendance à devenir ladrerie.

Certains, les plus aisés, payaient leurs dettes tous les deux ou trois mois, d'autres à l'année, d'autres enfin lorsqu'ils pouvaient ou, ce qui était plus grave, lorsqu'à l'occasion ils y pensaient.

« Friquet, il faudrait tout de même vous occuper un peu de mes honoraires. Voilà deux ans qu'ils s'accumulent. Vous savez, j'ai malgré tout, moi aussi, quelques dépenses à couvrir.

– J'y pense, Docteur. J'y pense. Mais que voulez-vous ? Cette année a été catastrophique. Les noyers ont gelé, puis je comptais au moins sur deux veaux, et voilà que les vaches ont eu la brucellose... Alors, vous comprenez, entre le vétérinaire et vous... »

Il y avait toujours d'excellentes raisons. Il arrivait qu'en désespoir de cause, on insistât.

« Écoutez, Docteur, comment voulez-vous que je fasse ? Que je vous donne de l'argent ? Je n'en ai pas. Tenez, je vais vous montrer que j'y mets de la bonne volonté : vous voyez cette ruche. Reculez votre voiture, ouvrez-en l'arrière. Elle vaut bien vingt mille francs ? Eh bien ! je vous la donne. »

Les abeilles vrombissaient autour de cette dernière en un nuage d'aiguillons... Je dus partir encore une fois les mains vides. J'y renonçai. Je ne fus jamais payé.

« Ne vous laissez pas apitoyer par le père Vergniol, Docteur, faites-vous payer. Je le connais, il est plein d'argent. Ne vous fiez pas aux apparences. Il est avare comme pas un. »

Vergniol avait un volumineux anthrax qui lui tenait toute la nuque. Vultueuse, couverte de cratères, la zone malade dépassait une surface que n'auraient su couvrir mes deux mains. Des mèches s'éliminaient en pus verdâtre d'un peu partout.

Je l'avais trouvé à califourchon sur une chaise, les bras repliés sur le dossier, la tête enfouie dans les épaules.

« Vergniol, je vais vous faire un peu mal. Serrez les dents. Il faut nettoyer tout ça. »

J'avais entrepris mon travail à la pince et aux ciseaux, excisant de mon mieux les parties nécrosées. Vergniol ne bougeait ni bras ni jambes. Jamais il n'accusa le moindre réflexe de défense, de recul ou la moindre protestation de douleur. En revanche, pendant toute la durée de son supplice, il ne cessa de répéter en une litanie :

« Eh là mon Dieu ! N'est-ce pas malheureux de penser qu'il va falloir donner tant d'argent pour un homme qui va mourir ? »

La rengaine reprenait toutes les deux ou trois minutes. La perspective de la dépense était pour lui bien plus pénible à supporter que toutes les douleurs que je pouvais lui infliger.

Vergniol devait mourir quelques années plus tard, dans une misère et un dénuement complet. Ce furent ses voisins qui découvrirent dans son matelas son sac de louis d'or, une vraie fortune qu'il couvait depuis plusieurs années sans oser la quitter.

Mais c'est au Jean de la Ribaudie qu'à mon avis, devait revenir la palme de tous les records.

Je l'avais trouvé au lit, aux prises avec une hernie étranglée et déjà violacée tellement il s'était acharné depuis trois jours à essayer de la réduire par ses propres moyens.

« Je vous l'avais bien dit, Jean : "Un jour, il faudra y passer." Ce jour est arrivé, vous n'avez que trop attendu. Allons, il faut filer d'urgence ou à l'hôpital ou à la clinique, selon votre choix.

– Docteur, essayez donc vous-même de me la faire entrer. Je ne veux pas partir. »

J'avais consciencieusement fait une dernière tentative sans succès.

« Non, Jean, il ne faut pas insister. On traumatiserait inutilement votre intestin. Allez, préparez-vous, je vous emmène. Avec la santé qui est la vôtre, dans huit jours vous serez de retour.

– Docteur, s'il vous plaît, pouvez-vous me dire ce que cela va me coûter ?

– Dans les quatre-vingt mille, tout au plus. Ce n'est pas une intervention grave, et je demanderai que l'on vous garde le moins possible.

– Quatre-vingt mille ! Mais c'est une somme, ça. Je n'irai pas.

– Comme vous voudrez, Jean. Mais si vous ne vous décidez pas ce soir, vous allez mourir. Demain, il sera trop tard. Il ne faut pas jouer avec ça. »

J'avais cru ainsi frapper un grand coup, avoir employé l'argument qui se passait de commentaires et qui ne pouvait qu'enlever la décision. Eh bien ! je me trompais. L'Antoinette assistait muette à la conversation.

« Antoinette, combien a coûté le caveau de nos voisins ?

– Dans les cent mille, je crois. Je pense même qu'à ce prix, ils ont eu l'entourage.

– Alors Antoinette, commande le caveau, c'est décidé. »

Rien n'avait pu le ramener à la raison et le faire changer d'avis. Trois jours après il était mort, prêt à étrenner son caveau dès qu'il serait terminé.

Il est des moments où, en principe, l'on ne compte pas. Le deuil en est un. Il est de bon ton d'oublier dans ces cas une économie qui pourrait être facilement taxée d'avarice ou d'indifférence.

C'était une situation qui avait été prévue de longue date à la ferme des Pouilloux, pour laquelle les fastes de dernière heure de toute la tribu passée et à venir ne posaient plus aucun problème.

Certes, on n'avait pas été jusqu'à acheter en bloc une série de cercueils pour obtenir un prix de gros, mais on s'était muni en revanche, une fois pour toutes, de tous les accessoires qui, en principe, reviennent très cher et grèvent un budget au moment le moins opportun.

C'était ainsi que la famille depuis toujours possédait un crucifix amovible ainsi qu'un nombre raisonnable de couronnes de perles et de bouquets de fleurs artificielles. Jamais démodé, cet ensemble servait pour tous depuis des générations. Rangé au grenier dans des housses, l'attirail funèbre attendait. Il suffisait de le remettre au goût du jour en modifiant, s'il le fallait, les libellés. Une boîte de lettres argentées précieusement gardée au fond d'une armoire permettait de le faire rapidement et sans frais, d'autant plus que les épitaphes « à mon père », « à ma mère », « à mon mari », ou « à mon épouse adorée », étaient toujours les mêmes.

À chaque enterrement, on sortait et époussetait le tout. Cela donnait aux obsèques des Pouilloux une suite dans leurs pompes et une constance dans leurs manifestations affectives rarement rencontrées, et qui excluaient en outre toute jalousie familiale.

Le crucifix faisait un aller-retour ; quant aux couronnes, on les récupérait en douce le lendemain ou le soir même si le temps menaçait.

On stockait de nouveau sous la soupente dans les housses, et tout était en ordre jusqu'au voyage suivant.

Avec la famille des Pouilloux, les fleuristes perdaient leurs droits.

« Mais enfin, Germain, qu'avez-vous fait à votre femme ? »

J'étais perplexe devant le ventre de l'Alice. Une brûlure énorme, constituée par une phlyctène toute ronde, en occupait le centre.

L'Alice comme le Germain avaient l'air gêné. Ni l'un ni l'autre ne se pressaient pour me répondre. Dans ces cas-là, il faut savoir attendre. Ce fut le Germain qui s'expliqua.

« Ne cherchez pas, Docteur, c'est une brûlure. Tant vaut-il que je vous le dise. C'est dû à une imprudence. J'ai fait ça avec le derrière de la cafetière. Je l'avais mise à réchauffer, et je ne me suis pas méfié. Remarquez que c'est un peu de la faute de l'Alice, c'est elle qui avait eu l'idée. Pour ma part, je lui avais bien dit : "Alice, tu devrais faire la dépense et acheter ce qu'il faut." Mais vous savez, c'est elle qui tient les cordons de la bourse, et je vous assure, elle les tient serrés.

– Mais enfin Germain, je ne comprends rien à ce que vous me racontez. Expliquez-vous !

– Eh bien ! voilà, Docteur. Vous savez bien que l'Alice a une métrite, puisque c'est vous qui l'avez découverte il y a quinze jours. Vous savez bien aussi que vous lui avez ordonné de faire des injections tous les deux jours. Comme l'Alice n'avait rien de ce qu'il faut pour ça, plutôt que d'aller dépenser nos sous chez le pharmacien, elle a pensé qu'on pourrait se servir de la cafetière... Elle en a une qui fait justement deux litres, et qui ne nous sert que lorsque nous avons du monde à la maison. Elle a cru que cela irait. Son bec est assez long, en l'enfonçant là où vous savez, ça n'allait d'ailleurs pas si mal ! Il a fallu l'autre soir que l'Alice trouve l'eau un peu froide pour que j'aie eu la maladresse de mettre cette cafetière sur le coin de la cuisinière... Puis voilà, je la lui ai posée sur le ventre... sans faire attention... Mais à votre avis, Docteur, ce ne sera pas grave tout de même ?... Bah ! il faut la comprendre ma femme, vous la connaissez. C'est que c'est une économe, mon Alice. Ah ! Docteur, maintenant que vous en avez fini, il fait froid, vous prendrez bien une petite tasse de café ? »

*

* *

« Docteur, pouvez-vous venir pour la Bertille ? Elle est malade et d'après ce que j'ai pu comprendre, cette fois, je crois qu'elle a son compte. Remarquez, Docteur, elle a soixante-dix ans. C'est déjà un bel âge, il n'y en aura pas autant pour tout le monde. Enfin, on m'envoie vous chercher. On m'a bien dit que cela ne pressait pas tellement, mais quand même, pour le qu'en-dira-t-on, peut-être vaudrait-il mieux que vous veniez avant qu'elle meure.

– Voyons, Gaston, quelle Bertille ?

– Celle de la Gerbaudie. Vous savez bien... cette vieille bigote qui s'est donnée en viager près de chez nous, aux Labartières, nos voisins, il y a déjà vingt ans. Ah ! que vous ne la connaissiez pas, ça n'a rien d'étonnant. Elle n'est jamais malade, et lorsqu'elle l'a été, les Labartières qui, entre nous, sont un peu regardants sur les sous, l'ont toujours soignée avec un bol de tilleul et trois morceaux de sucre... Ils prétendent que cela suffit à la requinquer... À mon avis, ils ne seraient pas fâchés que ça finisse. Mais c'est vrai, à la réflexion, je crois bien que vous ne l'avez jamais vue. Ah ! pour ça, on ne pourra pas dire ; elle ne leur sera pas revenue cher en remèdes et en médecin. Dans le fond, ils ont eu de la chance de faire ce viager. C'est quand même égal, depuis vingt ans que les Labartières attendent et qu'elle exige d'eux qu'ils fassent venir le curé tous les quinze jours pour se confesser, ça commence à faire long. Allons, ce que j'en dis, dans le fond, c'est pour parler, car... ça ne me regarde pas après tout. »

La chambre était plongée dans une demi-obscurité, et on m'avait donné de la lumière plutôt que d'ouvrir les volets. C'était déjà une ambiance mortuaire.

« Elle est bien mal, Docteur. Voilà huit jours qu'elle ne se lève plus et qu'elle n'y a pas été de son gros. Elle n'ouvre pas les yeux et ne nous dit pas un seul mot.

Figurez-vous qu'elle n'a même pas réclamé le prêtre. Et c'est pourtant sa semaine. C'est un signe, ça. Vous ne croyez pas ? Je ne pense pas qu'elle aille très loin. Je vous avoue que c'est mon mari qui a voulu qu'on vous appelle. Moi, franchement, je n'en voyais pas tellement l'utilité car elle ne souffre pas. Mais il m'a dit : "Pauline, c'est par acquit de conscience." Alors, voyez vous-même, il est tard, s'il ne faut pas d'ordonnance. »

Le ventre de la Bertille était rebondi comme il l'eût été par une grossesse de huit mois. La couverture en était soulevée.

« A-t-elle vomi, Madame Labartières ?

– Ma foi non, Docteur, pas encore. Pourquoi ? Elle aurait dû vomir ?

– A-t-elle de la fièvre ?

– Je ne crois pas, Docteur, mais nous ne l'avons pas prise… Nous avons cassé notre thermomètre. Mais, vous savez, dans son état. »

J'avais palpé le ventre avec patience dans tous les sens. Il était certes tendu, mais sa paroi restait souple, et rien ne laissait supposer la moindre gravité. La Bertille, au cours de mon examen, avait ouvert son œil et émis quelques grognements.

J'avais fait un toucher vaginal sérieux, un toucher rectal appliqué.

« Un fécalome, Madame Labartières. Rien de grave, c'est ça, l'important. Vous lui faites dès ce soir un lavement avec cette préparation, et demain, je pense qu'elle sera sur pied, ou ça m'étonnerait. »

Je terminais l'ordonnance et, après avoir reçu des honoraires rechignés, je me préparais à prendre congé, lorsque la Bertille, les yeux toujours fermés, s'enquit d'une voix claire et distincte :

« Pauline !... Qui c'est qui est venu me voir ? C'est M. le curé ? Ce qu'il m'a fait m'a déjà dégagée. Je sens que je vais péter. »

Et l'annonce fut aussitôt suivie d'effet.

J'en riais encore trois jours après.

« Alors Gaston, puisque je vous rencontre, donnez-moi donc quelques nouvelles de la Bertille.

– Oh ! elle va... Elle va même trop bien pour les Labartières. Mais savez-vous, Docteur, qu'elle n'a jamais voulu croire à votre visite ? Elle n'en démord pas et raconte à qui veut l'entendre que c'est M. le curé qui est venu et l'a sauvée. Elle lui a même donné, à son corps défendant, toute une série de messes pour le récompenser. Les Labartières sont furieux. Eux qui la croyaient déjà morte et qui pensaient tenir le magot, ça leur passe sous le nez cette fois... Et c'est qu'on ne sait pas, même à cet âge elle peut encore durer. Et qui plus est, en dépenser encore des sous avec ses messes ! »

LI

On arrivait à la Châtaignière par des chemins de terre aventureux encaissés et qui abordaient le coteau en zigzaguant à travers prés et champs.

Il fallait connaître. Sans connaître, on ne pouvait que se perdre. La ferme était basse et, bien que située au sommet d'un monticule, elle ne se voyait qu'à la dernière minute lorsqu'on arrivait à sa cour.

Un ensemble d'une douzaine de châtaigniers géants groupés autour des bâtiments, dans une région et sur un sol qui ne leur convenaient guère et les rendaient rares, justifiait le nom du lieu. C'était la dernière ferme avant la Double ; elle était déjà dans l'ombre de sa forêt.

Un mas de deux ou trois pièces fort modestes, une grange servant à la fois d'étable et de remise, un petit appentis attenant où se débattaient en permanence deux ou trois porcs, et un ancien four à pain séparé du tout, constituaient la métairie. C'était une ferme au demeurant très banale pour la région avec ses bâtiments plats disposés en carré autour de sa mare à canards et de son tas de fumier. L'électricité y était arrivée à grand-peine, mais l'eau courante s'y faisait encore attendre. Un puits dont on pouvait douter du potable conférait malgré tout une certaine autonomie à la maison.

Deux personnes déjà âgées vivaient là relativement tranquilles, et tout aurait pu continuer ainsi si la guerre, l'Occupation et la Résistance n'étaient venues radicalement tout changer dans le cours de leurs vies.

La Double, pendant la guerre, était un refuge, le refuge d'un maquis dont l'importance ne devait cesser de croître et qui, de ce fait, allait poser bien des problèmes pour la région.

Pour quelques garçons dispersés de-ci de-là au milieu des bois, un ravitaillement est facile ; pour des groupes nombreux et organisés de commandos, c'était une autre affaire. La Châtaignière, à son corps défendant, du moins dans les débuts, devait rapidement, par sa position exceptionnelle, jouer un rôle de première importance dans l'approvisionnement du maquis. Placée à l'orée des bois, elle devait devenir une plaque tournante pour un trafic permanent d'autant plus facile que, pour le maquis, l'argent ne manquait pas.

Dans un premier temps, les ressources de la ferme avaient été suffisantes. Simplement, cette dernière n'avait plus vendu ni veaux ni vaches ni cochons, et l'on n'avait plus rencontré la Noélie avec ses paniers d'œufs et de poulets sur le marché. Mais très vite, les besoins avaient pris de l'amplitude. Non seulement la ferme n'avait plus vendu, mais Frédéric, le mari de la Noélie, s'était vu dans l'obligation d'acheter tantôt un mouton, tantôt un cochon, tantôt quelques veaux pour dépanner d'urgence. La Noélie elle-même avait dû mettre la main à la pâte et rallumer le four.

Il n'y en avait jamais assez.

Longtemps ces actions clandestines étaient restées secrètes, il faut bien le dire, grâce aux complaisances et aux sympathies locales toutes acquises à la Noélie, au Frédéric et à leur cause. Malheureusement, avec l'habitude, la discrétion et la prudence s'étaient relâchées.

Le drame devenait fatal.

Les Allemands aux aguets surveillaient tout particulièrement cette Double, objet de leurs inquiétudes. Ils finirent par avoir des soupçons et, comme avec eux il ne fallait pas compter sur le bénéfice du doute, qu'ils n'hésitaient pas à passer à l'action, un beau soir d'été un détachement investit le coteau, et un incendie monstre l'illumina toute la nuit.

Tout y passa : la ferme, ses dépendances et même le bétail.

Le Frédéric, comme la Noélie, alertés par miracle par leurs chiens, n'eurent que le temps de gagner la forêt. Ils ne durent leur salut qu'à leur connaissance parfaite du terrain.

La Châtaignière avait vécu.

Le couple dut quitter les lieux, partir chercher asile ailleurs, et le maquis dut trouver lui-même de nouveaux fournisseurs.

L'affaire en son heure avait fait grand bruit. La Résistance, sans hésiter, avait reconnu ses responsabilités. Elle l'avait fait avec d'autant plus de spontanéité que le Frédéric comme la Noélie s'étaient toujours montrés réguliers, voire bienveillants avec eux, et qu'ils avaient dans le passé largement payé sans rechigner de leurs personnes.

« Nous nous occuperons de vous. Attendez que la guerre soit terminée. Vous y reviendrez à la Châtaignière, et vous verrez que vous n'aurez pas eu affaire à des ingrats. Pour le moment, au revoir. Il faut que nous nous occupions des Allemands, mais à bientôt. »

Ni le Frédéric ni la Noélie, même s'ils avaient fait semblant d'y croire, n'avaient ajouté foi à ces discours. Et pourtant, le miracle devait se produire.

« Dommages de guerre imputables au service de la Résistance. »

La Châtaignière se trouvait en tête de liste des indemnisations. Les dégâts étaient évidents. De la ferme, il ne restait plus rien. Elle serait donc reconstruite sur son ancien emplacement sans tenir compte ni des travaux ni de leur prix.

On allait faire quelque chose de bien, de moderne, de grandiose ! Ce ne serait après tout que justice ; en même temps, ce serait édifiant.

Des travaux de cette importance ne pouvaient décidément pas être confiés à n'importe qui. S'adresser à un architecte local eût été trop simple, il n'en était pas question. On soumit l'étude du projet en haut lieu.

Après examen, il s'avéra que les chemins devaient être repensés, retracés et refaits. Comme ces derniers passaient dans la propriété de Frédéric, cela ne posait aucun problème, on les ferait. Enfin, on arriva à la conclusion que la ferme et ses dépendances ne pouvaient plus se concevoir sans un nivellement de tout le haut de la colline. Qu'à cela ne tienne, on le ferait.

Lorsque l'on montra à Frédéric les plans de sa future métairie, il fut ébloui, non point par les plans, il se sentait bien incapable de les déchiffrer, mais par les devis qui les accompagnaient. La totalité s'élevait à une somme telle qu'il regretta sur-le-champ de ne pas avoir opté pour un dédommagement en espèces comme on le lui avait préalablement offert.

« Je ne sais pas ce qu'ils veulent faire. Soixante millions ! On n'oserait pas le dire… Plus de cinq fois ce que vaut la propriété tout entière. Ils sont fous.

– Laisse faire, Frédéric, laisse faire, c'est les Boches qui paient. »

Les bulldozers étaient entrés en action. Le dernier châtaignier centenaire encore debout qui avait résisté aux flammes fut culbuté, emporté malgré son âge comme fétu de paille. Pendant deux ans, les équipes se relayèrent. Frédéric avait suivi dès le début les travaux avec inquiétude, puis avec anxiété, puis avec affolement, et enfin avec épouvante.

« Mais enfin, qu'est-ce que vous faites ? Vous écrasez tout !

– Ce qui est prévu. Rien de plus. Mais vous avez bien vu les plans puisque vous les avez signés. »

« Alors Frédéric, cette maison, ça avance ?

– Oh ! ne m'en parle pas. Ce n'est pas une maison qu'ils construisent, c'est un village… Il n'y en aura pas une mais deux. Tiens-toi bien, une pour nous et une pour les domestiques. Tu as vu, toi, un jour, des domestiques à la Châtaignière ? Ils sont fous, je te dis. Je n'ai rien pu leur faire comprendre. J'ai eu beau leur dire que c'était inutile, ils s'en sont foutus... Ils suivent les plans. Voilà, la maison ? Ce sera un château ! Mais, par contre, je voudrais que tu voies la grange. Pas la moitié de ce qu'était l'ancienne ! Je me demande où je mettrai la paille et le foin. Si j'y rentre, car je désespère de voir finir ça.

– Mais, dis donc, c'est vrai ce qu'on m'a dit, que tu allais avoir l'eau courante ? Et puis, j'ai vu tes chemins. C'est quand même quelque chose. Et on te les goudronne, paraît-il ? Allons, avoue que tu n'as pas trop à te plaindre, Frédéric. »

Une jalousie à peine dissimulée, grandissante au fur et à mesure que les travaux avançaient, perçait chez les voisins ; Frédéric le ressentait amèrement. Il n'osait plus se montrer, et le comble, c'était qu'en lui-même, il était loin d'être satisfait.

J'allai à la Châtaignière par curiosité. On m'en avait parlé de toutes parts, et l'on m'avait assuré que c'était à voir.

Vraiment, on avait bien fait les choses.

Deux corps de bâtiments : une maison de maîtres et une pour domestiques, pouvant l'une comme l'autre faire l'admiration, étaient érigées côte à côte.

Si la demeure secondaire n'avait qu'une salle de séjour, alors que l'autre avait cuisine et salle à manger, les deux comportaient trois chambres spacieuses avec salles de bains et W.-C. au rez-de-chaussée comme à l'étage.

Le tout était impeccable, tapissé de frais, reluisant de peinture, et chaque maison possédait escalier, perron, balcon et terrasse sur la vue splendide du vallon.

La grange était reconstruite. L'appentis aux porcs était devenu une porcherie miniature dotée des derniers perfectionnements. Le four à pain lui-même avait été remis à sa place habituelle.

Frédéric cependant fulminait.

« Et la mare, Docteur. Vous avez vu ? Ils m'ont foutu un baquet à la place. Comme si un baquet pouvait remplacer une mare pour les oies et les canards ! La Noélie va faire beau. Elle qui tenait tant à son élevage. Vous savez, vous, les foies qu'elle portait au marché à la Noël. Et le puits, vous avez vu aussi. Plus de trace, rasé le puits. Un puits qui n'avait pas son pareil dans toute la région, qui avait dix mètres de fond et qui ne tarissait jamais. Mais enfin, il n'avait pas flambé, lui ! Il était toujours là. Ce n'est pas croyable. Ils ne respectent rien. "Pas potable... Pas potable", m'ont-ils dit ! Ça fait cinquante ans que nous buvions son eau... du moins la Noélie, et vous l'avez vue malade, la Noélie, quelquefois ? L'eau courante, bien sûr on l'aura, l'eau courante... Mais ce qu'ils ne disent pas, c'est qu'il faudra la payer un jour. Ils s'en fichent, eux. Et cette fosse à purin, vous croyez ça pratique, vous ? Au lieu de construire tout ce micmac, ils auraient mieux fait de nous laisser notre mare et notre puits. Tenez, vous voulez que je vous dise... ces gens n'y connaissent rien... Soixante-dix millions pour le tout. Ça marche bien, la France !

– Et vous ne vous installez pas, Frédéric ?

– Ah ! pensez-vous ! Rien à faire... rien à faire avant que ce soit tout terminé... Et même encore, il faut que ce soit réceptionné. Je n'y serai pas avant trois ou quatre mois. Et même, tenez, cette perspective me fait déjà de la peine. »

Je devais remonter à la Châtaignière un an après pour les rhumatismes du Frédéric.

Ce fut un choc.

À mon arrivée, je faillis tomber dans la mare tellement j'étais convaincu de sa disparition. Le Frédéric, décidément, n'avait pas perdu de temps. Non seulement il avait recreusé son bourbier, mais il s'était déjà attaqué au puits.

Des terres fraîchement remuées s'amoncelaient en tas de toutes parts, et le fumier avait repris sa place première contre le mur de la maison.

« Mais dites-moi, Frédéric, et la fosse ?

– Je n'en veux plus, Docteur. Je ne veux plus en entendre parler. Il est beau, le progrès. Vive nos vieilles habitudes ! Imaginez-vous qu'un jour, l'ayant oubliée, j'ai manqué m'y noyer. Je n'en suis sorti que grâce à la Noélie. Je me suis bien juré de ne plus jamais y mettre la moindre brouette de fumier. »

La maison me réservait bien d'autres surprises.

La cuisine à elle seule était un poème.

Le plancher neuf et verni des premiers jours avait disparu sous une couche confortable de boue entretenue par les canards et les poules de la Noélie qui y faisaient leurs promenades quémandeuses régulières et qui, sans se gêner, le maculaient. Une cuisinière neuve, qui n'avait pu être correctement placée dans la cheminée trop étroite, trônait au milieu de la pièce, et sa situation anormale avait nécessité la mise en place d'un tuyau géant. Un trou en plein mur, réalisé avec des moyens de fortune, permettait d'évacuer la fumée. Du bois traînait en bûches tout autour d'elle, et les coups contre les murs ne se remarquaient plus. Les quatre meubles branlants de la Noélie, perdus dans cet espace évidemment trop important, achevaient un aspect de désolation.

Les chiens seuls paraissaient à l'aise dans leurs caisses.

« Croyez-moi, Docteur, nous la regretterons, notre ancienne maison. Impossible de chauffer une pièce comme celle-là. Malgré ce tuyau, on a toujours froid. Nous ne savons même pas où mettre notre table pour être bien. Et voilà le résultat : mes rhumatismes me reprennent en force, tous les jours un peu plus.

– Et le reste de la maison, Frédéric, je ne l'ai pas vu fini. On m'a dit que c'était quand même très bien.

– Ah oui ! eh bien ! ceux qui vous l'ont dit n'y habitent pas. Ça se voit. Tenez, suivez-moi. Vous allez voir. À part notre chambre, tout est encore presque vide. Que voulez-vous que l'on fasse de toutes ces pièces, ma femme et moi, et à notre âge. »

La salle de séjour était déserte. Le vélo de Frédéric renversé sur sa selle en occupait le centre et une de ses chambres à air, mise à nu, trempait dans une cuvette. Les démonte-pneus et les clefs de la sacoche traînaient un peu partout. Une vieille chaise sans fond à proximité avait dû servir aux opérations. L'ampoule électrique pendait au bout de son fil telle qu'elle avait dû être mise à l'installation. Un calendrier remplaçait un carreau de fenêtre. Des lais de tapisserie entiers, décrochés des murs, pendaient.

« Trois chambres, Docteur, pour deux personnes. De l'argent bien placé, vous voyez. »

Dans l'une d'elles, paillée sur tout son plancher, Frédéric avait stocké ses pommes de terre, ses topinambours et sa récolte de haricots blancs encore sur fanes et prête à battre.

« Oh ! on ne peut dire que nous manquons de place. De la place, on en a. Tenez, voyez, ça sert quelquefois. »

Je restai le souffle coupé sur le pas de l'autre porte.

Frédéric avait tué le cochon et ce dernier, pendu par les pattes arrière à son échelle appuyée au mur, ventre ouvert, toutes fenêtres ouvertes, caillait. Quelques gouttes de sang coulaient encore sur le parquet. À des cordes tendues d'un côté à l'autre de la pièce, des chapelets de boudins noirs pendaient et, dans cette salle à la tapisserie ornée de larges pavots rouges et jaunes, le spectacle était saisissant ! J'en restai sans voix.

« Pour ça, la Noélie est vernie. Elle est tout de même mieux là que partout ailleurs. La porte fermée, on ne risque rien ni des chats ni des chiens. »

Il n'y avait rien à répondre.

« Et vos salles de bains, Frédéric ? C'est tout de même pratique. Tiens, j'ai vu que vous aviez recreusé votre puits... C'est pour les bêtes, bien sûr ?

– Eh bien non ! Docteur, vous vous trompez, c'est pour nous. Pour le bétail, l'eau dans les étables c'est pratique. Nous nous faisons vieux, la Noélie et moi, et porter des seaux n'est plus de notre âge. Nous continuerons à nous servir de l'eau courante pour l'étable, mais pour nous c'est une autre affaire. Nous avons renoncé aux robinets. La Noélie a remis ses seaux en place et a repris ses godets. Ah ! bien sûr, dans le début, tout nouveau tout beau, la femme en a usé de l'eau, mais la note est arrivée. Et elle était salée. Payer du vin, certes Docteur, je veux bien, mais de l'eau ! Et des sommes pareilles, il n'en est pas question. Nous avons l'eau de notre puits ; celle-là, au moins, ne passe pas par un compteur. »

La baignoire était pleine à ras bord de choux-raves et de citrouilles. Dans le lavabo, la tête fendue du porc trempait dans de l'eau rougie. Dans le bidet et la cuvette des waters, deux poules, indifférentes à notre approche, le bec posé sur la faïence, couvaient, et l'on avait remonté jusqu'à la chasse une poignée qui, malencontreusement tirée, aurait compromis toute la couvée.

Frédéric enfin avait transformé la maison des domestiques : une partie en séchoir à tabac, l'autre en réserve pour le maïs, les pommes et la vendange.

« J'y range aussi beaucoup de mes outils, dans la mesure où ils peuvent passer par la porte. Que voulez-vous, c'est une ferme ratée. De bout en bout. Rendez-vous compte, ils n'ont même pas prévu une cave. J'ai dû installer là mon pressoir et mes barriques. Mais voilà, le vin, va-t-il s'y conserver ?

– Tout ça, c'est bien, Frédéric, mais enfin les W.-C. ? Vous n'y pensez pas de les avoir ainsi condamnés. C'est, me semble-t-il, indispensable.

– Mais c'est que nous en avons. Je les ai reconstruits à l'extérieur. Nous ne sommes tout de même pas en ville ici. La place ne manque pas dehors. Je les ai remis sous le hangar où ils avaient toujours été. C'est quand même plus convenable à mon avis.

– Mais Frédéric, et la salle de bains, ça aussi, c'est nécessaire. Un peu d'hygiène, ça ne peut tout de même nuire à personne. »

Dans un pays où le bain de pieds était élevé au rang de thérapeutique, où on ne le concevait que sinapisé en cas de rhume, ou amélioré au gros sel en cas de foulure, vouloir parler d'hygiène était prouesse ou gageure. Frédéric, qui lui-même ne portait des bas noirs que dans l'unique but d'en dissimuler les trous, ne pouvait ni comprendre ni me suivre dans le domaine du lavabo et du bidet.

Le bien-fondé de mes remarques lui échappait.

LII

Les problèmes des pieds exigent toujours en médecine rurale – en médecine urbaine il en est de même – une certaine prudence. On doit en être conscient, et ne les aborder qu'avec beaucoup de circonspection.

« Posez votre bas, père Antoine, que je voie un peu ces boutons.

– Voilà, Docteur, c'est là, entre les orteils.

– C'est une dysidrose, Antoine. Voyons, montrez-moi votre pied droit que je voie s'il n'a rien.

– Vous croyez que c'est nécessaire, Docteur ? C'est que ça me gêne un peu. Voyez-vous, je ne l'ai pas préparé. »

Le gauche était acceptable, mais l'autre, oh ! là ! là ! c'était une autre histoire. Aucun munster, livarot, ou même pont-l'évêque, n'eût été capable de rivaliser avec lui. Aucune mycose, aucun eczéma ou purpura n'aurait pu y être décelé.

Je n'avais pu retenir un réflexe. Un flacon d'eau de Cologne étant à ma portée, j'en avais aspergé les pieds d'Antoine, et mon geste lui avait fait grande impression.

« C'est quand même un médecin curieux. Imaginez-vous que non seulement il a voulu voir le pied qui n'avait rien, mais qu'il me l'a parfumé ! »

Cela avait fait sensation et amusé les voisins.

On aurait pu croire que certaines négligences étaient une conséquence de l'âge. Eh bien ! détrompez-vous, il n'en était rien.

Fernande n'avait guère plus de vingt ans lorsqu'elle nourrissait son bambin au sein. Eh bien ! seuls tranchaient clairs sur sa poitrine les mamelons et leurs aréoles, endroits ou s'effectuaient les succions du marmot.

« Fernande, pour ce bébé il faudrait un peu d'hygiène.

– Ah ! tiens, c'est nouveau, ça. Jusque-là, vous me disiez qu'il allait bien. Mais qu'à cela ne tienne, Docteur, faites-moi une ordonnance puisque c'est nécessaire, on ira la chercher dès ce soir à la pharmacie. »

C'était une époque où il était d'usage, après un accouchement, de serrer le ventre des jeunes mères avec un ou deux essuie-mains cousus bout à bout.

Un an après l'accouchement de l'une d'elles, au cours d'un examen pour une nouvelle grossesse, je retrouvai, n'ayant pas eu la précaution de lui dire qu'il fallait l'enlever, le même bandage tel que je l'avais moi-même fixé lors de son dernier accouchement.

LIII

En Périgord, toute période précédant des élections est électrique. L'effervescence commence bien avant toute campagne raisonnable. Elle donne lieu à des excès verbaux sans importance, parfois aussi à quelques empoignades spectaculaires plus longues à digérer. Rien d'étonnant à ce qu'elles ravivent aussi de temps à autre, de-ci de-là, de vieilles querelles que l'on croyait pourtant bien oubliées. C'est un moment favorable pour laver son linge sale, même en famille, et l'on ne s'en prive pas.

Briguer un siège local, même modeste, demande dans ces conditions pas mal d'héroïsme.

« Alors mon cher Cordier, cette campagne au conseil général s'annonce impitoyable, à ce que je vois.

– Pas encore commencée, mais soyez sans crainte, on s'y prépare sérieusement.

– Comment, pas commencée ? Vous n'avez donc pas vu les affichettes ? Elles couvrent déjà presque tous les poteaux téléphoniques. Mais dites-moi, c'est quand même peu banal, vos succès féminins. On vous attribue des maîtresses à la pelle. Attention ! vous risquez des ennuis, non seulement avec Mme Cordier, mais encore avec certains maris qui ne vont sûrement pas voter pour vous. »

Depuis le début de la semaine, des tracts de dix sur dix s'ajoutaient et se chevauchaient : jaunes, verts, rouges, multicolores. « Le docteur Cordier, amant de Madame Grégoire », « le docteur Cordier, amant de Madame Menier », etc., etc. On n'avait plus trouvé de place libre pour les aligner côte à côte, on les avait superposés.

« Simples escarmouches, mon vieux, simples plaisanteries. Comment voulez-vous empêcher ça ? Mieux vaut laisser faire. Vous ne voudriez tout de même pas que je fasse passer des démentis dans la presse ? C'est pour le coup que j'amuserais la galerie pour de bon. Il faut savoir avaler les couleuvres en ce domaine, vous savez. »

Il savait les avaler, le bougre, et il avait su bigrement bien réagir.

Dès le lundi les premiers papillons, précis dans leurs désignations hélas ! de notoriété publique, l'avaient aussitôt inquiété et alerté ; et c'était lui qui, sans éclat, avait pris la décision de noyer le poisson en couvrant discrètement, la nuit suivante, tous les recoins encore disponibles, d'autres révélations toutes plus plaisantes et fantaisistes les unes que les autres.

« Avouez, mon vieux, que si j'avais de pareilles possibilités génésiques à mon âge, ce serait magnifique. Hélas ! et c'est dommage, c'est beaucoup trop beau pour être vrai. Personne ne peut prendre ça au sérieux.

Reconnaissez-le. Bah ! je vous le répète : simples plaisanteries sans gravité et qui ne peuvent dans le fond faire aucun tort. Mais dites donc, mon cher, ne seriez-vous pas un peu jaloux de mes succès ? »

*

* *

Saint-Libertin élisait son conseil municipal. La partie engagée s'avérait chaude. Trois listes en présence laissaient présager un ballottage, et l'opinion, comme toujours, se passionnait.

Pour ou contre la liste modérée, pour ou contre la liste communiste, pour ou contre la liste socialiste.

Un peu comme partout ailleurs, penserez-vous. Eh bien non ! Car Saint-Libertin ne faisait jamais les choses à moitié et se tenait toujours à ces occasions à la pointe de la polémique.

Le maire sortant, en l'occurrence notre pharmacien, se préparait depuis longtemps à ce combat. Sans en avoir l'air, il était bien décidé à ne rien négliger pour sa réussite, et son désir de vaincre était si grand qu'on ne le reconnaissait pas.

Depuis plusieurs mois, il était allé jusqu'à consentir des prix, de petits rabais sur ses remèdes, et c'était tellement inhabituel qu'on s'était demandé de bouche à oreille s'il ne fallait pas soupçonner dans ces générosités, même mesurées, mais dont on ne voyait pas encore la raison, le début de quelque sournoise maladie. Non seulement il se montrait conciliant sur la monnaie que le client cherchait vainement dans le fond de sa poche, mais encore acceptait-il sans trop de mauvaise grâce le crédit ou le renvoi à une date ultérieure de notes qui normalement auraient dû être réglées depuis longtemps.

« Nous verrons ça la prochaine fois... Rien ne presse pour me régler ça... Ah ! au fait, comment va votre femme ? Sera-t-elle remise de dimanche en quinze ? C'est qu'il faudra voter, vous savez. Je compte sur vous. Voulez-vous que je m'occupe d'une procuration pour elle ? Voulez-vous que je l'envoie chercher avec ma voiture ce jour-là ?

– Ah ! mais c'est vrai. C'est bientôt les élections. Ne vous inquiétez pas, c'est du tout cuit pour vous. Nous y serons tous et nous penserons à vous... Ça ira, vous verrez ce que je vous dis. »

Inquiet, il l'était pourtant, notre potard, et rien ne pouvait le rassurer. Pouvait-on vraiment savoir, dans ce sacré Saint-Libertin, ce qui pouvait germer dans le crâne de ses habitants ?

« Merci, vous êtes gentil et vous me tranquillisez. Tenez, prenez donc un paquet de gommes pour la fillette. C'est que, voyez-vous, je tiendrai à ce que toute ma liste me suive. Mais... dix-huit à la fois, je le reconnais, ça fait quand même beaucoup. Qu'en pensez-vous ? Et qu'est-ce qu'on en dit dans votre coin ? »

« André, tu as déjà liquidé tout un carton de pastilles. Et en moins de huit jours. Tu sais, ces élections commencent à nous coûter cher. Puis dis donc, as-tu jeté un coup d'œil sur la liste des impayés ? Elle s'allonge d'une façon inquiétante cette semaine.

– Rose, j'arrangerai tout ça plus tard. Pour le moment, je ne tiens pas à me faire des ennemis. Ce n'est pas le moment. Voyons, as-tu fait ton tour sur la place ce matin ? As-tu surpris quelques réflexions sur ton passage ? Surtout, je te recommande d'acheter un peu à tout le monde. Vois-tu, Rose, je voudrais être encore élu cette année. Mais je t'assure bien que c'est la dernière fois que je me présente. C'est trop pénible à mon âge.

– Oui, oui, j'ai déjà entendu cette chanson il y a quatre ans... Tiens, vois, j'ai fait mon marché. Pour faire plaisir aux uns et aux autres, je rapporte au moins vingt pieds de salade. Que veux-tu que j'en fasse ? Heureusement que les lapins sont là. Vivement que tout cela finisse ! »

Je me rendis aux nouvelles le dimanche dans la soirée. Le scrutin était terminé, le dépouillement battait son plein.

Notre pharmacien était livide. Je crus à sa défaite.

« Alors ?

– Rien. Soyez tranquille, vous n'êtes pas sur la liste. Pour cette fois au moins. Mais attention dans quinze jours.

– Mais enfin, cher ami, que me dites-vous là, bien sûr que je ne suis sur aucune liste puisque je ne me présentais pas ! »

Il marchait de long en large, l'air embarrassé, les mains dans le dos. Quelques instants, je conçus des inquiétudes sur son bon équilibre mental.

« Mais enfin, mon cher, expliquez-moi au lieu de faire cette tête.

– Comment ? Vous ne savez donc pas ? Vous ne savez pas ce qui nous arrive ? Non ? Eh bien ! vous êtes bien le seul à l'ignorer. Imaginez-vous que nous venons de trouver une liste fictive de dix-huit noms qui, à elle seule, risque de mettre une partie de la commune à feu et à sang. Tenez, venez voir. Il y a déjà une dizaine de personnes qui l'ont recopiée. Je ne peux m'y opposer. Que voulez-vous, vous savez comme moi que tout bulletin déclaré nul peut être contrôlé par n'importe qui et doit être comptabilisé et gardé. Quelle histoire ! C'est une affaire qui va faire le tour de la commune d'ici demain et qui peut faire basculer les élections ; et bien beau si la presse ne s'en saisit pas. »

Le bulletin était autographe, calligraphié, appliqué et bien lisible malgré une écriture évidemment déguisée.

Liste des cocus choisis parmi les plus notoires de notre ville et rangés dans l'ordre de leur importance et de leur valeur respective.

Les premiers de liste représentaient de telles certitudes que l'on ne pouvait guère douter de ceux qui suivaient, même si, de temps à autre, l'on était en droit d'être étonné.

« Mais dites-moi, Docteur, qui a bien pu faire ça ? Qui peut être aussi bien renseigné ?… Et puis, avez-vous vu ce qui est écrit dans le fond de la page : “Dans quinze jours la suite, la liste complète de tous les partenaires de ces dames.” Quelle aventure ! Si encore on évitait le ballottage ! Mais pensez-vous ! Il ne faut pas y compter avec trois listes en présence. On y reviendra, c'est certain. »

Le soir même, tous volets clos, il y eut de par la ville des explications tapageuses ponctuées de quelques paires de claques dont certaines audibles jusque dans la rue. Le lendemain, l'humeur de quelques ménagères s'en ressentait.

On attendait le ballottage. Le ballottage avec sa deuxième vague de révélations promises.

Choses promises choses dues.

Les déjà nommés, dont les épouses respectives, en principe, n'avaient rien reconnu ni avoué, et pour qui l'infortune, même si elle était de notoriété publique, restait pour eux une révélation, se promettaient bien de régler leur problème. Les autres, les plus nombreux, ceux qui n'avaient pas pour autant la conscience absolument tranquille, redoutaient le pire. Ne prêtait-on pas à certaines luronnes locales cinq ou six amants chacune ? Dans de pareilles conditions, tout était à redouter ; personne ne se sentait totalement à l'abri.

Ce fut une quinzaine inquiétante, une quinzaine crispée, interminable, où tout le monde s'abstenait de commentaires, riait jaune s'il riait, et durant laquelle le succès de l'une ou l'autre liste passa au second plan.

« C'est fini, mon cher ami, et cette fois encore, nous n'y sommes ni l'un ni l'autre. Mais venez donc un peu voir ça. Il y a des surprises et des révélations de taille. Nous pouvons préparer, vous vos pansements, et moi ma teinture d'arnica. Vous allez voir que nous allons en avoir besoin. Dites donc, qui aurait pu penser ça de cette petite Mme Pinson ! Elle est bien, cette fille, trois amants à la fois. Mais c'est qu'elle a du tempérament avec ça. »

Enfin, bougre… cette fois, on respirait. On ne risquait plus rien. Même en admettant qu'une pareille aventure pût faire quelques émules et se renouveler dans l'avenir, on en avait tout de même pour quatre ans de quiétude et de tranquillité.

LIV

FALLAIT-IL CONCLURE DE TOUT CELA à des mœurs locales plus dissolues qu'ailleurs, dans cette bourgade dont le nom du saint patron aurait pu être dangereusement symbolique ? Je ne le crois pas. Mais que voulez-vous, saint Libertin était à la tête d'une petite ville où, faute de distractions, tout était passé au peigne fin, et où bien peu d'aventures pouvaient espérer bénéficier longtemps de l'impunité. Ceci expliquait cela.

Les infortunes conjugales, en priorité, n'échappaient pas à la curiosité. C'étaient elles qui alimentaient agréablement, à tour de rôle, les palabres gauloises, et elles divertissaient tout un chacun dans la mesure où il n'était pas concerné. Plus ces aventures d'alcôves, si l'on peut dire, s'avéraient croustillantes, plus longtemps elles avaient la chance de tenir la rampe avant que d'être surclassées et remplacées par plus piquantes.

Enfin Saint-Libertin était une ville de garnison. Cela n'apportait ni l'apaisement ni le calme, car elle était soumise toute l'année à des pressions hormonales de passage, juvéniles, pratiquement oisives et toujours disponibles. Il ne pouvait en résulter que des tentations tout aussi impérieuses pour les femmes mariées que pour les filles encore célibataires. Là, bien plus qu'ailleurs, il était difficile de préserver son harem.

Chaque café de la ville avait, sur ses arrières, sa ou ses chambres ; et ces dernières, paraît-il, ne chômaient guère. Nulle ville voisine, concernant la consommation du champagne, et c'était bien connu, n'arrivait à la cheville de Saint-Libertin. Encore fallait-il bien admettre que ses estaminets ne pouvaient honnêtement prétendre éponger toutes les intrigues amoureuses. Dans une région de grandes facilités, couverte de bois, parsemée de cabanes, de granges et de grangettes, tout pouvait être et était en effet utilisé, jusqu'au corbillard de la commune, comme certaines langues l'affirmaient.

*

* *

Pignon était veilleur de nuit. Veilleur de nuit en qualité de civil aux entrepôts militaires. Sa place était reposante et ne demandait pas de gros efforts.

« Une planque, disaient ses collègues, un vrai filon... »

Il ne pouvait en résulter que des jalousies. De là devait probablement venir la catastrophe.

Pignon ne partageait pourtant pas l'optique de ces envieux. Jeune marié, même bien installé dans son fauteuil ou sur son lit de camp, il n'appréciait pas la solitude de ses nuits. Il les trouvait d'autant plus longues que sa jeune épouse, qui était connue pour avoir un sacré tempérament, lui assurait que les siennes étaient tout aussi moroses et désastreuses. Certes, Pignon était libéré tôt le matin, mais il faut bien le reconnaître, une nuit d'insomnie est un mauvais prélude aux prouesses d'un couple. Ses performances s'en ressentaient et laissaient sa tendre moitié sur sa faim. C'était une situation affligeante, d'autant plus angoissante que Pignon, de toute évidence, était jaloux, et que sa jalousie hélas ! était justifiée.

Dans quel cerveau la vacherie germa-t-elle ? On ne le sut jamais. Toujours est-il qu'un soir, alors que Pignon, résigné, s'apprêtait à subir sa nuit, ce fut une lettre anonyme qui le prévint de son infortune.

Même si aucune signature ne figurait sur le document, les détails fournis, les précisions horaires étaient telles qu'elles ne laissaient aucun doute sur le crédit à lui accorder.

« Entre 10 heures et minuit. Tous les soirs. Va voir, tu seras surpris. »

Il n'en fallut pas plus à Pignon. Le sang lui monta à la tête. Jamais une soirée ne lui parut plus longue.

Il avait pris son parti sur-le-champ. Il ferait un saut à la maison vers 11 heures, et on verrait bien... Si c'était vrai, il prendrait les tourtereaux au nid.

Certes, l'idée d'un abandon de poste lui était bien venue à l'esprit, mais quelle raison aurait été capable de le retenir alors que son honneur d'homme et de mari était en jeu ?... Il voulait en avoir le cœur net, et puis il ne se passait jamais rien à ce poste... Personne en vérité ne se rendrait compte de son absence.

Pignon était arrivé jusqu'à sa maison en courant. Zut ! il avait oublié sa clef !

« Simone, ouvre, c'est moi, Albert. J'ai oublié mes remèdes pour la nuit. »

L'appartement était au premier.

Une lumière rapidement allumée, aussitôt éteinte, puis rallumée, ne put que confirmer Albert dans ses craintes. La porte ne s'ouvrait pas.

« Tu ouvres, Simone. Tu ouvres ou je défonce la porte. »

Sans plus attendre, et sans penser aux voisins déjà cachés derrière leurs volets, Pignon se mit à frapper du marteau. Simone, comme il est légitime de l'être dans de pareilles circonstances, était dans un affolement complet qui n'avait d'égal que celui de son partenaire, un jeune militaire venu là, comme de coutume, adoucir pour quelques heures les rigueurs monacales de sa caserne.

Heureusement, pour arriver à l'appartement, un couloir, un escalier et une dernière porte devaient encore être franchis. Cela nécessita un certain temps qui évita le pugilat et le pire. Dès que Simone eut lancé sa clef, Pignon eut beau s'élancer dans le couloir, gravir quatre à quatre l'escalier, il ne trouva plus à son arrivée qu'une chambre vide.

La place était pourtant chaude… Un certain désordre, un lit en pagaille, tout témoignait des ébats amoureux. Pignon n'eut d'ailleurs aucun mal à découvrir, jetés pêle-mêle dans la première penderie venue, des habits militaires qui, de toute évidence, ne lui appartenaient pas et qui apportaient une preuve accablante de son infortune. Il eut beau malgré tout chercher dans chaque pièce, fouiller et vérifier tous les coins, il dut se rendre à l'évidence : l'oiseau venait de s'envoler par une croisée d'ailleurs encore battante.

Que pouvait donc représenter un saut de trois ou quatre mètres pour un garçon entraîné au parcours du soldat et qui, en l'occurrence, avait de sérieuses raisons derrière lui pour ne pas hésiter ni lambiner ?

Furieux, Pignon perdit la tête et quelques minutes précieuses. Le tabassage en règle de Simone, après tout, pouvait attendre.

Le jeune militaire, lui, en revanche, ne perdit ni son temps ni son sang-froid. Sa situation n'était pourtant pas brillante. Ce fut dans le plus simple appareil, en slip, qu'il se retrouva sur la place où il venait d'atterrir sous la lumière crue des lampadaires. En slip et, comble de malchance, en slip rose bordé de dentelles car, dans sa précipitation et dans le noir, il s'était trompé.

Il bondit néanmoins sur la porte, la referma à double tour et, sûr ainsi de ne pas être poursuivi par un adversaire maintenant prisonnier, il entreprit de remonter vers ses casernements.

Le cinéma de la ville sortait. Il fallait coûte que coûte sauver les apparences. Ce fut alors qu'il eut une idée lumineuse. Il colla ses coudes contre le corps et, dans le style le plus pur d'un champion olympique à l'entraînement, devant des groupes intrigués, et bien que suivi des vociférations d'un Albert penché à sa fenêtre, il improvisa un départ digne d'une course de fond.

Une rencontre comme celle-ci, à une heure aussi indue, presque au cœur de l'hiver, n'aurait pu que surprendre ; mais dans une ville de garnison, on en voit bien d'autres, et ce sportif attardé ne laissa à personne le temps d'admirer son maillot.

Pignon ne put rien tirer de sa femme. Du fugitif, il n'avait pu distinguer qu'une paire de fesses se perdant dans la nuit et, même si ces dernières lui avaient paru étrangement roses, il ne pouvait espérer le reconnaître. Mais il tenait malgré tout un élément de premier ordre et grâce à lui, il espérait bien remonter à la source.

« Puisqu'il en est ainsi, Simone, demain j'irai voir le commandant. Puisque tu te refuses à me dire son nom, tant pis pour le scandale ! Tu l'auras voulu. »

Pignon devait tenir parole. Dès le lendemain, sans plus réfléchir aux conséquences, il se présentait chez le commandant.

Une heure matinale, une entrevue sollicitée trop impérativement et d'urgence n'étaient guère de nature à créer un climat de compréhension.

Le commandant fut glacial, et ce fut renfrogné qu'il l'écouta.

« Bon, posez-moi là cet uniforme. Je ferai mon enquête et ce sera facile. Ce garçon sera puni comme il le mérite. Mais voyons, où étiez-vous donc cette nuit, Monsieur Pignon ? Vous deviez être ce me semble en service à l'heure dont vous me parlez. »

Pignon dut s'expliquer, en venir aux détails, parler de la lettre et de sa décision irréfléchie.

« Ce n'était pas une raison, Monsieur Pignon. Il fallait terminer votre nuit et vous en référer à moi-même au lieu de décider ainsi de l'abandon d'un poste dont dépend la sécurité de tout un dépôt. Vous comprendrez que je ne peux passer ça sous silence et sans le sanctionner.

– Mais mon Commandant, je voudrais au moins que l'on me communique le nom de…

– Je vous l'ai dit, Monsieur Pignon, il sera puni. Vous pouvez me faire confiance. Son nom ne vous apporterait rien, n'insistez pas. Par contre, je serai indulgent à votre égard. Que de nouvelles initiatives de cet ordre ne se reproduisent pas toutefois, sinon, à mon grand regret, votre renvoi s'imposerait. »

Pignon s'en tira avec deux semaines de mise à pied sans salaire. Quinze jours qui furent ponctués de quinze nuits cauchemardesques durant lesquelles l'état moral de Simone ne fut pas particulièrement favorable à la bagatelle. Et ce fut en définitive un Pignon cocu, et pourtant content de s'en être tiré à si bon compte, qui dut reprendre, sans connaître le nom de celui dont il était victime, ses nuits blanches à l'entrepôt.

LV

La Jeannette des Hautes-Farges n'était pas toujours en harmonie parfaite avec son homme. Leurs disputes étaient fréquentes et, comme le Bernard avait la main leste, la Jeannette ne s'en tirait pas toujours avec de simples remontrances. Le Bernard tapait même quelquefois un peu fort et à tel point que la Jeannette s'en trouvait marquée.

Pas d'enfants, peu d'intérêts communs à part celui de l'argent, le moins que l'on pouvait dire, c'était que le ménage ne marchait pas très fort. Aujourd'hui, ils auraient divorcé ; à cette époque, ils supportaient.

« Je me suiciderai, tu entends. Je me tuerai, et ce sera de ta faute. »

Elle l'avait dit et répété des centaines de fois, au point que le Bernard y était tellement habitué qu'il n'en tenait plus compte. Ce matin-là, il était pourtant inquiet. Il faut reconnaître qu'il n'y avait pas été en paresseux tant des mains que des pieds, et que cette fois la Jeannette s'était relevée furieuse et plus agressive que jamais.

« Oui, je vais me suicider. Tu peux partir à ta foire. Lorsque tu reviendras, inutile de m'attendre pour la soupe, ce sera fait.

– Et je serai bien débarrassé. »

Bernard, pour la première fois, sans avoir de remords, était soucieux.

« Et si elle le faisait, ne serait-ce que pour m'emmerder ? Sait-on jamais avec une garce pareille. »

Décidément, il était obsédé. Il avait tenté de chasser ces idées, mais elles étaient sans cesse revenues. Décidément, il n'y tenait plus. Il avait repris son vélo et, laissant en place son marché, il était reparti à la maison.

À la cuisine, rien. À la grange, personne. Les poules étaient encore fermées, les lapins n'avaient pas reçu d'herbe, les vaches de foin.

Le Bernard se sentait pris de vertige. « Ah ! la salope, il ne manquait plus que ça ! » Ses pressentiments, de minute en minute, devenaient certitudes. Il fallait faire quelque chose.

Il avait distribué à la hâte un peu de foin à ses vaches, jeté une poignée de maïs aux poules et, après avoir donné un coup d'œil au puits – que vouliez-vous y voir ! Le puits faisait plus de quinze mètres de profondeur –, il était reparti… À la gendarmerie bien sûr… Que faire d'autre dans ces cas ? Au moins, qu'on ne l'accuse pas en plus de négligence, car cette fois, bien sûr, la Jeannette avait mis ses menaces à exécution.

Bourdalou, le brigadier de notre gendarmerie nationale, était une figure locale bien connue de toute la ville. On le rencontrait fréquemment à la belle saison, par beau temps, à l'ombre de nos carrefours où, en principe, il faisait la causette avec les uns et les autres lorsqu'il en trouvait d'aussi peu pressés que lui. Sa figure joviale n'inspirait aucune inquiétude. La population l'avait depuis longtemps adopté. On lui faisait bon accueil, on ne le narguait pas, moyennant quoi il se gardait de toute duplicité envers quiconque de sa commune et réservait ses procès-verbaux aux étrangers et aux gens de passage auprès desquels sa renommée, à laquelle il tenait, n'avait pas à souffrir.

La route nationale lui fournissait matière à justifier l'activité de sa brigade. Un ou deux procès-verbaux par jour, administrés au petit bonheur la chance à des automobilistes venus d'ailleurs, étaient en principe suffisants. Si vers la fin du mois, il constatait par hasard quelques manques, les marchés régionaux, qui entraînaient des passages à jours fixes, lui permettaient de rajuster ses affaires.

« Tiens, je viens de voir Bourdalou à la patte-d'oie. Il colle des P.-V. à tour de bras depuis ce matin. Joue-lui donc un tour. Passe un peu vite sous son nez sans t'arrêter. »

Aussitôt suggéré, aussitôt fait, et le sifflet de Bourdalou s'était déclenché.

« Ah ! c'est toi, Urbain. Allez, fous-moi le camp. Tu me fais perdre mon temps. Mais dis donc, tu n'aurais pas sur toi une cigarette par hasard ? J'ai oublié les miennes. »

Bourdalou était incontestablement un brave homme.

Arriver brigadier en fin de carrière après avoir été recruté sur le tas, c'était bien. Terminer en qualité d'adjudant, c'eût été l'apothéose, sa retraite en aurait subi les heureuses conséquences et Bourdalou, à quelques années de la cessation de ses activités, ne rêvait plus qu'à ça.

Tout aurait été en vérité possible si Bourdalou n'avait eu un problème majeur. Bourdalou était brouillé avec tout ce qui ressemblait de près ou de loin à un rapport de police, et on conviendra que pour un gendarme, c'était quand même un handicap sérieux.

Faire un rapport avait toujours été pour lui une épreuve redoutable ; avec le temps, c'était devenu une obsession et, malheureusement un obstacle, sinon absolu, du moins de taille, sur le chemin de son avancement. Ça lui gâchait sa vie. Ce n'était pourtant pas de la mauvaise volonté de sa part, mais on va comprendre.

Bourdalou avait été recruté à la fin de la guerre, à une époque aux engagements faciles, où il fallait reconstituer un effectif qui avait souffert et où l'on n'était peut-être pas particulièrement exigeant.

« Élément intellectuellement limité, mais susceptible toutefois de quelques progrès. »

Telle avait été l'appréciation attribuée à Bourdalou. On s'était trompé.

Bourdalou, qui s'était généreusement octroyé dix fautes d'orthographe à l'examen il y avait vingt ans, en aurait fait beaucoup plus après trente années de service. Les progrès prévus n'avaient pas eu lieu.

« Brigadier, je vous proposerais volontiers à l'ancienneté au grade supérieur, vous y avez droit. Vos états de service sont irréprochables et m'y autoriseraient, mais… il y a votre orthographe et votre style. Tout cela est beaucoup trop personnalisé. Vous devriez, Brigadier, faire attention. Il faut vous surveiller, surtout maintenant où vous allez devoir taper tous vos rapports à la machine. Pourquoi ne vous entraîneriez-vous pas un peu ? Voyons, essayez de demander à votre épouse de vous faire faire quelques dictées tous les soirs, et par exemple quelques rédactions. Vous connaissez bien un instituteur qui pourrait vous donner discrètement quelques conseils ? Allons, essayez, ça vaut la peine.

– Oui, mon Capitaine. »

Les résultats s'étaient hélas ! avérés décevants. Cette satanée orthographe ne voulait pas rentrer. Tous les essais avaient été catastrophiques.

Le maître d'école s'était montré catégorique.

« Monsieur Bourdalou, je ne vois qu'un moyen. Renoncez purement et simplement à faire des rapports. Ce sera la sagesse... Ou alors réduisez-les au minimum. On vous reproche de vous embrouiller dans vos phrases, alors n'en faites pas. Soyez concis, très concis, ou mieux tenez, faites donc faire ce travail, d'ailleurs indigne de vous, à un subalterne. Ça vaudra mieux. »

Le conseil était judicieux. Bourdalou s'efforçait de le suivre. Hélas ! cela n'était pas toujours possible, et une aventure récente avec le substitut du procureur en avait été la preuve.

Ce dernier avait eu la malencontreuse idée d'avoir un accident sur le territoire de la commune. Un accident bête, automobile contre camion, où tout était en sa faveur, mais où le brigadier avait dû intervenir.

« Je veux avoir affaire au brigadier-chef... Ah bien ! c'est vous ? Bon, vous me faites un rapport immédiat. Je l'exige. Je vais le signer et le faire signer à ce quidam qui m'est rentré dedans. »

Le brigadier n'avait pu faire autrement que d'obtempérer, là, sur le terrain, au pied levé, sans même l'aide de son *Petit Larousse*.

Heureusement l'accident était des plus simples, le rapport pouvait être réduit à quelques lignes, et Bourdalou l'avait concentré au maximum.

Le camion dans ce bouchon de voitures suivait la file de gauche, Monsieur le Substitut suivait la file de droite. Le camion à un certain moment s'est rabattu sur la file de droite et a accroché la voiture de Monsieur le Substitut.

Cela aurait somme toute été parfait ; hélas ! le procès-verbal, faute d'une orthographe orthodoxe, était devenu ce qui suit :

Le camion dans ce bouchon de voiture suivait la fille de gauche, Monsieur le Substitut suivait la fille de droite. Le camion a un certain moment s'est rabattu sur la fille de droite et a accroché la voiture de Monsieur le Substitut.

« Mais enfin, Brigadier, comment voulez-vous que je signe une ânerie pareille ! C'est plein de fautes d'orthographe. Voyons, regardez ça. Ça vous paraît correct ? »

Le brigadier était devenu rouge jusqu'aux oreilles et avait fini par bredouiller.

« Non, bien sûr, Monsieur le Substitut, mais ce n'est qu'un brouillon. J'arrangerai ça en recopiant.

– Mais enfin Brigadier, voyons, entre autres, "fille", ça vous convient ?

– Bien sûr que non, Monsieur le Substitut, il manque un "s", car il y avait deux files, celle de droite et celle de gauche. »

Le substitut avait eu un vertige et avait refusé de signer ce rapport pourtant tout en sa faveur.

« Vous me le présenterez au propre dès demain et à la préfecture. »

Le brigadier était consterné et le soir, à la maison, il avait déclaré à son épouse :

« Tu vois, bobonne, le maître d'école est dans le vrai. Je ne veux plus faire le moindre rapport. C'est là, la solution ; je l'appliquerai et je m'en tiendrai là. »

« Dites donc, jeune homme, vous avez du tempérament, vous venez de commettre une infraction caractérisée sous mon nez. Alors pas d'histoire, ça fait cinq francs. Vous les payez, voilà le reçu, et on n'en parle plus.

– Rien à faire, Brigadier. Premièrement, vous avez mal vu et je n'ai rien fait de répréhensible ; deuxièmement, les cinq francs, je ne les ai pas, et enfin, si je les avais, je ne vous les donnerais pas.

– Ah bon ! eh bien ! vous allez voir de quel bois je me chauffe et ce qui va vous en coûter !

– Je m'en fous. Faites un rapport si vous voulez, mais je ne paierai pas. »

« Rapport », à ce simple mot, la colère de Bourdalou était tombée d'un seul coup. Le mot à lui seul avait suffi.

« Bon, alors, n'en parlons plus… Pour cette fois, je passe, mais attention, ne prenez pas ça pour de la faiblesse, gare à la prochaine fois. »

Le jeune homme n'en était pas revenu.

« Mais voyons, Bernard, que veux-tu que nous fassions ? Tiens-nous au courant. Tu sais, elle n'a peut-être pas été très loin. Depuis ce matin, il ne faut pas exagérer. Elle va sans doute revenir. »

Le Bernard dut se décider à confesser sa dispute du matin, à reconnaître même qu'il n'y était pas allé de main morte, et à parler des menaces de la Jeannette sans cesse renouvelées.

« Mais votre chien, Brigadier, votre chien, si vous l'ameniez, peut-être serait-il encore temps. »

Devant un pareil acharnement et une telle insistance, la maréchaussée fut impressionnée. Pourtant, le brigadier continuait à se faire tirer l'oreille. Une histoire cocasse récente avait en effet ridiculisé la gendarmerie, son animal, et son maître. Il n'avait pas envie de voir se renouveler une mésaventure dont le grotesque le discréditerait cette fois à tout jamais.

Expédié en mission, l'animal n'avait-il pas, il y avait quelques mois à peine, traîné son maître à vive allure, successivement aux quatre coins de la commune, et chaque fois vers une chienne en chaleur !

Bernard dut encore insister pour vaincre les résistances du brigadier.

« Allez, ça va, ça va ! Nous te suivons, mais je te préviens, attention ! Si tu nous déranges pour rien, ça te coûtera cher. Très cher, car nous verbaliserons. »

Le Bernard n'était plus très fier. Il commençait à regretter et sa démarche et ses insistances, qui avaient décidément mis en fureur un homme habituellement réputé si gentil.

« Bon, alors, dis-nous maintenant où était ta femme lorsque tu l'as quittée.

– Mais au lit, Brigadier. Elle était revenue au lit après notre dispute. »

Le chien avait reniflé rapidement le lit, aussi vite une paire de bas et de pantoufles de la Jeannette et, sans hésiter, avait pris le vent, tendant si brutalement la corde que le brigadier avait failli la lâcher.

« Tonnerre de Dieu ! Ça recommence ! Putain de clébard, si tu me conduis encore une fois à une chienne, tu joues tes couilles. Je te conduis à Galapian, et cette fois je te fais châtrer. »

Le chien ne marchait pas, il volait. Il avait tourné le dos au puits et à la rivière toute proche et, sans atermoyer, se dirigeait vers la ferme voisine des Arches.

« Y a-t-il une chienne aux Arches ?

– Un chien, oui, j'en suis sûr, mais une chienne, non. »

Le Bernard ne croyait pas.

Ça y était, on était aux Arches. Le brigadier était en sueur. Le chien venait d'entrer dans la maison. La corde s'était détendue, mais s'agitait frénétiquement.

« Nom de Dieu ! je parie qu'il a encore trouvé une chienne, ce salaud. »

Le brigadier se trompait.

Le chien avait royalement rempli sa mission. La Jeannette était bel et bien retrouvée, et le chien ni plus ni moins lui faisait fête.

Retrouvée, retrouvée, et encore au lit, mais cette fois dans le lit du Fernand, et bien sûr en sa compagnie.

Le brigadier ne savait plus ni que dire ni que faire. Il s'attendait à tout, sauf à ça.

« Ah ! merde, bon, ça va... Toi, Bernard, arrête-toi. Tiens-toi tranquille, c'est d'accord, nous ferons un procès-verbal si tu l'exiges, mais je t'avertis, n'attends pas que je te ménage. N'oublie pas que tu as reconnu spontanément à la gendarmerie avoir frappé ta femme. Si elle porte plainte, tu seras amené à répondre de tes actes devant les tribunaux, et il ne serait pas étonnant que tu ne sois à ton tour inculpé. Alors, vois toi-même, réfléchis bien. Tu sais, un rapport, c'est vite fait, mais il faut savoir en mesurer les conséquences. »

Le Fernand avait disparu. La Jeannette était repartie chez elle à toute vitesse.

Le Bernard était perplexe.

« Mais nom de Dieu ! On te l'a retrouvée, ta femme ! Que veux-tu de plus ? Nous faire faire des pages et des pages d'écriture ? Voyons, tu devrais être content, tonnerre ! Tu l'es, eh bien ! alors, fous-nous la paix avec ton constat. »

Et le brigadier s'était penché à son oreille pour dire quelques mots au Bernard.

« Oh ! Brigadier, pour ça, faites-moi confiance. Attendez que j'arrive à la maison. Je vous assure que je m'en charge et qu'elle s'en souviendra.

– À la bonne heure, Bernard ! Nous fermerons les yeux. Ça vaudra mieux qu'un rapport, crois-moi. »

L'histoire, bien sûr, avait rapidement transpiré. Les commentaires n'avaient pas manqué.

Le chien avait gardé ses couilles, et les gendarmes s'étaient réhabilités.

Ce fut le maire du village qui, appelé quelques jours après en conciliateur, résuma le mieux la situation.

« Allons, Bernard, crois-tu vraiment que cela valait la peine de faire une pareille comédie pour apprendre ce que tout le monde sait et évite de te dire depuis si longtemps ? Tu es cocu, tu le sais maintenant, c'est certain, mais console-toi, tu n'es pas le seul, que diable ! »

LVI

La Thérèse des Pergnoles restait inconsolable depuis la mort de son mari. Elle clamait à qui voulait l'entendre et son chagrin et son désarroi.

Elle faisait peine à voir. Des pleurs à tout bout de champ, rarement un sourire ; elle était en proie à une dépression qui paraissait insurmontable.

Toutes ses voisines reconnaissaient que son veuvage était exemplaire et y faisaient référence, et les hommes du voisinage se désolaient de ne pouvoir lui apporter les adoucissements qui étaient dans leurs cordes, car la Thérèse était restée encore accorte et bien désirable malgré ses larmes.

« Mais, Docteur, il faut me donner quelque chose. Voilà un an que mon Baptiste est décédé et malgré mon chagrin, voyez vous-même, je me mets à grossir. Que dois-je faire ?

– Vous arrêter de vous lamenter, Thérèse, et le plus rapidement possible, car personne ne va plus comprendre. Enfin, et surtout, régularisez au plus vite si vous pouvez. Vous comprenez, ça presse. C'est avancé. »

Quelques mois après cette consultation aux conclusions bien inattendues, notre Thérèse remariée, gaie comme un pinson, accouchait d'un enfant bien viable et bien constitué, bien qu'à ses dires prématuré de cinq mois.

LVII

J'ÉTAIS EN FIN D'UNE CONSULTATION ÉCOURTÉE. Je me croyais déjà libéré pour la soirée lorsqu'ils rentrèrent l'un derrière l'autre : elle en premier, l'air renfrogné, lui, tête basse, fermant la marche. Du premier coup d'œil, je m'étais rendu compte que tout allait mal, que j'allais me trouver en présence d'une situation explosive et d'exception pour laquelle il allait falloir prendre tout son temps.

Opulente, puissamment jabotée, après avoir déposé deux paniers volumineux de part et d'autre de son fauteuil, elle s'était laissée choir sur lui, le chapeau sur l'oreille. Là, l'œil acerbe, en biais, elle s'était mise à suivre sans aménité les évolutions prudentes de son maigrelet de mari qui, feutre à la main, prenait place en se tortillant sur le coin de l'autre siège.

Une présentation comique à la Dubout. Elle aurait pu prêter à rire si l'on n'avait aussi bien senti le sérieux de la situation.

Une longue expérience m'avait appris que, dans des circonstances semblables, le silence est le meilleur recours. Après de brèves congratulations, je m'y étais réfugié, feignant de mettre un peu d'ordre dans les paperasses qui encombraient mon bureau. D'un œil en coin, j'observais.

Le courroux de la Berthe n'avait pas l'air de s'apaiser. Elle foudroyait l'Étienne qui, après avoir pris un intérêt tout particulier au lustre de la pièce, s'occupait maintenant, avec tout autant d'attention, du bout de ses souliers.

Ni l'un ni l'autre ne pipaient mot !

Le rangement, même le plus soigné, doit fatalement prendre fin. Le moment était venu de faire face.

« Alors, qu'est-ce qu'il vous arrive ? Rien de grave, j'espère. »

Je m'attendais à une réponse directe et immédiate, il n'en fut rien. La Berthe s'était contentée de me fixer avant de tourner légèrement la tête vers son mari.

« Cochon ! »

Nous en étions au même point. Mais là alors, au moins, j'avais la certitude que l'affaire était sérieuse.

Le mari n'avait pas relevé la tête. Tout au plus s'était-il manifesté d'un léger mouvement d'épaule.

Un mutisme complet avait suivi.

Mon regard interrogateur allait de l'un à l'autre sans résultat. Il fallait tout de même bien prendre quelques initiatives si l'on ne voulait pas y passer la soirée.

« Alors les enfants, il faut tout de même se décider à me dire ce qui se passe. Expliquez-vous, expliquez-moi.

– Cochon, vieux cochon. Tu n'as pas honte ! »

Effectivement, l'Étienne n'avait pas l'air très fier. De seconde en seconde, on le sentait de plus en plus coupable, au banc des accusés.

« Alors, tu oseras le lui dire au médecin ? Tu oseras ? À ton âge. Allez, dis-le-lui donc ce qu'il t'arrive, salaud ! Je veux que tu aies honte de le lui expliquer.

– Non. Dis-le-lui, toi. »

Nous étions à un point culminant du drame. L'aspect d'Étienne était pitoyable et appelait le secours. On le sentait, il perdait pied.

« Bon, Berthe. C'est bien. Je ne sais ce qui se passe, mais laissez donc un peu votre mari tranquille et expliquez-moi simplement de quoi il retourne.

– Oh ! je savais bien qu'il ne voudrait rien dire. Je voudrais bien savoir d'ailleurs ce qu'il pourrait dire, ce grand cochon. Hein ? Tu y es maintenant devant le médecin. Explique-toi. Tu vas le dire où tu l'as attrapé. Hein ? Ah ! tu vas leur rendre de petits services aux voisines : et je vous coupe du bois, et je vous donne une journée pour les foins, et je vous donne une autre journée pour le maïs. Ah ! lorsque c'est pour me fendre un peu de bois pour ma cuisinière, tu n'es pas aussi pressé. Cochon, va. Alors, tu ne fais pas le joli cœur aujourd'hui… Allez, explique-toi. Où l'as-tu pris et à qui ?

– Allons, Berthe. Allons.

– Eh bien ! voilà, Docteur, je vais vous le dire, c'est pas compliqué. Il a attrapé une mauvaise maladie, oui, comme je vous le dis, et ne dis pas le contraire, tu m'entends, Étienne. Une mauvaise maladie avec une de ces chiennes de femmes qui ont toujours les pattes écartées, et allez savoir avec laquelle. Grand salaud, va !

– Berthe, calmez-vous. Il faut voir. Ce n'est peut-être pas ce que vous imaginez. Attendez pour crier au moins que je l'aie examiné.

– Oh ! vous pouvez le faire, Docteur, vous allez voir quelque chose de propre. Depuis huit jours, sa “quite quiquette” coule comme une fontaine, et sans arrêt. Il pisse tous les quarts d'heure, nuit et jour, en sautant d'un pied sur l'autre tellement ça lui fait mal, et il n'a pas plus tôt fini qu'il recommence. Voilà bientôt quinze jours qu'il n'est pas venu avec moi. Et il ne voulait pas vous voir avec ça. Alors, Docteur, c'est normal, ça ?

– Non, bien sûr que non, Berthe, bien sûr que non, mais reprenez votre sang-froid. Voyons, Étienne, montrez-moi ça. »

Étienne, qui avait repris la contemplation de mon lustre avec résignation, s'était levé, en partie soulagé d'un aveu pénible, mais toujours anxieux d'une issue dont il n'entrevoyait que bien mal les conclusions.

« Cochon, va. Et laisse-le donc tomber, ton pantalon. Tu ne le perdras pas aujourd'hui. Tenez, voyez-moi ça, Docteur. Du linge tout propre mis ce matin. Voyez ce travail, si ce n'est pas malheureux. Alors, tu le diras oui ou non… où tu l'as attrapé ? Tu ne diras tout de même pas que c'est avec moi, hein ? Je suis propre, moi. Cochon ! Je n'aurais pas honte de me faire voir, moi. »

Le fait est que le spectacle d'Étienne, le pantalon en tuyau de poêle rabattu sur ses talons, la chemise relevée, attirail à l'air, et Dieu sait dans quel état, n'avait rien de réjouissant.

Le diagnostic était tristement évident, le repentir local tout autant. Étienne attendait mon verdict, comme un lièvre au gîte attend le coup de fusil. Je prolongeais mon examen qui n'en avait plus besoin, cherchant l'idée, l'idée générale qui pourrait sauver Étienne. Et brusquement, elle m'apparut.

Après tout, pourquoi pas ? On pouvait toujours essayer.

« Salaud ! Qu'en pensez-vous, Docteur, de ce salaud ?

– Mais enfin, Berthe, arrêtez-vous d'accabler votre pauvre mari. C'est certain, c'est une infection, et ce n'est pas beau ; mais enfin, de là à conclure à une maladie honteuse, vous y allez un peu fort, Berthe. Voyons, Étienne, vous avez des vaches, je crois ?

– Oh ! oui, Docteur, vingt-deux. »

Sentant une perche possible, Étienne avait abandonné ses contemplations dérivatives et, sans savoir ce qui l'attendait au juste, m'accordait toute sa confiance.

« Et vous les soignez tous les soirs bien sûr ?

– Eh oui ! Docteur, il le faut bien.

– Et parmi vos bêtes, il n'y en aurait pas eu une au moins qui aurait été malade par hasard, ces temps derniers ? Une qui aurait eu la vaginite par exemple ?

– Si, si, Docteur, notre Rousse, il y a deux mois. Même que le vétérinaire nous lui faisait faire des injections. Elle l'avait attrapée au taureau des Vergnioles, et même que... »

Étienne, sentant le salut, se perdait en explications. Sa bonne volonté se transformait en une logorrhée dangereuse. J'eus du mal à l'arrêter.

« Ah ! ah ! et lorsque vous avez fini de donner ces soins, vous lavez-vous bien les mains au moins ?

– Oh ! ma foi, non, Docteur. Pas toujours.

– Et vous allez pisser quelquefois dans le fond de l'étable ?

– Ça m'arrive, bien sûr, Docteur.

– Oh ! alors, ne cherchons pas plus loin. Votre femme a bien raison, mon pauvre Étienne, vous êtes un cochon. Je suis de son avis.

– Mais Docteur, vous ne voudriez tout de même pas dire qu'il l'a pris à la vache ? C'est possible, ça ?

– Mais bien sûr, Berthe, bien sûr… Les microbes des animaux et les nôtres sont les mêmes. Ils peuvent nous atteindre lorsqu'on n'a pas d'hygiène !

– Alors Docteur, mais mon mari, il aurait la même maladie que le taureau des Vergnioles ?

– La même, ma pauvre Berthe, la même.

– Ah ! et c'est ça qui expliquerait que ça coule autant ? Mais alors, Docteur, il faut me le soigner, cet homme. On ne peut tout de même pas le laisser comme ça ! »

Berthe était transformée, sa rogne était tombée d'un coup. Sans être toute compassion, elle n'en devenait pas moins compréhensive, et elle pensait déjà à sauver les meubles.

« Et on va le faire, Berthe, et tout de suite même. »

Étienne était soulagé, il avait remonté son pantalon avec énergie. C'était un autre homme. Son moral reprenait le dessus, et il crut de bon ton d'en rajouter.

« Tu vois, Berthe, quand je te le disais que nous devrions prendre l'inséminateur. Tu vois où ça nous mène, tes économies ridicules ? »

Ils étaient repartis, la Berthe pensive, lui ragaillardi, le chapeau sur l'oreille, une ordonnance en poche avec la certitude d'une prompte guérison.

Je devais revoir Étienne huit jours après.

« Je suis complètement guéri, Docteur. J'ai même, depuis hier, pu reprendre du service auprès de la Berthe. »

Il était rentré dans mon cabinet, deux lourds paniers de poulets au bras.

« Voilà, Docteur, je devais les vendre, mais je vous les donne. Berthe n'en saura rien, et vous les avez bien mérités. Vous parlez d'une histoire. La vache. J'ai bien compris, allez, que vous n'étiez pas dupe. Que vous inventiez ça pour me sauver la mise. Je vous remercie. C'est que vous savez, avec la Berthe, c'est que ma vie n'était plus possible. Ah ! puis, dites donc, Docteur, la Jeannette, ma voisine, je vous l'envoie. Si vous pouviez la réussir aussi bien que moi, ça me rendrait service, oui ! »

LVIII

En Périgord, on ne dit pas une telle couche avec un tel, on considérerait cela comme indécent ; on dit simplement une telle « marche » avec un tel. C'est une formule locale admise et que tout le monde comprend parfaitement.

Elle était agréable à voir ce matin-là, Lucette, gracieuse et avenante, dans sa robe à pois blancs presque transparente aux rayons du soleil.

On la devinait languissante, prête et apte à l'amour dans les effluves printaniers qui l'entouraient et l'imprégnaient de toute part en ce radieux mois de mai.

En seize ans, je l'avais vue grandir et se transformer. Perche ingrate au début, longtemps restée trop grande et trop maigre, brusquement épanouie en une splendide fille aux hanches larges, aux yeux rieurs, aux joues tellement chargées de fossettes qu'on ne pouvait moins faire que d'en imaginer une foule d'autres un peu partout, là, ailleurs, dans leurs coins les plus secrets.

Et pas farouche avec ça, Lucette. Toujours prête à rire d'une plaisanterie même un peu osée et à renvoyer la balle au besoin.

Déjà mère, elle tenait son bambin sur les bras, un gros garçon joufflu.

« Alors Lucette, que t'arrive-t-il ? »

Bien que ce ne soit pas dans mes habitudes, j'avais plaisir à la tutoyer. D'ailleurs, toute autre attitude de ma part l'aurait certainement contrariée.

« Oh ! là ! là ! ce que ce garçon peut me tuer ! Il pèse. Il pèse. Et c'est pourtant pour lui que je viens. Impossible de lui faire faire le moindre pas, même en le tenant. Il refuse de rester debout jusque dans son parc. Il va pourtant sur ses deux ans. J'ai l'impression qu'il est faible sur ses jambes.

– Voyons, Lucette, déshabille-le. Je vais l'examiner. »

Le jeune Pierre était rondelet, un peu pataud, un peu amorphe, tout au plus un peu trop lourd, mais rien de fâcheux n'était à déplorer. C'était somme toute un bel enfant qui ne tarderait pas à rattraper le temps perdu. Je m'apprêtais à faire mon ordonnance.

« Bon, Lucette, ton petit n'a rien de grave, mais dis-moi, te souviens-tu, et peux-tu me le dire, à quel âge as-tu marché ? »

Lucette était devenue rose comme une fleur.

« Pourquoi cette question, Docteur ? Ça pourrait avoir des conséquences sur le petit ?

– C'est possible, ça peut aider à expliquer certains retards, Lucette, et puis tu sais, nous, médecins, lorsque nous ne trouvons rien, nous cherchons. On fait feu de tout bois. Voyons, à quel âge ?

– Eh bien ! Docteur, juste pour mes treize ans, mais surtout vous n'en dites rien, Docteur, car vous êtes le seul à le savoir. Surtout pas à ma mère. C'est pour le coup qu'elle en ferait, des histoires.

– Évidemment, Lucette, évidemment. »

Le moins que l'on puisse dire, c'est que c'était beaucoup trop tôt – c'eût été presque normal aujourd'hui – ou beaucoup trop tard, c'est selon.

« Allons, je vois bien que nous ne nous sommes pas compris. À quel âge as-tu fait toi-même tes premiers pas ?

– Oh ! excusez-moi, Docteur, aussi, je me disais !

« Ah ! Docteur, tant que je suis là, que je vous parle de mes règles. Elles viennent mal, elles sont peu abondantes et douloureuses ; pourriez-vous me redonner les mêmes gouttes que celles que vous m'aviez prescrites il y a six mois ?

– Voyons, Lucette, lesquelles ? Je ne m'en souviens pas.

– Des gouttes de "rut"... Vous savez bien, Docteur ?

– De "rut", Lucette ? Tu veux rire. Tu veux peut-être dire de rue ?

– C'est ça, Docteur, c'est exactement ça. »

Certes, pas une intellectuelle, Lucette. Mais pourquoi aurait-on en plus exigé ça d'elle ?

Ce n'étaient pas des idées de sagesse philosophique qui vous venaient à l'esprit en la contemplant, mais bien plutôt des idées libertines où le regret le disputait au désir.

Elle était si charmante, si séduisante, ce jour-là, dans sa robe à pois blancs.

LIX

C'ÉTAIT UNE SOIRÉE SEMBLABLE à toutes les autres ; simplement peut-être ce jour-là étais-je rentré plus tôt que de coutume, bien décidé à profiter au mieux des quelques minutes de détente que la providence m'octroyait.

C'était la fin du printemps, la Saint-Jean, une époque où les jours s'attardent, ne cédant qu'à regret à la nuit.

Les chaises longues étaient restées dans le parc. L'air redevenait plus frais, enfin plus respirable après une journée qui s'était avérée trop chaude pour la saison. Je m'étais laissé aller à la douceur d'un farniente familial. L'obscurité gagnait. Les chauves-souris avaient déjà, depuis un long moment, entrepris leurs va-et-vient silencieux de plus en plus près de ma tête. « Elle » était partie coucher sa fille. J'étais seul, et je m'apprêtais à rentrer.

« Docteur, on vous demande à la porte.

– Voyons, Lucette, qui me demande à cette heure ?

– Je ne sais pas, Docteur. Je ne crois pas que ce soit pour une visite. Cet homme m'a tout l'air d'être un mendiant. Il est âgé, il ne m'a pas dit son nom, et de toute façon il n'est pas d'ici. »

La petite bonne venue me prévenir, pressentant une humeur versatile, s'était prudemment éclipsée. Je n'avais plus personne sur qui faire passer ma rogne. Il ne me restait plus qu'à aller voir moi-même ce que l'on me voulait, et ce fut ce que je me décidai à faire en bougonnant.

L'homme se tenait en retrait, dans l'ombre de la porte. Un chapeau large, rabattu sur le visage, cachait ses traits. À moi non plus, il ne me disait rien.

« Vous voulez me voir, Monsieur ? »

Il avait relevé la tête, et brusquement je l'avais reconnu.

« L'Avocat ! l'Avocat ! Toi, ici ! Par exemple... Mais comment se fait-il ? Quelle surprise ! Si je m'attendais à te voir ! Qu'est-ce qui t'arrive ? »

Ma lassitude et mon air renfrogné avaient brusquement fait place à une extrême excitation et à une joie des plus profondes.

Une bouffée de jeunesse venait de me frapper en plein cœur. Je faillis le serrer dans mes bras. Je me ressaisis à temps, retenant un élan qui eût été pour lui un signe de faiblesse. Je lui tendis la main.

« Mais entre, l'Avocat, entre donc. Ne reste donc pas ainsi sur le pas de la porte.

– Tu es seul, Fada ?

– Non, bien sûr. Je suis marié, tu le sais bien. J'ai même une fillette. Mais tu peux entrer, l'Avocat, tu seras le bienvenu. »

Je le sentais réticent.

« Allons, viens, si tu ne veux voir personne, nous irons directement dans mon bureau. »

L'Avocat m'avait suivi sans protester et sans plus dire un seul mot. Nous nous étions retrouvés tous les deux face à face et en pleine lumière.

C'était donc lui, mon clochard et ami... Celui que j'avais si bien connu il y avait à peine dix ans, à Toulouse, lorsque j'étais étudiant, au cours des années de guerre, à une période difficile qui obligeait à certains expédients. Une période qui m'avait conduit moi-même, comme bien d'autres de mes camarades, à la cloche, le trois-étoiles des pauvres et des fauchés[1].

Certes, en pleine lumière, je le retrouvais comme je l'avais quitté, à peine changé sous son chapeau délavé par la pluie et brûlé par le soleil. Sa barbe, que je n'avais vue peignée qu'une seule fois en mon honneur et le jour de ma thèse, était toujours aussi hirsute. Sa silhouette familière en plein jour ne m'eût jamais trompé. Il portait toujours sa musette de la même façon, en bandoulière, et le col d'une bouteille vide en émergeait comme autrefois. Il avait gardé sa même allure, une allure qui, de loin, le faisait reconnaître entre tous les autres clochards. Tout au plus paraissait-il beaucoup plus maigre et beaucoup plus voûté que je ne l'avais connu.

Nous nous étions longuement regardés en silence, pensant l'un et l'autre au chemin parcouru. Je savais combien l'Avocat était peu prolixe. Je me doutais bien

1. *Voir* Le Temps de l'école, *Louis Tamain, De Borée, 2008.*

qu'il était venu vers moi pour une raison solide, mais je savais aussi qu'il fallait attendre et qu'il me saurait gré de ne pas lui poser de questions.

« As-tu mangé au moins, l'Avocat ?

– Mangé oui... bu non, et depuis longtemps ! »

J'avais compris. L'Avocat n'avait sûrement rien dans le ventre, mais dans la crainte d'abuser de mon hospitalité, il n'avançait que ce qui lui paraissait l'essentiel, et c'était au vin bien sûr qu'allait sa préférence.

« Tu m'attends. Je reviens, donne-moi quelques secondes. »

J'avais rapporté avec du pain un pot de rillettes et, pour ne pas être trop restrictif, deux bouteilles de vin.

« Mange et bois, l'Avocat. Tu as tout ton temps. Tout le monde dort dans la maison, et puis ne te tracasse pas pour les miettes, la femme de ménage passera demain. »

Et je m'étais mis à rire de cette réflexion idiote. En quoi pouvaient donc bien lui importer des miettes à un Avocat qui mangeait et dormait depuis toujours sous les ponts ?

Il avait fait honneur à mes rillettes, et mon premier litre de vin n'avait pas fait un pli. Il n'avait réduit son débit que lorsque je l'avais assuré que de toute façon, le deuxième litre lui était destiné.

Une heure s'était écoulée. Il n'avait toujours rien dit.

« L'Avocat, reste là. Je te prépare un lit.

– Tu rigoles, Fada. Avec ce temps. Allons, à ce que je vois, tu seras toujours aussi fou. Je t'avais bien jugé le premier jour de notre rencontre. Tu n'as pas changé. »

C'était en effet lui qui m'avait baptisé de ce sobriquet de Fada qui m'avait toujours suivi chaque fois où je m'étais rendu en fin de mois aux festins de la cloche. Fada, parce que j'avais oublié de demander un bon de repas gratuit à la mairie. Fada surtout, parce que j'avais accepté un jour de changer un verre de vin contre un seul de ces bons.

« Bien, où veux-tu coucher alors ? Veux-tu que je t'installe dans ma salle d'attente sur une chaise longue ?

– Dehors, Fada… dehors… C'est plus commode pour pisser… Et avec ce que j'ai bu et ce que je vais boire, je vais en avoir besoin.

– Soit, viens. Nous parlerons plus tard… Demain il fera jour. Viens, les chaises longues sont encore en place sous les arbres. Je vais te donner une couverture et te laisser mon garage ouvert. Si tu veux, tu te mettras dans l'auto.

– Attention ! Fada, j'ai mes puces. Elles restent avec moi tant que je suis en plein air, mais dans une voiture, je ne réponds de rien. Je ne les ai pas comptées. J'emporte le litre ? C'est d'accord ? Tu veux peut-être garder la bouteille ? Veux-tu que je la transvase dans la mienne ?

– Inutile, l'Avocat. Tu me la rendras demain si elle est vide.

– Pour ça, n'aie aucune crainte, Fada, elle le sera.

– Bonne nuit donc, l'Avocat.

– Bonne nuit, Fada. »

« Fada, je suis foutu. »

Il m'apportait une lettre de Tanière, mon ancien camarade de fac, maintenant chef de clinique :

Il a un cancer du poumon, évolué. Rien à faire pour lui de sérieux. Il veut te voir. Là ou ailleurs, le résultat sera le même. Je le laisse donc sortir et partir ; il profitera encore d'une belle saison. Ma foi, après, tu me le renverras si toutefois rien n'arrive d'ici là. Je t'avertis, il risque de te faire une hémorragie cataclysmique. Toujours bien à toi.

P.-S. : Tu ne viens donc jamais à Toulouse ? Depuis le temps que je t'attends pour déjeuner.

Une radioscopie rapide, qui valut à une vingtaine de puces une échappée d'équipe, s'avéra tristement éloquente.

« L'Avocat, tu as bien fait de venir. Tu vas voir, je vais t'installer dans le coin. Avec le bon air de la Dordogne, dans quelques mois tu regagneras de nouveau Toulouse en bonne forme.

– Tu mens mal, Fada. Tu mens mal, car tu viens de voir que je suis foutu. »

Je lui avais déniché une maisonnette, si l'on peut dire, car elle ne se composait que d'une seule pièce sans grand confort. Malgré tout, c'était un toit et un lit de camp assurés jusqu'en automne. C'était un pavillon de garde-chasse, libre pour quelques mois, et que je devais à la générosité d'une châtelaine locale qui me l'avait mis gracieusement et spontanément à ma disposition. Un puits à proximité pouvait fournir l'eau, un petit réchaud à gaz butane permettait une cuisine modeste. C'était pour l'Avocat plus qu'il ne lui en fallait.

« Oh ! tu sais, même si l'eau du puits n'est pas potable, ne te tracasse pas. Je n'ai pas l'intention d'en faire abus. Tu sais, l'eau et moi... Pour le peu qu'il me reste à vivre, je préfère boire du vin.

– As-tu de l'argent, l'Avocat ? Veux-tu que je te dépanne ? »

L'Avocat n'en avait pas besoin. De l'argent, il en avait peu, mais suffisamment. Un petit héritage, venu d'une tante secourable sans enfants, qui avait eu pitié de lui, lui était échu sous la forme d'une petite rente mensuelle... Quelle aubaine !

« Trop tard, Fada. Te rends-tu compte de tous les litres de rouge qui me sont passés sous le nez depuis trente ans ? »

L'Avocat, contrairement à ce que j'avais prévu, s'était rapidement adapté.

« Tu t'arrêteras si tu passes par là, Fada. Je m'y trouve plus à l'aise que dans ton bureau, et cela me fera plaisir. »

Je le voyais pratiquement tous les jours.

Le tas des ordures de la ville se situait à quelques kilomètres, sur un terrain vague de genévriers, en contrebas d'une route en lacets en principe peu fréquentée, et vidait ses entrailles odorantes et fumantes sur le versant d'un coteau. On l'avait voulu discret ; en fait, il était évident, presque visible de tous côtés, et le soleil jouant sur ses tessons de bouteilles épars et ses ferrailles disséminées le signalait de fort loin.

Constamment alimenté au rythme d'un va-et-vient incessant de camions qui lui déversaient chargements sur chargements, le tas avait atteint en quelques années une importance monstrueuse. Il gagnait maintenant en terrasses successives tentaculaires une partie du flanc de la colline. Autour de lui, les arbres mouraient et arboraient sur leurs branches noircies, faute de feuilles vertes, les papiers gras et les lambeaux de chiffons que le vent sans cesse y accrochait.

De ses flancs, des fumerolles, toujours en activité, entretenaient une odeur âcre de fumée, fumée qui, mêlée à celle de la pourriture, prenait à la gorge.

C'était là le cloaque de la ville, le rejet de tout ce qui n'était pas consommable. Tout ce dont on s'était à la longue lassé venait systématiquement y échouer. Épluchures, détritus de poubelles, vieilles boîtes de conserves éventrées, mais aussi sommiers, matelas, vieux meubles, vieux fourneaux, vieilles carcasses d'autos, tout cela pêle-mêle dans une anarchie apocalyptique que seul le hasard peut réussir.

On pouvait tout chercher et tout trouver sur le tas. Il suffisait d'attendre, et de n'être ni trop pressé ni trop difficile dans ses espérances. On pouvait y rencontrer chaussure à son pied, à l'unité ou à la paire, le cadre de vélo, avec ou sans sa selle, avec ou sans son guidon, avec ou sans son pédalier. En ayant un peu de chance, on pouvait même y découvrir le meuble rare jeté par erreur de jugement et qui, bien astiqué et reverni, pouvait encore faire l'affaire d'un brocanteur.

Les boueux le savaient, avaient l'œil et en profitaient discrètement à l'occasion. Mais ils étaient bien les seuls à le faire, car tout autre n'eût pas osé, ne serait-ce que par pudeur, amour-propre ou dignité.

La journée, sauf aux environs de midi, le tas ne connaissait guère de répit, tantôt ébranlé par les camions, tantôt bousculé sous les coups de boutoir des bulldozers qui l'agressaient et le modifiaient sans cesse dans sa structure. À cause de cette intense activité, son sol mal tassé tremblait, et lorsqu'on s'y aventurait à pied, on le sentait mou, mou comme un ventre malsain.

Mais c'était la nuit surtout que le tas ignorait tout repos, car c'était alors le moment où il se mettait à vivre avec le plus d'intensité.

Les lourds véhicules ne s'étaient pas plus tôt arrêtés, le soleil n'avait pas plus tôt disparu derrière les collines, que tout ce qui se méfie de la lumière, qu'il pleuve ou qu'il vente, l'envahissait aussitôt.

La nuit, le tas devenait un chantier étrange, un domaine inquiétant où, faute d'autres concurrents, les rats devenaient maîtres. Des rats, non pas n'importe lesquels, mais des rats gris à la longue queue, des rats d'égout voraces et querelleurs, venus d'on ne sait d'où, et qui n'avaient rien à voir avec les campagnols de nos régions.

Dans le noir, à son abord, on percevait leurs cris perçants, on soupçonnait leurs luttes fratricides impitoyables et on distinguait parfois leurs déplacements en hordes serrées sur ses flancs. Ils sortaient de partout. On ne pouvait alors s'approcher sans risque de les rencontrer, de les piétiner, mais aussi sans risque de se faire mordre car ils étaient en force et ne craignaient plus rien. Le feu, qui couvait dans les viscères du tas, et qui était régulièrement entretenu à leur intention, pas plus que le poison que l'on répandait de-ci de-là, ne les décourageaient. À cause d'eux, la nuit encore plus que le jour, le tas paraissait remuer dans sa masse.

Personne n'osait s'en approcher. Les rares audacieux qui avaient voulu par hasard y venir nuitamment s'y délester en cachette de quelques inavouables paquets avaient dû y renoncer. Ils n'étaient pas près d'oublier le spectacle hallucinant qu'ils avaient surpris dans la lumière des phares de leurs autos.

C'était ainsi mais, aux premières lueurs du jour, tout rentrait dans l'ordre. Les rats, d'un seul élan, se réfugiaient dans les profondeurs pour y dormir, et peut-être aussi, pourquoi pas, grâce aux feux entretenus, pour s'y réchauffer.

Quelques centaines de mètres tout au plus séparant son pavillon du tas, l'Avocat n'avait pas été long à découvrir ce dernier. Il avait aussitôt pressenti toutes les possibilités qu'il allait pouvoir en tirer.

« Fada, c'est une mine que j'ai à ma porte. C'est incroyable ce que l'on peut y trouver ! Et tiens-toi bien, je suis le seul à y aller. S'il y avait pareille chose à Toulouse, nous y serions cent à la pointe du jour. »

Il avait déniché un vieux landau noir en bon état, dont les quatre roues restaient valables, ce qui était l'essentiel, et depuis ce jour, ce dernier ne le quittait pas.

« Quel dommage que je ne puisse le ramener à Toulouse ! Tu te rends compte d'une commodité ? Imagines-tu tout ce que l'on peut transporter sans peine là-dedans ? »

Malgré mon interdiction formelle, l'Avocat se rendait au tas dès 7 heures du matin. Il s'était fabriqué, aux dépens d'une barre de fer, un long crochet, et il passait au crible tout ce que l'on avait fraîchement déversé.

« Avant que les bulls ne s'y mettent, car après eux il n'y a plus rien de valable, tout est écrasé. »

Il y restait une ou deux heures puis, son inspection terminée, il se retirait avec ses découvertes qui remplissaient chaque fois son landau.

« Fada, crois-moi, cette génération actuelle est une génération perdue. Il se fait un gaspillage comme tu ne t'imagines pas. Regarde ce que j'ai trouvé aujourd'hui. Un chapelet de saucisses. Il y en a une bonne douzaine… Un demi-sac de pommes de terre. Mais enfin, tu ne me diras pas que les gens qui jettent ça n'ont pas perdu la tête. Figure-toi ce que cela aurait pu valoir même à la cloche pendant la guerre. »

Les saucisses étaient bien un peu douteuses, les pommes de terre en voie de germination, mais l'Avocat n'en démordait pas.

« Lavées, je t'affirme que ces saucisses seront excellentes, et tu vas voir ce plat que je vais en faire pour midi. Veux-tu rester manger avec moi, Fada ? Tu sais, il y en aurait largement pour deux. »

Les joies de ses trouvailles étaient telles que je me décidai un jour à lui faire une surprise.

J'allai au tas bien avant lui, et je dissimulai dans le premier charroi venu deux bouteilles de vin d'Alsace et une boîte de choucroute. Certain que l'efficacité de l'Avocat ne serait pas prise en défaut, je ne manquai pas d'aller le surprendre le jour même vers midi.

Il était dans une excitation indescriptible.

« Fada, viens voir ! Tu n'en croiras pas tes yeux. Tiens, vois ça. Deux traminer, même pas décapsulés. Et regarde, une boîte de choucroute d'un litre. Enfin, comment expliques-tu ça ? Une choucroute, d'accord, je veux bien, ça peut se discuter, après tout, on peut bien ne pas aimer la choucroute, mais du vin, du vin comme celui-là ! Même pas débouché. Où va le pays à ce train-là ? »

Lorsque j'avais le temps, je m'attardais et nous discutions. L'Avocat m'avait toujours reçu avec le même plaisir mais, fidèle au comportement des clochards, nous étions restés longtemps presque muets. Ce n'était que petit à petit qu'il avait fini par se laisser aller et par se confier. Ce fut certainement de sa part une grande marque de confiance qu'il me donna, car cela différait radicalement de ses habitudes. Sur lui-même, son passé et sa vie antérieure, je ne devais jamais rien savoir. C'était un domaine que je sentais réservé, et sa pudeur m'en refusait l'accès. En revanche, sur son optique de la vie, il devait, à mon grand étonnement, complètement se livrer, et je devais découvrir à cette occasion un Avocat que je ne soupçonnais même pas.

Certes, je le savais instruit, mais je ne m'attendais pas à lui voir remuer des pensées aussi profondes et à faire montre d'une sagesse aussi réfléchie qu'avisée.

« Vois-tu, Fada, la vie, c'est une vaste connerie ! On l'impose à chacun de nous, sans que nous ayons notre mot à dire ! Crois-moi, ce n'est pas un cadeau que l'on nous fait. En nous la donnant, on nous en donne tous les emmerdements en même temps que la certitude de la mort. Cette mort qui, à elle seule, suffit à faire pencher, même dans les meilleurs cas, la balance du mauvais côté. Nous naissons l'angoisse au cœur. Nous ne savons ni d'où nous venons, ce qui curieusement ne nous importe guère, mais surtout ni où nous allons, ce qui nous inquiète tous au plus profond de nous-mêmes. Lancés dans l'aventure, nous devons faire, bon gré mal gré, notre chemin. Certains le font la peur au ventre jusqu'à la dernière minute, avec toujours pour unique horizon la hantise de la mort. Les autres, pour échapper à cette inquiétude, n'ont qu'un seul recours, celui de l'insouciance. Ceux-là font leur chemin comme s'il ne devait jamais finir, souvent en égoïstes et surtout sans chercher à s'émouvoir de ce qui arrive autour d'eux. Exactement comme si tous les périls étaient réservés aux autres et ne pouvaient jamais les atteindre. Moi-même, j'ai essayé un certain temps de comprendre, puis j'ai fait comme beaucoup d'autres, j'ai cherché une échappatoire et je l'ai trouvée dans le vin. Le vin est bon, Fada, il est d'origine divine, il verse l'euphorie et aide à oublier notre misérable condition d'hommes.

« Vois-tu, Fada, c'est le dégoût de la vie qui m'a conduite à la cloche. Rien d'autre, crois-moi. Je ne le regrette pas. Grâce à ça, j'ai échappé à la pire folie : celle de l'argent et de l'appât du gain. Je m'en réjouis car, vois-tu, Fada, en ce domaine, l'homme est la pire des espèces, il n'a aucune limite. Jamais il n'est satisfait, jamais il n'en a assez. Il sacrifie tout jusqu'à sa dernière minute de vie, à un argent dont il sait qu'il ne pourra même pas profiter. Pour ses enfants, dit-il. Nouveau cadeau aussi empoisonné que le premier et qui ne les conduira en fin de compte qu'à la stupidité. Que penserais-tu, Fada, d'un vieux clébard qui n'aurait plus de dents, mais qui amoncellerait autour de sa niche une montagne d'os ? Tu serais le premier à trouver ça drôle et à t'en moquer.

« La vie est courte, Fada !

« Tu verras, la vie est courte, et l'on ne s'en rend vraiment compte que lorsqu'on arrive au bout de son chemin. La sagesse consiste à savoir profiter de sa route et de savoir se contenter de son os quotidien en le rongeant tant que l'on a encore des dents. »

Avec l'Avocat, nos conversations étaient éclectiques. Il avait une opinion originale sur tout.

« L'Avocat, que penses-tu des médecins ?

– Des gens qui, en principe, pourraient être bien s'ils n'étaient pétris d'orgueil comme ils le sont malheureusement presque tous. Un orgueil qu'ils camouflent en parlant d'amour-propre, mais qui en vérité est incommensurable. Certes, je reconnais qu'ils acceptent tous de très gros sacrifices, mais ils le font par vanité. Ils mettent leur point d'honneur à se faire passer pour des dieux irremplaçables, mais il n'y a qu'eux qui y croient. Leur réussite, qu'ils confondent souvent trop avec leur valeur, leur fait commettre les pires aberrations.

– Comment peux-tu avoir de pareilles opinions, l'Avocat ?

– Oh ! tu sais, il n'y a qu'à les observer à l'hôpital dans leur milieu favori. Tu as vite compris. N'oublie pas que je les fréquente tous les hivers depuis vingt ans.

– Alors l'Avocat, que penses-tu de ma vie ?

– Oh ! ce que je pense de toutes les autres. Tu mènes une vie idiote. Tu cours toute la journée et une partie de la nuit. Les rats du tas d'ordures sont plus sages que toi. Tu ne profites ni des tiens, ni du temps qui passe, ni même de ce que tu peux gagner. Crois-tu ça raisonnable ? Si tu le crois et si ça te satisfait, c'est que tu es encore plus fou que je l'imagine. Écoute, Fada, puisque tu me le demandes. Écoute le conseil de quelqu'un qui va s'en aller. Trouve en toi assez de sagesse pour t'arrêter tant qu'il est encore temps. Tu es en train de brûler ta vie, vite, trop vite ; cela ne peut pas durer. Bientôt, pour toi, il sera déjà trop tard. »

L'été s'était écoulé sans amener de catastrophes. L'Avocat, pourtant, de jour en jour, déclinait. Ses pommettes étaient de plus en plus rouges, ses yeux de plus en plus enfoncés dans des orbites excavées.

Un matin, je le trouvai étendu en travers de son lit. Une vaste tache de sang maculait son drap. Sa pâleur était impressionnante.

« C'est la fin, Fada, je n'ai plus de forces. Vois donc ce qui m'arrive ; bien sûr, ni toi ni moi n'y pouvons plus rien.

– Allons, l'Avocat, ne dis pas de bêtises. Je vais téléphoner à Tanière. Il va te prendre de nouveau dans son service. Il te dopera et tu me reviendras au printemps prochain. Je t'attendrai.

– Fada, je ne reviendrai pas. Tu as fait ce que tu as pu, je te remercie. »

C'était la première fois que j'entendais pareille chose dans la bouche d'un clochard.

« Je te remercie, mais tu n'en as pas fini avec moi. Je voudrais te demander quelque chose, quelque chose d'important qui me tient à cœur et qui me travaille depuis plusieurs mois.

– Allez, tu es venu ici pour ça, l'Avocat. Tout le reste n'était que bavardages, je le sens aujourd'hui. Le moment est venu, l'Avocat. Allez, parle, que veux-tu de moi, que veux-tu que je fasse ?

– Eh bien ! vois-tu, Fada, je veux bien, puisque tu le crois nécessaire, repartir à Toulouse, rentrer de nouveau à l'hôpital, mais je voudrais que lorsque je mourrai, tu me promettes que je n'irai ni à la morgue ni à la faculté servir de macchabée. Tu sais que c'est ce qui guette tous les clochards. C'est ça, la vraie raison qui m'a poussé jusqu'à toi il y a quelques mois. Vois-tu, Fada, j'espère en Dieu. Ça t'étonne ? Eh bien ! c'est pourtant ainsi. J'y ai toujours cru, et j'espère bien ne pas être déçu. Pas un seul jour ne s'est passé – sauf ceux bien sûr où j'étais trop ivre pour le faire –, sans que je le remercie de la journée qu'il m'avait accordée. Fada, je n'ai jamais dit ça à personne. C'était mon secret.

« Vois-tu, je désirerais être enterré comme tout le monde. À la fosse commune si l'on veut, peu m'importe, mais religieusement avec un curé et ses enfants de chœur, et non comme un chien. Fada, peux-tu t'occuper de moi et me le promettre ? »

J'avais promis, les larmes aux yeux, et nous nous étions embrassés.

« Nous ne nous reverrons plus, Fada… mais à Dieu ! »

J'avais prévenu Tanière.

« Tanière, tu m'avertiras immédiatement de sa mort. Je te sais très occupé, mais je compte sur toi. Tu agis comme si c'était un membre de ma famille. »

Un télégramme, huit jours après, suivi d'une lettre de Tanière, m'annonçait son décès.

« Une hémorragie foudroyante, mon vieux, une rupture de l'aorte. Imparable. Il s'est vidé en dix secondes. Il n'a pas souffert. Je l'ai fait mettre chez Jeannot à la chapelle. On attend tes directives. »

J'avais aussitôt contacté Jeannot, le garçon de la morgue. C'était une vieille connaissance sur laquelle je savais tout le pouvoir de l'argent.

L'Avocat avait eu droit à tous les égards : la chapelle au lieu de la morgue d'abord, l'enterrement religieux ensuite, et il était parti vers l'inconnu dans les conditions qu'il avait désirées.

Sur le chemin de la fosse commune, le cortège avait été des plus réduits. Raton, le Manchot, l'Anarchiste, des clochards comme lui, que j'avais eu bien du mal à décider, et moi-même. Quatre ou cinq, pas plus.

« Un clochard, avait conclu un des fossoyeurs, même pas une pièce à espérer. »

Un ami, un ami sûrement sincère, venait de partir. Avec lui, se brisait un des chaînons qui me reliait à un passé difficile, à un passé que, toutefois, je n'avais jamais renié.

LX

SEIZE ANS. SEIGNEUR, déjà seize ans. Est-ce possible ? Le soir tombait sur Saint-Libertin. La brume de la vallée gagnait. Elle s'était attardée longtemps le long de la rivière, investissant l'une après l'autre chaque dépression, unifiant et noyant toute la plaine où, plis et replis, successivement disparaissaient.

Les coteaux étaient encore visibles, bien que menacés à leur tour par la nuit. Chaque village, chaque hameau se signalait sur sa crête et allumait ses feux. À peine perceptibles au début, ces derniers devenaient maintenant de plus en plus évidents.

Les bruits encore nombreux quelques instants auparavant se raréfiaient, tout en devenant plus distincts, plus précis, plus insolites aussi : bruits de chariots retardés sur des chemins invisibles que seule l'habitude permettait d'authentifier, claquements de fouets, grincements de portails ou de chaînes, tout cela très lointain ou très près sans que l'on pût rien affirmer.

Je m'étais arrêté sur le bord du fossé pour un temps de repos, pour profiter d'un calme qui s'imposait peut-être aussi avec le secret désir de réfléchir, de faire le point, pourquoi pas ? Ce sont là des envies qui vous prennent parfois sans que l'on ne sache ni pourquoi ni comment.

La nuit était venue.

Saint-Libertin n'était plus. À peine un scintillement le signalait encore, et l'on ne distinguait plus qu'avec peine le haut de son clocher, masse sombre confondue au profond des coteaux.

Une cloche tintait…

Un vent léger, une petite brise s'était levée, faisant frissonner les arbres d'alentour, donnant la chair de poule.

L'automne touchait à sa fin. Quelques feuilles détachées étaient venues du noir me frapper au visage. Une chouette, petite hulotte grise, oiseau de sagesse, s'était aventurée à quelques mètres de moi et, en un vol adroit et feutré, s'était perchée sans hésiter sur un piquet voisin.

Seize ans.

Seize ans écoulés sans que je m'en sois aperçu, dans l'ivresse du travail et l'euphorie du grand métier. Journées de dix-huit heures ou plus, passées les unes après les autres, par tous les temps, par monts et par vaux, plus souvent dans ma voiture que dans ma maison, jours de semaine, jours fériés et dimanches confondus.

J'avais vécu au rythme de ma ville, à celui des trois huit qu'imposaient ses usines. J'avais assumé seul les moments les plus durs : périodes de grippes, périodes d'épidémies avec leurs tournées interminables, toujours imprévisibles dans leurs fins et toujours rallongées.

J'avais supporté les réveils insolites, les nuits blanches lorsqu'il le fallait.

Seize années, meublées de centaines et de centaines de consultations ou de visites.

J'avais connu des salves d'accouchements, deux, trois, quelquefois quatre sans pouvoir prendre de repos. Plus de quinze cents enfants étaient nés par mes mains, à domicile, des fermes les plus proches jusqu'aux plus reculées…

Une voiture par an, d'ornière en ornière, était morte à ce rythme infernal.

Hier encore, un vélo inexorable m'attendait aux premières lueurs du jour devant ma porte, alors que je rentrais d'une nuit harassante. En le voyant, une folle envie m'avait pris de fuir, de dépasser la maison, d'aller chercher ailleurs, le plus loin possible, n'importe où, un repos qui m'obsédait.

Et voilà ! Au cours de ce temps, une fille m'était née. En avais-je seulement pris conscience ? En avais-je profité ? Et à « Elle »… « Elle » qui, dans mon ombre, s'affairait constamment sans rien oser ni demander, que lui avais-je concédé ? Que lui avais-je accordé ?

Parti tôt, souvent bien avant que les miens ne s'éveillent, rentré tard, souvent bien après qu'ils ne soient endormis, j'avais vécu en vérité en marge, en solitaire. J'avais expédié à ma table des déjeuners sans charme, toujours servis à la hâte, pris seul le soir des soupers préparés à l'avance et qui m'attendaient sur le coin d'une table. Allons, c'était plus qu'évident, j'avais tout sacrifié.

L'avertissement de l'Avocat me revenait soudainement en mémoire.

« Fais attention... Fais attention ! Quelques années encore, et il sera trop tard. »

Je m'étais surpris tout récemment à souffler une nuit en montant à pied un raidillon ridicule et, contrairement à mes habitudes, j'avais dû m'arrêter.

J'avais mis tout cela sur le compte d'une trousse trop chargée et trop lourde. J'avais tenté de m'abuser, mais il avait bien fallu en convenir, ce n'était là rien d'autre qu'un premier avertissement.

Il ne servirait à rien de se leurrer. Encore quelques années aussi inconscientes que folles, et ce serait à mon tour de me découvrir les pieds enflés.

La vie aurait passé.

Tous les bruits s'étaient tus. Saint-Libertin roulé dans ses brumes dormait. La petite chouette lassée avait quitté son piquet.

Adieu Saint-Libertin.

Ma décision venait brusquement d'être prise. J'allais fermer ma porte et partir.

Je savais que j'allais le faire avec regret, mais aussi que j'allais le faire sans hésiter, sans me retourner, pour aller vers d'autres aventures, vers un autre destin.

Adieu Saint-Libertin, petite cité heureuse qui vit si calmement sous ton ciel serein.

Il m'est souvent arrivé de rire de tes travers, mais il m'est encore bien plus souvent arrivé d'admirer ta sagesse.

J'ai supporté tes exigences, mais tu m'avais accordé ta confiance. Le bilan en était positif.

J'ai été heureux en ta compagnie.

Brive, décembre 1985.

Dans la même collection

Les textes de la collection Terre de poche nourrissent la mémoire collective à travers des histoires fortes, des récits de voyage, des documents historiques ou des chroniques intimes.

AGUILLON Arlette
La Maîtresse du moulin
Le Puits aux frelons

AMOUROUX Henri
La Vie des Français sous l'Occupation

ANGLADE Jean
Le Chien du seigneur

ARNAUT Robert
Les Corneilles blanches

AUBARBIER Jean-Luc
Les Démons de sœur Philomène

AUDIDIER Robert
Les Sentiers de traverse

AUJOULAT Noël
Le Village perdu

BÉLARD Paul
Moissons d'enfance

BESSON André
La Grotte aux loups
Folle Avoine

BOBÈCHE Adrien
La Fille de la meunière

BOUDOU Josette
Les Grillons du fournil
La Maison d'école

BOURRET Johan
Dans la gueule du loup

BOUSSUGE Micheline
La Maison d'Anaïs

BRIAND Charles
Le Seigneur de Farguevieille

CAPPEAU Marie Nicole
La Mule blanche
Chantemerle

CASTELAIN Anne-Marie
Le Loup des marais
Les Amours de Louise

CLÉMENT-MAINARD Michelle
La Foire aux mules

CORNAILLE Didier
Le vent des libertés soulevait la terre

Le Forgeron d'Éden
Le Vol de la buse

COSMOS Jean
La Dictée

DECK Olivier
L'Auberge des Charmilles
Les Rumeurs du Gave
Cancans
Les Chopines

DELPASTRE Marcelle
Les Chemins creux
Cinq heures du soir
Proses pour l'après-midi

DODANE Michel
*Les Herbes noires (Les Enfants de la Vouivre**)*
*La Malédiction des Mouthier (Les Enfants de la Vouivre***)*

DOURIAUX Hugues
La Saison des vendanges (Les Gens de la Paulée)*
*Le Bois des Auriottes (Les Gens de la Paulée**)*
*Les Temps d'orage (Les Gens de la Paulée ***)*
Le Temps des loups

DUBOIS Yvonne
Couleur de terroir
La Vallée des cyclamens

DUFOUR Hortense
La Fille du saulnier
Ce que l'océan ne dit pas
Au vent fou de l'esprit

DUPUY Daniel
Les Quatre Jeudis
Fontcouverte

DUTRONC Robert
La Maison des Chailloux

FRONTENAC Yvette
La Soupe des autres
Les Années châtaignes

GAGNON-THIBAUDEAU Marthe
La Boiteuse

GAMARRA Pierre
Le Maître d'école

GENEVOIX Maurice
Le Jardin dans l'île

GÉRAUD Roger
Le Pré derrière la grange
Les Vaches rouges

GLEIZE Georges-Patrick
Le Sentier des pastelliers
Le Destin de Marthe Rivière
Le Chemin de Peyreblanque
Le Temps en héritage

GRIFFON Robert
Le Bedeau de la République
Au bonheur du pain

JAILLER Isabelle
La Ferme des hautes terres

JEURY Michel
Le Crêt de Fonbelle

JUDENNE Roger
Drôle de moisson
Les Bons Jours

LABORIE Christian
L'Arbre à pain
L'Appel des drailles

LAFAYE Claude
La Maison de l'espoir

LEMAIRE Philippe
Le Chemin de poussière
Les Vendanges de Lison

MALROUX Antonin
La Noisetière

MAMÈRE Noël
*Le Combat des humbles (Gens de Garonne**)*
*La Malédiction des justes (Gens de Garonne ***)*

MAXIMY (DE) Hubert
Le Bâtard du Bois noir

MAZEAU Jacques
Le Pré aux corbeaux
De l'autre côté de la rivière
La Malédiction de Bellary

PALET (DE) Marie
Amandine
Les Terres bleues

PÉLISSIER Patrice
L'Ange et le Loup

PEYRAMAURE Michel
Les Flammes du paradis

POURRAT Henri
et L'OLAGNE Jean
Sur la colline ronde

PINCE Jacques
Les Blouses grises
Tustou et Marie

PLAIT Annie
Les Longues Saisons

PLUCHARD Mireille
Le Petit Bâtard

QUEREILLAHC Jean-Louis
Trois Sillons de terre rouge
Rouge est ma terre

ROSSET Jean
Les Porteurs de terre

ROUANET Marie
Quatre Temps du silence

ROYER Roger
La Colombière

SABOURIN Pierre
La Terre des coteaux

SAND George
Contes d'une grand-mère
Contes d'une grand-mère (suite)

SOURY André
Le Pain blanc

SOYEZ Jean-Marc
Julia

STARASELSKI Valère
Nuit d'hiver

TAMAIN Louis
L'Encre violette
Le Temps de l'école
Médecin de campagne

THIROLLE Jérôme
Les Doigts d'or d'Élise

TOUATI Claude-Rose et Lucien-Guy
Une maison dans les herbes

VERRIER Michel
Le Mystère de Millepertuis
Le chien qui faisait peur au diable

VINCENT Claude
Quatre pieds de terreau

VITTÉ Louis-Olivier
La Vallée des illusions